KB253498

중국인의 속담

진기환 편저

明文堂

편자 진 기 환 (陶硯 陳起煥)

　　서울 大東稅務高等學校 교장

　　e-mail: jin47dd@hanmail.net

　　저서 :《儒林外史》(明文堂)

　　　　《東遊記》(知永社)

　　　　《史記講讀》(明文堂)

　　　　《中國人의 土俗神과 그 神話》(知永社)

　　　　《三國志 古事成語 辭典》(明文堂)

　　　　《三國志 故事名言 三百選》(明文堂) 외 다수.

책머리에

「백 리 밖의 기풍(氣風)이 다르고, 천 리 밖에는 습속(習俗)이 다르다(百里不同風 千里不同俗).」고 하였고, 「천리 밖의 말은 같지 않으나, 만리 밖 속담은 같다(千里語言不一 萬里諺語一致).」는 중국 속담이 있습니다. 이는 곳곳의 자연과 나라와는 상관없이 사람이 있는 곳에서는 어디서나 비슷한 감정과 생각을 가지고 살아간다는 뜻입니다.

옛날, 가난에 지친 중국인들은 흔들면 돈이 쏟아지는 나무가 있었으면 좋겠다는 상상을 했을 것입니다. 사실상 이 세상에는 그러한 나무가 존재할 수 없지만 있다고 가르쳐 주는 중국인들입니다.

「흔들면 돈이 쏟아지는 나무가 어디에 있는가? 그것은 바로 너의 두 손이다.」(搖錢樹 哪裏有, 就是你的一双手) 곧 '누구든 열심히 노력하면 잘 살 수 있다'는 뜻일 것입니다.

「맹목적 공부에, 쓸모없는 책을 읽으면, 공부를 하나 마나! (死讀書, 讀死書, 讀書死)」- 이렇게 심오한 뜻을, 이렇듯 간결하게 표현한 것이 바로 한문의 강점이며 그들의 속담입니다.

중국인의 속담에는 그들의 학문과 지식, 역사와 문화, 생활의 지혜와 가르침이 농축되어 있고, 그 재치 있는 비유와 함축은 가위 한편의 시(詩)라는 생각이 듭니다.

「사위가 대문에 들어오면 닭들은 넋이 나간다(姑爺進門 小鷄沒魂).」라는 중국인의 속담을 보면 장모의 사위 사랑은 중국과 우리나라나 꼭 같습니다. 그리고「사람의 말을 하지만 개똥을 싼다(說人話 屙狗屎)」는 말은 일견

천박한 표현 같지만 거짓말을 하는 부정직한 사람에 대한 풍자를 넘어 무시와 분노를 담고 있다고 필자는 생각했습니다.

　그리고 「사람이 오십을 넘기면 응당 다리(橋)를 놓아주고 길을 닦아야 한다(人過五十就該修橋補路).」라는 속담에는 나이가 들면 불특정 다수를 위한 선행을 베풀어야 하는 인간과 사회생활의 보편적인 도덕을 말해 주고 있습니다.

　우리에게도 고상하고 재치 있는 표현과 심오한 이치를 가진 다양한 속담이 많이 있습니다. 우리의 속담이나 속언(俗諺)을 중국어로는 속어(俗語 súyǔ)라고 합니다. 중국인들은 속어를 '오랜 세월을 두고 민중이 창조해낸 구두어(口頭語)'라고 정의합니다. 속어(俗語)라는 말과 함께 속담(俗談) 또는 속언(俗諺)도 같은 의미로 사용합니다.

　속어를 더 정확히 한다면, 여기에는 언어(諺語 yànyǔ)와 헐후어(歇后語 xiēhòuyǔ), 관용어(慣用語 guànyòngyǔ)를 모두 포함하고 있습니다. (上海辭書出版社 刊 溫端政 主編 《中國諺語大全》 上. 前言)

　언어(諺語)는 이언(俚諺 lǐyàn)이라고도 하여 상말이라는 글자의 뜻과 상관없이 '항간에 널리 쓰이는 통속적인 속담'이라 하였고, 야언(野諺)도 같은 뜻입니다.

　헐후어는 중국어의 형식과 내용에서 아주 특색 있는 표현으로, 앞부분에 어떤 표현을 말하고 그 뒷부분에 수수께끼의 정답과도 같은 표현이 따라붙습니다.

가령, 어떤 사람이 「아홉째 동생(老九的兄弟 lǎo jiǔ de xiōngdi)」이라는 말을 했다면, 그 뒤에 '성실한 사람'이라는 말이 이어집니다. 곧 첫째아들의 아홉째 동생은 그 집 형제 항렬에서 '열째' 곧 '老十'이니 '老十(lǎoshí)'의 발음이 '성실하다'는 뜻의 '老實(lǎoshí)'과 같은 발음이기에 '성실하다!'는 뜻으로 대화가 이어집니다.

이 헐후어는 때로는 발음으로, 또는 사리(事理)로, 아니면 고전의 명구나 역사적 지식으로 추리하며 해석하고 받아들여집니다. 물론 앞부분만 말해도 상대방이 다 알아듣습니다.

'사람이 몇이나 있으면 좋겠어?'라고 물었을 때, '그야 한신(韓信) 용병하기지!(韓信用兵)' 라고 말하면 '허허! 다다익선(多多益善)이로군!' 하고 말합니다. 「韓信用兵 - 多多益善」- 이런 표현을 헐후어라고 하는데, 중국인들의 기지와 재학(才學)을 바탕으로 말하여지는 멋진 재담입니다.

그리고 중국인들에게 관용어라면 '일상적으로 쓰는 말' 또는 '상투적인 표현'으로 '구어적(口語的)인 숙어(熟語 Idiom)'라고 할 수 있습니다. 가령 開夜車(개야차 kāi yèchē)는 「밤차를 운전한다.」는 말이지만 '밤을 새워 공부하거나 일을 하다'라는 의미로 쓰입니다. 吃鴨蛋(흘압단 chī yādàn)은 글자대로 새기면 '오리알을 먹다'라는 뜻이지만, 실제로는 '시험에서 0점을 받다' 또는 경기에서 '영패(零敗)를 당하다'는 뜻입니다. 또 賣膏藥(매고약 mài gāoyào)은 '고약을 팔다'는 뜻이 아니라 '거짓 선전을 하다'라는 의미로 쓰이는 관용어입니다.

이처럼 중국인들에게 속어는 광범위한 뜻을 가지고 있어서, 이 말은 '헐후어’이고 이는 ‘관용어’라고 딱 구분할 수는 없습니다. 본서에는 헐후어나 관용어도 포함하고 있지만, 좁은 의미의 속담, 곧 그들의 이언(俚諺)을 중심으로 엮었습니다.

우리에게 중국의 사자성어(四字成語) 또는 고사성어(故事成語)는 많이 알려져 있어서 우리의 일상생활과 사유(思惟)에 큰 영향을 주고 있지만, 이제는 중국인의 광범위한 속담(속어)를 이해하고 알아야 된다고 생각합니다. 지금 우리에게 ‘세계화’는 미래가 아닌 현실이며, 다른 나라와 가까워지는 단계를 넘어 경쟁이라는 의미를 가지고 있습니다. 가장 가까운 중국과 친화하고 경쟁하는 관계에서 지피지기(知彼知己)는 필수적 과제입니다.

이 책은 중국인들의 언어생활에 자주 쓰이는 속어, 곧 그들의 속담이나 관용어, 헐후어에 들어있는 생각이나 다양한 지혜의 보고를 열어 모두에게 알리는 데 목적이 있습니다. 중국 문학을 전공하고자 하는 학도들에게, 또 중국어를 공부하고, 중국인들과 업무상 접촉이 있는 여러분들의 실용에 조그마한 도움이 되게 하고자 합니다.

수많은 우리말 속담사전이 있는 것처럼 중국어 속담도 우리나라에서 정리되고 출간될 때가 되었다고 생각합니다. 필자는 이 책이 학문적 연구서가 아닌, 실용의 책으로 활용되기를 바랍니다. 한 사람이 나무를 심으면 뒷날 어느 사람인가는 그 그늘에서 더위를 식힐 것입니다. 필자는 우리나라와 중국의 문화, 경제, 사회 모든 분야의 지식을 배우려면 중국인의 속담은 꼭 알아야 한다고 확신합니다.

끝으로 경영상 어려움을 고려하지 않고 책의 가치와 필요성을 용납하여

흔쾌히 출판을 결정해주신 명문당(明文堂)의 김동구(金東求) 사장님께 감사를 드립니다. 이 책이 햇빛을 볼 수 있는 것은 오직 한 평생을 출판인으로 일관하신 김동구 사장님의 '학문 애호와 문화사랑에서 나오는 사명감'이라고 생각하며 진심으로 경의를 표합니다.

2007년 11월 陶硯 陳起煥 씀.

일러두기

1. 이 책은 중국인들의 속담을 '제1부 가정·가족 관련 속담'을 필두로 모두 8개 영역으로 나누어 수록하였습니다. 8개 영역은 필자가 임의로 속담의 성격에 따라 분류하였습니다.

각 영역별로 속담을 고른 뒤 그와 유사한 뜻의 속담이나 표현을 한 항목으로 엮었습니다. 각각 항목에 유사한 속담을 더 모아 총 6,700여 중국 속담을 수록하였고, 본문은 588,000여 자입니다.

2. 중국의 속담사전이나 성어사전은 한어병음자모(漢語拼音字母) 순, 곧 알파벳순으로 정리하면 완벽하지만 우리에게는 별 의미가 없기에 각 영역별로 첫 번째 속담의 독음에 의거 가나다순으로 정리하였습니다.

3. 각 항목에는 한어병음자모에 의한 발음과 성조(聲調)를 붙인 속담을 먼저 수록하였습니다. 모든 속담에 중국어 발음을 병기하자니 중국어를 모르는 분들에게는 별 의미도 없지만, 그렇다고 전혀 안 붙이면 중국어를 공부하는 분들이 발음으로 익히기가 불편하다고 생각하였습니다.

속담은 중국인들의 구어체 문장이기 때문에 경성(輕聲), 아화운(兒化韻), 개사(介詞), 양사(量詞) 등 중국어(白話)를 공부하지 않은 사람들이 이해하기 어려운 부분이 있는 것은 사실입니다.

4. 독자들의 이해를 위하여 어려운 한자의 음훈(音訓)을 각주로 달았습니다. 물론 앞에 나온 한자의 음훈을 뒤에 또 달기도 하였습니다. 그리고 중국어에서 사용되는 의미가 우리나라 자전(字典)의 의미와 다른 글자가 많습니다. 우리나라 자전에 수록된 의미와 함께 현대 중국어의 의미를 각주에 정리했습니다.

5. 본서는 번체자(繁體字)를 사용하였습니다. 중국에서 나오는 모든 책이

간체자(簡体字)로 쓰였고, 중국여행에서 우리가 보는 모든 글자가 간체자입니다. 간체자를 배워 알고 있는 사람이 번체자를 독해할 때 겪는 어려움은 그리 크지 않습니다.

그러나 많은 분들이 한자나 한문에 관한 지식이 있어도 간체자를 거의 모르는 경우가 지금 우리나라의 현실입니다. 그래서 간체자를 모르는 많은 분들을 위해서 번체자로 표기하는 것이 좋겠다고 필자는 판단하였습니다.

6. 중국인들의 속담은 직역에 가깝도록 번역하였습니다. 직역을 바탕으로 우리말 속담을 연상하고 또는 나름대로 그 의미를 해석하는 것은 독자들의 몫이라고 생각하였습니다.

7. 참고 도서

《中国谚语大全 上.下》温端政 主编. 辞书出版社. 上海. 2005.

《中国歇後语大全》温端政 主编. 辞书出版社. 上海. 2005.

《中国惯用语大全》温端政 主编. 辞书出版社. 上海. 2005.

《俗语词典》徐宗才 应俊玲 编著. 商务印书馆. 北京. 2004.

《细说 成语典故》王成纲 主编. 九州出版社. 北京. 2006.

《歇後语》尹斌庸 编著. 华语教学出版社. 北京. 2006.

《中文大辞典》中文大辞典编纂委 编纂. 中国文化大学出版部. 台北. 1882.

《现代汉语词典》第 5版. 北京. 2005.

《中韓辭典》高大民族文化研究所. 高麗大学校. 서울. 1992.

《中国語惯用語辞典》李亨蘭, 王玉霞 箸. NEXUS CHINA. 서울. 2004.

중국인의 속담

차 례

第1部　家庭·家族 관련 속담

孩子是娘身上掉下來的肉 (해자시낭신상도하래적육)

「자식은 어미의 몸에서 도려낸 살점.」

嫁出去女兒 潑出去的水 (가출거여아 발출거적수)

「시집보낸 딸은 뿌려버린 물이다.」

1부

※ 家家都有一本難念的經 (가가도유일본난념적경 jiājiā dōu yǒu yīběn nánniàn de jìng)
「집집마다 모두 읽기 어려운 경전이 한 권씩 있다.」(말 못할 사정이 한 가지씩은 있다.)

→ 一家有一本難算的賬 (일가유일본난산적장 yìjiā yǒu yī běn nán suàn de zhàng)
「어떤 집이든 계산하기 어려운 빚이 있다.」(해결하기 어려운 일이 있다.)

▶ 行行有好唱的曲 行行有難念的經 (행행유호창적곡 행행유난념적경)
「각 직업(점포)마다 부르기 좋은 노래가 있고(유리한 장점), 읽기 어려운 경전(말 못할 사정)도 있다.」

▶ 家中百事興 全靠主人命 (가중백사흥 전고주인명)
「집안에 일어나는 모든 일은 전적으로 가장의 명령에 따라 처리한다.」[1]

※ 家不和 外人欺 (가불화 외인기 jiā bù hé, wàirén qī)
「집안이 불화하면 남이 업신여긴다.」

→ 家敗奴欺主 (가패노기주 jiā bài nú qī zhǔ)
「가세가 기울면 종놈도 주인을 깔본다.」

▶ 家無主 屋倒豎 (가무주 옥도수)
「가정에 가장이 없으면 집이 거꾸로 선다.」

▶ 勢敗奴欺主 時衰鬼弄人 (세패노기주 시쇠귀농인)
「권세를 잃으니 노비가 주인을 업신여기고, 시운이 쇠퇴하니 귀신

---

1) 賬 장부 장, 빚, 채무. 行 háng 직업, 장사, 상점, 점포. 靠 의지할 고.

이 사람을 가지고 논다.」2)

※ 家貧常掃地　人貧多梳頭 (가빈상소지 인빈다소두 jiāpín cháng sǎodì, rén pín duō shū tóu)
「집안이 가난하면 자주 쓸어야 하고, 사람이 가난하면 머리를 자주 빗어야 한다.」

　→ 搬家一次三年窮 (반가일차삼년궁 bānjiā yī cì sānnián qióng)
「이사 한 번 하면 3년 동안 궁색하다.」

▶ 家窮行不窮 (가궁행불궁)
「집안은 궁해도 행동은 궁하지 않다.」

▶ 自己無學問　莫把祖宗誇 (자기무학문 막파조종과)
「자신이 배운 것이 없다면 조상 자랑을 하지 말라!」

▶ 家貧別誇祖宗闊　好漢不怕出身低 (가빈별과조종활 호한불파출신저)
「집이 가난하다면 조상이 잘 살았다고 자랑하지 말라. 사내대장부는 출신이 낮다고 걱정하지 않는다.」3)

※ 家貧出孝子 (가빈출효자 jiāpín chū xiàozǐ)
「가난한 집에 효자 난다.」

　→ 家富小兒驕 (가부소아교 jiāfù xiǎoér jiāo)
「집이 부유하면 어린아이들이 교만해진다.」

▶ 子孝不如媳孝 (자효불여식효 zǐ xiào bùrú xí xiào)
「아들 효도는 며느리 효도만 못하다.」

---

2) 欺 속일 기, 업신여기다. 倒 넘어질 도, 거꾸로. 竪 세울 수(豎의 俗字).
3) 掃 쓸 소, 청소(清掃). 梳 빗 소, 머리를 빗다. 誇 자랑할 과. 祖宗 윗대 조상. 闊 트일 활, 부유하다.

▶ **女好不如郎好 兒好不如媳婦好** (여호불여낭호 아호불여식부호)
「잘난 딸은 잘난 사위만 못하고, 잘난 아들이라도 좋은 며느리만 못하다.」

▶ **人才出在貧寒家 蓮花開在汚泥上** (인재출재빈한가 연화개재오니상)
「인재는 가난하고 한미한 집에서 나오고, 연꽃은 더러운 진흙에서 피어난다.」

▶ **賢兒多財損志向 愚兒多財招禍殃** (현아다재손지향 우아다재초화앙)
「현명한 아들에게 많은 재물은 큰 뜻을 상하게 하고, 어리석은 아들에게 많은 재물은 재앙만을 불러들인다.」[4]

※ **家事不必問外人** (가사불필문외인 jiāshì bù bì wèn wàirén)
「집안일은 남한테 물어볼 필요가 없다.」

→ **家有千口 主事一人** (가유천구 주사일인 jiā yǒu qiān kǒu, zhǔ shì yī rén)
「집안에 식구가 천 명이라도 살림은 한 사람이 꾸려나간다.」

▶ **家裏商量 窓外有耳** (가리상량 창외유이 jiāli shāngliang chuāngwài yǒu ěr)
「집안에서 의논해도 창 밖에 귀가 있다.」

▶ **家無犯法之男 門無再嫁之女** (가무범법지남 문무재가지녀)
「집안에 법을 어긴 사내 없고, 재가한 여자 없다.」

▶ **千人吃飯 一人主事** (천인흘반 일인주사)
「밥 먹는 식구가 천 명이라도 한 사람이 주관한다.」[5]

---

4) 驕 교만할 교. 寒 찰 한, 가난할 한. 蓮 연꽃 연. 汚 더러울 오. 泥 진흙 니. 殃 재앙 앙.

※ 家有九十九樣敗 嫖賭在外 (가유구십구양패 표도재외 *jiā yǒu jiǔshíjiǔ yàng bài, piáo dǔ zàiwài*)

「집에 99가지 망하는 꼴이 있다지만, 음란과 도박은 외부에 있다.」

→ 吃,喝,嫖,賭, 是喪身之本 (흘, 갈, 표, 도, 시상신지본 *chī, hē, piáo, dǔ, shì sàngshēn zhī běn*)

「먹고, 마시고, 계집질, 도박은 몸을 망치는 바탕이다.」

▶ 打野鷄 (타야계 *dǎ yějī*)

「꿩을 잡다.」 (창녀와 놀다.)

▶ 吃着嫖賭, 吃受容, 着威風, 嫖兩空, 賭對充 (흘착표도, 흘수용, 착위풍, 표양공, 도대충)

「먹고, 입고, 계집질, 도박에서, 먹는 것은 몸에 남고, 입는 것은 위엄이 있지만, 계집질은 빈털터리로 만들고, 노름은 잃을 때와 딸 때가 있다.」 (계집질이 가장 나쁘다.)

▶ 防家二字 盜與奸 傾家二字淫與賭 持家二字 勤與儉 (방가이자 도여간 경가이자음여도 지가이자 근여검)

「집을 지키려면 도적과 간통을 막아야 하고, 집안을 기울게 하는 두 가지는 음행과 도박이며, 가문을 일으키는 두 가지는 근면과 검소이다.」[6]

※ 家有萬石糧 不如生好兒 (가유만석량 불여생호아 *jiāyǒu wànshíliáng, bùrú shēng hǎoér*)

---

5) 靠 기댈 고. 商量 상의하다.
6) 樣 모양 양, 꼴 양. 嫖 음란할 표. 賭 노름 도. 野花 본부인 이외의 연인이나 첩. 鷄 닭 계. 野鷄 꿩, 옛날 길거리 창녀. 吃 먹을 흘. 喝 마실 갈. 喪 잃을 상. 奸 간사할 간, (외부와) 내통하다.

「집안의 만 석 양식이 좋은 아들 하나만 못하다.」(잘난 자식이 가보家寶다.)

→ 是兒不死 是財不散 (시아불사 시재불산 shì ér bù sǐ, shì cái bù sàn)

「하늘이 준 자식은 죽지 않고, 바른 재산은 흩어지지 않는다.」

▶ 子孫不要多 好好生一個 (자손불요다 호호생일개)

「자손은 많지 않아도 좋으니 딱 하나만 잘나면 된다.」

▶ 家有萬貫 不如出硬漢 (가유만관 불여출경한)

「집안에 있는 일만 꾸러미의 돈이라도 굳센 아들 낳는 것만 못하다.」7)

※ 家有梧桐招鳳凰 (가유오동초봉황 jiā yǒu wútóng zhāo fēnghuáng)

「집안에 오동이 있으면 봉황을 부른다.」(근본 바탕이 좋아야 현량한 사람과 교제할 수 있다.」

→ 鳥隨鸞鳳飛騰遠 人伴賢良品格高 (조수난봉비등원 인반현량품격고 niǎo suí luánfēng fēiténg yuǎn, rén bàn xiánliáng pǐngé gāo)

「난새나 봉황을 따라서 날면 멀리 날고, 사람이 어진 사람과 사귀면 품격이 좋아진다.」

▶ 家有光棍招光棍 (가유광곤초광곤)

「집안에 건달이 있으면 건달을 불러들인다.」

▶ 談笑有鴻儒 往來無白丁 (담소유홍유 왕래무백정)

「담소하는 벗들은 대 학자들이고, 왕래하는 사람에 백정은 없다.」
(《古文眞寶》唐 유우석劉禹錫「누실명陋室銘」) 8)

---

7) 是 옳을 시. 糧 양식 량. 藏 감출 장, 저장하다. 勝 이길 승, ~하는 것보다 낫다.

8) 梧 벽오동나무 오. 桐 오동나무 동. 隨 따를 수. 鸞 난새 난. 鳳 봉황 봉. 騰 오를 등. 遠 멀 원. 伴 짝 반, 따르다. 招 부를 초. 棍 몽둥이 곤. 光棍 무뢰한 부랑자. 鴻 큰기러기 홍. 鴻儒 대학자.

※ 家有賢妻 逢凶化吉 (가유현처 봉흉화길 jiā yǒu xiánqī, féng xiōng huà jí)

「집안에 어진 아내가 있으면 나쁜 일도 좋아진다.」

→ 家貧思良妻 (가빈사양처 jiāpín sī liángqī)

「집이 가난하면 어진 아내를 생각한다.」 (어려운 가정일수록 아내가 현명해야 한다. 비상시에야 비로소 진부眞否를 안다.)

▶ 妻賢夫禍少 子孝父心寬 (처현부화소 자효부심관)

「어진 처가 있으니 남편에게 화가 없고, 자식이 효도하니 부모 마음이 넉넉하다.」

▶ 家有賢妻勸 男兒不入是非門 (가유현처권 남아불입시비문)

「집안에서 현명한 아내의 도움이 있으면 사내가 남과 시비하지 않는다.」 [9]

※ 家有賢妻 男兒不遭橫禍 (가유현처 남아부조횡화 jiā yǒu xiánqī, nánér bù zāo hènghuò)

「집안에 어진 아내가 있다면 사내는 뜻밖의 재난을 당하지 않는다.」

→ 賢妻夫禍少 遠慮近無憂 (현처부화소 원려근무우 xiánqī fū huò shǎo, yuǎnlǜ jìn wú yōu)

「어진 아내가 있으면 남편에게 오는 재앙이 없고, 멀리 내다보면 가까운 근심이 없다.」

▶ 家有三寶 醜妻 薄田 破棉襖 (가유삼보 추처 박전 파면오)

「(가난한) 집의 세 가지 보물은 못생긴 아내, 척박한 밭 한 뙈기, 해진 솜두루마기이다.」

---

9) 逢 만날 봉.

▶ 一家有三寶 鷄叫 猪跑 娃娃吵 (일가유삼보 계규 저포 왜왜초)

「한 집에 세 가지 보물이 있으니, 닭 울음소리, 돌아다니는 돼지, 아이들 떠드는 소리.」

▶ 家無賢妻 必遭橫禍 (가무현처 필조횡화)

「가정에 어진 아내가 없다면 반드시 의외의 재난을 당한다.」 10)

※ 家醜不可外揚 (가추불가외양 jiāchǒu bùkě wàiyáng)

「집안의 추한 꼴은 밖에 알릴 수 없다.」

→ 胳膊折了在袖兒裏 (각박절료재수아리 gēbo zhéle zài xiùr lǐ)

「팔이 부러져도 소매 안에 있다.」 (외부인에게는 집안의 어려움을 말하지 않는다.)

▶ 家裏事 家裏了 (가리사 가리료)

「집안의 일은 집안에서 끝낸다.」

▶ 善事不出門 醜事傳千里 (선사불출문 추사전천리)

「좋은 일은 소문이 안 나도 추한 일은 천리까지 퍼진다.」 11)

※ 嫁出去女兒 潑出去的水 (가출거여아 발출거적수 jià chūqù nǚér pō chūqùdė shuǐ)

「출가한 딸은 뿌려 버린 물과 같다.」 (시집보낸 딸은 남이다. 출가외인出嫁外人)

→ 姑娘是母親的影子 (고낭시모친적영자 gūniáng shì mǔqīnde yǐngzi)

「딸은 어머니의 그림자다.」 (딸과 어머니는 닮은꼴이다.)

---

10) 橫 가로 횡, 뜻밖의. 寬 너그러울 관. 醜 못생길 추. 薄 엷을 박. 棉 목화 면, 솜 면. 襖 웃옷 오, 두루마기. 娃 예쁠 왜. 娃娃 통통하고 귀여운 아기. 吵 떠드는 소리 초.

11) 醜 추할 추. 揚 날릴 양. 胳 겨드랑이 각. 膊 어깨 박. 胳膊 팔. 折 부러질 절. 袖 소매 수. 裏 안 리.

▶ 嫁女怕誤女婿 庄稼怕誤節氣 (가녀파오녀서 장가파오절기)

「딸을 시집보낼 때는 사위를 잘못 고를까 걱정이고, 농사에는 절기를 놓칠까 걱정이다.」

▶ 嫁過姑娘 穿過衣裳 (가과고낭 천과의상)

「시집보낸 딸은 입었다 벗어버린 옷이다.」

▶ 嫁了女兒賣了牛 (가료여아매료우)

「딸을 시집보내고 나면 소를 팔아야 한다.」[12]

※ 家花不及野花香 (가화불급야화향 jiāhuā bùjí yěhuāxiāng)
「집에서 키운 꽃은 들꽃 향기만 못하다.」 (계집은 남의 계집이 더 좋다.)

→ 家菜不香外菜香 (가채불향외채향 jiācài bùxiāng wàicài xiāng)
「자기 집 음식은 맛이 없고, 남의 음식이 더 맛있다.」

▶ 吃了家食打野食 (흘료가식타야식)

「집에서도 먹고 들에서도 먹으려 한다.」 (아내 외 다른 여자를 탐낸다.)

▶ 厭家鷄 愛野雉 (염가계 애야치)

「집의 닭은 싫고, 들꿩을 좋아하다.」 (제 아내는 싫고 다른 여자를 좋아하다.)

▶ 家鷄打得團團轉 野鷄不打朝外飛 (가계타득단단전 야계불타조외비)

「집의 닭은 때리면 집안에서 뱅뱅 돌지만, 들 닭은 때리지 않으면 밖으로 날아가 버린다.」

▶ 家花不如野花香 野花不如家花長 (가화불여야화향 야화불여가화

___

12) 嫁 시집보낼 가. 潑 물 뿌릴 발. 影 그림자 영. 稼 심을 가, 농사.

장)

　「집안에 핀 꽃(아내)은 들꽃(창녀)만큼 향기롭지 않다. 들꽃은 집안
에 핀 꽃만큼 오래가지 않는다.」 (진실한 애정은 역시 아내다.) 13)

　※ 各有因緣莫羨人 (각유인연막선인 gè yǒu yīnyuán mò xiàn rén)
　「각자 정해진 인연이 있으니 다른 사람을 부러워 말라.」

　→ 情人眼裏出西施 (정인안리출서시 qíngrén yǎnlǐ chū Xīshī)
　「사랑하는 사람의 눈에는 서시만 보인다.」 (눈에 콩깍지가 씌웠다.)

　▶ 緣分不在面顔上 (연분부재면안상)
　「연분은 얼굴에 있는 것이 아니다.」

　▶ 牛郎約織女 - 後會有期 (우낭약직녀 - 후회유기)
　「견우가 직녀와 약속하다. - 뒤에 만날 때가 있다.」

　▶ 萬里因緣一絲牽 (만리인연일사견)
　「만 리 밖의 인연도 실 한 줄에 달렸다.」 (월하노인月下老人의 청실
홍실에 의하여 인연이 맺어진다.)

　▶ 百日不下雨 - 久晴(백일불하우 - 구청)
　「백일 동안 비가 내리지 않았다. - 오랫동안 맑았다.」 (구정舊情 옛
정이 깊다.)

　▶ 因緣本是前生定 不是因緣莫强求 (인연본시전생정 부시인연막강
구)
　「인연이란 본디 전생에 다 정해진 것, 인연이 아니라면 억지로 구
하려 말라.」 14)

---

13) 及 미칠 급. 菜 나물 채, 요리. 厭 싫어할 염. 雉 꿩 치. 家鷄 양가 출신
　　의 아내. 野鷄 기녀 같은 부류의 아내나 첩.
14) 西施(서시) 중국 4대 미인의 한 사람. 緣 가장자리 연, 의거할 연, 인연,
　　까닭. 羨 부러워할 선. 屋 집 옥. 烏 까마귀 오. 牽 끌 견. 莫 말 막, 하지
　　말라. 月下老人 중국 唐나라의 위고(韋固)에게 달밤에 만난 노인이 장래의

※ **强迫不成買賣 强求不成夫妻** (강박불성매매 강구불성부처 qiáng pò bùchéng mǎimai, qiáng qiú bùchéng fūqī)
「억지 협박으로는 매매가 되지 않고, 억지로 데려와서는 부부가 되지 않는다.」

→ **捆綁不成夫妻** (곤방불성부처 kǔnbáng bùchéng fūqī)
「묶어 놓는다고 부부가 되는 것은 아니다.」

▶ **强扭的瓜不甛 搶來的媳婦不親** (강뉴적과불첨 창래적식부불친)
「억지로 비틀어 딴 참외는 달지 않고, 뺏어온 며느리는 가까워지지 않는다.」 15)

※ **姑爺半拉兒** (고야반랍아 gūye bànlā ér)
「사위는 반쪽 아들이다.」

→ **姑爺進門 小鷄沒魂** (고야진문 소계몰혼 gūye jìnmén xiǎojī méihún)
「사위가 대문에 들어서면 닭들은 넋이 나간다.」 (사위는 백년손님이다.)

▶ **有兒靠兒 無兒靠婿** (유아고아 무아고서)
「아들이 있으면 아들에게 의지하고, 아들이 없으면 사위에게 의지한다.」

▶ **姑做婆 是活佛** (고주파 시활불)
「고모가 중매한다면 살아있는 부처님이다.」 (고모가 중매를 하면 가장 좋다.) 16)

아내에 대하여 예언해 주었다는 데서 부부의 인연을 맺어준다는 전설상의 노인. 남녀의 인연을 맺어주는 사람.

15) 媳 며느리 식. 媳婦 며느리, 아내. 靠 기댈 고. 捆 묶을 곤(綑과 같음). 綁 동여맬 방. 扭 누를 뉴, 비틀다. 瓜 오이 과. 甛 달 첨. 搶 빼앗을 창, 부딪칠 창.

16) 爺 아비 야. 姑爺 처가에서 사위를 부르는 호칭. 半拉 절반, 반쪽. 兒 아

　※ 公說公有理 婆說婆有理 (공설공유리 파설파유리 gōng shuō gōng yǒulǐ, pó shuō pó yǒulǐ)

「시아버지 말에는 시아버지가 옳고, 시어머니 말에는 시어머니가 옳다.」(서로가 옳다면서 논쟁하다.)

　→ 重孫有理告太公 (중손유리고태공 chóngsūn yǒulǐ gào tàigōng)

「증손자도 증조부에게 옳은 말은 할 수 있다.」(아무리 나이 어려도 사리에 맞는다면 말할 수 있다.)

　▶ 天下無不是的父母, 有最對的師傅 (천하무부시적부모, 유최대적 사부)

「세상에 옳지 않은 부모 없고, 언제나 옳은 사부가 있다.」[17]

　※ 關帝廟求子 (관제묘구자 Guāndìmiào qiúzǐ)

「관우 사당에 가서 아들을 빌다.」(엉뚱한 곳에서 구하다.)

　→ 大廟裏娘娘 有求必應 (대묘리낭낭 유구필응 dàmiàoli niángniang yǒu qiú bì yīng)

「큰 사당의 삼신할머니에게 빌면 틀림없이 응답이 있다.」

　▶ 關帝廟裏求娃娃 不看對象 (관제묘리구왜왜 불간대상)

「관제묘에 가서 아기를 점지해 달라고 하나, 빌 곳이 아니다.」

　▶ 姑子手裏掏孩子 (고자수리도해자)

「비구니의 품에서 아이를 찾다.」(상대방이 없는 물건을 내놓으라고 떼를 쓰다.) [18]

들.

17) 公公 시아버지. 婆 할미 파. 重孫 손자의 아들. 太公 증조부. 不是 옳지 않은. 對 맞다, 옳다, 정확하다. 傅 스승 부.

18) 娃 예쁠 왜. 爺 아비 야. 關帝廟 ; 관우의 사당. 관우는 武神이면서 財神으로 숭앙을 받지만 아들을 점지해주는 神은 아니다. 아들을 점지해 달라고 비는 사당은 낭낭묘(娘娘廟)이다.

※ **敎婦初來 敎兒嬰孩** (교부초래 교아영해 jiàofù chūlái, jiàoér yīng hái)

「며느리가 처음 들어왔을 때 가르치고, 아들은 어린아이 때 가르쳐야 한다.」

→ **過門三朝 不動掃帚** (과문삼조 부동소추 guòmén sān zhāo, bù dòng sǎo zhǒu)

「신부가 대문에 들어오고 3일 동안은 빗자루를 들지 않는다.」(신부를 맞이한 것이 바로 복이니, 복을 쓸어내지 않는다는 뜻.)

▶ **媳婦好比鞋 穿破舊的新的來** (식부호비혜 천파구적신적래)

「며느리는 신발과 비슷하다. 신다 떨어진 낡은 신발은 새것으로 바꿔 신는다.」

▶ **沒有媳婦想媳婦 有了媳婦厭媳婦** (몰유식부상식부 유료식부염식부)

「며느리가 없을 때는 며느리를 생각하지만, 며느리를 맞이하고 나면 며느리를 싫어한다.」 [19]

※ **巧妻常伴拙夫眠** (교처상반졸부면 qiǎoqī cháng bàn zhuōfū mián)
「솜씨 좋은 여자는 늘 우둔한 남자 품에서 잠을 잔다.」

→ **駿馬却馱癡漢走** (준마각태치한주 jùnmǎ què tuóchīhàn zǒu)

「준마가 짐을 싣고 멍청이와 같이 간다.」(천 리를 달리는 좋은 말은 늘 바보 같은 녀석을 태우고 달린다. - 세상에는 이 같은 불공평한 일들이 많은데, 이 모두가 하늘이 하는 일이다.)

▶ **巧人兒 生傻子** (교인아 생사자 qiǎorénr, shēng shǎzǐ)

「약은 사람이 멍청한 자식을 둔다.」(똑똑한 어미에 멍청한 아들.)

---

19) 嬰 갓난아이 영. 孩 아이 해. 奢 사치할 사. 儉 검소할 검. 掃 쓸 소. 帚 빗자루 추. 穿 뚫을 천, (신발을) 신다, (옷을) 입다.

▶ 巧人作巧事 (교인작교사)
「영특한 사람이 이상한 일을 만든다.」[20]

※ 久病床前無孝子 (구병상전무효자 jiǔ bìngchuáng qián wú xiàozǐ)
「오래 앓는 병상 앞에 효자 없다.」

→ 久病故人疏 (구병고인소 jiǔbìng gùrén shū)
「오랜 병에는 친구도 멀어진다.」

▶ 病長無孝子 (병장무효자)
「오랜 병에 효자 없다.」

▶ 床上有病人 床下有愁人 (상상유병인 상하유수인)
「침상에 환자가 있으면, 수심에 찬 가족이 있다.」[21]

※ 哪個不是父母養活的 (나개불시부모양활적 nǎ gè bù shì fùmǔ yǎnghuóde)
「부모가 키우지 않은 자식이 어디에 있는가?」

→ 養兒不可溺疼 (양아불가익동 yǎngér bùkě nì téng)
「자식을 키우며 지나치게 귀여워해서는 안 된다.」

▶ 養兒方知父母恩 (양아방지부모은)
「자식을 키워봐야 부모의 은혜를 안다.」

▶ 黃金萬籯 不如敎子一經 (황금만영 불여교자일경)
「일만 바구니의 황금은 자식에게 경전 한 권을 가르치는 것만 못하다.」[22]

------

20) 巧妻 솜씨 좋고 부지런한 여자. 伴 짝 반. 拙 졸렬할 졸. 眠 잠잘 면. 駿 준마 준. 却 도리어 각, 물리칠 각. 駄 짐 실을 태. 癡 바보 치. 漢 사나이 한. 傻 어리석을 사.
21) 久 오랠 구. 故人 친구. 疏 멀 소, 트일 소.
22) 哪 어찌 나. 溺 빠질 익. 疼 아플 동, 귀여워하다. 籯 바구니 영.

※ **男大當婚 女大當嫁** (남대당혼 여대당가 *nán dà dānghūn, nǚ dà dāngjià*)

「사내가 크면 장가를 가고, 여자가 크면 시집을 가야 한다.」

→ **寧可失官 不可失婚** (영가실관 불가실혼 *nìngkě shī guān, bùkě shī hūn*)

「벼슬을 잃을지언정 혼기를 잃어서는 안 된다.」

▶ **男女婚姻貴及時** (남녀혼인귀급시)

「남녀의 혼인에서는 적당한 혼기를 중히 여긴다.」

▶ **男不作媒 女不保債** (남부작매 여불보채)

「남자는 중매를 서지 않고, 여자는 빚보증을 서지 않는다.」

▶ **成全一家婚 多活十年壽**(성전일가혼 다활십년수)

「남의 혼사를 잘 성사시킨다면 10년은 더 오래 살 수 있다.」 (혼인 중매는 좋은 일이다.)

▶ **天上無雲不下雨 地上無媒不成婚** (천상무운불하우 지상무매불성혼)

「하늘에 구름이 없으면 비가 오지 않고, 땅위에 중매쟁이가 없으면 결혼이 이루어지지 않는다.」[23]

※ **男大兩 黃金日日長** (남대량 황금일일장 *nán dà liǎng, huángjīn rìrì zhǎng*)

「남자가 (여자보다) 두 살 많으면 날마다 황금이 늘어나고,」

→ **男大三 銀錢堆成山** (남대삼 은전퇴성산 *nán dà sān, yínqián din chūng shān*)

「남자가 세 살 더 많으면 은전이 산처럼 쌓인다.」

---

23) 當 마땅 당. 嫁 시집갈 가. 及時 제때에, 시기적절하다. 媒 중매할 매. 成全 남을 도와서 일을 성사시키다.

▶ **寧肯男大十 不肯女大一** (영긍남대십 불긍여대일)
「차라리 남자가 열 살 많더라도, 여자가 한 살 많을 수 없다.」
▶ **男大女小 團圓到老** (남대여소 단원도노)
「남자 나이가 많고 여자가 적어야 단란하게 함께 늙는다.」 [24]

※ **男兒無妻不成家** (남아무처불성가 *nánér wú qī bù chéngjiā*)
「남자에게 아내가 없으면 가정을 이룰 수 없다.」

→ **無婦不成家** (무부불성가 *wú fù bù chéng jiā*)
「아내가 없으면 가정을 이루지 못한다.」
▶ **人生無婦 如車無輪** (인생무부 여거무륜)
「살면서 아내가 없다면 바퀴 없는 수레와 같다.」
▶ **無家一身輕** (무가일신경)
「돌볼 집이 없으면 일신이 편하다」
▶ **男家不望女家鈔, 有得來也要** (남가불망여가초, 유득래야요)
「(결혼을 하면서) 남자 쪽에서는 여자 쪽의 재산을 바랄 수 없으나, 얻을 수 있다면 당연히 받아야 한다.」
▶ **男兒無婦財無主 女子無夫身無主** (남아무부재무주 여자무부신무주)
「남자에게 아내가 없으면 재물이 모이지 않고, 여자에게 남편이 없다면 그 몸의 주인이 없는 것이다.」 [25]

※ **男兒愛後婦 女子重前夫** (남아애후부 여자중전부 *nánér ài hòufù, nǚzǐ zhòng qiánfū*)
「남자는 후처를 더 사랑하고, 여자는 전 남편을 중히 여긴다.」

---

24) 大 나이가 많다. 錢 돈 전. 堆 언덕 퇴, 높이 쌓이다. 寧 차라리 ~하다.
 團 둥글 단. 圓 둥글 원. 團圓 온 가족이 단란하게 지내다. 團圓節 추석.
25) 鈔 취할 초, 지폐 초, 돈.

→ **女人是男人的門面** (여인시남인적문면 nǚrén shì nánrénde ménmiàn)

「여자는 남자의 간판이다.」 (여인은 남편의 지위나 능력에 따라 광채를 낸다.)

▶ **女以男爲家** (여이남위가)

「여자는 남자를 집으로 삼는다.」 (여자에게는 남자가 집이다.)

▶ **人是男的凶 鬼是女的厲** (인시남적흉 귀시여적려)

「사람은 남자가 흉악하고, 귀신은 여자가 더 악독하다.」 26)

※ **男子十五. 當家做主** (남자십오 당가주주 nánzǐ shíwǔ, dāngjiā zuòzhǔ)

「사내가 열다섯 살이면 가장 노릇을 할 수 있다.」

→ **男人能做主 是猫能逮鼠** (남인능주주 시묘능체서 nánrén néng zuòzhǔ, shì māo néng dǎi shǔ)

「남편이 가정을 주도하는 것은 고양이가 쥐를 잡는 것과 같다.」 (당연한 일이다.)

▶ **男兒當自强** (남아당자강)

「사내는 당연히 스스로 강해져야 한다.

▶ **男當家 女插花** (남당가 여삽화)

「사내는 가족의 일을 주관하고, 여자는 꽃을 꽂아야 한다.」 (여인은 가정에 있더라도 치장을 해야 한다.) 27)

※ **男子打外 女子打裏** (남자타외 여자타리 nánzi dǎ wài nǚzi dǎ lǐ)

---

26) 門面 겉보기, 외관, 상점의 앞면. 架 시렁 가. 打架 싸우다. 厲 사나울 려, 엄할 려.

27) 逮 잡을 체, 따라가 잡다. 插 꽂을 삽.

「남자는 바깥일을, 여자는 집안일을 한다.」

→ **男立外 女立內** (남립외 여립내 *nán lì wài, nǚ lì nèi*)

「남자는 바깥일, 여자는 집안일을 한다.」

▶ **房子靠打掃 美人靠打扮** (방자고타소 미인고타분)

「집은 청소를 해야 하고, 미인은 화장을 해야 한다.」 (깨끗해야 집이고, 꾸며야 미인이다.)

▶ **男治外而女治內** (남치외이여치내)

「남자는 바깥일을, 여자는 집안의 일을 해야 한다.」 [28]

※ **娘要嫁人 天要下雨** (낭요가인 천요하우 *niáng yào jiàrén, tiān yào xiàyǔ*)

「처녀는 시집을 가야 하고, 하늘은 비를 내려야 한다.」

→ **寡婦要嫁 老天要下** (과부요가 노천요하 *guǎfù yào jià, lǎotiān yào xià*)

「과부는 재혼해야 하고, 하늘은 비를 내려야 한다.」

▶ **窮義夫 富節婦** (궁의부 부절부 *qióng yìfū, fù jiéfù*)

「가난하기에 의리를 지키는 홀아비, 부자라서 절개를 지키는 과부.」 (가난한 홀아비나 돈 많은 과부가 재혼하기는 어렵다.)

▶ **有天就有雨 有河就有水** (유천취유우 유하취유수)

「하늘은 비를 내려야 하고, 강에는 물이 있어야 한다.」 (딸을 두었으면 사위가 있어야 한다.)

▶ **房中無君難留娘 山中無草難養羊** (방중무군난류낭 산중무초난양양)

「집안에 가장이 없으면 딸을 시집보내기 어렵고, 산중에 풀이 없으

---

28) 打 어떤 일에 종사하다. 裏 속 리(이). 打扮 화장하다. 치장하다. 輪 수레 바퀴 륜.

면 양을 기르기 어렵다.」

▶ 孤孀好做 三十難過 (고상호주 삼십난과)

「청상과부는 견디지만, 삼십에서는 지내기 어렵다.」

▶ 八十歲媽媽嫁人家 却是圖生圖長 (팔십세마마가인가 각시도생도장)

「80세 노파가 남에게 시집가는 것은 다 먹고살려는 뜻이다.」[29]

※ 老嫂比母 小叔似兒 (노수비모 소숙사아 lǎosǎo bǐ mǔ, xiǎoshū sìér)

「나이 많은 형수는 어머니 같고, 어린 시동생은 아들 같다.」

→ 長兄爲父嫂爲母 (장형위부수위모 zhǎngxiōng wéi fù sǎo wéi mǔ)

「큰형은 아버지와 같고, 형수는 어머니와 같다.」

▶ 長子不離中堂 (장자불리중당)

「장자는 본가를 떠날 수 없다.」 (상속의 주체.)

▶ 長兄若父 長嫂若母 (장형약부 장형약모)

「큰형은 아버지와 같고, 큰 형수는 어머니와 같다.」[30]

※ 多年媳婦熬成婆 (다년식부오성파 duōnián xífù áo chéng pó)

「며느리도 참고 견디면 시어머니가 된다.」

→ 媳婦好做 婆婆難當 (식부호주 파파난당 xífù hào zuò pópo nán dāng)

「며느리 노릇은 쉽고, 시어머니 노릇은 어렵다.」

▶ 不痴不聾 不作阿家阿翁 (불치부농 부작아가아옹)

「바보나 귀머거리가 아니면 시어머니와 시아버지(家長) 노릇을 할 수 없다.」

▶ 水牛角婆婆 (수우각파파)

---

29) 娘 처녀 낭, 嫁 시집갈 가. 寡 적을 과. 孀 과부 상.
30) 嫂 형수 수. 小叔 어린 시동생. 似 비슷할 사. 若 같을 약.

「물소 뿔을 가진 시어머니.」 (며느리를 구박하는 시어머니.) 31)

※ 多兒多累 (다아다루 duōér duōlèi)
「자식이 많으면 고생도 많다.」

→ 有了兒子不愁孫 (유료아자불수손 yǒule érzi bù chóu sūn)
「아들이 있다면 손자 걱정은 안 한다.」

▶ 一子兩不絶 (일자양부절)
「(형제 중 어느 한 사람이 아들이 없을 때) 아들 하나로 양가를 계승시키다.」

▶ 命中無兒難求子 (명중무아난구자)
「팔자에 자식이 없다면 아들을 얻기 어렵다.」 32)

※ 爹有娘有 不如自己有 (다유낭유 불여자기유 diē yǒu niáng yǒu, bùrú zìjǐ yǒu)
「아버지나 어머니의 소유(재산)는 내 것만 못하다.」

→ 爹親娘親 不如錢親 (다친낭친 불여전친 diēqīn niángqīn bùrú qiánqīn)
「부친 모친도 전친(錢親 ; 돈)만 못하다.

▶ 爹有不如娘有 娘有不如老婆有 老婆有還要開開口 不如自有 (다유불여낭유 낭유불여노파유 노파유환요개개구 불여자유)
「아버지의 돈은 어머니 돈만 못하고, 어머니 돈은 마누라 돈만 못하다. 마누라 가진 돈을 달라고 하면 열 때마다 잔소리를 하니, 내가 돈을 갖고 있는 것만 못하다」 33)

---

31) 媳 며느리 식. 熬 오래 끓일 오, 견딜 오. 婆 할미 파. 痴 바보 치. 聾 귀먹을 농(롱). 阿家阿翁 시아버지 시어머니.
32) 累 지칠 루, 폐를 끼치다. 兒子 아들.

※ **露水夫妻不長久** (노수부처부장구 lùshuǐ fūqī bù chángjiǔ)
「뜨내기 부부는 오래 갈 수 없다.」

→ **露水夫妻 錢盡緣盡** (노수부처 전진연진 lùshuǐ fūqī qián jìn yuán jìn)

「뜨내기 부부는 돈이 떨어지면 인연도 끝난다.」

▶ **三言兩語成夫妻** (삼언양어성부처)

「두세 마디 말로 부부가 되다.」 (경솔하게 혼인을 결정함.)

▶ **五百年前結下緣 夫妻由分而合** (오백년전결하연 부처유분이합)

「5백 년 전에 맺은 인연이 있어, 부부는 떨어져 있다가 다시 만난 것이다.」

▶ **後婚老婆後婚漢 有了吃 沒了散** (후혼노파후혼한 유료흘 몰료산)

「재혼한 노파나 사내는 있으면 먹고 없으면 헤어진다.」[34]

※ **萬卷藏書宜子孫** (만권장서의자손 wànjuàn cángshū yí zǐsūn)
「만 권의 장서는 자손에게 유익하다.」

→ **十年教學不富 一天不教就窮** (십년교학불부 일천불교취궁 shín ián jiàoxué bù fù, yītiān bùjiào jiù qióng)

「10년 공부를 시켜도 부자가 안 되지만, 하루라도 가르치지 않으면 바로 가난해진다.」

▶ **買不盡子孫田 做不盡子孫屋** (매부진자손전 주부진자손옥)

「자손을 위한 땅은 다 사 줄 수 없고, 자식을 위한 집은 다 지어줄 수 없다.」 (자손에게 물려줄 땅이 「이 정도면 충분하다」고 만족할 수 없어 계속 사게 된다는 뜻.)

---

33) 爹 아비 다. 娘 어머니 낭, 아가씨 낭. 錢 돈 전.
34) 露 이슬 로(노). 露水夫妻 ; 정식으로 혼례를 치르지 않은 부부. 緣 인연 연.

▶ **萬頃良田 不如四兩薄福** (만경양전 불여사량박복)

「만경의 넓은 땅이 넉 냥兩어치 얄팍한 복만 못하다.」 (복 받아 태어나는 것이 제일이다.) [35]

※ **晚娘的拳頭 雲裏的日頭** (만낭적권두 운리적일두 wǎnniángde quántou, yúnlǐde rìtou)

「계모의 주먹은 구름 속의 해와 같다.」 (계모는 심술이 고약하다.)

→ **有後娘必有後爹** (유후낭필유후다 yǒu hòuniáng bì yǒu hòu diē)

「계모가 있으면 틀림없이 의붓아버지가 생긴다.」 (친아버지도 계모처럼 제 자식을 박대한다.)

▶ **有晚娘就有晚老子** (유만낭취유만노자)

「계모가 들어오면 계부가 있다.」 (이래저래 어린 자식만 서럽다.)

▶ **田要冬耕 兒要親生** (전요동경 아요친생)

「논은 겨울에 갈아두어야 하고, 자식은 친모가 낳아야 한다.」 [36]

※ **滿堂兒女 不如半路夫妻** (만당아녀 불여반로부처 mǎntáng érnǚ bùrú bànlù fūqī)

「아들딸이 집안에 가득해도 중년부부 사랑만 못하다.」

→ **三十難捨 四十難離** (삼십난사 사십난리 sānshí nán shè, sìshí nán lí)

「(부부는) 서른에는 버릴 수 없고, 마흔에는 헤어질 수 없다.」

▶ **夫妻是福齊** (부처시복제)

「부부는 같은 복을 누린다.」

▶ **知冷知熱是夫妻** (지냉지열시부처)

---

35) 宜 마땅할 의. 頃 넓이단위 경. 薄 얇을 박.
36) 晚娘 계모. 爹 아비 다. 晚老子 계부, 의붓아비.

「(서로의) 차갑고 뜨거운 것을 아는 사이가 바로 부부다.」

▶ **男人三十一朵花 女人三十一個疤** (남인삼십일타화 여인삼십일개파)

「남자 나이 30이면 한 송이 꽃이지만, 여자 나이 30이면 하나의 흉터(흠집)이다.」 [37]

※ **慢藏誨盜 冶容誨淫** (만장회도 야용회음 màn cáng huì dào, yě róng huì yín)

「재물 간수를 잘못하는 것은 도둑에게 일러주는 것이고, 얼굴 화장은 음행을 가르치는 것이다.」

→ **芒種前後 背夫逃走** (망종전후 배부도주 mángzhòng qiánhòu bèi fū táozǒu)

「망종 전후에 남편을 버리고 도망간다.」 (농사일에 너무 피곤하여 도망가는 줄도 모른다.)

▶ **禽獸淫 無恥而有節 人淫 有恥而無節** (금수음 무치이유절 인음 유치이무절)

「금수가 발정하면 수치를 모르나 적당히 하고, 사람이 음란하면 부끄러움을 알면서도 절제節制가 없다.」

▶ **我不淫人妻女 妻女定不淫人** (아불음인처녀 처녀정불음인)

「내가 남의 처나 딸과 음행을 하지 않으니, 틀림없이 아내와 딸은 남과 음행을 하지 않는다.」

▶ **我若淫人妻女 妻女也要淫人** (아약음인처녀 처녀야요음인)

「내가 만약 남의 처나 딸과 음란한 짓을 한다면 아내와 딸 또한 남과 음행을 저지를 것이다.」 [38]

---

37) 捨 버릴 사. 離 헤어질 리. 齊 같을 제, 가지런하다. 朵 늘어질 타, 송이, 가지(朵와 同字). 疤 흉터 파, 헐었다가 나은 자국.

※ 買猪不買圈 (매저불매권 mǎi zhū bùmǎi juān)
「돼지를 사오지만 돼지우리를 사지는 않는다.」 (며느리를 볼 때 사람을 봐야지 재물을 보아서는 안 된다.)

→ 買牛要買張角牯 討親要看老丈母 (매우요매장각고 토친요간노장모 mǎiniú yàomǎi zhāngjiǎogǔ, tǎoqīn yàokàn lǎozhàngmǔ)
「소를 사려면 뿔이 벌어진 수놈 송아지를 사야 하고, 며느리를 볼 때는 그 어머니를 보아야 한다.」

▶ 買馬騎着挑 買碗敲着挑 (매마기착도 매완고착도)
「말을 살 때는 타 본 다음에 고르고, 그릇을 살 때는 두드려 본 다음에 골라야 한다.」

▶ 娘好囡好 秧好稻好 (낭호닙호 앙호도호)
「어머니가 좋으면 그 딸도 좋고, 싹이 좋으면 벼도 좋다.」 (딸은 어머니와 꼭 같다.) 39)

※ 明地裏敎子 暗地裏敎妻 (명지리교자 암지리교처 míngdìlǐ jiàozǐ, àndìlǐ jiàoqī)
「아들은 남이 보는 데서 가르치고, 아내는 남이 안 보는 데서 가르쳐라.」

→ 當面敎子 背後敎妻 (당면교자 배후교처 dāngmiàn jiàozǐ, bèihòu jiàoqī)
「자식은 남이 보는 데서 가르치더라도 아내는 나중에(다른 사람 없

---

38) 慢 게으를 만. 藏 감출 장. 誨 가르칠 회. 冶 쇠 녹일 야, 모양낼 야. 容 얼굴 용. 芒 싹 망.

39) 猪 돼지 저. 圈 우리 권, 둘러치다, 가두다. 張 벌릴 장. 角 뿔 각. 牯 송아지 고. 討親 며느릿감을 찾다. 騎 말 탈 기, 挑 고를 도, 멜 도. 碗 그릇 완. 敲 두드릴 고. 囡 딸아이 닙(입), 囝(아들 건)과 같은 글자. 秧 모 앙, 싹이 터서 옮겨심기 이전. 稻 벼 도.

을 때) 가르쳐라.」

▶ 關門打狗 開門敎子 (관문타구 개문교자)

「개를 때릴 때는 대문을 잠그고, 자식을 가르칠 때는 대문을 열어 놓는다.」

▶ 當堂敎子 枕畔訓妻 (당당교자 침반훈처)

「자식은 대청에서 가르치고, 아내는 잠자리에서 훈계한다.」

▶ 妻是枕邊人 十事商量九事成 (처시침변인 십사상량구사성)

「아내는 베갯머리의 사람이다. (잠자리에서 아내가) 열 가지 일을 상의하면 아홉 개는 이루어진다.」[40]

※ 母大兒肥 (모대아비 mǔ dà ér féi)
「어머니가 크면 아들도 비대하다.」

→ 獅子老虎也護犢 (사자노호야호독 shīzi lǎohū yě hù dú)

「사자나 호랑이도 제 새끼를 귀여워하며 키운다.」

▶ 虎毒不吃子 (호독불흘자)

「호랑이가 독하다 해도 제 새끼는 안 잡아먹는다.」

▶ 虎狼也有父子之情 (호랑야유부자지정)

「호랑이에게도 부자의 정이 있다.」[41]

※ 母慈悲 兒孝順 (모자비 아효순 mǔ cíbēi, ér xiàoshùn)
「어미가 자애로우면 자식은 효성스럽다.」

→ 孝門有孝子 (효문유효자 xiàomén yǒu xiàozǐ)

「효자 가문에서 효자가 나온다.」

▶ 順父母之言 呼爲大孝 (순부모지언 호위대효)

---

40) 裏 안 리. 暗 어두울 암. 枕 베개 침. 畔 두둑 반, 가장자리.
41) 肥 살찔 비. 犢 송아지 독, 짐승의 새끼.

「부모의 말에 순종하는 것을 큰 효도라고 한다.」

▶ 孝重千斤 日減一斤 (효중천근 일감일근)

「효도의 무게가 천 근이라면 하루에 한 근씩 줄어든다.」

▶ 孝順定生孝順子 忤逆還生忤逆兒 (효순정생효순자 오역환생오역아)

「효도하는 사람은 틀림없이 효도하는 자식을 낳고, 불효하는 사람은 불효하는 자식을 낳는다.」

▶ 鍋不熱 餅不熟. 父不慈 子不孝 (과불열 병불숙. 부불자 자불효)

「솥이 뜨겁지 않으면 떡이 익지 않는다. 부모가 자애롭지 않다면 자식이 효도하지 않는다.」

▶ 父不慈 子參商 (부부자 자참상)

「부친이 인자하지 않으면 자식들은 화목하지 않다.」 [42]

※ 沒男沒女是神仙 (몰남몰녀시신선 méinán méinǚ shì shénxiān)

「아들도 딸도 없는 사람이 신선이다.」 (무자식상팔자無子息上八字)

→ 不下蛋的老母鷄 (불하단적노모계 bù xiàdànde lǎomǔjī)

「알을 못 낳는 늙은 암탉.」 (아이를 못 낳는 여자)

▶ 孩子是娘身上掉下來的肉 (해자시낭신상도하래적육)

「자식은 어미의 몸에서 도려낸 살점.」

▶ 誰不是爹娘身上的肉 (수부시다낭신상적육)

「누가 부모 몸의 살점이 아닌가?」 (부모는 자식 모두를 마음 아파한다.)

---

42) 忤 거스를 오. 逆 거스를 역. 忤逆 불효하다. 鍋 솥 과. 餅 떡 병. 參 석 삼, 가지런하지 못할 참, 별이름 심. 商 장사 상, 별이름. 參商 ; 이십팔수(二十八宿)의 하나인 參은 서쪽에, 商은 동쪽에 뜨는데, 두 별이 동시에 나타나지 않는다고 함. 「형제간의 불화」 「혈육을 만나지 못한다」는 뜻으로 쓰임.

▶ **孩子胡蹧娘不管 打了孩子娘出來** (해자호조낭불관 타료해자낭출래)

「아이가 제멋대로 못된 짓을 해도 어미는 상관하지 않다가, 아이를 때리면 어미가 나온다.」

▶ **好葱包的好白子 好爹好娘養的好孩子** (호총포적호백자 호다호낭 양적호해자)

「좋은 파는 껍질이 하얀 속을 싸고 있고, 좋은 아비와 어미는 좋은 아이를 기른다.」 [43]

※ **無子媳婦喜他兒** (무자식부희타아 wú zǐ xífù xǐ tā ér)
「자식이 없는 여인은 남의 아기도 좋아한다.」

→ **古井無波** (고정무파 gǔjǐng wú bō)

「말라버린 우물에는 물결이 일지 않는다.」 (청상과부가 성욕을 억제하고 정절을 지킨다.)

▶ **有奶便是娘** (유내편시낭)

「젖을 주는 사람이 바로 어미다.」 (누구든 잘해주는 사람한테 정이 간다.)

▶ **爹死娘嫁人 各人顧各人** (다사낭가인 각인고각인)

「남편이 죽으면 여자는 다시 시집을 가고, 자기의 일은 자기가 알아서 한다.」 [44]

※ **無謊不成媒** (무황불성매 wú huǎng bù chéng méi)
「거짓말이 보태지지 않으면 중매가 되지 않는다.」

→ **無媒不成婚** (무매불성혼 wú méi bù chéng hūn)

---

43) 沒 가라앉을 몰, 없을 몰. 娘 어미 낭. 兒 아이 아, 아들, 자식. 掉 버릴 도. 蹧 잘못될 조, 망치다. 葱 파 총.
44) 奶 젖 내, 유모, 어머니. 顧 돌아볼 고.

「중매쟁이가 없다면 혼인이 되지 않는다.」

▶ 是媒都有謊 無謊不成媒 (시매도유황 무황불성매)

「중매쟁이는 모두 거짓말을 한다. 거짓이 없으면 중매가 되지 않는다.」

▶ 成媒不成媒 先跑三四回 (성매불성매 선포삼사회)

「중매가 성공할지 못할지, 먼저 서너 번 다녀봐야 한다.」 45)

※ 百善孝當先 (백선효당선 bǎishàn xiào dāng xiān)
「모든 선 중에서도 효도가 첫째다.」

→ 百事孝爲先 (백사효위선 bǎishì xiào wéi xiān)
「세상 모든 일 중에서 효도가 첫째.」

▶ 百里負米 (백리부미 bǎi lǐ fù mǐ)
「백리나 떨어진 곳에서 쌀을 져 오다.」 (가난하지만 효도를 다하다. 孔子의 제자 子路의 故事)

▶ 烏有反哺之孝 (오유반포지효)
「까마귀도 어미를 먹여 살리는 효행이 있다.」 (자식이 커서 부모를 봉양함.)

▶ 烏鴉有反哺之義 羔羊有跪乳之恩 (오아유반포지의 고양유궤유지은)
「까마귀는 어미에게 먹이를 물어다 주고, 양은 어미에게 꿇어앉아 젖을 먹여 은혜를 갚는다.」 46)

※ 棒打出孝子 (봉타출효자 bàngdǎ chū xiàozǐ)
「매를 때려 가르친 자식이 효자가 된다.」

→ 箸頭出忤逆 (저두출오역 zhùtóu chū wǔnì)

---

45) 謊 잠꼬대 황, 거짓말 황(謊의 俗字). 跑 달릴 포.
46) 負 짐질 부. 哺 먹일 포. 羔 새끼양 고. 跪 꿇어앉을 궤.

「젓가락으로 키우면 불효자가 나온다.」

▶ 嬌養忤逆兒 (교양오역아)

「응석받이로 키우면 불효자가 된다.」

▶ 小孩賤 巴掌練(소해천 파장련)

「어린아이가 말을 안 들으면 손바닥으로 때려야 한다.」

▶ 三天不打 上房揭瓦 (삼천불타 상방게와 sāntiān bùdǎ, shàngfáng jiē wǎ)

「3일을 때리지 않으면 지붕에 올라가서 기와를 걷어낸다.」 (어린 아이는 때려서라도 버릇을 고쳐주어야 한다.) 47)

※ 不當家不知柴米貴 (부당가부지시미귀 bù dāngjiā bùzhī cháimǐ guì)
「살림을 해 보지 않으면 땔나무와 쌀이 귀한 줄 모른다.」

→ 吃飯穿衣量家當 (흘반천의양가당 chīfàn chuānyī liáng jiā dāng)
「먹고 입는 것은 집안형편 따라 맞춰라!」

▶ 窮人的孩子早當家 (궁인적해자조당가 qióngrénde háizi zǎo dānjiā)
「가난한 집 아이는 일찍 집안일을 꾸려 나간다.」 (일찍부터 자기 몫을 담당한다.)

▶ 大口小口 一月一斗 (대구소구 일월일두)
「어른 입이건 아이 입이건 한 달에 한 말.」 (다섯에 닷 말, 열에 열 말.)

▶ 吃穿不窮失算窮 (흘천불궁실산궁)
「먹고 입어도 가난해지지는 않으나, 계산이 안 맞으면 가난해진

---

47) 棒 몽둥이 봉. 箸 젓가락 저. 젓가락으로 반찬 집어주며 자식을 키운다는 뜻. 忤 거스를 오. 逆 거스를 역. 嬌 아리따울 교, 사랑할 교. 揭 들어올릴 게.

다.」

▶ 吃過用過 剩個屁股 (흘과용과 잉개비고)

「먹고 써 버리니 궁둥이만 남았다.」 (살림이 거덜 났다.) [48]

※ 父母是層天 (부모시층천 fùmǔ shì céng tiān)

「부모는 또 다른 하늘이다.」 (자식은 부모의 뜻을 따라야 한다.)

→ 父在 沒子財 (부재 몰자재 fù zài, méi zǐ cái)

「아버지가 계신 동안 아들의 재산은 없다.」

▶ 親在不許友以死 (친재불허우이사 qīn zài bù xǔ yǒu yǐ sǐ)

「부모가 계시다면 친구와 죽음을 같이하겠다는 약속을 할 수 없다.」

▶ 父母的家當 兒一分 女一分 (부모적가당 아일분 여일분)

「부모의 재산은 아들도 한 몫, 딸도 한 몫이다.」

▶ 父在 子不得自專 (부재 자부득자전)

「부친이 계신 동안 아들이 살림을 전담할 수 없다.」 [49]

※ 夫婦是樹 兒女是花 (부부시수 아녀시화 fūfù shì shù, érnǚ shì huā)

「부부가 한 그루 나무라면 아들과 딸은 꽃이다.」

→ 先開花 後結子的好 (선개화 후결자적호 xiān kāihuā, hòu jiēzǐ de hǎo)

「먼저 꽃을 피우고 나중에 열매를 맺는 것이 좋다.」 (첫아이로 딸을, 다음에 아들을 낳는 것이 더 좋다.)

▶ 多福多壽多子孫 (다복다수다자손)

「많은 복, 오래 살기, 많은 자손.」

---

48) 飯 밥 반, 穿 뚫을 천, 입을 천. 量 헤아릴 량.

49) 家當 가산(家産). 專 오로지 전, 마음대로 하다.

▶ 多子多孫多福氣 (다자다손다복기 duōzǐ duōsūn duō fúqì)
「자손이 많으면 복도 많다.」

▶ 痴母鷄抱鴨兒 痴家母養外孫 (치모계포압아 치가모양외손)
「멍청한 암탉이 오리 알을 품고, 멍청한 어머니가 외손을 키운다.」 (외손자 키운 공 없다.) 50)

→ 夫妻是個冤家 (부처시개원가 fūqī shì gè yuānjia)
「부부는 사랑하는 원수다.」

▶ 夫有出妻之禮 子無棄母之道 (부유출처지례 자무기모지도)
「남편이 아내를 내보내는 예는 있으나, 자식이 어미를 내쫓는 도리는 없다.」

▶ 夫婦非同兒戲 因緣本始前定 (부부비동아희 인연본시전정)
「부부는 아이장난과 같을 수 없다. 혼인의 인연은 전생에 정해진 것이다.」

▶ 婚姻前注定 遲早不由人 (혼인전주정 지조불유인)
「혼인은 생전에 정해진 것이니, 늦거나 일찍 하는 것은 사람 때문은 아니다.」 51)

→ 將門出虎子 (장문출호자 jiàngmén chū hǔzǐ)

---

50) 是 이 시, ~이다, 옳을 시. 靠 기댈 고. 癡 어리석을 치. 抱 안을 포. 鴨 오리 압.

51) 冤 원통할 원, 원수. 冤家 ; 원수. 미워하지만 실제로는 사랑하며 마음에 번뇌를 주는 사람(주로 희곡에서 사용되는 뜻). 棄 버릴 기. 遲 늦을 지.

「장수 가문에서 호랑이 같은 아들 나온다.」

▶ 虎父無犬子 (호부무견자)

「호랑이 아버지에 강아지 같은 아들 없다.」

▶ 父強子不弱 (부강자불약)

「아버지가 강하면 아들도 약하지 않다.」 52)

※ 不養兒不知父母恩 (부양아부지부모은 bù yǎngér bùzhī fùmǔ ēn)
「아이를 키워보지 않으면 부모 은혜를 모른다.」

→ 虎狼有父子之情 (호랑유부자지정 hūláng yǒu fùzǐ zhī qíng)

「호랑이도 부자간의 정이 있다.」

▶ 不生孩子 不知道腰酸肚子痛 (불생해자 부지도요산두자통)

「아이를 낳지 않으면 허리가 시큰거리고 배 아픈 고통을 모른다.」

▶ 不作父母不知父母恩 (부작부모부지부모은)

「부모가 되기 전에는 부모의 은혜를 모른다.」 53)

※ 父嚴子肖 (부엄자초 fù yán zǐ xiào)
「부친의 교육이 엄하면 아들의 품행은 단정하다.」

→ 父兄失教 子弟不堪 (부형실교 자제불감 fùxiōng shī jiào, zǐdì bù kān)

「가장의 가르침이 없으면 자식은 어찌할 수 없다.」 (버린 자식이다.)

▶ 父欲行劫 子必殺人 (부욕행겁 자필살인)

「아버지가 (남의 것을) 강제로 빼앗았다면, 아들은 틀림없이 살인

---

52) 漢 나라 한, 사나이 한.

53) 當家 집안살림을 맡아 하다. 柴 땔나무 시. 恩 은혜 은. 腰 허리 요. 酸 신 산, 식초, 시큰거리다. 肚 배 두.

을 할 것이다.」(나쁜 아비를 닮은 자식은 더 나쁘다.)

▶ 其父盜 子必行劫 (기부도 자필행겁)

「아마도 아버지가 도둑질을 한다면 아들은 틀림없이 겁탈을 할 것이다.」

▶ 生兒不敎不成人 栽樹不管難成林 (생아불교불성인 재수불관난성림)

「아들을 낳아 가르치지 않으면 사람이 되지 않고, 나무를 심고 가꾸지 않으면 수풀이 되지 않는다.」

▶ 身敎重於言敎 (신교중어언교)

「몸으로 실천하여 가르치는 것은 말로 가르치는 것보다 효과적이다.」[54]

※ 父子無隔宿之仇 (부자무격숙지구 fùzǐ wú géxiǔzhīchóu)
「부자간에 묵은 감정이 없다.」(부자간 앙금은 쉽게 없어진다.)

→ 父子吵架有口無心 (부자초가유구무심 fùzǐ chǎojià yǒu kǒu wú xīn)

「부자간의 말다툼은 말만 그렇지 속마음은 없다.」

▶ 無仇不成父子 (무구불성부자 wú chóu bù chéng fùzǐ)

「(전생에) 원수진 일이 없다면 부자가 되지 않는다.」(부자간에는 이견이 없을 수 없다.)

▶ 父子兄弟 罪不相及 (부자형제 죄불상급)

「부자와 형제간이라도 각자의 죄는 다른 사람에게 미치지 않는다.」

▶ 父債子還 夫債妻還 (부채자환 부채처환)

「아버지가 진 빚은 아들이 갚아야 하고, 남편의 빚은 아내가 갚아

---

54) 肖 닮을 초. 堪 견딜 감. 不堪 어찌할 수 없다. 劫 위협할 겁, 빼앗다. 其 그 기, 아마도(추측).

야 한다.」

▶ 祖先作孽 子孫還債 (조선작얼 자손환채)
「조상이 지은 죄는 그 자손이 빚을 갚는다.」 [55]

※ 父子不同舟 (부자부동주 fùzǐ bù tóng zhōu)
「부자는 한배에 타지 않는다.」 (사고가 나면 대가 끊어진다.)

→ 無後爲不孝之大 (무후위불효지대 wúhòu wéi bùxiào zhī dà)
「후손이 없는 것이 큰 불효이다.」

▶ 父子之間形不似而神似 (부자지간형불사이신사)
「부자지간에 모습은 닮지 않았더라도 정신은 닮는다.」

▶ 有再生的兒女 沒有再生的爹娘 (유재생적아녀 몰유재생적다낭)
「아들딸은 다시 낳을 수 있지만, 부모는 다시 살아날 수 없다.」 (살아 계실 때 효도를 해야 한다.)

▶ 子息有錢買不到 有力使不出的 (자식유전매부도 유력사불출적)
「자식은 돈이 있다 하여 살 수 없고, 힘이 있다 하여 꺼낼 수 있는 것도 아니다.」

▶ 沒娘的孩子避墻根 沒爹的孩子貴如金 (몰낭적해자피장근 몰다적해자귀여금)
「어머니가 없는 아이는 담 밑으로 숨고, 아비 없는 아이는 황금처럼 귀하다.」 [56]

※ 夫妻是夫妻 苟合是苟合 (fūqī shì fūqī, gǒuhé shì gǒuhé)
「부부는 부부, 간통은 간통」

---

55) 隔 사이 뜰 격. 隔宿 하룻밤을 넘기다. 仇 원수 구. 孽 첩의 자식 얼, 요물 얼. 債 빚 채. 還 돌아올 환, 상환하다, 갚다.
56) 似 닮을 사. 爹 아비 다.

→ 夫爲惡 妻有咎 (부위악 처유구 fū wéi è, qī yǒu jiù)

「남편이 악행을 저지르면 아내에게 허물이 있다.」

▶ 夫妻面前不說眞 說了眞 打單身 (부처면전불설진 설료진 타단신)

「부부는 면전에서 진심을 말하지 말라. 진심을 말했다면 서로 혼자가 된다.」

▶ 夫妻面前不說眞 朋友面前莫說假 (부처면전불설진 붕우면전막설가)

「부부는 면전에서 진실을 말할 수 없고, 친구 면전에서는 거짓을 말할 수 없다.」[57]

※ 夫妻恩愛苦也甛 (부처은애고야첨 fūqī ēnài kǔ yě tián)
「부부의 은혜와 사랑은 쓰고도 달다.」

→ 夫妻一個臉 (부처일개검 fūqī yī gè liǎn)

「부부는 한 얼굴이다.」 (태도나 관점이 같다.)

▶ 一月不空房 (일월불공방)

「(신혼 초) 한 달간은 방을 비우지 않는다.」 (밀월蜜月)

▶ 夫妻本是同林鳥 大難來時各自飛 (부처본시동림조 대난래시각자비)

「부부는 본디 한 숲에 사는 새지만, 큰 환난이 닥치면 각자 날아가 버린다.」[58]

※ 夫妻吵架沒贏家 (부처초가몰영가 fūqī chǎo, chāojià méi yíng jiā)

---

57) 苟 구차할 구, 임시로, 되는 대로. 苟合 (남녀가) 간통하다, 私通하다. 咎 허물 구. 單身 혼자.

58) 甛 달 첨. 吵 시끄러울 초, 말다툼하다. 架 시렁 가. 吵架 chǎojià 말다툼하다.

「부부싸움에는 이긴 편이 없다.」

→ 夫妻無隔夜仇 (부처무격야구 fūqī wú gé yè chóu)

「부부간에 하룻밤을 지낸 원수 없다.」 (싸우더라도 그날 밤에 풀어진다.)

▶ 夫妻吵架常事 隣居拉勸多事 (부처초가상사 인거납권다사 fūqī chǎojià cháng shì, lín jū lāquàn duō shì)

「부부가 싸우는 일은 늘 있는 일이니, 이웃이 싸움을 말리는 일은 쓸데없는 일이다.」

▶ 床頭打架床未和 (상두타가상미화)

「침상 앞머리에서 싸우고 침상 끝에서 화해하다.」 (부부싸움은 칼로 물 베기.)

▶ 夫婦是打罵不開的 (부부시타매불개적)

「부부는 때리고 욕했다 하여 헤어지지 않는다.」

▶ 莫打酉時妻 一夜受孤凄 (막타유시처 일야수고처)

「저녁무렵酉時에 아내를 때리지 말라. 하룻밤 내내 외롭고 처량하다.」

▶ 江河不曲不流水 夫妻不吵不到頭 (강하불곡불류수 부처불초부도두)

「강물은 굽이치지 않으면 물이 흐르지 않고, 부부가 싸우지 않고서는 해로할 수 없다.」

▶ 天上下雨地下流 夫妻打架不爲仇 (천상하우지하류 부처타가불위구)

「하늘에서 비가 내리면 땅 속으로 스며들고, 부부가 싸우더라도 원수가 되지는 않는다.」

▶ 天底下 沒有不吵架的夫婦 (천저하 몰유부초가적부부)

「하늘 아래 싸우지 않는 부부 없다.」 59)

※ 不賢妻 不孝子 沒法可治 (불현처 불효자 몰법가치 bù xiánqī bùxiào zǐ méi fǎ kě zhì)

「어리석은 처와 불효자는 어찌할 수 없다.」

→ 逆子頑妻 無藥可治 (역자완처 무약가치 nìzǐ wánqī, wúyào kězhì)

「말 안 듣는 자식, 미련한 아내를 고칠 만한 약 없다.」

▶ 頑妻劣子 無法可治 (완처열자 무법가치)

「미련한 아내와 둔한 자식은 어찌할 도리가 없다.」

▶ 妻子不貞乃破家之本 (처자부정내파가지본)

「아내의 부정은 가정파탄의 근본이다.」 [60]

※ 比翼連理 (비익연리 bǐ yì liánlǐ)

「비익조(比翼鳥 : 날개가 하나밖에 없는 새로, 두 마리가 나란히 합쳐야 비로소 두 날개가 되어 날 수가 있다.)와 연리지(連理枝 : 한 가지가 된 두 나무).」 (애정이 깊은 부부.)

→ 海燕雙棲 (해연쌍서 hǎiyàn shuāng qī)

「바다제비가 쌍으로 둥지를 틀다.」 (부부가 함께 살다.)

▶ 夫婦和而後家道成 (부부화이후가도성)

「부부가 화합한 뒤에야 가정의 법도가 선다.」

▶ 生則同室 死則同穴 (생즉동실 사즉동혈)

「(부부는) 살아서 한 집에 살다가 죽어서는 같이 묻힌다.」 [61]

※ 貧極無君子 (빈극무군자 pínjí wú jūnzǐ)

---

59) 吵 시끄러울 초, 말다툼. 架 시렁 가. 吵架 말다툼하다. 拉勸 싸움을 말리다, 화해시키다. 多事 쓸데없는 일. 隔 사이 뜰 격. 到頭 맨 끝에 이르다, 결국. 罵 욕할 매.
60) 逆 거스를 역. 頑 완고할 완, 미련할 완.
61) 燕 제비 연. 棲 깃들 서. 穴 구멍 혈, 무덤. ※ 당(唐) 백거이(白居易)「장한가(長恨歌)」 "在天願作比翼鳥 在地願爲連理枝."

「찢어지게 가난한 집에 군자 없다.」

→ 貧者恒多子 (빈자항다자 pín zhě héng duō zǐ)

「가난한 집에는 늘 자식이 많다.」

▶ 暑日無君子 (서일무군자 shǔ rì wú jūn zǐ)

「무더운 날에 군자 없다.」(의관을 갖추고 군자인 척할 수 없다.)

▶ 貧而有子非貧 富而無子非富 (빈이유자비빈 부이무자비부)

「가난하지만 아들이 있다면 가난하지 않고, 부자이지만 아들이 없다면 부자가 아니다.」

▶ 人生有子萬事足 身後無兒總是空 (인생유자만사족 신후무아총시공)

「인생에 자식이 없다면 모든 게 넉넉하지만, 뒤를 이을 자식이 없다면 모든 것이 허무하다.」[62]

※ 貧難婚富 富難婚貴 (빈난혼부 부난혼귀 pín nán hūn fù, fù nán hūn guì)

「가난한 사람은 혼인으로 부자가 되기 어렵고, 부자는 혼인으로 고귀해지지 않는다.」

→ 寧可無官 不可無妻 (영가무관 불가무처 nìngkě wú guān, bù kě wú qī)

「차라리 벼슬이 없을지언정 아내가 없을 수 없다.」

▶ 貧無本 富無根 (빈무본 부무근)

「가난은 그러할 바탕이 없고, 부자도 그러할 뿌리가 없다.」(빈부는 일정하지 않다. 언제는 바뀐다.)

▶ 婚姻死喪 隣里相助 (혼인사상 인리상조)

---

62) 極 다할 극. 恒 늘 항, 언제나.

「혼인과 상례에는 이웃과 마을 사람들이 서로 돕는다.」 [63]

※ 貧賤之知不可忘 糟糠之妻不下堂 (빈천지지불가망 조강지처불하당 pínjiàn zhīzhī bùkě wàng, zāokāngzhīqī bù xiàtáng)
「빈천할 때 사귄 친구를 잊어서는 안 되고, 구차하고 천할 때에 고생을 같이한 아내糟糠之妻를 버릴 수 없다.」

→ 貧賤是苦境 能善處者自樂 (빈천시고경 능선처자자락 pínjiàn shì kǔjìng, néng shànchǔ zhě zìlè)
「가난하고 지위가 없으면 삶이 힘들지만, 잘만 대처한다면 스스로 (가난을) 즐길 수 있다.」

▶ 貧賤識眞交 患難見眞情 (빈천식진교 환난견진정)
「빈천할 때 참된 교제를 알 수 있고, 환난에 참된 정을 볼 수 있다.」

▶ 白手起家眞志士 黑心起家個個罵 (백수기가진지사 흑심기가개개매)
「맨 손으로 가정을 일으키면 참된 지사이지만, 흑심으로 집안이 흥성하면 사람마다 욕을 한다.」 [64]

※ 死人不吃飯 家當去一半 (사인부흘반 가당거일반 sǐrén bù chī fàn, jiādàng qù yībàn)
「죽은 사람이 밥이야 안 먹지만, 살림의 절반이 들어간다.」 (장례, 제사 비용이 만만치 않다.)

→ 死者不可復生 (사자불가부생 sǐzhě bùkě fùshēng)
「죽은 사람은 다시 살아날 수 없다.」

---

63) 隣 이웃 린.
64) 賤 천할 천. 糟 술지게미 조. 糠 쌀겨 강. 是 ~이다. 罵 욕할 매.

▶ **死了拜三拜 不如活着夾一筷** (사료배삼배 불여활착협일쾌)

「죽어 절 세 번 하는 것은 살아 있을 때 젓가락 한 번 더 잡게 해 주는 것만 못하다.」

▶ **死也落個飽肚鬼** (사야락개포두귀)

「설령 죽더라도 배부른 귀신이 되어야 한다.」 (죽을 땐 죽더라도 먹을 것은 먹겠다.) 65)

※ **三十不立子 凄凄憐憐苦到死** (삼십불입자 처처연련고도사 sānshí bù lìzǐ, qīqī liánlián kǔ dào sǐ)

「서른에도 아들이 없다면 처량하고 불쌍하게 고생하다가 죽는다.」

→ **三十無子 四十絶望** (삼십무자 사십절망 sānshí wúzǐ, sìshí juéwàng)

「나이 30에 아들이 없다면 40에는 희망이 없다.」

▶ **四十無子娶妾** (사십무자취첩)

「40십에도 아들이 없다면 첩을 맞이해야 한다.」

▶ **五十不見孫 至死不鬆心** (오십불견손 지사불송심)

「50에도 손자가 없다면 죽을 때까지 마음이 놓이지 않는다.」

▶ **三十年前看父敬子 三十年後看子敬父** (삼십년전간부경자 삼십년후간자경부)

「30년 전에는 아버지를 보아 그 아들을 공경했고, 30년 뒤에는 아들을 보고 그 아버지를 공경한다.」 (말년에는 자식이 출세해야 대우받는다.) 66)

---

65) 拜 절 배, 절하다. 夾 낄 협, 끼우다. 筷 젓가락 쾌. 飽 배부를 포. 肚 배 두.

66) 凄 쓸쓸할 처. 憐 불쌍히 여길 련(연). 娶 장가들 취. 尋 찾을 심. 鬆 느슨 할 송, 풀다.

※ **小時不教 大時當賊** (소시불교 대시당적 xiǎoshí bù jiào, dàshí dāng zéi)

「어려서 가르치지 않으면 커서 도적이 된다.」

→ **小時不防 大時跳墙** (소시부방 대시도장 xiǎoshí bù fáng, dàshí tiàoqiáng)

「어릴 때부터 막지 않으면 커서 (남의) 담을 넘는다.」

▶ **小時不敎成渾虫 長大不學成懶龍** (소시불교성혼충 장대불학성나룡)

「어려서 가르치지 않으면 커서 멍청이가 되고, 어른이 되어 배우지 않으면 음식이나 탐하는 게으름뱅이가 된다.」

▶ **不打不成人 打到做官人** (불타불성인 타도주관인)

「때리지 않으면 사람이 되지 않는다. 벼슬을 할 때까지 때려 가르쳐야 한다.」[67]

※ **小孩盼過年 大人愁臘月** (소해반과년 대인수납월 xiǎo hái pàn guònián, dàrén chóu làyuè)

「어린아이는 설날을 기다리고, 어른은 섣달을 걱정한다.」

→ **過年瞧街坊** (과년초가방 guònián qiáo jiēfang)

「세모에 이웃사람의 인심을 알 수 있다.

▶ **小孩子算過年 新娘子算拜堂** (소해자산과년 신낭자산배당)

「어린아이는 설날을 손꼽아 기다리고, 아가씨는 시집갈 날을 손꼽아 기다린다.」

▶ **盼星星盼月亮** (반성성반월량)

「간절히 바라다.」 (학수고대하다.) [68]

---

67) 墙 담 장. 渾 흐릴 혼. 渾虫 멍텅구리. 懶 게으를 나. 懶龍 게으른 용(김밥처럼 길게 만든 고기만두. 음식이나 탐하는 게으른 사람.)

※ 小孩賤 把掌練 (소해천 파장련 xiǎohái jiàn, bāzhǎng liàn)
「어린애가 말을 안 들으면 뺨을 때려 가르쳐야 한다.」

→ 小孩挨鞋底 有一回就怕了 (소해애혜저 유일회취파료 xiǎoháir ái xiédǐ yǒu yīhuí jiù pà le)

「(말 안 듣는) 아이는 신발바닥으로 한 대만 맞으면 두려워한다.」

▶ 不挨罵 長不大 (불애매 장부대)
「욕을 먹지 않고서는 어른이 될 수 없다.」

▶ 小駒可馴 老馬難馭 (소구가순 노마난어)
「어린 망아지는 길들일 수 있지만, 늙은 말은 부리기도 어렵다.」

▶ 賤駱駝 越重越走 (천낙타 월중월주)
「빤질거리는 낙타는 짐이 무거워야 잘 걷는다.」[69]

※ 誰家兒子不惱娘 (수가아자부뇌낭 shuí jiā érzi bù nǎo niáng)
「어느 집 아인들 어미 속을 안 썩일까?」

→ 浪子回頭金不換 (낭자회두금불환 làngzǐ huítóu jīn bù huàn)
「방탕한 아들이 뉘우치면 황금하고도 바꿀 수 없다.」

▶ 誰家的孩子不氣人 (수가적해자불기인)
「뉘 집 아이인들 사람 속을 썩이지 않는가?」

▶ 敗家子不怕財多 (패가자불파재다)
「집안을 망치는 자식은 많은 재산을 걱정하지 않는다.」 (재산이 아무리 많아도 다 말아먹는다.) [70]

---

68) 盼 바랄 반, 예쁜 눈 반. 過年 설을 쇠다. 愁 근심 수. 臘 섣달 납(랍). 瞧 몰래 볼 초. 街 거리 가. 坊 동네 방. 亮 밝을 량. 月亮 달.

69) 孩 아이 해. 賤 천할 천, 야비할 천. 巴掌 손바닥, 뺨을 치다. 練 익힐 련(연). 挨 칠 애, 얻어맞다. 鞋 신 혜. 底 바닥 저. 就 곧 취, 이룰 취. 怕 두려울 파. 駒 망아지 구. 馴 길들일 순. 馭 말부릴 어. 駱 낙타 낙. 駝 낙타 타, 타조 타.

※ **誰家養的不是嬌哥哥** (수가양적부시교가가 shuí jiā yǎngde bù shì jiāogēge)

「어느 집에서 키웠든 응석받이 아닌 애 없다.」

→ **兒的生日 媽的苦日** (아적생일 마적고일 érde shēngrì, māde kǔrì)

「자식의 생일은 어머니 고생의 날.」

▶ **誰家兒子誰心痛** (수가아자수심통)

「뉘 집 아이든, 누군들 마음이 아프지 않겠는가?」

▶ **含在嘴裏怕化了 捏在手裏怕碎了** (함재취리파화료 날재수리파쇄료)

「입안에 넣으면 녹아버릴까, 손안에 쥐면 부서질까 두려워하다.」 (아이를 과보호하다.) 71)

※ **身上掉下來的肉** (신상도하래적육 shēnshang diào xiàlái de ròu)
「몸에서 도려낸 살점.」 (친자식.)

→ **十脂連心 個個都疼** (십지연심 개개도동 shí zhī liánxīn, gègè dōu téng)

「열 손가락 한 마음이니 모두 아프다.」 (열 손가락 깨물어 안 아픈 손가락 없다.)

▶ **母子連心** (모자연심 mǔ zǐ lián xīn)

「어머니와 아들은 마음이 통한다.」

▶ **一娘生九子 九子連娘十條心** (일낭생구자 구자연낭십조심)

「한 어미가 아홉 아들을 낳으면 아홉 아들과 어미가 열 가닥의 마

---

70) 惱 괴로워할 뇌. 氣 기운 기, 성질, 성(내다), 화나게 하다. 浪子 방탕한 아들. 回頭 뉘우쳐 개과천선하다. 換 바꿀 환.

71) 嬌 아리따울 교, 哥 노래 가, 형, 오빠(사람을 부르는 말). 嬌哥哥 응석받이. 化 변화하다, 녹다, 삭이다. 捏 잡을 날, 손가락으로 집다, 날조하다, 꾸며대다.

음으로 이어진다.」

▶ 吃盡百味鹽好 走遍天下娘好 (흘진백미염호 주편천하낭호)

「모든 맛을 다 보아도 소금이 제일이고, 천하를 다 돌아다녀 보아도 어머니가 제일 좋다.」

▶ 娘想兒 流水長, 兒想娘 筷子長 (낭상아 유수장, 아상낭 쾌자장)

「어미의 자식 생각은 흐르는 강처럼 끝이 없지만, 자식의 부모 생각은 젓가락 길이 만큼이다.」72)

※ 新媳婦進帳房 要慢慢地來 (신식부진장방 요만만지래 xīn xífu jìn zhàngfáng yào mànmànde lái)

「새색시가 신방에 들어갈 때는 천천히 들어가야 한다.」(가정의 일이라도 서둘러서는 안 된다.)

▶ 新娘不開口 開口一世不發財 (신낭불개구 개구일세불발재 xīnniáng bù kāikǒu, kāikǒu yīshì bù fācái)

「새 신부는 입을 열지 않는다. 신부가 말을 하면 한 대에 걸쳐 돈이 모이지 않는다.」

▶ 新婚之夜不說話 將來孩子是啞巴 (신혼지야불설화 장래해자시아파)

「신혼날 밤에 이야기를 하지 않으면 장래 아이가 벙어리가 된다.」

▶ 洞房華燭夜 金榜題名時 (동방화촉야 금방제명시)

「신혼 첫날 화촉을 밝힌 밤과 과거 합격자 방에 이름이 올라간 날.」(인생에서 가장 기쁜 날.) 73)

※ 新婚不如久別 (신혼불여구별 xīnhūn bùrú jiǔbié)

---

72) 疼 아플 동. 筷 젓가락 쾌.
73) 帳 휘장 장. 慢 게으를 만, 천천히. 啞 벙어리 아. 洞 고을 동. 洞房 신혼을 차린 방.

「신혼이 오랜 이별만 못하다.」 (오래 떨어져 있으면 정이 더 깊어진다.)

→ 新婚的郎火一樣 (신혼적낭화일양 xīnhūnde láng huǒ yīyàng)

「신혼의 신랑은 불과도 같다.」

▶ 新婚不如遠歸 (신혼불여원귀)

「신혼은 먼 곳 여행에서 돌아오는 것만 못하다.」 (먼 곳의 여행에서 돌아오면 신혼보다 더 뜨겁다.)

▶ 百里歸來不同房 (백리귀래부동방)

「백리 길을 돌아와서는 방사를 하지 않는다.」

▶ 百里行房者病 (백리행방자병)

「백 리 길을 걸어 방사를 하면 병이 난다.」

▶ 千里未爲遠 十年歸未遲 (천리미위원 십년귀미지)

「(님을 찾아간다면) 천리 길도 멀다고 생각 않고, (님이) 십년 만에라도 돌아온다면 늦지 않다.」 [74]

※ 十個婦人九個妬 (십개부인구개투 shí gè fùrén jiǔ gè dù)
「열 부인 중 아홉은 질투를 한다.」 (질투는 여자의 힘.)

→ 揚手可摘的桃子未必甛 (양수가적적도자미필첨)

「손을 뻗어 딸 수 있는 복숭아는 틀림없이 달지 않다.」 (쉽게 얻는 행복은 행복이 아니다.)

▶ 婦人以泣市愛 小人以泣售奸 (부인이읍시애 소인이읍수간)

「여인들은 눈물로 사랑을 얻고, 소인은 울면서 간사한 짓을 한다.」

▶ 療妬無方 (요투무방)

「질투를 치료할 처방(약)은 없다.」 (여자의 질투는 불치병이다.) [75]

---

74) 樣 모양 양.
75) 妬 시새움할 투. 摘 딸 적. 桃 복숭아 도. 桃子 복숭아. 泣 울 읍. 市 저

※ 十個指頭咬着都疼 (십개지두교착도동 shígè zhǐtou yǎozhe dōu téng)

「열 손가락을 깨물면 모두 아프다.」 (자식에 대한 부모의 사랑은 다 같다.)

→ 哪根指頭也是自己的 (나근지두야시자기적육 nǎgēn zhǐtou yě shì zìjǐde ròu)

「어느 손가락이든 다 자기의 살점이다.」 (모두 다 내가 낳은 자식이다.)

▶ 十個手脂頭不一般齊 (십개수지두부일반제)

「열 손가락이 모두 다 나란하지는 않다.」 (자식들이라도 성격이 모두 다 다르다.)

▶ 一母生九子 九子不一樣 (일모생구자 구자불일양)

「한 어미가 자식 아홉을 낳는데, 아홉 자식의 생김새는 모두 같지 않다.」76)

※ 兒女之情, 夫妻之情 (아녀지정, 부처지정 érnǚ zhī qíng, fūqī zhī qíng)

「부모의 자식에 대한 사랑, 부부간의 사랑.」 (가장 깊은 사랑이다.)

→ 兒行千里母擔憂 (아행천리모담우)

「아들이 먼 길을 떠나면 어미는 걱정을 안고 산다.」

▶ 寵子如殺子 (총자여살자)

「자식을 귀엽게 키우면 자식을 죽이는 거와 같다.」

자 시, (물건을) 사다, 팔다. 售 팔 수.

76) 脂頭 손가락. 咬 물 교. 咬着 깨물다. 都 모두 도. 疼 아플 동. 哪 어느 나. 根 여기서는 뿌리란 뜻이 없음. 가늘고 긴 물건을 세는 단위, 곧 양사(量詞)임. 齊 가지런할 제.

▶ 養兒防老 積穀防飢 (양아방노 적곡방기)

「아들을 키워 노후를 대비하고, 곡식을 비축하여 흉년에 대비한다.」

▶ 出外十里 爲風雨計, 出外百里 爲寒暑計, 出外千里 爲生死計 (출외십리 위풍우계, 출외백리 위한서계, 출외천리 위생사계)

「십리 밖을 나갈 때는 비나 바람에 대비하고, 일백 리 밖으로 여행할 때는 춥고 더운 날씨에 대한 준비를, 천리 밖에 나갈 때는 생사에 대한 대책이 있어야 한다.」 [77]

※ 兒大兒做主 女大管不住 (아대아주주 여대관부주 érdà ér zuò zhǔ, nǚdài guǎn bùzhù)

「장성한 아들은 제 마음대로 하고, 다 자란 딸에겐 부모 간섭도 소용없다.」 (품안의 자식이지, 장성하면 부모 말을 듣지 않는다.)

→ 兒大不由爹 女大不由娘 (아대불유다 여대불유낭 érdà bù yóu diē, nǚdài bù yóu niáng)

「아들이 크면 아비 말을 안 듣고, 딸이 크면 어미 말을 안 듣는다.」

▶ 兒大不中管 女大不中留 (아대불중관 여대불중류)

「아들이 크면 간섭이 먹혀들지 않고, 딸이 크면 집에 둘 수 없다.」 (출가시켜야 한다.)

▶ 吃娘奶 見娘親, 娶過女人忘娘恩 (흘낭내 견낭친, 취과여인망낭은)

「어미젖을 먹을 때는 어머니를 알지만, 아내를 얻고 나면 어머니 은혜를 잊어버린다.」 (품안의 자식이지 결혼하면 부모 은혜를 잊어버린다.) [78]

---

77) 憂 근심할 우. 寵 귀여워할 총. 飢 굶주릴 기, 흉년, 飢餓. 計 셈할 계, 계획, 방책.

※ 兒不嫌母醜 狗不嫌家貧 (아부혐모추 구부혐가빈 ér bùxián mǔc hǒu, gǒu bùxián jiāpín)

「자식은 못생긴 어미를 싫어하지 않고, 개는 가난한 주인을 싫어하지 않는다.」

→ 兒不嫌娘窮 兒不怕娘醜 (아불혐낭궁 아부파낭추 ér bùxián niáng qióng, ér bùpà niángchǒu)

「자식은 가난한 어미를 싫어하지 않고, 못 생긴 어머니를 싫어하지 않는다.」 (가난해도 내 집, 못 생겨도 내 어머니이다.)

▶ 有妻別嫌醜 (유처별혐추)

「아내가 있다면 못 생겼다고 탓하지 말라.」

▶ 想活九十九 別嫌老妻醜 (상활구십구별혐노처추)

「아흔아홉 살까지 살고 싶다면 아내가 못 생겼다고 탓하지 말라.」

▶ 誰有奶便是娘 (수유내편시낭)

「누구든 젖을 물리는 이가 애 어미다.」 (이익을 주는 사람이라면 누구에게든 매달린다.)

▶ 肉臭有人聞 人醜無人逢 (육취유인문 인추무인봉)

「고기는 상했어도 냄새 맡는 사람이 있지만, 사람이 못생겼으면 짝을 만나지 못한다.」 79)

※ 兒孫自有兒孫福 (아손자유아손복 érsūn zìyǒu érsūn fú)

「자식들은 각각 자기 복이 있다.」

→ 莫爲兒孫作馬牛 (막위아손작마우 mò wéi érsūn zuò mǎniú)

---

78) 的 ~의. 媽 어미 마. 苦 쓸 고. 兒 여기서는 아들. 做 지을 주. 管 다스릴 관, 간섭할 관. 奶 젖 내, 젖을 먹다. 娶 장가들 취.

79) 兒 아이 아, 자식, 아들. 嫌 싫어할 혐. 醜 추할 추. 狗 개 구. 娘 어머니 낭. 窮 가난할 궁. 怕 두려울 파.

「자식을 위하여 소나 말처럼 일하지 말라.」 (자손을 위하여 죽도록
일만 하거나, 재산을 모아 주려고 애쓰지 말라.)

▶ 年輕人自有他們的衣飯碗 (연경인자유타문적의반완)

「젊은이에게는 타고난 그들의 옷과 밥그릇이 있다.」

▶ 天生一個人 必有一份粮 (천생일개인 필유일빈량)

「하늘이 사람을 하나 내면 반드시 그 몫의 양식이 있다.」 [80]

※ 兒女是父母的心頭肉 (아여시부모적심두육 érnǚ shì fùmǔ de xīn
tóuròu)

「딸은 부모 마음속의 살점이다.」 (남에게 떼어주기 아까운 자식이
다.)

→ 老閨女是當媽的貼身小棉襖 (노규녀시당마적첩신소면오 lǎoguīnǚ shì
dāngmāde tiēshēn xiǎo miánǎo)

「막내딸은 어머니의 몸에 걸친 작은 솜저고리다.」 (막내딸이 어머
니와 가장 가깝다)

▶ 惜妮妮 害妮妮 害了妮妮無藥醫 (석니니 해니니 해료니니무약의)

「딸을 귀여워하면 딸을 망치는 것이다. 버릇없는 딸을 고칠 약도
의사도 없다.」 [81]

※ 阿婆不嫁女 哪得孫兒抱 (아파불가녀 나득손아포 āpó bù jià nǚ,
nǎ dé sūner bào)

「할머니가 딸을 시집보내지 않으니 언제 손자를 안아보겠는가?」

---

80) 兒孫 아들과 손자. 自有 스스로 갖고 있다. 莫 말 막, ~하지 말라. 份
   fèn 한 몫. 粮 곡식 량(糧과 同字). 寵 귀여워할 총, 사랑할 총. 他們 그들.
81) 兒女 딸. 是 ~이다. 的 ~의. 閨 규방 규, 여자 규. 老閨女 막내딸(老「막
   내」라는 뜻도 있음. 老妹子「막내 여동생」), 노처녀. 媽 어미 마, 엄마. 貼
   붙일 첩. 棉 목화 면. 襖 저고리 오. 妮 계집애 니, 하녀 니.

(딸의 혼사를 재촉하는 뜻.)

→ 該嫁不嫁 爹娘挨罵 (해가불가 다낭애매 gāi jià bù jià, diēniáng ái mà)

「마땅히 시집보내야 하는데 보내지 않으면 부모가 욕을 먹는다.」

▶ 婆愛錢財娘愛俏 (파애전재낭애초)

「노파는 재물을 좋아하고 처녀는 미남을 연모한다.」

▶ 自古嫦娥愛少年 (자고항아애소년)

「예로부터 미인은 젊은이를 좋아한다.」 82)

※ 兒婚女嫁 (아혼여가 érhūn nǚjià)
「아들은 장가를, 딸은 시집을 보내야 한다.」

→ 娘要嫁人 天要下雨 (낭요가인 천요하우 niáng yào jiàrén tiān yào xià yǔ,)

「처녀는 시집을 가야 하고, 하늘은 비를 내려야 한다.」 (당연한 이치 - 억지로 막을 수 없다.)

▶ 只有剩男 沒有剩女 (지유잉남 몰유잉여)

「장가 못 간 남자는 있어도 시집 못 간 여자는 없다.」

▶ 男求女難 女求男易 (남구여난 여구남이)

「남자가 여자를 구하기는 어렵지만, 여자가 남자를 찾기는 쉽다.」

▶ 三脚蝦蟆無尋處 兩脚婆娘有千萬 (삼각하마무심처 양각파낭유천만)

「다리가 셋 달린 두꺼비는 찾을 수 없지만, 다리가 두 개인 여자는 얼마든지 있다」 83)

---

82) 阿 항렬이나 아명, 성씨 앞에 붙여 친밀함을 나타냄. 阿婆 할머니, 나이든 여자에 대한 존칭. 挨 견딜 애, 당할 애, 늦추다. 嫦 항아 항. 娥 예쁠 아. 嫦娥 달 속에 산다는 미인.

※ 野狗好當 家賊難防 (야구호당 가적난방 yěgǒu hǎo dāng, jiāzéi nán fáng)

「들개는 막을 수 있지만, 집안 도적은 막기 어렵다.」

→ 野狼養不成家狗 (야랑양부성가구 yěláng yǎng bùchéng jiāgǒu)

「야생 늑대를 길러도 집 지키는 개가 안 된다.」

▶ 野鳥不進籠 野馬不進棚 (야조부진농 야마부진붕)

「들새는 새장에 들어가지 않고, 야생마도 외양간에 들어가지 않는다.」

▶ 夜半入宅 非奸則盜 (야반입택 비간즉도)

「한밤에 남의 집에 들어간다면 간음奸淫 아니면 도둑이다.」

▶ 夜入民宅 非盜則搶 (야입민택 비도즉창)

「밤에 민가에 들어간다면 도둑질 아니면 약탈이다.」 (좋은 짓은 안 한다.) 84)

※ 野花上床 家敗人亡 (야화상상 가패인망 yěhuā shàng chuáng, jiā bài rén wáng)

「첩이 집안에 들어오면 패가망신한다.」

→ 櫻桃小口 吃倒泰山 (앵도소구 흘도태산 yīngtáo xiǎokǒu, chī dǎo Tàishān)

「앵두(계집)의 작은 입이 태산(많은 재산)을 다 먹어치운다.」

▶ 世財 紅粉 歌樓酒 誰爲三般事不迷 (세재 홍분 가루주 수위삼반사 불미)

---

83) 兒=男兒. 嫁 시집갈 가. 娘 아가씨 낭(랑), 어머니 낭. 剩 남을 잉. 蝦 새우 하, 두꺼비 하. 蟆 두꺼비 막. 蝦蟆 두꺼비, 다리가 셋인 두꺼비, 달나라에 산다는 상상의 두꺼비(蟾蜍 섬서). 尋 찾을 심.

84) 搶 빼앗을 창. 棚 가축우리 붕, 시렁 붕.

「세속의 재물, 미인, 기생집에서 마시는 술, 이 세 가지에 미혹되지 않는 사람이 있는가?」

▶ 回輪覺 二房妻 紅燒肘子火煮鷄 (회륜각 이방처 홍소주자화자계)

「일어났다가 다시 눕는 늦잠, 첩, 붉게 익힌 돼지 뒷다리, 불에 익힌 통닭.」[85]

> ※ 養不教 父之過 (양불교 부지과 yǎng bù jiào, fù zhī guò)
> 「자식을 키우면서 가르치지 않는다면 아비의 허물이다.」

→ 養兒不讀書 不如養頭猪 (양아부독서 불여양두저 yǎng ér bù dú shū, bùrú yǎng tóu zhū)

「자식을 키우면서 가르치지 않는다면 한 마리 돼지를 키우는 것만 못하다.」

▶ 家嚴兒學好 (가엄아학호)

「가정이 엄해야 자식이 공부를 제대로 한다.」

▶ 養女不教如養猪 養子不教如養驢 (양녀불교여양저 양자불교여양려)

「딸을 키우면서 가르치지 않으면 돼지를 키우는 것이고, 아들을 키우면서 가르치지 않는다면 나귀를 키우는 것과 같다.」[86]

> ※ 嚴是愛 寵是害 (엄시애 총시해 yán shì ài, chǒng shì hài)
> 「엄격한 가르침은 사랑이고, 총애는 해악이다.」

→ 愛之深 責之切 (애지심 책지절 ài zhī shēn, zé zhī qiè)

---

85) 櫻 앵두나무 앵. 櫻桃 앵두. 輪 바퀴 륜. 覺 jiào 잠, 잠을 자다. 回輪覺 아침에 일어났다가 다시 잠드는 달콤한 잠. 二房 첩(妾). 燒 불사를 소. 肘 팔꿈치 주. 肘子 팔꿈치, 돼지 허벅지. 煮 삶을 자. 誰 누구 수. 着 옷을 입다(着衣).

86) 猪 돼지 저. 驢 나귀 려.

「애정이 깊기에 책망도 엄하다.」 (귀여운 자식이기에 엄히 가르친다.)

▶ 嚴父不敎三十子 (엄부불교삼십자)

「엄한 아버지라도 서른 살 먹은 자식을 가르치지는 않는다.」

▶ 嚴敎出孝子 溺愛多敗子 (엄교출효자 익애다패자)

「엄한 가르침은 효자를 만들고, 응석받이 교육에 버린 자식 많다.」

▶ 嚴霜出好天 嚴娘出好女 (엄상출호천 엄낭출호녀)

「된서리가 내리면 날이 좋고, 엄한 어머니가 좋은 딸을 만든다.」[87]

※ 嚴於律己 寬以待人 (엄어율기 관이대인 yán yú lǜ jǐ, kuān yǐ dài rén)
「자신은 엄격히 다스리고, 다른 사람은 관용으로 대한다.」

→ 小時無嚴敎 長大走邪道 (소시무엄교 장대주사도 xiǎoshí wú yá njiào, chángdà zǒu xiédào)

「젊어 엄한 교육을 못 받았으면 커서 사악한 길로 빠진다.」

▶ 嚴師不如益友 (엄사불여익우)

「엄한 스승은 유익한 친우만 못하다.」

▶ 師願徒出衆 父願子成才 (사원도출중 부원자성재)

「스승은 제자가 뛰어나기를 바라고, 아버지는 자식이 인재로 자라나기를 바란다.」[88]

※ 嚴婆不打笑面 (엄파불타소면 yánpó bùdǎ xiàomiàn)
「엄한 시어머니라도 웃는 얼굴은 못 때린다.」

→ 嚴婆不打啞媳婦 (엄파불타아식부 yánpó bùdǎ yāxífù)

---

87) 寵 귀여워할 총. 溺 빠질 익.
88) 嚴 엄할 엄. 待 기다릴 대, 접대하다.

「엄한 시어머니라도 벙어리처럼 말이 없는 며느리는 못 때린다.」

▶ **起晚了得罪公婆 起早了得罪丈夫** (기만료득죄공파 기조료득죄장부)

「늦게 일어나면 시어머니한테 꾸중을 듣고, 일찍 일어나면 서방한테 꾸중을 듣는다.」[89]

※ **女過十八 不是續弦 就是窮家** (여과십팔,부시속현,취시궁가 nǚ guò shíbā, bùshì xùxuán, jiùshì qióngjiā)

「여자 18세가 넘으면 후처로 들어가든지, 아니면 가난한 집에 시집 간다.」

→ **大姑娘坐轎 - 頭一回** (대고낭좌교 - 두일회 dà gūniáng zuòjiào - tóu yīhuí)

「나이든 처녀 가마타기 - 난생 처음이다.」 (어떤 일을 처음 겪어보다. 경험이 부족하다.)

▶ **窮家出美女** (궁가출미녀)

「가난한 집에서 미녀가 나온다.」

▶ **三十過四十來 雙手招郎郎不來** (삼십과사십래 쌍수초낭낭불래)

「서른 넘어 마흔 전에, 쌍수로 남자를 불러도 사내는 오지 않는다.」

▶ **單身女過得了三 難不了四** (단신녀과득료삼 난불료사)

「홀로 사는 여자가 서른이야 지날 수 있다지만, 마흔은 넘기지 못한다.」[90]

※ **女大三 抱金磚** (여대삼 포금전 nǚ dà sān bào gīn zhuān)

「여자가 세 살 위면 황금 벽돌을 껴안은 것이다.」

---

89) 婆 할미 파. 啞 벙어리 아. 媳 며느리 식. 據 의거할 거, 기댈 거.

90) 續 이을 속. 弦 시위 현. 續弦 후처를 맞다, 재취(再娶)하다. 窮 가난할 궁. 招 부를 초. 郎 사내 낭(랑). 尋 찾을 심. 拳頭 주먹.

→ **女大兩 黃金長, 女大三 黃金山** (여대양 황금장, 여대삼 황금산 nǚ dà liǎng, huángjīn zhǎng, nǚ dà sān huángjīn shān)

「여자가 (남편보다) 두 살 많으면 황금이 늘어나고, 세 살 더 많으면 황금이 산이 된다.」

▶ **妻大一 有飯吃, 妻大二 多利市, 妻大三 屋角攤** (처대일 유반흘, 처대이 다리시, 처대삼 옥각탄)

「처가 남편보다 한 살 많으면 먹을 밥이 있고, 두 살 많으면 장사 이문이 많고, 세 살 많으면 집에 가게를 차린다.」

▶ **女大五 賽老母** (여대오 새노모)

「여자가 다섯 살 많으면 어머니와 비슷하다.」

▶ **要得發 女大八** (요득발 여대팔)

「돈을 벌려고 하면 여자가 여덟 살 많으면 좋다.」 91)

※ **女大十八變 越變越好看** (여대십팔변 월변월호간 nǚ dà shíbā biàn, yuè biàn yuè hǎo kàn)

「여자는 크면서 열여덟 번 변한다. 변하면 변할수록 예뻐진다.」

→ **女大十八一枝花** (여대십팔일지화 nǚ dà shíbā yīzhī huā)

「열여덟 처녀는 한 떨기 꽃이다.」

▶ **女兒是搖錢樹 上天梯** (여아시요전수 상천제)

「딸은 돈 나무이고 하늘로 올라가는 사다리다.」 (딸을 팔 수도 있고, 권문세가와 혼인할 수도 있다.)

▶ **大姑娘十八變 變到上轎觀音臉** (대고낭십팔변 변도상교관음검)

「다 큰 처녀는 열여덟 번 변한다. 가마 탄 관음보살 얼굴처럼 변한다.」 92)

---

91) 賽 시합하다, 필적하다, 내기할 새. 飯 밥 반. 利市 이익. 屋 집 옥. 攤 벌이다, 노점. 抱 안을 포. 磚 벽돌 전(甎과 같음).

※ 寧養頑子 莫養呆子 (영양완자 막양태자 nìng yǎng wánzǐ mò yǎng dāizǐ)

「차라리 고집이 센 아들을 키울지언정 멍청한 아들을 키우지 말라.」

→ 沒有賣後悔藥的 (몰유매후회약적 méiyǒu mài hòuhuǐyàode)

「후회하는 데 먹는 약을 파는 사람은 없다.」

▶ 父不憂心因子孝 家無煩惱爲賢妻 (부불우심인자효 가무번뇌위현처)

「아버지가 근심이 없는 것은 자식이 효도하기 때문이고, 집안에 번뇌가 없는 것은 어진 아내 때문이다.」

▶ 樹不斫不成材 逆子不敎難成器 (수불작불성재 역자불교난성기)

「나무는 다듬지 않으면 재목이 되지 않고, 고약한 자식은 가르치지 않으면 사람이 되지 않는다.」 93)

※ 寧作貧人妻 莫做富家妾 (영작빈인처 막주부가첩 nìng zuò pínrén qī, mò zuò fùjiā qiè)

「차라리 가난한 사람의 아내가 될지언정 부자의 첩이 되지는 말라.」

→ 娶卽妻 奔卽妾 (취즉처 분즉첩 qǔ jí qī, bēn jí qiè)

「예를 갖춰 맞이하면 처이고, 예를 못 갖추었으면 첩이다.

▶ 欺妻一世窮 (기처일세궁)

「아내를 멸시하면 일생동안 궁하다.」

▶ 頭房草 二房寶 (두방초 이방보)

---

92) 搖 흔들 요. 搖錢樹 흔들면 돈이 쏟아지는 나무. 梯 사다리 제. 轎 가마 교. 臉 뺨 검, 얼굴.

93) 呆 어리석을 태. 悔 뉘우칠 회. 斫 벨 작, 찍을 작.

「본처는 잡초이고, 첩은 보배다.」

▶ 五年沒得仔 老婆要再買 (오년몰득자 노파요재매)

「5년 동안에 자식을 얻지 못하면 아내를 다시 사야 한다.」

▶ 無故不休妻 無事不宰鷄 (무고불휴처 무사부재계)

「까닭도 없이 아내와 이혼하지 말고, 별일도 없는데 닭을 잡지 말라.」

▶ 老和尙娶媳婦兒 - 來歷不明 (노화상취식부아 - 내력불명)

「늙은 화상이 아내를 얻었다. - 내력이 분명하지 않다.」 94)

※ 寧拆十座廟 不破一頭婚 (영탁십좌묘 불파일두혼 nìng cā shízuò miào, bù pò yītóu hūn)
「차라리 열 채의 절을 부술지언정 한 사람의 혼인을 깨지 않는다.」 (이혼을 부추기거나, 혼사를 깨는 짓을 해서는 안 된다.)

→ 同姓爲婚 其類不蕃 (동성위혼 기류불번 tóngxìng wéi hūn, qí lèi bù fán)

「동성끼리 혼인을 하면 그 집안이 번창하지 못한다.」

▶ 一世破婚三世窮 (일세파혼삼세궁)

「파혼을 한 번 하면 3대가 곤궁하다.」

▶ 是婚姻棒打不散 (시혼인봉타불산)

「하늘이 정해준 혼인이라면 몽둥이로 때린다 해도 깨지지 않는다.」 95)

---

94) 奔 달릴 분, 예를 갖추지 않고 혼인하다. 休 쉴 휴. 休妻 아내와 이혼하다(休書 이혼장). 宰 재상 재, 주관하다, 가축을 도살하다. 欺 속일 기, 무시하다, 깔보다.

95) 拆 부술 탁, 찢다. 座 자리 좌, 건물을 세는 단위(~채). 棒 몽둥이 봉, 몽둥이로 때리다.

※ 娃兒是自家的乖 男人是自家的好 (왜아시자가적괴 남인시자가적
호 wáér shì zìjiāde guāi, nánrén shì zìjiāde hǎo)
　「아기는 자기 집 아기가 영리하고, 남편은 자기 남편이 제일 좋
다.」

　→ 兒子是自己的好 媳婦是別人的好 (아자시자기적호 식부시별인적
호 érzi shì zìjǐde hǎo, xífù shì biérénde hǎo)
　「아들은 내 아들이 좋고, 며느리는 남의 며느리가 좋다.」
　▶ 自己的孫子 人家的太太 (자기적손자 인가적태태)
　「자기의 손자(제일 귀엽고), 남의 마누라(더 예쁘다).」
　▶ 得了孫子 不揀金子 (득료손자 불간금자)
　「손자를 얻었으면 금을 줍지 않는다.」 (손자는 황금보다도 더 소중
하다.)
　▶ 人莫知其子之惡 莫知其苗之碩 (인막지기자지악 막지기묘지석)
　「사람들은 자기 자식의 나쁜 점을 보지 못하고, 자기 모종이 잘 컸
다는 것을 알지 못한다.」 96)

※ 有其父必有其子 (유기부필유기자 yǒu qí fù bì yǒu qí zǐ)
　「그 아버지에 꼭 그 아들.」 (나쁜 의미로 쓰임.)

　→ 有其母必有其女 (유기모필유기녀 yǒu qí mǔ bì yǒu qí nǚ)
　「그 어머니에 꼭 그 딸.」
　▶ 有其主必有其奴 (유기주필유기노)
　「그 주인에 그 노비.」
　▶ 有其師必有其弟 (유기사필유기제)
　「그 스승에 그 제자.」

---

96) 娃 예쁠 왜, 아기. 娃兒 아기 어린애. 乖 영리하다, 착하다, 어긋날 괴. 男
　人 남편. 太太 아내. 碩 클 석.

▶ 不認其子看其父 不知其主觀其奴 (불인기자간기부 부지기주관기노)

「그 아들을 알 수 없거든 그 아버지를 보고, 그 주인을 모르거든 그 노비를 보아라.」 97)

※ 有了郎 不要娘 (유료낭 불요낭)
「낭군이 있으면 어머니는 필요 없다.」

→ 姻緣由天定 (인연유천정 yīn yuán yóu tiān dìng)
「혼인의 인연은 하늘이 정한다.」

▶ 易求無價寶 難得有情郎 (이구무가보 난득유정낭)
「비싼 보물이야 쉽게 얻을 수 있지만, 사랑을 줄 낭군은 구하기 어렵다.」

▶ 有情人終成眷屬 (유정인종성권속)
「서로 사랑하는 사람은 결국은 한 권속(부부)이 된다.」 98)

※ 有子莫嫌愚 (유자막혐우 yǒu zǐ mò xián yú)
「자식이 있으면 어리석다고 미워하지 말라.」 (없는 것보다 훨씬 낫다.)

→ 一門有忠奸 兄弟分涇渭 (일문유충간 형제분경위 yī mén yǒu zhōngjiān, xiōngdì fēn JīngWèi)

「한 가문에도 충신과 간신이 있고, 형제간에도 좋고 나쁜 구분이 있다.」

▶ 一母之子 有愚賢之分 一樹之果 有酸甛之別 (일모지자 유우현지

---

97) 奴 종 노.

98) 郎 사나이 낭(랑), 남편(丈夫). 娘 어머니 낭(랑). 眷 돌아볼 권. 그리워하다. 屬 모을 속. 眷屬 친속(親屬), 夫妻.

분, 일수지과 유산첨지별)

「한 어미의 자식이라도 어리석고 현명한 구분이 있고, 한 나무의 열매라도 신 것과 단 것의 구별이 있다.」

▶ 縱子如縱虎 (종자여종호)

「자식을 멋대로 내버려두는 것은 호랑이를 풀어 놓은 것과 같다.」[99]

※ 有錢難買子孫賢 (유전난매자손현 yǒu qián nán mǎi zǐsūn xián)
「돈이 있다 하여도 현명한 자손을 살 수 없다.」

→ 有錢難買我樂意 (유전난매아락의 yǒu qián nán mǎi wǒ lèyì)

「돈이 있다 하더라도 내가 하고 싶은 것을 살 수 없다.」

▶ 有錢錢擋 無錢命擋 (유전전당 무전명당)

「(병이 들었을 때) 돈이 있으면 돈으로 막고, 돈이 없으면 목숨으로 막는다.」

▶ 有錢難買老來瘦 (유전난매노래수)

「돈이 있다 하여도 늙어 몸이 마르는 것을 살 수 없다.」 (늙으면 몸이 마르는 것이 건강에 좋지만 마음대로 안 된다.) [100]

※ 二嫁由身 (이가유신 èr jià yóu shēn)
「여자의 재혼은 자신이 결정한다.」

→ 二茬子瓜更甜 (이치자과경첨 èr cházi guā gèng tián)

「끝물 참외가 더 달다.」 (재혼한 부부의 사랑이 더 달콤하다.)

---

99) 嫌 싫어할 혐. 奸 간사할 간, 불충할 간. 涇 통할 경, 물이름 경. 涇水(황하의 지류) ; 맑은 물이 황하로 흘러감. 渭 강이름 위. 渭水(황하의 지류) ; 혼탁한 물이 황하로 흘러감. 縱 풀어놓을 종.
100) 擋 막을 당, 가릴 당. 瘦 여월 수, 수척하다.

▶ 二水貨 (이수화 èrshuǐhuò)

「(경멸하는 투의) 재혼한 여자.」 (최상품 다음의 이등품二等品이란 뜻.)

▶ 二河水 (이하수 èrhéshuǐ)

「(경멸하는 투로) 재혼한 여자.」

▶ 二婚頭, 二來來 (이래래, 이혼두)

「재혼한 여자.」 101)

※ 二人同一心 黃土變成金 (이인동일심 황토변성금 èrrén tóng yīxīn, huángtǔ biànchéng jīn)

「부부가 한 마음이 되면 황토가 황금으로 변한다.」

→ 一粒芝麻也要掰開吃 (일입지마야요배개흘 yī lì zhīma yě yào bāi kāi chī)

「참깨 하나라도 같이 나누어 먹다.」 (부부 사이 정이 깊다.)

▶ 夫妻同床睡 人心隔肚皮 (부처동상수 인심격두피)

「부부가 같은 침상에서 자더라도 각자 마음은 뱃가죽 안에 있다.」

▶ 永遠夫妻常聚喝水 不當牛郎織女穿仙羅 (영원부처상취갈수 부당 우랑직녀천선라)

「영원한 부부로 함께 물을 마시며 살지언정, 비단옷을 입은 견우직녀가 되고 싶지는 않다.」 102)

※ 人家的妻子 自己的孩子 (인가적처자 자기적해자 rénjiādè qīzi, zìjǐ dè háizi)

---

101) 嫁 시집갈 가. 二水 한 번 사용한 물건. 荏 풀모양 치, 그릇, 한 해 같은 땅에 농사짓는 횟수, 이모작. 忝 달 첨.

102) 粒 낱알 립(입). 芝 지초 지. 芝麻 참깨. 掰 쪼갤 배. 羅 그물 나(라), 벌일 라, 명주실 라.

「남의 마누라가 더 예뻐 보이지만, 자식은 내 자식이 더 예쁘다.」

→ 人家的肉 貼不到自己身上 (인가적육 첩부도자기신상 rénjiāde ròu, tiē bùdào zìjǐ shēnshàng)

「남의 고기는 내 몸의 살점이 되지 않는다.」

▶ 黃鼠狼誇它孩兒香 (황서랑과타해아향)

「족제비도 제 새끼한테서 향내가 난다고 자랑한다.」

▶ 人家養猫捉老鼠 自家養猫咬小鷄 (인가양묘착노서 자가양묘교소계)

「남의 집 고양이는 쥐를 잡는데, 우리 집 고양이는 병아리를 물어 죽인다.」

▶ 入門休問榮枯事 觀看容顏便得知 (입문휴문영고사 관간용안편득지)

「남의 집을 방문하여 형편을 묻지 말라. (주인의) 얼굴을 보면 곧 알 수 있다.」

▶ 不要誇妻子 客人進屋就知道 不要誇兒子 朋友來了就曉得 (불요과처자 객인진옥취지도, 불요과아자 붕우래요취효득)

「아내 자랑을 하지 말라. 손님이 집안에 들어오면 곧 알게 된다. 아들 자랑을 하지 말라. 벗이 찾아오면 바로 알 수 있다.」[103]

※ 人老思兒孫 (인노사아손 rén lǎo sī ér sūn)

「사람은 늙으면 자손을 생각한다.」 (그래서 손자를 귀여워한다.)

→ 君子抱孫不抱子 (군자포손불포자 jūnzǐ bào sūn bù bào zǐ)

「군자는 손자를 안아주지만, 아들은 안지 않는다.」

---

103) 人家 다른 사람. 孩 아이 해. 孩子 아이. 貼 붙을 첩. 誇 자랑할 과. 它 그것 타, 저것(동물이나 사물을 지칭함). 猫 고양이 묘. 捉 잡을 착. 鼠 쥐 서. 老鼠 쥐. 咬 물 교. 鷄 닭 계. 休 쉴 휴, 그만두다. 枯 마를 고, 시들다, 쇠퇴하다. 顏 얼굴 안. 便 편할 편, 곧, 바로. 誇 자랑할 과. 知道 알다.

▶ **老小孩 小小孩** (노소해 소소해)

「늙은 어린애, 어린 어린애.」 (노인과 어린아이는 똑같다.)

▶ **老人盼抱孫 後生盼結親** (노인반포손 후생반결친)

「노인은 빨리 손자를 보고 싶고, 젊은이는 결혼하여 가정을 이루고 싶다.」 [104)

※ **一家有女百家求** (일가유녀백가구 yìjiā yǒu nǚ bǎijiā qiú)

「한 집에 딸이 있으면 여러 집에서 구혼한다.」

→ **一女百求 納聘爲定** (일녀백구 납빙위정 yī nǚ bǎi qiú, nàpìn wéidìng)

「딸 하나에 많은 집에서 청혼하지만, 납폐로 혼사를 정한다.」

▶ **姑娘好過 媳婦難熬** (고낭호과 식부난오)

「처녀는 세월이 잘 가지만, 과부는 살아가기 어렵다.」

▶ **一個姑娘一條路 十個兒子無靠處** (일개고낭일조로 십개아자무고처)

「딸에게는 길이 하나 있지만, 열 아들은 의지할 곳이 없다.」 (딸은 시집만 보내면 되지만, 아들은 생업을 마련해 줘야 한다.)

▶ **姑娘窮了有一嫁 婆家窮了無穿戴** (고낭궁료유일가 파가궁료무천대)

「처녀는 가난해도 시집갈 기회가 있지만, 시집간 다음 가난하면 입을 옷도 없다.」 [105)

※ **一個鍋裏吃飯的人** (일개과리흘반적인 yìgè guōlǐ chīfàn de rén)
「한솥밥을 먹은 사람.」

---

104) 盼 바랄 반, 희망하다. 後生 젊은이.
105) 靠 기댈 고. 熬 볶을 오, 고통을 참고 견디다. 納 들일 납. 納幣 ; 신랑 집에서 신부 집에 예물로 비단을 보내는 절차. 혼인의 절차인 육례(六禮) 중 하나. 聘 청할 빙, 부를 빙.

→ 一個屋檐下過日子 (일개옥첨하과일자 yīgè wūyán xià guò rìzi)

「하나의 처마 아래서 살다.」 (한 가족)

▶ 一家之計在於和 一生之計在於勤 (일가지계재어화 일생지계재어근)

「한 집안이 융성하려면 화목해야 하고, 일생의 성공은 근면에 달렸다.」

▶ 一個鍋裏不能煮出也兩樣飯來 (일개과리부능자출야양양반래)

「한 개의 솥 안에서 두 가지 밥을 할 수 없다.」 (한 가족은 같은 밥을 먹는다.) 106)

※ 一女不吃兩家茶 (일녀불흘양가다 yī nǚ bù chī liǎngjiā chá)

「여자는 두 집의 차를 마시지 않는다.」 (두 사람과 정혼할 수 없다.)

→ 十女九守 十男九偸 (십녀구수 십남구투 shí nǚ jiǔ shǒu, shí nán jiǔ tōu)

「여자 열 명 중 아홉은 정조를 지키지만, 남자 열 명 중 아홉은 바람을 피운다.」 (남자는 결혼 뒤에도 계속 바람을 피운다.)

▶ 一女不嫁二男 一妻不事二夫 (일녀불가이남 일처불사이부)

「여자는 두 남자에게 시집갈 수 없고, 아내는 두 남편을 섬길 수 없다.」

▶ 只有守寡的妻妾 沒有守寡的梅香 (지유수과적처첩 몰유수과적매향)

「과부로 수절하는 아내나 첩은 있어도, 과부로 수절하는 계집종은 없다.」 107)

---

106) 鍋 솥 과. 屋 집 옥. 檐 처마 첨. 煮 삶다.

107) 偸 훔칠 투. 寡 적을 과, 과부. 梅香 하녀, 계집종을 보통 매향이라 불렀기에 보통명사가 되었음.

※ 一馬不備兩鞍 (일마불비양안 yīmǎ bù bèi liǎng ān)
「말 한 필에 안장 두 개를 얹지 않는다.」

→ 先嫁由爹娘 後嫁由自身 (선가유다낭 후가유자신 xiān jià yóu diēniáng, hòujià yóu zìshēn)

「첫 결혼은 부모 뜻대로, 나중 결혼은 자신 뜻대로 한다.」

▶ 二茬子光棍兒不好過 (이치자광곤아불호과)

「재혼해야 할 홀아비는 하루하루가 힘들다.」

▶ 廟門入口的旗杆 - 光棍一條 (묘문입구적기간 - 광곤일조)

「절간 입구의 깃대 - 홀아비 한 사람.」

▶ 光棍兒像個喪家之狗 沒有着落兒 (광곤아상개상가지구 몰유착락아)

「홀아비는 상갓집의 개와 같아 몸 둘 곳이 없다.」 (「상가지구喪家之狗」 - 주인이 슬픔에 잠겨 미처 개를 돌볼 정신이 없어 배가 고파도 먹지를 못한 채 주인의 얼굴을 찾아 기웃거리기만 하는 개의 모습을 이르는 말로 공자를 빗대어 한 말이다.《史記》孔子世家.) 108)

※ 一床被裏不蓋兩樣人 (일상피리불개양양인 yīchuáng bèili bùgài liǎngyàng rén)

「한 침상 이불은 모양이 다른 두 사람을 덮지 않는다.」 (부부는 닮기 마련이다.)

→ 一家床上不睡兩樣人 (일가상상불수양양인 yījiā chuángshang bù shuì liǎng yàng rén)

「한 집의 침상에는 서로 다른 사람이 잠을 자지 않는다.」

▶ 不是一家人 不進一家門 (부시일가인 부진일가문)

---

108) 鞍 안장 안. 爹 아비 다. 娘 어머니 낭, 아가씨. 棍 몽둥이 곤, 光棍兒(광곤아) 홀아비. 杆 막대 간, 장대.

「한 집 사람이 아니라면 한 대문에 들어가지 않는다.」(부부가 되다.)

▶ 一家和睦一家福 (일가화목일가복)

「한 집안의 화목은 한 집안의 복.」109)

※ 一兒一女一枝花 (일아일녀일지화 yī ér yī nǚ yī zhī huā)

「일남일녀는 하나의 꽃가지.」(가장 아름답다.)

→ 一個閨女半個後 (일개규녀반개후 yī gè guīnǚ bàn gè hòu)

「딸은 반쪽 아들.」(딸한테도 노후를 조금은 의지할 수 있다는 뜻.)

▶ 半子之勞 (반자지로 bànzǐ zhī láo)

「반자(半子, 사위)가 처부모에게 효성을 다하다.」

▶ 一女頂半子 (일여정반자)

「딸은 아들의 딱 절반이다.」

▶ 一個女婿半個兒 (일개여서반개아)

「사위는 반 자식이다.」110)

※ 一日夫妻百日恩 (일일부처백일은 yī rì fū qī bǎi rì ēn)

「하루 부부라도 백일의 은정恩情이 있다.」(부부의 정은 그만큼 깊다.)

→ 一日爲親 終久托福 (일일위친 종구탁복 yīrì wéi qīn, zhōng jiǔ tuōfú)

「하루라도 부부였다면 평생의 복을 받은 것이다.」(남편으로 대해야 한다.)

▶ 至愛莫過於夫妻 (지애막과어부처)

---

109) 被 이불 피. 蓋 덮을 개. 睡 잘 수.
110) 閨 규방 규(여인의 거처). 婿(壻) 사위 서. 靠 기댈 고

「부부간 사랑보다 더한 사랑은 없다.」

▶ 至親莫如丈夫 (지친막여장부)

「남편보다 더 가까운 사랑은 없다.」

▶ 一夜夫妻百夜恩 百夜夫妻似海深 (일야부처백야은 백야부처사해심)

「하룻밤 부부면 백일 밤의 은정이 있고, 백일 밤 부부라면 바다만큼 깊은 정이 있다.」 111)

※ 子不言父過 臣不彰君惡 (자불언부과 신불창군악 zǐ bù yán fù guò, chén bù zhāng jūn è)
　「자식은 부친의 허물을 말할 수 없고, 신하는 주군의 악행을 드러낼 수 없다.」

→ 子不談母醜 (자불담모추 zǐ bù tán mǔ chǒu)
「자식은 어미의 못생긴 모습을 말할 수 없다.」

▶ 子有過父當隱 父有過 子當諍 (자유과 부당은, 부유과 자당쟁)

「자식이 죄를 지었다면 아버지는 응당 숨겨야 하고, 아버지가 잘못을 저지른다면 자식은 응당 간쟁諫諍해야 한다.」

▶ 子不言父名 徒不言師諱 (자불언부명 도불언사휘)

「자식은 부친 이름을 말해서는 안 되고, 제자는 스승의 휘(諱, 이름)를 말할 수 없다.」 112)

※ 子以母貴 母以子貴 (자이모귀 모이자귀 zǐ yǐ mǔ guì, mǔ yǐ zǐ guì)
　「아들은 어머니 덕에 고귀해지고, 어머니는 자식 덕으로 고귀해진다.」

---

111) 恩 은혜 은. 托 밀 탁. 托福 덕을 입다. 似 같을 사.
112) 過 허물 과. 彰 밝을 창, 드러내다. 隱 숨길 은. 諍 간할 쟁, 논리적으로 설득하거나 말림. 諱 꺼릴 휘, 죽은 제왕이나 윗사람의 이름.

→ 子用父錢心不痛 (자용부전심불통 zǐ yòng fù qián xīn bù tòng)

「자식은 아버지가 번 돈을 쓰면서도 마음이 아프지 않다.」

▶ 妻以夫貴 母以子貴 (처이부귀 모이자귀)

「처는 남편을 따라 올라가고, 어미는 자식 따라 귀하게 된다.」

▶ 自古婦人無貴賤 (자고부인무귀천)

「예로부터 여자는 귀천이 없다.」

▶ 妻仗夫勢 狗仗人勢 (처장부세 구장인세)

「아내는 남편의 권세대로 힘을 쓰고, 개는 주인의 힘을 믿고 짖는다.」 113)

※ 子智父母樂 (자지부모락 zǐ zhì fùmǔ lè)
「자식이 똑똑하면 부모 마음이 즐겁다.」

→ 子孫無福 怪墳怪屋 (자손무복 괴분괴옥 zǐsūn wúfú, guài fén guài wū)

「자손이 복이 없으면 무덤자리나 집터를 탓한다.」

▶ 子孫有福 不用留牛馬 (자손유복 불용류우마)

「자손이 복이 있으면 소나 말을 물려줄 필요가 없다.」

▶ 子孫雖愚 經書不可不讀 (자손수우 경서불가불독)

「자손이 비록 어리석다 해서 경서를 읽히지 않을 수 없다.」 (어리석다 해도 가르칠 데까지 가르쳐야 한다.) 114)

※ 丈母娘痛女婿 (장모낭통여서 zhàngmǔniáng tòng nǚxù)
「장모는 사위를 끔찍하게 아껴준다.」

→ 招來女婿忘了兒 (초래여서망료아 zhāolái nǚxù wàngle ér)

---

113) 痛 아플 통.
114) 怪 괴이할 괴, 탓하다.

「사위를 불러 챙겨주다가 아들은 잊어버린다.」 (외부에서 초빙 인재를 중시하다가 있던 인재를 잃어버린다.)

▶ **丈母見郎 割肉放湯** (장모견낭 할육방탕)

「장모가 사위를 보면 (자기) 살점을 도려 국에 넣어준다.」

▶ **丈母娘誇姑爺 可以的** (장모낭과고야 가이적)

「장모가 사위를 자랑하는 것은 그냥 봐줄 만하다.」

▶ **看妻子 得敬丈母** (간처자 득경장모)

「아내를 보아 장모를 공경하다.」

▶ **丈母娘當家** (장모낭당가)

「장모가 집안일을 맡아 처리하다.」 (쓸데없는 참견을 하다.)

▶ **丈母看女婿親 女婿不和丈母親** (장모간여서친 여서불화장모친)

「장모는 사위를 친자식처럼 생각하나, 사위는 장모를 친어머니처럼 생각하지 않는다.」

▶ **丈母娘看女婿越看越中意 老丈人看女婿越看越惹氣** (장모낭간여서월간월중의 노장인간여서월간월야기)

「장모는 사위가 보면 볼수록 마음에 들지만, 장인은 사위를 볼수록 화가 치민다.」 115)

※ **丈夫就是天** (장부취시천 zhàngfū jiù shì tiān)
「남편은 곧 하늘이다.」

→ **好漢無好妻 賴漢娶仙女** (호한무호처 뇌한취선녀 hǎohàn wú hǎoqī làihàn qǔ xiānnǚ)

「잘난 사나이에게 좋은 아내 없고, 게으른 사내가 선녀를 얻는

---

115) 丈母娘 장모. 痛 아플 통, 마음 아파하다. 婿 사위 서. 兒 아들. 郎 사위 낭(랑). 割 나눌 할, 잘라내다. 越~越 ~하면 할수록 ~하다. 惹 끌어당길 야.

다.」

▶ 丈夫是妻子的一層雲 (장부시처자적일층운)

「남편은 아내에게 하늘에 있는 구름이다.」

▶ 丈夫是一重天 (장부시일중천)

「남편은 또 하나의 하늘이다.」

▶ 富人妻 墻上皮, 掉了一層再和泥 (부인처 장상피, 도료일층재화니)

「부자의 아내는 담에 바른 흙이다. 한 껍질 벗겨내고 다시 다른 흙을 바른다.」 (부자는 아내를 자주 바꾼다.)

▶ 窮人妻 心肝肺 一時一刻不能離 (궁인처 심간폐 일시일각부능리)

「가난한 사람의 처는 마음속의 간이며 허파이니, 한 시각이라도 떨어질 수 없다.」

▶ 自己的妻子長流水 別人的妻子瓦上霜 (자기적처자장류수 별인적처자와상상)

「자기의 아내는 오래오래 흘러가는 강물이고, 남의 아내는 지붕 위에 내린 서리霜다.」 (남의 아내에 정을 준다 해도 잠깐이다.) 116)

※ 藏書勝於藏金 (장서승어장금 cángshū shèng yú cáng jīn)
「책을 모아두는 것이 금을 모아두는 것보다 낫다.」

→ 什麽樣的老母下 什麽養的兒 (십마양적노모하 십마양적아 shénme yàng de lǎomǔ xià, shénme yǎngde ér)

「그 어머니가 어떠하냐에 따라 그런 아들을 길러낸다.」

▶ 家有餘糧鷄犬飽 戶多書籍子孫賢 (가유여량계견포 호다서적자손현)

---

116) 賴 게으를 뇌, 의지하다. 娶 장가들 취. 墻 담 장(牆과 同字). 皮 껍질
    피. 掉 흔들 도, 버리다. 泥 진흙 니. 肝 간 간. 肺 허파 폐. 刻 새길 각,
    시각 각. 離 헤어질 리, 떨어지다.

「집안에 여분 양식이 있으니 개와 닭도 배부르고, 집안에 서적이 많으니 자손이 현명하다.」

▶ 子孫不如我 要錢做什麼 子孫勝於我 要錢做什麼 (자손불여아 요전주십마 자손승어아 요전주십마)

「자손이 나만 못하다면 돈이 있다 하여 무얼 하며, 자손이 나보다 낫다면 돈이 있다 하여 무얼 하겠는가?」 「117)

※ 長枕大衾 (장침대금 chángzhěn dàqīn)

「(여러 형제가) 긴 베개를 베고, 큰 이불을 덮고 자다.」 (형제간에 우애가 좋다. 양귀비와 놀았던 당唐 현종玄宗이 태자로 있을 때, 긴 베개와 큰 이불을 만들어 여러 형제가 함께 베고 덮었다는 고사.)

→ 一層肚皮一層山 (일층두피일층산 yīcéng dùpí yīcéng shān)

「뱃가죽 하나가 산 하나.」 (이복형제는 산 하나를 사이에 둔 만큼 멀고멀다.)

▶ 伯仲叔季 (백중숙계 bó zhòng shū jì)

「형제의 서열 ; 맏이伯, 둘째仲, 셋째叔, 막내季.」

▶ 兄弟和睦家必昌 (형제화목가필창)

「형제가 화목하면 가문이 번창한다.」 118)

※ 在家敬父母 何用遠燒香 (재가경부모 하용원소향 zàijiā jìng fùmǔ, hé yòng yuǎn shāoxiāng)

「집에서 부모를 공경한다면, 밖에 나가 향을 태워 무엇에 쓰는가?」 (효도가 제일이며, 효도하면 복 받는다.)

→ 孝敬父母天降福 (효경부모천강복 xiàojìng fùmǔ tiān jiàngfú)

---

117) 什麼(의문을 나타냄) 무엇, 무엇을, 무엇이나, 왜?
118) 肚皮 뱃가죽. 枕 베개 침, 衾 이불 금.

「부모에게 효도하면 하늘에서 복을 내린다.」

▶ **孝順之人 必有善心** (효순지인 필유선심)

「효도하고 순종하는 사람은 틀림없이 착한 마음을 가지고 산다.」

▶ **彩衣娛親** (채의오친)

「색동옷을 입고 부모를 즐겁게 하다.」 (노친을 기쁘게 해 드리려고 애를 쓰다.) 119)

※ **在家投爺娘 出家投主人** (재가투야낭 출가투주인 zàijiā tóu yéniáng, chūjiā tóu zhǔrén)

「집에 있으면 부모에게 맡겨진 몸이지만, 출가하면 주인에게 의탁한다.」

→ **在家靠父母 出門靠朋友** (재가고부모 출문고붕우 zàijiā kào fùmǔ, chūmén kào péngyou) 」

「집에 있을 때는 부모에게 의지하고, 밖에 나가서는 친우에게 의지한다.」

▶ **在家千日好 出外事事難** (재가천일호 출외사사난)

「집에 있으면 언제나 좋지만, 집을 떠나면 일마다 어렵다.」

▶ **在家是英雄 在外是狗熊** (재가시영웅 재외시구웅)

「집안에서는 큰소리치는 영웅이지만, 밖에 나가면 겁쟁이다.」

▶ **閉門天子** (폐문천자)

「문을 닫고 큰소리치는 천자.」 (집안에서만 호령하는 가장.) 120)

---

119) 彩 무늬 채. 娛 즐거워할 오. 춘추시대 오(吳)나라의 노래자(老萊子)는 일흔 나이에 색동옷을 입고 모친 앞에서 응석을 부렸다는 고사에서 유래한 말(老萊衣).

120) 投 던질 투, 찾아들다. 爺 아비 야. 靠 기댈 고. 狗 개 구. 熊 곰 웅. 狗熊 새끼곰, 겁쟁이.

※ 傳子不傳女 (전자부전녀 chuán zǐ bù chuánnǚ)

「(가전家傳의 기술이나 비법은) 아들에게 전수하지 딸에게는 전수하지 않는다.」

→ 八子七婿 (팔자칠서 bā zǐ qī xù)

「여덟 아들에 사위가 일곱.」 (가문 융성.)

▶ 屋烏之愛 (옥오지애)

「(그녀의 집) 지붕 위 까마귀까지 사랑한다.」 (애정이 매우 깊음의 비유. -「아내가 좋으면 처갓집 말뚝보고도 절을 한다.」)

▶ 獐子無兒抱兎養 養大兎兒不姓獐 (장자무아포토양 양대토아불성장)

「노루가 새끼가 없어 토끼를 품어 양자로 했으나, 토끼를 크게 키웠지만 장(獐, 노루)씨가 아니다.」 (입양아를 키워도 남은 남이다.) 121)

※ 種菜須好秧 擇女須擇娘 (종채수호앙 택녀수택낭 zhòng cài xū hǎo yāng, zé nǚ xū zé niáng)

「채소농사에는 모종이 좋아야 하고, 아내를 고르는 것은 장모를 고르는 것과 같다.」

→ 種田要秧好 養兒要娘好 (종전요앙호 양아요낭호 zhòngtián yào yāng hǎo, yǎngér yào niáng hǎo)

「농사는 모종(씨앗)이 좋아야 하고, 자식을 키우는 데는 어미가 좋아야 한다.」

▶ 種牡丹者得花 種蒺藜者得刺 (종모란자득화 종질려자득자)

「모란을 심은 사람은 꽃을 보지만, 납가새蒺藜를 심은 사람은 가시

---

121) 傳 전할 전, 보내다. 婿 사위 서, 당(唐) 곽자의(郭子儀)의 팔자칠서(八子七婿)가 모두 다 벼슬을 했다는 고사. 獐 노루 장. 兎 토끼 토, 노루나 토끼나 꼬리가 짧다.

를 얻는다.」 [122]

※ 朱門酒肉臭 路有凍死骨 (주문주육취 노유동사골 zhūmén jiǔròu chòu, lù yǒu dòngsǐ gǔ)
「권문세가에는 술과 고기가 썩어나고, 길에는 얼어 죽은 해골이 있다.」

→ 朱門出阿斗 寒門出壯元 (주문출아두 한문출장원 zhūmén chū ādǒu, hánmén chū zhuàngyuán)
「권세가 집에서는 못난 아들이 나오고, 한미한 집안에서 장원이 나온다.」

▶ 富家子弟多驕 貴家子弟多傲 (부가자제다교 귀가자제다오)
「부잣집 아들들은 교만이 많고, 권세가 아들들은 오만이 많다.」

▶ 沒有一技之長的花花公子 (몰유일기지장적화화공자)
「아무 재능도 없는 부잣집의 방탕한 자식.」

▶ 屎蚵郎帶花兒 (시가랑대화아)
「말똥구리가 꽃을 꽂았다.」 (사람이 교만하다.) [123]

※ 知夫莫若妻 (지부막약처 zhī fū mò ruò qì)
「아내만큼 남편을 아는 이 없다.」

→ 知女莫若母 (지녀막약모 zhī nǚ mò ruò mǔ)
「어머니만큼 딸을 아는 이 없다.」

---

122) 種 심을 종. 菜 나물 채, 채소. 須 모름지기 수. 秧 모 앙, 심다. 牡 수컷 모. 丹 붉은 난(란), 원음 단. 牡丹 모란(富貴花) 蒺 납가새 질. 藜 명아주 려. 蒺藜(질려) 납가새. 刺 가시 자.

123) 凍 얼 동. 阿斗 촉한 소열제(유비)의 아들. 못나고 용렬(庸劣)한 인물의 표준. 朱門 권세가의 저택. 驕 교만할 교. 傲 거만할 오. 花花公子(화화공자) 부잣집 탕아.

▶ 知子莫若母 (지자막약모)

「아들은 어머니가 제일 잘 안다.」

▶ 知子莫若父 知臣莫若君 (지자막약부 지신막약군)

「아버지만큼 아들을 아는 이 없고, 주군만큼 신하를 잘 아는 이 없다.」

▶ 明君知臣 明父知子 (명군지신 명부지자)

「현명한 군주는 신하를 알고, 똑똑한 아버지는 자기 자식을 잘 알고 있다.」 124)

※ 妻不如妾 妾不如偸 (처불여첩 첩불여투 qī bùrú qiè, qiè bùrú tōu)
「처는 첩만 못하고, 첩은 몰래 관계하는 여인만 못하다.」

→ 妻子雖美 寵愛不得 (처자수미 총애부득 qī zǐ suī měi, chǒngài bù dé)

「미인이지만 사랑을 못 받는 아내도 있다.」

▶ 妻不如妾 妾不如婢 婢不如妓 妓不如偸 (처불여첩 첩불여비 비불여기 기불여투)

「처는 첩만 못하고, 첩은 계집종만 못하고, 계집종은 기녀만 못하고, 기녀는 훔쳐 관계하는 여인만 못하다.」

▶ 旦爲朝雲 暮爲行雨 (단위조운 모위행우)

「아침에는 구름이더니 저녁에는 비를 뿌린다.」 (여신女神의 조화 - 남녀의 애정행위.) 125)

※ 妻不賢 子不孝 (처불현 자불효 qī bù xián, zǐ bù xiào)

---

124) 莫 아닐 막, 아무도 ~하지 않다, ~않다, 못하다. 若 같을 약.

125) 偸 훔칠 투, 도둑질하듯 남몰래 관계하다. 寵 사랑할 총, 은혜 총. 旦 아침 단, 해뜰 무렵. 暮 저물 모, 저녁.

「처는 어질지 못하고, 자식은 효도하지 않는다.」

→ 妻奸子不孝 (처간자불효 qī jiān zǐ bù xiào)

「아내는 바람을 피우고, 자식은 효도를 하지 않는다.」(남자에게
불행한 꼴.)

▶ 婦人口大舌長 男人敗家亡身 (부인구대설장 남인패가망신)

「아내의 목소리가 크고 말이 많으면 남편은 패가망신한다.」

▶ 女人舌頭上沒骨頭 (여인설두상몰골두)

「여자의 혀에는 뼈가 없다.」

▶ 戴綠頭巾 (대녹두건)

「푸른 두건을 쓰다.」(오쟁이 지다. 아내가 다른 남자와 놀아나다.)

▶ 破鏡難圓 (파경난원)

「깨진 거울은 다시 둥글게 되기 어렵다.」(갈라진 부부 다시 합치
기 어렵다.) 126)

※ 妻賢家道興 (처현가도흥 qī xián jiādào xīng)
「아내가 현명하면 살림이 좋아진다.」

→ 妻跟丈夫 水隨溝流 (처근장부 수수구류 qī gēn zhàngfū, shuǐ suí
gōu liú)

「처는 남편을 따라가고, 물은 도랑을 따라 흐른다.」

▶ 妻子不賢良 百年不振作 (처자불현량 백년부진작)

「아내가 현량하지 않다면 백 년 동안 가세를 펴지 못한다.」

▶ 若要富娶賢媳婦 (약요부취현식부)

「부자가 되고 싶다면 현명한 아내를 얻어야 한다.」 127)

---

126) 戴 머리에 일 대. 綠 푸를 녹. 頭 머리 두, 巾 수건 건. 鏡 거울 경.
127) 家道 가문의 법도, 살림살이. 跟 발꿈치 근, 따라가다. 溝 도랑 구. 仗
　　의지할 장, 병기 장, 무기.

※ **醜是家中寶 俊的惹煩惱** (추시가중보 준적야번뇌 chǒu shì jiā zhōng bǎo, jùnde rě fánnǎo)

「못생긴 며느리는 집안의 보물이지만, 예쁜 며느리는 말썽을 일으킨다.」

→ **妻美是大害 常防受禍害** (처미시대해 상방수화해 qī měi shì dàhài, cháng fáng shòu huòhài)

「처의 미모는 크게 해로우니, 늘 닥쳐올 화를 막아야 한다.」

▶ **外面有了孤佬 女人就要跳槽** (외면유료고료 여인취요도조)

「밖에 딴 남자가 있는 여인은 집을 나가 새 살림을 차리려 한다.」

▶ **好看的媳婦敗了家 娶了個美人丟了媽** (호간적식부패료가 취료개미인주료마)

「예쁜 며느리는 집을 망치고, 미인에게 장가를 들면 어미를 잃어버린다.」

▶ **只見得娶媳婦 見不得出喪** (지견득취식부 견부득출상)

「단지 며느리를 맞이하는 것만 볼 뿐, 죽어 출상하는 것은 보지 못한다.」 [128]

※ **醜媳婦見公婆** (추식부견공파 chǒu xífù jiàn gōngpó)

「못 생긴 며느리도 시부모를 뵈어야 한다.」 (잘못을 숨길 수 없다.)

→ **醜女婿免不了見岳父母** (추여서면불료견악부모 chǒu nǚxù miǎnbùliǎo jiàn yuèfùmǔ)

「못 생긴 사위라도 장인 장모를 안 뵐 수 없다.」 (누구라도 뒤에 숨어 있을 수만은 없다.)

▶ **醜婦也生好女 瞎馬也下好駒** (추부야생호녀 할마야하호구)

---

128) 佬 사내 요(료). 孤佬 기둥서방, 간부(間夫). 跳 뛸 도, 달아나다. 槽 구유 조.

「못생긴 여인이라도 예쁜 딸을 낳고, 눈이 먼 말이지만 좋은 망아지를 낳는다.」

▶ **大家閨女 小家妻** (대가규녀 소가처)

「명문대가의 딸(노릇은 할 만하고), 작은 집안의 아내(는 편하다).」 129)

※ **娶老婆是接財神** (취노파시접재신 qǔ lǎopó shì jiē cáishén)
「아내를 얻는 것은 재물의 신을 맞이하는 것이다.」

→ **娶媳婦是小登科** (취식부시소등과 qǔ xífù shì xiǎo dēngkē)
「아내를 얻는 것은 소과小科에 합격하는 것이다.」 (행복하고 기쁜 일이다)

▶ **娶媳婦吹喇叭 越熱鬧越好** (취식부취나팔 월열뇨월호)
「장가를 들면서 나팔을 불 때 신나고 시끄러울수록 좋다.」

▶ **有婆娘的摸不着沒婆娘的心** (유파낭적모불착몰파낭적심)
「아내가 있는 사람은 아내가 없는 사람의 심정을 짐작하지 못한다.」

▶ **做夢娶媳婦兒 - 盡想好事** (주몽취식부아 - 진상호사)
「아내를 얻을 꿈을 꾸다. - 좋은 일만 생각하다.」 130)

※ **娶妻取德 選妾選色** (취처취덕 선첩선색 qǔ qī qǔ dé, xuǎn qiè xuǎn sè)
「아내를 얻을 때는 부덕婦德을 취해야 하고, 첩을 고를 때는 미색美

---

129) 公婆 시부모, 부부.
130) 娶 장가들 취. 老婆 아내, 처. 接 대접할 접, 사귈 접. 媳 며느리 식. 媳婦 아내, 며느리. 若 같을 약, ～한다면. 吹 불 취. 喇 나팔 나. 叭 입 벌릴 팔. 越～越～ ～할수록 ～하다. 鬧 시끄러울 뇨(료). 婆娘 아내. 摸 더듬을 모, 찾을 모

色을 골라야 한다.」

→ **娶婦娶賢不取貴, 擇壻擇人不擇家** (취부취현불취귀, 택서택인불택가 qǔfù qǔxián bùqǔ guì, zéxù zérén bùzé jiā)

「며느리를 얻을 때 현숙賢淑함을 취하지 고귀高貴함을 취하지 않으며, 사위를 고를 때 사람을 택하는 것이지 가문을 고르는 것이 아니다.」

▶ **娶婦須擇不如我家者** (취부수택불여아가자)

「며느리를 고를 때는 모름지기 나보다 못한 집에서 골라야 한다.」 (여자의 가문이나 형편이 남자보다 좋아서 좋을 것 없다.)

▶ **娶婦易 擇壻難** (취부이 택서난)

「며느리 얻기는 쉽지만, 사위를 고르기는 어렵다.」

▶ **擇婿不擇富** (택서불택부)

「사위를 맞이할 때는 재산을 보고 고르지 않는다.」 131)

※ **癡人畏婦 賢女畏夫** (치인외부 현녀외부 chīrén wèi fù, xiánnǚ wèi fù)

「멍청한 사내가 마누라를 무서워하고, 현명한 여자는 남편을 두려워한다.」

→ **雌老虎** (자노호 cílǎohǔ)

「암컷 호랑이.」 (남편을 깔아뭉개는 여자.)

▶ **大老婆不在家** (대노파부재가 dàlǎopo bùzàijiā)

「본처가 집에 없다.」 (좀 다투다. 집안이 좀 시끄러웠다.)

▶ **男子痴 一時迷 女子痴 沒藥醫** (남자치 일시미 여자치 몰약의)

「남자의 어리석음은 한때의 착각이지만, 여자의 어리석음은 고칠

---

131) 擇 고를 택. 壻 사위 서(婿와 같음).

약이 없다.」

▶ 擡頭老婆低頭漢 (대두노파저두한)

「고개를 처든 아내와 고개 숙인 남자.」 (둘 다 보기 안 좋다.) [132]

※ 親戚有遠近 朋友有厚薄 (친척유원근 붕우유후박 qīnqi yǒu yuǎnjìn, péngyou yǒu hòubáo)

「친척에는 멀고 가까운 이가 있고, 친구 우정에 두텁고 엷음이 있다.」

→ 親家朋友遠來香 (친가붕우원래향 qīnjia péngyou yuǎn lái xiāng)

「친척과 붕우는 멀리 떨어져 있어야 좋다.」 (가끔 만나야 더욱 좋다.)

▶ 日近日親 日遠日疏 (일근일친 일원일소)

「날마다 보면 날마다 가까워지고, 날마다 멀리하면 날마다 소원해진다.」

▶ 貧窮患難 親戚相救 (빈궁환난 친척상구)

「가난한 사람이 환난을 당하면 친척들이 서로 구원한다.」 [133]

※ 七歲八歲討狗嫌 (칠세팔세토구혐 qīsuì bāsuì tǎo gǒu xián)

「일고여덟 살 어린애는 개도 싫어한다.」 (미운 일곱 살.)

→ 尿出狗 家家有 (요출구 가가유 niào chū gǒu jiājia yǒu)

「오줌 싸는 강아지는 집집마다 있다.」 (어린아이 때는 누구나 오줌을 싼다.)

▶ 孩兒沒福死了媽 婆姨沒福死了漢 (해아몰복사료마 파이몰복사료한)

---

132) 痴 어리석을 치(癡의 俗字). 雌 암컷 자. 畏 두려워할 외. 迷 헤맬 미, 착각에 빠지다. 擡 들어올릴 대.

133) 厚 두터울 후. 薄 엷을 박. 疏 멀 소, 마음이 가깝지 않다. 患 근심 환. 患難 뜻밖의 재난. 戚 겨레 척.

「복이 없는 아이는 어머니가 일찍 죽고, 복이 없는 여인은 남편이 먼저 죽는다.」

▶ **孩子是父母的影子** (해자시부모적영자)

「어린아이는 부모의 그림자다.」 (아이는 부모를 빼닮는다.) 134)

※ **打不斷的親 罵不斷的隣** (타부단적친 매부단적린 dǎbuduànde qīn, màbuduànde lín)

「때려 끊어버릴 수 없는 친척과 욕을 해서 끊어버릴 수도 없는 이웃.」 (결국 같이 살아야 할 관계.)

→ **打不死的婆娘 晒不死的辣椒** (타불사적파낭 쇄불사적랄초 dǎbu sǐde póniáng, shàibusǐde làjiāo)

「때려죽일 수도 없는 처자식, 말린다고 (매운 맛을) 없앨 수 없는 고추.」

▶ **打公罵婆 拖男人下河** (타공매파 타남인하하)

「시아버지를 때리고 시어머니에게 욕하며, 남편을 끌어다가 물에 빠뜨리다.」 (고약한 며느리.)

▶ **打倒的媳婦和倒的麵** (타도적식부화도적면)

「때려야 말 잘 듣는 마누라와 밀가루 반죽.」 135)

※ **打是親 罵是愛** (타시친 매시애 dǎ shì qīn, mà shì ài)

「친하니 매를 들고, 사랑이 있으니 꾸짖는다.」 (부부간의 관계.)

→ **打是慇懃 罵是愛** (타시은근매시애 dǎ shì yīnqín, mà shì ài)

「매는 은근한 사랑이고, 책망은 애정이다.」

---

134) 嫌 싫어할 혐. 討嫌 싫어하다, 미움을 받다. 尿出狗 어린아기를 지칭함. 媽 어미 마. 婆 할미 파. 姨 이모 이. 婆姨 기혼의 젊은 여인, 아내.

135) 晒 햇볕 쬘 쇄(曬와 同字). 辣 매울 랄. 椒 산초나무 초, 고추. 麵 밀가루 면(麪과 同字). 罵 욕할 매. 拖 끌 타, 끌어당기다. 男人 남편.

▶ 要成家 置兩犁 要破家 置兩妻 (요성가 치양리, 요파가 치양처)

「자수성가하려면 소 두 마리를 두어야 하고, 집을 망치려 한다면 두 아내를 거느린다.」

▶ 尋了小男人吃拳頭 尋了大男人吃饅頭 (심료소남인흘권두 심료대남인흘만두)

「(여자가 자기보다) 작은 남자를 찾아 시집가면 주먹으로 얻어맞지만, 큰 남자에게 시집을 가면 만두를 먹는다.」 (덩치가 작은 남자는 권위를 세운다며 자신보다 큰 아내를 자주 때린다.) 136)

※ 表壯不如裏壯 (표장불여이장 biǎo zhuàng bù rú lǐ zhuàng)

「겉(남편) 든든한 것은 속(아내) 든든한 것만 못하다.」 (똑똑한 가장이 있는 집보다 현명한 아내가 있는 집이 더 낫다.)

→ 醜妻近地家中寶 (추처근지가중보 chǒuqī jìndì jiā zhōng bǎo)

「못생긴 아내와 가까운 텃밭은 집안의 보배다.」

▶ 千金難買相連地 (천금난매상련지 qiānjīn nán mǎi xiāng lián dì)

「이웃한 땅은 천금을 주고도 사기 힘들다.」 137)

※ 被底鴛鴦 (피저원앙 bèi dǐ yuānyāng)

「이불 아래의 원앙.」

→ 天生一對 地造一雙 (천생일대 지조일쌍 tiānshēng yīduì, dìzào yīshuāng)

「하늘과 땅이 만들어준 한 쌍. 천생연분.」

▶ 牛郎配織女 - 天生一對 (우낭배직녀 - 천생일대)

---

136) 打 때릴 타. 是 ~이다. 親 사랑할 친(부모 자식간의 사랑). 罵 욕할 매. 懃 정성스러울 은. 懃 친절할 근. 犁 얼룩소 리, 쟁기 려, 농사일을 하는 소(역우 役牛).

137) 仗 무기 장, 지팡이 장, 의지하다.

「견우가 직녀와 짝이 되다. - 천생배필이다.」

▶ 夫妻是緣 善緣惡緣 無緣不娶 (부처시연 선연악연 무연불취)

「부부는 인연이다. 좋은 인연이든 나쁜 인연이든, 인연이 없었으면 결혼하지 않았다.」

▶ 鴛鴦失偶 永不重交 (원앙실우 영불중교)

「원앙새는 짝을 잃으면 영원히 다른 짝을 찾지 않는다.」

▶ 百世修來同船渡 千世修來共枕眠 (백세수래동선도 천세수래공침면)

「백세의 인연이 있기에 같은 배를 타고 건너며, 천세의 인연이 있어야 한 베개를 베고 잘 수 있다.」 (부부의 인연은 특별하다.) 138)

※ 兄弟如手足 妻子如衣服 (형제여수족 처자여의복 xiōngdì rú shǒuzú, qīzi rú yīfu)

「형제는 수족과 같고(분리 불가) 처자는 의복과 같다(이산 가능).」

→ 兄弟手足情 夫妻衣裳情 (형제수족정 부처의상정 xiōngdì shǒu zú qíng, fūqī qīzi yīshang qíng)

「형제는 수족과 같은 정이 있고, 부부 간에는 옷과 같은 정이 있다.」

▶ 兄弟不信情不親 朋友不信交易疏 (형제불신정불친 붕우불신교역소)

「형제가 불신하면 정이 없고 붕우가 불신하면 왕래가 드물다.」

▶ 兄弟不和硬過鐵 夫妻和順軟如棉 (형제불화경과철 부처화순연여면)

「형제가 불화하면 쇠보다도 더 단단하고, 부부가 화목하면 목화보다 더 부드럽다.」 139)

※ 村裏夫妻 步步相隨 (촌리부처 보보상수 cūnli fūqī bùbù xiāngsuí)

---

138) 枕 베개 침. 被 이불 피, 덮다. 鴛 수컷 원앙 원. 鴦 암컷 원앙 앙. 緣 인연 연. 世 부자상전(父子相傳)의 先後代數(약 5년~3년), 渡 물 건널 도
139) 裳 치마 상. 疏 트일 소, 사이가 뜨다. 硬 굳을 경.

「시골마을 부부는 언제나 같이 다닌다.」

→ 好夫妻也有紅臉時 (호부처야유홍검시 hǎo fūqī yě yǒu hóng liǎn shí)

「사이좋은 부부라도 싸울 때가 있다.」

▶ 夫妻不和 子孫不旺 (부처불화 자손불왕)

「부부가 불화하면 자손이 번성하지 못한다.」

▶ 夫妻和睦 一家之福 (부처화목 일가지복)

「화목한 부부는 한 가문의 복.」140)

※ 好兒不在多 一個頂十個 (호아부재다 일개정십개 hǎoér bùzài duō, yīgè dǐng shígè)

「아들이 많아야 좋은 것은 아니다. 잘난 아들 하나가 (보통의) 열 아들보다 낫다.」

→ 不願金玉富 但願子孫賢 (불원금옥부 단원자손현 bù yuàn jīnyù fù, dàn yuàn zǐsūn xián)

「금과 옥을 가진 부자가 되기보다는 다만 자손이 현명하기를 바란다.」

▶ 不知道誰家墳裏長大樹 (부지도수가분리장대수)

「누구네 집 묘에서 큰 나무가 크는지 모른다.」 (누구네 아들이 큰 인재가 될지 모른다.)

▶ 樹不修不成材 兒不育不成人 (수불수불성재 아불육불성인)

「나무는 가꾸지 않으면 재목이 되지 않고, 아들을 훈육하지 않으면 사람이 되지 않는다.」141)

※ 好人家 好家法 (호인가 호가법 hǎorén jiā, hǎo jiāfǎ)
「훌륭한 사람 집에는 좋은 가법이 있다.」

---

140) 隨 따를 수.
141) 好兒 잘난(훌륭한) 아들. 頂 꼭대기 정, 맞먹다, 필적하다. 但 다만 단.
    墳 무덤 분.

→ **惡人家 惡擧動** (악인가 악거동 èrén jiā, è jǔdòng)

「악인의 집에는 악한 버릇이 있다.」

▶ **吃飯的一屋 主事的一人** (흘반적일옥 주사적일인)

「밥 먹을 사람이 한 집에 가득해도 일은 한 사람이 한다.」

▶ **一人吃飽全家不餓** (일인흘포전가불아)

「한 사람만 배부르면 온 가족이 배고프지 않다.」 (혼자 사는 집.) [142]

※ **好弟兄勸算賬** (호형제권산장 hǎo dìxiōng quàn suànzhàng)

「비록 형제라도 계산하는 것이 좋다.」

→ **兄弟雖和勸算數** (형제수화권산수 xiōngdì suī hé, quàn suànshù)

「형제가 화목하더라도 따질 것은 따져야 한다.」

▶ **親兄弟明算賬** (친형제명산장)

「친형제라도 계산은 분명해야 한다.」

▶ **家和萬事興** (가화만사흥)

「가정이 화목하면 만사가 잘 된다.」 [143]

※ **婚姻之事 難論高低** (혼인지사 난논고저 hūnyīn zhī shì, nán lùn gāodī)

「혼인에서 (문벌의) 높고 낮음을 따지기는 어렵다.」

→ **門當戶對** (문당호대 mén dāng hù duì)

「명문가는 명문가와, 보통 가정은 보통 가정과 짝을 한다.」 (혼인은 기울지 않아야 한다.)

▶ **女嫁高門 婦聘低戶** (여가고문 부빙저호)

「딸은 명문가로 시집보내고 며느리는 낮은 집에서 데려온다.」

---

142) 屋 집 옥. 餓 굶주릴 아.
143) 勸 권할 권. 算 셈할 산. 賬 치부책 장.

▶ 竹門對竹門 木門對木門 (죽문대죽문 목문대목문)

「대나무 사립문은 대나무 사립문과, 나무대문 집은 나무대문 집과 혼인한다.」(대개 비슷한 집안과 혼인한다.)

▶ 婚姻論財 夷虜之道 (혼인논재 이로지도)

「혼인에 재물을 따지는 것은 오랑캐들의 생활이다.」

▶ 會嫁嫁對頭 不會嫁嫁門樓 (회가가대두 불회가가문루)

「시집을 잘 보내는 집은 어울리는 집과 혼인하지만, 잘 못 보내는 사람은 부잣집으로 보낸다.」 144)

※ 婚後媒人秋後扇 (혼후매인추후선 hūn hòu méirén qīuhòushàn)
「혼인이 이루어진 뒤의 중매쟁이는 가을 지난 부채다.」

→ 媳婦進房 媒人靠墙 (식부진방 매인고장 xífù jìn fáng, méirén kào qiáng)

「며느리가 방에 들어오면 중매쟁이는 담에 기대 서 있다.」(결혼하고 나면 중매쟁이는 찬밥이다.)

▶ 媳婦堂前拜 公婆背利債 (식부당전배 공파배리채)

「며느리가 마당에서 절할 때, 시어머니는 뒤로 빚낸 이자를 셈한다.」(며느리를 사온 경우, 갚아야 할 이자를 계산한다.)

▶ 和尙口吃遍四方 媒婆口傳遍四方 (화상구흘편사방 매파구전편사방)

「화상의 입은 사방을 돌아다니며 먹고, 매파의 입은 사방을 돌며 소문을 낸다.」 145)

---

144) 夷 오랑캐 이. 虜 사로잡을 노(로), 종 노. 是 옳을 시. 棒 몽둥이 봉. 對頭 duì tóu 맞다, 어울리다, 적당하다, 원수, 적수, 상대. 門樓 대문의 누각이 있는 집. 부잣집, 권세가.
145) 扇 부채 선. 秋後扇 가을 지난 부채(쓸모가 없다).

第2部 人生·人物 관련 속담

夕陽無限好 只是近黃昏 (석양무한호 지시근황혼)

「석양이 아무리 아름다워도 그저 황혼일 뿐이다.」

榮華是草上露 富貴是瓦頭霜 (영화시초상로 부귀시와두상)

「영화는 풀잎 위의 이슬이고, 부귀란 기와에 내린 서리

※ **各人有各人的飯** (각인유각인적반 gèrén yǒu gèrén de fàn)
「모두가 타고난 제 밥을 갖고 있다.」

→ **各人洗臉各人光** (각인세검각인광 gè rén xǐ liǎn gè rén guāng)
「각자 자기 얼굴을 씻어 모양을 낸다.」(각자 벌어먹고 사는 길이 있다.)

▶ **各人有各人過河的筏子** (각인유각인과하적벌자)
「각자 강을 건너갈 자기의 뗏목을 가지고 있다.」(각자 문제를 해결할 방법이나 길을 가지고 있다.)

▶ **牛吃稻草 鴨吃穀** (우흘도초 압흘곡)
「(일하는) 소는 볏짚을 먹고, (노는) 오리는 곡식을 먹는다.」(사람 팔자도 다 정해진 것이다.)

▶ **東家點燈 西家暗坐** (동가점등 서가암좌)
「동쪽 집은 불을 켜고 서쪽 집은 어둠 속에 앉아 있다.」 1)

※ **講曹操 曹操就到** (강조조 조조취도 jiǎng Cáocāo, Cáocāo jiùdào)
「조조 이야기를 하면 조조가 곧 온다.」(호랑이도 제 말하면 온다.)

→ **說鬼鬼來 講人人到** (shuō guǐ guǐ lái, jiǎng rén rén dào)
「귀신 이야기를 하면 귀신이 나오고, 사람을 말하면 사람이 온다.」

▶ **人中呂布 馬中赤兎** (인중여포 마중적토)
「인물 좋기로는 여포이고 말 중에는 적토마가 제일이다.」

▶ **講三國離不得諸葛 說趙雲離不了長槍** (강삼국리부득제갈 설조운리불료장창)
「삼국지 이야기를 하면 제갈양 이야기를 안 할 수 없고, 조운(子龍)

---

1) 洗 씻을 세. 臉 뺨 검. 筏 떼 벌, 뗏목 같은 것. 稻 벼 도. 稻草 볏짚.
鴨 오리 압.

을 이야기하려면 긴 창을 빼놓을 수 없다.」

▶ 說張飛就來了張飛 (설장비취래료장비)

「장비 이야기를 하면 장비가 나온다.」 [2]

※ 姜太公在此 (강태공재차 Jiāngtàigōng zàicǐ)

「강태공이 여기 있다.」 (만사가 다 잘 될 것이다.)

→ 姜太公釣魚 - 願者上鉤 (태공조어 원자상구 Jiāngtàigōng diào yú-yuàn zhě shàng gōu)

「강태공姜太公이 낚시를 하다. - 원하는 자는 스스로 걸려든다.」 (스스로 나쁜 일을 찾아가 피해를 입다.)

▶ 太公八十遇文王 人到老年時運旺 (태공팔십우문왕 인도노년시운왕)

「태공은 80세에 문왕을 만났다. 사람은 늙어서라도 시운이 트여야 한다. 」

▶ 姜太公在此 百無禁忌 (강태공재차 백무금기)

「강태공이 여기에 있다. 아무런 거리낌도 없다.」 [3]

※ 車載斗量 (거재두량 chē zài dǒu liáng)

「수레로 싣고, 말斗로 되다.」 (보통 사람. 하도 많아서 진기하지 않다.)

→ 半調子 (반조자 bàndiàozi)

---

2) 講 말하다. 就 곧, 바로. 到 이를 도. 曹操(155~220) 삼국시대 위나라의 왕.

3) 釣 낚시 조. 鉤 갈고리 구, 낚싯바늘. 忌 꺼릴 기. ※姜太公 ; 여상(呂尚). 8세에 周 文王을 만났고 문왕은 그를 재상으로 삼았음. 文王의 아들 武王을 도와 은(殷)의 폭군 주왕(紂王)을 정벌했음. 민간에서는 액운을 막아주는 신으로 받들어짐. 太公이 文王을 만나기 전 위수(渭水)에서 낚시를 하였기에 낚시꾼을 강태공이라 함.

「얼치기.」(정통하지 않은 사람. 불성실한 사람.)

▶ 夯漢 (항한 hānghàn)

「짐꾼.」(막일하는 사람. - 덩치만 크고 힘만 세지 쓸모없는 놈.)

▶ 半通不通 (반통불통)

「절반쯤 안 것은 모르는 것이다.」(어설픈 지식.)

▶ 半桶水 容易蕩 (반통수 용이탕)

「통에 반쯤 찬 물은 쉽게 흔들린다.」[4]

※ 京油子 (경유자 jīng yóu zi)

「입만 살아 있는 교활한 북경사람.」(북경 뺀질이.)

→ 阿呆 (아태 ā dāi)

「바보, 멍청이.」〔소주蘇州 사람이 항주杭州 사람을 비웃는 말. 항주인은 소주인을 공두(空頭 ; 골빈 사람)라고 함.〕

▶ 保定府的狗腿子 (보정부적구퇴자)

「보정부 개다리」(건달)

▶ 衛嘴子 (위취자 Wèi zuǐzi)

「톈진天津 수다쟁이.」

▶ 十個京油子說不過一個衛嘴子

「열 명 북경 뺀질이도 천진 수다쟁이 한 사람을 못 당한다.」[5]

※ 鷄狗不到頭 (계구부도두 jī gǒu bù dào tóu)

「닭띠와 개띠가 결혼하면 해로偕老하지 못한다.」

---

4) 載 실을 재. 量 헤아릴 량. 夯 멜 항, (흙바닥 같은 것을) 다질 항. 漢 사내 한. 蕩 쓸어버릴 탕. 흔들리다, 완전히 제거하다.

5) 衛 지킬 위, (춘추시대) 나라 이름 위. ※保定府 ; 임오군란 후 흥선대원군 이하응이 淸軍에게 잡혀가 3년간 유폐되어 있던 곳.

→ 虎兎淚双流 (호토루쌍류 hū tù lèi shuāng liú)

「호랑이띠와 토끼띠가 결혼하면 둘 다 눈물을 흘린다.」

▶ 屬公鷄的, 光啼鳴不下蛋 (속공계적, 광제명불하단)

「수탉은 울기만 할 뿐 알을 낳지 못한다.」

▶ 屬電筒的, 光照人家 不照自己 (속전통적, 광조인가 부조자기)

「손전등은 다른 사람만 비출 뿐 자신을 비추지 못한다.」[6]

※ 苦人知苦人 貧女憐窮漢 (고인지고인 빈녀연궁한 kǔrén zhī kǔrén, pínnǚ lián qiónghàn)

「고생하는 사람이 고생하는 사람을 알아주고, 가난한 여인은 가난뱅이 사내를 불쌍히 여긴다.」

→ 窮見窮 心裏痛 (궁견궁 심리통 qióng jiàn qióng, xīn lǐ tòng)

「가난한 사람이 가난뱅이를 보면 마음이 아프다.」

▶ 涸渴之魚 相濡以沫 (고갈지어 상유이말)

「말라 가는 물에 들어 있는 고기들은 침을 내어 서로를 적셔준다.」 (곤경에 처하면 서로 도와 살려고 한다.)

▶ 天若容人算 世上無窮漢 (천약용인산 세상무궁한)

「하늘이 만약 사람의 궁리대로 다 해준다면 이 세상에 가난한 사람은 없다.」[7]

※ 過五關 斬六將 (과오관 참육장 guò wǔguān zhǎn liùjiāng)

「다섯 관문을 지나며 여섯 장수의 목을 베다.」 (많은 난관을 극복하다.)

---

6) 淚 눈물 루. 光 다만, 오직, 공연히. 啼 울 제. 人家 다른 사람, 남.

7) 憐 불쌍히 여길 연(련). 窮 가난 궁. 漢 사나이 한. 痛 아플 통. 算 셈할 산, 계산, 궁리.

→ 瞎闖過不了五關 (할츰과불료오관 xiā chuǎng guò bù liǎo Wǔguān)
「눈감고 마구 달려서는 오관을 지날 수 없다.」(무모한 용기로는 난관을 극복하지 못한다.)

▶ 關帝祖廟在解州 忠義仁勇震九州 (관제조묘재해주 충의인용진구주)
「관제조(관운장)의 사당은 고향 해주解州에 있다. 충의와 인용은 전 중국에 진동한다.」

▶ 關公廟堂遍天下 只有常平是眞家 (관공묘당편천하 지유상평시진가)
「관공의 사당은 전 중국에 널려 있지만, 다만 상평의 사당이 진짜 사당이다.」 8)

※ 關公看春秋 (관공간춘추 Guāngōng kàn Chūnqiū)
「관우關羽가 춘추春秋를 읽다.」(억지로 참다.)

→ 關老爺帳下耍大刀 (관노야장하사대도 Guān lǎoyé zhàngxia shuǎ dàdāo)
「관운장의 장막에서 큰 칼을 휘두르다.」(공자 앞에서 문자를 쓰다.)

▶ 關老爺放屁 不知道臉紅 (관노야방비 부지도검홍)
「관노야께서 방귀를 꼈는데, 얼굴이 붉어졌는지도 모른다.」(관우의 상은 얼굴이 붉은색이다.)

▶ 關老爺賣豆腐 人硬貨不硬 (관노야매두부 인경화불경)

___

8) 瞎 애꾸눈 할, 소경 할. 闖 엿볼 츰, 마구 들어갈 츰(틈). 震 벼락 진, 진동 하다. 解州 관우의 고향. 現 산서성 운성시. 常平 ; 村名 운성시의 解州鎮. ※五關 ; 관우가 유비의 두 부인을 모시고 통과한 동령관. 洛陽關·氾水 關·榮陽關·黃河渡·口關의 다섯 관문.

「관우 같은 사람이 두부를 파니, 사람은 억세지만 물건은 억세지 않다.」

▶ 關爺門前 莫舞大刀 (관야문전 막무대도)

「관운장 앞에서 큰 칼을 휘두르지 말라.」 9)

※ 弓肩縮背 一世苦累 (궁견축배 일세고루 gōngjiān suōbèi, yīshì kǔlèi)

「활처럼 처진 어깨와 등이 굽은 사람은 일생이 고단하고 힘들다.」

→ 天無三日雨 人沒一世窮 (천무삼일우 인몰일세궁 tiān wú sānrì yǔ, rén méi yīshì qióng)

「하늘에 3일 계속 오는 비 없고, 한 평생 내내 가난한 사람 없다.」

▶ 天下窮人是一家 (천하궁인시일가)

「이 세상 가난한 사람들은 모두 일가一家이다」 (가난한 사람 마음은 다 같다.)

▶ 人心無剛一世窮 (인심무강일세궁)

「사람이 야무진 데가 없으면 일생 동안 궁하다.」

▶ 有窮人 沒有窮山 (유궁인 몰유궁산)

「가난한 사람은 있어도 가난한 산은 없다.」 10)

※ 窮有窮愁 富有富愁 (궁유궁수 부유부수 qióng yǒu qióngchóu, fù yǒu fùchóu)

「가난뱅이는 가난한 대로, 부자는 부자대로 걱정거리가 있다.」

---

9) 關 빗장 관, 성 관. 看 볼 간, 읽다. 看書 책을 읽다, 관우가 팔에 독화살을 맞고 명의(名醫) 화타(華佗)의 치료를 받는 동안 고통을 이기려고 억지로《春秋》를 읽었다는 이야기. 爺 아비 야. 帳 휘장 장· 耍 희롱할 사, 휘두르다, 장난치다.

10) 肩 어깨 견. 縮 오그라들 축. 背 등 배. 累 매일 루, 지칠 루· 剛 굳셀 강.

→ **窮算命 富燒香** (궁산명 부소향 qióng suàn mìng, fù shāo xiāng)
「가난한 사람은 (운명을) 점치고, 부자는 향을 피운다.」(더 큰 부자가 되기를 빈다.)

▶ **窮不離卦 富不離醫** (궁불리괘 부불리의)
「가난뱅이는 점쟁이 곁을 못 떠나고, 부자는 의사 곁을 못 떠난다.」

▶ **富不離藥罐, 窮不離卦攤, 不窮不富不離當鋪** (부불리약관, 궁불리괘탄, 불궁불부불리당포)
「부자는 약단지와, 궁인은 점쟁이 곁을, 부자도 가난뱅이도 아닌 사람은 전당포를 떠나지 못한다.」

▶ **窮想富 富想官 官想做皇帝 皇帝想上天** (궁상부 부상관 관상주황제 황제상상천)
「가난뱅이는 부자가 되고 싶고, 부자는 관리가, 관리는 황제가 되고 싶고, 황제는 상천하기를 생각한다.」[11]

※ **窮人無病抵半富** (궁인무병저반부 qióngrén wú bìng dǐ bàn fù)
「가난한 사람이 병이 없다면 반은 부자가 된 셈이다.」

→ **身體是本錢** (신체시본전 shēntǐ shì běnqián)
「(건강한) 몸이 밑천이다.」

▶ **無病休嫌瘦 身安莫怨貧** (무병휴혐수 신안막원빈)
「병이 없다면 몸이 마른 것을 걱정하지 말고, 몸이 편안하다면 가난을 원망하지 말라.」

▶ **無病一身輕 有子萬事足** (무병일신경 유자만사족)
「무병하니 온 몸이 가뿐하고, 자식도 있으니 만사가 넉넉하다.」

---

11) 愁 근심 수. 算 셈할 산, 점칠 산. 卦 걸 괘, 점괘 괘. 燒 불사를 소. 罐 항아리 관, 약단지.

▶ 無病不求神 無債一身輕 (무병불구신 무채일신경)
「무병하니 신에게 빌지 않고, 빚이 없으니 한 몸이 가볍다.」[12]

※ 窮人自有窮打算 (궁인자유궁타산 qióngrén zì yǒu qióng dǎsuàn)
「가난뱅이에게도 나름대로 계산이 있다.」

→ 窮人自有窮菩薩 (궁인자유궁보살 qióngrén zìyǒu qióngpúsā)
「가난뱅이에게도 가난한 보살이 있다.」

▶ 窮勿信命 病勿信鬼 (궁물신명 병물신귀)
「가난한 사람은 운명을 믿지 말고, 병자는 귀신을 믿지 말라.」

▶ 一人自有一人福 (일인자유일인복)
「사람마다 다 자기 복이 있다.」

▶ 一飲一啄 莫非前定 (일음일탁 막비전정)
「한 끼 마시고 먹는 것이 다 미리 정해진 것이다.」[13]

※ 窮通富貴皆前定 (궁통부귀개전정 qióngtōng fùguì jiē qián dìng)
「곤궁과 통달, 부자와 귀인은 다 정해진 것이다.」

→ 窮人不觀天象 (궁인불관천상 qióngrén bù guān tiānxiàng)
「가난한 사람은 천체현상을 관측하지 않는다.」

▶ 窮通有命 富貴在天 (궁통유명 부귀재천)
「곤궁과 영달이 다 타고난 팔자이고, 부귀는 하늘의 뜻이다.」

▶ 窮卽變 變卽通 (궁즉변 변즉통)
「궁하면 변하고 변하면 통한다.」(《周易》繫辭 下)

▶ 男人嘴大吃九州 女人嘴大吃丈夫 (남인취대흘구주 여인취대흘장

---

12) 抵 막을 저, 맞먹다, 필적하다. 累 번잡할 루(누), 연루되다, 걱정하다.
13) 窮 가난 궁. 菩 보리나무 보. 薩 보살 살(菩는 普, 普遍의 뜻. 薩은 濟, 구제의 뜻임). 啄 쪼을 탁, 쪼아 먹다.

부)

「남자가 입이 크면 천하를 차지하고, 여자가 입이 크면 남편 덕에 먹고 산다.」[14]

※ 鬼頭蛤蟆眼 (귀두합마안 guǐtóu hámáyǎn)

「귀신 대가리에 두꺼비 눈.」 (교활하고 빈틈없는 놈.)

→ 老鼠再大也怕猫 (노서재대야파묘 lǎoshǔ zài dà yě pà māo)

「쥐는 아무리 커도 고양이를 두려워한다.」

▶ 猫鼠同眠 (묘서동면)

「고양이와 쥐가 같이 잠을 자다.」 (상하가 결탁하여 함께 악행을 자행하다.)

▶ 老鼠逢猫魂魄散 羔羊遇虎骨筋酥 (노서봉묘혼백산 고양우호골근소)

「쥐가 고양이를 만나면 혼백이 달아나고, 새끼 양이 호랑이를 만나면 온 다리뼈에 힘이 빠진다.」

▶ 拔出眼中釘 除去肉中刺 (발출안중정 제거육중자)

「눈에 박힌 못을 뽑아내고, 살점에 박힌 가시를 제거하다.」 (내가 미워하는 사람을 없애다.) [15]

※ 金無赤足 人無完人 (금무적족 인무완인 jīn wú chìzú, rén wú wánrén)

「황금에 순금이 없고, 사람 중에 완전한 사람 없다.」

---

14) 窮 가난할 궁, 막힐 궁, 다할 궁. 嘴 부리 취, 입. 嘴大 큰 입은 福相이라는 속설이 있음. 九州 중국 본토 전체, 천하.

15) 過 지날 과. 街 거리 가. 老鼠 쥐 서. 老「늙다」의 의미가 없음. 老虎 호랑이. 鬼 도깨비 귀, 蛤 큰 두꺼비 합. 蟆 두꺼비 마. 筋 힘줄 근. 酥 나른할 수. 釘 못 정.

→ 百錬成鋼 (백련성강 bǎi liàn chéng gāng)

「오래 단련하여 강해지다.」(보통 쇠도 담금질을 많이 하면 강철이 된다.)

▶ 金要赤足 人要完人 (금요적족 인요완인)

「금은 순금이어야 하고, 사람은 완벽한 사람이어야 한다.」

▶ 百錬鎔爐出精鋼 久戰沙場出勇將 (백련용로출정강 구전사장출용장)

「여러 번 제련한 용광로에서 좋은 강철이 나오고, 전투 경험이 많으면 용감한 장수가 된다.」16)

※ 今日不知明日事 (금일부지명일사 jīnrì bùzhī míngrì shì)
「내일 일을 오늘은 알지 못한다.」

→ 人不知死 車不知覆 (인부지사 거부지복 rén bùzhī sǐ, chē bù zhī fù)

「사람은 언제 죽을지 모르고, 수레는 어디서 엎어질지 모른다.」

▶ 今朝脫下鞋和襪 未審明朝穿不穿 (금조탈하혜화말 미심명조천불천)

「오늘 벗어 놓은 신발과 버선을 내일 다시 신을지 알 수 없다.」

▶ 今人不見古人月 古月仍然照今人 (금인부견고인월 고월잉연조금인)

「지금 사람은 옛 사람이 보았던 달을 못 보았지만, 옛 사람이 본 달은 여전히 지금 사람을 비춘다.」17)

---

16) 錬 쇠달굴 련. 鋼 강철 강. 鎔 녹일 용. 爐 화로 노(로) 沙場 모래벌판. 전쟁터.

17) 覆 뒤집힐 복. 鞋 신발 혜. 襪 버선 말. 未審 알지 못하다. 仍 거듭할 잉. 仍然 여전히, 아직도.

※ 旣生瑜 何生亮 (기생유 하생량 jì shēng Yú, hé shēng Liàng)
「하늘이 주유周瑜를 태어나게 하고서는 왜 제갈양諸葛亮을 이 세상에 보냈습니까?」(경쟁자에 대한 원망.) 18)

→ 屬周瑜的 小壺易熱氣量窄 (속주유적 소호이열기량착 shǔ ZhōuYúde xiǎohú yìrè qìliáng zhǎi)

「주유 같은 사람은 작은 냄비가 빨리 뜨거워지듯 기개와 도량이 좁다.」

▶ 命好心不好 中途夭折了 (명호심불호 중도요절료)
「타고난 팔자가 좋더라도 마음씨가 나쁘면 중도에 요절한다.」

▶ 周瑜打黃蓋 一個願打 一個願挨 (주유타황개 일개원타 일개원애)
「주유가 황개를 때릴 때, 한 사람은 때려야 했고 한 사람은 맞아야 했다.」(황개가 주유에게 고육지계를 권했고, 자신은 매를 맞고 조조曹操의 진영에 거짓으로 투항했다.) (쌍방이 서로 원해서 하는 일, 다른 사람이 상관할 필요 없다.) 19)

※ 癩皮狗扶不上墻 (나피구부부상장 làipígǒu fúbùshàng qiáng)
「비루먹은 개는 들어 담 위에 올릴 수 없다.」

→ 癩皮狗生毛要咬人 (나피구생모요교인 làipígǒu shēngmáo yào yǎo rén)

「비루먹은 개도 털이 나면 사람을 물려고 한다.」(시시껄렁한 놈도 돈을 벌면 날뛰려고 한다.)

▶ 小黃狗跳上墻 逢人亂叫 (소황구도상장 봉인난규)
「어린 똥개가 담 위에서 보는 사람마다 짖어댄다.」(나쁜 놈은 언

---

18) 주유는 삼국시대 오나라의 군사로서 적벽대전에서 제갈양에게 대패한다.
19) 瑜 아름다운 옥 유. 亮 밝을 량. 壺 병 호, 단지. 窄 좁을 착. 途 길 도. 蓋 덮을 개.

제나 남 해칠 생각만 한다.)

▶ 瘋狗咬人無藥醫 (풍구교인무약의)

「미친개한테 물리면 약도 없다.」 [20]

※ 男餓三 女餓七 (남아삼 여아칠 nán è sān, nǔ è qī)

「남자는 3일간 굶을 수 있고, 여자는 7일간 굶을 수 있다.」

→ 男人無剛 不如粗糠 (남인무강 불여조강 nánrén wú gāng, bùrú cū kāng)

「사내가 강직하지 않다면 왕겨만도 못하다.」 (아무 쓸모도 없다.)

▶ 男人餓上三天出個賊來 女人餓上三天出個醜來 (남인아상삼천출개적래 여인아상삼천출개추래)

「남자가 3일을 굶으면 도적질을 한다. 여자는 3일을 굶으면 추한 짓을 한다.」 (매음賣淫을 한다.)

▶ 男子漢不毒不發 (남자한부독불발)

「사내가 독하지 않으면 발전이 없다.」 (아무 일도 못한다.) [21]

※ 膽大福自大 (담대복자대 dǎn dà fú zì dà)

「담력이 크면 들어오는 복도 저절로 크다.」

→ 膽小發不了大財 (담소발불료대재 dǎn xiǎo fābuliǎo dàcái)

「담력이 작으면 큰 돈을 벌 수 없다.」

▶ 膽小人吃大虧 (담소인흘대휴)

「담력이 작은 사람은 큰 손해를 당한다.」

▶ 吃了虎心豹膽 (흘료호심표담)

---

20) 癩 문둥이 나(라). 癩皮狗 털 빠진 개. 시시껄렁한 놈. 扶 도울 부. 咬 깨물 교, 지저귈 교. 跳 뛸 도. 墻 담 장. 叫 부르짖을 규. 瘋 미칠 풍, 미치광이.

21) 粗 거칠 조. 糠 쌀겨 강, 속이 비다, 벼의 껍질 왕겨를 벗겨야 쌀.

「호랑이의 심장과 표범의 쓸개를 꺼내 먹다.」 (두려움이 없다.)

▶ 老虎皮 兎子膽(노호피 토자담)

「호랑이 가죽에 토끼의 담력.」 (外壯內虛)

▶ 膽小如鼠 心凶如狼 (담소여서 심흉여랑)

「담력은 쥐새끼 같으면서 마음은 이리처럼 사납다.」

▶ 見了耗子 就是大虫 (견료모자 취시대충)

「쥐를 보고서는 호랑이라고 생각하다.」 (담력이 없어 무엇이든 무서워하다.) 22)

※ 大難不死 必有後福 (대난불사 필유후복 dànán bù sǐ, bì yǒu hòu fú)

「큰 환난에도 쓰러지지 않았다면 틀림없이 큰 복을 받는다.」

→ 大青天下雹子 (대청천하박자 dà qīngtiān xià báozi)

「푸른 하늘에서 우박이 쏟아지다.」 (뜻밖의 재앙을 당하다.)

▶ 天不絶人之路 (천부절인지로)

「하늘은 사람의 길을 끊지 않는다.」 (하늘이 무너져도 솟아날 구멍은 있다.)

▶ 人有逆天之時 天無絶人之路 (인유역천지시 천무절인지로)

「사람은 하늘 뜻을 거역할 때도 있지만, 하늘은 사람의 길을 끊지 않는다.」 23)

※ 倒霉上卦攤 (도매상괘탄 dǎo méi shàng guàtān)

「재수 없는 사람이 점쟁이를 찾아간다.」 (곤경에 처한 사람은 남의 말에 잘 빠진다.)

---

22) 膽 쓸개 담, 담력, 배짱. 耗子 쥐. 大虫(大蟲) 호랑이.
23) 雹 우박 박.

→ **命難改 運可移** (명난개 운가이 mìng nán gǎi, yùn kě yí)

「팔자는 바꿀 수 없지만, 운수는 옮길 수 있다.」 (사람의 생각 따라 불운을 행운으로 바꿀 수 있다)

▶ **命由我作 福自己求** (명유아작 복자기구)

「운명은 내가 만들고 복은 내 스스로 구한다.」

▶ **命裏有卽是有 命裏無卽是無** (명리유즉시유 명리무즉시무)

「팔자에 있다면 있는 것이고, 팔자에 없다면 없는 것이다.」

▶ **善人富謂之賞 淫人富謂之殃** (선인부위지상 음인부위지앙)

「착한 사람에게 많은 재물은 상이라고 말하고, 나쁜 사람에게 많은 재물은 재앙이라고 할 수 있다.」 24)

※ **東吳招親 弄假成眞** (동오초친 농가성진 DōngWú zhāoqīn, nòng jiǎ chéng zhēn)

「동오에서 주선한 혼사는 거짓이 진실이 되었다.」 (처음 목적과 반대로 일이 종결되다.)

→ **周郎妙計安天下 賠了夫人又折兵** (주랑묘계안천하 배료부인우절병 Zhōuláng miàojì ān tiānxià, péile fūrén yòu zhébīng)

「주유周瑜의 묘한 계책은 천하를 편안케 하려 했으나, 부인도 뺏기고 병사도 잃었다.」 (이중의 손해를 당하다.)

▶ **要破東吳兵 還得東吳人** (요파동오병 환득동오인)

「동오의 군사를 격파하려면 동오인이 있어야 한다.」 25)

※ **命裏無財該受窮** (명리무재해수궁 mìngli wúcái gaī shòu qióng)

---

24) 倒 넘어질 도. 霉 곰팡이 매. 倒霉 재수 없다. 卦 점칠 괘. 攤 펼 탄. 卦攤(兒) 점쟁이가 길가에 벌려놓은 좌판. 淫 음란할 음. 殃 재앙 앙.
25) 招親 데릴사위를 삼다. 賠 물어줄 배.

「운명에 재물을 타고나지 않았다면 당연히 가난해야 한다.」

→ 富貴都是天鑄成 (부귀도시천주성 fùguì dōu shì tiān zhùchéng)

「부귀는 모두 하늘이 쇠에 새겨 놓은 것이다.」(타고난 운명은 어쩔 수 없다.)

▶ 命裏八尺 難求一丈 (명리팔척 난구일장)

「팔자에 여덟 자만큼 재물을 타고났다면 한 길(열 자)의 재물을 차지할 수 없다.」

▶ 命裏只有八合米 走遍天下不滿升 (명리지유팔합미 주편천하불만승)

「팔자에 쌀이 8홉뿐이라면 온 천하를 돌아다녀도 한 되(열 홉)를 채울 수 없다.」26)

※ 謀事在人 成事在天 (모사재인 성사재천 móushì zàirén, chéngshì zàitiān)

「사람이 일을 꾸미지만, 일의 성취 여부는 하늘에 있다.」

→ 謀事在人 成事也在人 (모사재인 성사야재인 móushì zàirén, chéngshì yě zàirén)

「일을 꾸미는 것도, 성사 여부도 모두 사람에 달려있다.」

▶ 算命若有准 世上無窮人 (산명약유준 세상무궁인)

「점쳐 본 운명이 믿을 수 있다면 세상에 가난한 사람이 없어야 한다.」

▶ 萬般皆有命 半點不由人 (만반개유명 반점불유인)

---

26) 該 그(其) 해, 마땅할 해. 窮 다할 궁, 궁핍. 都 모두 도. 是 이 시. ~이다. 鑄 쇳물 부어 만들 주. 命 운명, 타고난 팔자(八字). 難 어려울 난. 丈 어른 장, 한 길 장(어른 키만큼의 길이) 只 다만 지. 合 홉 합(부피의 단위). 遍 두루 편. 升 되 승(부피의 단위 一升十合).

「모든 것이 다 운명이니, 반점半點이라도 사람 뜻대로 되지 않는
다.」 27)

※ 武大郎開店 (무대랑개점 WǔDàláng kāi diàn)
「무대랑이 차린 가게.」 (작고 볼품이 없다.)

→ 武大郎賣豆腐　人鬆貨也軟 (무대랑매두부 인송화야연 Wǔ Dà
láng mài dòufǔ, rén sōng huò yě ruǎn)

「무대랑이 두부를 파는데, 사람도 물건도 다 물렁하다.」

▶ 武大廟裏的奴才 - 有甚高計 (무대묘리적노재 - 유심고계)

「무대武大를 모신 사당에서 일하는 종놈 - 무슨 좋은 계책이 있겠
는가?」 (모신 사람이나 그런 사당에서 일하는 종놈이나 다 볼 것이 없
다.)

▶ 武大郎服毒 喝也是死 不喝也是死 (무대랑복독 갈야시사 불갈야
시사)

「무대랑이 독약을 마셨는데, 마셔도 죽고 안 마셨어도 죽었을 것이
다.」 (결과는 마찬가지다.) 28)

※ 武大郎的鷄巴 - 長不了(무대랑적계파 - 장불료 WǔDàlángde jība
-zhǎng bù liǎo)
「무대랑의 음경陰莖 - 더 커질 수 없다.」 (좋아질 가망이 없다.)

→ 武大郎玩夜猫子(무대랑완야묘자 WǔDàláng wán yè māozi)
「무대랑이 부엉이하고 놀다.」 (사람마다 좋아하는 것이 다르다.)

---

27) 謀 꾀할 모. 也 어조사 야. 算命 운명을 점 침.
28) 武大郎 《수호지(水滸誌)》에 나오는 武松의 형 武大, 체구도 작고 못생
　　겼기에 지질맞게 못난 사람의 대명사. 鬆 느슨하다, 무르다. 軟 연할 연,
　　부드럽다(輭의 俗字). 奴才 노비, 종, 나쁜 사람의 앞잡이. 甚 심할 심. 몹
　　시, 매우, 무슨?(什과 같음).

▶ 武大郎打虎 - 沒長下那個拳頭 (무대랑타호 - 몰장하나개권두)
「무대가 호랑이를 잡다 - 그럴 만한 주먹이 없다.」

▶ 武大郎攀杠子 - 上下够不着 (무대랑반강자 - 상하구불착)
「무대랑이 철봉에 매달리다. - 올라가기도 내려가기도 어렵다.」 29)

※ 門內有君子 門外君子至 (문내유군자 문외군자지 ménnèi yǒu jūnzi, ménwài jūnzi zhì)
「집안에 군자가 있어야 문 밖에 군자가 찾아온다.」

→ 沒有梧桐樹 引不了鳳凰來 (몰유오동수 인불료봉황래 méiyǒu wútóngshù, yǐnbùliǎo fènghuáng lái)
「오동나무가 없으면 봉황이 오지 않는다.」

▶ 有麝自然香 不必迎風揚 (유사자연향 불필영풍양 yǒu shè zì rán xiāng, bù bì yíng fēng yáng)
「사향과 같은 향기라면 꼭 바람에 날릴 필요가 없다.」

▶ 哪隻鳳凰不歇梧桐樹 (나척봉황부헐오동수)
「어느 봉황인들 오동나무에서 쉬려하지 않는가?」 (모든 남자는 좋은 여자에게 장가가려 한다.) 30)

※ 悶頭兒財主 (민두아재주 mēntóur cáizhǔ)
「드러나지 않은 부자.」 (알부자)

→ 表富不如裏富 (표부불여이부 biǎo fù bù rú lǐ fù)

---

29) 鷄巴 사나이 생식기. 拳頭 주먹. 攀 매달릴 반, 잡고 오를 반. 杠 깃대 강, 가로막대 강. 杠子 철봉. 双杠子 평행봉. 够 많을 구, 충분하다, ~할 수 있다(夠와 同字). 夜猫子 부엉이.
30) 麝 사향노루 사. 揚 오를 양, 높이 들 양. 至 이를 지. 梧 벽오동 오. 桐 오동나무 동. 樹 나무 수. 哪 어느 나. 隻 새 한 마리 척. 새나 배를 세는 단위. 歇 쉴 헐.

「소문난 부자는 알부자만 못하다.」 (형식보다 내용이 좋아야 한다.)

▶ 店大招客, 樹大招風 (점대초객, 수대초풍)

「점포가 크면 손님이 많고, 나무가 크면 바람을 많이 탄다.」

▶ 本富爲上 末富次之 奸富最下 (본부위상 말부차지 간부최하)

「본디 부자를 제일로, 최근 부자를 다음으로, 간교한 부자를 최하로 친다.」 31)

※ 白狗吃肉 黑狗當災 (백구흘육 흑구당재 báigǒu chīròu hēigǒu dāngzāi)

「고기는 흰 개가 (훔쳐) 먹었는데, 매는 검은 개가 맞는다.」

→ 狗吃誰的飯 就替誰看門 (구흘수적반 취체수간문)

「개는 자기를 먹여주는 사람을 위하여 문을 지켜준다.」

▶ 白狗偸吃 黑狗遭殃 (백구투흘 흑구조앙)

「흰 개가 훔쳐 먹었는데 검은 개가 재앙을 당하다.」 (죄는 막된놈이 짓고, 벼락은 이웃집 샌님이 맞는다.)

▶ 狗認主 猫認家 (구인주 묘인가)

「개는 자기 주인을 알고, 고양이는 사는 집을 안다.」 32)

※ 伯樂一顧 馬價十倍 (백낙일고 마가십배 Bólè yī gù, mǎ jià shíbèi)

「백낙이 한번 돌아보니 말 값이 열 배로 뛴다.」 (전문가의 자문이 중요하다.)

---

31) 悶 울적할 민, 꼭 덮다, 숨다. 悶頭 재산, 재능이 있어도 알려지지 않은 사람. 兒 다른 글자 뒤에 붙어 r로 발음된다(例 ; 花huā+兒ér=花兒 huār 꽃). 兒에 「아이」란 의미는 없음. 財主 물주, 재산가. 致 이를 치. 奸 간사할 간, 교활하다.

32) 吃 먹을 흘. 狗 개 구. 災 재앙 재. 偸 훔칠 투. 遭 만날 조, 나쁜 일을 당하다. 殃 재앙 앙.

▶ 千里馬常有 而伯樂不常有 (천리마상유 이백낙불상유 qiānlǐmǎ chángyǒu, ér Báilè bù cháng yǒu)

「천리마는 언제나 있지만, (천리마를 알아보는) 백낙은 늘 있는 것이 아니다.」

▶ 世有伯樂 然後有千里馬 (세유백낙 연후유천리마)

「세상에 백낙이 있고 나서야 천리마가 있을 수 있다.」 (인재를 알아볼 사람이 없다면 인재를 발탁할 수 없고, 결국은 인재가 없는 것과 같다.) (唐나라 한유韓愈《잡설雜說》)

▶ 千里馬還得有千里人來騎 (천리마환득유천리인래기)

「천리마도 천리마를 탈 수 있는 사람이 있어야 한다.」

▶ 驥伏櫪槽 非伯樂不能知 (기복력조 비백낙불능지)

「천리마가 마구간에 있어도 백낙이 아니라면 알아보지 못한다.」33)

※ 福是自求多的 禍是自己作的 (복시자구다적 화시자기작적)
「복은 스스로 구한 것이 많고, 화는 자신이 지은 것이다.」

→ 是福不是禍 是禍躲不過 (시복불시화 시화타불과 shì fú bùshì huò, shì huò duǒ buguò)

「하늘에서 내리는 복이라면 화는 아니다. 하늘이 주는 재앙이라면 피할 수 없다.」 (하늘의 뜻이라면 거스를 수 없다.)

▶ 惜福積福 (석복적복)

「분수를 지키는 것이 복을 쌓는 것이다.」

▶ 種不種在人 收不收在天 (종부종재인 수불수재천)

---

33) 顧 돌아볼 고. 伯 맏 백. 伯樂 秦 穆公 때 千里馬를 볼 줄 알았던 名人. 뛰어난 인재를 식별하여 발탁할 수 있는 사람. 驥 천리마 기, 뛰어난 인재. 櫪 말구유 역(력). 槽 구유 조. 櫪槽 마구간.

「씨를 부리는 것은 사람이지만 거둘지 못 거둘지는 하늘에 있다.」

▶ 作福不如避禍 (작복불여피화)

「복을 받는 것은 재앙을 피하는 것만 못하다.」 34)

※ 福在醜人邊 (복재추인변 fú zài chǒurén biān)
「복은 못 생긴 사람 곁에 있다.」

→ 庸人多厚福 (용인다후복 yōngrén duō hòu fú)

「보통 사람에게도 큰 복이 많다.」

▶ 祿從天上至 福向醜人來 (녹종천상지 복향추인래)

「녹은 하늘로부터 내려오고, 복은 못생긴 사람에게로 온다.」

▶ 憨頭郎兒增福延壽 (감두랑아증복연수)

「어리석은 사람이 복도 많고 오래 산다.」

▶ 憨厚有餘 心計不足 (감후유여 심계부족)

「우둔하고 너그러우면 매사가 여유 있고, 마음의 수를 쓰면 언제나 부족하다.」

▶ 痴人自有痴福 泥神自有瓦屋 (치인자유치복 이신자유와옥)

「멍청한 사람에게도 본래 멍청한 복이 있고, 미장이의 신神은 처음부터 기와집이 있다.」 (누구나 타고난 복이 있다.)35)

※ 富貴榮華如曇花 (부귀영화여담화 fùguì rónghuá rú tánhuā)
「부귀영화는 우담화와 같다.」

→ 富貴功名草頭露 (부귀공명초두로 fùguì gōngmíng cǎo tóu lù)

「부귀와 공명이란 풀끝에 맺힌 이슬.」

---

34) 躲 피할 타. 避 피할 피.

35) 庸 평범할 용, 쓸 용, 보통의. 憨 우둔할 감. 郎 사내 낭, 남자. 泥 진흙 니. 痴 바보 치.

▶ 富貴如秋風過耳 (부귀여추풍과이)

「부귀는 귓가에 스치는 가을바람과 같다.」

▶ 富貴好 不如子孫好 (부귀호 불여자손호)

「부귀가 좋다지만 자손 잘되는 것만 못하다.」

▶ 身閑爲富 心閑爲貴 (신한위부 심한위귀)

「몸이 한가하면 부자이고, 마음이 한가하면 귀인이다.」

▶ 富貴如浮雲 看破了 得亦不喜 失亦不憂 (부귀여부운 간파료 득역
불희 실역불우)

「부귀는 뜬구름 같다는 것을 간파한다면, 얻었다 하여 기쁘지 않고
잃었다 하여도 걱정하지 않는다.」[36]

※ 不做高官不知險 (부주고관부지험 bù zuò gāoguān bù zhī xiǎn)
「높이 올라보지 않으면 (관직생활이 얼마나) 험난한 줄을 모른
다.」

→ 八十歲學吹敲手 (팔십세학취고수 bāshí suì xué chuī qiāo shǒu)
「나이 여든에 피리와 북을 배우다.」 (사실상 불가능한, 어려운 일
을 시작하다.)

▶ 賀下不賀上 (하하불하상)

「(늙어서) 낙향落鄉하는 것은 축하해도, 벼슬 시작은 축하하지 않는
다.」 (그 끝이 어떠할지 알 수 없기에 축하할 수 없다.)

▶ 有人辭官歸故里 有人漏夜赶科場 (유인사관귀고리 유인누야간과
장)

「어떤 사람은 벼슬을 내놓고 고향으로 돌아가고, 어떤 사람은 밤을
새워 과거장으로 달려간다.」[37]

---

36) 曇 흐릴 담. 曇花 ; 優曇華 Udambara 불교 설화. 3천 년에 한 번 잠깐 피
　　었다가 지는 꽃.

※ 笨鳥先飛晚入林 (분조선비만입림 bènniǎo xiān fēi wǎn rù lín)
「우둔한 새는 먼저 날아가도 숲에는 늦게 들어온다.」 (능력이 처진다.)

→ 笨人有笨福 (분인유분복 bènrén yǒu bènfú)
「우둔한 사람에게도 미련한 복은 있다.」

▶ 笨人先起身 笨鳥早出林 (분인선기신 분조조출림)
「우둔한 사람은 먼저 시작하고, 우둔한 새가 먼저 숲을 나간다.」
(겸손한 뜻으로 자신을 낮추어 표현할 때 쓰임.)

▶ 笨鳥先飛 大器晚成 (분조선비 대기만성)
「우둔한 새가 먼저 날고, 대기는 만성이다.」 38)

※ 不辨菽麥 白面書生 (불변숙맥 백면서생 bù biàn shū mài báimiàn shūshēng)
「콩과 보리를 구별하지 못하고, 세상 물정을 모르는 서생.」

→ 飯桶茶罐子 (반통다관자 fàntǒng cháguànzi)
「밥통과 차 항아리.」 (먹는 것 외에는 아무 것도 못하는 사람.)

▶ 百無一用是書生 (백무일용시서생)
「아무 쓸모도 없는 글 읽는 사람.」 (독서인의 지식은 실생활에 쓸모가 없다.)

▶ 書生不離學房 (서생불리학방)
「서생은 공부방을 떠나지 못한다.」

▶ 四體不勤 五穀不分 (사체불근 오곡불분)
「사지가 게으른데다가 오곡도 구분하지 못하다.」 (《論語》微子

---

37) 吹 불 취, 敲 두드릴 고. 漏 샐 누(루), 빠뜨리다. 漏夜 심야, 한밤중.
38) 笨 어리석을 분, 미련하다, 능력이 떨어지다. 晚 늦을 만, 해저물 만, 늦다.

篇.) 39)

※ 不嘗黃連苦 哪知蜜糖甛 (불상황련고 나지밀당첨 bù cháng huá nglián kǔ, nǎ zhī mìtáng tián)
　「황련의 쓰디쓴 맛을 안 보았다면 어찌 꿀과 설탕의 단맛을 알겠는가?」

→ 沒有苦中苦 哪得樂中樂 (몰유고중고 나득낙중낙 méiyǒu kǔ zhōng kǔ, nǎdé lè zhōng lè)
　「고생, 고생이 없다면, 어떻게 즐거운 쾌락을 얻겠는가?」(고생 끝에 낙이 온다.)

▶ 不經風霜苦 難得梅花香 (불경풍상고 난득매화향)
　「생활의 고난을 겪지 않고서 어찌 매화 향을 얻을 수 있겠는가?」

▶ 黃連樹下彈琴 - 苦中作樂 (황련수하탄금 - 고중작락)
　「황련나무 아래서 거문고를 타다. - 고생하면서도 즐거움을 추구하다.」(애써 괴로움을 모른 척하다.) 40)

※ 鼻歪意不端 (비왜의부단 bí wāi yì bù duān)
　「콧대가 바르지 않은 사람은 생각도 비뚤어졌다.」

→ 鼻直口方 (비직구방 bí zhí kǒu fāng)
　「콧대는 곧고 입은 반듯하다.」(남자다운 용모)

---

39) 菽 콩 숙. 麥 보리 맥. 飯 밥 반. 桶 통 통. 罐子 깡통. 是 이 시, ~이다.
　※ 어느 날, 공자가 제자들과 함께 길을 걷고 있었는데 자로(子路)가 뒤처져 떨어지게 되었다. 이때 뒤떨어진 자로가 밭에서 김을 매는 농부를 보고「저의 스승님을 보지 못했습니까?」하고 물었다. 그 농부는「사지를 놀리기 싫어하고 오곡도 분간하지 못하는 사람을 어찌 스승이라 할 수 있소!(四體不勤 五穀不分 孰爲夫子)」하고 대답했다는 것이다.
40) 嘗 맛볼 상. 黃連 사전에는 '깽깽이풀'이라는 설명이 있음. 쓴맛의 대명사. 苦 쓸 고, 고생. 哪 어찌 나, 어디 나. 樹 나무 수.

▶ 鼻子露孔 挨打受窮 (비자노공 애타수궁)

「(관상학적으로) 콧구멍이 보이는 사람은 가난한 팔자이다.」

▶ 眼斜心不正 (안사심부정);

「눈이 사시면 마음씨도 바르지 못하다.」 [41]

※ 貧富皆有命 (빈부개유명 pínfù jiē yǒu mìng)

「가난뱅이와 부자는 모두 타고난 팔자다.」

→ 貧賤不能移 (빈천불능이 pínjiàn bùnéng yí)

「빈천한 팔자는 바꿀 수 없다.」

▶ 富以錢爲善 貧以心爲善 (부이전위선 빈이심위선)

「부자는 돈을 뿌려 선행을 쌓고, 빈자는 마음으로 선행을 한다.」
(만약 부자가 마음까지, 빈자가 돈으로 선을 실천한다면 더욱 빛날 것
이다.)

▶ 富貴不壓於鄕里 (부귀불압어향리)

「부귀하다 하여 고향사람을 깔보고 억압할 수 없다.」

▶ 身貧莫言曾祖貴 英雄不論出身低 (신빈막언증조귀 영웅불론출신
저)

「가난한 처지에 증조부가 벼슬했다고 말하지 말라. 영웅은 출신이
비천함을 논하지 않는다.」 [42]

※ 貧賤夫妻百事哀 (빈천부처백사애 pínjiàn fūqī bǎishì āi)

「가난한 부부에겐 만사가 모두 서럽다.」

→ 富貴貧賤 命中前定 (부귀빈천 명중전정 fùguì pínjiàn mìng zhōng

---

41) 鼻 코 비. 鼻子 코. 歪 비뚤 왜(외). 斜 기울 사. 露 이슬 로, 드러나다. 孔
　　구멍 공. 挨 칠 애, 당하다.
42) 賤 천할 천. 移 옮길 이.

qián dìng)

「부귀와 빈천은 이미 팔자에 정해진 것이다.」

▶ 貧家百事百難做 富家差得鬼推磨 (빈가백사백사난주 부가차득귀추마)

「가난한 집에서는 온갖 일이 모두 어렵게 되지만, 부잣집에서는 귀신을 부려 맷돌을 돌린다.」

▶ 富貴他人合 貧賤親戚離 (부귀타인합 빈천친척리)

「부귀를 누리면 타인과도 화합하는데, 빈천하면 친척과도 헤어진다.」

▶ 貧字與貪字一樣寫 (빈자여탐자일양사)

「『貧』자와『貪』자는 같은 글자로 쓴다.」 (가난하면 욕심이 커질 수밖에 없다.) 43)

※ 相馬失之瘦 相士失之貧 (상마실지수 상사실지빈 xiàng mǎ shī zhī shòu, xiàng shì shī zhī pín)

「말을 고를 때 수척하다고 놓치고, 사람을 쓸 때 가난하다 하여 인물을 놓칠 수 있다.」

→ 相馬以車 相士以居 (상마이거 상사이거 xiàng mǎ yǐ chē, xiàng shì yǐ jū)

「말을 고를 때는 수레를 끌게 하고, 사람을 고를 때는 거처를 본다.」

▶ 相馬從頭始 (상마종두시)

「말을 볼 때는 머리부터 보아야 한다.」

▶ 觀鳥觀其翼 觀人觀其識 (관조관기익 관인관기식)

---

43) 賤 낮을 천, 천할 천, 벼슬이 없음. 難 어려울 난. 差 파견된 사람, 심부름꾼, 차출하다. 貧 가난 빈. 貪 탐낼 탐. 樣 모양 양. 寫 쓸 사.

「새를 본다면 그 날개를 보고, 사람을 보려면 그의 지식을 보아야 한다.」[44]

※ 相有福禍 話有好醜 (상유복화 화유호추 xiàng yǒu fú huò, huà yǒu hǎochǒu)

「사람 인상에 화와 복이 있듯 언사에 좋고 나쁜 말이 있다.」

→ 相好命好 命好相好 (상호명호 명호상호 xiànghǎo mìnghǎo, mìnghǎo xiànghǎo)

「인상이 좋으면 팔자도 좋고, 팔자가 좋으면 인상도 좋다.」

▶ 觀其外知其行 觀其友知其人 (관기외지기행 관기우지기인)

「그 외모를 보면 그 행동을 알 수 있고, 그 벗을 보면 그 사람됨을 알 수 있다.」

▶ 一螺窮 二螺富 三四螺開當鋪 (일나궁 이나부 삼사나개당포)

「(손가락에 소라의 나선형 지문이) 하나인 사람은 가난하고, 두 개는 부자이고, 세 개 네 개면 전당포를 연다(더 큰 부자다).」[45]

※ 想一想 死不得 (상일상 사부득 xiǎng yī xiǎng, sǐ bùde)

「한 번 더 생각하라. 죽어서는 안 된다.」 (자살 방지용 표어.)

→ 人間最苦處 生離與死別 (인간최고처 생리여사별 rénjiān zuì kǔ chù, shēnglí yǔ sǐbié)

「인생살이에 가장 힘든 것은 살아 헤어지기와 죽어 떠나보내기다.」

▶ 死後難保百年墳 (사후난보백년분)

「죽어 백 년간 무덤이 있으란 보장 없다.」

---

44) 痩 마를 수. 翼 날개 익.
45) 醜 추할 추. 螺 소라 라(나).

▶ 哪個墳裏的骨頭是罵死的 (나개분리적골두시매사적)

「어느 무덤 속의 해골이 욕을 먹어 죽었는가?」 (욕먹는다고 죽는 것은 아니다.)

▶ 人生何事最堪悲 不過生離共死別 (인생하사최감비 불과생리공사별)

「인생에서 가장 견디기 어려운 슬픔은 무엇인가? 생이별과 사별보다 더 큰 슬픔은 없다.」[46]

※ 塞翁失馬 禍福未知 (새옹실마 화복미지 sàiwēng shī mǎ, huòfú wèi zhī)

「새옹이 잃어버린 말, 그 화복은 알 수 없다.」 (인생의 길·흉·화·복이란 항시 바뀌어 예측할 수 없는 것.)

→ 是福不是禍 是禍躲不過 (시복부시화 시화타불과)

「하늘이 주는 복이라면 재앙이 아니다. 하늘의 재앙이라면 피할 수 없다.」

▶ 一切禍福 自做自受 (일체화복 자주자수)

「모든 화와 복은 스스로 만들고 스스로 받는 것이다.

▶ 禍福無門 唯人所招 (화복무문 유인소초)

「화와 복은 문이 없어도 사람이 스스로 불러들인다.」

▶ 忠佞不兩立 禍福不双行 (충녕불양립 화복불쌍행)

「충성과 아부를 같이 할 수 없고, 재앙과 복은 같이 오지 않는다.」[47]

---

46) 墳 무덤 분. 罵 욕할 매, 꾸짖다. 堪 견딜 감.
47) 塞 변방 새, 막힐 색. 佞 아첨할 영(령). 「새옹지마(塞翁之馬)」의 고사에서 나온 얘기다.

※ 西方不亮東方亮 (서방불량동방량 xīfāng bù liàng dōngfāng liàng)
「서쪽이 밝지 않다면 동쪽이 밝다.」 (희망은 어디든 있다.)

→ 東邊日出西邊雨 (동변일출서변우 dōngbian rìchū xībian yǔ)
「동쪽은 해가 났는데, 서쪽은 비가 온다.」 (한쪽이 불리하면 다른 쪽이 유리할 수 있다.)

▶ 東河裏沒水 西河裏走 (동하리몰수 서하리주)
「동편 냇물에 물이 없으면 서쪽 냇물로 간다.」 (이쪽에 없다면 저쪽에서 구한다.)

▶ 黑了南方有北方 (흑료남방유북방)
「남쪽에 희망이 없다면 북쪽이 있다.」 48)

※ 身在曹營心在漢 (신재조영심재한 shēn zài Cáoyíng xīn zài hàn)
「몸은 조조曹操 진영에 있지만, 마음은 한漢나라에 있다.」 (관우關羽가 조조曹操의 환대를 받고 있지만, 마음은 劉備를 그리워했다. - 몸은 여기에 있지만 마음은 저쪽에 가 있다.)

→ 蜀中無大將 廖化作先鋒 (촉중무대장 요화작선봉 Shǔzhōng wú dàjiàng, LiàoHuà zuò xiānfēng)
「촉에 장군 할 만한 인재가 없으니 요화를 선봉장으로 삼다.」

▶ 徐庶進曹營 一言不發 (서서진조영일언불발)
「서서가 조조 진영에 가서는 말을 한 마디도 하지 않았다.」

▶ 一統天下諸葛亮 二統天下劉伯溫 (일통천하제갈양 이통천하유백온)
「천하를 통일하려 했던 제갈양, 다음으로 통일천하를 이룩한 유백온.」 49)

---

48) 亮 밝을 량.
49) 廖 공허할 요, 성 요. 鋒 칼끝 봉. 劉伯溫 ; 明 太祖 주원장(朱元章)을 도운 유기(劉基).

※ 夕陽無限好 只是近黃昏 (석양무한호 지시근황혼 xīyáng wúxiàn hǎo, zhǐshì jìn huánghūn)

「석양이 아무리 아름다워도 그저 황혼일 뿐이다.」 (변영, 강대함도 곧 쇠퇴한다. 결과가 좋지만 이미 늦었다. - 당唐 이상은李商隱의 詩 「낙유원樂游原」)

→ 榮華是草上露 富貴是瓦頭霜 (영화시초상로 부귀시와두상 róng huá shì cǎoshàng lù, fùguì shì wǎtou shuāng)

「영화는 풀잎에 맺힌 이슬이고, 부귀는 기와 위에 내린 서리와 같다.」

▶ 人無千日好 花無百日紅 (인무천일호 화무백일홍 rén wú qiānrì hǎo, huā wú bǎirì hóng)

「사람에게 천 일 동안 좋은 날 없고, 백일 내내 붉은 꽃 없다.」

▶ 千日不好 也有一日好 (천일불호 야유일일호)

「천 일간 좋지 않다지만, 그래도 하루쯤 좋은 날이 있다.」

▶ 三月的桃花 紅不了多久 (삼월적도화 홍불료다구)

「3월의 복숭아꽃은 오랫동안 붉지 않다.」

▶ 人無千日計 老至一場空 (인무천일계 노지일장공)

「인생에 먼 앞날을 내다본 계획이 없다면, 늙었을 때 모든 것이 공허하다.」

▶ 榮華富貴都爲假 舒心快活才是眞 (영화부귀도위가 서심쾌활재시진)

「부귀영화는 모두 거짓이며, 편안한 마음으로 즐기는 것이 참된 삶이다.」[50]

※ 先立業 後成家 (선입업 후성가 xiān lìyè, hòu chéngjiā)

---

50) 露 이슬 로. 都 모두 도. 假 거짓 가. 舒 펼 서. 才 ~야말로(강조). 是 ~이다.

「먼저 직업을 마련하고 나중에 결혼하다.」

→ 男怕入錯行 女怕嫁錯郎 (남파입착행 여파가착랑 nán pà rù cuòxíng, nǔ pà jià cuòláng)

「남자는 직업을 잘못 고를까, 여자는 남편을 잘못 고를까 걱정한다.」(남자는 직업이, 여자는 남편이 제일 중요하다.)

▶ 男人以財爲貌 女人以貌爲財 (남인이재위모 여인이모위재)

「남자에게는 재물이 외모지만, 여자는 미모가 재산이다.」

▶ 當差不自在 自在不當差 (당차부자재, 자재부당차 dāngchāi bùzìzài, zì zài bù dāng chaī)

「남의 일을 하면 자유롭지 못하고, 자유롭고 싶다면 남의 일을 할 수 없다.」

▶ 成人不自在 自在不成人 (성인부자재 자재부성인)

「성취하고자 하는 사람은 자유롭지 않고, 자유롭다면 무언가를 이룰 수 없다.」(편하고 여유 있는 생활로는 아무 것도 이룰 수 없다.) [51]

※ 先進寺門一日大 (선진사문일일대 xiān jìn sìmén yīrì dà)
「절에 하루 먼저 들어갔어도 고참이다.」

→ 先下米 先吃飯 (선하미 선흘반 xiān xià mǐ, xiān chī fàn)
「먼저 쌀을 안쳐야 먼저 밥을 먹는다.」

▶ 先入寺門是師傅 (선입사문시사부)
「절에 먼저 들어오면 사부다.」

▶ 先來先坐席 後來門角立 (선래선좌석 후래문각립)
「먼저 오면 앞자리에 앉지만, 늦게 오면 문 옆에 서 있어야 한다.」

▶ 先出的棗先紅 (선출적조선홍)

---

51) 行 직업, 점포.

「먼저 열린 대추가 먼저 붉게 익는다.」

▶ 上得山多終遇虎 (상득산다종우호)

「산에 자주 올라가면 언젠가는 호랑이를 만나게 된다.」 52)

※ 小鷄下大蛋 (소계하대단 xiǎojī xià dàdàn)

「작은 닭이 큰 알을 낳다.」

→ 小路幷大路 (소로병대로 xiǎolù bìng dàlù)

「작은 길이 큰 길을 합쳐버렸다.」 (작은 기업이나 개체가 큰 기업을 병합하다.)

▶ 小籠子養了大鳥 (소농자양료대조)

「작은 조롱에 큰 새를 기르다.」

▶ 三升的鍋容不下四升的米 (삼승적과용불하사승적미)

「석 되 솥에 넉 되 쌀을 담을 수 없다.」 53)

※ 少年夫妻老來伴 (소년부처노래반 shǎonián fūqī lǎolái bàn)

「젊은 시절 부부가 늙어서는 친구다.」

→ 恩愛夫妻多長壽 (은애부처다장수 ēnài fūqī duō chángshòu)

「사랑하는 부부는 대부분 장수한다.」

▶ 小年夫妻 老鼠銜尾 中年夫妻 講情講理 (소년부처 노서함미 중년부처 강정강리)

「젊은 부부는 쥐들이 꼬리를 물 듯 같이 다니고, 중년의 부부는 사랑과 인생의 도리를 이야기한다.」

▶ 人生兩件寶 - 雙手和大腦 (인생양건보 - 쌍수화대뇌)

「인생의 두 가지 보물 - 두 손과 머리.」 54)

---

52) 大 나이가 많다. 遇 만날 우. 棗 대추 조.
53) 蛋 알 단. 幷 어우를 병. 籠 대그릇 농(롱).

※ **小時不求教 到老不知道** (소시불구교 도노부지도 xiǎoshí bù qiú jiào, dàolǎo bù zhīdào)

「어려서 가르침을 구하지 않으면 늙어 사람의 도리를 모른다.」

→ **小時不用功 到大常問人** (소시불용공 도대상문인 xiǎoshí bù yòng gōng, dào dà cháng wènrén)

「젊어 힘써 배우지 않으면 늙어도 늘 물어야 하는 사람이 된다.」

▶ **肖子多像父** (초자다상부)

「아들의 모습은 대개 아버지를 닮는다.」

▶ **小勿像猫 大勿像狗** (소물상묘 대물상구)

「어려서는 고양이를 닮지 말고, 커서는 개를 닮지 말라.」(고양이나 개 같은 짓을 하지 말라) 55)

※ **少年食肉 老了食粥** (소년식육 노료식죽 shàonián shí ròu, lǎole shízhōu)

「젊어 고기를 먹으면 늙어 죽을 먹는다.」

→ **少年不節約 老了當狗爬** (소년부절약 노료당구파 shàonián bù jiéyuē, lǎole dāng gǒupá)

「소년 시절에 절약하지 않으면 늙어 개처럼 기어 다녀야 한다.」

▶ **少年勤奮 老來安樂** (소년근분 노래안락)

「젊어 부지런히 노력하면 늙어 안락하다.」

▶ **不怕少年苦 但求老來福** (불파소년고 단구노래복)

「젊은 시절 고생은 두렵지 않으나, 다만 늙어서 복이 들어오기를 바란다.」

---

54) 伴 짝 반. 怕 두려울 파. 喪 죽을 상, 잃다. 銜 재갈 함, 머금다, 입에 물다.

55) 大 성인이 되다. 肖 닮을 초. 不肖 아버지를 닮지 않다, 自身, 不肖子.

▶ 少年受貧不算貧 老年受貧貧死人 (소년수빈불산빈 노년수빈빈사인)

「젊어 가난은 가난이라 할 것도 없지만, 노년에 가난해지면 가난이 사람을 죽인다.」

▶ 後生苦 風吹過 老年苦 眞個苦 (후생고 풍취과 노년고 진개고)

「젊은이의 고생은 지나가는 바람이지만, 늙은이의 고생은 진짜다.」[56]

※ 小時懶 大時貪 (소시나 대시탐 xiǎoshí lǎn, dàshí tān)
「젊어 게으르면 늙어 탐욕뿐이다.」

→ 小來穿線 大來穿絹 (소래천선 대래천견 xiǎo lái chuān xiàn, dà lái chuān juàn)

「어려서 무명옷을 입으면 늙어 비단옷을 입는다.」

▶ 小時苦勿算苦 老來苦眞叫苦 (소시고물산고 노래고진규고)

「젊어 고생을 고생이라 여기지 말라, 늙어 고생을 진짜 고생이라고 한다.」

▶ 莫喜少年得志 就怕老來無用 (막희소년득지 취파노래무용)

「젊어 뜻을 이루었다고 기뻐하지 말고, 늙어 쓸모없을까 걱정하라!」

▶ 小時戒之在鬪 老年戒之在貪 (소시계지재투 노년계지재탐)

「젊어 조심할 것은 싸움이고, 늙어 조심할 것은 탐욕이다.」[57]

---

56) 粥 죽 죽. 當 해당하다. 狗 개 구. 爬 긁을 파, 기어 다니다. 狗爬 개헤엄.
    勤 부지런할 근. 奮 떨칠 분, 열을 내어 일하다.

57) 吃 먹을 흘(喫「마실 끽」과 같음). 喝 꾸짖을 갈, 마실 갈. 懶 게으를 나.
    貪 탐할 탐. 線 실 선, 면실로 짠 옷(線布), 무명옷. 絹 명주 견, 비단. 勿
    말 물, ~하지 말라. 像 형상 상, 닮다.

※ 小人廢話多 壞戲鑼鼓多 (소인폐화다 괴희나고다 xiǎorén fèihuà duō, huàixì lúogǔ duō)

「소인은 몹쓸 말만 많고, 나쁜 연극은 징과 북소리만 많다.」

→ 小人口如蜜 轉眼是仇人 (소인구여밀 전안시구인 xiǎorén kǒu rú mì, zhuǎnyǎn shì chóurén)

「소인의 말은 꿀처럼 달콤하지만, 순식간에 원수가 된다.」

▶ 猴不上杆硬敲鑼 (후불상간경고라)

「원숭이가 장대에 올라가지 않으니 징을 세게 친다.」

▶ 小人千言沒人聽 君子一言值千金 (소인천언몰인청 군자일언치천금)

「소인의 천 마디 말을 듣는 사람은 없지만, 군자의 말 한 마디는 천금과 같다.」[58]

※ 少怕喪妻 老怕喪子 (소파상처 노파상자 shào pà sàng qī, lǎo pà sàng zǐ)

「젊어 아내를 잃는 것을 두려워하고, 늙어서는 자식을 잃을까 걱정한다.」

→ 人生三大寶 ; 良友 賢妻 破棉襖 (인생삼대보 ; 양우 현처 파면오 rénshēng sān dàbǎo)

「인생에서의 세 가지 보물 ; 좋은 벗, 어진 아내, 해진 솜두루마기.」

▶ 人生三大不幸; 少年喪父, 中年喪妻, 老年喪子 (인생삼대불행 소년상부 중년상처 노년상자)

「인생의 3대 불행은 어려서 부모 잃고, 중년에 아내를 잃고, 노년

---

58) 廢 없앨 폐. 壞 무너질 괴, 나쁘다. 鑼 징 라(나). 鼓 북 고. 值 값 치.

에 자식 잃는 것.」

▶ 人生三不貴 ; 放屁 咬牙 打鼾睡 (인생삼불귀 ; 방비 교아 타한수)
「인생에서 고귀하지 않은 세 가지 ; 방귀 뀌기, 이 갈기, 코 골며 잠자기.」

▶ 世上人有四大怕 民怕兵匪搶 官怕紗帽丟 窮怕常生病 富怕賊人偸 (세상인유사대파 민파병비창 관파사모주 궁파상생병 부파적인투)
「세상 사람들에게 4가지 큰 두려움이 있다. 보통 사람들은 군대나 비적匪賊들에게 노략질을 당할까 두렵고, 관리들은 감투를 잃어버릴까 두렵고, 가난한 사람은 병에 걸릴까 늘 걱정하고, 부자는 도적들이 훔쳐갈까 걱정한다.」 59)

※ 屬狗的 記吃不記打 (속구적 기흘불기타 shǔgǒude, jì chī bù jìdǎ)
「개띠는(개 같은 사람은) 먹는 것만 생각하지 얻어맞는 것은 생각하지 않는다.」

→ 屬猴子的 不打不上杆 (속후자적 불타불상간 shǔ hóuzide, bù dǎ bù shànggān)
「원숭이띠는(원숭이 같은 사람은) 때리지 않으면 장대에 올라가지 않는다.」 (재주를 안 부린다.)

▶ 屬鷄的, 光會往裏刨 (속계적, 광회왕리포)
「닭띠는(닭 같은 사람은) 공연히 속을 파헤쳐 놓기만 한다.」

▶ 屬耗子的, 偸 (속모자적, 투)
「쥐띠는(쥐 같은 사람) 잘 훔친다.」

▶ 屬耗子的, 膽小 (속모자적, 담소)

---

59) 襖 웃옷 오, 두루마기. 咬 깨물 교, 씹을 교. 鼾 코골 한. 睡 잠잘 수. 匪 악할 비, 악당, 도적. 搶 빼앗을 창, 약탈하다. 紗 깁 사, 엷고 가는 견직물, 모직 천. 帽 모자 모 紗帽 옛날 관리의 예식용 모자. 丟 잃어버릴 주.

「쥐띠에 속하는 사람 담이 작다.」(「쥐띠냐? 왜 그리 놀래!」- 겁이 많은 사람에게 건네는 말) 60)

※ 秀才談書 屠夫說猪 (수재담서 도부설저 xiùcái tánshū, túfū shuō zhū)

「수재는 서책에 대해 말하고, 백정은 돼지와 관련된 이야기를 한다.」

→ 秀才不出門 能知天下事 (수재부출문 능지천하사 xiùcái bù chūmén, néngzhī tiānxià shì)

「수재는 문 밖을 나가지 않더라도 천하의 일을 알 수 있다.」(서책書册을 통한 간접지식의 효용성을 과장한 말.)

▶ 四書熟 秀才足 (사서숙 수재족)

「사서에 통달하면 너끈하게 수재는 될 수 있다.」

▶ 秀才餓死不賣書 壯士窮死不賣劍 (수재아사불매서 장사궁사불매검)

「수재는 굶어죽더라도 책을 팔지 않고, 장사는 굶더라도 칼을 팔지 않는다.」 61)

※ 身在福中不知福 (신재복중부지복 shēn zài fúzhōng, bùzhī fú)
「복을 타고난 사람은 그것이 복인 줄 모른다.」

→ 人有生死 物有毀壞 (인유생사 물유훼괴 rén yǒu shēngsǐ, wù yǒu huǐhuài)

---

60) 屬 속할 속, 띠 속. 猴 원숭이 후. 杆 장대 간. 耗 써서 줄어들 모. 耗子 쥐(곡식을 축내니까). 刨 깎을 포, 후벼 파다, 파헤쳐 놓다.

61) 屠 잡을 도. 猪 돼지 저. 餓 주릴 아. 秀才 ; 明, 淸代 生貝의 통칭. 독서인을 지칭함. 四書 ; 《論語》, 《孟子》, 《大學》, 《中庸》. 熟 익을 숙, 익숙하다, 숙지하다.

「사람에게는 삶과 죽음이 있고, 물건은 부서지고 없어진다.」

▶ **身安不如心安 心寬强如屋寬** (신안불여심안 심관강여옥관)

「몸이 편안한 것은 마음 편한 것만 못하고, 너그러운 마음은 넓은 집보다 더 좋다.」

▶ **黃河尙有澄淸日 豈可人無得運時** (황하상유징청일 기가인무득운시)

「황하도 맑아질 날이 있다 하는데, 어찌 사람에게 운수 트일 날이 없겠는가!」[62]

※ **深一脚淺一脚** (심일각천일각 shēn yī jiǎo qiǎn yī jiǎo)
「깊은 곳에도 한 발, 낮은 곳에도 한 발.」 (울퉁불퉁한 인생역정.)

→ **高不成 低不就** (고불성 저불취 gāo bù chéng, dī bù jiù)

「(혼사에서) 눈이 높아도 안 되고, 수준이 낮아도 안 된다.」 (높은 곳은 바라볼 수 없고, 낮은 데는 마음에 안 찬다.)

▶ **高山出俊女 平川出美男** (고산출준녀 평천출미남)

「큰 산에서 걸출한 여인이 나오고, 평지에서 미남이 나온다.」

▶ **一脚深 一脚淺 一步高 一步低** (일각심 일각천 일보고 일보저)

「한 발은 깊은 곳에, 다른 한 발은 낮은 곳에, 한 걸음은 높게, 다른 한 걸음은 낮게.」 (불안한 인생행로) [63]

※ **十個胖子九個富** (십개반자구개부 shí gè pàngzi jiǔ gè fù)
「뚱보 열 명 중 아홉은 부자다.」

→ **十個財主九個摳** (십개재주구개구 shí gè cáizhǔ jiǔ gè kōu)

「부자 열 명 중 아홉은 구두쇠다.」

---

62) 毁 헐 훼. 壞 무너질 괴 澄 맑을 징.
63) 脚 다리 각. 淺 얕을 천.

▶ 十個胖子九個虛 (십개반자구개허)

「뚱보 열 명 중 아홉은 허약하다.」

▶ 十個鬍子九個騷 (십개호자구개소)

「털보 열 명 중 아홉은 음탕하다.」

▶ 十個官僚九個貪 (십개관료구개탐)

「관리 열 명 중 아홉은 탐욕스럽다.」

▶ 十個麻子九個俏 (십개마자구개초)

「곰보 열 명 중 아홉은 자태(몸매)가 곱다.」

▶ 十個光棍九個倔 (십개광곤구개굴)

「홀아비 열 명 중 아홉은 고집이 세다.」

▶ 十個鹽商九個臭 (십개염상구개취)

「소금장수 열 명 중 아홉은 품행이 나쁘다.」

▶ 十個菩薩九個饞 (십개보살구개참)

「부처님 열 명 중 아홉은 먹기(공양)를 좋아한다.」

▶ 十家鍋灶九不同 (십가과조구부동)

「열 집의 부뚜막 중 아홉 개는 같지 않다.」

▶ 十個賭徒九個賊 (십개도도구개적)

「열 명의 노름꾼 중 아홉은 도둑놈이다.」

▶ 十個女流九個楊花水性 (십개여류구개양화수성)

「여자 열 명 중 아홉은 바람기가 있다.」

▶ 十個衙門十個贓 (십개아문십개장)

「열 개의 관청 중 열 개가 도둑질을 한다.」

▶ 十個人十個樣子 (십개인십개양자)

「열 사람에 열 개의 생김새.」(사람마다 제각각.) 64)

---

64) 胖 살찔 반. 摳 후벼 팔 구, 인색하다. 鬍 수염 호. 騷 떠들 소, 음탕하다.
麻 삼 마, 삼베옷감의 원료가 되는 식물. 麻子 곰보. 棍 몽둥이 곤. 光棍

※ **女人頭髮長 見識短** (여인두발장 견식단 nǚrén tóufa cháng, jiànshí duǎn)

「여자의 머리는 길지만, 식견은 짧다.」

→ **女子無才便是德** (여자무재편시덕 nǚzǐ wú cái biàn shì dé)

「여자는 재주가 없는 것이 바로 덕德이다.」

▶ **女人的心 秋天的雲** (여인적심 추천적운)

「여자의 마음은 가을하늘의 구름.」 (쉽게 변한다.)

▶ **月光再亮 曬不乾穀子 女人再好 當不了飯吃** (월광재량 쇄불건곡자 여인재호 당불료반흘)

「달빛이 아무리 밝아도 곡식을 말릴 수 없고, 여인이 아무리 좋아도 밥 대신 먹을 수 없다.」 [65]

※ **燕瘦環肥 各盡己美** (연수환비 각진기미 Yànshòu Huánféi, gè jìn jǐ měi)

「조비연은 말랐고 양귀비는 통통했으니, 각자의 아름다움이 있었다.」

→ **西眉南臉之美** (서미남검지미 Xī méi Nán liǎn zhī měi)

「춘추시대 서시西施의 눈썹과 남위南威의 얼굴.」 (여인의 미모를 설명할 때 흔히 씀.)

▶ **蔽月羞花 侵魚落雁** (폐월수화 침어낙안)

「(미인의 모습에) 달도 부끄러워 가리고 꽃도 수줍어하며, 물고기

(兒) 홀아비. 倔 딱딱할 굴, 퉁명스럽다, 고집이 세다, 말투가 거칠다. 臭 냄새 취, 썩다, 추악하다, 품행이 나쁘다. 饞 음식 탐할 참, 게걸스럽다, 걸신들리다. 鍋 솥 과. 灶 부엌 조(竈의 俗字). 賍 장물 장, 뇌물 장(贓의 俗字). 楊 버들 양. 楊花水性 여자의 바람기(부정적 의미).

65) 髮 터럭 발. 便 곧 편, 편할 편. 再 다시 재, 그 위에 더 ~하다. 亮 밝을 량. 曬 햇볕 쬘 쇄, 볕에 쪼여 말리다. 乾 마를 건.

도 숨고 기러기도 내려앉는다.」 (절세의 미녀를 일컫는 말.)

▶ 人美不在貌 美在心意好 (인미부재모 미재심의호)

「사람의 미는 외모에 있지 않다. 아름다움은 착한 마음씨에 있다.」

▶ 人美在心裏 蛇美在皮上 (인미재심리 사미재피상)

「사람의 아름다움은 마음에 있고, 뱀의 아름다움은 껍질에 있다.」

▶ 燈月之下看佳人 比白日更勝十倍 (등월지하간가인 비백일경승십배)

「등불과 달빛에서 보는 여인은 환한 대낮에 비해 열 배쯤 더 낫다.」

▶ 佳人出在年少 貌美不可年高 (가인출재연소 모미불가연고)

「미인은 어린 나이에서 나온다. 얼굴이 예쁘다면 나이가 많을 수 없다.」

▶ 當兵三年 看見母猪當貂蟬 (당병삼년 간견모저당초선)

「군대 3년 동안에는, 돼지 같은 여자도 초선이 같은 미인으로 보인다.」[66]

※ 英雄肝膽 菩薩心腸 (영웅간담 보살심장 yīngxióng gān dǎn, pú sā xīn chǎng)

「영웅의 용기와 보살의 (선량한) 마음.」

---

66) 燕 제비 연. 瘦 마를 수. 環 고리 환. 施 베풀 시. 蔽 덮을 폐. 眉 눈썹 미. 臉 빰 검. 羞 부끄러울 수, 드릴 수. ※ 漢나라 成帝의 총애를 받은 趙飛燕은 아주 가냘픈 여인이었다. ※ 唐나라 玄宗의 총애를 받은 楊玉環(양귀비)은 살이 찌고 풍만한 아름다움을 자랑했다. ※ 西施 ; 춘추시대 월(越)의 미인. 越王 구천(句踐)은 吳王 부차(夫差)에게 패한 뒤 와신상담하면서 미인 서시를 찾아내 부차에게 보내 부차를 방심하게 한 뒤 복수에 성공했다. ※ 南威 ; 춘추시대 진(晋)의 미인. 진 문공이 남위를 만난 뒤, 3일 동안 朝會를 하지 않았다고 함. ※ 貂蟬(초선) ; 《삼국지》 呂布의 애첩. 중국의 4대 미녀. 蔽 가릴 폐.

→ 英雄所見若同 (영웅소견약동 yīngxióng suǒ jiàn ruò tóng)
「영웅의 생각은 대략 비슷하다.」 (뛰어난 사람들의 생각은 비슷하다.)

▶ 英雄無用武之地 (영웅무용무지지)
「영웅이 무예를 써야 할 곳이 없다.」 (재능을 펼칠 곳이 없다.)

▶ 英雄只怕病來磨 (영웅지파병래마)
「영웅은 다만 병에 걸려 고생할까 두려워한다.」

▶ 手中無寸鐵 腹內有雄兵 (수중무촌철 복내유웅병)
「수중에는 아무런 무기도 없지만, 뱃속에는 강한 군대가 있다.」 (담력과 기개가 웅대하다.) [67]

※ 英雄敬英雄 (영웅경영웅 yīngxióng jìng yīngxióng)
「영웅은 영웅을 존경한다.」

→ 不到長城非好漢 (부도장성비호한 bù dào chángchéng fēi hǎohàn)
「만리장성에 오르지 않으면 사내대장부가 아니다.」 (모택동毛澤東의 「반산사盤山詞」)

▶ 英雄流血不流淚 (영웅유혈불류누 yīngxióng liúxiě bù liúlèi)
「영웅은 피를 흘릴 뿐 눈물을 흘리지 않는다.」

▶ 英雄有淚不輕彈 (영웅유루불경탄)
「영웅은 눈물을 가벼이 뿌리지 않는다.」

▶ 人不傷心不掉淚 (인불상심부도루)
「사람은 비통할 때가 아니면 눈물을 보이지 않는다.」

▶ 丈夫非無淚 不灑別離間 (장부비무루 불쇄별리간)
「대장부가 눈물이 없는 것은 아니지만, 헤어질 때도 눈물을 뿌리지

---

67) 腸 창자 장. 只 다만 지.

않는다.」

▶ 丈夫有泪不輕彈 只因未到傷心處 (장부유루불경탄 지인미도상심처)

「대장부는 쉽게 눈물을 뿌리지 않는다. 다만 상심할 지경에 이르지 않도록 할 뿐이다.」 (슬픔도 참을 수 있어야 대장부다.) 68)

※ 英雄難過美人關 (영웅난과미인관 yīngxióng nán guò měirén guān)
「영웅은 미인의 관문을 지나기 어렵다.」 (영웅도 여색에 빠져 큰일을 망친다.)

→ 兒女情長 英雄氣短 (아녀정장 영웅기단 érnǚ qíng cháng, yīngxióng qìduǎn)

「여인의 정은 깊고, 영웅의 기개는 짧다.」 (영웅도 정에는 약하다.)

▶ 英雄難脱美人手 (영웅난탈미인수)

「영웅일지라도 미인의 손을 벗어나기는 어렵다.」

▶ 紅粉之言 能入英雄之耳 (홍분지언 능입영웅지이)

「여인의 말은 영웅의 귀에 들어갈 수 있다.」 69)

※ 英雄好漢不賣嘴 (영웅호한불매취 yīngxióng hǎohàn bù mài zuǐ)
「영웅이나 잘난 사나이는 주둥이를 팔지 않는다.」 (말씨름, 논쟁을 하지 않는다. 행동으로 보여준다.)

→ 好漢不提當年勇 (호한부제당년용 hǎohàn bù tí dāngnián yǒng)

「잘난 사나이는 지난날의 용기를 자랑하지 않는다.」

▶ 英雄無歲 江湖無輩 (영웅무세 강호무배)

---

68) 泪 눈물 누(淚와 同字). 輕 가벼울 경. 掉 흔들 도, 떨어지다, 흔들리다, 흘려 잃어버리다. 彈 탄알 탄, 쏘다, 뿌리다.
69) 關 빗장 관, 요새를 방어하는 관문(關門).

「영웅은 나이가 없고, 강호무림은 선후배가 없다.」 (영웅이냐 아니냐? 의기투합하느냐 않느냐가 중요.)

▶ 英雄生於四野 好漢長在八方 (영웅생어사야 호한장재팔방)

「영웅은 사방 어디에나 살고, 사내대장부는 팔방 어디에도 있다.」

▶ 走在人前是英雄 落在人後是狗熊 (주재인전시영웅 낙재인후시구웅)

「남보다 앞서 나가면 영웅이지만, 남보다 뒤처지면 겁쟁이다.」 70)

※ 寧爲鷄口 不爲牛後 (영위계구 불위우후 nìng wéi jīkǒu, bù wéi niúhòu)

「닭의 머리가 될지언정 소꼬리가 될 수는 없다.」

→ 寧爲蠅頭 不爲馬尾 (영위승두 불위마미 nìng wéi yíngtóu, bùwéi mǎwěi)

「차라리 파리 대가리가 될지언정 말꼬리가 될 수 없다.」

▶ 寧做鷄頭 不當鳳尾 (영주계두 부당봉미)

「차라리 닭의 머리가 될지언정 봉황의 꼬리가 될 수 없다.」

▶ 人不當頭兒 木不當軸兒 (인부당두아 목부당축아)

「사람은 우두머리가 되지 말고, 나무는 굴대가 되지 말아야 한다.」 (무거운 책임을 지면 괴롭다.) 71)

※ 藝盡人緣散 (예진인연산 yì jìn rényuán sàn)

「연극이 끝나듯, 인연도 흩어진다.」

→ 藝無止境 人生苦短 (예무지경 인생고단 yì wú zhǐjìng, rénshēng kǔduǎn)

---

70) 賣 팔다, 늘어놓다. 嘴 부리 취, 주둥이. 長 자라다, 성장하다.
71) 蠅 파리 승. 軸 굴대 축.

「예술은 끝이 없고, 인생은 힘들고도 짧다.」

▶ 一葉浮萍歸大海 人生何處不相逢 (일엽부평귀대해 인생하처불상봉)

「부평초 하나가 바다에 떠돌 듯, 인생살이 어디서든 다시 만나지 않겠는가?」

▶ 浮萍尙有相逢日 人豈全無見面時 (부평상유상봉일 인개전무견면시)

「부평초도 서로 만날 날이 있거늘, 사람이 어찌 서로 만날 때가 없겠는가?」[72]

※ 玉不琢 不成器 (옥불탁 불성기 yù bù zhuó bù chéng qì)
「옥도 다듬지 않으면 그릇(물건)이 되지 않는다.」

→ 朽木不可雕也 (후목불가조야 xiǔmù bùkě diāo yě)

「썩은 나무는 조각할 수 없다.」(전도가 암담하거나 가르칠 가치가 없는 사람을 일컫는 말.)

▶ 朽木不可支大廈 (후목불가지대하)

「썩은 나무는 큰 집을 지탱할 수 없다.」

▶ 朽木難成器 (후목난성기)

「썩은 나무로는 연장을 만들 수 없다.」

▶ 腐木不可以爲柱 卑人不可以爲主 (부목불가이위주 비인불가이위주)

「썩은 나무를 기둥으로 쓸 수 없고, 천한 사람을 지도자로 세울 수 없다.」[73]

※ 王候本無種 男兒當自强 (왕후본무종 남아당자강 wánghòu běn

---

72) 緣 옷 선 두를 연, 인연 연. 止 그칠 지. 浮 뜰 부. 萍 부평초 평.
73) 琢 옥 다듬을 탁. 器 그릇 기. 朽 썩을 후. 雕 새길 조. 廈 큰 집 하. 器
　　그릇 기, 연모, 연장.

wúzhǒng, nánér dāng zì qiáng)

「왕후장상은 본래 씨가 없다. 사내라면 스스로 노력해야 한다.」

→ 王者之師 天下無敵 (왕자지사 천하무적 wángzhě zhī shī tiānxià wúdí)

「왕자王者의 군사는 천하에 무적이다.」

▶ 將門之下必有將類 (장문지하필유장류)

「장수 가문에 반드시 장군 재목이 있다.」

▶ 王侯將相管不住兒孫浪蕩 (왕후장상관부주아손낭탕)

「왕후장상은 방탕한 아들이나 손자를 단속하지 못한다.」[74]

※ 幺不幺六不六 (요불요육불육 yāo bù yāo liù bù liù)

「일一도 아니고 육六도 아니다.」 (사람이 명확치 못하다.)

→ 不三不四 (불삼불사 bù sān bù sì)

「셋도 넷도 아니다.」 (인품이 너절하다.)

▶ 효제충신예의염 (孝悌忠信禮義廉)

「뻔뻔한 놈.」 「치사한 놈.」 (끝에 와야 할 치恥가 빠졌음.)

▶ 不知天底下 還有羞恥二字 (부지천저하 환유수치이자)

「하늘 아래 여전히 『수치(부끄럼)』라는 두 글자가 있는 줄을 모른다.」 (수치를 모르는 사람을 책망함.) [75]

※ 有苦才有甘 (유고재유감 yǒu kǔ cái yǒu gān)

「쓴맛을 봐야 단 맛을 안다.」 (고생을 해야 비로소 행복이 있다.)

---

74) 王者 ; 인덕(仁德)에 의하여 왕이 된 사람. 힘에 의거한 패자(覇者)의 반대.

75) 幺 작을 요, 주사위에 새겨진 점 하나, 주사위에 새겨진 「一」자(字). 羞 부끄러울 수, 치욕, 맛있는 음식. 恥 부끄러울 치.

→ 花發多風雨 人生苦別離 (화발다풍우 인생고별리 huāfā duō fēngyǔ rén shēng kǔ bié lí)

「꽃이 피니 비바람이 많듯, 인생에는 쓰디쓴 이별이 있다.」

▶ 人生難得是靑春 (인생난득시청춘)

「인생에서 청춘은 다시 오지 않는다.」

▶ 靑春 - 萬紫千紅鮮花開 (청춘 - 만자천홍선화개)

「청춘시기에는 붉고 푸른 온갖 생생한 꽃이 핀다.」

▶ 雖有神仙 不如少年 (수유신선 불여소년)

「비록 신선일지라도 젊은이만 못하다.」 76)

※ 有福不用忙 無福跑斷腸 (유복부용망 무복포단장 yǒu fú bùyòng máng, wú fú pǎo duànchǎng)

「복 받은 사람은 바쁘지 않고, 복이 없으면 장이 끊어지도록 고생만 한다.」

→ 有福之人 不落無福之地 (유복지인 불락무복지지 yǒu fú zhī rén, bù luò wú fú zhī dì)

「유복한 사람은 어디 가든 좋은 일이 있다.」

▶ 無官一身輕 有錢萬事足 (무관일신경 유전만사족)

「벼슬 없으니 몸이 자유롭고, 돈 있으니 만사가 넉넉하다.」

▶ 有福之人不用愁 (유복지인불용수)

「복 있는 사람은 근심걱정이 없다.」

▶ 有福之人夫前死 無福之人夫後亡 (유복지인부전사 무복지인부후망)

「복이 있는 사람은 남편보다 먼저 죽고, 복이 없는 사람은 남편보

---

76) 才 비로소 재, 겨우. 是 옳을 시, ~이다. 雖 비록 수, ~하더라도.

다 늦게 죽는다.」 [77]

「유비가 공명을 만나다. - 물고기가 물을 만난 것 같다.」

→ 髀肉復生 (비육부생 bì ròu fù shēng)

「(오랫동안 말을 타지 않아) 넓적다리의 살이 다시 붙다.」(대장부가 시대를 못 만나 포부를 실현할 기회를 얻지 못한다는 탄식. -「비육지탄髀肉之嘆」)

▶ 劉備借荊州 魯肅討不還 (유비차형주 노숙토불환)

「유비는 형주를 잠시 빌렸다 하면서 노숙이 돌려 달라고 해도 내주지 않았다.」

▶ 孔明扇子 遠點扇着 (공명선자 원점선착)

「제갈공명의 부채는 바람이 멀리 간다.」(멀리 쫓아버리다.) [78]

→ 有網不下水 難得大頭魚 (유망불하수 난득대두어 yǒu wǎng bù xià shuǐ, nán dé dàtóuyú)

「그물이 있어도 물에 넣지 않는다면 대구大口를 잡을 수 없다.」

▶ 有田便有穀 有人就有財 (유전편유곡 유인취유재)

「토지가 있으면 곡식이 있고, 사람이 있으면 재물이 있다.」

---

77) 跑 달릴 포, 뛰어다니다. 輕 가벼울 경.
78) 髀 넓적다리 비, 장딴지. 扇 부채 선.

▶ 種高粱的多 喝高粱酒的多 (종고량적다 흘고량적다)

「고량(수수)을 심는 사람이 많으면 고량주를 마시는 사람이 많다.」[79]

※ 二百五 (이백오 èr bǎi wǔ)

「얼치기.」「반푼.」

→ 二十五兩 (이십오량 èr shí wǔ liǎng)

「스물다섯 냥」(반미치광이.)

▶ 二五一十 (이오일십 èr wǔ yī shí)

「2 × 5 = 10」(그저 그런 것, 평범한 인물.)

▶ 二把刀 (이파도 èr bǎ dāo)

「얼치기.」(미숙한 사람.)

▶ 二五子 (이오자 èrwǔzi)

「얼치기.」(좀 모자라는 사람.)

▶ 二小 (이소 èrxiǎo)

「철부지.」

▶ 二小子 (이소자 èrxiǎozi)

「앞잡이.」「주구走狗」(맨 밑바닥 일을 하는 사람) [80]

※ 人過留名 雁過留聲 (인과유명 안과유성 rén guò liú míng, yàn guò liú shēng)

「사람은 떠나면서 이름을 남기고, 기러기는 지나가면서 소리를 남긴다.」

---

79) 苗 싹 묘. 網 그물 망. 大頭魚 대구(大口). 種 심을 종. 高粱 기장, 수수. 喝 마실 갈.

80) 兩 두 양(량), 무게 단위. ※ 옛날에 銀 5냥을 1봉(封)이라 했음. 25냥은 반봉(半封)인데 그 발음 bàn fēng이 半瘋(반풍, 미치광이 풍)과 같음.

→ 雁過留毛 蛇走留皮 (안과유모 사주유피 yàn guò liú máo, shé zǒu liú pí)

「기러기가 있던 곳에 털이 있고, 뱀이 지나간 곳에 껍질이 있다.」

▶ 頭髮雖細 也有影子 (두발수세 야유영자)

「머리카락이 가늘다지만, 그래도 그림자가 있다.」

▶ 小蟲飛過還有影 (소충비과환유영)

「작은 벌레가 날아가도 그림자는 있다.」

▶ 馬跑過有蹄人 鳥飛過有影兒 (마포과유제인 조비과유영아)

「말이 달렸으면 발자국이 남고, 새가 날아간다 하여도 그림자가 있다.」[81]

※ 人過五十就該修橋補路 (인과오십 취해수교보로 rén guò wǔshí jiù gāi xiūqiáo bǔlù)

「사람이 50을 넘기면 응당 다리橋와 도로를 보수해야 한다.」(불특정 다수를 위한 선행을 베풀어야 한다.)

→ 人到中年萬事休 (인도중년만사휴 rén dào zhōngnián wànshì xiū)

「사람이 중년에 이르면 모든 일이 그만이다.」(새로운 일을 시도할 수 없다.)

▶ 五十五. 出山虎 (오십오 출산호)

「쉰다섯은 산에서 내려온 호랑이.」

▶ 人老得下三件病, 愛財 怕死 沒瞌睡 (인노득하삼건병, 애재 파사 몰갑수)

「사람이 늙으면 세 가지 병을 얻는다. 돈에 인색하고, 죽을까 겁을 내고, 잠이 없다.」[82]

---

81) 留 남길 유(류). 雁 기러기 안. 聲 소리 성. 蛇 뱀 사. 髮 터럭 발. 雖 비록 수.

※ **人老百事通** (인노백사통 rén lǎo bǎishì tōng)
「사람이 늙으면 온갖 일에 두루 통한다.」

→ **薑是老的辣** (강시노적랄 jiāng shì lǎode là)
「생강은 오래된 것이 맵다.」 (사람은 늙을수록 경험이 많다.)

▶ **新姜甛 老姜辣** (신강첨 노강랄)
「어린 생강은 달지만, 오래된 생강은 맵다.」 (젊은이와 노인 각각 장점이 있다.)

▶ **莫說年紀小 人生容易老** (막설연기소 인생용이노)
「아직 나이 적다고 말하지 말라. 인생은 쉽게 늙는다.」

▶ **人老如頑童** (인노여완동)
「사람이 늙으면 고집부리는 아이와 같다.」

▶ **人到百歲還要娘** (인도백세환요낭)
「사람은 백 살이라도 여전히 아내가 있어야 한다.」 [83]

※ **人老性不改** (인노성불개 rén lǎo xìng bù gǎi)
「사람이 늙으면 본성은 못 바꾼다.」

→ **白髮故人稀** (백발고인희 báifà gùrén xī)
「늙어 백발이 되면 아는 사람이 드물다.」

▶ **人窮知己少 家落故人稀** (인궁지기소 가락고인희 rén qióng zhījǐ shǎo, jiā luò gùrén xī)
「사람이 궁해지면 친구도 적어지고, 가문이 몰락하면 친구도 없어진다.」

---

82) 就 이룰 취. 該 마땅히 ～해야 한다. 橋 다리 교. 瞌 졸음 올 갑, 말뚝잠. 睡 잠잘 수. 瞌睡 잠.
83) 年紀 나이. 姜 생강 강(薑, 「생강 강」의 간체자). 辣 매울 날(랄). 甛 달 첨.

▶　人老病出　樹老根出 (인노병출 수노근출)
「사람이 늙으면 병이 나고, 나무가 늙으면 뿌리가 드러난다.」
▶　在家不會迎賓客　出門方知少故人 (재가불회영빈객 출문방지소고인)
「집에서 손님을 접대하지 않으면, 집을 나섰을 때 가까운 사람이 적다는 것을 알게 된다.」[84]

※　人老心不老 (인노심불노 rén lǎo xīn bùlǎo)
「사람은 늙었지만 마음은 늙지 않았다.」

→　不怕人老　單怕心老 (불파인노 단파심노 bù pà rén lǎo, dān pà xīn lǎo)
「사람이 늙는 것이 두렵지 않고, 다만 마음이 늙는 것이 두렵다.」
▶　人老話多 (인노화다 rén lǎo huà duō)
「사람은 늙으면 말이 많아진다.」
▶　人老不算老　心老才算老 (인노불산노 심노재산노)
「노인이라고 늙었다고 할 수 없다. 마음이 늙으면 비로소 늙었다고 해야 한다.」
▶　人老珠黃不值錢 (인노주황불치전)
「노인과 누렇게 변한 구슬은 값이 안 나간다.」
▶　倚老賣老 (의노매노)
「나이 많다며 특별한 대접을 요구하다.」
▶　福如東海長流水　壽比南山不老松 (복여동해장류수 수비남산불노송)
「동해로 흘러드는 강물처럼 끊임없는 복을 누리시고, 남산의 늙

---

84) 稀 드물 희.

지 않는 소나무처럼 장수하십시오.」(노인에게 올리는 祝壽의 글) 85)

※ **人大十八變** (인대십팔변 rén dà shí bā biàn)
「사람은 크면서 18번 변한다.」(신체나 심경의 변화가 많다.)

→ **人過四十逐年衰** (인과사십축년쇠 rén guò sìshí zhú nián shuāi)
「사람이 마흔을 넘기면 해마다 쇠약해진다.」

▶ **人到四十五 好比出山虎** (인도사십오 호비출산호)
「인생 마흔다섯이면 마치 산에서 내려온 호랑이 같다.」(아직 기력은 건장하고 일할 만하다.)

▶ **人活五十天天乖** (인활오십천천괴)
「사람 살아 50이면 몸이 날마다 다르다.」

▶ **人年五十不爲夭** (인년오십불위요)
「나이 50이면 명이 짧았다고 생각하지 않는다.」

▶ **五十不造屋 六十不種樹 七十不製衣** (오십불조옥 육십불종수 칠십불제의)
「나이 50에는 집을 짓지 않고, 60에는 나무를 심지 않으며, 70이면 옷을 새로 짓지 않는다.」

▶ **人生七十古來稀** (인생칠십고래희)
「인생 70은 예로부터 드물었다.」(그래서 70세를 「고희古稀」라고 한다.) 86)

※ **人到三十花正旺** (인도삼십화정왕 rén dào sān shí huā zhèng wàng)
「인생 30이면 한창 핀 꽃이다.」

---

85) 才 재주 재, ~에야 비로소(어느 시점이 되어야 동작이나 상황이 발생함). 珠黃 구슬이 탈색하여 누렇게 되다. 値 값 치. 錢 돈 전. 倚 기댈 의.
86) 衰 쇠약할 쇠. 天 날마다. 乖 어긋날 괴, 다를 괴. 夭 일찍 죽을 요, 어린 초목의 싱싱한 모양.

→ 人過三十天過午 (인과삼십천과오 rén guò sān shí tiān guò wǔ)
「30이 넘으면 하루의 정오가 지난 셈이다.」

▶ 人到三十五 半截入了土 (인도삼십오 반절입료토)
「인생 서른다섯이면 절반은 땅에 묻힌 셈이다.」(인생의 절반은 지나갔다.)

▶ 三十不榮 四十不富 五十看看尋死路 (삼십불영 사십불부 오십간간심사로)
「나이 30에 벼슬을 못하거나 40에 부자가 되지 못했다면, 50에는 죽을 길을 찾아야 한다.」(50대에는 희망이 없다.) [87]

※ 人到六十瓦上霜 (인도육십와상상 réndào liùshí wǎshang shuāng)
「사람 나이 60이면 기왓장 위의 서리와 같다.」(살 수 있는 날이 얼마 안 남았다.)

→ 人到六十不遠行 (인도육십불원행 réndào liùshí bù yuǎn xíng)
「사람 나이 60이면 먼 곳으로 여행을 하지 않는다.」

▶ 六十三 鯉魚跳過灘 (육십삼 이어도과탄)
「나이 63세, 잉어가 여울물을 뛰어 올라가다.」(63세는 인생의 새로운 전기가 될 수 있다.)

▶ 六十五 開山斧 七十五 下山虎 (육십오 개산부 칠십오 하산호)
「인생 65세는 산림을 개척하는 도끼. 75세는 하산한 호랑이다.」(6,70대 노인일지라도 경시할 수 없다.)

▶ 人到六十六 不死也少塊肉 (인도육십육 불사야소괴육)
「사람 나이 66이면 죽지는 않았더라도 고깃덩어리도 부족하다.」(여전히 고기를 잘 먹는다.) [88]

---

87) 旺 성할 왕. 截 끊을 절.
88) 瓦 기와 와. 霜 서리 상. 鯉 잉어 리. 跳 뛸 도. 灘 물여울 탄. 少 부족할

※ 人都巴望好 樹都巴望春 (인도파망호 수도파망춘 rén dōu bāwàng hǎo, shù dōu bāwàng chūn)

「사람은 누구나 좋은 날이 오기를, 모든 나무는 봄날이 오기를 기다린다.」

→ 人過靑春無少年 (인과청춘무소년 rén guò qīngchūn wú shǎo nián)

「사람이 청춘을 보내고 나면 다시는 젊은 날이 없다.」

▶ 靑春無限美 失去不復回 (청춘무한미 실거불부회)

「청춘은 한없이 아름답지만, 한번 잃어버리면 다시 돌아오지 않는다.」

▶ 靑春去時不告別 老年來時不招手 (청춘거시불고별 노년내시불초수)

「청춘은 떠나면서 고별인사를 하지 않고, 노년이 찾아온다고 손짓으로 부르지 않는다.」 89)

※ 人不在大小 馬不論高低 (인부재대소 마부론고저 rén bùzài dàxiǎo, mǎ bù lùn gāodī)

「사람 능력은 나이에 있지 않고, 말馬은 키의 높낮이를 따지지 않는다.」

→ 人不可貌相 (인불가모상 rén bùkě mào xiàng)

「사람은 외모로 평가할 수 없다.」

▶ 山不在高低 要有景致 (산불재고저 요유경치)

「산은 높낮이가 아니라, 오직 경치가 좋아야 한다.」

▶ 人大心事大 (인대심사대)

「사람은 나이를 먹으면서 마음 쓸 일도 많아진다.」 90)

소. 塊 흙덩이 괴.
89) 都 모두(總) 도, 도읍 도. 招 부를 초.

※　人死如燈滅 (인사여등멸 rén sǐ rú dēng miè)
「사람의 죽음이란 등불이 꺼지는 것.」(남는 것이 없다.)

→ 人死如臭泥 (인사여취니 rén sǐ rú chòu ní)
「사람이 죽으면 한 줌의 흙!」

▶　空手來空手去 萬貫家財拿不去 (공수래공수거 만관가재나불거)
「빈손으로 왔다가 빈손으로 가는 인생, 만금萬金의 재산이 있어도
갖고 갈 수 없다네!」

▶　死有重於泰山 死有輕於鴻毛 (사유중어태산 사유경어홍모)
「죽음에는 태산보다 무거운 죽음이 있고, 기러기 털보다도 가벼운
죽음이 있다.」(사마천司馬遷「보임안서報任安書」)

▶　生於憂患 死於安樂 (생어우환 사어안락)
「우환 속에 살 길이 있고, 안락하면 죽음에 이르게 된다.」(곤경이
나 역경이 삶의 의지를 더 강하게 만든다는 의미.)

▶　人生如瘧疾者大寒大暑中 (인생여학질자대한대서중)
「인생이란 학질을 앓는 사람이 추웠다가 땀이 났다 하는 것과 같
다.」91)

※　人生百年如過客 (인생백년여과객 rénshēng bǎinián rú guòkè)
「인생 백 년이 지나가는 나그네와 같다」

→ 百歲光陰如過客 (백세광음여과객 bǎisuì guāngyīn rú guòkè)
「백 년이라는 세월도 지나가는 나그네와 같다.」

▶　人生如朝露 (인생여조로)

---

90) 大小 여기서는 나이의 많고 적음. 低 낮을 저. 貌 얼굴 모. 相 자세히 보
    다, 사람을 살피다(관상을 보다). 腐 썩을 부.
91) 燈 등불 등. 滅 꺼질 멸. 臭 냄새 취. 泥 진흙 니(이). 拿 잡을 나, 손에
    쥐다. 瘧 학질 학(말라리아 병). 疾 병 질.

「인생은 아침 이슬과 같다.」 (인생은 덧없이 왔다가 간다.)

▶ 人生如白駒過隙 (인생여백구과극)

「인생은 흰 망아지가 문틈을 달려가는 것과 같다.」 (세월이 빨리 지나가다.) 92)

※ 人生如浮雲過眼 (인생여부운과안 rénshēng rú fúyún guò yǎn)

「인생이란 눈앞에서 사라지는 뜬구름과 같다.」

→ 人生在世吃穿二字 (인생재세흘천이자 rénshēng zàishì chī chuān èr zì)

「인생살이란 먹고吃 입는다는穿 두 글자이다.」

▶ 人生在世 如輕塵棲弱草 (인생재세 여경진서약초)

「인생살이란 티끌이 약한 풀 위에 얹힌 것과 같다.」

▶ 氷消河北岸 花發樹南枝 (빙소하북안 화발수남지)

「강 건너 언덕에 얼음이 녹으면 남쪽 가지에 꽃이 핀다.」 93)

※ 人生一世 大夢一場 (인생일세 대몽일장 rénshēng yīshì, dàmèng yīcháng)

「인생 한 살이란 한바탕의 큰 꿈!」

→ 人生在世誰無險 (인생재세수무험 rénshēng zàishì, shuí wú xiǎn)

「사람 한 세상 사는데 누군들 험한 꼴 안 보는가?」 (누구나 어려운 일 당하면서 사는 것이 인생이다.)

▶ 人生重晚晴 (인생중만청)

「인생 만년에 운이 피어야 한다.」

---

92) 陰 그늘 음. 光陰 세월. 駒 망아지 구. 過 지날 과. 隙 틈 극.《莊子》知北遊 "人生天地之間, 若白駒之過郤, 忽然而已."

93) 塵 티끌 진. 棲 깃들 서, 살다. 消 사라질 소, 녹다. 穿 뚫을 천, 옷을 입다.

▶ 百年容易過 靑春不再來 (백년용이과 청춘부재래)
「백 년은 금방 지나가고, 청춘은 다시 오지 않는다.」

▶ 白日莫閑過 靑春不再來 (백일막한과 청춘부재래)
「벌건 날들을 허송하지 말라. 청춘은 다시 오지 않는다.」[94]

※ 人生處處是靑山 (인생처처시청산 rénshēng chùchù shì qīngshān)
「인생살이 곳곳에 청산이라!」(인생 도처에 살 길이 있다.)

→ 人生好似一盤棋 (인생호사일반기 rénshēng hǎo sì yīpán qí)
「인생이란 한판의 바둑과 같다.」(정해진 승패는 없다.)

▶ 人世間有千條路 (인세간유천조로)
「인간세상에는 천 갈래의 길이 있다.」

▶ 人生難得是靑春 (인생난득시청춘)
「인생에서 다시 얻기 어려운 것은 청춘!」

▶ 人生歸宿卽滑頭 (인생귀숙즉활두)
「인생이 돌아가는 곳은 결국 대머리.」(늙어 죽는 것.) [95]

※ 人生七十三 八十四 (인생칠십삼 팔십사 qīshí sān bāshí sì)
「사람은 73세나 84세까지 산다.」(공자孔子는 73세에, 맹자孟子는 84세에 죽었다.)

→ 千休萬休 不如死休 (천휴만휴 불여사휴 qiān xiū wàn xiū, bù rú sǐ xiū)
「천만번 쉬고 쉬어도 죽어 아주 쉬는 것만 못하다.」(죽음은 가장 완전한 휴식이다.)

---

94) 夢 꿈 몽. 誰 누구 수. 是 이 시, ~이다. 晚 늦을 만. 晴 갤 청. 晚晴 만 년에 팔자가 피는 것. 白日 밝은 해, 낮(白天).
95) 滑 미끄러울 활. 滑頭 대머리 곧 노인, 늙어 죽을 사람.

▶ 七十三 八十四 不死也是兒女眼裏一根刺 (칠십삼 팔십사 불사야 시아녀안리일근자)

「73세, 84세에 죽지 않더라도 자녀들의 눈에는 하나의 가시이다.」

▶ 七十三 八十四 閻王爺不叫自己去 (칠십삼 팔십사 염왕야불규자 기거)

「73세나 84세에는 염라대왕이 부르지 않아도 스스로 가야 한다.」 [96]

※ 人越醜越愛戴花 (인월추월애대화 rén yuè chǒu yuè ài dài huā)
「사람은 추할수록 꽃을 꽂기를 좋아한다.」 (본능적으로 결점을 감추려 한다.)

→ 醜人多作怪 (추인다작괴 chǒurén duō zuòguài)

「못 생긴 사람이 이상한 짓을 많이 한다.」 (못 생긴 사람이 잘 웃긴다.)

▶ 醜人還有俊影兒 (추인환유준영아)

「못생긴 사람도 그림자는 준수하다.」 (못생긴 사람에게도 특별한 장점이 있다.)

▶ 醜婆娘好搽粉 (추파낭호차분)

「못생긴 노파라도 분을 바르기를 좋아한다.」 (늙고 못생긴 할머니도 화장을 한다.)

▶ 醜女妙齡也好看 粗茶初泡味亦香 (추녀묘령야호간 조다초포미역향)

「추녀라도 젊으면 보기에 좋고, 나쁜 차라도 처음 끓이면 맛이 좋다.」

---

96) 休 쉴 휴. 刺 찌를 자, 가시 자.

▶ **好婆娘 孬婆娘 生了孩子變了樣** (호파낭 왜파낭 생료해자변료양)

「예쁜 여인이건 못생긴 여인이건 아이를 출산하면 모양이 변한다.」[97]

※ **人有貴賤 年有老少** (인유귀천 연유노소 rén yǒu, guìjiàn, nián yǒu lǎoshào)

「사람에게는 귀천이 있고, 나이에는 노소가 있다.」

→ **人有好歹 物有高低** (인유호대 물유고저 rén yǒu hǎodǎi, wù yǒu gāodī)

「사람에 호인 악인이 있고, 물건에 고급, 저급이 있다.」

▶ **人有古怪像 必有古怪能** (인유고괴상 필유고괴능)

「아주 특이한 모습의 사람에게는 아주 특이한 능력이 있다.」

▶ **人有錢說話粗 姪兒有錢不認叔** (인유전설화조 질아유전불인숙)

「사람이 돈을 벌면 큰소리를 치게 된다. 조카가 돈을 벌면 숙부도 몰라본다.」[98]

※ **人有吉凶事 不在鳥音中** (인유길흉사 부재조음중 rén yǒu jíxiōngshì, bù zài niǎoyīn zhōng)

「인간에게 길흉사가 있지, 새 울음 때문은 아니다.」

→ **人生都是命 半點不由人** (인생도시명 반점불유인 rénshēng dōu shì mìng, bàndiǎn bù yóu rén)

「인생은 모두 운명이다. 사람의 의지로 되는 것은 아무것도 없

---

97) 越 넘을 월. 越~ 越~ ~할수록 ~하다. 戴 머리에 일 대. 影兒 그림자. 搽 칠할 차, 바르다. 粉 가루 분, 단장하다. 妙齡 꽃다운 나이, 스물 안팎의 여자 나이. 孬 nāo 좋지 않을 왜(위).

98) 歹 나쁠 대(알), 好의 반대. 古怪 기괴하다, 기이하다, 괴팍하다.

다.」

▶ 花開花落節氣定 時來運轉命安排 (화개화락절기정 시래운전명안배)

「꽃이 피고 지는 것은 계절이 결정하고, 시운이 오고가는 것은 운명에 정해진 것이다.」

▶ 一命二運三風水, 四積陰功五讀書 (일명이운삼풍수, 사적음공오독서)

「첫째 타고난 팔자, 둘째는 운수, 셋째는 풍수의 덕, 넷째는 조상이 베푼 음덕, 다섯 번째가 독서 실력이다.」 (사람이 과거에 합격하거나 벼슬할 만한 여건.) 99)

※ 人有旦夕禍福 (인유단석화복 rén yǒu dànxī huòfú)
「사람에게는 아침저녁으로 달라지는 재앙과 복이 있다.」

→ 一灾過後 十年旺興 (일재과후 십년왕흥 yī zāi guòhòu, shínián wàngxīng)

「재앙이 한번 지나가면 10년간 크게 흥한다.」

▶ 一年壽灾 三年難緩 (일년수재 삼년난완)

「재난을 한 해 당하면 3년 안에 되살아나기 어렵다.」

▶ 人有十年旺 鬼神不敢傍 (인유십년왕 귀신불감방)

「사람이 운이 왕성한 10년 동안에는 귀신도 감히 얼씬거리지 못한다.」

▶ 人在世間 日失一日 (인재세간 일실일일)

「사람은 세상에 살면서 날마다 하루씩 잃어버린다.」 100)

---

99) 鳥音 고대 중국인들은 「인간의 길흉화복을 새들은 다 알고 있어 울음소리로 예고해 주지만, 사람이 그 울음소리를 알아듣지 못하기에 자신의 운명을 예측 못한다」고 생각했다. 都 도읍 도, 모두, 전부.

※ 人有三昏三迷 (인유삼혼삼미 rén yǒu sān hūn sān mí)
「인생에는 세 번쯤 바보 같을 수 있다.」(어리석은 결정을 내릴 때가 있다.)

→ 人有七貧八富 (인유칠빈팔부 rén yǒu qī pín bā fù)
「인생에 가난할 수도 부자가 될 수도 있다.」(인생 내내 부자나 가난할 수는 없다.)

▶ 人有貴賤 不可槪論 (인유귀천 불가개론)
「사람 팔자의 고귀高貴와 빈천을 다같이 논할 수 없다.」

▶ 有前眼沒有後眼 (유전안몰유후안)
「앞을 보는 눈은 있지만, 뒤를 보는 눈은 없다.」

▶ 人有前後眼 富貴一千年 (인유전후안 부귀일천년)
「사람에게 앞뒤를 보는 눈이 있다면 일천 년 부귀를 누릴 것이다.」[101]

※ 人在世上一臺戲 (인재세상일대희 rén zài shìshàng yītáixì)
「사람이 세상에 산다는 것이 한 판의 놀음이다.」

→ 人生一世 無非是戲 (인생일세 무비시희 rénshēng yīshì, wú fēi shì xì)

「인생 한 평생이 연극 아닌 것이 없다.」

▶ 唱戲的鬍子假毛 (창희적호자가모 chàngxìde húzi jiǎmáo)
「광대의 가짜 수염.」(진짜인 척하다.)

▶ 戲臺上的朋友 - 虛情假意 (희대상적붕우 - 허정가의)
「무대 위의 친구 - 거짓 우정.」

---

100) 且 아침 단. 灾 재앙 재. 旺 성(盛)할 왕. 緩 느릴 완, 늦추다, 회복하다, 되살아나다. 傍 곁 방, 곁에 있다.
101) 昏 어둘 혼. 迷 미혹할 미. 槪 대강 개, 거리낄 개.

▶ 戲場小天地 天地大戲場 (희장소천지 천지대희장)

「무대는 하나의 작은 세상, 세상은 하나의 큰 무대.」 102)

※ 人的名兒 樹的影兒 (인적명아 수적영아 rénde míngr, shùde yǐngr)

「사람에게는 이름(명예)은 나무의 그림자와 같다.」 (나무가 곧으면 그림자도 곧다.)

→ 鐘在寺院聲在外 (종재사원성재외 zhōng zài sìyuàn shēng zài wài)

「종은 절에 있지만, 소리는 밖에 들린다.」 (명성은 저절로 멀리 퍼진다.)

▶ 人得名聲樹得蔭 (인득명성수득음)

「사람은 명성을 얻으려 하고, 나무는 무성해지고자 한다.」

▶ 鐘的聲兒 樹的影兒 (종적성아 수적영아)

「종은 소리가, 나무는 그림자가 있다.」 103)

※ 人走了紅運 黃土變成金 (인주료홍운 황토변성금 rén zǒule hóngyùn, huángtǔ biànchéng jīn)

「사람의 운이 트이면 황토가 황금으로 변한다.」

→ 人在洪福運 鬼神怕三分 (인재홍복운 귀신파삼분 rén zài hóngfú yùn, guǐshén pà sānfēn)

「사람이 큰 복을 타고났으면 귀신도 어느 정도 두려워한다.」

▶ 協力山成玉 同心土變金 (협력산성옥 동심토변금)

「협력하면 산山도 옥玉이 되고, 한 마음이라면 흙이 금으로 변한

---

102) 臺 받침 대, 무대(舞臺). 戲 놀이 희, 희롱할 희(戲의 俗字). 唱戲的 광대, 배우. 鬍子 수염. 鬍 수염 호. 假 거짓 가.

103) 的 ~의. 名兒 이름. 兒는 「아이」라는 의미 없음. 影兒 그림자. 蔭 그늘 음. 撈 잡을 노(로), 건지다.

다.」

▶ 家有一心 有錢買金 (가유일심 유전매금)

「집안 식구가 한 마음이면 돈도 있고 황금도 사들인다.」

▶ 時不至來運不通 水中撈月一場空 (시부지래운불통 수중로월일장공)

「때가 되지 않으니 운도 트이지 않나니, 물 속의 달을 건지듯 한바탕 헛수고로다.」[104]

※ 人走時運 馬走臕 (인주시운 마주표 rén zǒu shíyùn, mǎ zǒu biāo)
「사람은 시운을 타야 잘 나가고, 말은 살이 쪄야 잘 달린다.」

→ 運來黃土變成金 (운래황토변성금 yùn lái huángtǔ biànchéng jīn)
「운수가 트이니 황토가 황금이 된다.」

▶ 有了滿腹才 不怕運不來 (유료만복재 불파운불래)

「뱃속에 가득 찬 재능이 있다면 시운이 따라주지 않는다고 걱정하지 않는다.」

▶ 運去黃金失色 時來鐵也曾光 (운거황금실색 시래철야증광)

「운이 쇠퇴하니 황금도 빛을 잃지만, 시운이 좋으면 쇠도 빛이 난다.」

▶ 時來風送滕王閣 運退雷轟荐福碑 (시래풍송등왕각 운퇴뇌굉천복비)

「시운이 트이니 바람이 (배를) 등왕각으로 보내고, 운수가 다하니 벼락이 천복비에 떨어진다.」[105]

---

104) 紅 붉을 홍. 運 재수 운. 紅運 운수가 틔다, 행운(幸運). 洪 클 홍.
105) 臕 비게 표, 살찌다. 運 나를 운, 재수 운. 鐵 쇠 철. 也 어조사 야, ~
도. 曾 더할 증. 欺 속일 기, 업신여기다. 衰 쇠할 쇠, 힘이 빠지다. 弄 희
롱할 농, 제 맘대로 다루다. 窮 다할 궁, 拙 우둔할 졸, 어리석을 졸. 滕
물 솟아오를 등. 荐 자리 깔 천, 거듭할 천. ※ 滕王閣(등왕각) 당(唐)나라

※ **人怕老來貧 穀怕老來旱** (인파노래빈 곡파노래한 rén pà lǎolai pín, gǔ pà lǎolai hàn)

「사람은 늙어 가난을 걱정하고, 곡식은 익을 때 가뭄을 두려워한다.」

→ **人怕老來苦 樹怕老來枯** (인파노래고 수파노래고 rén pà lǎo lài kǔ, shù pà lǎo lài kū)

「사람은 늙어 고생, 나무는 늙어 말라죽을까 두려워한다.」

▶ **苦日難熬 歡時易過** (고일난오 환시이과)

「고통의 나날은 견디기 어렵고, 환희의 시간은 빨리 지나간다.」

▶ **苦在人前 樂在人後** (고재인전 낙재인후)

「고난은 사람 앞에 있고, 쾌락은 사람의 뒤에 있다.」

▶ **人怕遇難 船怕上灘** (인파우난 선파상탄)

「사람은 곤경에 빠질까 걱정하고, 배는 모래톱에 걸릴까 걱정한다.」

▶ **人怕出名猪怕壯** (인파출명저파장)

「사람은 이름이 나는 것을 두려워하고, 돼지는 살찌는 것을 두려워한다.」 (이름이 알려지는 만큼 성가신 일도 많이 생긴다.) 106)

※ **日月如梭 韶光似箭** (일월여사 소광사전 rìyuè rú suō, sháoguāng

시인 왕발(王勃)은 부친을 만나러 배를 타고 여행 중에 꿈속에서 신선을 만나 하룻밤 사이 7백 리를 나아가 등왕각의 시회(詩會)에 참가하여 「滕王閣序」라는 명작을 남겨 문명(文名)을 날렸다. ※ 荐福碑(천복비) 당(唐)나라 명필 구양순(歐陽詢)이 썼다 하는 천복사의 비석. 송(宋) 나라 때, 어떤 사람이 그 비석 탁본을 떠오면 많은 돈을 준다 하여 천신만고 끝에 천복사까지 갔으나 바로 그날 밤에 벼락이 떨어져 그 비석이 깨져버렸다고 한다.

106) 穀 곡식 곡. 怕 두려울 파. 枯 마를 고, 초목이 말라죽음. 熬 볶을 오, 마음 조리다. 灘 여울 탄, 물 가.

sì jiàn)

「세월은 베틀의 북과 같고, 청춘은 화살처럼 빠르다.」

→ 天地皆空 人生皆幻 (천지개공 인생개환 tiāndì jiē kōng, rén shēng jiē huàn)

「천지는 모두 빈 것이며(無), 인생도 모두 환영幻影이다.」

▶ 人生如夢 夢如人生 (인생여몽 몽여인생)

「인생은 꿈과 같고, 꿈은 인생과 같다.」

▶ 人生百歲翁 似花飛一陣風 (인생백세옹 사화비일진풍)

「백 살의 늙은이의 한 평생이 마치 바람 한번에 날려지는 꽃과 같다.」[107]

※ 一朵鮮花插在牛糞上 (일타선화삽재우분상 yīduǒ xiānhuā chā zài niúfèn shang)

「한 떨기 고운 꽃이 소똥 위에 꽂혔다.」 (예쁜 처녀가 나쁜 놈과 결혼하다.)

→ 一朵玉蘭花往猪圈裏送 (일타옥란화왕저권리송 yī duǒ yùlánhuā wǎng zhūjuānli sòng)

「한 떨기 백목련 꽃이 돼지우리에 던져졌다.」 (좋은 여자가 가난하고 나쁜 집에 시집가다.)

▶ 一朵鮮花插在驢頭上 (일타선화삽재려두상)

「한 송이 아름다운 꽃을 나귀 머리에 꽂다.」 (미녀가 추남에게 시집가다.)

▶ 糞堆上生棵靈芝草 (분퇴상생과영지초)

「쓰레기더미 위에 영지초가 자라났다.」

---

107) 梭 북 사(베틀 도구의 하나). 韶 아름다울 소. 韶光 세월, 청춘, 아름다운 봄 경치. 箭 화살 전. 似 같을 사.

▶ **糞堆上長不出好花來** (분퇴상장불출호화래)

「쓰레기더미 위에서는 좋은 꽃이 자랄 수 없다.」[108]

※ **一回生 二回熟** (일회생 이회숙 yī huí shēng, èr huí shú)

「처음에는 생소하지만, 두 번 만나면 낯이 익다.」

→ **一朝生 二朝熟** (일조생 이조숙 yī zhāo shēng, èr zhāo shú)

「첫날 생소한 사람도 다음날에는 친숙해진다.」

▶ **鳥飛反鄕 狐死首丘** (조비반향 호사수구 niǎo fēi fǎn xiāng, hú sǐ shǒu qiū)

「새도 날다가 둥지로 돌아오고, 여우도 죽을 때는 태어난 쪽으로 머리를 둔다.」 (죽을 때에도 근본을 잊지 않는다.)

▶ **數面成親舊** (삭면성친구)

「자주 대하면 친구가 된다.」

▶ **人奔家鄕馬奔草 烏鴉也愛自己的巢** (인분가향마분초 오아야애자기적소)

「사람은 고향으로, 말은 풀이 있는 곳으로 달려가고, 까마귀도 자기 둥지를 좋아한다.」[109]

※ **入鬼門關** (입귀문관 rù guǐménguān)

「귀문관에 들어가다.」 (사람이 죽다.)

→ **長休飯 永別酒** (장휴반 영별주 chángxiūfàn yǒngbiéjiǔ)

「죽기 전에 먹는 마지막 식사와 술.」 (죽다.)

---

108) 朶 송이 타, 한 떨기(朵와 同字). 鮮 고울 선. 插 꽂을 삽. 糞 똥 분. 猪 돼지 저. 圈 우리 권. 驢 나귀 려. 奔 달릴 분.

109) 熟 익을 숙. 丘 언덕 구. 首丘 고향을 그리워하는 마음. 數 자주 삭, 셈할 수. 烏 까마귀 오, 검은색. 鴉 갈가마귀 아. 巢 둥지 소.

▶ 死生二字皆有命 禍福之生總在天 (사생이자개유명 화복지생총재천)

「죽음과 삶 두 글자는 모두 운명이고, 재앙과 복은 모두 하늘에 달렸다.」

▶ 山中常有千年樹 世上幷無百歲人 (산중상유천년수 세상병무백세인)

「산 속에는 언제나 천년 묵은 나무가 있지만, 세상에는 백 살 먹은 사람도 없다.」 110)

※ 長江後浪催前浪 (장강후랑최전랑 Chángjiāng hòulàng cuī qián làng)

「양자강은 뒷물이 앞물을 밀어낸다.」

→ 世上新人換舊人 (세상신인환구인 shìshang xīnrén huàn jiùrén)

「세상은 새 사람이 옛 사람을 대신한다.」

▶ 長江水流歸大海 (장강수류귀대해)

「장강(양자강)은 흘러 바다로 들어간다.」 (당연한 이야기다.)

▶ 長江後浪推前浪 一代更比一代强 (장강후랑추전랑 일대경비일대강)

「장강의 뒷물이 앞물을 밀어내듯, 한 세대 한 세대 갈수록 더욱 강해진다.」

▶ 水流四海 不如落葉歸根 (수류사해 불여낙엽귀근)

「물이 바다로 흘러가는 것은 낙엽이 뿌리로 돌아가는 것과 다르다.」

▶ 黃河之水天上來 奔流到海不復回 (황하지수천상래 분류도해불부

---

110) 鬼門關 위험한 곳, 생사의 갈림길.

회)

「황하의 물은 하늘에서 쏟아지듯 내려와, 세차게 흘러 바다에 이르면 다시 돌아오지 않는다.」(인생은 덧없음.) [111]

→ 張飛請客 大呼大喊 (장비청객 대호대함 ZhāngFēi qǐngkè, dàhū dàhǎn)

「장비는 손님을 청해 놓고도 큰 소리를 지르고 고함을 친다.」

▶ 劉備關羽 各有秉性 (유비관우 각유병성)

「유비와 관우는 각자 타고난 천성이 있다.」

▶ 不要拿出猛張飛的勁兒 (불요나출맹장비적경아)

「사나운 장비처럼 힘을 쓸 필요 없다.」(분별없는 짓을 하지 말라.)

▶ 張飛找李逵 (장비조이규)

「장비가 흑선풍 이규를 찾아가다.」(누가 누군지 헷갈린다.)

▶ 張飛不能戰岳飛 (장비부능전악비)

「장비는 악비와 싸울 수 없다.」(시대가 다르다.)

▶ 張飛鬍敬德剃了鬍子 都不是善茬兒 (장비호경덕체료호자 도부시선치아)

「장비와 호경덕이 수염을 깎았어도 도대체 얼굴에 착한 티가 없다.」 [112]

---

111) 催 재촉할 최. 換 바꿀 환.

112) 喊 소리지를 함. 秉 잡을 병. 秉性 천성(天性). 拿 잡을 나. 猛張飛 분별이 없다, 무모한. 勁 굳셀 경, ~꼴, ~태도, ~행동, ~짓. 剃 머리 깎을 체. 鬍 수염 호. 鬍子 수염. ※ 胡敬德 당(唐) 초기의 장군. 위지공(尉遲恭 字 敬德) 수염이 많아서 鬍敬德이라고 통칭했다고 한다. 茬 그루터기 치.

※ 張飛穿針 - 粗中有細 (장비천침 - 조중유세 Zhāngfēi chuān zhēn -cū zhōng yǒu xì)

「장비가 바늘에 실을 꿰다. - 거칠면서도 세밀하다.」

→ 張飛穿針 - 幹瞪眼 (장비천침 - 간징안 Zhāngfēi chuān zhēn-gàn dèng yǎn)

「장비가 바늘에 실을 꿰다. - 눈을 부라린다.」

▶ 張飛賣豆腐 (장비매두부)

「장비가 두부장수를 하다.」 (어울리지 않는다.)

▶ 張飛賣刺猬 人强貨扎手 (장비매자위 인강화찰수)

「장비가 고슴도치를 파니, (파는) 사람은 억세고 물건엔 손을 댈 수도 없다.」

▶ 張飛賣秤錘 硬人碰硬貨 (장비매칭추 경인팽경화)

「장비가 저울추를 파니, 억센 사람에 억센 물건이다.」

▶ 張飛粗中有細 諸葛細中有粗 (장비조중유세 제갈세중유조)

「장비는 사람이 거칠지만 찬찬한 곳이 있고, 제갈양도 꼼꼼하지만 거친 면이 있다.」113)

※ 將帥無才 累死三軍 (장수무재 누사삼군 jiàngshuài wúcái lèi sǐ sānjūn)

「장수가 무능하면 삼군이 지쳐 죽을 지경이 된다.」 (무능한 장수는 적을 도와준다.)

→ 敗將不談當年勇 (패장부담당년용 bàijiāng bù tán dāng, dàng nián yǒng)

「패장은 그 때 자신은 용감했었다고 말할 수 없다.」

---

113) 粗 거칠 조. 瞪 눈 부릅뜰 징. 刺 찌를 자, 가시 자. 猬 고슴도치 위(蝟 와 同字). 扎 손 찔릴 찰. 秤 저울 칭. 錘 저울 추. 碰 부딪칠 팽.

▶ 一將功成萬骨枯 (일장공성만골고)

「장군 한 사람의 성공 뒤에는 수많은 죽음이 있다.」

▶ 一帥無謀 挫喪萬師 (일수무모 좌상만사)

「무모한 장수 한 사람이 일만의 군사를 패배하여 잃게 한다.」

▶ 將在謀而不在勇 兵在精而不在多 (장재모이부재용 병재정이부재다)

「장수의 바탕은 지모智謀이지 용기가 아니며, 병졸은 정예에 있지 수를 따지지 않는다.」

▶ 雖有良將 亦有精兵 (수유양장 역유정병)

「비록 좋은 장수가 있다 하여도 역시 정병이 있어야 한다.」

▶ 有必勝之將 無必勝之民 (유필승지장 무필승지민)

「(전쟁에서) 싸워 이기는 장수는 꼭 있지만, 싸워 이기는 백성은 없다.」(전쟁에서 일반 백성은 누구나 피해자이다.) 114)

※ 才高八斗 學富五車 (재고팔두 학부오거 cái gāo bā dǒu, xué fù wǔ chē)

「문재(文才)가 아주 뛰어나고, 학식이 아주 풍부하다.」

▶ 才高必狂 藝高必傲 (재고필광 예고필오 cái gāo bì kuáng, yì gāo bì ào)

「재주가 뛰어나면 틀림없이 광기狂氣가 있고, 기예가 높으면 틀림없이 거만한 데가 있다.」

▶ 才用八方 智納百川 (재용팔방 지납백천)

「온 천하의 재주 있는 사람을 등용하고, 지모智謀는 온 하천 물을 받아들이듯 널리 구해야 한다.」

---

114) 帥 거느릴 수. 累 포갤 루, 고될 루(누). 累死 지쳐 죽을 지경. 枯 마를 고, 죽음. 挫 꺾을 좌, 패배하다. 喪 죽을 상. 잃다.

▶ 羊群裏出頭駱駝 (양군리출두낙타)

「양의 무리 속의 낙타」(=「군계일학群鷄一鶴」)

▶ 才學深 不張揚 寶刀利 鞘裏藏 (재학심 불장양 보도리 초리장)

「재주와 학문이 깊다면 자랑하지 말고, 날이 선 좋은 칼은 칼집에 감추어야 한다.」[115]

※ 前人種田後人收 (전인종전후인수 qiánrén zhòngtián hòurén shōu)

「앞사람이 지은 농사 뒷사람이 거둔다.」

→ 前人之勤 後人之樂 (전인지근 후인지락 qiánrén zhī qín, hòurén zhīlè)

「앞사람의 근면은 뒷사람의 기쁨.」

▶ 前人種德後人收 (전인종덕후인수)

「앞사람이 베푼 덕행을 뒷사람이 거둔다.」(조상의 덕행으로 후손이 복 받는다.)

▶ 前人開路後人行 (전인개로후인행)

「앞사람이 만든 길을 뒷사람이 다닌다.」

▶ 前人掘井後人吃水 (전인굴정후인흘수)

「앞사람이 판 우물이 있어 뒷사람이 물을 마신다.」

▶ 後生吃果前人栽 (후생흘과전인재)

「젊은이가 먹는 과일은 앞서 간 사람이 심은 것이다.」[116]

---

115) 傲 거만할 오. 五車 다섯 수레의 책(男兒須讀五車書). 揚 오를 양, 날리다, 자랑하다. 利 날카로울 이. 鞘 칼집 초. 藏 감출 장. ※ 八斗之才「재주가 뛰어난 인재」(多才多能함). 동진(東晋)의 시인 사령운(謝靈雲)은 "이 세상의 문재(文才)가 일석(一石)이라면 조자건(曹子建 ; 曹植)이 여덟 말(八斗)을, 내가 한 말을 갖고, 천하 나머지 사람들이 나머지 한말을 나누어 가졌다."고 하였다. 조자건(조식)은 조조(曹操)의 아들로, 유명한 「칠보시(七步詩)」를 지은 사람이다.

116) 種 심을 종. 掘 팔 굴.

※ **前走無路 後退無門** (전주무로 후퇴무문 qiánzǒu wúlù, hòutuì wú mén)

「앞으로 나아가자니 길이 없고, 물러나자니 문이 없다.」

→ **天不隨人願** (천불수인원 tiān bù suí rén yuàn)

「하늘은 인간이 원하는 대로 따라주지 않는다.」

▶ **天不響地不應** (천불향지불응)

「하늘도 땅도 따라주지 않는다.」 (도저히 어쩔 도리가 없다.)

▶ **天有不測風雲 人有時來運轉** (천유불측풍운 인유시래운전)

「하늘에는 예측할 수 없는 구름과 바람이 있고, 사람에게는 오고가는 시운時運이 있다.」 [117]

※ **情人偕夙願 不羨帝王神仙** (정인해숙원 불선제왕신선 qíngrén xié sùyuàn, bùxiàn dìwáng shénxiān)

「연인들은 모두 부부가 되기를 바랄 뿐, 제왕이나 신선을 부러워하지 않는다.」

→ **情人贈物如贈心 東西雖小值千金** (정인증물여증심 동서수소치천금 qíngrén zèngwù rú zèngxīn, dōngxi suī xiǎo zhí qiānjīn)

「연인들이 주는 물건은 마음을 주는 것이니, 비록 작은 물건이라도 천금과 같다.」

▶ **情極百病生 情舒百病除** (정극백병생 정서백병제)

「정이 깊어지면 온갖 근심이 생겼다가, 애정이 이뤄지면 온갖 병이 낫는다.」

▶ **久戀的情人更恩愛** (구연적정인경은애)

「오래 사랑하는 연인들의 사랑은 더욱 깊다.」 [118]

---

117) 隨 따를 수. 響 울릴 향. 測 헤아릴 측. 轉 구를 전.
118) 偕 함께 할 해. 夙 일찍 숙, 옛날. 夙願 오랜 소원(宿願). 羨 부러워할

※ 諸葛有智 阿斗有權 (제갈유지 아두유권 Zhūgé yǒu zhì, ādǒu yǒu quán)

「제갈양에게는 지혜가 있고, 아두에게는 권력이 있다.」

→ 千名忠臣難扶無道昏君 (천명충신난부무도혼군 qiān míng zhōng chén nán fú wúdào hūnjūn)

「충신이 천 명이라도 무도하고, 우매한 임금을 도울 수 없다.」

▶ 阿斗有權 諸葛有能 (아두유권 제갈유능)

「아두가 권력을 행사한 것은 제갈양이 유능하기 때문이다.」

▶ 捧不起的劉阿斗 扶不直的井繩兒 (봉불기적유아두 부부직적정승아)

「유아두 같이 못난 사람은 받들어 모실 수 없고, 두레박줄은 부축한다 해서 반듯하게 서지 않는다.」(용렬하고 무능한 사람은 어쩔 수 없다.)

▶ 不要做阿斗的軍師 寧可幫好漢背馬鞭 (불요주아두적군사 영가방호한배마편)

「아두의 참모장이 되느니, 차라리 잘난 사내를 도와 마부가 되는 것이 낫다.」

▶ 劉備摔阿斗 - 收買人心 (유비솔아두 - 수매인심)

「유비가 아두를 내던지다. - 인심을 얻으려 하다.」[119]

※ 諸葛一生唯謹愼 (제갈일생유근신 Zhūgé yīshēng wéi jǐnshèn)

「제갈양의 일생은 오직 근신뿐이었다.」

→ 死諸葛嚇走生仲達 (사제갈혁주생중달 sǐ Zhūgé xiàzǒu shēng Zhò

선. 贈 보낼 증. 東西 물건(方位의 東西가 아님). 雖 비록 수. 値 값 치.

119) 嚇 노할 혁. 鞭 채찍 편. 摔 땅에 버릴 솔. 捧 받들 봉. 扶 도울 부. 繩 줄 승, 새끼줄.

ngdǎ)

「죽은 제갈양이 산 중달을 놀라 도망치게 하다.」(이름만 들어도 놀라 도망치다.)

▶ **可以賽諸葛** (가이새제갈)

「제갈양에 견줄 만하다.」(지략이 풍부하다.)

▶ **莫作孔明擇婦 正得阿承醜女** (막작공명택부 정득아승추녀)

「공명처럼 아내를 고르지 말라. 바로 황승언의 못생긴 딸을 얻는다.」

▶ **諸葛殉職五丈原 千載美名天下傳** (제갈순직오장원 천재미명천하전)

「제갈양이 오장원에서 순직하니 천 년 동안 아름다운 이름은 천하에 전해온다.」

▶ **面前坐着諸葛亮 還向哪裏找軍師** (면전좌착제갈양 환향나리조군사)

「제갈양이 바로 면전에 앉아 있는데 어디에 가서 참모장軍師을 구하려 하는가?」 120)

※ **眞金不怕火煉** (진금불파화련 zhēnjīn bùpà huǒliàn)
「진짜 금은 불에 달구는 것을 두려워하지 않는다.」(의지가 강한 사람은 시련을 두려워하지 않는다.)

→ **眞金是煉出來的** (진금시연출래적 zhēnjīn shì liàn chūlái de)
「진금은 많은 단련을 겪어 만들어진 것이다.」(시련을 겪어야 강철

120) 嚇 놀랄 혁. 賽 겨룰 새, 필적하다. 阿 언덕 아, 항렬이나 이름 앞에 붙어 친밀한 뜻을 나타내는 접두어. 承 이을 승. 載 실을 재, 기록 재, 해(年). ※ 阿承 ; 諸葛孔明의 장인 황승언(黃承彥). 제갈양의 부인 황씨는 대단한 추녀였으나 지식이 풍부하고 재주가 많았고 천문처리에 능통했다고 함.

의지를 가진 사람이 된다.)

▶ 眞人不說假話 (진인불설가화)

「실력 있는 사람은 거짓말을 하지 않는다.」

▶ 眞人不露相 露相不眞人 (진인불로상 노상부진인)

「실력 있는 사람은 자신을 드러내지 않는다. 자신을 드러내려 한다면 실력 있는 사람이 아니다.」

▶ 眞金不怕火煉 好貨不怕試驗 (진금불파화련 호화불파시험)

「진짜 금은 불로 달구어도 걱정이 없고, 좋은 물건은 시험을 해도 걱정이 없다.」[121]

※ 千金之子 不死於市 (천금지자 불사어시 qiānjīn zhī zǐ, bù sǐ yú shì)

「천금을 가진 부잣집 자식은 저잣거리에서 사형을 당하지 않는다.」(돈만 있으면 죽을 목숨도 건진다. - 중국판「有錢無罪無錢有罪」)

→ 千金之子 不鬪於盜賊 (천금지자 불투어도적 qiānjīn zhī zǐ, bù dòu yú dàozéi)

「천금을 가진 부잣집 아들은 도둑과 싸우지 않는다.」

▶ 千金之子 坐不垂堂 (천금지자 좌불수당)

「천금을 가진 부잣집 아들은 마루 끝에 앉지 않는다.」(위험한 자리나 위험한 일을 하지 않는다. - 다른 사람에게「몸조심하라」는 인사말로도 사용됨.)

▶ 千金之軀 不可死於盜賊之手 (천금지구 불가사어도적지수)

「천금을 가진 부자는 도적의 손에 죽을 수 없다.」[122]

---

121) 煉 불에 달굴 연(련). 驗 증험할 험. 眞人 도교에서 말하는 수양으로 도(道)를 터득한 사람. 때로는 신선을 지칭하기도 한다.
122) 市 저자 시, 길거리. 軀 몸 구. 睡堂 마루의 끝.

※ **天理自在人心** (천리자재인심 tiānlǐ zì zài rénxīn)
「천리는 모든 사람의 마음속에 있다.」

→ **人少畜生多** (인소축생다 rén shǎo chùshēng duō)
「사람다운 사람은 적고, 짐승 같은 사람은 많다.」

▶ **人同此心 心同此理** (인동차심 심동차리)
「사람이면 다 같은 마음이고, 마음 이치는 모두 같다.」 (사람의 마음 바탕은 다 마찬가지다.)

▶ **天打五雷轟** (천타오뢰굉)
「하늘은 다섯 종류의 벼락을 내친다.」 123)

※ **天不能總晴 人不能常壯** (천불능총청 인불능상장 tiān bùnéng zǒng qíng, rén bùnéng cháng zhuàng)
「하늘은 언제나 맑을 수 없고, 사람은 언제나 건강할 수 없다.」

→ **天氣有冷熱 人情有厚薄** (천기유냉열 인정유후박 tiānqì yǒu lěngrè, réqíng yǒu hòubáo)
「날씨가 춥고 더운 날이 있듯, 인정에도 두껍고 얇음이 있다.」

▶ **天不從惡人願 路不讓毒蛇眠** (천부종악인원 노불양독사면)
「하늘은 악인의 소원을 들어주지 않고, 길은 독사가 잠을 자도록 내버려두지 않는다.」

▶ **天不生無用之人 地不長無用之草** (천불생무용지인 지부장무용지초)
「하늘은 쓸모가 없는 사람을 낳지 않고, 땅은 쓸모가 없는 풀을 키

---

123) 雷 우레 뇌(뢰). 五雷 ; 총칼에 죽으면 金雷, 몽둥이에 맞아 죽으면 木雷, 물에 빠져 죽으면 水雷, 불에 타 죽으면 火雷, 흙에 묻혀 죽는다면 土雷라 하는데, 악인은 어떤 형태든 하늘의 징벌을 받아 제명대로 살 수 없다는 뜻.

우지 않는다.」 124)

 → 天不負善人願 (천불부선인원 tiān bùfù shànrén yuàn)

「하늘은 착한 사람의 소원을 저버리지 않는다.」

▶ 功夫不負苦心人 (공부불부고심인)

「공부는 열심히 애쓴 사람을 버리지 않는다.」

▶ 勤勞不負苦心人 (근로불부고심인)

「근로는 열심히 일하는 사람을 버리지 않는다.」 (부지런하면 소원을 이룬다.)

▶ 歲月不負善良人 (세월불부선량인)

「세월은 선량한 사람을 저버리지 않는다.」

▶ 皇天公不負有心人 (황천공불부유심인)

「하늘은 스스로 돕는 자를 돕는다.」

▶ 皇天不負讀書人 (황천불부독서인)

「천제天帝는 공부하는 사람을 버리지 않는다.」

▶ 皇天不佑負心漢 (황천불우부심한)

「하늘은 배신한 남자를 돕지 않는다.」 125)

 → 天生天養天保佑 (천생천양천보우 tiānshēng tiān yǎng, tiān bǎo

---

124) 晴 날이 갤 청. 冷 찰 냉. 薄 엷을 박.
125) 負 질 부, 져버릴 부. 苦心人 고심하는 사람, 대단한 노력가.

yòu)

「하늘이 낳고 하늘이 길러주고, 하늘이 지켜주다.」

▶ 天生俏 時時俏 學來的俏惹人笑 (천생초 시시초 학래적초야인소)

「타고난 아름다움은 언제나 아름답다. 배워서 미인인 척하는 것은 남의 웃음만 산다.」

▶ 羊羔長不成駿馬 黑毛澣不成白氈 (양고장불성준마 흑모한부성백전)

「양이 자란다 하여 준마가 되지 않고, 검은 털을 씻는다 하여 하얀 양탄자가 되지 않는다.」 126)

※ 天災猶可活 人禍實難當 (천재유가활 인화실난당 tiānzāi yóu kě huó, rénhuò shí nán dāng)

「하늘이 내린 재앙은 그래도 살 수 있는데, 사람이 만든 재앙은 감당할 수 없다.」 (천재보다 인재가 더 참혹하다.)

→ 天有不測風雲 人有旦夕禍福 (천유불측풍운 인유단석화복 tiān yǒu bù cè fēngyún, rényǒu gànxī huòfú)

「하늘에는 예측 못할 풍운이 있고, 인간에게는 조석으로 달라지는 화와 복이 있다.」

▶ 天有陰晴雨霧 人有喜怒恩仇 (천유음청우무 인유희노은구)

「하늘에 흐리고 갠 날, 비 오고 안개 낀 날이 있듯, 사람에게는 기쁨과 분노, 은인과 원수가 있다.」

▶ 不識風雲事 休在山裏行 (불식풍운사 휴재산리행)

「풍운이 급변하는 것을 모른다면 산길을 가지 말라.」 127)

---

126) 鱔 두렁허리 선, 뱀장어 비슷한 민물고기(鱓의 俗字), 미꾸라지. 俏 (자태가) 아름다울 초, 곱다, 잘 팔리는 상품. 佑 도울 우. 羔 새끼양 고. 駿 준마 준. 澣 빨래할 한. 氈 모전 전, 양탄자.

※ 靑山不老 綠水常存 (청산불로 녹수상존 qīngshān bùlǎo, lǜshuǐ chángcún)

「청산은 늙지 않고, 푸른 물은 언제나 흐른다.」

→ 靑山不老人要老 (청산불로인요로 qīngshān bùlǎo rén yào lǎo)

「청산은 늙지 않는데, 사람은 늙어간다.」

▶ 靑山不改 綠水長流 (청산불개 녹수장류)

「청산은 바뀌지 않고 녹수는 그대로 흐른다.」

▶ 靑山年年在 江水日日流 (청산년년재 강수일일류)

「청산은 해마다 그대로 있고, 강물은 날마다 흐른다.」 128)

※ 初生之犢不畏虎 (초생지독불외호 chū shēng zhī dú bù wèihū)

「갓 태어난 송아지는(하룻강아지) 범 무서운 줄 모른다.」

→ 長出犄角反怕狼 (장출의각반파랑 zhǎngchū jījiǎo fǎn pà láng)

「길게 난 뿔을 갖고 오히려 이리를 두려워한다.」

▶ 初生兎兒不識虎 (초생토아불식호)

「갓 태어난 토끼새끼는 호랑이를 모른다.」

▶ 初生之犢猛於虎 (초생지독맹어호)

「갓 난 송아지가 호랑이보다 사납다.」 129)

※ 癡心女 負心漢 (치심녀 부심한 chīxīn nǚ, fùxīn hàn)

「사랑에 눈먼 여자, 배신한 남자.」

→ 癡情女子薄情郎 (치정여자박정랑 chīqíng nǚzǐ, bóqíng láng)

「사랑에 눈먼 여자와 정이 없는 남자.」

---

127) 猶 오히려 유. 旦 아침 단. 霧 안개 무. 仇 원수 구.

128) 綠 푸를 녹(록).

129) 犢 송아지 독. 犄 뿔 의.

▶ 得意夫妻欣永守 負心朋友怕重逢 (득의부처흔영수 부심붕우파중봉)

「뜻이 맞는 부부는 기뻐 오래 살고, 배신한 벗이라면 다시 만날까 두렵다.」

▶ 他旣負心 我亦改意 (타기부심 아역개의)

「그가 이미 약속을 저버렸다면 나 또한 생각을 달리하겠다.」[130]

→ 七分姿色 三分打扮 (칠분자색 삼분타분 qīfēn zīsè, sānfēn dǎban)

「7할은 본 미모이고, 3할은 화장이다.」

▶ 三分長相 七分打扮 (삼분장상 칠분타분 sānfēn zhǎngxiàng, qīfēn dǎban)

「3할은 타고난 인물이고, 7할은 차림새이다.」 (옷이 날개다.)

▶ 馬要鞍裝 人要衣裝 (마요안장 인요의장)

「말에는 안장이 있어야 하고, 사람에게는 옷과 여러 소지품이 있어야 한다.」

▶ 只敬衣彬不敬人 (지경의빈불경인)

「오직 옷차림새를 보아 공경하지, 사람(인품)을 공경하지는 않는다.」

▶ 只認衣彬不認人 (지인의빈불인인)

「다만 옷차림(외모)만 알지 사람을 알지 못한다.」

▶ 把禿尾巴母鷄當成鳳凰 (파독미파모계당성봉황)

「꽁지 빠진 암탉을 봉황으로 만들어주다.」 (별 볼일 없는 사람을

---

130) 痴 바보 치. 薄 엷을 박. 欣 기뻐할 흔.

크게 중용하다.) 131)

※ 太公釣魚 願者上鉤 (태공조어 원자상구 Tàigōng diàoyú, yuànzhě shànggōu)

「강태공은 낚시를 하면서 자신을 낚아 주기를 원했다.」

→ 太公八十遇文王 (태공팔십우문왕 Tàigōng bāshí yù Wénwáng)

「강태공은 나이 여든에 문왕文王을 만났다.」

▶ 姜太公在此 諸神退位 (강태공재차 제신퇴위)

「강태공이 여기 계시니 여러 잡신은 물러가라.」

▶ 直鉤鉤不了魚 (직구구불료어)

「곧은 낚싯바늘로는 고기를 낚을 수 없다.」 132)

※ 呆人有呆福 (태인유태복 dāirén yǒu dāifú)

「바보 멍청이에게도 눈먼 복이 있다.」

→ 聰明一世 糊塗一時 (총명일세 호도일시 cōngmíng yīshì hútú yīshí)

「평생 총명한 사람도 때로는 멍청이.」 (원숭이도 나무에서 떨어진다.)

▶ 站的菩薩站一世 坐的菩薩坐一世 (참적보살참일세 좌적보살좌일세)

「서 있는 부처는 서서 한 평생, 앉아 있는 부처는 앉아서 한 평생.」 (타고난 팔자는 바꿀 수 없다.)

---

131) 飾 꾸밀 식. 姿 모양 자. 扮 꾸밀 분. 打扮 분장을 하다. 鞍 안장 안. 彬 빛날 빈. 禿 대머리 독. 尾巴 꼬리, 꽁지.

132) 此 이것 차, 가까운 사물을 지칭함. 鉤 갈고랑이 구. ※ 姜太公 본명 여상(呂尙). 위수(渭水)에서 낚시를 하다가 周 文王을 만났음. 전설상 강태공에게 여러 초능력이 보태어져 뛰어난 신통력으로 잡신들을 물리쳐 준다고 함. 강태공=「초능력을 가진 사람」이라는 등식이 성립되었음.

▶ **觀音菩薩 年年十八** (관음보살 연년십팔)

「관음보살은 해마다 열여덟이다.」(늙지 않는다.)

▶ **十七不能常十七 十八也不能常十八** (십칠불능상십칠 십팔야불능상십팔)

「열일곱은 늘 열일곱일 수 없고, 열여덟이라도 언제나 열여덟은 아니다.」133)

→ **運敗時衰鬼叫門** (운패시쇠귀규문 yùn bài shí shuāi guǐ jiào mén)

「운수가 사납고 시운도 쇠하니 잡귀가 문을 두드린다.」(재앙이 겹쳐오다. 화불단행禍不單行)

▶ **身衰鬼弄人** (신쇠귀농인)

「몸이 쇠약하면 귀신이 사람을 데리고 논다.」

▶ **運動出人才 運窮君子拙** (운동출인재 운궁군자졸)

「운이 좋으니 인재가 나오고, 운이 다하면 군자도 옹졸해진다.」134)

→ **馬上不知馬下苦** (마상부지마하고 mǎ shàng bùzhī mǎ xià kǔ)

「말을 탄 사람은 마부의 고생을 알지 못한다.」

▶ **騎驢的不知赶脚苦** (기려적부지간각고)

---

133) 呆 바보 태, 어리석을 태. 聰 귀 밝을 총. 糊 풀죽 호. 塗 진흙 도. 糊塗 흐리멍덩하다. 站 설 참, 서 있다. 菩 보리 보. 薩 보살 살. 菩薩 보통 불상, 부처를 의미함.

134) 衰 약해질 쇠. 拙 졸렬할 졸. 운이 나쁘다, 재주가 없다.

「나귀를 탄 사람은 걷는 사람의 고생을 모른다.」

▶ **飽了肚忘了家 娶了老婆忘了媽** (포료두망료가 취료노파망요마)

「배가 부르면 집이 좋은 줄을 모르고, 아내를 얻으면 어미를 잊어 버린다.」 [135]

※ **好女不穿嫁時衣** (호녀불천가시의 hǎonǚ bùchuān jiàshíyī)

「잘난 딸은 시집올 때 입던 옷을 입지 않는다.」 (시집을 잘 간 여인은 친정 덕을 보지 않는다.)

→ **好兒不吃分家飯** (호아불흘분가반 hǎo「ér bù chī fēnjiāfàn)

「능력 있는 아들은 분가한 뒤 부모에게 기대지 않는다.」 (똑똑한 자식은 부모에게 기대어 살지 않는다.)

▶ **好女不嫁二夫** (호녀불가이부)

「잘난 여자는 두 남자에게 시집가지 않는다.」

▶ **好女子勝過男兒** (호녀자승과남아)

「똑똑한 여자는 남자보다 낫다.」 [136]

※ **好事不過三** (호사불과삼 hǎoshì bùguò sān)

「좋은 일은 세 번이 없다.」

→ **好事不在忙** (호사부재망 hǎoshì bù zài máng)

「서둘러 좋은 일 없다.」

▶ **好事難碰上 壞事接連三** (호사난팽상 괴사접연삼)

「좋은 일이 생기기는 어렵지만, 나쁜 일은 연달아 세 번 이어진다.」

▶ **好事多魔障** (호사다마장)

---

135) 飽 물릴 포. 肚 배 두. 餓 굶주릴 아. 飢 주릴 기.
136) 穿 뚫을 천, 옷을 입을 천. 嫁 시집갈 가.

「좋은 일에는 어려움이 많다.」

▶ **好事如春風** (호사여춘풍)

「좋은 일은 봄바람과 같다.」(빨리 퍼지지만 곧 사라진다.)

▶ **好事天順心** (호사천순심)

「좋은 일은 하늘을 따르는 마음이다.」[137]

※ **好死不如賴活** (호사불여뢰활 hǎosǐ bùrú làihuó)

「호강 속에 죽는다 해도 빌어먹으며 사는 것만 못하다.」(개똥밭에 굴러도 이승이 좋다.)

→ **死皇帝不如活叫花** (사황제불여활규화 sǐ huángdì bù rú huó jiàohuā)

「죽은 황제는 산 거지보다 못하다.」

▶ **活是人 死是鬼** (활시인 사시귀 huó shì rén, sǐ shì guǐ.)

「살아 있으면 사람이고, 죽으면 귀신이다.」(살아 있을 때 좋은 일 하라!)

▶ **死知府不如一個活老鼠** (사지부불여일개활노서)

「죽은 사또는 산 생쥐만도 못하다.」[138]

※ **好人有好報 惡人有惡報** (호인유호보 악인유악보 hǎorén yǒu hǎobào, èrén yǒu èbào)

「착한 사람에게 좋은 보답, 악인에게는 나쁜 응보가 있다.」

→ **善者福 惡者禍** (선자복 악자화 shànzhě fú, èzhě huò)

「착한 사람에게는 복이, 악한 사람에게는 화가 닥친다.」

▶ **好心不得好報** (호심부득호보)

---

137) 碰 부딪칠 팽(摓의 俗字).
138) 賴 의지할 뢰(뇌). 叫花 거지.

「호의에 대한 좋은 보답을 못 받다.」

▶ 人沒有朋友 就像樹沒有根 (인몰유붕우 취상수몰유근)

「사람에게 벗이 없다면 나무에 뿌리가 없는 것과 비슷하다.」

▶ 善者爲友 惡者爲仇 (선자위우 악자위구)

「착한 사람과는 친구가 되고, 악한 자와는 원수가 된다.」 139)

※ 好漢不使昧心錢 (호한불사매심전 hǎohàn bùshǐ mèixīnqián)

「사내대장부는 양심을 속여 얻은 돈을 쓰지 않는다.」

→ 好漢無錢到處難 (호한무전도처난 hǎohàn wúqián dàochù nán)

「사내대장부라도 돈이 없으면 가는 곳마다 힘들다.」

▶ 好漢不求人 (호한불구인 hǎohàn bùqiú rén)

「사내대장부는 다른 사람의 도움을 기다리지 않는다.」

▶ 好漢不吃眼前虧 (호한부흘안전휴 hǎohàn bùchī yǎnqiánkuī)

「사내대장부는 눈뜨고 당하는 손해를 보지 않는다.」 140)

※ 好漢做事好漢當 (호한주사호한당 hǎohàn zuò shì. hǎohàn dāng)

「사내대장부는 자기가 한 일에 대한 책임을 진다.」

→ 好男不當兵 好鐵不打釘 (호남불당병 호철불타정 hǎonán bù dāngbīng, hǎotiě bù dǎdīng)

「좋은 사내는 병졸이 되지 않고, 좋은 쇠는 못이 되지 않는다.」

▶ 好鳥占高枝 能人找福地 (호조점고지 능인조복지)

「좋은 새가 높은 가지에 앉고, 유능한 사람이 좋은 땅을 고른다.」

▶ 好漢護三村 好狗護三隣 (호한호삼촌 호구호삼린)

---

139) 報 갚을 보, 고할 보.
140) 昧 어두울 매, 어리석다, 속이다. 昧心錢 부정한 수단으로(양심을 속여)
번 돈.

「대장부는 이웃 세 마을을 지켜주고, 좋은 개는 이웃 세 집을 지켜준다.」[141]

※ 好花易謝 滿月易虧 (호화이사 만월이휴 hǎo huā yì xiè, mǎnyuè yì kuī)

「예쁜 꽃은 일찍 지고, 보름달은 쉽게 이지러진다.」

→ **向陽花木遭逢春** (향양화목조봉춘 xiàngyáng huāmù zāo féng chūn)

「양지쪽에 있는 꽃나무가 일찍 봄을 맞는다.」

▶ **好花也得要水澆** (호화야득요수요)

「좋은 꽃일지라도 물을 주어야 한다.」 (객관적인 외부의 지원이 있어야 함.)

▶ **好花不好折** (호화불호절 hǎohuā bù hào zhé)

「좋은 꽃은 쉽게 꺾이지 않는다.」 (미인을 품에 안기는 쉽지 않다.)

▶ **好花不常開 好景不常在** (호화불상개 호경불상재)

「좋은 꽃은 늘 피지 않으며, 좋은 경치는 언제나 볼 수 없다.」

▶ **好花偏逢三更雨 明月忽來萬里云** (호화편봉삼경우 명월홀래만리운)

「예쁜 꽃이 한밤에 비를 만나고, 밝은 달을 갑자기 만 리 구름이 덮어버린다.」 (의외의 불행이 닥치다.)

▶ **雨打梨花不自主 口咽黃連苦在心** (우타리화부자주 구인황련고재심)

「배꽃 위에 떨어지는 비는 제 뜻이 아니고, 쓰디쓴 황련을 삼키니 고통은 마음속에 있다.」[142]

---

141) 釘 못 정. 枝 나뭇가지 지. 找 채울 조, 찾을 조(화).
142) 謝 사례할 사, 사과하다, 거절하다, 꽃이 지다. 遭 만날 조, 상봉하다. 澆 물댈 요.

※ 花無百日紅 (화무백일홍 huā wú bǎirìhóng)
「꽃은 백 일을 붉게 피지 못한다.」(청춘은 짧고, 언제나 좋은 날은 아니다.)

→ 花謝花開各有時 (화사화개각유시 huā xiè huā kāi gè yǒu shí)
「꽃은 지고 피는 때가 있다.」

▶ 花開能有幾日紅 (화개능유기일홍 huā kāi néng yǒu jǐ rì hóng)
「꽃이 핀다고 몇 날이나 붉을 수 있겠는가?」

▶ 花無百日鮮 人無百日好 (화무백일선 인무백일호)
「백 일 동안 보기 좋은 꽃 없고, 백 일 동안 좋은 일만 있는 사람 없다.」(언제 닥칠지 모르는 역경에 대비해야 한다.)

▶ 花無百日香 天無百日晴 (화무백일향 천무백일청)
「백 일 동안 향기로운 꽃 없고, 백 일 동안 맑은 날 없다.」(좋은 날, 좋은 처지는 길지 않다.)」

▶ 花有重開日 人無再少年 (화유중개일 인무재소년)
「꽃은 다시 필 날이 있지만, 사람에게 젊은 시절 두 번은 없다.」

▶ 枯木逢春有再發 人無兩度再少年(고목봉춘유재발 인무양도재소년)
「고목도 봄을 만나면 다시 필 날이 있지만, 사람은 두 번 다시 젊어질 수 없다.」 143)

※ 花盆裏養不出棟梁 (화분리양불출동량 huāpén lǐ yǎngbùchū dòng liáng)
「화분에서는 기둥감을 길러낼 수 없다.」

→ 庭園裏跑不開千里馬 花盆裏育不出千年松 (정원리포불개천리마

---

143) 謝 사례할 사, (꽃이) 지다. 幾 기미 기, 몇?(10 이하의 불확실한 수를 물어 볼 때 사용).

화분리육불출천년송 tíngyuánli pǎo bù kāi qiānlǐmǎ, huāpénli yù bù chū qiānniánsōng)

「정원에서 천리마를 달리게 할 수 없고, 화분에서 천년송千年松을 길러낼 수 없다.」

▶ 小河溝裏練不出好艄公 驢背上練不出好騎手 (소하구리련불출호소공 여배상련불출호기수)

「작은 냇물에서 사공을 단련시킬 수 없고, 나귀 잔등이에서 좋은 기수를 훈련시킬 수 없다.」

▶ 板凳上學不會騎術 澡盆裏學不會游泳 (판등상학불회기술 조분리학불회유영)

「긴 걸상 위에서 말 타기 기술을 배울 수 없고, 세숫대야 안에서 수영을 배울 수 없다」[144]

※ 黃泉路上無老少 (황천노상무노소 huángquán lùshàng wú lǎo shǎo)

「황천 가는 길에 늙은이 젊은이 따로 없다.」 (저승길에서는 나이를 따지지 않는다.)

→ 黃泉路長 人生路短 (황천로장 인생로단 huángquán lù cháng, rénshēng lù duǎn)

「황천길은 길고 인생 노정은 짧다.」

▶ 人生五福壽爲先 (인생오복수위선)

「인생의 오복 중에서 장수하는 것이 제일이다.」

▶ 黃梅不落靑梅落 (황매불락청매낙)

---

144) 盆 동이 분. 裏 안 리. 棟梁 마룻대, 들보. 跑 달릴 포. 溝 물도랑 구. 艄 고물 소, 사공. 驢 나귀 려. 凳 걸상 등. 板凳 등받이가 없는 긴 걸상. 騎 말 탈 기. 澡 씻을 조. 游 헤엄칠 유. 泳 헤엄칠 영.

「익은 매실은 안 떨어지고, 푸른 매실이 떨어진다.」 (늙은이보다 젊은이가 먼저 죽다.)

▶ 黃泉路上無客棧 (황천로상무객잔)

「황천 가는 길에는 묵을 주막이 없다.」

▶ 八十老頭橋頭站 三歲玩童染黃泉 (팔십노두교두참 삼세완동염황천)

「80 노인은 다리 끝에 서 있는데, 세 살 귀염둥이는 황천객이 되었다.」[145]

※ 黃忠人老刀不老 (황충인노도불로 Huángzhōng rénlǎo dāo bùlǎo)
「(蜀의 장수) 황충黃忠, 사람은 늙었지만 그 칼은 늙지 않았다.」

→ 八十八 還能結瓜 (팔십팔 환능결과 bāshíbā, hái néng jié guā)
「88세에도 자식을 얻을 수 있다.」

▶ 黃忠八十不服老 (황충팔십불복노)

「여든 살 황충黃忠은 늙었다는 말을 싫어했다.」

▶ 黃忠身老心不老 (황충신노심불로)

「황충의 몸은 늙었지만 마음은 늙지 않았다」 (노익장을 과시함)

▶ 人老雄心在 (인노웅심재)

「사람은 늙었지만 큰 뜻은 그대로다.」[146]

※ 後生鬍子比眉長 (후생호자비미장 hòushēng húzi bǐ méi cháng)
「나중에 난 수염이 눈썹보다 길다.」

---

145) 黃泉 저승(九泉, 泉路, 泉世). 黃梅 익은 매실. 棧 사다리 잔. 客棧 옛날의 여인숙. 堪 견딜 감. 玩 놀 완, 장난치다. 染 물들일 염, 병에 감염되다, 병에 걸리다. 染黃泉 황천객이 되다, 죽다.

146) 瓜 오이 과. 結瓜 오이가 달리다, 자식을 낳다. 服 옷 복, 입다, 따르다, 복종하다.

→ 後生的犄角 比先長的耳朶長 (후생적의각 비선장적이타장 hòu shēng de jījiǎo, bǐ xiān cháng de ěrduǒ cháng)

「나중에 생긴 소의 뿔은 먼저 자란 귀보다 길다.」

▶ 先長的眉毛 不及後長的鬍鬚 (선장적미모 불급후장적호수)

「먼저 난 눈썹이 나중에 난 수염보다 짧다.」

▶ 尼父猶然畏後生 丈夫未可輕年少 (이부유연외후생 장부미가경년소)

「공자께서도 후생이 두렵다고 했거늘, 대장부라도 젊은이를 경시할 수 없다.」[147]

※ 吃得老學得老 (흘득로학득로 chīdelǎo xuédelǎo)
「먹으면서 늙고 배우면서 늙는다.」 (아무리 늙어도 배울 것은 배워야 한다. 나이가 먹었어도 배울 것은 얼마든지 있다.)

→ 人世間有千條路 (인세간유천조로 rén shì jiān yǒu qiān tiáo lù)
「인간 세상에는 천 갈래의 길이 있다.」

▶ 人學好 比爬山艱難 學壞 比走平路便當 (인학호 비파산간난 학괴 비주평로편당)

「사람이 좋은 것을 배우기는 마치 산을 올라가듯 힘이 들지만, 나쁜 것을 배우기는 마치 평지를 가듯 편하다.」

▶ 千人千脾氣 萬人萬模樣 (천인천비기 만인만모양)

「사람마다 성질이 제각각이고, 사람마다 생김새 또한 제각각이다.」[148]

---

147) 眉 눈썹 미. 鬍 수염 호. 鬚 수염 수. 犄 소 의. 朶 늘어질 타(朵와 同字). 耳朶 귀. 尼父 공자(仲尼). 猶 같을 유, 오히려. 猶然 더군다나, 게다가.
148) 吃 먹을 흘(=喫 먹을 끽). 樣 생김새 양.

※ 吃三天飽 就忘挨餓 (흘삼천포 취망애아 chī sāntiān bǎo jiù wàng áiè)

「3일간 배불리 먹으면 (그전의) 배고팠던 시절을 모두 잊어버린다.」

→ 天不打吃飯人 (천불타흘반인 tiān bù dǎ chīfànrén)

「하늘도 먹는 사람에게 벼락을 때리지는 않는다.」 (먹을 때는 개도 안 건드린다.)

▶ 飽暖生淫欲(포난생음욕)

「배부르고 등 따시면 음탕한 욕심이 생긴다.」

▶ 天雷不打餓肚人 (천뇌불타아두인)

「하늘의 벼락은 배고픈 사람에게 떨어지지 않는다.」 (배고픈 사람이 무슨 죄를 지었겠는가?) 149)

※ 吃誰飯服誰管 (흘수반복수관 chī shuí fàn fú shuí guǎn)
「남의 밥을 얻어먹으면 그 지배에 굴복하게 된다.」

→ 吃人一碗 聽人使喚 (흘인일완 청인사환 chī rén yīwǎn, tīng rén shǐhuan)

「남의 밥 한 그릇을 먹으면 그의 심부름을 하게 된다.」 (얻어먹으면 부림을 당한다.)

▶ 吃人家一口 還人家一頓 (흘인가일구 환인가일돈)

「남에게 한 입을 얻어먹었으면 한 끼 식사로 갚아야 한다.」

▶ 吃人茶飯與人擔擔 得人錢財與人消灾 (흘인다반여인담담 득인전재여인소재)

「다른 사람의 차나 밥을 먹었으면 그와 함께 짐을 져야 하고, 다른

---

149) 飽 배부를 포. 挨 맞댈 애. 餓 굶주릴 아. 肚 배(腹) 두.

사람의 돈을 받았다면 그를 위해 액막이라도 해야 한다.」 (공짜는 없
다.) 150)

---

150) 誰 돈구 수. 碗 그릇 완. 聽 들을 청. 使 시킬 사. 喚 부를 환.

第3部 言行·智慧 관련 속담

一句諺語千層意 (일구언어천층의)
「속담 한 마디에는 천 가지의 뜻이 있다.」
放屁咬牙 拉屎攢拳頭 (방비교아 납시찬권두)
「방귀를 뀌면서 이를 악물고, 똥을 싸면서 주먹을 움켜
쥐다.」

※ 幹大事而惜身 逐小利而忘命 (간대사이석신 축소리이망명)
「큰일을 하면서 몸을 사리고, 작은 이득을 좇아 목숨을 돌보지 않는다.」(사리 판단을 잘못하는 사람.)

→ 成大事者 不拘小節 (성대사자 불구소절 chéng dàshì zhě bù jū xiǎojié)

「큰일을 하는 사람은 작은 절차에 구애받지 않는다.」

▶ 立大功者 不拘小凉 (입대공자 불구소량)

「큰 공을 세운 사람은 작은 실패에 구애받지 않는다.」

▶ 成大事者 不惜小費 (성대사자 불석소비)

「큰일을 하는 사람은 작은 비용을 아끼지 않는다.」[1]

※ 開口不罵笑臉人 (개구불매소검인 kāikǒu bùmà xiàoliǎnrén)
「웃는 얼굴에 욕하지 못한다.」

→ 雷公不打笑臉人 (뇌공불타소검인 Léigōng bùdǎ xiàoliǎnrén)
「웃는 얼굴에는 벼락이 치지 않는다.」

▶ 對客不得嗔狗 (대객부득진구)
「손님 앞에서는 개에게도 화풀이하지 말라.」(오해를 살 만한 행동은 하지 말라.)

▶ 尊客之前不叱狗 (존객지전부질구)
「귀한 손님이 있을 때는 개에게도 욕을 하지 말라.」[2]

※ 擧手不打無娘子 (거수불타무낭자 jǔshǒu bùdǎ wúniángzǐ)
「손을 들어 어미 없는 아이를 때리지 말라.」(어미 없는 아이는 불쌍하다.)

---

1) 惜 아낄 석. 逐 쫓을 축. 拘 잡힐 구. 凉 서늘할 량, 실망하다.
2) 叱 꾸짖을 질.

→ 開口不罵賠禮人 (개구불매배례인 kāikǒu bùmà péilǐrén)

「입으로는 사죄하러 온 사람 욕하지 말라.」

▶ 伸手不打笑臉人 (신수불타소검인)

「손을 뻗쳐 웃는 얼굴을 때리지 말라.」

▶ 開口不罵笑臉人 (개구불매소검인)

「웃는 사람 얼굴에 욕하지 말라.」 3)

※ 乾柴烈火 (건시열화 gānchái lièhuǒ)

「마른 장작에 뜨거운 불.」 (청춘 남녀가 가까우면 일을 낸다.)

→ 少女少郞 情色相當 (소녀소랑 정색상당 shàonǚ shàoláng, qíngsè xiāngdāng)

「젊은 남녀는 색정은 서로 비슷하다.」

▶ 少年男子靑春女 猶如烈火近乾柴 (소년남자청춘여 유여열화근건시)

「젊은 남녀는 마른 장작 옆에 있는 뜨거운 불과 같다.」 (불붙기 쉽다.)

▶ 以色事人者 色衰而愛弛 (이색사인자 색쇠이애이)

「미모로 사랑을 받은 사람은 미모가 시들면 사랑도 식어진다.」

▶ 以色事他人 能得幾時好 (이색사타인 능득기시호)

「미모로 남을 섬겼다면 얼마나 오래 갈 수 있겠는가!」 4)

※ 乾打雷不下雨 - 虛張聲勢 (건타뢰 불하우 - 허장성세 gān dǎléi bù xiàyǔ-xū zhāng shēng shì)

---

3) 無娘子 ; 어미 없는 어린아이. 罵 욕할 매. 賠 물어줄 배. 賠禮 사죄하다.
4) 乾 마를 건, 하늘 건. 柴 땔나무 시. 衰 쇠약할 쇠. 弛 늦출 이, 느슨해지다. 幾 얼마 기, 거의 기.

「마른 천둥소리에 비는 내리지 않는다. - 허장성세」(목소리만 크지 실천이 없다.)

→ **嘴行千里 屁股在家裏** (취행천리 비고재가리 zuǐ xíng qiānlǐ, pìgǔ zài jiā lǐ)

「말로는 천리를 갔다면서 궁둥이는 아직 집에 있다.」(허풍만 있지 실천은 전혀 없다.)

▶ **屬猪的 光動嘴巴不動惱** (속저적 광동취파부동뇌)

「돼지들은 주둥이만 놀리지 머리는 쓰지 않는다.」(생각 없이 말하다.)

▶ **嘴勤不如手勤** (취근불여수근)

「입을 잘 놀리는 것은 손 빠른 것만 못하다.」

▶ **嘴快會失信 腿快會失足** (취쾌회실신 퇴쾌회실족)

「말이 빠르면 신뢰를 잃을 수 있고, 걸음이 빠르다 보면 실족할 수 있다.」[5]

※ **兼聽則明 偏言則暗** (겸청즉명 편언즉암 jiāntīng zé míng, piān yán zé àn)

「여러 사람 말을 들으면 사리에 밝고, 한쪽 말만 들으면 판단이 어둡다.」

→ **聽三不聽四** (청삼불청사 tīng sān bù tīng sì)

「세 마디는 들었지만, 넷은 못 들었다.」(말하는 내용의 전체를 파악할 수 없다.)

▶ **聽人私話 該打嘴巴** (청인사화 해타취파)

「다른 사람의 사적인 이야기를 들었다면 따귀를 맞아야 한다.」(듣

---

5) 屁 방귀 비. 股 넓적다리 고. 屁股 궁둥이.

지 않도록 피해야 한다.)

▶ 言者無心 聽者有意 (언자무심 청자유의)

「말하는 사람은 무심코 말을 한다지만, 듣는 사람은 새겨듣는다.」[6]

※ 經得多 見得廣 (경득다 견득광 jīng de duō, jiàn de guǎng)

「경험이 많다면 본 것도 많다.」

→ 經風雨 見世面 (경풍우 견세면 jīng fēngyǔ, jiàn shìmiàn)

「어려움을 겪어본 사람은 세상물정을 안다.」

▶ 經一事 長一智 (경일사 장일지)

「한 가지 일을 겪어보면 지혜 하나 늘어난다.」

▶ 經一塹 長一智 (경일참 장일지)

「역경을 하나 넘어 보면 지혜 하나 늘어난다.」[7]

※ 硬打着鴨子上架 (경타착압자상가 yìng dǎzhe yāzi shàngjià)

「억지로 오리를 홰에 올라가게 하다.」 (하기 어려운 일을 억지로 시키다.)

→ 逼上梁山 (핍상양산 bí shàng LiángShān)

「핍박을 받아 양산박으로 도망가다.」 (어쩔 수 없이 그렇게 될 수밖에 없었다.)

▶ 硬逼鷄公下蛋 强叫鵝子飛天 (경핍계공하단 강규아자비천)

「수탉에게 알을 낳도록 강하게 핍박하고, 거위에게 강제로 하늘을 날게 시키다.」

▶ 逼啞巴說話 (핍아파설화)

「벙어리에게 말을 하라고 핍박하다.」[8]

---

6) 打嘴 따귀를 때리다.

7) 經 겪다. 風雨·世波·世面 ; 세상 물정. 塹 구덩이 참.

※ 鷄給黃鼠狼拜年 (계급황서랑배년 jī gěi huángshǔláng bàinián)
「닭이 족제비에게 세배를 하다.」(죽을 짓을 골라 하다.)

→ 老鼠進口袋 自己找死 (노서진구대 자기조사 lǎoshǔ jìn kǒudài, zìjǐ zhǎosǐ)

「쥐가 자루 속에 들어가다. 스스로 죽을 짓을 하다.」

▶ 黃鼠狼給鷄拜年 - 沒安好心 (황서랑급계배년 - 몰안호심 huángshǔlá ng gěi jī bàinián-méi ān hǎoxīn)

「족제비가 닭을 찾아가 세배하다. - 착한 마음이 없다.」

▶ 猫給耗子拜年 (묘급모자배년)

「고양이가 쥐를 찾아가 세배하다.」

▶ 老鼠舔猫鼻子 (노서첨묘비자)

「쥐가 고양이의 코를 핥다.」

▶ 嚴霜給太陽翁拜年 - 白送死(엄상급태양옹배년 - 백송사)

「된서리가 태양을 찾아가 세배를 드리다. - 개죽음을 당하다.」

▶ 山羊不跟豺狼作親戚 老鼠不和老猫兒打親家 (산양불근시랑작친척 노서불화노묘아타친가)

「산양은 이리와 친척이 되지 않고, 쥐는 고양이와 사돈이 되지 않는다.」 9)

※ 鷄腿上拴王八 (계퇴상전왕팔 jītuǐ shang shuān wángba)
「닭다리에 자라를 묶어 매다.」(꼼짝 못하게 하다.)

---

8) 硬 굳셀 경, 억지로 강요하다. 蛋 알 단. 鴨子 오리. 架 시렁 가, 닭이 올라가 잠을 자는 횟대. 鵝 거위 아. 逼 가까울 핍, 심하게 독촉하다, 육박하다. 轎 가마 교.
9) 鷄 닭 계. 給 줄 급, ~을 하다. 黃鼠狼 족제비. 拜年 세배. 老鼠 쥐 서. 袋 자루 대. 口袋 자루. 舔 핥을 첨. 找 찾을 조. 老猫兒 고양이. 親家 사돈. 耗 줄어들 모(예 ; 消耗). 耗子 쥐. 白 헛되이, 거저, 무료로.

→ 自己打自己耳光子 (자기타자기이광자 zìjǐ dǎ zìjǐ ěrguāngzi)

「스스로 제 뺨을 때리다.」

▶ 商鞅制法 自作自受 (상앙제법 자작자수)

「상앙이 법을 제정했는데, 제가 만들고 제가 걸려들었다.」

▶ 一條線拴兩螞蚱 (일조선전양마책)

「실 하나에 두 마리 메뚜기를 묶어 놓다.」 10)

※ 鷄巴蛋 (계파단 jībadàn)

「좆같은 새끼.」

→ 羔子 (고자 gāozi)

「양羊의 새끼, 동물 새끼.」 (새끼, 자식)

▶ 憨子(감자 hānzi)

「머저리, 얼뜨기.」

▶ 憨蛋(감단 hāndàn)

「바보, 멍청이.」

▶ 虔婆 (건파 qiánpó)

「기생집 여주인.」「몹쓸 년.」「망할 년.」 (나이든 여자에 대한 욕설.)

▶ 鷄巴 (계파 jība)

「음경陰莖.」

▶ 滾你的 (곤니적 gǔn nǐde)

「이 새끼 꺼져!」

---

10) 腿 넓적다리 퇴. 拴 묶어 맬 전. 耳光子 따귀. 鞅 가슴걸이 앙. 商鞅(상앙) ; 천하통일 전에 진(秦)의 부국강병을 이룩한 정치가. 죄를 뒤집어쓰고 도망가다가 자기가 만든 법에 저촉되어 거열형(車裂刑 ; 팔다리를 말에 묶어 잡아당겨 찢어 죽이는 형벌)에 처해졌다.

▶ 窮光蛋 (궁광단 qióngguāngdàn)

「알거지.」

▶ 狗蛋 (구단 gǒudàn)

「개새끼.」「개 같은 놈.」

▶ 狗養的 (구양적 gǒuyǎngde)

「개가 기른 사람.」 (개자식.)

▶ 狗食 (구식 gǒushí)

「개밥.」 (꼴 보기 싫은 놈.)

▶ 狗食盆子 (구식분자 gǒushípénzi)

「개밥그릇.」 (어쩔 수 없는 놈.)

▶ 狗彘 (구체 gǒuzhì)

「개와 돼지.」 (개돼지 같은 놈.)

▶ 老東西 (노동서 lǎo dōngxi)

「늙은 놈.」

▶ 奴才 (노재 núcái)

「(남의 나쁜 일이나 도와주는) 앞잡이.」

▶ 你是什麼行貨子 (니시십마행화자 nǐ shì shénme xínghuòzi)

「넌 도대체 어떤 놈이냐!」

▶ 大頭 (대두 dàtóu)

「(물정에 어두운) 얼뜨기.」 (어리석은 好人. 바가지를 쓴 사람.)

▶ 大頭大腦 (대두대뇌 dàtóu dànǎo)

「반푼이. 머저리.」

▶ 大癡 (대치 dàchī)

「바보.」

▶ 媽媽的 (마마적 māmade)

「이 새끼!」「제기랄!」

▶ 母狗 (모구 mǔgǒu)

「암캐.」(여성에 대한 욕설)

▶ 木瓜 (목과 mùguā)

「바보. 돌대가리.」

▶ 不懂人情的東西 (부동인정적동서 bùdǒng rénqíngde dōngxi)

「의리 없는 놈.」

▶ 不是東西 (불시동서 bù shì dōngxi)

「몹쓸 물건.」「나쁜 놈.」

▶ 不知死活的東西 (부지사활적동서 bùzhī sǐhuó de dōngxi)

「무모하고 멍청한 놈.」

▶ 笨東西 (분동서 bèn dōngxi)

「멍청한 놈.」

▶ 笨伯 (분백 bènbó)

「바보.」(아내한테 배신당한 남자.)

▶ 笨虫 (분충 bènchóng);

「바보.」「멍청이.」

▶ 傻瓜 (사과 shǎguā)

「멍텅구리.」

▶ 傻老 (사노 shǎlǎo)

「멍청이.」

▶ 傻蛋 (사단 shǎdàn)

「머저리.」

▶ 傻花子 (사화자 shǎ huāzi)

「얼간이 놈.」

▶ 丫頭養的 (아두양적 yātou yǎng de)

「종놈의 새끼.」(어린아이에 대한 욕설.)

▶ 阿郞雜碎 (아랑잡쇄 āláng zá suì)
「덜떨어진 놈.」「비열하고 더러운 놈.」.

▶ 秧子 (앙자 yāngzi)
「풋내기.」「멍청이.」「꼬마.」

▶ 仰八叉下蛋 (앙팔차하단 yǎng bā chā xià dàn)
「뒤로 누워 알 깔 놈.」(멍청이.)

▶ 野小子 (야소자 yěxiǎozi)
「망나니.」「후레자식.」

▶ 野的你呢 (야적니니 yědenǐne)
「멍텅구리.」

▶ 烏龜忘八 (오구망팔 wūguī wàngba)
「개 같은 놈.」「개하고 씹을 할 놈.」

▶ 烏龜 (오구 wūguī)
「검은 거북이.」(포주.) 「오쟁이를 진 놈.」(아내의 몸을 팔아서 먹
고 사는 놈).

▶ 王八蛋 (왕팔단 wángbādàn)
「씹할 놈.」

▶ 二流子 (이류자 èrliúzi)
「건달. 망나니.」

▶ 二百五 (이백오 èr bǎi wǔ)
「멍텅구리, 바보.」

▶ 二虎 (이호 èrhǔ)
「바보. 얼빠진 놈.」

▶ 這該死的 (저해사적 zhè gāisǐde)
「이 죽일 놈!」「우라질 놈.」「빌어먹을 놈.」

▶ 糟蛋 (조단 zāodàn)

「병신 같은 놈.」(주로 남방 사람에 대한 욕.)

▶ 蠢猪 (준저 chǔnzhū)

「우둔한 돼지.」(얼간이, 멍청이.)

▶ 賤骨頭 (천골두 jiàn gǔtou)

「쌍놈.」

▶ 賤狗 (천구 jiàngǒu)

「개새끼. 개자식.」

▶ 賤皮子 (천피자 jiàn pí zi)

「개구쟁이. 말썽꾸러기.」

▶ 草包 (초포 cǎobāo)

「가마니.」(머저리, 바보, 겁쟁이.)

▶ 村鳥 (촌조 cūnniǎo)

「시골 촌놈.」

▶ 他不是東西 (타부시동서 tā bùshì dōngxi)

「그놈 사람새끼도 아니야!」

▶ 巴子 (파자 bāzi)

「음부陰部.」

▶ 廢物 (폐물 fèiwù)

「쓸모없는 놈.」

▶ 廢物東西 (폐물동서 fèiwù dōngxi)

「변변치 못한 놈.」

▶ 該死行瘟 (해사행온 gāisǐ xíngwēn)

「염병할 놈!」

▶ 糊塗虫 (호도충 hútuchóng)

「바보. 멍청이.」

▶ 渾蛋 (혼단 húndàn)

「개자식.」「망할 자식.」「머저리 같은 놈.」

▶ 混帳 (혼장 hùnzhàng)

「뻔뻔한 놈.」「개 같은 놈.」

▶ 混帳東西 (혼장동서 hùnzhàng dōngxi)

「개자식.」

▶ 厚臉皮 (후검피 hòuliǎnpí)

「두꺼운 낯가죽.」(파렴치한 놈.) 11)

※ 苦言藥 甘言疾 (고언약 감언질 kǔyán yào, gānyán jí)
「쓴 소리는 약이고, 듣기 좋은 말은 병이 된다.」

→ 苦口是良藥 逆耳是忠言 (고구시양약 역이시충언 kǔ kǒu shì liángyào, nì ěr shì zhōngyán)

「입에 쓰다면 양약이고, 귀에 거슬린다면 충언이다.」

▶ 苦藥利病 苦言利行 (고약리병 고언리행)

「쓴 약은 병에 좋고, (듣기 싫은) 충고는 행동에 이롭다.」

▶ 苦藥能治病 甛言能誤人 (고약능치병 첨언능오인)

「쓴 약은 병을 고치지만, 달콤한 말은 사람을 망칠 수 있다.」

▶ 苦練出眞才 勤學悟眞理 (고련출진재 근학오진리)

「힘든 수련으로 참된 인재가 되고, 근면학습으로 진리를 깨친다.」 12)

※ 高作揖 矮請安 (고작읍 왜청안 gāo zuòyī, ǎi qǐngān)

---

11) 蛋 새알 단, ~새끼. 滾 흐를 곤. 東西 물건, ~놈. 碎 부술 쇄, 부스러기.
丫 두 갈래길 아. 丫頭 계집애, 계집종. 秧 모(어린 싹) 앙. 烏 까마귀 오,
검을 오. 龜 거북 구(귀). 笨 거칠 분, 서투르다, 어리석다. 蛋 알 단. 傻 멍
청할 사. 蠢 꿈틀거릴 준. 彘 돼지 체. 這 이 저, 이것. 該死 마땅히 죽어
야 할! 우라질! 분노, 혐오, 저주를 표시. 的「~하는 사람」. 瘟 염병 온.
12) 疾 병 질.

「손을 높이 들어 읍을 하고, 몸을 굽히며 안부를 여쭙다.」(강한 사람에게 굽실거리다.)

→ 人在矮檐下 不得不低頭 (인재왜첨하 부득불저두 rén zài ǎiyán xià bùdébù dī tóu)

「사람은 낮은 처마 아래 있다면 고개를 숙이지 않을 수 없다.」

▶ 當着矮人說短話 (당착왜인설단화 dāngzhe ǎirén shuō duǎnhuà)

「키 작은 사람에게 짧은 것만 말하다.」(남의 아픈 곳 단점만 골라 말하다.)

▶ 矮子騎大馬 - 上下爲難 (왜자기대마 - 상하위난)

「난쟁이가 큰 말을 타다 - 올라가기도 내려오기도 어렵다.」

▶ 矮子想等天 - 不知自己有多高 (왜자상등천 - 부지자기유다고)

「난쟁이가 하늘에 오를 생각을 하다. - 자기 키가 얼마인지를 모른다.」13)

※ 空口無凭 立字爲證 (공구무빙 입자위증 kōng kǒu wú píng, lìzì wéi zhèng)

「맨입으로 하는 말은 믿을 수 없고, 문서로 써야 증거가 된다.」

→ 空口說白話 (공구설백화 kōngkǒu shuō báihuà)

「맨입으로 허튼 소리만 하다.」(입에 발린 말만 하고 실천이 없다.)

▶ 常信人調丟了瓢 (상신인조주료표)

「믿었던 사람이 바가지까지 잃어버렸다.」

▶ 不可全信 也不可不信 (불가전신 야불가불신)

「전부를 믿을 수 없고, 그렇다고 안 믿을 수도 없다.」(마음속이 좀 께름칙하다.)

---

13) 揖 읍할 읍, 두 손을 올려 인사하다. 矮 키 작을 왜. 檐 처마 첨, 추녀. 低 낮을 저, 머리를 숙이다.

▶ 狂言千語如糞土 良言一句值千金 (광언천어여분토 양언일구치천금)

「쓸데없는 말 천 마디는 썩은 흙과 같고, 좋은 말 한 마디는 천금의 가치가 있다.」14)

※ 攻其無備 出其不意 (공기무비 출기불의 gōng qí wú bèi, chū qí bù yì)

「대비가 없는 곳을 공격하고, 예상 못할 때 출병하다.」

→ 攻其一點 不計其餘 (공기일점 불계기여 gōng qí yīdiǎn, bùjì qí yú)

「(전략적인) 한 곳을 공격하고, 나머지는 고려하지 않는다.」

▶ 攻如猛虎 守如泰山 (공여맹호 수여태산)

「맹호처럼 공격하고 태산처럼 수비하다.」

▶ 捷足者先得 (첩족자선득)

「발 빠른 사람이 먼저 차지한다.」15)

※ 攻心爲上 (공심위상 gōng xīn wéi shàng)

「(상대의) 마음을 공격하는 것이 제일이다.」

→ 網開一面 路留一條 (망개일면 노류일조 wǎng kāi yīmiàn, lù liú yītiáo)

「그물의 한 면을 열어 놓고, 길 하나는 틔워 놓아야 한다.」 (공격하더라도 퇴로를 열어 주어야 한다.)

▶ 攻城莫如攻心 (공성막여공심)

「성곽을 공격하는 것은 마음을 공격하는 것만 못하다.

---

14) 凭 기댈 빙. 丟 잃어버릴 주. 瓢 박 표. 바가지 표. 白話 báihuà 빈말, 허튼소리, 백화(口語).

15) 餘 나머지 여, 남을 여. 捷 빠를 첩.

▶ **攻城之法 先絶外援** (공성지법 선절외원)

「성을 공격할 때는 먼저 외부의 후원을 끊어야 한다.」

▶ **攻者先攻心 守者先守氣** (공자선공심 수자선수기)

「공격자는 먼저 마음을 공격해야 하고, 수비하는 자는 먼저 사기를 돋워야 한다.」 16)

※ **過頭飯吃得 過頭話說不得** (과두반흘득 과두화설부득 guòtóufàn chīde, guòtóuhuà shuōbude)

「많은 밥은 먹을 수 있지만, 지나친 말은 할 수 없다.」

→ **飯吃三碗 閑事不管** (반흘삼완 한사불관 fàn chī sān wǎn, xiánshì bùguǎn)

「밥은 하루 세 끼만 먹고, 남의 일에 참견하지 않는다.」

▶ **飯可以亂吃 話不可亂講** (반가이난흘 화불가난강)

「밥은 이것저것 먹을 수 있으나, 말은 함부로 할 수 없다.」

▶ **飯要細嚼 話要慢說** (반요세작 화요만설)

「밥은 잘게 씹어야 하고, 말은 천천히 해야 한다.」

▶ **飯碗撒砂** (반완살사)

「밥그릇에 모래를 뿌리다.」 (남의 먹고 살 길을 막다.) 17)

※ **關了門打瞎子** (관료문타할자 guānle mén dǎ xiāzi)

「문을 잠그고 장님을 때려주다.」 (엉뚱한 사람에게 화풀이하다.)

→ **關住門子罵皇上** (관주문자매황상 guān zhù ménzi mà huángshang)

「문을 걸어 잠그고 황제를 욕하다.」

---

16) 網 그물 망. 條 가지 조, 한 줄. 援 당길 원, 도와주다.

17) 過頭 (설정한 정도나 표준을) 넘다, 지나치다, 도가 지나치다. 碗 그릇 완. 嚼 씹을 작. 撒 뿌릴 살.

▶ 關起門來打叫花子 - 拿苦家開心 (관기문래타규화자 - 나고가개심)

「문을 잠가놓고 거지를 때려주다. - 어려운 사람을 잡고 놀리다.」

▶ 關門吃 開門屙 (관문흘 개문아)

「문을 잠그고서 먹고, 문을 연 채 변을 본다.」 18)

※ 巧言不如直道 (교언불여직도 qiǎoyán bùrú zhídào)

「교묘한 말은 바른 말만 못하다.」

→ 言甘辭巧 (언감사교 yán gān cí qiǎo)

「언사가 달콤하고 교묘하다.」

▶ 巧詐不如拙誠 (교사불여졸성)

「교묘한 거짓은 우둔한 정성만 못하다.」

▶ 巧言以免責 (교언이면책)

「교묘한 말로 책임을 회피하다.」 19)

※ 狗咬狗 兩嘴毛 (구교구 양취모 gǒu yǎo gǒu, liǎng zuǐ máo)

「개가 개를 물면 양쪽 주둥이가 털이다.」 (둘 다 똑같다.)

→ 狗咬一口 入骨三分 (구교일구 입골삼분 gǒu yǎo yīkǒu, rù gǔ sānfēn)

「개한테 한번 물리면 뼈까지 다친다.」 (나쁜 놈한테 당하면 피해가 적지 않다.)

▶ 狗怕惡人 人怕惡鬼 (구파악인 인파악귀)

「개는 악인을 무서워하고, 사람은 악귀를 두려워한다.」

▶ 狗咬人有藥醫 人咬人沒藥醫 (구교인유약의 인교인몰약의)

---

18) 叫花子 걸인(乞人). 開心 기분을 상쾌하게 하다, 희롱하다, 유쾌하다. 屙 뒷간에 갈 아.

19) 巧 교묘할 교. 道 말할 도. 甘 달 감. 辭 말씀 사.

「개가 사람을 물면 치료할 약이 있지만, 사람이 사람을 물면 치료할 약도 없다.」[20]

※ 狗咬呂洞賓 - 不識好人心 (구교여동빈 - 불식호인심 gǒu yǎo Lǔ dò ngbīn-bù shí hǎo rén xīn)
「개가 여동빈을 물다. - 착한 사람의 마음을 모른다.」(선의를 악의로 받아들이다.)

→ 狗嘴吐不出象牙來 (구취토불출상아래 gǒuzuǐ tǔbùchū xiàngyá lái)
「개 주둥이에서 상아가 나올 수 없다.」(악인의 입에서 좋은 말이 나올 리 없다.)

▶ 咬人的狗不露齒, 吃人的狼不叫喚 (교인적구불노치, 흘인적낭불규환)
「사람을 무는 개는 이를 드러내지 않고, 사람을 잡아먹는 이리는 울지 않는다.」

▶ 狗咬拷籃的 賊搶有錢的 (구교고남적 적창유전적)
「개는 거지를 물고, 도둑은 돈 있는 사람을 털어 간다.」[21]

※ 狗知主人意 (구지주인의 gǒu zhī zhǔrén yì)
「개는 주인의 뜻을 안다.」

→ 狗仗人勢 (구장인세 gǒu zhàng rén shì)
「개는 주인의 힘을 믿고 짖는다.」

---

20) 嘴 부리 취, 주둥이.
21) 狗 개 구. 咬 물을 교. 露 이슬 로, 드러내다. 喚 부를 환. 拷 어깨에 멜고. 籃 바구니 람(남). 拷籃的 바구니를 멘 사람, 거지. 搶 빼앗을 창. 有錢的 돈이 있는 사람, 부자. ※ 여동빈(呂洞賓) ; 중국인들이 생각하는 여덟 명의 神仙을 八仙이라고 하는데, 그 중 가장 잘 알려진 신선이 여동빈이다. 여동빈은 어려운 사람을 도와주고 구제하는 착한 신선이다.

▶ 狗有狗道理 鬼有鬼道理 (구유구도리 귀유귀도리)

「개는 개의 도리가 있고, 잡귀는 잡귀의 도리가 있다.」

▶ 狗不離窮主 猫跟富貴走 (구불리궁주 묘근부귀주)

「개는 가난한 주인을 떠나지 않으나, 고양이는 부잣집으로 간다.」 22)

※ 君子報仇 十年不晩 (군자보구 십년불만 jūnzǐ bàochóu shínián bùwǎn)

「군자가 원수를 갚는 데 10년이라도 늦지 않다.」 (신중히 계획하고 실천한다.)

→ 小人報仇眼前 (소인보구안전 xiǎorén bàochóu yǎnqián)

「소인은 원수를 갚아도 즉시 행동한다.」 (그만큼 실패가 많다.)

▶ 君子不念舊惡 (군자불념구악)

「군자는 옛 악행을 말하지 않는다.」 (다른 이가 자신에게 했던 잘못을 기억하지 않는다.)

▶ 君子不怕明算帳 (군자불파명산장)

「군자는 정확한 계산을 두려워하지 않는다.」 23)

※ 君子一言 駟馬難追 (군자일언 사마난추 jūnzǐ yīyán sìmǎ nán zhuī)

「군자의 말 한마디는 말 네 마리가 끄는 수레로도 못 따라간다.」

→ 君子言出如山 (군자언출여산 jūnzǐ yán chū rúshān)

「군자의 말은 산과 같아야 한다.」

▶ 風吹浪打山不動 (풍취낭타산부동)

「바람불고 파도가 쳐도 산은 움직이지 않는다.」 (군자君子의 지조는 변하지 않는다.)

---

22) 仗 무기 장, 의지하다. 跟 발꿈치 근, 따라가다.
23) 報 갚을 보, 알릴 보. 仇 원수 구. 帳 휘장 장, 장부 장, 빚, 부채.

▶ 君子無失信 失信是小人 (군자무실신 실신시소인)

「군자는 신의를 잃지 않는다. 신의를 잃는다면 소인이다.」

▶ 君子量丈夫心 君子貌小人心 (군자양장부심 군자모소인심)

「군자의 도량에 대장부의 마음. 군자다운 외모에 소인의 마음.」 24)

※ 金鉤鰕米釣鯉魚 (금구하미조리어 jīngōu xiāmǐ diào lǐyú)

「말린 새우로 잉어를 낚다.」 (작은 미끼로 큰 이익을 취하다.)

→ 捨不得釣餌 釣不到大魚 (사부득조이 조부도대어 shěbude diào ěr, diàobudào dàyú)

「낚싯밥을 아까워해서는 대어를 못 잡는다.」

▶ 放下金鉤和長線 穩坐釣魚臺 (방하금구화장선 온좌조어대)

「긴 줄에 낚시를 걸어 놓고, 조용히 낚시 대좌에 앉아 있다.」 (치밀한 준비를 마치고 결과를 기다리다.)

▶ 任憑風浪起 穩坐釣魚船 (임빙풍랑기 온좌조어선)

「아무리 풍랑이 일어도 낚싯배를 타고 조용히 앉아 있다.」 (어떤 반대나 압력에도 자신의 입장을 고수하다.) 25)

※ 急則有失 怒中無智 (급즉유실 노중무지 jí zé yǒushī, nùzhōng wúzhì)

「급히 서두르면 실수하고, 화를 낼 때면 지혜가 없다.」

→ 危難之中 見智見情 (위난지중 견지견정 wēinàn zhī zhōng, jiàn zhì jiàn qíng)

「위급한 상황에서 (사람의) 지혜와 정을 볼 수 있다.」

---

24) 駟 사마 사, 한 수레에 매는 네 마리의 말.

25) 鉤 갈고리 구. 鰕 새우 하. 金鉤鰕米 말린 새우 살. 釣 낚을 조. 鯉 잉어 리. 捨 버릴 사. 捨不得 버리지 못하다, 아까워하다, 미련이 남다. 釣 낚을 조, 낚시. 餌 먹이 이. 憑 기댈 빙. 任憑 마음대로 하게 하다.

▶ 急性子辦不好事 (급성자판불호사)

「급한 성질로는 일을 잘 마치지 못한다.」

▶ 危難之中見人心 (위난지중견인심)

「위난에 처하면 인심을 볼 수 있다.」 26)

※ 急火燒不成飯 (급화소불성반 jí huǒshāo bùchéng fàn)

「급한 불에 밥이 설익는다.」 (급하면 낭패 본다.)

→ 欲速則不達 (욕속즉부달 yù sù zé bù dá)

「빨리 하고자 서두르면 이룰 수 없다.」 (급히 먹는 밥이 체한다.)

▶ 欲巧反拙 (욕교반졸)

「좋게 만들려다가 오히려 그대로 둔 것만 못한 결과를 가져오다.」

▶ 急火熬不成粥 (급화오불성죽)

「급한 불로는 죽을 끓일 수 없다.」

▶ 快行無好步 (쾌행무호보)

「서둘러 가는 길은 넘어지기 마련이다.」

▶ 急行無好步 急水難捉魚 (급행무호보 급수난착어)

「급한 걸음에 넘어지고, 물살이 빠른 곳에서는 고기를 잡기가 어렵다.」 27)

※ 冷鍋裏突出熱栗子 (냉과리돌출열율자 lěngguōlǐ tūchū rèlìzi)

「찬 솥에서 뜨거운 밤이 튀어나오다.」 (사태가 돌변하다.)

→ 冷鍋裏冒熱氣 (냉과리모열기 lěngguōli mào rèqì)

「찬 솥에서 뜨거운 김이 솟구치다.」 (밑도 끝도 없는 말을 하다.)

▶ 冷一句熱一句 (냉일구열일구 lěng yī jù, rè yī jù)

---

26) 急 급할 급. 則 곧 즉. 怒 성낼 노
27) 燒 태울 소, 익히다. 熬 볶을 오. 粥 죽 죽, 미음.

「뜨거운 한 마디, 차가운 한 마디.」(비꼬는 말을 하다. - 때로는 냉담하다가 때로는 관심을 보이다.)

▶ 冷手抓熱饅頭 (냉수조열만두)

「맨 손으로 뜨거운 만두를 집다.」(경험도 없는 사람이 큰일을 맡아 곤란한 지경에 처하다.) 28)

※ 路上說話 草裏有人聽 (노상설화 초리유인청 lùshang shuōhuà cǎoli yǒu rén tīng)

「길에서 하는 말, 풀숲에 듣는 사람 있다.」(벽에도 귀가 있다.)

→ 路上行人口是碑 (노상행인구시비 lùshang xíngrén kǒu shì bēi)

「길가는 사람들의 입소문은 비석이다.」(행인들의 평가는 사실을 기록한 비석과 같다.)

▶ 牆有耳 伏寇在側 (장유이 복구재측)

「담벼락에도 귀가 있고 숨은 도적이 곁에 있다.」

▶ 山前講話 山後有人 (산전강화 산후유인)

「산 이쪽에서 이야기해도 산 뒤쪽에 듣는 사람이 있다.」

▶ 房中密語 窓外有人 (방중밀어 창외유인)

「방안에서 은밀히 하는 말 창 밖 사람이 듣는다.」 29)

※ 老虎不走回頭路 (노호불주회두로 lǎohū bùzǒu huítóulù)

「호랑이는 되돌아올 길을 가지 않는다.」

→ 好漢說話要算數 (호한설화요산수 hǎohàn shuōhuà yào suànshù)

「사내대장부는 자기가 한 말에 책임을 져야 한다.」

---

28) 冷 찰 냉. 鍋 솥 과. 裏 안 리. 突 갑자기 돌. 熱 뜨거울 열. 栗 밤 율. 栗子 밤(菓子의 子와 같음). 冒 무릅쓸 모. 抓 긁을 조, 잡다.
29) 裏 안 리. 聽 들을 청. 是 ~이다. 碑 돌기둥 비.

▶ 多言衆所忌 (다언중소기)

「말이 많으면 모두가 싫어한다.」

▶ 喜時之言多失信 怒時之言多失體 (희시지언다실신 노시지언다실체)

「기쁠 때 하는 말에 신용을 잃는 경우 많고, 성날 때 하는 말에 체면을 잃는 수가 많다.」30)

※ 老虎屁股上搔痒痒 (노호비고상소양양 lǎohǔ pìgǔshang sāoyǎn gyǎng)

「호랑이 궁둥이 상처 긁어주기.」

→ 老虎嘴上拔毛 - 找死 (노호취상발모 - 조사 lǎohǔ zuǐshang bámáo-zhǎosǐ)

「호랑이 주둥이의 털 뽑기 - 죽고 싶어 환장했다.」

▶ 老虎屁股摸不得 (노호비고모부득 lǎohū pìgu mōbude)

「호랑이 엉덩이는 더듬을 수 없다.」

▶ 老虎頭上拍蒼蠅 (노호두상박창승)

「호랑이 머리 위의 파리 때려잡기.」

▶ 在老虎嘴上跳躂 (재노호취상도달)

「호랑이 주둥이 위에서 깡충깡충 뛰다.」

▶ 大象口裏拔生牙 (대상구리발생아)

「큰 코끼리 입에서 상아를 그냥 뽑다.」

▶ 你的骨頭痒了嗎? (이적골두양료마)

「네 뼈다귀가 근질근질한가?」 (너 맞고 싶니?)

▶ 在老虎嘴裏拔毛 赶着閻王討債 (재노호취이발모 간착염왕토채)

---

30) 好漢 대장부. 說話 말을 하다. 算數 셈을 하다, 책임을 지다. 忌 꺼릴 기. 怒 성낼 노.

「호랑이 주둥이의 털을 뽑고 염라대왕에게 빚 갚으라고 재촉을 하다.」(흉악한 사람의 성질을 건드리다.) [31]

※ 你有來言 我有去語 (이유래언 아유거어 nǐ yǒu lái yán, wǒ yǒu qù yǔ)
「너에게서 오는 말이 있다면 나도 가는 말이 있다.」

→ 你說你的 我行我的 (이설니적 아행아적 nǐ shuō nǐ de, wǒ xíng wǒ de)
「네가 한 말은 네 것(책임), 내 행동은 내 것(책임).」

▶ 東一句 西一句 (동일구 서일구)
「이런 말 하나, 저런 말 하나.」(두서가 없이 말하다.)

▶ 你一言 我一語 (이일언 아일어)
「네가 한 마디 하면 나도 한 마디.」(말을 주고받으며 토론하다.)

▶ 你有毒藥 我有解方 (이유독약 아유해방)
「네가 독약을 가지고 있다면 나는 해독하는 처방을 갖고 있다.」 [32]

※ 你無情 我無義 (이무정 아무의 nǐ wú qíng, wǒ wú yì)
「네가 정이 없다면 나는 의리를 지키지 않겠다.」

→ 你待我一尺 我報你一丈 (이대아일척 아보니일장 nǐ dài wǒ yī chǐ, wǒ bào nǐ yī zhàng)
「네가 나에게 한 자만큼 대접을 하면 나는 너에게 한 길만큼 보답을 하겠다.」

---

31) 屁 방귀 비. 股 넓적다리 고. 屁股 엉덩이. 搔 긁을 소. 痒 가려울 양, 옴, 근질근질하다. 嘴 부리 취, 입. 拔 뽑을 발. 找 찾을 조. 拍 칠 박. 蒼 푸를 창. 蠅 파리 승. 蒼蠅 파리. 跳 뛸 도. 躂 미끄러질 달, 뛰다. 牙 어금니 아. 討 칠 토, 토벌하다. 債 빚 채.

32) 你 너 이(니). 方 처방.

▶ 你念你的彌陀 我敲我的木魚 (이넘니적미타 아고아적목어)

「너는 너의 아미타불을 외고, 나는 나의 목어를 두드리겠다.」

▶ 你嫌我的臉黑 我嫌你的脚大 (이혐아적검흑 아혐니적각대)

「네가 내 얼굴이 검어 싫다면 나는 네 긴 다리를 싫어한다.」

▶ 你也說不得我頭禿 我也笑不得你眼瞎 (이야설부득아두독 아야소부득니안할)

「네가 나의 머리가 까까 대머리라고 말하지 않으면 나도 네가 애꾸눈이라고 비웃지 않겠다.」 33)

※ 你有七算 人家有八算 (이유칠산 인가유팔산 nǐ yǒu qīsuàn, rénjia yǒu bāsuàn)

「네가 7개 계책을 갖고 있다면 다른 사람은 여덟 개를 계산하고 있다.」

→ 道高一尺 魔高一丈 (도고일척 마고일장 dào gāo yīchǐ, mó gāo yīzhàng)

「도道가 한 자 높아지면 마魔는 한 장(길)이 높아진다.」 (불가佛家 용어. 수행修行의 성취보다는 외부 유혹이 더 많다.)

▶ 魔高一尺 道高一丈 (마고일척 도고일장)

「마귀의 수법이 한 자 높아지면 도법道法은 한 길 높아진다.」

▶ 道高龍虎伏 德重鬼神欽 (도고용호복 덕중귀신흠)

「높은 도덕에 용과 호랑이도 굴복하고, 덕이 중하니 귀신도 우러러 본다.」

▶ 你有你的佛法 我有我的道法 (이유니적불법 아유아적도법)

---

33) 彌 더할 미, 그칠 미. 陀 비탈질 타. 念彌陀 나무아미타불하며 부처를 부르다. 敲 두드릴 고. 木魚 절(寺)에 있는 사물(四物 ; 범종·법고·운판·목어)의 하나. 禿 대머리 독. 瞎 애꾸눈 할.

「너에게 너의 불법佛法이 있다면, 나에게는 나의 도법道法이 있다.」

▶ 你有你的千里眼 我有我的順風耳 (이유니적천리안 아유아적순풍이)

「너에게 너의 천리안이 있다면 나에게는 나의 순풍이順風耳가 있다.」[34]

※ 多講話 多是非 (다강화 다시비 duō jiǎnghuà duō shìfēi)
「말이 많으면 시비도 많다.」

→ 人多處 是非多 (인다처 시비다 rén duō chù, shìfēi duō)
「사람이 많은 곳에 시비도 많다.」

▶ 河裏多魚水不淸 (하리다어수불청 hélǐ duōyú shuǐbùqīng)
「냇물에 물고기가 많으면 물이 맑지 않다.」 (관여하는 사람이 많으면 이래저래 새로운 일이 생긴다.)

▶ 赤口白舌 (적구백설)
「붉은 입에 하얀 혀.」 (이러쿵저러쿵 비방하다.)

▶ 是非朝朝有 不聽自然無 (시비조조유 불청자연무)
「시빗거리는 언제나 있지만, 듣지 않으면 저절로 없어진다.」

▶ 是非之地不可久留 (시비지지불가구류)
「시비가 벌어진 곳에 오래 머물 수 없다.」[35]

※ 糖多了不甜 話多了不鮮 (당다료불첨 화다료불선)
「설탕이 많으면 달지 않고, 말이 많으면 확실하지 않다.」

---

34) 算 셈할 산. 魔 마귀 마. 人家 다른 사람. 千里眼 시력이 뛰어난 사람, 식견이 높은 사람. 順風耳 아주 먼 곳의 소리를 들을 수 있는 사람, 소식통이 빠른 사람.

35) 留 머물 류.

→ 不關己事不開口 (불관기사불개구 bùguān jǐ shì bù kāikǒu)

「자기와 상관없는 일이라면 입을 열지 않는다.」

▶ 耳滿鼻滿 (이만비만 ěr mǎn bí mǎn)

「귀와 코에 가득 차다.」 (귀에 못이 박히다.)

▶ 無益言語休開口 不關己事少當頭 (무익언어휴개구 불관기사소당두)

「무익한 말 입 열지 말고, 자신과 관계없는 일에 나서지 말라.」

▶ 好曲子唱了三遍 也要口臭了 (호곡자창료삼편 야요구취료)

「아무리 좋은 노래도 세 번 부르면 입에서 냄새가 나려고 한다.」 36)

※ 當面是人 背後是鬼 (당면시인 배후시귀 dāngmiàn shìrén, bèihòu shì guǐ)

「얼굴을 보면 사람이지만, 뒤를 보면 귀신이다.」

→ 當面說人話 背後幹鬼事 (당면설인화 배후간귀사 dāngmiàn shuō rénhuà, bèihòu gàn guǐshì)

「보는 데서는 사람처럼 말을 하지만, 뒤에서는 귀신 짓거리를 한다.」

▶ 當面叫人哥哥 背後推人下坡坡 (당면규인가가 배후추인하파파)

「앞에서는 사람에게 형님이라 하면서 뒤에서는 낭떠러지로 밀어 떨어뜨린다.」

▶ 當面抹蜜 背後扎刀子 (당면말밀 배후찰도자)

「앞에서는 달콤한 말을 하고, 뒤에서는 칼로 찌른다.」 37)

---

36) 甛 달 첨. 鼻 코 비. 遍 두루 편.

37) 背 등 배. 幹 줄기 간, ~일을 하다. 叫 ~라 부르다, 부르짖을 규(絶叫). 哥哥 같은 항렬에서 나이가 많은 형님이나 오빠. 아내가 남편을 부르는 애칭. 推 밀 추. 坡 언덕 파. 坡坡 비탈(길). 抹 바를 말, 칠하다. 蜜 꿀 밀. 扎 찌를 찰. 刀子 칼.

※ 當人一面 背人一面 (당인일면 배인일면 dāngrén yīmiàn, bèirén yīmiàn)

「사람을 마주할 때의 얼굴과, 등질 때의 얼굴.」 (앞에서와 뒤에서의 얼굴이 다르다. 표리부동表裏不同)

→ 若要好 大做小 (약요호 대주소 ruò yàohǎo, dà zuò xiǎo)

「(남들과) 잘 지내고 싶다면 큰 것을 작게 만들어야 한다.」 (겸손한 마음이 제일이다.)

▶ 多叫一聲哥 少走十里坡 (다규일성가 소주십리파)

「형님소리 한 번만 더 불러도 산길 10리를 걷지 않을 수 있다.」 (겸손하고 예의 바르다면 많은 도움을 받을 수 있다.)

▶ 半面之交 (반면지교)

「아직 친분이 형성되지 않은 관계.」 (일면지식一面之識, 일면지분 一面之分도 안 되는 교제.) 38)

※ 大人不計小事 (대인불계소사 dàrén bù jì xiǎoshì)

「대인은 작은 일을 문제 삼지 않는다.」

→ 大人不生小人氣 (대인불생소인기 dàrén bùshēng xiǎorén qì)

「대인은 소인 같은 화를 내지 않는다.」

▶ 大人不記小人仇 (대인불기소인구 dàrén bùjì xiǎorén chóu)

「대인은 소인을 원수로 생각하지 않는다.」 (소인의 실수나 잘못을 원한으로 생각하지 않는다.)

▶ 大人不見小人之過 (대인불견소인지과)

「대인은 소인의 과실을 보지 않는다.」 (소인의 잘못을 기억하지 않는다.)

---

38) 當 마주 대하다. 背 등질 배. 若 같을 약, 만약 ~이라면. 哥 형 가, 언니 가, 같은 항렬에서 나이가 많은 사람에 대한 호칭. 坡 고개 파. 산비탈.

▶ 大人物不可一日無權 小百姓不可一日無錢 (대인물불가일일무권
소백성불가일일무전)

「큰 인물은 하루라도 권한이 없으면 안 되고, 일반 백성은 하루라
도 돈이 없으면 안 된다.」[39)]

※ 大丈夫來去分明 (대장부내거분명 dàzhàngfū láiqù fēnmíng)
「대장부는 거취를 분명히 한다.」

→ 大丈夫各行其志 (대장부각행기지 dàzhàngfū gè xíng qí zhì)
「대장부는 각자 자기 뜻을 실행한다.」

▶ 太柔則廢 太剛則折 (태유즉폐 태강즉절 tài róu zé fèi, tài gāng zé zhē)
「너무 유하면 없어지고, 너무 강하면 부러진다.」

▶ 大丈夫當機立斷 (대장부당기입단)
「대장부는 제 때에 결단을 내린다.」 (우물쭈물하며 눈치나 보지 않
는다.)

▶ 大丈夫敢作敢當 (대장부감작감당)
「대장부는 과감하게 실천하며 당당히 책임을 진다.」

▶ 大丈夫剛柔竝行 (대장부강유병행)
「대장부는 때로는 강하게, 때로는 부드럽게 처신한다.」[40)]

※ 道旁的驢有錢就騎 (도방적려유전취기 àopángde lú yǒu qián jiù qí)
「길가의 나귀는 돈만 있으면 탈 수 있다.」

→ 口上仁義道德 心裏男盜女娼 (구상인의도덕 심리남도여창 kǒu
shang rén yì dàodé xīnli nán dào nǚ chāng)

---

39) 仇 원수 구.
40) 機 베틀 기, 기미 기, 기회. 剛 굳셀 강. 柔 부드러울 유. 乘 탈 승, 기회
　　를 타다.

「입으로 인의도덕을 말하면서 마음속으로 남자는 도둑질, 여자는 음탕한 생각뿐이다.」 (남녀 모두 변변치 못하다. 정당하지 않다.)

▶ 刀子嘴 豆腐心 (도자취 두부심 dāozi zuǐ, dòufú xīn)

「칼 같은 입에 두부 같은 마음.」 (말은 엄하지만, 마음은 부드럽다.)

▶ 口裏喊哥哥 背後摸家伙 (구리함가가 수리모가화)

「입으로는 형님 형님 하면서 뒤에서는 가재도구를 집어낸다.」

▶ 口似蓮花心似刀 (구사연화심사도)

「입은 연꽃같이 예쁜 말을 하지만 마음은 칼과 같다.」 41)

※ 東倒吃猪頭 西倒吃羊頭 (동도흘저두 서도흘양두 dōng dǎo chī zhūtóu, xī dǎo chī yángtóu)

「동쪽으로 넘어지면 돼지고기를 먹고, 서쪽으로 넘어지면 양고기를 먹는다.」 (어느 쪽도 다 좋다.)

→ 東天不養西天養 (동천불양서천양 dōngtiān bù yǎng xītiān yǎng)

「동쪽 하늘이 키우지 못하면 서쪽 하늘이 키워준다.」

▶ 東河裏沒水西河裏走 (동하리몰수서하리주)

「동쪽 시내에 물이 없으면 서쪽 시내로 간다.」

▶ 東廟裏拜佛 西廟裏燒香 (동묘리배불 서묘리소향)

「동쪽 절에 가서 부처에게 빌고, 서쪽 묘당에 가서는 향을 태운다.」 (여러 사람에게 부탁하다.)

▶ 東墻倒了靠西墻 (동장도료고서장)

「동쪽 담이 무너지면 서쪽 담에 의지한다.」 42)

---

41) 旁 곁 방, 옆. 驢 나귀 려. 盜 훔칠 도. 娼 몸 파는 여자 창. 喊 소리칠 함. 哥 형 오빠 가. 哥哥 형. 摸 더듬을 모. 伙 살림살이 화. 家伙 가재도구. 似 비슷할 사.
42) 倒 넘어질 도, 거꾸로 설 도.

※ 東一句 西一句 (동일구 서일구 dōng yī jù, xī yī jù)
「동쪽에 한 마디 서쪽에 한 마디.」(말에 두서가 없음.)

→ 東一榔頭 西一棒子 (동일랑두 서일봉자 dōng yī láng tou, xī yī bàngzi)

「이쪽에서 망치, 저쪽에서 몽둥이.」(말에 두서가 없고, 하는 일이 계획성이 없음. 이랬다저랬다 하다.)

▶ 這個一榔頭 那個一錘子 (저개일랑두 나개일추자)
「이것도 망치, 저것도 망치.」(너도 저도 다 한 마디씩 한다.)

▶ 當面一套 背後一套 (당면일투 배후일투)
「보는 데서 이렇게, 안 보는 데서 저렇게.」(겉과 속이 다름. 이중적 행동.) 43)

※ 螺螄殼裏作道場 (나사각리작도장 luósī kélǐ zuò dàochǎng)
「우렁이 껍질 안에 도장을 만들다.」(우물 안 개구리)

→ 井底蛙 眼光短 (정저와 안광단 jǐngdǐwā, yǎnguāng duǎn)
「우물 안 개구리는 안목이 짧다.」

▶ 夏虫不可以語氷 (하충불가이어빙 xiàchóng bù kěyǐ yǔ bīng)
「여름 날벌레는 얼음에 대하여 말할 수 없다.」(견문이 적은 사람은 심오한 논의를 할 수 없다.)

▶ 天下事如牛毛 孔夫子也識得一腿 (천하사여우모 공부자야식득일퇴)

「세상 이치야 소털만큼이나 많다. 공자도 겨우 뒷다리 하나를 알았을 뿐이다.」 44)

---

43) 榔 빈랑나무 낭. 榔頭 비교적 큰 나무망치. 棒 몽둥이 봉. 錘 저울 추. 套 전례(前例) 투(정해진 틀, 본음은 껍질 토).
44) 螺 소라 나(라). 螄 다슬기 사. 螺螄 우렁이. 腿 넓적다리 퇴.

※ 美言可以市 尊行可以加人 (미언가이시 존행가이가인 měiyán kěyǐ shì, zūnxíng kěyǐ jiā rén)

「좋은 말(언사)은 남에게 팔아도 좋고, 높은 행실은 남에게 베풀어도 좋다.」

→ 白是白 黑是黑 (백시백 흑시흑 ái shì bái, hēi shì hēi)

「백은 백이고 흑은 흑이다.」

▶ 一語爲重 萬金輕 (일어위중 만금경 yīyǔ wéi zhòng wànjīn qīng)

「한 마디 말이 무겁지 만금이야 가볍다.」

▶ 貌言華也 至言實也 苦言藥也 甘言疾也 (모언화야 지언실야 고언약야 감언질야)

「겉치레 말은 화려하고, 요긴한 말은 확실하다. 듣기 싫은 말은 약이요, 달콤한 말은 병을 준다.」 45)

※ 潑水難收 (발수난수 pō shuǐ nán shōu)

「엎지른 물은 담을 수 없다.」 (돌이킬 수 없이 저질러진 일 - 「복수불반분覆水不返盆」)

→ 潑出的水 說出的話 (발출적수 설출적화 pōchūde shuǐ, shuōchūde huà)

「엎질러진 물, 뱉어버린 말.」

▶ 潑水容易收水難 (발수용이수수난)

「물을 뿌리기는 쉽지만, 물을 거두어 담기는 어렵다.」

▶ 深溝能塡 過失難補 (심구능전 과실난보)

「깊은 구덩이도 메울 수 있지만, 실수는 고치기 어렵다.」

▶ 潑水難收 人逝不返 (발수난수 인서불반)

---

45) 尊 높을 존. 疾 병 질, 괴로움.

「엎지른 물은 담을 수 없고, 죽은 사람은 돌아올 수 없다.」 46)

※ 放屁拉抽屜 (방비납추체 fàngpì lā chōuti)
「방귀를 뀌면서 서랍을 잡아당기다.」 (자기 결점을 감추려고 다른 일을 만들어내다.)

→ 放屁瞞不了褲襠 (방비만불료고당 fàngpì mánbuliǎo kùdāng)
「방귀를 뀌었으면 바짓가랑이를 속일 수 없다.」 (일을 잘 아는 사람을 속일 수 없다.)

▶ 放屁不霑大胯 (방비부점대과)
「방귀는 사타구니를 다 적실 수 없다.」 (황당한 이야기를 하다.)

▶ 放個屁也是香的 (방비야시향적)
「방귀를 뀌어도 향내가 난다.」 (좋아하는 사람이 하는 짓은 무조건 좋다.)

▶ 放屁容易收屁難 (방비용이수비난)
「방귀 뀌기는 쉽지만, 거두어들일 수는 없다.」

▶ 放了的屁拾不起來 說出的話追不回來 (방료적비습불기래 설출적화추불회래)
「한번 뀐 방귀는 주워 담을 수 없고, 한번 뱉은 말은 따라가 되돌릴 수 없다.」 47)

※ 背死人過河 (배사인과하 bèi sǐrén guò hé)
「죽은 사람을 업고 물을 건너다.」 (힘만 들고 아무 소득도 없다.)

---

46) 潑 뿌릴 발. 的 ~한, 難 어려울 난. 收 거둘 수. 易 쉬울 이. 溝 도랑 구. 塡 메울 전. 補 기울 보, 도울 보. 逝 갈 서, 죽다(逝去).

47) 屁 방귀 비. 放屁 방귀를 뀌다. 拉 잡아당길 납(랍) 抽 뺄 추. 屜 언치 체, 여러 층으로 쌓을 수 있는 그릇. 抽屜 서랍. 瞞 속일 만. 褲 바지 고(絝와 同字). 襠 잠방이 당. 褲襠 바짓가랑이. 霑 적실 점. 胯 사타구니 과.

→ 背着石頭上山 (배착석두상산 bèizhe shítou shàng shān)

「돌을 등에 지고 산을 오르다.」

▶ 大伯子背兄弟媳婦過河 費力不討好 (대백자배형제식부과하 비력불토호)

「시아주버니가 제수를 등에 업고 물을 건넜는데 힘만 들고 좋은 소리 못 들었다.」

▶ 猪八戒背媳婦 費力不討好 (저팔계배식부 비력불토호)

「저팔계가 며느리를 업어주었는데, 힘만 들고 좋은 소리 못 들었다.」

▶ 頂了石臼做戲 吃力不討好 (정료석구주희 흘력불토호)

「머리에 돌절구를 얹고 연기를 하니 힘만 들었지 좋은 소리를 못 들었다.」[48]

※ 背後揷絆子 (배후삽반자 bèihòu chā bànzi)
「뒤에서 올가미를 씌우다.」

→ 背後指脖梗子 (배후지발경자 bèihòu zhǐ bógěngzi)

「등 뒤에서 목덜미를 손가락질하다.」 (뒷말하며 사람을 욕하다.)

▶ 背後之言聽不得 哈巴狗兒騎不得 (배후지언청부득 합파구아기부득)

「뒤에서 하는 말은 들을 필요가 없고, 발바리는 타고 다닐 수 없다.」 (아부하는 사람은 믿을 수 없다.)

▶ 不敲背後鼓 要打當面鑼 (불고배후고 요타당면라)

「등 뒤의 북을 치지 말고, 앞에 있는 징을 치다.」 (할 말이 있으면

---

48) 背 등 배, 등에 업다. 頂 정수리(이마), 머리에 이다. 臼 절구 구. 做 만들 주, ~하다. 戲 놀이 희. 伯 맏 백. 大伯子 남편의 형. 媳婦 아내. 費 쓸 비. 猪 돼지 저.

앞에서 당당히 하라.) 49)

※ 白日不做虧心事 (백일부주휴심사 báirì bùzuò kuīxīn shì)
「낮에 양심에 어긋난 짓을 하지 않으면,」

→ 夜裏不怕鬼敲門 (야리불파귀고문 yèlǐ bùpà guǐ qiāomén)
「밤에 귀신이 문을 두드려도 두렵지 않다.」

▶ 爲人不作壞心事 夜半叩門心不驚 (위인부작괴심사 야반고문심불경)

「사람으로서 마음에 나쁜 짓을 하지 않았다면, 한밤에 문을 두드려도 놀라지 않는다.」

▶ 村裏無邪鬼不入 (촌리무사귀불입)

「마을에 사악한 일이 없으면 잡귀가 들어오지 않는다.」 (내부 모순이 없으면 나쁜 사람이 발붙일 곳 없다.) 50)

※ 飜臉不認親 (변검불인친 fān liǎn bù rèn qīn)
「안면을 바꿔 친척도 모른 척하다.」

→ 反臉不相識 (반검불상식 fǎn liǎn bù xiāngshí)
「안면을 바꿔 모른 체하다.」

▶ 飜手爲雲 覆手爲雨 (번수위운 복수위우)
「손을 뒤집어 구름을 만들고, 손을 엎어 비를 내리다.」 (반복무상하고 교활하며 변덕이 많다.)

▶ 以勢交者 勢盡卽疎 以利合者 利盡卽散 (이세교자 세진즉소 이리합자 이진즉산)

---

49) 插 꽂을 삽. 絆 멍에 반, 올가미. 脖 목줄기 발. 梗 곧을 경, 막힐 경. 哈
巴狗 발바리, 아부하는 놈. 敲 두드릴 고. 鼓 북 고. 鑼 징 라(나).
50) 做 지을 주. 虧 일그러질 휴. 怕 두려울 파. 敲 두드릴 고.

「권세로 교제를 한 사람은 권세가 다하면 소원해지고, 이익을 두고 결합했던 사람은 이득이 없어지면 흩어진다.」

▶ 睜一隻眼 閉一隻眼 (정일척안 폐일척안)

「한 눈은 뜨고, 한 눈은 감다」 (알면서도 모른 척하다.) 51)

※ 兵貴精不貴多 (병귀정불귀다 bīng guì jīng, bù guì duō)

「군대는 정예를 귀히 여기지, 병력이 많음을 중히 여기지 않는다.」

→ 用兵不如用計 (용병불여용계 yòngbīng bùrú yòngjì)

「용병(전투)은 계책을 쓰는 것만 못하다.」

▶ 兵糊塗一個 將糊塗一軍 (병호도일개 장호도일군)

「병졸이 멍청하면 한 개인이지만, 장군이 멍청하면 군 전체가 멍청하다.」

▶ 兵來將擋 水來土掩 (병래장당 수래토엄 bīnglái jiāngdǎng shuǐ ái tǔyǎn)

「적병이 침략해오면 장수가 막고, 물이 들어오면 흙으로 막는다.」 52)

※ 兵無常勢 (병무상세 bīng wú cháng shì)

「병법에는 정해진 전력이 없다.」

→ 用兵貴神速 (용병귀신속 yòngbīng guì xùn sù)

「병법에서는 귀신처럼 빠른 것이 가장 중요하다.」

▶ 用兵貴在堅持 (용병귀재견지)

「용병에서는 끝까지 버티는 것을 귀히 여긴다.」

---

51) 翻 뒤집을 번. 覆 뒤집힐 복, 덮다. 盡 다할 진. 睜 눈을 크게 뜰 정.

52) 糊 풀 호(종이를 붙이는 풀). 塗 진흙 도. 糊塗 hútu 멍청한, 사리가 불분명함. 糊塗虫 멍청이. 擋 막을 당, 숨길 당. 掩 가릴 엄.

▶ 陷之死地而後生 置之亡地而後存 (함지사지이후생 치지망지이후존)

「죽을 수밖에 없는 곳에 빠진 뒤에 살아나고, 망할 수밖에 없는 곳에 처하면 생존한다.」 (「배수진背水陣」) 53)

※ 兵不厭詐 (병불염사 bīng bù yàn zhà)
「병법에서는 속임수를 기피하지 않는다.」 (전쟁에서 많은 계책을 써서 상대를 어지럽히고 승리를 거두는 것이 상책.)

→ 避其銳氣 擊其惰歸 (피기예기 격기타귀 bí qí ruì qì jī qí duò guī)
「(적의) 예기를 피하고, (적이) 지치거나 후퇴할 때 공격한다.」

▶ 避强打弱 避實擊虛 (피강타약 피실격허)
「강적은 피하고 약한 적을 치고, 적의 강점을 피하고 약점을 찾아 공격한다.」

▶ 敵强用智 敵弱用勢 (적강용지 적약용세)
「적이 강하면 지략을 펴고, 약하면 세력으로 이겨야 한다.」 54)

※ 腹中有劍 笑裏藏刀 (복중유검 소리장도 fùzhōng yǒujiàn, xiàolǐ cángdāo)
「뱃속에 칼이 있고, 웃음 속에는 칼을 숨겼다.」 (겉으로는 친절한 듯하지만, 속셈은 음흉하다.)

→ 笑面老虎殺人心 (소면노호살인심 xiàomiàn lǎohū shā rénxīn)
「웃는 얼굴의 호랑이가 사람 마음을 죽인다.」 (관리들의 횡포를 말함.)

▶ 嘴上挂着蜜蜂罐 心裏藏着馬蜂針 (취상괘착밀봉관 심리장착마봉

---

53) 速 빠를 속. 堅 굳을 견. 持 가질 지. 陷 빠질 함.
54) 避 피할 피. 銳 날카로울 예. 擊 칠 격. 惰 게으를 타. 歸 돌아갈 귀.

침)

「입에는 꿀 항아리를 매단 것 같지만, 마음속에는 말벌의 침을 감추고 있다.」

▶ 嘴上說好話 脚下使絆兒 (취상설호화 각하사반아)

「입으로는 좋은 말을 하면서 발로 다리를 걸다.」[55]

※ 逢人只說三分話 (봉인지설삼분화 féngrén zhǐ shuō sānfēn huà)

「사람을 만나면 (마음의) 3분의 1 정도만 말하라.」(처음 만나는 사람에게 말을 조심하라.)

→ 要知心腹事 須聽背後言 (요지심복사 수청배후언 yào zhī xīn fùshì, xūtīng bèihòu yán)

「(상대방의) 마음속 일을 알려면 모름지기 말에 숨은 뜻을 새겨야 한다.」

▶ 人前一口話 神前一爐香 (인전일구화 신전일로향)

「사람 앞에서는 한마디 말, 신 앞에는 향불 한 번.」

▶ 見人冷面一聲笑 心中暗藏一把刀 (견인냉면일성소 심중암장일파도)

「사람을 만나면서 차가운 얼굴에 한마디 웃음, 마음속에는 칼 한 자루가 숨겨 있다.」

▶ 見人只帶三分笑 未可全抛一片心 (견인지대삼분소 미가전포일편심)

「사람을 만나면서 다만 약간의 미소를 띨 뿐, 마음 한 조각도 드러내 보이지 않다.」[56]

---

55) 劍 양날의 칼. 刀 한쪽 날 칼. 笑 웃음 소. 藏 감출 장. 挂 걸 괘. 罐 항아리 관. 絆 줄 반, 발을 묶는 줄.

56) 只 다만 지. 爐 화로 노(로). 抛 던질 포.

※ 不戰則已 戰則必勝 (부전즉이 전즉필승 bùzhàn zé yǐ, zhàn zé bìshèng)
「싸우지 않는다면 그만이지만, 싸운다면 반드시 이겨야 한다.」

→ 不鬪則已 鬪則必勝 (불투즉이 투즉필승 bùdòu zé yǐ, dòu zé bìshèng)
「싸우지 않는다면 그만이지만, 싸운다면 반드시 이겨야 한다.」

▶ 能戰而後能守, 能守而後能和 (능전이후능수, 능수이후능화)
「싸울 수 있어야 지킬 수도 있고, 지킬 수 있어야 화해(휴전)할 수 있다.」

▶ 戰雖有陣 而勇爲本 士雖有學 而行爲本 (전수유진 이용위본 사수유학 이행위본)
「전투에 진을 치지만 용기가 근본이고, 선비는 학문을 하더라도 실천을 근본으로 삼는다.」 57)

※ 不經一事 不長一智 (불경일사 부장일지 bù jīng yīshì, bù cháng yī zhì)
「한 가지 일을 겪지 않으면, 하나의 지혜가 늘지 않는다.」

→ 風急雨至 人急智生 (풍급우지 인급지생 fēng jí yǔ zhì, rén jí zhì shēng)
「바람이 급하면 비가 오듯, 사람도 다급하면 꾀가 나온다.」

▶ 不經一苦一樂 不知苦樂之別 (불경일고일락 부지고락지별)
「고생과 쾌락을 겪어보지 않으면 고락의 차이를 알지 못한다.」

▶ 不經風雨 不見世面 (불경풍우 불견세면)
「풍우(세상 풍파)를 겪지 않으면 세상 물정을 모른다.」 58)

---

57) 已 그만둘 이, 이미 이.
58) 經 날 경(위 아래로 내린 실), 거치다.

※ 不管三七二十一 (불관삼칠이십일 bù guǎn sān qī èr shí yī)
「자초지종을 상관하지 않다.」

→ 不問靑紅黑白 (불문청홍흑백 bùwèn qīnghóng hēibái)
「푸르거나, 붉거나, 검거나, 희거나를 묻지 않다.」 (시비곡직是非曲直을 따지지 않다.)

▶ 不問做不做 只問該不該 (불문주불주 지문해불해)
「했느냐 안 했느냐는 묻지 않고, 다만 해야 하느냐 안 해야 하느냐를 묻는다.」

▶ 不如意事常八九 可對人言無二三 (불여의사상팔구 가대인언무이삼)
「내 뜻대로 안 되는 일이 늘 열 중 여덟아홉이고, 대꾸를 해 줄 말은 열 중 두셋이다.」

▶ 不管三六九 (불관삼육구)
「三, 六, 九를 상관하지 않는다.」 (어떻든 상관없다.) 59)

※ 不管天 不管地 (불관천 부관지 bù guǎn tiān, bù guǎn dì)
「하늘도 땅도 상관하지 않는다.」 (아무 거리낌 없다.)

→ 不知天高地厚 (부지천고지후 bù zhī tiān gāo dì hòu)
「하늘 높고 땅 넓은 줄 모른다.」 (자기 역량을 과대평가하며 설쳐 댄다.)

▶ 一脚踢倒泰山 一步邁過黃河 (일각척도태산 일보매과황하 yījiǎo tīdǎo TàiShān, yībù màiguò HuángHé)
「한 발로 태산을 걸어차 쓰러뜨리고, 한 걸음에 황하를 건너다.」 (큰 포부를 과감하게 실천함.)

---

59) 三七二十一 자초지종, 이런저런 사정. 做 ～을 하다. 只 다만 지. 該 ～해야 한다, 마땅하다.

▶ **不管雨下多麽大 總有天晴的時候** (부관우하다마대 총유천청적시후)

「비가 얼마나 많이 내리든 언젠가는 갤 날이 있다」[60]

※ **不管閑事終無事** (불관한사종무사 bù guǎn xiánshì zhōng wúshì)

「쓸데없는 일에 참견하지 않는다면 끝내 아무 일도 없다.」

→ **管閑事 落不是** (관한사 낙불시 guǎn xiánshì, luò bùshi)

「쓸데없는 일에 참견하면 되는 일이 없다.」

▶ **杞人無事憂天傾** (기인무사우천경)

「기杞나라 사람은 할 일이 없어서 하늘이 무너진다는 걱정을 하였다.」

▶ **不管他人瓦上霜** (불관타인와상상)

「남의 집 지붕 기와 위의 서리를 상관하지 않다.」

▶ **不管她嫁給誰 只管跟着喝喜酒** (불관저가급수 지관근착갈희주)

「그녀가 누구에게 시집가든 상관하지 않고, 다만 가서 축하주만 마시면 된다.」[61]

※ **不苟言笑** (불구언소 bù gǒu yán xiào)

「함부로 지껄이거나 웃지 않다.」

→ **不思而言 無病而亡** (불사이언 무병이망 bù sī ér yán, wúbìng ér wáng)

「생각 없이 말한다면 병도 없이 죽는다.」

---

60) 麽 무엇 마, 어조사 마. 多麽 얼마나, 아무리. 時候 때, 시각. 踢 발로 찰 척. 邁 큰 걸음으로 갈 매.

61) 管 상관하다. 閑事 무관한 일. 落不是 책망을 듣다. 杞 나무이름 기, 나라 이름. 瓦 기와 와. 她 그녀, 그 여자. 誰 누구 수. 跟 발꿈치 근, 따라가다. 喜酒 결혼 축하주.

▶ **嗤之以鼻** (치지이비 chī zhī yǐ bí)

「코웃음을 치다.」

▶ **不甘後人** (불감후인 bù gān hòu rén)

「남보다 뒤지는 것을 좋아하지 않다.」 (기어이 앞서려 하다.) [62]

※ **不要輕言 言則必信** (불요경언 언즉필신 bù 要yào, yāo qīngyán, yán zé bìxìn)

「가벼이 말하지 말라. 말했으면 꼭 지켜야 한다.」

→ **丈夫不失信 失信不丈夫** (장부불실신 실신부장부 zhàngfū bù shī xìn, shīxìn bù zhàngfū)

「대장부는 신의를 잃어서는 안 된다. 신의를 잃었다면 대장부가 아니다.」

▶ **屈死不告狀 餓死不做賊** (굴사불고장 아사부주적)

「억울하더라도 고소하지 않고, 굶어 죽을지언정 도적질은 않는다.」

▶ **打掉了牙齒往肚裏咽** (타도료아치왕두이인)

「얻어맞아 이가 빠져도 뱃속으로 삼켜 넘기다.」 [63]

※ **不干己事休開口**(불간기사휴개구 bù gān jǐshì xiū kāikǒu)

「자기 일과 상관이 없으면 입을 열지 말라.」

→ **不是知音話不投** (부시지음화불투 bùshì zhīyīn huà bù tóu)

「절친한 친우가 아니면 말로 영합하지 말라.」

不說兩邊話 不討兩面光 (불설양변화 불토양면광)

---

62) 嗤 웃을 치. 鼻 코 비.

63) 輕 가벼울 경. 屈死 억울하게 죽다. 餓 굶주릴 아. 做 지을 주, ~이 되다. 掉 흔들 도, 버리다. 咽 목구멍 인, 삼키다.

「이쪽저쪽 이야기를 하지 말고, 양쪽 모두에게 잘 보이려 말라.」
(양다리 걸치는 언행을 하지 말라.)

▶ **不說人家長和短 不管人家眞和假** (불설인가장화단 불관인가진화가)

「남의 장단점을 말하지 말고, 남의 물건의 진짜가짜를 상관하지 말라.」[64]

※ **不費心血花不開** (불비심혈화불개 bù fèi xīnxiě huā bù kāi)
「심혈을 기울이지 않으면 꽃은 피지 않는다.」

→ **不下苦功甛不來** (불하고공첨불래 bù xià kǔgōng tián bù lái)
「힘들여 고생하지 않으면 달콤한 열매는 없다.」

▶ **不費之惠** (불비지혜 bù fèi zhī huì)

「돈이 들지 않는 은혜, 혜택.」 (마음만 있으면 손쉽게 베풀 수 있는 선행. 자그마한 베풂.)

▶ **欲將取之 必先予之** (욕장취지 필선여지)

「얻으려거든 먼저 주어라.」

▶ **不費二十四道手 饅頭不到你口中** (불비이십사도수 만두부도니구중)

「스물네 번의 손길을 거치지 않고서는 만두가 네 입에 들어오지 못한다.」[65]

※ **不以言取人 不以言廢人** (불이언취인 불이언폐인 bù yǐ yán qǔ

---

64) 干 방패 간, 관련되다, 범하다, 요구하다. 知音 ; 춘추시대 거문고의 명수 백아(伯牙)와 누구보다 그의 연주를 이해해주는 친구 종자기(種子期)의 우정에 대한 고사에서 절친한 친구를 빗대서 「知音」이라고 한다. 管 피리 관, 다스릴 관, 상관하다.
65) 費 비용 비, 쓸 비. 予 줄 여, 나 여. 饅 만두 만.

rén, bù yǐ yán fèi rén)

「말하는 것만 보고 사람을 쓰거나 버리지 말라.」

→ 取人之長 補我之短 (취인지장 보아지단 qǔ rén zhī cháng, bǔ wǒ zhī duǎn)

「다른 사람의 장점을 배워 나의 단점을 보완하다.」

▶ 用人者 取人之長 避人之短 (용인자 취인지장 피인지단)

「사람을 쓴다면 그의 장점을 취하고 단점을 버려야 한다.」

▶ 欲人愛己 必先愛人 (욕인애기 필선애인)

「다른 사람이 나를 아껴주기를 바란다면 반드시 먼저 남을 사랑해야 한다.」

▶ 以其人之道 還治其人之身 (이기인지도 환치기인지신)

「그 사람의 방법으로 그 사람을 다스린다.」 (경쟁관계에 있는 상대방의 약점을 이용하여 상대방을 제압하다.) 66)

※ 不聽老人言 饑荒在眼前 (불청노인언 기황재안전 bù tīng lǎorén yán, jīhuāng zài yǎnqián)

「노인의 말을 듣지 않으면 굶주림과 재난이 눈앞에 닥친다.」

→ 前留三步好走 後留三步好行 (전류삼보호주 후류삼보호행 qiánliú sānbù hǎozǒu, hòu liú sānbù hǎoxíng)

「앞서 간 사람이 3보를 제대로 가면 뒤에 가는 사람도 3보를 제대로 간다.」

▶ 不聽別人的話 就像房子沒窗戶 (불청별인적화 취상방자몰창호)

「남의 말을 듣지 않는 것은 마치 집에 창문이 없는 것과 같다.」

▶ 不聽師傅話 手背朝了下 (불청사부화 수배조료하)

---

66) 廢 버릴 폐, 없애다. 予 줄 여.

「사부의 말을 듣지 않는다면 구걸하며 살게 된다.」

▶ 不聽老人言 吃虧在眼前 (불청노인언 흘휴재안전)

「노인 말을 듣지 않으면 당장 손해를 보게 된다.」 67)

※ 不會做飯的看鍋 會做飯的看火 (불회주반적간과 회주반적간화 bù huì zuòfànde kàn guō, huì zuòfànde kàn huǒ)

「밥을 잘 지을 줄 모르는 사람은 솥을 쳐다보지만, 밥 할 줄 아는 사람은 불을 잘 본다.」

→ 外行看熱鬧 內行看門道 (외행간열료 내행간문도 wàiháng kàn rènao, nèiháng kàn méndao)

「문외한은 겉만 보고, 전문가는 요체를 찾는다.」

▶ 鍋裏無米白塡柴 (과리무미백전시)

「솥에 쌀이 없는데도 헛되게 장작을 집어넣는다.」

▶ 不會破魚先破背 不會嫁女先嫁妹 (불회파어선파배 불회가녀선가매)

「생선을 다룰 줄 모르는 사람은 등부터 가르고, 딸을 시집보낼 줄 모르는 사람은 동생부터 시집보낸다.」

▶ 不會疼的疼閨女 會疼的疼媳婦兒 (불회동적동규녀 회동적동식부아)

「누구를 귀여워해야 하는지 모르는 사람은 자기 딸을 귀여워하고, 잘 아는 사람은 며느리를 귀여워한다.」 68)

---

67) 留 남길 류. 饑 굶주릴 기. 荒 거칠 황. 風險 위험, 위험한 일. 房子 집. 手背 손등. 朝 ~을 향하다. 手背朝下 손등이 아래를 향하다, 손바닥이 위로 간다, 구걸하다, 빌어먹는다.

68) 會「~할 줄 안다.」 做 만들 주. 飯 밥 반. 的 ~하는 사람. 看 살필 간. 鍋 솥 과. 鬧 시끄러울 뇨. 熱鬧 번화한 것, 구경거리, 시끌벅적하다. 塡 메울 전. 柴 땔나무 시. 疼 아플 동, 몹시 귀여워하다. 閨 규방 규, 아녀자

※ 飛蛾赴火 非死不止 (비아부화 비사부지 fēi é fù huǒ, fēi sǐ bù zhǐ)
「불에 날아드는 나방은 죽을 때까지 멈추지 않는다.」 (스스로 자멸의 길로 들어가다.)

→ 飛蛾投火 - 自取滅亡 (비아투화 - 자취멸망 fēié tóu huǒ-zì qǔ mièwáng)

「나방이 불에 뛰어들다. - 제 스스로 죽은 것이다.」

▶ 捅馬蜂窩 (통마봉와)

「벌집을 쑤시다.」 (여러 사람의 노여움을 사다. 스스로 골치 아픈 일을 만들고 수습을 못하다.)

▶ 打不得馬蜂窩反蜇了自己的手 (타부득마봉와반철요자기적수)

「말벌 집을 부수지도 못하고 제 손만 쏘였다.」 (소기의 목적 달성도 못하고 손해만 보았다.) 69)

※ 肥的太膩 瘦的塞牙 (비적태니 수적색아 féide tài nì, shòude sāiyá)
「비계는 너무 느끼하고 살코기는 이빨에 낀다.」 (매사에 트집과 타박이 많다.)

→ 鷄蛋裏挑骨頭 - 故意找錯 (계단리도골두 - 고의조착 jī dàn lǐ tiāo gǔtou-gùyì zhǎo cuò)

「계란 속에서 뼈를 골라내려 한다. - 공연한 생트집을 찾다.」

▶ 橫挑鼻子竪挑眼 (횡도비자수도안)

「종횡으로 코와 눈을 후벼대다.」 (남의 흠을 마구 들추어내다. 생트집을 잡다.) 70)

의 거처. 閨女 딸. 媳婦兒 며느리.
69) 飛 날 비. 蛾 나방 아. 赴 나아갈 부. 滅 없어질 멸. 捅 찌를 통. 窩 움집 와. 蜇 쏠 철.
70) 膩 미끄러울 이(니), 비계, 살찌다. 瘦 마를 수. 塞 막힐 색, 변방 새. 牙 어금니 아. 找 찾을 조. 挑 끌어낼 도. 竪 세울 수.

※ 捨不得 了不得 (사부득 요부득 shěbude, liǎobùde)
「버리지 않으면 끝장이다.」

→ 丟卒保車 (주졸보차 diū zú bǎo chē)
「(장기에서) 졸卒을 죽여 차車를 지키다.」(大를 위한 희생.)

▶ 捨小家 保大家 (사소가 보대가)
「작은 집을 버리고 큰 집을 지키다.」

▶ 捨車馬 保將帥 (사차마 보장수)
「車와 馬를 버려 장수宮를 지키다.」(희생감수, 큰 것을 지키다.)

▶ 死棋腹中有活着 (사기복중유활착)
「죽은 말 가운데 살아날 구멍이 있다.」

▶ 捨不得金彈子 打不住銀鳳凰 (사부득금탄자 타부주은봉황)
「황금 탄환을 아끼면 은 봉황을 잡을 수 없다.」 71)

※ 事不三思 終有後悔 (사불삼사 종유후회 shì bù sānsī, zhōng yǒu hòuhuǐ)
「어떤 일에 세 번 생각하지 않으면 나중에 후회한다.」

→ 人生不如意事常八九 (인생불여의사상팔구 rénshēng bù rúyì shì cháng bā jiǔ)
「내 마음대로 안 되는 일이 (열 개 중) 여덟아홉이다.」(난관에 처한 상대방을 위로하는 말.)

▶ 一人難稱百人意 (일인난칭백인의)
「한 사람이 여러 사람의 마음에 들기는 어렵다.」

▶ 可與人言無二三 (가여인언무이삼)
「다른 사람과 말할 수 있는 것은 (열 개 중) 두 세 개가 없다.」

---

71) 捨 버릴 사. 了不得 끝이다, 심하다, 대단하다. 丟 잃을 주, 버리다, 잃다. 彈 총알 탄.

▶ 世上難買後悔藥 (세상난매후회약)

「세상에 후회할 때 먹는 약은 살 수 없다.」

▶ 人生自古多磨難 (인생자고다마난)

「인생이란 예로부터 온갖 어려움이 많은 것.」

▶ 後悔藥沒處買 (후회약몰처매)

「후회後悔란 약은 어디서도 살 수 없다.」 72)

※ 三十六計 走爲上計 (삼십육계 주위상계 sānshíliùjì zǒu wéi shàngjì)

「서른여섯 번째 계략으로는 (모든 계략이 안 통한다면) 달아나는 것이 가장 좋은 계략이다.」

→ 三十六計 忍(和)爲上計 (삼십육계 인(화)위상계 sānshíliùjì, rěn (hé) wéi shàngjì)

「삼십육계 중 참는 것(온화함이)이 최상의 계책이다.」

▶ 三十六條計 偸跑爲高計 (삼십육조계 투포위고계)

「36가지의 계책 중 몰래 도망치는 것이 제일 좋다.」

▶ 三十六着 吃爲上着 (삼십육착 흘위상착)

「36 방책 중 먹는 것이 가장 중요하다.」

▶ 七十二條計 跑是上計 (칠십이조계 포시상계)

「72개의 계책 중에 달아나는 것이 가장 좋다.」 73)

※ 相罵沒好口 相打沒好手 (상매몰호구 타인몰호수 xiāngmà méi hǎokǒu, xiāngdǎ méi hǎoshǒu)

「서로 욕하는 입 좋은 거 없고, 서로 싸우는 데 좋은 손 없다.」

→ 留情不動手 動手不留情 (유정불거수 거수부류정 liúqíng bù dòng

---

72) 悔 뉘우칠 회. 常 항상 상, 늘.
73) 計 꾀 계. 偸 훔칠 투. 跑 달릴 포, 도망가다.

shǒu, dòngshǒu bù liúqíng)

「용서하겠다면 때리지 말고, 때린다면 용서하지 말라.」

▶ 口子大小總要縫 (구자대소총요봉)

「찢어진 곳은 크든 작든 꿰매야 한다.」

▶ 口袋倒西瓜 一起往外抖 (구대도서과 일기왕외두)

「수박이 들어있는 자루를 기울이면 한꺼번에 밖으로 쏟아진다.」
(하나도 남김없이 다 이야기하다.)

▶ 相罵望人勸 相打望人拖 (상매망인권 상타망인타)

「서로 욕하며 싸울 때는 누군가가 화해시켜 주기를 바라고, 서로 치고 싸울 때는 누군가가 당겨 말려주기를 바란다.」[74]

※ 先挖渠 後放水 (선알거 후방수 xiān wā qú, hòu fàng shuǐ)
「먼저 도랑을 치고 나중에 물을 흘려보내다.」(준비 철저.)

→ 水不來 先壘壩 (수불래 선루패 shuǐ bù lái, xiān lěi bà)

「물이 닥치지 않았을 때 먼저 둑(제방)을 쌓다.」

▶ 先收網口後抓魚 (선수망구후조어 xiān shōu wǎngkǒu hòu zhuā yú)

「먼저 그물을 당겨놓고 뒤에 고기를 움켜쥔다.」(포위망을 좁히고 사람을 잡는다.)

▶ 是個癤子得出膿 (시개절자득출농)

「종기가 났다면 고름을 짜내야 한다.」[75]

---

74) 留 머무를 유(류). 留情 용서하다. 動手 일을 시작하다, 사람을 때리다. 罵 욕할 매. 縫 꿰맬 봉. 袋 주머니 대. 口袋 천으로 만든 자루. 倒 거꾸로 도, 기울이다. 西瓜 수박. 抖 흔들 두, 털다, 떨다. 勸 권할 권, 중재하다, 화해하다. 拖 끌어당길 타.

75) 挖 후벼낼 알, 파내다. 渠 물도랑 거, 인공수로. 壘 쌓을 누(루), 진지 루. 壩 방죽 패, 제방 패(파). 抓 긁을 조, 움켜잡다. 癤 부스럼 절, 종기. 膿 고름 농.

※ 舌爲禍福之門 (설위화복지문 shé wéi huòfú zhī mén)
「혀는 화와 복이 들어오는 문이다.」

→ 舌是斬身刀 (설시참신도 shé shì zhǎnshēn dāo)
「혀는 몸을 자르는 칼이다.」

▶ 口是傷人斧 言是割肉刀 (구시상인부 언시할육도)
「입은 사람에게 상처를 주는 도끼이고, 말은 살점을 도려내는 칼이다.」

▶ 舌爲利害本 口是禍福門 (설위이해본 구시화복문)
「혀는 이득과 손해의 바탕이고, 입은 화禍와 복福의 문이다.」

▶ 拏得住的是手 掩不住的是口 (나득주적시수 엄부주적시구)
「손은 잡아 멈출 수 있으나, 입은 막을 수 없다.」

▶ 舌上有龍泉 殺人不見血 (설상유용천 살인불견혈)
「혀에 용천검이 있는데, 사람을 죽여도 피가 나지 않는다.」 76)

※ 說一千 道一萬 (설일천 도일만 shuō yīqiān, dào yī wàn)
「이 말 저 말, 할 말 다하다.」

→ 說一是一 說二是二 (설일시일 설이시이 shuō yī shì yī, shuō èr shì èr)
「첫째는 이것이고, 둘째는 이것이다.」 (수를 세어 가면서 정확하게 말함.)

▶ 說一千道一萬 不餘拿眼看一看 (설일천도일만 불여나안간일간)
「이 말 저 말 다했지만, 눈으로 직접 보는 것이 제일이다.」

▶ 說一千道一萬 二橫一竪就靠干 (설일천도일만 이횡일수취고간)
「이 말 저 말 다했지만, 옆으로 두 획 아래로 한 획(干) 곧 실천만을

---

76) 舌 혀 설. 禍 재앙 화. 斬 벨 참. 拏 잡을 나. 掩 가릴 엄. 龍泉 보검(寶劍)의 이름.

믿을 수 있다.」

▶ 鷄一嘴 鴨一嘴 (계일취 압일취)

「닭이 꼬꼬, 오리가 꽥꽥.」(이 사람 저 사람이 한 마디씩 참견하다.) 77)

※ 說話爲空 落筆爲實 (설화위공 낙필위실 shuōhuà wéi kōng, luòbǐ wéishí)

「말은 증거가 없지만, 글로 쓰면 사실이다.」

→ 人不說不知 木不鑽不透 (인불설부지 목불찬불투 rén bùshuō bùzhī, mù bùzuān bùtòu)

「사람이 말을 하지 않으면 알 수가 없고, 나무는 뚫지 않으면 보이지를 않는다.」

▶ 說話有眞假 聽話有高低 (설화유진가 청화유고저)

「말에는 참과 거짓이 있고, 듣는 것은 (이해의) 높낮이가 있다.」

▶ 說起來容易 作起來難 (설기래용이 작기래난)

「말을 시작하기는 쉽지만, 일을 시작하기는 어렵다.」

▶ 說話贈與知音, 良馬贈與將軍, (설화증여지음, 양마증여장군)

「할 말은 친우에게, 좋은 말은 장군에게 주어라.」 78)

※ 說謊不瞞當鄕人 (설황불만당향인 shuōhuǎng bù mán dāngxiāng rén)

「거짓말을 하더라도 현지 사람들을 속이지는 않는다.」

→ 逢鬼說鬼話 逢人講眞言 (봉귀설귀화 봉인강진언 féng guǐ shuō guǐ

---

77) 道 여기서는「말하다」. 拿 잡을 나, ~을 가지고 竪 더벅머리 수, 위에서 아래로 늘어지다(수직). 二橫一竪〔干의 破字 干=幹(일을 하다)의 簡體字〕.
78) 鑽 끌 찬(목수의 연장), 구멍을 뚫다. 透 통할 투. 贈 보낼 증. 與 줄 여.

huà, féng rén jiǎng zhēnyán)

「귀신을 만나면 거짓말을 하고, 사람을 만나면 진실 된 이야기를 한다.」

▶ 冷溲 餓屁 窮說謊 (냉수 아비 궁설황)

「차가운 오줌(을 누고), 굶은 사람이 방귀(를 끼고), 가난뱅이의 허풍.」 (모두 거짓말.)

▶ 好事不瞞人 瞞人不好事 (호사불만인 만인불호사)

「좋은 일은 사람을 속이지 않는다. 사람을 속인다면 좋은 일이 아니다.」 79)

※ 笑掉了大牙 (소도료대아 xiào diàole dàyá)
「웃다가 어금니가 빠졌다.」 (크게 많이 웃다.)

→ 笑多了沒喜 (소다료몰희 xiào duōle méi xǐ)

「너무 많이 웃다보니 기쁘지 않다.」 (좋은 뒤끝이 아니다.)

▶ 笑掉了下巴 (소도료하파)

「웃다가 아래턱이 빠졌다.」

▶ 笑不露齒 行不露足 (소불로치 행불로족)

「웃어도 이를 보이지 않고, 걸어도 발을 보이지 않는다.」 (경극京劇에서의 신체 동작.)

▶ 笑聲到 病魔逃 (소성도 병마도)

「웃음소리가 나면 병마는 도망간다.」

▶ 笑治百病 愁生萬病 (소치백병 수생만병)

「웃음은 온갖 병을 고치고, 수심은 만 가지 병을 낳는다.」

▶ 笑笑笑 十年少 愁愁愁 白了頭 (소소소 십년소 수수수 백료두)

---

79) 謊 거짓말 황. 瞞 속일 만. 鬼話 거짓말, 허튼소리. 講 욀 강, 익히다, 말하다. 溲 오줌 수, 오줌을 누다. 餓 굶을 아. 說謊 거짓말하다.

「웃고 미소 짓고 또 웃으면 10년 젊어지고, 근심하고 걱정하며 시름에 잠기면 머리가 하얗게 된다.」[80]

※ **小不忍則亂大謀** (소불인즉난대모 xiǎo bù rěn zé luàn dàimóu)
「작은 일을 참지 못하면 큰일을 그르친다.」

→ **人能百忍自無懮** (인능백인자무우 rén néng bǎi rěn zì wú yōu)
「사람이 백 번 참을 수 있다면 아무 걱정이 없다.」

▶ **忍不住一刻之憤怒 倒招來百日之禍胎** (인부주일각지분노 도초래백일지화태)
「한때의 분함을 참지 못한다면 도리어 백 일간 재앙의 단초를 불러들인다.」

▶ **忍自忍饒自饒 忍饒相加禍自消** (인자인요자요 인요상가화자소)
「참고 또 참고, 너그럽게 또 너그럽게, 인내와 관용을 합하면 재앙은 저절로 없어진다.」

▶ **忍一句 息一怒 饒一錯 退一步** (인일구 식일노 요일착 퇴일보)
「한 마디를 참고, 분노 한번 가라앉히고, 너그럽게 한번 봐주고, 한 발 물러서라!」[81]

※ **小心沒大錯** (소심몰대착 xiǎoxīn méi dà cuò)
「조심하면 큰 실수가 없다.」

→ **小心天下無難事** (소심천하무난사 xiǎoxīn tiānxià wú nánshì)
「조심하면 천하에 어려운 일이 없다」

▶ **小心百事可做 大意百事吃虧** (소심백사가주 대의백사흘휴)

---

80) 掉 흔들 도, 떨어뜨리다, 빠지다. 牙 어금니 아. 巴 꼬리 파. 下巴 아래턱.
　　愁 근심 수.
81) 懮 근심 우. 憤 화낼 분. 饒 넉넉할 요, 너그러울 요.

「조심하면 무슨 일이든 이룰 수 있지만, 부주의하면 무슨 일이든 손해를 본다.」

▶ 小心天下去得 莽撞寸步難行 (소심천하거득 망당촌보난행)

「조심하면 천하 어디든 갈 수 있지만, 거칠고 난폭하면 한 발도 움직일 수 없다.」[82]

※ 小孩兒口沒遮攔 (소해아구몰차란 xiǎoháir kǒu méi zhēlán)
「어린아이 입은 막을 수 없다.」 (보고 들은 그대로 말한다.)

→ 小孩子記得千年事 (소해자기득천년사 xiǎoháizi jìde qiānniánshì)
「어린아이는 천 년의 일을 기억한다.」 (기억력이 좋다.)

▶ 小兒口中討實信 (소아구중토실신)
「아이 입은 사실과 믿을 만한 말을 한다.」

▶ 小孩嘴裏吐眞言 (소해취리토진언)
「어린아이 입에서 진실이 나온다.」[83]

※ 乘火打劫 (승화타겁 chéng huǒ dǎ jié)
「불난 틈을 타 도둑질을 하다.」

→ 趁渾水摸魚 (진혼수모어 chèn húnshuǐ mō yú)
「흙탕물이 일었을 때 더듬어 고기를 잡다.」 (혼란한 틈에 한몫 잡다.)

▶ 鐵要趁熱打 (철요진열타 tiě yào chèn rè dǎ)
「쇠는 달구었을 때 두드려야 한다.」 (쇠뿔은 단김에 빼라.)

▶ 放着河水不洗船 (방착하수불세선)

---

82) 大意 dàyi 소홀히 하다, 부주의하다. 做 지을 주. 虧 일그러질 휴. 莽 거칠 망, 풀 우거질 망. 撞 칠 당.
83) 孩 아이 해. 遮 막을 차. 攔 막을 난(란). 吐 토할 토, 내뱉다.

「강 가운데 있는 배도 씻지 않다.」 (좋은 조건을 이용하지 못함.)

▶ 風高放火 夜黑殺人 (풍고방화 야흑살인)

「바람 불 때 불을 지르고, 깜깜한 밤에 살인을 하다.」 (유리한 때를 이용하여 일을 벌이다.) 84)

※ 新鞋不踩臭狗屎 (신혜불채취구시 xīnxié bùcǎi chòu gǒushī)
「새 신발로는 냄새나는 개똥을 밟지 않는다.」

→ 往臉上抹狗屎 (왕검상말구시 wǎng liǎnshang mǒ gǒushī)
「제 얼굴에 개똥을 칠하다.」

▶ 雪白襪子往泥裏踏 (설백말자왕니리답 xuěbái wàzi wǎng níli tà)
「눈처럼 흰 버선으로 진흙을 밟다.」

▶ 往自己臉上抹灰 (왕자기검상말회)
「제 얼굴에 재를 뿌리다.」 85)

※ 心肝被狗吃了 (심간피구흘료 xīngān bèi gǒu chīle)
「양심이 개에게 먹혀버렸다.」 (양심을 잃어버렸다.)

→ 心惡無人見 口惡衆人聽 (심악무인견 구악중인청 xīn è wú rén jiàn, kǒu è zhòngrén tīng)

「마음이 나빠도 보는 사람이 없지만, 입이 험악하면 여러 사람이 듣는다.」

▶ 心比煤炭黑 臉比城墻厚 (심비매탄흑 검비성장후)
「마음은 석탄보다 검고, 낯짝은 성벽보다 두껍다.」

---

84) 乘 탈 승. 劫 위협할 겁, 빼앗을 겁. 打劫 재물을 약탈하다. 渾 흐릴 혼.
摸 더듬어 찾을 모. 熱 뜨거울 열. 鐵 쇠 철.
85) 鞋 신발 혜, 짚신. 踩 밟을 채. 狗 개 구. 屎 똥 시. 襪 버선 말. 泥 진흙
니. 踏 밟을 답. 臉 뺨 검. 抹 바를 말, 칠하다.

▶ 害熱病不出汗 (해열병불출한)

「열병에 걸렸어도 땀을 흘리지 않는다.」 (뻔뻔스럽게 거짓말을 하다.)

▶ 炕上沒有席 臉上沒有皮 (항상몰유석 검상몰유피)

「온돌 위에 방석이 없고, 얼굴에 낯가죽이 없다.」 (뻔뻔하다.) 86)

※ 心去意留難 (심거의류난 xīn qù yì liú nán)

「마음이 떠났으면 만류할 수 없다.」

→ 一心不可二用 (일심불가이용 yī xīn bù kě èr yòng)

「마음을 두 곳에 둘 수 없다.」 (한 곳에 집중하다.)

▶ 心去身難留 留下結怨仇 (심거신난류 유하결원구)

「마음이 떠났으면 몸만 머물기 어려우니, 잡는다면 원한으로 원수가 된다.」

▶ 一場官司十年仇 (일장관사십년구)

「송사 한 번에 10년 원수.」

▶ 一代怨家三世仇 (일대원가삼세구)

「한때의 원수진 가문은 3세대 내리 원수이다.」 87)

※ 心比天高 命比紙薄 (심비천고 명비지박 xīn bǐ tiān gāo, mìng bǐ zhǐ báo)

「마음은 하늘만큼 높으나, 복은 종이보다 얇다.」

→ 心好是太平 (심호시태평 xīn hǎo shì tàipíng)

「마음이 좋은 것이 곧 태평이다.」

---

86) 鍋 솥 과. 薄 얇을 박. 煤 그을음 매. 臉 뺨 검. 墻 담 장. 害 다칠 해, 병에 걸리다. 炕 온돌 항.
87) 怨 원망할 원. 仇 원수 구.

▶ 心好命也好 富貴直到老 (심호명야호 부귀직도노)
「마음이 좋으면 팔자도 좋고 늙도록 부귀를 누릴 수 있다.」

▶ 人好不如命好 (인호불여명호)
「사람이 좋은 것은 팔자가 좋은 것만 못하다.」 [88]

※ 心毒鍋也漏 (심독과야루 xīn dú guō yě lòu)
「마음이 독하면 솥이라도 구멍이 난다.」

→ 毒蛇口中吐蓮花 (독사구중토연화 dúshé kǒuzhōng tǔ liánhuā)
「독사가 입에서 연꽃을 토하다.」 (악인이 위선적인 행동을 하다.)

▶ 黑蟒口中舌 黃蜂尾上針 最毒婦人心 (흑망구중설 황봉미상침 최독부인심)
「먹구렁이의 혀나, 나나니벌 꼬리의 침보다 더 독한 것은 여자의 마음.」

▶ 世間三件休輕惹 黃蜂老虎狠家婆 (세간삼건휴경야 황봉노호한가파)
「세상에는 쉽게 건드릴 수 없는 세 가지가 있으니, 나나니벌과 호랑이와 사나운 노파이다.」 [89]

※ 挖好肉 補爛瘡 (알호육 보난창 wā hǎoròu, bǔ lànchuāng)
「멀쩡한 살을 파내 썩은 종기를 메우다.」 (뒷일을 생각 못하다.)

→ 挖自己的肉, 補別人的瘡 (알자기적육, 보별인적창 wā zìjǐde ròu, bǔ biérénde chuāng)
「자기의 살을 도려내어 남의 종기를 메워주다.」

---

88) 薄 얇을 박.
89) 鍋 솥 과. 蟒 이무기 망, 구렁이 망. 休 쉴 휴, ~하지 말라! 惹 이끌 야, 건드리다. 黃蜂 나나니벌. 狠 모질 한, 악독할 한.

▶ 剜肉補瘡 (완육보창)

「살을 도려내어 종기에 붙이다.」(더 나쁜 결과를 생각 못하다.)

▶ 不是自己的肉 貼不到自己身上 (불시자기적육 첩부도자기신상)

「본디 제 살점이 아니었다면 제 몸에 붙일 수 없다.」[90]

※ 哀兵必勝 (애병필승 āi bīng bì shèng)

「(착취와 억압을 견디다 못해 봉기한) 서러움으로 가득 찬 군대는 틀림없이 승리한다.」

→ 兵驕者敗 欺敵者亡 (병교자패 기적자망 bīng jiāo zhě bài, qī dí zhě wáng)

「교만한 군대는 패하고, 적을 깔보는 자는 망한다.」

▶ 兵敗如山倒 (병패여산도)

「전투에서 지면 산이 무너지는 것과 같다.」(수습하기 어렵다.)

▶ 兵家勝敗全難料 捲土重來未可知 (병가승패전난료 권토중래미가지)

「병가에 승패는 전혀 예측할 수 없다. 언제 권토중래捲土重來할지 알 수가 없다.」[91]

※ 良言一句三冬暖 (양언일구삼동난 liángyán yījù, sāndōng nuǎn)

「좋은 말 한 마디는 삼동 추위도 따뜻하게 하지만,」

→ 惡語傷人六月寒 (악어상인유월한 èyǔ shāngrén liùyuè hán)

「나쁜 말은 사람에게 상처를 주어 6월 더위에도 떨게 만든다.」

---

90) 挖 파낼 알. 爛 문드러질 난(란). 瘡 부스럼 창, 종기 창. 剜 깎을 완, 도려내다. 貼 붙일 첩.

91) 哀 슬플 애. 驕 교만할 교. 欺 기만할 기, 깔보다, 업신여기다. 捲 둘둘 말 권. 捲土重來 한번 패했다가 세력을 회복하여 다시 쳐들어오다.

▶ 一語傷人百日寒 (일어상인백일한)

「말 한 마디에 상처를 받은 사람은 백 일간 떨며 지낸다.」

▶ 凡事留一線 日後好相見 (범사유일선 일후호상견)

「모든 일에 인정을 남겨두면 훗날 좋은 얼굴로 다시 본다.」 (박절하게 단절하면 안 좋다.) 92)

※ 語多討人嫌 (어다토인혐 yǔ duō tǎo rén xián)
「말이 많으면 다른 사람이 싫어한다.」

→ 人嫌 狗不待見 (인혐 구불대견 rén xián, gǒu bùdàijiàn)

「사람도 싫어하고, 개도 보려고 하지 않다.」 (모두가 미워하는 사람.)

▶ 烟不出火不進 (연불출화부진 yān bù chū, huǒ bù jìn)

「연기가 나지도 않고, 불길도 안 들어간다.」 (언행이 불분명하다.)

▶ 話多了勞神 食多了傷身 (화다료노신 식다료상신)

「말이 많으면 정신만 어지럽고, 밥을 많이 먹으면 몸을 다치게 한다.」

▶ 話多意盧 湯多味淡 (화다의허 탕다미담)

「말이 많으면 별 뜻이 없고, 국물이 많으면 음식 맛이 없다.」

▶ 話多不如話少 話少不如話好 (화다불여화소 화소불여화호)

「말이 많은 것은 말이 적은 것만 못하고, 말이 적은 것은 말을 좋게 하는 것만 못하다.」 93)

※ 魚逢水 鳥逢林 (어봉수 조봉림 yú féng shuǐ, niǎo féng lín)

---

92) 暖 따뜻할 난. 傷 다칠 상. 寒 찰 한. 一線 한 올의 실, 조그만 은혜.
93) 討 공격할 토, 초래하다, 바라다, 야기하다. 烟 연기 연(煙과 同字). 湯 국물, 뜨거운 물.

「고기가 물을 만나고, 새가 수풀에 들어가다.」(활로가 트이다.)

→ 魚歸湖 龍歸海 (어귀호 용귀해 yú guī hú, lóng guī hǎi)

「고기가 호수에 들고 용이 바다로 돌아가다.」(더 큰 세계로 나아가다.)

▶ 龍歸滄海 虎入深山 (용귀창해 호입심산)

「용은 넓은 바다로 돌아가고, 호랑이는 큰 산에 들어간다.」

▶ 魚離不開水 鳥離不開林 (어리불개수 조리불개림)

「고기는 물을 떠날 수 없고, 새는 숲을 떠날 수 없다.」 94)

※ 魚知千里水 (어지천리수 yú zhī qiānlǐ shuǐ)
「물고기는 천리 물길을 안다.」

→ 魚有魚路 蝦有蝦路 (어유어로 하유하로 yú yǒu yú lù, xiā yǒu xiā lù)

「물고기가 다니는 길이 있고, 새우가 다니는 길이 있다.」

▶ 魚兒無水活不長 (어아무수활부장)

「물고기 새끼는 물이 없으면 살아 클 수 없다.」

▶ 龍不離海 虎不離山 (용불리해 호불리산)

「용은 바다를 떠날 수 없고, 호랑이는 산에서 내려갈 수 없다.」 95)

※ 語言不是箭 却能穿透心 (어언부시전 각능천투심 yǔyán bù shì jiàn, què néng chuān tòu xīn)
「말이 화살은 아니지만, 마음을 꿰뚫을 수 있다.」

→ 話好未必心好 (화호미필심호 huà hǎo wèi bì xīn hǎo)

---

94) 逢 만날 봉. 歸 돌아갈 귀. 滄 푸를 창. 開 열리다. 離不開 떨어질 수 없다.
95) 蝦 새우 하.

「좋은 말을 한다 하여 마음까지 좋은 것은 아니다.」

▶ 話語只是葉子 行動才是果實 (화어지시엽자 행동재시과실)

「말은 다만 나뭇잎이고, 행동으로 옮겨야만 열매가 된다.」

▶ 欲識心中意 全看臉上容 (욕지심중의 전간검상용)

「(상대방) 깊은 속뜻을 알고 싶다면 전적으로 얼굴빛을 보아야 한다.」 96)

※ 言是心之表 (언시심지표 yán shì xīn zhī biǎo)
「말은 마음의 표현이다.」

→ 言多有失 (언다유실 yán duō yǒu shī)

「말이 많으면 실언을 하게 된다.」

▶ 大言不出 小言不入 (대언불출 소언불입)

「큰소리치지도 않고, 쓸데없는 말을 듣지도 않는다.」

▶ 言多必敗 久賭必輸 (언다필패 구도필수)

「말이 많으면 틀림없이 실언이 있고, 도박을 오래 하면 반드시 잃게 된다.」

▶ 言善非難 行善爲難 (언선비난 행선위난)

「말 잘하기는 어렵지 않으나, 바르게 행동하기는 어렵다.」

▶ 言多語失皆因酒 義斷情疏只爲錢 (언다어실개인주 의단정소지위전)

「말이 많고 실언하는 것은 다 술 때문이고, 의리와 정을 끊고 소원해지는 것은 오직 돈 때문이다.」 97)

※ 言必信 行必果 (언필신 행필과 yán bì xìn, xíng bì guǒ)

---

96) 箭 화살 전. 却 물리칠 각, 도리어. 穿 뚫을 천. 透 통할 투.
97) 輸 나를 수, 내기에서 지다. 疏 트일 소. 只 다만 지.

「말은 믿을 수 있고, 행동은 분명해야 한다.」

→ 言不順則事不成 (언불순즉사불성 yán bùshùn zé shì bùchéng)
「말이 되지 않는다면 성취할 수 없다.」

▶ 三錐子扎不出血來 (삼추자찰불출혈래 sān zhuīzi zhā bù chūxiě lai)
「세 개의 송곳으로 찔러도 피가 나지 않는다.」 (동작이 느리고 굼 뜨다.)

▶ 草有根 話有音 (초유근 화유음)
「풀에는 뿌리가 있고, 말에는 소리가 있다.」 (말을 할 때는 그럴 만 한 까닭이 있다.)

▶ 言淸行濁 口是心非 (언청행탁 구시심비)
「말은 깨끗하나 행동은 탁하고, 입은 반듯하지만 속마음은 비뚤어 졌다.」 98)

※ 閻王爺嘴上拔鬍子 (염왕야취상발호자 yánwángyé zuǐshang bá húzi)
「염라대왕 어르신 입 위의 수염을 뽑다.」 (아주 위험한 일.)

→ 太歲頭上動土 - 好大的膽 (태세두상동토 - 호대적담 tàisuì tóushang dòngtǔ-hǎo dà de dǎn)
「태세신의 머리 위에서 흙을 옮기다. - 무모한 짓을 하다.」

▶ 閻王殿裏無老少 (염왕전리무노소)
「염라대왕 앞에는 늙은이와 젊은이 구별이 없다.」

▶ 猴嘴裏掏棗 (후취리도조 hóuzuǐ lǐ tāozǎo)
「원숭이 입에 든 대추 꺼내기.」 (아주 위험한 일을 해내다. 호랑이 코에 침놓기. 호랑이 입에 주먹 넣기.) 99)

---

98) 錐 송곳 추. 扎 뺄 찰, 찌르다, 주사를 놓다. 音 소리 음. 音yīn과 因yīn이 같은 발음임. 「原因 곧 까닭이 있다」는 뜻. 濁 흐릴 탁.

※ 寧走十步遠 不走一步險 (영주십보원 부주일보험 nìng zǒu shíbù yuǎn, bù zǒu yíbù xiǎn)
「차라리 열 걸음 멀리 갈지언정, 위험한 길은 한 걸음도 가지 않는다.」

→ 錯失一步 遺恨百年 (착실일보 유한백년 cuò shī yī bù, yí hèn bǎinián)
「한 발 실수가 백 년의 한이 된다.」
▶ 草隨風偃 人隨大流 (초수풍언 인수대류)
「풀은 바람을 따라 눕고, 사람은 큰 흐름을 따른다.」
▶ 大路通天 各走各邊 (대로통천 각주각변)
「사람이 가야 할 도리는 하늘과 통하니, 각자 자기 길을 간다.」 100)

※ 玩笑歸玩笑 (완소귀완소 wánxiào guī wánxiào)
「농담은 농담이다.」

→ 閻王爺出告示 - 鬼話連篇 (염왕야출고시 - 귀화연편 yánwángyé chū gàoshì-guǐhuà lián piān)
「염라대왕이 내건 공고문 - 허튼 소리만 줄줄이 썼다.」 (몽땅 거짓말이다.)
▶ 鬼話三千 (귀화삼천 guǐhuà sānqiān)
「거짓말만 하다.」
▶ 廢話三千六 (폐화삼천육)
「쓸데없는 말이 끝이 없다.」 101)

---

99) 閻 마을 염, 지옥대왕 염. 鬍 수염 호. 太歲 星名. 태세성이 있는 곳은 흉한 방위라서 감히 집을 짓거나 이사를 할 수 없음. 猴 원숭이 후. 嘴 부리 취. 裏 안 리. 掏 꺼낼 도. 棗 대추 조
100) 寧 차라리 ~하다. 隨 따를 수. 偃 쓰러질 언, 눕다.
101) 玩 희롱할 완. 笑 웃음 소. 歸 돌아갈 귀. 閻 마을 염, 염라대왕.

※ **爲了打鬼 借助鍾馗** (위료타귀 차조종규 wèile dǎguǐ, jièzhù Zhōngkuí)

「귀신을 때려잡기 위하여 종규의 힘을 빌리다.」 (목적달성을 위해 수단을 안 가린다.)

→ **爲嘴傷身 爲媳婦拜丈人** (위취상신 위식부배장인 wèi zuǐ shāngshēn, wèi xífù bài zhàngrén)

「먹을 것이라면 몸도 버리고, 마누라를 얻기 위해 장인에게 절을 한다.」

▶ **置之死地而後生** (치지사지이후생)

「(군사는) 막다른 위기에 처하면 살아난다.」

▶ **逢强智取 遇弱活擒** (봉강지취 우약활금)

「강적을 만나면 지혜로 취하고, 약자를 만나면 산 채로 잡아야 한다.」[102]

※ **柔能勝剛 弱能勝强** (유능승강 약능승강 róu néng shèng gāng, ruò néng shèng qiáng)

「유연한 것이 억센 것을 이기고, 약한 것이 강한 것을 이긴다.」

→ **柔軟是立身之本, 剛强是惹禍之胎** (유연시입신지본, 강강시야화지태 róuruǎn shì lìshēn zhī běn, gāngqiáng shì rěhuò zhī tāi)

「부드러움은 입신의 근본이고, 억센 주장은 화를 야기하는 모태이다.」

▶ **柔中有剛攻不破 剛中無柔不爲堅** (유중유강공불파 강중무유불위견)

---

102) 鍾馗(종규) ; 잡귀들을 통치한다는 중국 토속신앙 속의 신. 무시무시한 형상을 한 종규가 누이동생을 시집보낸다는 내용의 민속화(民俗畵)도 있다. 擒 잡을 금.

「유柔에 강剛이 있으면 깨뜨려도 깨뜨러지지 않으나, 강剛에 유柔가 없다면 견고하지 않다.」

▶ 溫柔天下去得 剛强寸步難移 (온유천하거득 강강촌보난이)

「온유하면 천하를 다닐 수 있지만, 억세고 강직하다면 한 발도 옮기기 어렵다.」 103)

※ 有眼不識荊山玉 (유안불식형산옥 yǒuyǎn bù shí Jīngshān yù)

「눈이 있어도 형산의 옥을 몰라보다.」 (「화씨벽 和氏璧」)

→ 有眼不識泰山 (유안불식태산 yǒu yǎn bù shí Tàishān)

「눈이 있어도 태산을 알아보지 못하다.」

▶ 女婿不認識老丈人 (여서불인식노장인)

「사위가 장인을 몰라보다.」

▶ 有眼不識金鑲玉 拿着頑石一樣看 (유안불식금양옥 나착완석일양간)

「황금이 들어있는 옥을 몰라보고 자갈을 들고 바라보듯 한다.」

▶ 見佛不拜 見鬼叩頭 (견불불배 견귀고두 jiànfó bùbài, jiànguǐ kòutóu)

「부처한테는 절하지 않고, 도깨비에게는 머리를 숙인다.」 (선인과 악인을 구분 못한다.)

▶ 面孔有佛不去拜 枉去西天拜羅漢 (면공유불불거배 왕거서천배나한)

「눈앞에 부처가 있어도 경배하지 않고, 일부러 서역까지 가서 나한에게 절을 하다.」 (눈앞의 큰 인물을 몰라보다.) 104)

---

103) 柔 부드러울 유. 剛 단단할 강. 軟 연할 연, 부드러울 연(輭의 俗字). 惹 이끌 야, 불러일으키다. 胎 아이 밸 태. 堅 굳을 견.

104) 荊 가시나무 형. 荊山玉(화씨벽 和氏璧) ; 卞和(변화)라는 사람이 형산에

※ 有話爛在肚裏 (유화난재두리 yǒu huà lànzài dùli)
「할 말이 있어도 뱃속에서 썩히다.」

→ 耳不聽 心不煩 (이불청 심불번 ěr bùtīng xīn bùfán)
「귀로 듣지 않는다면 마음에 번민煩悶도 없다.」

▶ 有話齊說 有禍同當 (유화제설 유화동당)
「할 말을 모두가 같이 말한 것으로 하고, 그 책임을 져야 한다면 같이 진다.」

▶ 有勢休要使盡 有話休要說盡 (유세휴요사진 유화휴요설진)
「권세가 있다 하여 마음껏 쓰지 말고, 할 말이 있다 하여 끝까지 다하지는 말라!」 105)

※ 有話說 有屁放 (유화설 유비방 yǒu huà shuō, yǒu pì fàng)
「할 말 있으면 (빨리) 하고, 방귀 나오면 (빨리) 뀌어라!」 (이야기를 재촉함.)

→ 有話擺在卓面上 (유화파재탁면상 yǒu huà bǎi zài zhuōmiàn shang)
「할 이야기를 탁자 위에 펴놓다.」 (이야기를 털어놓다.)

▶ 有話就說 有病就治 (유화취설 유병취치)
「할 말이 있으면 해야 하고, 병이 있으면 치료해야 한다.」

▶ 有話講在明處 有藥敷在痛處 (유화강재명처 유약부재통처)
「할 이야기는 밝은 곳에서 말하고, 약이 있다면 아픈 곳에 발라야 한다.」

▶ 驢屁股上釘掌 - 離蹄太遠了 (여비고상정장 - 이제태원료)

서 캐낸 옥돌. 천하제일의 옥석. 鑲 선두를 양. 拿 손에 잡을 나. 頑 미련할 완, 무딜 완. 頑石 잡석. 叩 두드릴 고. 叩頭 머리를 조아려 절하다. 西天 서역, 인도. 羅漢 석가여래의 제자.

105) 肚 배(腹) 두. 煩 괴로울 번. 齊 가지런할 제. 齊說 여럿이 한 내용을 말하다. 休 쉴 휴, ~하지 말라.

「나귀의 엉덩이에 편자를 박다. - 발굽에서 너무 멀리 떨어졌다.」
(이야기가 한참 옆길로 샜다.) 106)

※ 有話卽長 無話卽短 (유화즉장 무화즉단 yǒuhuà jí cháng, wúhuà jí duǎn)
「말을 하면 길어지고, 그만두자면 간단하다.」

→ 有話不隔肚皮說 (유화불격두피설 yǒu huà bù gé dùpí shuō)
「할 말이 있다면 뱃속에 두지 말고 말해 버려라.」(속 시원하게 말해버리다.)

▶ 有話說給知己人 (유화설급지기인)
「내 마음을 알아주는 사람에게 이야기를 하다.」

▶ 有話不可講盡 有福不可亨盡 (유화불가강진 유복불가형진)
「할 말이 있다고 모두를 다 말할 수 없고, 복을 받았다고 모두를 다 누릴 수는 없다.」107)

※ 耳聞不如眼見 (이문불여안견 ěrwén bù rú yǎnjiàn)
「귀로 듣는 것은 눈으로 보는 것만 못하다.」

→ 耳聽爲虛 眼見爲實 (이청위허 안견위실 ěr tīng wéi xū, yǎn jiàn wéi shí)
「소문은 헛것이지만, 눈으로 보면 사실이다.」

▶ 耳聞不如目睹 目睹不如身受 (이문불여목도 목도불여신수)
「귀로 듣는 것은 눈으로 보는 것만 못하고, 눈으로 보는 것은 몸으로 겪어보는 것만 못하다.」

---

106) 擺 열릴 파, 벌여놓다. 卓 높을 탁, 테이블. 敷 펼 부, 바르다. 驢 나귀 려. 釘 못 정. 掌 손바닥 장, 말발굽, 구두의 밑창. 蹄 발굽 제.
107) 隔 사이 뜰 격.

▶ 千說萬說 不如親見一面 (천설만설 불여친견일면)

「천만 마디 말은 한 번 직접 보는 것만 못하다.」

▶ 耳軟眼瞎, 手長智短 (이연안할, 수장지단)

「귀는 얇고, 눈은 멀었으며, 손버릇은 나쁘고, 머리는 멍청하다.」
(주관도 판단력도 없다.) 108)

※ 耳朶眼磨出趼子 (이타안마출견자 ěrduǒyǎn mó chū jiǎnzi)
「귓구멍에 굳은살이 박이다.」 (여러 번 들어 싫증이 나다.)

→ 聾子的耳朶 - 擺設 (농자적이타 - 파설 lóngzi de ěrduo-bǎishè)

「귀머거리의 귀 - 그냥 달려 있다.」 (쓸모가 없는 물건.)

▶ 耳不聽 心不悶 (이불청 심불민)

「귀로 듣지 않는다면 마음에 걱정이 없다.」

▶ 耳怕聾 眼怕花 上了年紀怕掉牙 (이파농 안파화 상료연기파도아)

「귀 먹을까 걱정, 눈이 침침할까 걱정하고, 나이가 들면 이가 빠지
는 것을 두려워한다.」 109)

※ 人家偸牛 你拔橛子 (인가투우 니발궐자 rénjia tōu niú, nǐ bá juézi)
「다른 사람이 소를 훔칠 때 너는 소 말뚝을 뽑아주었다.」 (아무 실
익도 없이 남의 악행을 거들다.)

→ 一失足成千古恨 (일실족성천고한 yī shīzú chéng qiāngǔ hèn)

「한 번의 실수가 천고의 한이 되다.」

▶ 人家吃肉 我喝湯 (인가흘육 아갈탕)

---

108) 聽 들을 청. 睹 볼 도, 목격하다. 軟 연할 연. 瞎 눈멀 할. 手長 손이 길
  다(훔치다), 손이 거칠다. 聾 귀머거리 농. 花 꽃 화, 무늬, 눈이 침침하다,
  겉만 번지르르하다.
109) 耳朶眼 귓구멍. 趼 가죽 부르틀 견. 趼子 굳은살. 擺 벌여놓을 파.

「고기는 남이 먹고, 나는 국물만 마셨다.」(남 좋은 일만 해주었다.)

▶ 放掉偸金的 捉打偸針的 (방도투금적 착타투침적)

「돈을 훔친 도둑은 풀어주고, 바늘도둑을 잡아 족친다.」110)

※ 人鈍人上磨 刀鈍石上磨 (인둔인상마 도둔석상마 rén dùn rénshang mó, dāo dùn shí shang mó)

「우둔한 사람은 사람들 틈에서 깨우쳐야 하고, 무딘 칼은 돌에 갈아야 한다.」

→ 人熊被人欺 馬熊被人騎 (인웅피인기 마웅피인기 rén xióng bèi rén qī, mǎ xióng bèi rén qí)

「사람이 무능하면 속임수에 넘어가고, 말이 미련하면 사람이 타고 다닌다.」

▶ 人在世上練 刀在石上磨 (인재세상련 도재석상마)

「사람은 사람 사는 곳에서 단련해야 하고, 칼은 돌에 갈아야 한다.」(사람은 실천을 통해 배워야 한다.)

▶ 餓出來的見識 窮出來的聰明 (아출래적견식 궁출래적총명)

「굶주리면서 배운 식견, 가난 속에 터득한 총명.」111)

※ 忍得一時忿 終身無腦悶 (인득일시분 종신무뇌민 rěn dé yīshí fèn, zhōngshēn wú nǎomēn)

「한때의 분노를 참으면 평생 걱정거리가 없다.」

→ 忍一時之忿 免百日之灾 (인일시지분 면백일지재 rěn yīshí zhī fèn,

---

110) 人家 남, 타인, 사람의 집이 아님. 偸 훔칠 투. 你 너 니. 你의 존칭은 您(니). 拔 뽑을 발. 橛 말뚝 궐. 喝 마실 갈. 湯 물 끓을 탕. 捉 잡을 착.
111) 鈍 무딜 둔. 磨 갈 마. 熊 곰 웅, 무능하다, 미련하다. 練 익힐 련(단련하다, 실천하다). 銹 녹슬 수. 累 묶을 누, 쌓다, 피곤하다, 지치다.

miǎn bǎirì zhī zāi)

　「한 순간의 분노를 참으면 백 일 동안 당할 재앙에서 벗어난다.」

　▶ 忍氣吞聲是君子 見死不救是小人 (인기탄성시군자 견사불구시소인)

　「분노를 참으며 소리를 삼키면 바로 군자요, 사람 죽는 것을 보고도 구하지 않는다면 소인이다.」

　▶ 忍字心上一把刀 不忍分明把禍招 (인자심상일파도 불인분명파화초)

　「참을 인忍 글자는 마음속 한 자루의 칼이다. 참지 못하면 분명 화를 불러온다.」

　▶ 耐字不如忍字高 忍字頭上一張刀 (내자불여인자고 인자두상일장도)

　「견딜 내耐는 참을 인忍자만큼 높지 않다. 참을 인자 꼭대기에는 칼이 한 자루 있다.」

　▶ 一忍可以制百勇 一靜可以制百動 (일인가이제백용 일정가이제백동)

　「한 번의 인내는 온갖 용맹을 제압할 수 있고, 한 번의 안정은 온갖 움직임을 제압할 수 있다.」112)

　※ 人不知己過 牛不知己力 (인부지기과 우부지기력 rén bùzhī jǐ guò niú bùzhī jǐ lì)

　「사람은 자신의 허물을 알지 못하고, 소는 자신의 힘을 알지 못한다.」

　→ 人不知自醜 馬不知臉長 (인부지자추 마부지검장 rén bùzhī zì

---

112) 忍 참을 인. 忿 분할 분. 腦 머리 뇌. 悶 걱정할 민. 免 면할 면, 벗다. 灾 災(재앙 재)와 같음. 吞 삼킬 탄. 是 ~이다. 把 자루 파. 招 부를 초.

chǒu, mǎ bù zhī liǎn cháng)

「사람은 자신의 추한 꼴을 모르고, 말은 제 얼굴 긴 것을 모른다.」

▶ 兎子的尾巴 - 長不了 (토자적미파 - 장불료 tùzi de wěiba-cháng bù liǎo)

「토끼의 꼬리 - 더 길어지지 않는다.」 (악인의 개과천선은 기대하기 어렵다.)

▶ 人皆有過 改之爲貴 (인개유과 개지위귀)

「사람은 누구나 과오를 범하나, 과오를 고치면 된다.」 (고치는 것을 귀하게 여긴다.)

▶ 靜坐常思己過 閑談莫論人非 (정좌상사기과 한담막론인비)

「조용히 앉아 자신의 과오가 있는지를 생각하고, 다른 사람의 허물을 놓고 잡담하지 말라.」

▶ 別在人前誇自己 別在背後論人非 (별재인전과자기 별재배후논인비)

「다른 사람 앞에서 제 자랑 하지 말고, 다른 사람 뒤에서 남의 허물을 논하지 말라.」[113]

※ 人不人 鬼不鬼 (인불인 귀불귀 rén bù rén guǐ bù guǐ)
「사람이지만 사람도 아니고, 귀신 같지만 귀신도 아니다.」 (되먹지 못한 놈.)

→ 說人話 厠狗屎 (설인화 아구시 shuō rénhuà, ē gǒushǐ)
「사람의 말은 하지만 개똥을 싼다.」

▶ 說人話 不辦人事 (설인화 부판인사 shuō rénhuà, bù bàn rén shì)
「말은 사람의 말을 하는데, 사람의 도리는 하지 않는다.」

---

113) 己 몸 기, 자신. 過 허물 과, 지나칠 과. 醜 못생길 추. 臉 빰 검. 兎 토끼 토.

▶ **說謊就是負債** (설황취시부채)

「거짓말은 곧 빚이다.」(언젠가는 대가를 치러야 한다.)

▶ **說假話人不高興 拿棍子狗不喜歡** (설가화인불고흥 나곤자구불희환)

「거짓말을 하는 사람은 신이 나지 않고, 말뚝에 묶여 있는 개는 즐겁지 않다.」114)

※ **人有一時不愼 馬有一時失蹄** (인유일시불신 마유일시실제 rén yǒu yīshí bù shèn, mǎ yǒu yīshí shī tí)

「사람에게 신중치 못할 때가 있듯, 말馬도 실족할 때가 있다.」

→ **虎在軟地上易失足 人在甛言裏易摔跤** (호재연지상이실족 인재첨언리이솔교)

「호랑이는 물렁한 땅에서 쉽게 실족하고, 사람은 달콤한 말에 쉽게 넘어간다.」

▶ **吃飯沒有不掉飯米粒兒的** (흘반몰유부도반미입아적)

「밥을 먹으면서 밥알을 흘리지 않는 사람은 없다.」(누구나 실수를 한다.) 115)

※ **人有錯手 馬有失蹄** (인유착수 마유실제 rén yǒu cuòshǒu, mǎ yǒu shītí)

「사람도 실수할 때가 있고, 말도 실족할 때가 있다.」(원숭이도 나무에서 떨어질 때가 있다.)

---

114) 辦 힘쓸 판. 厠 뒷간에 갈 아, 대소변을 보다. 屎 똥 시. 謊 잠꼬대 황, 거짓말(謊의 俗字). 高興 흥이 나다. 拿 붙잡을 나, 묶이다. 棍 몽둥이 곤.

115) 蹄 짐승의 발굽 제. 摔 넘어질 솔. 跤 종아리 교, 발목 교. 摔跤 자빠지다, 넘어지다. 粒 알갱이 입(립).

→ 善騎者善墮 (선기자선타 shànqízhě shàn duò)

「말을 잘 타는 사람은 말에서 자주 떨어진다.」

▶ 三十年弄馬騎 今日被驢撲 (삼십년농마기 금일피려박)

「30년간 말을 타던 사람이 오늘은 당나귀에 채여 넘어갔다.」

▶ 把黃牛當馬騎 (파황우당마기)

「누렁소를 말 대신 타다.」 (차선책을 강구하다.) 116)

※ 一句話 百樣說 (일구화 백양설 yíjù huà, bǎiyàng shuō)

「말 한 마디를 백 가지로 말할 수 있다.」

→ 一句諺語千層意 (일구언어천층의 yíjù yànyǔ qiān céng yì)

「속담 한 마디에는 천 가지의 뜻이 있다.」

▶ 一句得生 一句得死 (일구득생 일구득사)

「말 한 마디로 살아날 수도 죽을 수도 있다.」

▶ 一句話讓人笑 一句話讓人跳 (일구화양인소 일구화양인도)

「말 한 마디로 사람을 웃게 할 수도, 뛰게 할 수도 있다.」

▶ 一句格言置千金 千句妄語如糞土 (일구격언치천금 천구망어여분토)

「격언 한 마디는 천금의 가치가 있고, 망언 일천 마디는 썩은 흙과도 같다.」

▶ 下頦之美在鬍鬚 語言之美在諺語 (하해지미재호수 어언지미재언어)

「아래턱의 아름다움은 수염에 있고, 언어의 아름다움은 속담에 있다.」 117)

---

116) 錯 섞일 착. 蹄 발굽 제. 騎 말탈 기. 墮 떨어질 타. 被 입을 피, 당하다. 驢 당나귀 려(여). 撲 부딪칠 박.

117) 頦 턱밑 해. 鬍 구레나룻 호. 鬚 수염 수.

※ 一問搖頭三不知 (일문요두삼부지 yīwèn yáo tóu sānbù zhī)
「한 번 물음에 고개를 흔들며 세 번 모른다고 하다.」 (시치미를 떼다.)

→ 一推二靠三不管 (일추이고삼불관 yī tuī èr kào sān bùguǎn)
「우선 (남에게) 떠넘기고, 다음엔 (남에게) 부탁하고, 세 번째는 나와 상관없다고 잡아뗀다.」 (무책임한 태도.)

▶ 不開口 神仙難下手 (불개구 신선난하수)
「입을 열지 않는다면 신선이 와도 어찌할 수 없다.」

▶ 把你身上的虱子 往傍人身上捉 (파니신상적슬자 왕방인신상착)
「네 몸의 이를 잡아 가지고 옆의 사람 몸에서 잡았다고 한다.」 (재수 없는 일을 다른 사람에게 떠넘기다.) 118)

※ 一步三個謊 (일보삼개황 yī bù sān gè huǎng)
「한 발짝에 거짓말을 세 번이나 한다.」

→ 王八吃柳條, 嘴能編 (왕팔흘유조, 취능편 wángba chī liǔtiáo, zuǐ néng biān)
「철면피가 버들가지를 먹으면 입으로 (광주리를) 엮어낸다.」 (근거 없이 날조한다.)

▶ 一堆臭狗屎 也能說成一朶花 (일퇴취구시 야능설성일타화)
「악취 나는 개똥 한 무더기도 말로는 한 송이 꽃이라고 할 수 있다.」

▶ 王八有錢稱大爺 (왕팔유전칭대야)
「망나니도 돈이 있으면 나리 마님이라고 불러야 한다.」

▶ 王八萬萬年 也有到頭的一天 (왕팔만만년 야유도두적일천)

---

118) 搖 흔들 요. 虱 이 슬. 虱子 이. 傍 곁 방, 옆. 捉 잡을 착.

「망나니가 만 만 년을 갈 것 같지만, 언젠가는 끝나는 날이 있다.」 [119]

※ 一絲爲定 萬金不移 (일사위정 만금불이 yī sī wéi dìng, wànjīn bùyí)
「조그만 일이라도 정해진 것이라면 만금을 준다 해도 바꿀 수 없다.」 (철저한 신용 지키기.)

→ 一言不實 百事皆虛 (일언부실 백사개허 yīyán bù shí, bǎishì jiē xū)
「말 한 마디가 부실하다면 모든 일이 허사다.」

▶ 大丈夫一言 萬金不易 (대장부일언 만금불역)
「대장부의 말 한 마디는 만금을 준다 해도 바꿀 수 없다.」

▶ 大丈夫一言出口 如白染皂 (대장부일언출구 여백염조)
「대장부가 뱉은 말 한 마디는 흰 천을 검게 물들인 것과 같다.」 (그 뜻이 분명하며 다시 번복할 수 없다.)

▶ 男子漢動手不動口 (남자한동수부동구)
「사나이는 손을 쓸지언정 입을 놀리지는 않는다.」 (말보다 실천을 중시한다.)

▶ 君子動口不動手 (군자동구부동수)
「군자는 말로 하지 손을 쓰지 않는다.」 (사람을 때리지 않는다.) [120]

※ 一言出口 快馬難追 (일언출구 쾌마난추 yī yán chūkǒu, kuàimǎ nán zhuī)
「한번 뱉어진 말은 아무리 빠른 말도 쫓아갈 수 없다.」

→ 一言值萬金 (일언치만금 yī yán zhí wàn jīn)

---

119) 謊 거짓말 황. 編 엮을 편. 朶 꽃송이 타(朵와 같음). 爺 아비 야. 大爺 나리 마님, 하인이 주인을 부르는 칭호. 到頭 정점에 이르다, 맨 끝에 도달하다, 결국.
120) 絲 실 사. 虛 빌 허. 皂 검은색 조, 하인 조(皁의 俗字).

「말 한 마디는 만금의 가치가 있다.」

▶ 一諾重千金 (일락중천금)

「한 번의 승낙은 천금보다도 무겁다.」

▶ 一言已定 千金不移 (일언이정 천금불이)

「이미 한 번 정해진 말은 천금을 준다 해도 바꿀 수 없다.」

▶ 一言旣出 金玉不移 (일언기출 금옥불이)

「이미 해버린 말이라면 금과 옥을 준다 해도 바꿀 수 없다.」 121)

※ 一而再 再而三 (일이재 재이삼 yī ér zài, zài ér sān)

「한 번에 이어 두 번, 두 번 다음에 세 번.」 (여러 번 강조하다.)

→ 打破沙鍋 - 問到底 (타파사과 - 문도저 dǎpò shāguō-wèn dào dǐ)

「뚝배기를 깨뜨리다. - 끝까지 캐묻다.」 (추궁하다.)

▶ 一五一十 (일오일십 yī wǔ yī shí)

「처음부터 끝까지.」

▶ 出口的話 鑄成的塔 (출구적화 주성적탑)

「입에서 나온 말은 주물로 만든 탑이다.」 (절대로 고칠 수 없다.) 122)

※ 一片嘴兩片舌 (일편취양편설 yī piàn zuǐ liǎng piàn shé)

「한 입 속에 두 개의 혀.」

→ 兩面二舌 (양면이설 liǎng miàn èr shé)

「이쪽저쪽에서 다른 말을 하다.」

▶ 口開神氣散 舌動是非生 (구개신기산 설동시비생)

「입을 열면 정신이 흐트러지고, 혀를 놀리면 시빗거리가 생긴다.」

---

121) 追 쫓을 추. 値 값 치.

122) 沙 모래 사. 鍋 솥 과, 냄비. 沙鍋 뚝배기 같은 질그릇. 鑄 쇠를 부어 만
들 주.

▶ 口快舌長能壞事 (구쾌설장능괴사)

「말이 많고 길면 일을 망친다.」

▶ 閉口深藏舌 安身處處牢 (폐구심장설 안신처처뇌)

「입을 다물고 말을 하지 않으면 몸이 어디에 있든 편안하다.」 123)

※ 入山問樵 入水問漁 (입산문초 입수문어 rùshān wèn qiáo, rùshuǐ wèn yú)

「산에 가서는 나무꾼에게, 바다에 가서는 어부한테 물어라.」

→ 入山先探路 出海先探風 (입산선탐로 출해선탐풍 rùshān xiān tànlù, chūhǎi xiān tànfēng)

「산에 가서는 먼저 길을 알아두고, 바다에 나가서는 먼저 바람을 살펴야 한다.」

▶ 若知山中事 請問打樵人 (약지산중사 청문타초인)

「만약 산 속의 일을 알고 싶다면 그곳 나무꾼에게 물어야 한다.」

▶ 入深水者得蛟龍 入淺水者得魚蝦 (입심수자득교룡 입천수자득어하)

「깊은 물에 들어간 자는 교룡蛟龍을 낚고, 얕은 물에 들어간 사람은 물고기나 새우를 잡는다.」 (깊고 큰물에 가야 대어를 낚는다.) 124)

※ 自己堵自己嘴 (자기도자기취 zìjǐ dǔ zìjǐ zuǐ)

「제 스스로 제 입을 막다.」 (모순된 논리를 둘러댈 수 없다.)

→ 自己屁股底下坐着屎 (자기비고저하좌착시 zìjǐ pìgǔ dǐxià zuòzhe

---

123) 嘴 부리 취, 입, 주둥이. 舌 혀 설. 快 빠를 쾌. 藏 감출 장. 舌 혀 설. 牢 굳을 로(뢰), 견고하다, (가축)우리, 가옥.

124) 樵 땔나무 초, 나무꾼 초. 漁 고기잡을 어, 어부 어. 探 찾을 탐. 蛟 교룡 교. 深 깊을 심. 淺 얕을 천. 蝦 새우 하.

shī)

「자기 궁둥이에 똥을 깔고 앉아 있다.」(자신은 더 큰 결점과 병폐를 갖고 있다.)

▶ 猪嘴能縫 人嘴難縫 (저취능봉 인취난봉)

「돼지주둥이는 꿰맬 수 있지만, 사람 입은 꿰맬 수 없다.」

▶ 自己筐裏沒爛杏 (자기광리몰난행)

「자기 광주리에는 썩은 살구가 없다.」(나의 것은 모두 좋다.)

▶ 自己臉上有黑看不見 (자기검상유흑간불견)

「자기 얼굴에 묻은 검정은 보지 못한다.」

▶ 自己的鞋 知道放在哪兒 (자기적혜 지도방재나아)

「자기의 신발이 어디에 있는지를 안다.」 125)

→ 自己的夢自己圓 (자기적몽자기원 zìjǐ de mèng zìjǐ yuán)

「자기 꿈을 자기가 해몽하다.」(자신의 문제는 자신이 해결하다.)

▶ 老鼠爬秤鉤 - 自己稱自己 (노서파칭구 - 자기칭자기 lǎoshǔ pá chènggōu-zìjǐ chēng zìjǐ)

「쥐가 저울의 갈고리에 올라갔다. - 자기가 자기를 달아본다.」(스스로 칭찬하다.)

▶ 自說自好爛稻草 (자설자호난도초)

「썩은 볏짚을 제 혼자 좋다고 한다.」(아무런 쓸모도 없는 것을 자랑함.)

---

125) 堵 담 도, 막다. 縫 꿰맬 봉. 屁 방귀 비. 股 넓적다리 고. 屁股 궁둥이. 屎 똥 시. 筐 광주리 광. 爛 문드러질 란(난). 杏 살구 행. 哪 어찌 나, 어디 나. 哪兒 어디.

▶ 自吹自擂 稱王稱覇 (자취자뢰 칭왕칭패)

「세상에 제일인 것처럼 자화자찬하다.」[126]

※ 自作孽 不可活 (자작얼 불가활 zì zuòniè bùkě huó)

「자신이 지은 죄가 있어 살 수 없다.」

→ 自己挖坑自己跳 (자기알갱자기도 zì jǐ wā kēng zì jǐ tiào)

「제 무덤을 파고 뛰어 들어가다.」

▶ 木匠戴枷 - 自作自受 (목장대가 - 자작자수 mùjiang dài jiā-zì zuò zì shòu)

「목수가 형틀을 쓰다. - 자기가 만들고 자기가 당하다.」

▶ 自己攞石頭 砸自己的脚 (자기대석두 잡자기적각)

「자기가 돌을 집어 자기 다리를 찍어대다.」

▶ 自己作孽 自己受罪 (자기작얼 자기수죄)

「스스로 지은 죄 스스로 죗값을 받는다.」[127]

※ 自行作事自身當 (자행작사자신당 zìxíng zuòshì zìshēn dāng)

「자신이 벌인 일 자신이 감당하다.」

→ 自家有病自家知 (자가유병자가지 zìjiā yǒu bìng zìjiā zhī)

「자신의 병은 자신이 안다.」

▶ 自走自家獨木橋 (자주자가독목교)

「내가 만든 외나무다리 내 마음대로 다닌다.」 (내 행동은 다른 사

---

126) 俏 닮을 초, 준수하다, 잘났다. 旁 두루 방, 옆. 夢 꿈 몽. 圓 둥글 원, 둘러맞추다. 圓夢 해몽하다(詳夢). 爬 기어 올라가다. 秤 저울 칭. 稱 (무게를) 달다, 칭찬하다. 稻 벼 도. 稻草 볏짚. 擂 갈 뢰, 연마하다, 두드리다. 覇 으뜸 패, 패권을 잡은 사람(霸의 俗字).

127) 孽 죄악 얼, 화근, 서자 얼(孼의 俗字). 挖 팔 알, 파내다. 枷 형틀 가. 坑 구덩이 갱. 跳 뛸 도. 攞 들어올릴 대. 砸 칠 잡, 내리치다.

람과 무관.)

▶ 自釀的苦酒自己喝 自栽的苦果自己吃 (자양적고주자기갈 자재적고과자기흘)

「내가 빚은 탁주를 내가 마시고, 내가 키운 과수에 열린 쓴 과일도 내가 먹는다.」 (자신이 불러온 업보를 달게 받는다.)

▶ 你走你的陽關道 我過我的獨木橋 (이주니적양관도 아과아적독목교)

「너는 너의 크고 넓은 길을 가라. 나는 나의 외나무다리를 건널 것이다.」 (각자 자기 일을 하며 남에게 간섭하지 않는다.) 128)

→ 張王李趙 各是各家 (장왕이조 각시각가 Zhāng Wáng Lǐ Zhào, gè shì gè jiā)

「장씨, 왕씨, 이씨, 조씨 모두 제각각이다.」 (한 집이 아니다.)

▶ 張公吃酒李公醉 (장공흘주이공취)

「장씨가 술을 마셨는데, 이씨가 술에 취했다.」 (한쪽은 실리를 얻고 다른 한쪽은 헛된 이름만 챙겼다. - 당대의 실권자 장이지張易之 형제와 황실李氏의 관계를 풍자함.)

▶ 趙錢孫李 各有所喜 (조전손이 각유소희)

「조씨, 전씨, 손씨, 이씨 각자 좋아하는 것이 따로 있다.」 129)

---

128) 釀 술빚을 양. 栽 심을 재.
129) 長 길다, 옳다. 短 짧다, 그르다, 是非長短. 醉 취할 취.

→ **墻有縫 壁有耳** (장유봉 벽유이 qiáng yǒu féng, bì yǒu ěr)

「담벼락에도 벌어진 틈이 있고 벽에도 귀가 있다.」

▶ **沒有不透風的墻** (몰유불투풍적장 méiyǒu bù tòu fēngde qiáng)

「바람이 통하지 않는 담은 없다.」 (담벼락에도 귀가 있다.)

▶ **人間私語 天聞若雷** (인간사어 천문약뢰)

「사람들의 소곤대는 말을 하늘은 천둥소리처럼 듣는다.」

▶ **墻裏人說話 牆外有人** (장리인설화 장외유인)

「담벼락 안에서 말하면 담벼락 밖에 사람이 있다.」

▶ **墻有眼 壁有耳** (장유안 벽유이)

「담벼락에 눈이 있고, 벽에도 귀가 있다」 130)

※ **在傷痕上揉一把鹽** (재상흔상유일파염 zài shānghén shang róu yī bǎ yán)

「상처 위에 소금을 한 줌 뿌리다.」 (다른 사람의 고통을 격화시키다.)

→ **冷湯冷飯好吃 冷言冷語難受** (냉탕냉반호흘 냉언냉어난수 lěngtāng lěngfàn hǎo chī, lěngyán lěngyǔ nán shòu)

「차가운 국과 밥은 쉽게 먹을 수 있지만, 쌀쌀하고 비꼬는 말은 견딜 수 없다.」

▶ **冷雨不多濕衣裳 惡言不多傷心腸** (냉우부다습의상 악언불다상심장)

「찬 비는 많지 않아도 옷을 적시고, 악언이 많지 않다 해도 마음에 상처를 준다.」

▶ **房倒壓不殺人 舌頭倒壓殺人** (방도압불살인 설두도압살인)

---

130) 墻 담 장(牆과 同字) 裏 안 리. 講話 이야기를 하다. 縫 꿰맬 봉, 벌어진 틈. 壁 벽 벽. 透 통할 투. 私語 낮은 소리로 이야기하다, 소곤거리다.

「집이 무너지더라도 사람이 깔려죽지 않지만, 혀끝은 사람을 압살한다.」

▶ 鐵刀木刀不可怕 紅肉舌頭把人殺 (철도목도불가파 홍육설두파인살)

「쇠칼이건 나무칼이건 두렵지 않지만, 붉은 살점 혀끝은 사람을 죽일 수 있다.」 131)

※ 這耳聽 那耳出 (저이청 나이출 zhè ěr tīng, nà ěr chū)
「이쪽 귀로 듣고 저쪽 귀로 나가다.」

→ 左耳進來 右耳出去 (좌이진래 우이출거 zuǒěr jìn lái, yòuěr chū qù)

「왼쪽 귀로 듣고 오른쪽 귀로 나가다.」

▶ 東西耳朶南北聽 (동서이타남북청)

「동서에 있는 귀가 남북이라고 듣다.」 (말을 잘못 알아듣다.)

▶ 過耳之言不可聽信 (과이지언불가청신)

「귀에 들리는 말을 그대로 믿을 수는 없다.」

▶ 若要精 聽一聽 (약요정 청일청)

「어떤 일에 정통하고 싶다면 듣고 또 들어라.」 (남의 말을 잘 경청하라.) 132)

※ 猪八戒倒打一鈀 (저팔계도타일파 Zhū Bājiè dào dǎ yī pá)
「저팔계가 도리어 쇠스랑을 휘둘러대다.」 (자신의 잘못을 인정하

---

131) 傷 다칠 상. 痕 흉터 흔. 揉 비빌 유, 문지르다. 把 잡을 파, 한 줌. 鹽 소금 염. 冷 차가울 냉. 湯 국 탕. 飯 밥 반. 吃 먹을 흘. 冷言冷語 비꼬는 말.
132) 這 이 저. 那 어찌 나. 朶 늘어질 타.

지 않다.)

→ 猪八戒照鏡子 裏外不是人 (저팔계조경자 이외부시인 Zhū Bājiè zhào jìngzi lǐwài bù shì rén)

「저팔계가 거울을 보지만, (거울) 안이나 밖에 사람 모습은 아니다.」 (이쪽저쪽에서 원망을 사다.)

▶ 猪八戒打粉起來賽天仙 (저팔계타분기래새천선)
「저팔계도 곱게 꾸미면 하늘의 선녀와 견줄 수 있다.」 133)

※ 靜水必深 (정수필심 jìngshuǐ bì shēn)
「깊은 물은 소리를 내지 않는다.」

→ 瓶滿不響 (병만불향 píng mǎn bù xiǎng)
「내용물이 가득 찬 병은 소리가 없다.」

▶ 靜如止水 行如旋風 (정여지수 행여선풍)
「고인 물처럼 평정하고, 회오리바람처럼 움직인다.」 (무술 연마.)

▶ 大勇若怯 大智若愚 (대용약겁 대지약우)
「큰 무예를 가진 사람은 겁쟁이 같고, 큰 지혜가 있는 사람은 어리석은 것 같아 보인다.」 (무술계 교훈.)

▶ 大智若愚 深藏若虛 (대지약우 심장약허) 134)
「큰 지혜는 어리석은 것 같고, 깊이 감춘 물건은 없는 것 같다.」

※ 井底之蛙 坐井觀天 (정저지와 좌정관천 jǐngdǐ zhī wā, zuò jǐng guāntiān)

---

133) 倒 넘어질 도, 거꾸로, 도리어. 鈀 쇠스랑, 쇠갈퀴. 唾 침 타, 침을 뱉다. 沫 거품 말. 舔 핥을 첨. 打粉 분장하다. 賽 겨룰 새, 필적하다, 견줄 만하다.

134) 靜 고요할 정. 瓶 병 병. 響 울릴 향. 旋 (제 자리에서) 돌 선. 旋風 회오리바람. 若 같을 약. 怯 겁낼 겁. 愚 어리석을 우.

「우물 안 개구리, 우물 바닥에 앉아 하늘을 본다.」

→ 井裏的蛤蟆 沒見過大天 (정리적합마 몰견과대천 jǐng lǐ de hámá, méi jiànguo dà tiān)

「우물 안 개구리는 넓은 하늘을 본 적이 없다.」

▶ 井裏蛤蟆 只說井裏好 (정리합마 지설정리호)

「우물 안 개구리는 우물 안이 좋다고 말한다.」

▶ 井底蛙天窄 山頂鷹眼寬 (정저와천착 산정응안관)

「우물 안 개구리의 하늘은 좁고, 산꼭대기를 나는 매의 시야는 넓다.」

▶ 池裏的魚蝦曉不得大海大 籠裏的鷄鴨曉不得天空寬 (지리적어하효부득대해대 농리적계압효부득천공관)

「연못의 물고기나 새우는 바다가 얼마나 큰지 알 수가 없고, 닭장의 닭과 오리는 하늘이 얼마나 넓은지를 알지 못한다.」 [135]

※ 弔死鬼搽粉 (적사귀차분 diàosǐguǐ cháfěn)
「목매 죽은 귀신이 분을 바르다.」 (죽어서도 체면을 지키다.)

→ 搽粉進棺材 - 死要面子 (차분진관재 - 사요면자 chá fěn jìn guā nc ái-sǐ yào miànzi)

「분을 바르고 관 속에 들어가다. - 죽어서라도 체면을 세워야 한다.」

▶ 餓狗不怕打 餓人不要臉 (아구불파타 아인불요검)

「굶주린 개는 매를 두려워하지 않고, 굶주린 사람은 체면을 따지지 않는다.」

---

135) 底 바닥 저. 蛙 개구리 와. 蛤 큰 두꺼비 합. 蟆 두꺼비 마. 蛤蟆 개구리나 두꺼비의 통칭. 窄 좁을 착. 鷹 매 응, 송골매. 曉 새벽 효, 깨닫다, 터득하다.

▶ 弔頸也要找大樹 (조경야요조대수)

「목을 매어 죽더라도 큰 나무를 찾으려 한다.」(기왕 목매 죽을 거라면 작은 나무보다는 큰 나무가 나을 것이다.)

▶ 弔死鬼瞞不過閻王爺 (조사귀만불과염왕야)

「목매 죽은 귀신은 염라대왕을 속이지 못한다.」 136)

※ 棗核兩頭兒尖 (조핵양두아첨 zǎohù liǎngtóur jiān)

「대추씨는 양쪽 끝이 뾰족하다.」(언행이 모두 사납다. - 시작과 끝이 비참하다.)

→ 屙到人頭上拿尿洗 (아도인두상나요세 ē dào réntóushang ná niào xǐ)

「(남의) 얼굴에 똥이 티니 오줌으로 씻어주다.」(친절한 척하지만, 두 번 모욕을 주다.)

▶ 自家屙屎不覺臭 (자가아시불각취)

「제가 싼 똥은 구린내를 모른다.」(제 허물을 본인은 모른다.)

▶ 屙屎的死在糞坑裏 (아시적사재분갱리)

「똥 누다가 뒷간에서 죽을 놈.」 137)

※ 鐘不打不響 話不說不明 (종불타불향 화불설불명 zhōng bù dǎ bù xiǎng, huà bù shuō bù míng)

「종은 치지 않으면 울리지 않고, 이야기는 하지 않으면 명확하지 않다.」

---

136) 弔 매달 적, 슬퍼할 조. 搽 바를 차. 粉 가루 분. 面子 체면. 頸 목 경. 瞞 속일 만.

137) 棗 대추 조. 核 씨 핵. 屙 뒷간에 갈 아. 尿 오줌 뇨. 打倒 때려 넘어뜨리다. 金剛 금강역사. 賴 힘입을 뢰(뇌). 糞 똥 분. 坑 구덩이 갱.

→ 木魚不打不響 砂鍋不砸不漏 (목어불타불향 사과부잡불루 mùyú bù dǎ bù xiǎng, shāguō bù zá bù lòu)

「목어木魚는 치지 않으면 울리지 않고, 뚝배기는 깨뜨리지 않으면 새지 않는다.」

▶ 燈不拔不明 人不勸不通 (등불발불명 인불권불통)

「등불은 심지를 돋우지 않으면 밝지 않고, 사람은 깨우치지 않으면 사리를 모른다.」

▶ 鐘一敲就響 (종일고취향)

「종은 한 번만 때려도 꼭 소리가 난다.」

▶ 風不吹霧不散 話不說理不明 (풍부취무불산 화불설이불명)

「바람이 불지 않으면 안개는 걷히지 않고, 말은 하지 않으면 사리를 알 수 없다.」 138)

※ 從容幹好事 性急出岔子 (종용간호사 성급출차자 cóngróng gành ǎo shì, xìng jí chū chàzi)

「조용히 일을 처리해야지, 성급히 서두르면 사고를 낸다.」

→ 急則有失 怒中無智 (급즉유실 노중무지 jí zé yǒu shī, nù zhōng wú zhì)

「서두르면 실수하고, 성을 내면 지혜롭지 못하다.」

▶ 脚底上擦油 - 溜了 (각저상찰유 - 유료 jiǎodǐ shàng cā yóu-liūle)

「발바닥에 기름칠을 했다. - 슬그머니 빠져나갔다.」

▶ 快雨快晴 (쾌우쾌청)

「급하게 오는 비는 빨리 갠다.」

▶ 急則生變 (급즉생변)

---

138) 響 울릴 향. 木魚 절에 있는 四物의 한 가지. 목탁(木鐸). 響 울릴 향. 砂鍋 뚝배기, 질그릇. 砸 칠 잡, 깨뜨리다. 漏 샐 루. 霧 안개 무.

「급히 서두르면 변고가 일어난다.」

▶ **人急生計 人急力大** (인급생계 인급역대)

「사람이 다급해지면 꾀가 나오고, 위기에서는 큰 힘을 쓴다.」 139)

※ **酒多傷胃 話多傷人** (주다상위 화다상인 jiǔduō shāngwèi, huà duō shāngrén)

「술을 많이 먹으면 위를 상하고, 말이 많으면 사람에게 상처를 준다.」

→ **酒多話多 話多錯多** (주다화다 화다착다 jiǔduō huàduō, huàduō cuòduō)

「술이 지나치면 말이 많고, 말이 많으면 실패도 많다.」

▶ **酒色傷人 酒色誤事** (주색상인 주색오사)

「술과 여색은 사람을 다치게 하고, 일을 그르친다.」

▶ **酒色錢財人人愛** (주색전재인인애)

「술과 여색, 돈과 재물은 사람이면 다 좋아한다.」 140)

※ **酒不言公** (주불언공 jiǔ bù yán gōng)

「술자리에서 공무를 논해선 안 된다.」

→ **酒後無君子** (주후무군자 jiǔ hòu wú jūnzǐ)

「술 취한 군자 없다.」 (술 취한 개.)

▶ **酒蓋三分羞** (주개삼분수)

「술을 마시면 약간의 수줍음은 없어진다.」

▶ **酒腸寬似海 色膽大如天** (주장관사해 색담대여천)

「술이 들어갈 창자는 바다만큼이나 넓고, 여색을 탐하는 마음은 하

---

139) 從容 조용히. 岔 갈림길 차. 岔子 사고, 착오, 갈림길.
140) 傷 다칠 상. 胃 밥통 위. 錯 섞일 착, 잘못, 실패.

늘만큼 크다.」

▶ 酒杯裏淹死的人 比大海的還要多 (주배리엄사적인 비대해적환요다)

「술잔에 빠져 죽은 사람은 바다에 빠져 죽은 사람보다 더 많다.」[141]

※ 嗔拳不打笑面 (진권불타소면 chēnquán bùdǎ xiàomiàn)
「성난 주먹도 웃는 얼굴을 못 때린다.」

→ 伸手不打笑臉人 (신수부타소검인 shēnshǒu bùdǎ xiàoliǎnrén)

「팔을 내쳤어도 웃는 얼굴은 못 때린다.」

▶ 皮笑肉不笑 (피소육부소)

「얼굴 껍데기만 웃고 속은 웃지 않는다.」 (웃고 있지만, 마음속에는 감정을 품고 있다.)

▶ 張嘴就罵 伸手就打 (장취취매 신수취타)

「주둥이를 벌렸다면 욕지거리고, 손을 냈다면 남을 때린다.」 (품행이 고약하다.) [142]

※ 眞人不說假話 (진인불설가화 zhēnrén bù shuō jiǎhuà)
「신선은 거짓말을 하지 않는다.」 (성실한 사람은 거짓말을 못한다.)

→ 眞人面前賣不得假藥 (진인면전매부득가약 zhēnrén miànqián màibùde jiǎ yào)

「신선의 면전에서 가짜 약을 팔 수 없다.」

▶ 眞菩薩面前 莫要假燒香 (진보살면전 막요가소향)

「진짜 부처님 앞에서 거짓 마음으로 향을 피우지 말라.」

▶ 眞實者寡言 虛僞者多辯 (진실자과언 허위자다변)

---

141) 蓋 덮을 개. 淹 빠질 엄.
142) 嗔 성낼 진. 拳 주먹 권. 伸 펼 신. 臉 뺨 검. 罵 욕할 매, 꾸짖을 매.

「진실한 사람은 말수가 적고, 거짓된 자는 말이 많다.」

▶ **眞是烏骨鷄 水洗不白** (진시오골계 수세불백)

「진짜 오골계는 씻어도 하얗게 되지 않는다.」 [143]

※ **此地無銀三百兩 - 不打自招** (차지무은삼백량 - 불타자초 cǐ dì wú yín sānbǎiliǎng-bù dǎ zì zhāo)

「여기에는 은 3백 냥이 없습니다. - 때리지도 않았는데 자백하다.」 (어리석은 자의 뻔한 거짓말. 눈 가리고 아옹하다.)

→ **只要撅腚 就知道要拉啥屎** (지요궤정 취지도요랍사시 zhǐ yào juēdìng jiù zhīdao yào lā shá shǐ)

「엉덩이를 쳐드는 것을 보면 무슨 똥을 누려는지 알 수 있다.」

▶ **一撅尾巴 就知道拉幾個屎蛋子** (일궤미파 취지도납기개시단자)

「꼬리를 쳐드는 것을 보면 똥을 누려는 것을 알 수 있다.」 (예측할 수 있는 언행.) [144]

※ **站得高 看得遠 想得遠** (참득고 간득원 상득원 zhàn de gāo, kàn de yuǎn, xiǎng de yuǎn)

「높은 곳에 서서, 멀리 보고, 멀리 생각하다.」

→ **站如松 坐如鍾 睡如弓** (참여송 좌여종 수여궁 zhàn rú sōng, zuò rú zhōng, shuì rú gōng)

---

143) 眞人 득도한 道士, 신선. 假 거짓 가. 燒 불사를 소. 僞 거짓 위. 烏 까마귀 오, 검다.

144) 此 이 차, 여기. 撅 옷 걷어올릴 궤, 들어올리다. 腚 볼기 정. 啥 무엇사. 尾巴 짐승의 꼬리. 屎 똥 시. 拉屎 똥을 누다. ※ 옛날 한 바보가 銀을 감춘다고 땅에 묻었다. 그러나 자기가 못 찾을까 걱정이 되어「여기에는 은 3백 냥이 없습니다」라고 글을 써 놓았다. 그러자 이웃에 사는 아이(阿二)가 이를 파내어 감춘 뒤「이웃집 아이가 훔친 것은 아니다」라고 써 놓았다는 우스갯소리가 있다.

「소나무처럼 (곧게) 서고, 종처럼 (단정히) 앉아 있고, 활처럼 (구부리고) 잔다.」 (몸가짐이 단정함.)

▶ **站有站相 坐有坐相** (참유참상 좌유좌상)

「서면 서있는 모습, 앉으면 앉은 모습이 있다.」 (행동이 반듯하다.)

▶ **松柏之姿 經霜猶茂 蒲柳之質 望秋而零** (송백지자 경상유무 포류지질 망추이영)

「솔과 잣나무의 모습은 서리가 내려도 더욱 무성하지만, 갈대나 버들은 가을이 오기 전에 잎이 진다.」 145)

※ **站在乾岸上不濕鞋** (참재건안상불습혜 zhàn zài gānànshang bù shī xié)

「마른 언덕에 서 있으면 신발을 적시지 않는다.」 (방관하면서 양지쪽만 찾는다.)

→ **站在高枝上說風凉話** (참재고지상설풍량화 zhàn zài gāozhīshang shuō fēng shuō fēng liáng huà)

「높은 나뭇가지에 올라앉아 비아냥거리는 말이나 지껄이다.」

▶ **站缸沿兒 敲鑼邊兒** (참항연아 고라변아)

「항아리 가장자리에 서서 징의 가장자리를 치다.」 (무책임한 입장에 서서 무책임한 말을 하다.)

▶ **站着不如坐着 坐着不如倒着** (참착불여좌착 좌착불여도착)

「서 있는 것은 앉아 있는 것만 못하고, 앉아 있는 것은 누워 자는 것만 못하다.」 (게으름은 끝이 없다.) 146)

---

145) 站 서다, 멎다, 정거장, (기차)역. 柏 잣나무, 측백나무. 經 날 경, 겪다, 경험. 猶 오히려 유. 茂 무성할 무. 蒲 부들 포, 갈대. 零 조용히 오는 비, 영(zero), 떨어지다.

146) 乾 마를 건. 濕 젖을 습. 鞋 신발 혜. 凉 서늘할 량(凉의 俗字). 風凉話 남을 비아냥거리는 말, 무책임한 말. 缸 항아리 항. 沿 가 연, 따를 연. 敲

※ 窓戶上的紙 - 一戳就破 (창호상적지 - 일착취파 chuānghu shàng de zhǐ-yī chuō jiù pò)
「창문에 바른 종이는 한번 찌르면 구멍이 뚫린다.」(간단한 지적으로 사리를 명백히 하다.)

→ 敢怒而不敢言 (감노이불감언 gǎn nù ér bù gǎn yán)
「(마음으로) 격분하고 있지만, 감히 말을 하지 않다.」

▶ 窓戶紙不捅不漏 話不說不透 (창호지불통불루 화불설불투)
「창호지는 구멍을 내지 않으면 새지 않고, 말은 하지 않으면 새지 않는다.」

▶ 窓破了當糊 人惡了當除 (창파료당호 인악료당제)
「창문에 구멍이 뚫리면 풀로 붙여야 하고, 사람이 악한 짓을 한다면 없애야 한다.」 147)

※ 踩着別人脚印走 (채착별인각인주 cǎizhe biérén jiǎoyìn zǒu)
「다른 사람의 발자국을 따라 걷다.」(다른 사람을 그대로 모방하다.)

→ 穿新鞋高抬脚 (천신혜고태각 chuān xīnxié gāotāi jiǎo)
「새 신발을 신고 다리를 높이 들고 걷다.」(처음에는 누구나 조심한다.)

▶ 照葫蘆畵瓢 (조호로화표)
「호로 박을 보고 표주박을 그린다.」(있는 그대로 한다.)

▶ 照木下線 量體裁衣 (조목하선 양체재의)

칠 고. 鑼 징 라(나). 邊 가장자리 변. 倒着 누워 잠을 자다.
147) 戳 찌를 착, (뾰쪽한 것으로 찔러) 구멍을 내다. 捅 당길 통, 손가락으로 찌르다. 漏 물샐 루(누). 透 통할 투, 지나칠 투. 糊 풀 호, 풀로 종이를 붙이다.

「나무를 살펴 줄을 긋고, 신체에 맞춰 옷을 재단한다.」 [148]

※ 尺有所短, 寸有所長 (척유소단, 촌유소장 chǐ yǒu suǒ duǎn, cùn yǒu suǒ cháng)

「한 자尺라도 짧은 데가 있고, 한 치寸라도 긴 곳이 있다.」 (사람마다 다 장단점이 있다.)

→ 拔亮一盞燈 照紅一大片 (발량일잔등 조홍일대편 báliàng yī zhǎndēng, zhàohóng yī dà piàn)

「밝은 등잔을 하나 켜서 사방을 밝게 비치다.」 (어떤 전범典範을 마련하다.)

▶ 尺有尺用 寸有寸用 (척유척용 촌유촌용)

「길면 긴 대로, 짧으면 짧은 대로 쓸 곳이 있다.」

▶ 尺短寸長 (척단촌장)

「한 자尺라도 짧은 데가 있고 한 치寸라도 긴 곳이 있다.」 (위의 尺有所短 寸有所長의 줄임말.)

▶ 尺差不起寸 寸差不起分 (척차불기촌 촌차불기분)

「한 자 이상 차이가 나면 촌寸을 말하지 않고, 한 치 이상 차이가 나면 푼分을 따지지 않는다.」 (1尺 10寸, 1寸 10分) [149]

※ 聽話聽音 看人看心 (청화청음 간인간심 tīng huà tīng yīn, kàn rén kàn xīn)

「다른 사람의 말을 들을 때 그 사람 그 마음을 봐야 한다.」

---

148) 踩 뜀 채, 밟다. 穿 신다. 鞋 신발 혜. 抬 들다. 脚 다리 각. 葫 hú 호리병 호. 蘆 갈대 로.

149) 拔 뽑을 발. 亮 밝을 량(양). 盞 등잔 잔, 술잔 잔. 照 비출 조. 片 조각 편.

→ **聽人勸 吃飽飯** (청인권 흘포반 tīng rén quàn chī bǎo fàn)
「다른 이의 충고를 잘 들으면 밥을 배불리 먹을 수 있다.」

▶ **聽話聽音 刨樹刨根** (청화청음 포수포근)
「다른 사람 말을 들을 때는 꼬치꼬치 캐물어야 한다.」

▶ **看樹看皮 看人可得看底** (간수간피 간인가득간저)
「나무는 껍질을 보지만, 사람을 볼 때는 그 마음 밑바닥을 보아야 한다.」150)

※ **聰明反被聰明誤** (총명반피총명오 cōngmíng fǎn bèi cōngmíng wù)
「총명한 사람은 총명한 실수에 당한다.」(똑똑한 체하다가 제 꾀에 넘어가다.)

→ **聰明人不吃眼前虧** (총명인불흘안전휴 cōngmíngrén bù chī yǎnqi ánkuī)
「총명한 사람은 눈뜨고 손해를 당하지 않는다.」

▶ **明人不做暗事** (명인불주암사 míngrén bùzuò ànshì)
「명철한 사람은 몰래 하는 일을 하지 않는다.」

▶ **聰明不過天子** (총명불과천자)
「천자보다 더 총명할 수는 없다.」(최고 높은 사람의 판단이 곧 진리다.)

▶ **卑賤者最聰明 高貴者最愚蠢** (비천자최총명 고귀자최우준)
「비천한 사람이 가장 총명하고 고귀한 사람이 가장 어리석다.」

▶ **聰明却貧窮 昏迷做三公** (총명각빈궁 혼미주삼공)
「총명해도 오히려 빈궁하고, 우둔해도 삼공의 자리에 오른다.」151)

---

150) 飽 배부를 포. 刨 깎을 포, 후벼 파다.
151) 聰 귀 밝을 총. 蠢 어리석을 준. 却 물리칠 각, 도리어, 오히려.

※ 聰明有種 富貴有根 (총명유종 부귀유근 cōng míng yǒu zhǒng, fù guì yǒu gēn)

「총명한 것은 집안 내력이고, 부귀는 집안의 뿌리(물림)이다.」 (총명은 유전이고, 부귀는 유산이다.)

→ 聰以知遠 明以察微 (총이지원 명이찰미 cōng yǐ zhī yuǎn, míng yǐ chá wēi)

「멀리 내다보는 것이 총聰이고, 미세한 조짐을 살피는 것이 명明이다.」

▶ 聰明人一看 傻子看到晚 (총명인일간 사자간도만)
「총명한 사람은 금방 알지만, 우둔한 사람은 매우 늦는다.」

▶ 聰明的婦人 實地能賽過怜俐漢 (총명적부인 실지능새과영리한)
「총명한 여자는 실제로 영리한 사내보다 낫다.」 152)

※ 吹大牛 (취대우 chuī dàniú)
「큰 소를 불어 날리다.」 (크게 허풍을 떨다. - 취나팔吹喇叭.)

→ 大象屁股推不動 (대상비고추부동 dà xiàng pìgu tuī bù dòng)
「코끼리 궁둥이는 민다고 움직이지 않는다.」

▶ 牛皮不是吹的 火車不是推的 (우피불시취적 화차불시추적) 」
「허풍은 치는 것이 아니고, 기차는 민다고 가지 않는다.」

▶ 吹口氣兒刮大風 吐口唾沫河漲水 (취구기아괄대풍 토구타말하창수)

「입김을 내뿜으니 큰 바람이 불고, 침을 뱉었더니 강에 물이 넘친다.」 153)

---

152) 察 살필 찰. 微 작을 미. 傻 어리석을 사, 명하다, 융통성이 없다. 賽 겨룰 새, 필적하다.
153) 吹 불 취. 口氣 입심, 어조, 말씨. 吹牛 소를 불어 날리다, 허풍. 火車 기

※ 吹牛皮不犯死罪 (취우피불범사죄 chuī niúpí bù fàn sǐzuì)
「허풍을 떤다고 죽을죄를 짓는 것은 아니다.」

→ 癩蛤蟆打哈欠 - 好大口氣 (나합마타합흠 - 호대구기 làihámá dǎ hāqian-hǎo dà kǒuqì)
「두꺼비가 하품을 하다. - 입심이 세다.」

▶ 吹吹打打 (취취타타)
「나팔을 불어대고, 북을 쳐대다.」 (허풍을 떨고 과장하다.)

▶ 蛤蟆不是飛的 吹牛不是吹的 (합마불시비적 취우불시취적)
「두꺼비는 날아다니지 않는다. 허풍은 떠는 것이 아니다.」 [154]

※ 七言八語 (칠언팔어 qī yán bā yǔ)
「여러 사람이 시끄럽게 떠들다.」

→ 七手八脚 (칠수팔각 qī shǒu bā jiǎo)
「여러 사람이 힘을 합쳐 일하다.」

▶ 七推八撮 (칠추팔촬)
「옥신각신하다.」

▶ 七上八下 (칠상팔하)
「마음이 혼란하다.」

▶ 七亂八糟 (칠난팔조)
「난장판이 되다.」

▶ 七轉八倒 (칠전팔도)
「뒤죽박죽이 되다.」

차, 중국어의 기차(汽車)는 우리말의 자동차. 颰 모진 바람 괄, 바람이 불다. 唾 침 타. 沫 거품 말. 唾沫 침. 漲 물이 불 창.

154) 牛皮(牛皮筏子) 소가죽을 불어 그것을 이용하여 강을 건너는 도구. 癩 문둥병 나(라). 蛤 큰 두꺼비 합. 蟆 두꺼비 마.

▶ 七狼八虎 (칠낭팔호)

「집안에 개구쟁이들이 많다.」

▶ 七開八得 (칠개팔득)

「몇 번이고 되풀이하다.」

▶ 七個不依 八個不答應 (칠개불의 팔개불답응)

「일곱도 여덟도 싫다고 한다.」 (아무리 달래도 말을 안 듣는다.) 155)

※ 打開天窓說亮話 (타개천창설량화 dǎkāi tiānchuāng shuō liànghuà)

「마음을 터놓고 솔직한 이야기를 하다.」 (흉금을 터놓고 이야기하다.)

→ 話說開 水潑開 (화설개 수발개 huà shuōkāi, shuǐ pōkāi)

「말은 해야 하고, 물은 뿌려야 한다.」

▶ 拔雲霧見靑天 (발운무견청천 bá yúnwù jiàn qīngtiān)

「구름과 안개를 헤치고 푸른 하늘을 보다.」

▶ 話裏有鉤子 (화리유구자 huàlǐ yǒu gōuzi)

「이야기 속에 갈고리가 있다.」 (말에 가시가 있다.) 156)

※ 打人不打臉 (타인불타검 dǎrén bù dǎliǎn)

「사람을 때려도 뺨은 때리지 않는다.」 (자존심까지 건드리지는 말라.)

→ 打人兩日懮 罵人三日羞 (타인삼일우 매인삼일수 dǎrén liǎngrì yōu, mà rén sānrì xiū)

---

155) 撮 잡을 촬. 糟 지게미 조, 찌꺼기. 轉 구를 전.

156) 打開 열다. 天窓(窗) 높은 곳에 있는 창. 亮 밝을 량(양). 話 이야기할 화. 潑 뿌릴 발. 霧 안개 무. 鉤 갈고리 구.

「남을 때리면 이틀 동안 걱정이 되고, 남에게 욕을 하면 3일간 부끄럽다.」

▶ 打人不可不先下手 (타인불가불선하수)

「사람을 때리려면 불가불 손을 먼저 써야 한다.」(선제공격이 좋다)

▶ 吃飯不奪碗 說人別說短 (흘반불탈완 설인별설단)

「식사를 할 때 밥그릇을 빼앗지 말고, 말을 해도 단점을 말하지 말라.」

▶ 拳頭對巴掌 (권두대파장 quántóu duì bāzhǎng)

「(상대가) 주먹으로 때리면 뺨을 때려 맞선다.」 157)

※ 打一巴掌給甛棗吃 (타일파장급첨조흘 dǎ yī bāzhang gěi tián zǎo chī)

「뺨을 한 대 때리고, 달콤한 대추를 먹으라고 주다.」

→ 打一巴掌揉三下 (타일파장유삼하 dǎ yī bǎzhǎng róu sān xià)

「뺨을 한 번 때리고, 세 번 어루만져 주다.」(병 주고 약 주다.)

▶ 打人要忍 打蛇要狠 (타인요인 타사요한)

「사람을 때려야 한다면 참아야 하고, 뱀을 잡을 때는 모질게 때려야 한다.」

▶ 小杖卽受 大杖卽走 (소장즉수 대장즉주)

「작은 매는 맞고 견디지만, 큰 매는 도망가야 한다.」 158)

※ 把腦袋藏在褲襠裏 (파뇌대장재고당리 bǎ nǎodài cángzài kùdāng

---

157) 臉 뺨 검. 憂 근심할 우. 羞 바칠 수, 부끄러울 수. 碗 그릇 완. 拳 주먹 권. 拳頭 주먹. 巴掌 손바닥으로 때리다.

158) 掌 손바닥 장. 棗 대추 조. 揉 비빌 유, 부드럽게 할 유. 狠 모질 한. 杖 지팡이 장, 몽둥이, 매.

li)

「머리를 바짓가랑이에 넣고 다니다.」(얼굴을 들 수 없다. 죽음을 무릅쓰다.)

→ 脖子上只有一個腦袋 (발자상지유일개뇌대 bózishang zhǐ yǒu yī gè nǎodai)

「목 위에는 오직 하나의 머리통만 있다.」(목숨을 걸 수 없다.)

▶ 刀尖上飜筋斗 - 玩命 (도첨상번근두 - 완명)

「칼날 위에서 몸을 날리다. - 목숨을 걸다.」

▶ 拼死吃河豚 (병사흘하돈)

「죽을 각오로 복어를 먹다.」(위기에 처해 모험을 감행하다.) 159)

※ 把死人說活 (파사인설활 bǎ sǐrén shuō huó)

「죽은 사람을 말로 살려내다.」(선동을 잘하다.)

→ 把死人說話 (파사인설화 bǎ sǐrén shuō huà)

「죽은 사람과 이야기를 하다.」(입을 교묘히 잘 놀린다.)

▶ 把死蛤蟆說成活的 (파사합마설성활적)

「죽은 두꺼비를 살았다고 말하다.」(억지를 쓰다.)

▶ 嘴上沒個把門的 (취상몰개파문적)

「입에 문지기가 없다.」(말을 함부로 하다.)

▶ 死漢子飜了身 (사한자번료신)

「죽은 사람이 벌떡 일어나다.」(말솜씨가 정말 뛰어나다.)

▶ 八哥兒的嘴巴 - 能說會道 (팔가아적취파 - 능설회도)

---

159) 腦 머리 뇌. 袋 자루 대. 腦袋 머리. 藏 감출 장, 간직하다. 褲 바지 고. 襠 잠방이 당, 작업용 짧은 바지. 裏 속 리, 안쪽. 脖 목덜미 발. 飜 뒤집을 번. 筋 힘줄 근. 玩 희롱할 완, 가지고 놀다. 拼 물리칠 병, 죽을 각오로 ~하다. 豚 돼지 돈. 河豚 복어(맹독성).

「구관조의 입 - 말주변이 좋다.」(잘 알지도 못하면서 말을 잘 하다.) 160)

※ 把屎盆子往自己頭上扣 (파시분자왕자기두상구 bǎ shǐpénzi wǎng zìjǐtóushang kòu)

「요강을 제 머리 위에 쏟다.」(오명을 뒤집어쓰다.)

→ 把屎往臉上抹 (파시왕검상말 bǎ shǐ wǎng liǎnshang mǒ)

「제 얼굴에 똥칠하다.」(스스로 체면을 손상하다.)

▶ 往臉上抹黑 (왕검상말흑 wǎng liǎnshang mǒhēi)

「얼굴에 먹칠을 하다」(명예를 실추시키다.)

▶ 往臉上帖金 (왕검상첩금)

「얼굴에 금칠을 하다.」(다른 사람을 추켜세우다.)

▶ 乾屎抹不到人身上 (건시말부도인신상)

「마른 똥은 사람 몸에 바를 수 없다.」(없는 죄를 만들어 덮어씌울 수 없다.)

▶ 自己把尿桶往屋檐上挂 (자기파뇨통왕옥첨상괘)

「자기 오줌통을 지붕 처마에 걸다.」(집안의 추한 꼴을 널리 떠벌이다.) 161)

※ 八寸三分帽子話 (팔촌삼분모자화 bācùn sānfēn màozi huà)

「직경이 8촌 3분인 모자 같은 이야기.」(밑도 끝도 없는 황당한 이야기.)

---

160) 蛤 두꺼비 합. 蟆 두꺼비 마. 飜 뒤집을 번. 八哥兒 구관조(九官鳥). 道(dào) 말을 하다.

161) 把 잡을 파. 屎 똥 시. 盆 동이 분. 屎盆子 요강, 변기. 扣 뒤집을 고, 쏟다. 臉 뺨 검. 抹 바를 말, 칠하다. 桶 물건을 담는 통. 檐 처마 첨. 挂 걸 괘(掛), (페인트 등을) 칠하다.

→ **把猫說成虎** (파묘설성호 bǎ māo shuō chéng hū)

「고양이를 호랑이라고 말하다.」(과장이 심함.)

▶ **捕風捉影** (포풍착영 bǔ fēng zhuō yǐng)

「바람을 잡고 그림자를 움켜쥐다.」(허망한 일을 떠벌이다.)

▶ **不見風 就是雨** (불견풍 취시우 bù jiàn fēng jiù shì yǔ)

「바람도 없는데 비 온다고 하다.」(근거도 없이 마구 지껄이다.)

▶ **把猪說成大象** (파저설성대상)

「돼지를 큰 코끼리라고 말하다.」(억지를 부리다.)

▶ **把青天說下雨來** (파청천설하우래)

「맑은 하늘을 비가 온다고 말하다.」(교묘하게 둘러대다.) 162)

※ **平生不做虧心事 世上應無切齒人** (평생부주휴심사 세상응무절치인 píngshēng bùzuò kuīxīn shì, shìshàng yīngwú qiēchǐ rén)

「평생 나쁜 짓을 하지 않으면 세상에 (당신에게) 이를 가는 사람은 당연히 없다.」

→ **平生最愛魚無舌 游遍江湖少是非** (평생최애어무설 유편강호소시비 píngshēng zuì ài yúwúshé, yóu biàn jiānghú shǎo shìfēi)

「평생 말수가 적은 사람은 온 천하를 돌아다녀도 시빗거리가 없다.」

▶ **口言是亡身禍** (구언시망신화)

「말은 몸을 망치는 재앙이다.」

▶ **人生喪家亡身 言語占了八分** (인생상가망신 언어점료팔분)

「인생에서 가정을 잃고 몸을 망치는데, 그 8할은 말 때문이다.」 163)

---

162) 帽 모자 모. 把 잡을 파. 蛤 두꺼비 합. 蟆 두꺼비 마. 蛤蟆 두꺼비. 捕 잡을 포. 捉 잡을 착. 影 그림자 영.

163) 做 지을 주. 虧 일그러질 휴. 應 마땅 응. 切齒人 이를 가는 사람, 복수

※ 閉攏眼睛說假話 (폐롱안정설가화 bìlóng yǎnjing shuō jiǎhuà)
「눈을 감고서 거짓말을 하다.」 (진실을 외면하고 거짓말을 하다.)

→ 閉塞眼睛捉麻雀 (폐색안정착마작 bìsè yǎnjing zhuō máquè)
「눈을 감고 참새를 잡다.」 (맹목적인 행동.)

▶ 把吐出來的唾沫再舔起來 (파토출래적타말재첨기래)
「뱉어버린 침을 다시 핥아먹다.」 (식언食言을 하다.)

▶ 閉着眼睛摸田螺, 瞎摸一氣 (폐착안정모전라, 할모일기)
「눈을 감고 우렁이를 잡으니, 한바탕 마구 더듬다.」[164]

※ 敝帚千金 (폐추천금 bì zhǒu qiān jīn)
「못쓰게 된 빗자루도 천금처럼 여기다.」

→ 一錢不落虛空地 (일전불락허공지 yīqián bù lào xūkōngdì)
「한 푼도 허튼 곳에 쓰지 않다.」

▶ 鐵打的公鷄 - 一毛不拔 (철타적공계 - 일모불발)
「쇠로 만든 수탉 - 털 하나도 뽑을 수 없다.」 (지독하게 인색하다.)

▶ 瓷公鷄也拔毛 (자공계야발모)
「흙으로 만든 수탉의 털을 뽑다.」 (지독하게 인색함.)[165]

※ 被窩裏放屁 (피와리방비 bèiwō lǐ fàngpì)
「이불 속에서 방귀를 뀌다.」 (남에게 피해를 주지 않는 일.)

하겠다고 벼르는 사람. 魚無舌 고기는 혀가 없다, 말을 삼가다. 游 놀 유, 유람하다. 遍 두루 편. 江湖 천하. 少 적을 소, 없다.

164) 閉 닫을 폐. 攏 다물 농(롱), 모으다, 합치다. 麻雀 참새. 唾 침 타, (침을) 뱉다. 沫 거품 말. 舔 핥을 첨. 摸 찾을 모. 螺 소라 라(나). 田螺 우렁이. 瞎 소경 할. 瞎摸 마구 더듬다.

165) 敝 해질 폐. 帚 빗자루 추.

→ 不知曉屁香 也知曉屁臭 (부지효비향 야지효비취 bù zhī xiǎo pì xiang, yě zhī xiǎo pì chòu)

「방귀의 향기는 모르지만, 그래도 방귀의 고약한 냄새는 안다.」 (좋고 나쁜 줄은 안다.)

▶ 放屁咬牙 拉屎攢拳頭 (방비교아 납시찬권두)

「방귀를 뀌면서 이를 악물고, 똥을 싸면서 주먹을 움켜쥐다.」 (아 무 것도 아닌 일에 공연히 화를 내다.)

▶ 放了屁兒 難用手掩 (방료비아 난용수엄)

「방귀를 끼고서는 손으로 가릴 수 없다.」 166)

※ 彼一時 此一時 (피일시차일시 bǐ yī shí, cǐ yī shí)
「그때는 그 때고, 지금은 지금이다.」 (지금이야 상황이 바뀌었다.)

→ 搖頭兒不算 點頭兒算 (요두아부산 점두아산 yáo tóur bù suàn, diǎntóur suàn)

「머리를 저면 거절이고, 끄덕이면 승낙한다는 뜻이다.」

▶ 半斤對八兩 (반근대팔량 bànjīn duì bāliǎng)

「반 근이나 여덟 냥이나 그게 그거.」

▶ 彼以禮來 此以禮往 (피이례래 차이례왕)

「그쪽에서 예로 대하면 이쪽에서도 예로 대한다.」

▶ 來而不往非禮也 (내이불왕비례야)

「(상대 예물이) 왔는데도 답례를 안 하면 예가 아니다.」 167)

---

166) 被 이불 피. 窩 움집 와. 被窩 둘둘 말아놓은 이불. 屁 방귀 비. 放屁 방 귀를 뀌다. 咬 깨물 교. 牙 어금니 아. 攢 모을 찬. 拳頭 주먹. 掩 가릴 엄.
167) 搖 흔들 요. 算 셈할 산. 半斤 중국 재래의 도량형에서 반 근은 여덟 냥 이었음.

※ 下什麼網 得什麼魚 (하십마망 득십마어 xià shénme wǎng, dé shénme yú)
「어떤 그물을 치느냐에 따라 잡는 고기가 다르다.」

→ 下小餌釣大魚 (하소이조대어 xià xiǎoěr diào dàyú)
「작은 미끼로 큰 고기를 잡다.」

▶ 張開大網捉大魚 (장개대망착대어)
「큰 그물을 쳐야 큰 고기를 잡는다.」

▶ 香餌之下 必有死魚 (향이지하 필유사어)
「좋은 미끼에는 틀림없이 고기가 걸려든다.」

▶ 要想釣大魚 就得撒長線 (요상조대어 취득살장선)
「큰 고기를 낚고 싶다면 긴 줄을 던져야 한다.」 168)

※ 閑談莫論人非 (한담막론인비 xiántán mò lùn rén fēi)
「쓸데없이 다른 사람의 잘잘못을 말하지 말라.」

→ 蓋棺論始定 (개관논시정 gàiguān lùn shǐ dìng)
「관을 덮은 뒤에야 인물평론이 비로소 정해진다.」 (사람은 죽은 후에야 그 사람의 살아 있을 때의 가치를 알 수 있다.)

▶ 閑言小叙言歸正傳 (한언소서언귀정전)
「쓸데없는 말을 하지 않아야 말이 본론으로 돌아간다.」

▶ 閉着眼睛說瞎話 (폐착안정설할화)
「눈을 감고 눈먼 소리를 지껄이다.」 (사실을 모르면서 쓸데없는 말을 하다.) 169)

---

168) 什 열 사람 십. 麼 작을 마, 무엇, 어찌. 什麼(간자체 什么) 무엇. 餌 먹이 이, 미끼. 釣 낚을 조. 撒 뿌릴 살, 놓다.
169) 莫 말 막. 蓋 덮을 개. 棺 널 관. 眼睛 눈. 瞎 눈멀 할.

※ **海水不可斗量** (해수불가두량 hǎishuǐ bùkě dǒuliáng)

「바닷물은 말斗로 헤아릴 수 없다.」(작은 식견으로는 큰 뜻을 헤아릴 수 없다.)

→ **大海架不住瓢舀** (대해가부주표요 dàhǎi jià bùzhù piáoyǎo)

「바닷물도 바가지로 퍼낸다면 퍼낼 수 있다.」(부단한 노력을 강조함.)

▶ **海深不怕魚大** (해심불파어대)

「바다가 깊으니 고기가 아무리 커도 걱정이 없다.」

▶ **海水舀不乾 學問無止境** (해수요불건 학문무지경)

「바닷물은 퍼낸다고 마르지 않고, 학문에는 끝이 없다.」[170]

※ **蟹子過河隨大流** (해자과하수대류 xièzi guòhé suí dàliú)

「게가 강을 건너갈 때는 큰 흐름을 따라간다.」(대세를 따라 행동하다.)

→ **三條大道走中間** (삼조대도주중간 sān tiáo dàdào zǒu zhōngjiān)

「세 갈래 큰 길에서 중간 길을 걷다.」(正道를 가다)

▶ **不靠前, 不靠後, 看風向, 隨大流** (불고전, 불고후, 간풍향, 수대류)

「앞에 의지하지도, 뒤에 기대지도 않고, 풍향을 보고 큰 흐름을 따라간다.」(중간쯤에서 다른 사람을 따라 행동하다.)

▶ **不騎馬 不騎牛 弄個毛驢兒在中間隨大流** (불기마 불기우 농개모려아재중간수대류)

「(빠른) 말을 타지 않고, (느린) 소도 타지 않고, 작은 나귀를 타고 중간에서 큰 흐름을 따라가다.」(시류時流를 따라가다.)

▶ **人家騎馬我騎驢 後邊還有步行的** (인가기마아기려 후변환유보행

---

170) 量 헤아릴 량. 架 시렁 가, 지탱하다, 견디다. 架不住 견디지 못하다. 瓢 바가지 표. 舀 퍼낼 요.

적)

「다른 사람이 말을 탈 때 나는 나귀를 타지만, 뒤에는 걸어오는 사람도 있다.」 (앞사람보다는 못하지만, 뒤를 보면 나보다 못한 사람이 많다.) 171)

※ 孩子嘴裏無瞎話 (해자취리무할화 háizi zuǐli wú xiāhuà)
「어린아이 입에서는 거짓말을 안 한다」

→ 小兒沒假病 (소아몰가병 xiǎoér méi jiǎbìng)
「어린아이에게는 꾀병이 없다.」

▶ 孩子口裏吐實話 (해자구리토실화)
「아이의 입에서는 진실한 말만 나온다.」

▶ 小孩屁股醉漢嘴 (소해비고취한취)
「어린아이 방귀와 취한 사내의 입.」 (막을 수 없다.)

▶ 孩子是大人的耳朵, 也是大人的舌頭 (해자시대인적이타, 야시대인적설두)

「어린아이는 어른의 귀다. 또한 어른의 혀다.」 (아이를 통해 듣기도 하지만, 어른이 하는 말이나 행동은 아이를 통해 나간다.) 172)

※ 行高於衆 人必非之 (행고어중 인필비지 xíng gāo yú zhòng, rén bì fēi zhī)
「행동이 보통 사람보다 고상하면 틀림없이 사람들의 비난을 받는다.」

→ 行要好伴 住要好隣 (행요호반 주요호린 xíng yào hǎobàn, zhù yào hǎolín)

---

171) 蟹 게 해. 驢 나귀 려. 邊 가장자리 변.
172) 瞎 눈먼 할. 瞎話 거짓말. 朵 늘어질 타. 耳朵 귀. 舌 혀 설. 舌頭 혀.

「여행길에는 좋은 짝(동료)이 있어야 하고, 사는 곳에는 좋은 이웃
이 있어야 한다.」

▶ 行事看勢頭 說話看地頭 (행사간세두 설화간지두)

「일을 할 때는 형세를 살펴보고, 말을 할 때는 처지를 생각해야 한
다.」

▶ 行得春風 便有夏雨 (행득춘풍 편유하우)

「봄바람이 있어야 다음에 여름비가 있다.」 (주는 것이 있어야 오는
것이 있다.)

▶ 能和好人做伴受苦 也不和壞人爲伍亨福 (능화호인주반수고 야불
화괴인위오형복)

「좋은 사람과 짝이 되어 고생을 함께 할 수 있으나, 나쁜 사람과
한 패가 되어 복을 누리지는 않겠다.」 173)

※ 行得正 不怕影子歪 (행득정 불파영자왜 xíng dé zhèng, bù pà yǐn
gzi wāi)

「행동이 바르다면 그림자가 바르지 않을 리 없다.」

→ 行不動塵 笑不露齒 (행부동진 소불로치 xíng bù dòng chén, xiào
bùlù chǐ)

「먼지를 일으키지 않게 걷고, 이를 드러내지 않고 웃다.」 (옛 귀족
부녀자의 몸가짐.)

▶ 行如風 站如松 臥如弓 坐如鐘 (행여풍 참여송 와여궁 좌여종)

「행동은 바람처럼, 서 있을 때는 소나무같이, 누워 있을 때는 활처
럼, 앉아 있을 때는 종鐘처럼.」

▶ 笑不露齒 話莫高聲 (소불로치 화막고성)

---

173) 伴 짝 반. 隣 이웃 린. 亨 누릴 형.

「웃을 때 이를 보이지 말고 큰 소리로 말하지 말라.」 [174]

※ 好狗不和鷄鬪 好男不和女鬪 (호구불화계투 호남불화여투 hǎogǒu bùhé jī dòu, hǎonán bùhé nǚ dòu)
「잘난 강아지는 닭과 싸우지 않고, 잘난 남자는 여자와 싸우지 않는다.」 (못난 사내가 여자와 싸운다.)

→ 好狗不擋道 (호구부당도 hǎogǒu bùdǎng dào)
「좋은 개는 길을 막지 않는다.」

▶ 好狗不亂吠 (호구불난폐)
「좋은 개는 마구 짖지 않는다.」

▶ 好狗不咬鷄 好漢不打妻 (호구불교계 호한불타처)
「좋은 개는 닭을 물지 않고, 사내대장부는 아내를 때리지 않는다.」

▶ 好狗護家門 (호구호가문)
「좋은 개는 집을 지킨다.」 [175]

※ 好馬不吃回頭草 (호마불흘회두초 hǎomǎ bùchī huítóu cǎo)
「좋은 말은 머리를 돌려 (자신이 밟고 온) 풀을 뜯지 않는다.」 (굳은 의지의 사나이는 왔던 길을 되돌아가지 않는다.)

→ 好馬不行羊腸路 (호마불행양장로 hǎo mǎ bù xíng yángchánglù)
「좋은 말은 꾸불꾸불한 산길을 가지 않는다.」

▶ 老鷹不吃窩下食 (노응부흘와하식)

---

174) 歪 비뚤 왜. 塵 먼지 진. 露 이슬 노(로), 드러낼 노. 站 홀로 설 참, 역마을 참.

175) 狗 개 구. 和「~와」의 뜻. 鷄 닭 계. 鬪 싸울 투. 擋 방해할 당. 吠 개 짖을 폐.

「매는 둥지 아래에서 먹이를 구하지 않는다.」(악인도 자기 동네에서는 나쁜 짓을 안 한다.)

▶ **好馬主人多 好人朋友多** (호마주인다 호인붕우다)

「좋은 말은 사려는 사람이 많고, 착한 사람은 벗이 많다.」

▶ **好馬走路平穩 好人說話緊定** (호마주로평온 호인설화긴정)

「좋은 말을 타면 가는 길이 편하고, 착한 사람은 긴요하고 맞는 말을 한다.」 176)

※ **好事不出門 壞事傳千里** (호사불출문 괴사전천리 *hǎoshì bù chū mén, huàishì chuán qiānlǐ*)

「좋은 일은 문 밖을 나가지 않아도 나쁜 일은 천리 밖에 소문난다.」

→ **內言不出于閫** (내언불출우곤 *nèi yán bù chū yú kǔn*)

「안채에서 하는 말은 문지방을 넘어서는 안 된다.」

▶ **好事難碰上 壞事接連三** (호사난팽상 괴사접련삼)

「좋은 일은 다시 만나기 어렵지만, 나쁜 일은 연속 세 번 이어진다.」

▶ **風兒無翅飛千里 消息無脚走萬家** (풍아무시비천리 소식무각주만가)

「바람은 날개가 없어도 천리를 날아가고, 소문은 발이 없어도 온 세상에 퍼진다.」(발 없는 말이 천리 간다.) 177)

※ **好漢不做混賬事** (호한부주혼장사 *hǎohàn bù zuò hùnzhàng shì*)

---

176) 腸 창자 장. 緊 얽을 긴, 긴요할 긴. 鷹 매 응. 窩 움집 와, 둥지 와.

177) 壞 무너질 괴, 나쁘다. 壞事 나쁜 일. 翅 날개 시. 閫 문지방 곤, 아녀자가 거처하는 내실. 碰 부딪칠 팽(揰의 俗字).

「사내대장부는 뻔뻔한 짓을 하지 않는다.」

→ 好漢不吃回頭草 (호한부흘회두초 hǎo hàn bùchī huítóu cǎo)

「사내대장부는 후회할 일을 하지 않는다.」 (정숙한 여자는 마음을 바꿔 재혼하지 않는다.)

▶ 好漢不娶有主妻 (호한불취유주처)

「사내대장부라면 주인이 있는 여자에게 장가들지 않는다.」

▶ 好漢不用暗箭傷人 (호한불용암전상인)

「사내대장부는 숨어 활을 쏘아 사람을 다치게 하지 않는다.」 (남을 중상모략하지 않는다.) 178)

※ 好話難勸糊塗虫 (호화난권호도충 hǎohuà nánquàn hútuchóng)
「좋은 말이라도 바보에게는 권할 수 없다.」

→ 好話說給聾和尙 (호화설급농화상 hǎohuà shuōgěi lóng héshang)

「좋은 말을 귀먹은 중에게 해 주다.」 (아무도 안 듣는 쓸데없는 말을 하다.)

▶ 好話不過三遍 好酒不過三盃 (호화불과삼편 호주불과삼배)

「좋은 말이라도 세 번을 더 할 수 없고, 좋은 술도 석 잔을 더 마실 수 없다.」

▶ 好話說千句 不及好事做一椿 (호화설천구 불급호사주일장)

「좋은 말 천 마디는 착한 일 한 건만 못하다.」

▶ 寧跟明白人打一架 不跟糊塗人說句話 (영근명백인타일가 불근호도인설구화)

「차라리 경우 바른 사람하고 한번 싸울지언정 멍청한 사람에게 한

---

178) 漢 사나이 한. 賬 치부책 장. 混賬 언행이 사리에 어긋나며 염치도 없음. 羊腸 양의 창자, 아주 심하게 구부러지는 산길. 娶 장가들 취. 箭 화살 전.

마디를 건네지 말라.」[179]

→ 會說的說圓了 不會說的說翻了 (회설적설원료 불회설적설번료 huìshuōde shuō yuánle, bùhuìshuōde shuō fānle)

「말을 할 줄 아는 사람은 말로 원만하게 하지만, 말을 할 줄 모르는 사람은 말로 뒤집어 놓는다.」(분란을 일으킨다.)

▶ 百口莫辯 (백구막변 bǎi kǒu mò biàn)

「입이 백 개라도 변명할 수 없다.」

▶ 方話不入圓耳 (방화불입원이)

「네모난 이야기는 둥근 귀에 들리지 않는다.」

▶ 舌頭是扁的 說話是圓的 (설두시편적 설화시원적)

「혀는 납작하지만, 말은 둥글게(원만하게) 해야 한다.」[180]

→ 好漢一言 快馬一鞭 (호한일언 쾌마일편 hǎohàn yīyán, kuàimǎ yībiān)

「사내대장부와 한 마디, 준마駿馬에게는 채찍 한 번.」(알아들을 만

---

179) 糊 풀 호, 미음 호. 塗 진흙 도. 糊塗 어리석은, 멍청한. 糊塗虫 바보, 멍청이. 椿 말뚝 장, 건(件), 가지.

180) 渾 온통, 전부, 흐릴 혼. 渾身 온 몸. 嘴 부리(주둥이) 취. 舌 혀 설. 扁 납작할 편.

한 사람에게는 말 한 마디면 족하다.)

▶ 苦甛下咽不覺 是非出口難改 (고첨하인불각 시비출구난개)

「달고 쓴 것은 목에 넘어가면 느낄 수 없지만, 시비는 입에서 나오면 고치기 어렵다.」

▶ 是非場中 你用口 我用耳 (시비장중 이용구 아용이)

「시비의 한가운데에서 네가 입으로 말하면 나는 귀로 듣겠다.」 [181]

※ 話不要說死 路不要走絶 (화불요설사 노불요주절 huà bùyào shuōsǐ, lù bù yào zǒu jué)

「말을 하더라도 딱 잘라 말할 수 없고, 길을 가더라도 막다른 골목까지 갈 수 없다.」

→ 不分靑赤皂白 (불분청적조백 bù fēn qīngchì zàobái)

「푸른색과 붉은색, 검은색과 흰색을 구분하지 않다.」 (시비를 가리지 않다.)

▶ 話不可盡說 惡不可作盡 (화불가진설 악불가작진)

「하고 싶은 말을 다 할 수 없고, 악행을 다 저지를 수는 없다.」

▶ 是非吹入凡人耳 萬丈江河洗不淸 (시비취입범인이 만장강하세불청)

「시빗거리가 보통사람의 귀에 들어가면 만 길 강물이라도 깨끗이 씻어버릴 수 없다.」 (시비의 논쟁에 빠지지 않을 수 없다.) [182]

※ 話不投機半句多 (화불투기반구다 huà bù tóujī, bànjù duō)

「말을 해서 서로 맞지 않는다면 반 마디도 많다.」

---

181) 話 말씀 화. 邊 가장자리 변. 留 남길 류. 說死 딱 잘라 말하다. 甛 달첨. 咽 목구멍 인, 삼킬 인.

182) 皂 검을 조(皁의 속자). 盡 다할 진.

→ **話說多一泡水** (화설다일포수 huàshuō duō yī pào shuǐ)

「많은 이야기가 한 거품의 물.」 (실컷 이야기해봤자 수포水泡.)

▶ **人逢知己千言少** (인봉지기천언소)

「지기知己를 만난다면 천 마디 이야기도 오히려 적다.」

▶ **酒逢知己千杯少** (주봉지기천배소)

「술이 지기知己를 만나면 천 잔도 많지 않다.」

▶ **相逢不飮空歸去 洞口桃花也笑人** (상봉불음공귀거 동구도화야소인)

「서로 만나 술 한 잔도 없이 그냥 헤어진다면 동굴 입구에 핀 도화라도 그를 비웃으리라.」 183)

※ **話是開心的鑰匙** (화시개심적약시 huà shì kāixīn de yàoshi)

「이야기는 마음을 열어주는 열쇠이다.」 (말을 걸고 들어주는 것도 보시布施다.)

→ **好話說三遍 聾子也心煩** (호화설삼편 농자야심번 hǎohuà shuō sānbiàn, lóngzǐziyě xīnfán)

「좋은 말도 세 번 거듭하면 귀머거리도 싫어한다.」

▶ **好話不背人 背人不好話** (호화불배인 배인불호화)

「좋은 이야기는 남을 속이지 않는다. 남을 속인다면 좋은 이야기가 아니다.」 184)

※ **禍從口出, 病從口入** (화종구출 병종구입 huò cóng kǒu chū, bìng cóng kǒu rù)

---

183) 逢 만날 봉. 投機; 見解가 서로 같음. 胞 태보 포. 同胞 친형제 자매.

184) 鑰 열쇠 약(간체 钥). 匙 숟가락 시. 鑰匙 열쇠. 遍 두루 편, 처음부터 끝까지. 聾 귀머거리 농. 煩 괴로울 번.

「화는 입에서 나오고 질병은 입으로 들어온다.」

→ 禍福由己 (화복유기 huò fú yóu jǐ)

「화와 복은 나 자신에 있다.」

▶ 一句妄言折盡平生之福 (일구망언절진평생지복)

「한 마디 망언으로 평생의 복을 잘라버린다.」

▶ 禍福皆由天定 人生不可强求 (화복개유천정 인생불가강구)

「화와 복은 다 하늘이 정한 것이니, 인생에서 억지로 얻을 수 없다.」

▶ 禍福無門 唯人所召 (화복무문 유인소소)

「화와 복이 출입하는 문은 없다. 오직 사람이 불러들인다.」 185)

※ 話好說 事難做 (화호설 사난주 huà hǎo shuō, shì nán zuò)

「말은 쉽게 했지만, 일은 쉽게 하지 못한다.」 (언제나 말보다 실천이 어렵다.)

→ 好漢做 好漢當 (호한주 호한당 hǎohàn zuò, hǎohàn dāng)

「진정한 대장부는 자기 일에 대하여 책임을 진다.」 (남아일언중천금男兒一言重千金)

▶ 無事要小心 有事要大膽 (무사요소심 유사요대담 wúshì yào xiǎoxīn, yǒushì yào dàdǎn)

「일이 없을 때도 늘 조심해야 하지만, 할 일이 있다면 대담해야 한다.」

▶ 話說三遍無人聽 (화설삼편무인청)

「같은 이야기를 세 번이나 하면 듣는 사람이 없다.」 186)

---

185) 召 부를 소. 盡 다할 진.
186) 做 지을 주, ~을 하다.

※ 黃鶴樓上看飜船 (황학루상간번선 Huánghèlóu shang kàn fānchuán)

「황학루에서 배가 뒤집히는 것을 보다.」 (강 건너 불구경.)

→ 站在高山看虎鬪 (참재고산간호투 zhàn zài gāoshān kàn hū dòu)

「높은 산에 서서 호랑이 싸우는 것을 구경하다.」 (형세를 관망하다.)

▶ 陰溝裏飜船 (음구리번선)

「도랑에서 배가 뒤집히다.」 (엉뚱한 곳에서 실패를 겪다.)

▶ 站在高岸看飜船 (참재고안간번선)

「강 언덕에 서서 배가 뒤집히는 것을 보다.」

▶ 坐橋頭而看水流 (좌교두이간수류)

「다리 위에 앉아 흘러가는 물을 보다.」 187)

※ 會推磨 就會推碾子 (회추마 취회추년자 huìtuīmò jiù huìtuī niǎnzi)

「맷돌을 돌릴 줄 알면 연자방아도 돌릴 수 있다.」 (한 가지 기술을 배우면 비슷한 일도 할 수 있다.)

→ 難者不會 會者不難 (난자불회 회자불난 nánzhě bù huì, huìzhě bù nán)

「어렵다면 할 줄 모르는 것이고, 할 줄 아는 사람에게는 어렵지 않다.」

▶ 學好千日不足 學歹一日有餘 (학호천일부족 학대일일유여)

「좋은 일을 배우려면 일천 일도 부족하지만, 나쁜 것을 배우려면 하루라도 넉넉하다.」

▶ 學好數理化 不如有個好爸爸 (학호수리화 불여유개호파파)

---

187) 樓 다락 루, 높고 큰 집. 飜 뒤집힐 번. 站 설 참. 岸 언덕 안. ※ 黃鶴樓 湖北省 武昌 소재. 양자강을 조망하는 경치가 빼어남.

「수학·이학·화학을 잘 배우는 것은 좋은 아버지 한 사람만 못하다.」(능력 있는 아버지가 있으면 공부 못해도 괜찮다.) 188)

※ 會偷吃 不會拭嘴 (회투흘 부회식취 huì tōuchī, bùhuì shìzuǐ)
「훔쳐 먹을 줄만 알았지, 입가 닦을 줄은 몰랐다.」(나쁜 짓을 하면서 증거를 남기다.)

→ 手不溜 賴襖袖 (수불류 뇌오수 shǒu bùliū, lài ǎoxiù)
「손재주가 없으면서 옷소매 탓을 한다.」

▶ 頭頂着星星 身背着月亮 (두정착성성 신배착월량)
「머리에는 별을 이고, 등에는 달을 지고 있다.」(도둑질로 밤을 새우다.)

▶ 偷風不偷月 偷雨不偷雪 (투풍불투월 투우불투설)
「바람 부는 밤에는 도둑질을 할 수 있지만, 달이 밝은 밤에는 못하고, 비 오는 날에는 훔치지만, 눈 오는 날에는 할 수 없다.」189)

※ 黑不提 白不道 (흑부제 백부도 hēi bùtí, bái bùdào)
「흑인지 백인지, 이런저런 말이 없다.」

→ 不說東 不道西 (불설동 부도서 bù shuō dōng, bù dào xī)
「동쪽인지 서쪽인지 말이 없다.」(사정을 말하지 않다.)

▶ 不說紅 不道白 (불설홍 부도백)
「붉다 희다 말을 하지 않다.」(좋고紅 나쁘다는白 말을 안 하다.)

▶ 人人心裏有 人人就上無 (인인심리유 인인취상무)

---

188) 會 ~을 할 줄 안다. 磨 맷돌 마. 就 곧. 碾 맷돌 연.
189) 溜 물 흐를 유, 미끄러울 유, 몰래 빠져나가다. 賴 힘입을 뢰, 탓하다. 襖 웃옷 오. 袖 소매 수. 偷 훔칠 투. 拭 닦을 식. 嘴 부리 취. 亮 밝을 량(양). 月亮 달.

「사람마다 마음속에는 있지만, 아무도 말을 하지 못한다.」 [190]

※ **吃薑不吃蒜** (흘강부흘산 chī jiāng bù chī suàn)

「생강은 먹었지만, 마늘은 먹지 않다.」 (칭찬하며 띄워주는 데는 넘어가지만, 속임수에는 안 넘어간다.)

　→ **吃的鹽比你吃的飯還多** (흘적염비니흘적반환다)

「(내가) 먹은 소금이 네가 먹은 밥보다도 더 많다.」 (내 경험이 더 많다.)

　▶ **過的橋比你走的路還多** (과적교비니주적로환다)

「내가 건넌 다리는 네가 걸어온 길보다 더 길다.」

　▶ **吃屎狗不忘吃屎路** (흘시구불망흘시로)

「똥을 먹은 개는 똥을 먹은 길을 잊지 않는다.」 [191]

※ **吃江水 說海話** (흘강수 설해화 chī jiāngshuǐ shuō hǎihuà)

「강물을 마시고 바다 이야기를 한다.」 (허풍이 심하다.)

　→ **拏着鷄毛當令箭** (나착계모당영전 názhe jīmáo dàng lìngjiàn)

「닭털을 가지고 군령을 전하는 화살이라고 한다.」 (허풍이 심하다. 침소봉대하다.)

　▶ **吃的河水 管的寬** (흘적하수 관적관 chī de héshuǐ, guǎn de kuān)

「강물을 마셨는가? 상관하는 일도 많다.」 (남의 일에 쓸데없이 참견하는 사람을 빈정대는 말.)

　▶ **少林寺的杆仗 見過大案** (소림사적간장 견과대안)

「소림사의 밀반죽을 미는 방망이도 큰 사건을 겪었다.」 (경력이 과

---

190) 提 들 제. 道 말할 도.

191) 薑 생강 강. 蒜 달래 산(가는 파와 비슷한 야생 나물). 你 너 니(이). 橋 다리 교, 교량.

장되었을 뿐 실력은 없음.) 192)

※ **吃飯防噎 走路防跌** (흘반방일 주로방질 chīfàn fáng yē, zǒulù fángdiē)

「먹을 때 목에 걸리지 않고, 걸을 때 넘어지지 않게 조심하다.」

→ **飛不高跌不重** (비불고질부중 fēi bùgāo, diē bùzhòng)

「높이 뛰지 않는다면 넘어져도 상처가 심하지 않다.」 (너무 설쳐대지 않으면 위험도 적다.)

▶ **騎馬就有跌跤的時候** (기마취유질교적시후)

「말을 타고 다녀도 발이 걸려 넘어질 때가 있다.」

▶ **好馬不十全 神仙尙有過** (호마불십전 신선상유과)

「좋은 말이라고 모두 완전하지는 않으며, 신선에게도 실수가 있다.」 193)

※ **吃一塹 長一智** (흘일참 장일지 chī yīqiàn, zhǎng yīzhì)

「한 번 구덩이에 빠지면(실패를 겪고 나면) 지혜가 하나 늘어난다.」 (실패한 경험에서 배운다.)

→ **天下無萬能人** (천하무만능인 tiānxià wú wànnéngrén)

「천하에 만능인은 없다.」

▶ **天下事難盡如人意** (천하사난진여인의)

「세상에 사람 뜻대로 다 되는 일 없다.」

▶ **吃一次虧 學一次乖** (흘일차휴 학일차괴)

---

192) 拏 잡을 나. 箭 화살 전, 소림사; 하남성 登封縣의 불교 선종(禪宗) 사찰. 소림파 拳術의 발상지. 杆 박달나무 간. 杆伏 밀가루 반죽을 얇게 밀 때 쓰는 방망이. 大案; 큰 사건, 큰 싸움.

193) 噎 목이 멜 일. 跌 넘어질 질. 跤 종아리 교. 時候 때. 十全 완전무결하다(=十全十美).

「한번 당하고 나면 지혜 하나 배운다.」

▶ 乖乖騙乖乖 (괴괴편괴괴)

「약은 놈이 약은 놈을 속인다.」[194]

---

194) 吃 먹을 흘, 겪다. 塹 구덩이 참, 실패 좌절. 長 길어지다, 늘어나다. 盡
　　다할 진. 虧 일그러질 휴. 乖 영리하다, 똑똑하다, (사리에) 어그러질 괴.
　　乖乖 귀염둥이(어린아이), 여기서는 「영리한 사람(乖子)」.

學問勤乃有 不勤腹空虛

「학문은 부지런해야 성취가 있다. 부지런하지 않으면 뱃속이 빈 것과 같다.」

書山有路勤爲徑 學海無崖苦是舟

「책의 산에 길이 있으니, 근면이 가장 빠른 길이고, 학문의 바다는 가없으니 고생만이 건널 수 있다.」

※ 家家彌陀佛 處處觀世音 (가가미타불 처처관세음 jiājiā mítuófó, chùchǔ guānshìyīn)
「집집마다 아미타불이 있고, 곳곳에 관세음보살이 있다.」(집집마다, 곳곳에 착한 사람이 많다.)

→ 放個菩薩不供着 (방개보살불공착 fàng gè púsā bù gōngzhe)
「보살을 내치고 받들지 않다.」

▶ 凡人的肉眼 認不出眞菩薩來 (범인적육안 인불출진보살래)
「범인의 육안으로는 진짜 보살을 알아보지 못한다.」(사람을 보는 안목.)

▶ 龍眼識珠 鳳眼識寶 牛眼識靑草 (용안식주 봉안식보 우안식청초)
「용의 눈은 여의주를, 봉황의 눈은 보배를, 소의 눈은 풀을 알아본다.」[1]

※ 赶人不可趕上 (간인불가간상 gǎnrén bùkě gǎnshàng)
「도망가는 사람을 따라잡지 마라.」(도둑도 도망갈 구멍을 만들어 놓고 쫓아라!)

→ 恨不得有條地縫鑽進去 (한부득유조지봉찬진거 hènbude yǒu tiáo dìfèng zuān jìnqù)
「땅의 갈라진 틈이라도 있어 뚫고 들어가지 못하는 것이 한스럽다.」(쥐구멍이라도 찾아 들어가고 싶다. 몹시 민망하다.)

▶ 羞惡之心人皆有之 (수오지심인개유지)
「(잘못에 대하여) 부끄러워하는 마음은 사람이라면 누구나 다 가지고 있다.」

▶ 恨人恨不死 望人望不窮 (한인한불사 망인망불궁)

---

1) 彌陀佛 阿彌陀佛 서방 극락세계의 부처님. 觀世音菩薩 고난을 구원해주는 보살. 識 알 식.

「미워하면 그가 죽지 않는 것이 한스럽고, 그리워하면 그가 가난해
지지 않기를 바란다.」[2]

※ 江山易改 稟性難移 (강산이개 품성난이 jiāngshān yìgǎi, bǐngxìng nányí)
「강산은 쉽게 바꿀 수 있어도 품성은 고치기 어렵다.」

→ 喝酒見人心 (갈주견인심 hējiǔ jiàn rénxīn)
「술을 마시면 사람의 마음을 볼 수 있다.」

▶ 風一陣 雨一陣 (풍일진 우일진)
「바람 한 번, 비 한 번.」 (수시로 변하는 사람의 태도.)

▶ 風雲多變 人心難測 (풍운다변 인심난측)
「날씨가 자주 변하듯, 인심 또한 헤아릴 수 없다.」

▶ 江山好量 民心難測 (강산호량 민심난측)
「강산은 헤아릴 수 있지만, 민심은 헤아리기 어렵다.」

▶ 江山依舊 人事皆非 (강산의구 인사개비)
「강산은 옛 그대로이나, 사람의 일은 모두가 같지 않다.」[3]

※ 開卷有益 (개권유익 kāijuǎn yǒuyì)
「독서는 유익하다.」

→ 三代不讀書會變牛 (삼대부독서회변우 sāndài bù dúshū huì biàn niú)
「3대에 걸쳐 글을 읽지 않는다면 아마 소로 변할 것이다.」

---

2) 赶 달릴 간, 쫓을 간. 羞 부끄러울 수, 바칠 수, 음식 수. 惡 미워할 오. 條
   한 줄기 또는 기다란 모양의 물건을 세는 단위. 縫 꿰맬 봉, 터진 틈. 鑽
   뚫을 찬. 恨 미움 한, 원망스럽게 생각하다. 望 바랄 망, 그리워하다(望想).
3) 稟 받을 품, 천성 품, 보고할 품. 測 헤아릴 측. 非 ~와 맞지 않다.

▶ 萬般皆下品 唯有讀書高 (만반개하품 유유독서고)

「모든 직업이 다 하품下品이고, 오직 독서만이 고귀하다.」

▶ 吃飯不嚼不知味 讀書不想不知義 (흘반부작부지미 독서불상부지의)

「밥을 먹으면서 씹지 않으면 맛을 모르고, 독서하면서 생각하지 않으면 그 뜻을 모른다.」

▶ 三更燈火五更鷄 正是男兒立志時 (삼경등화오경계 정시남아입지시)

「한밤 3경까지 등불을 밝히고, 5경 닭울음에 일어나니, 이야말로 남아가 뜻을 세운 때이다.」(4~5시간 잠을 자고, 나머지 시간은 계속 열심히 공부한다.) 4)

→ 只知其一 不知其二 (지지기일 부지기이 zhǐ zhī qí yī, bù zhī qí èr)

「오직 하나만 알고 둘은 모른다.」(바보의 외고집.)

▶ 揠苗助長 (알묘조장 yà miáo zhù zhǎng)

「모를 뽑아 크는 것을 도와주다.」(무리하게 일을 처리하다가 오히려 크게 그르치다.)

▶ 其進銳者其退速 (기진예자기퇴속)

---

4) 開 열 개. 卷 책 권, 두루마리 권. ※ 宋나라 태종은 《태평어람(太平御覽》 전질을 하루에 3권씩 약 1년에 걸쳐 다 읽었다고 한다. 전질을 다 읽은 태종은 "開卷有益 朕不以爲勞也"(책을 읽어 매우 유익했다. 짐은 고생했다고 생각하지 않는다)라고 말했다.

「진도가 빠른 사람은 틀림없이 물러남도 빠르다.」 (빨리 뜨거워졌다 빨리 식는다.) 5)

※ 見死不救 一場大罪 (견사불구 일장대죄 jiàn sǐ bùjiù, yīchǎng dàzuì)

「사람이 죽는 것을 보고도 구하지 않는다면 큰 죄이다.」 (죽으려고 해도 우선은 살려 놓고 봐야 한다.)

→ 見蛇不打三分罪 (견사불타삼분죄 jiàn shé bù dǎ sān fēn zuì)

「뱀을 보고도 죽이지 않는다면 3할의 죄를 짓는 것이다.」 (나쁜 사람의 나쁜 짓을 간과해선 안 된다.)

▶ 見猪不整三分罪 (견저부정삼분죄)

「(도망가려는) 돼지를 보고서도 우리를 닫지 않으면 3할의 죄를 짓는 것이다.」

▶ 見惡不除三分罪 (견악불제삼분죄)

「악을 보고도 제거하지 않는다면 3할의 죄를 짓는 것이다.」 6)

※ 鷄有鷄路 鴨有鴨路 (계유계로 압유압로 jī yǒu jīlù, yā yǒu yālù)

「닭에게는 닭이 가는 길, 오리에게는 오리가 다니는 길이 있다.」

→ 鷄歸鷄 鴨歸鴨 (계귀계 압귀압 jī guī jī, yā guī yā)

---

5) 擧 들 거. 隅 모서리 우. ※ 子曰 不憤 不啓, 不悱 不發. 擧一隅 不以三隅反 則 不復也(《論語》述而. 공자께서 말했다. 「학생이 (알 것도 같은데 생각이 떠오르지 않아) 답답해하지 않으면 가르치지 않고, (알긴 아는데 표현을 못해) 괴로워하지 않으면 일러주지 않는다. 하나의 예를 들어주어 다른 이치를 깨우치지 못하면 되풀이하지 않는다.」 擧隅反三, 一隅三反 모두 같은 뜻임. 揠 뽑을 알. 苗 싹틀 모 묘. 助 도울 조. 長 자랄 장. ※ 揠 苗助長 ;《孟子》公孫丑 章句上에 나오는 宋나라 사람의 모를 빨리 자라게 하기 위해 모를 뽑아 주었다는 어리석은 행동.

6) 救 구할 구. 一場 한 차례, 한 번의.

「닭은 닭에게, 오리는 오리에게 간다.」

▶ 鷄婆子上灶 鷄崽子也上灶 (계파자상조 계새자야상조)

「어미 닭이 부뚜막에 올라가면 병아리도 부뚜막에 올라간다.」

▶ 不是猴子不上花果山 (부시후자부상화과산)

「원숭이가 아니면 화과산에 오르지 않는다.」 (같은 패거리들이다.) 7)

※ 顧嘴不顧身 (고취불고신 gù zuǐ bù gù shēn)

「먹을 것만 챙기지 몸을 살피지 않는다.」

→ 顧頭不顧腚 (고두불고정 gù tóu bù gù dìng)

「머리만 챙기고 볼기짝은 챙기지 않는다.」 (주도면밀하지 않다.)

▶ 顧了臉皮 餓了肚皮 (고료검피 아료두피)

「체면을 따지다가 배를 곯는다.」

▶ 顧了頭 丟了尾 (고료두 주료미)

「머리를 챙기다가 꼬리를 잃어버리다.」 (하는 일에 두서가 없다.) 8)

※ 恭維不蝕本 舌頭打滾 (공유불식본 설두타곤 gōngwei bù shíběn, shétou dǎgǔn)

「아첨한다고 밑천 까먹지 않는다. 혀만 굴리면 된다.」

→ 阿諛人人喜 直言個個嫌 (아유인인희 직언개개혐 ēyú rénrén xǐ, zhíyán gègè, gě xián)

「아부는 모두가 좋아하지만 직언은 누구나 싫어한다.」

▶ 讀書人最好奉承 (독서인최호봉승)

---

7) 鴨 오리 압. 灶 부엌 조(竈의 俗字). 崽 새끼 새. 鷄崽子 병아리. 也 ~. 花果山《서유기》의 손오공이 살던 산.

8) 腚 볼기 정. 臉 뺨 검. 臉皮 낯가죽, 체면.

「독서인은 남이 아첨하는 것을 제일 좋아한다.」

▶ **阿諛有福 直言賈禍** (아유유복 직언가화)

「아부하면 복이 오고, 바른말은 재앙을 초래한다.」 9)

※ **孔子家兒不識罵** (공자가아부지매 Kǒngzǐ zi jiāér bùshí mà)
「공자 가문 자제들은 욕을 할 줄 모른다.」

→ **曾子家兒不識鬪** (증자가아부지투 Zēngzǐ jiāér bùshí dòu)

「증자 가문의 자제들은 싸움질을 모른다.」 (예의와 염치를 지켜 싸움을 하지 않는다.)

▶ **孔夫子背書箱 - 大有文章** (공부자배서상 - 대유문장)

「공자가 책상자를 등에 지다. - 큰 꿍꿍이속이 있다.」

▶ **沒給孔夫子磕過頭** (몰급공부자개과두)

「공자 앞에 나가 고개를 숙여 절한 적이 없다.」 (학교에서 공부 한 적 없다. 무식하다.)

▶ **奔車之上無仲尼 覆車之下無伯夷** (분거지상무중니 복거지하무백이)

「달아나는 수레 위에 중니(공자) 없고, 엎어진 수레 아래 백이伯夷 없다.」 (쫓겨 달아나는데 무슨 공부이며, 깔려죽을 위기에 예의염치禮儀廉恥를 따지겠느냐? 공자나 백이 같은 성인일지라도 위기 상황에서 무슨 일을 하겠는가? 학문이나 예의염치는 그럴 만한 상황에서나 가능하다.) 10)

---

9) 恭 공손할 공. 維 밧줄 유, 받치다. 恭維 아첨하다. 滾 흐를 곤, 구르다, 굴리다. 阿 아첨할 아. 諛 아첨할 유. 奉 받들 봉. 承 이을 승. 奉承 명을 받다, 아첨하다. 賈 장사 고〔한자리에서 하는 장사. 商 ; 행상(行商)〕, 사다, 초래하다.

10) 孔子(BC 551~479). 罵 욕할 매. 曾子 ; 공자의 제자. 《孝經》을 저술했음. 鬪 싸울 투. 磕 돌 쌓는 소리 개(갑). 磕頭 이마를 땅에 부딪치며 절하다,

※ 挂羊頭賣狗肉 (괘양두매구육 guà yángtóu mài gǒuròu)
「양의 머리를 내걸고 개고기를 팔다.」 (겉으로는 훌륭하게 내세우나 속은 변변치 않음.)

→ 羊肉當做狗肉賣 (양육당주구육매 yángròu dàngzuò gǒuròu mài)
「양고기를 개고기로 팔다.」

▶ 高人不當 當矮人 (고인부당 당왜인 gāorén bù dāng, dāng ǎirén)
「인격자가 아니라면 난쟁이나 되어야 한다.」 (자기주장을 당당히 펴지 못한다면 남에게 무릎을 꿇어야 한다.)

▶ 搖着響鈴鐺賣假藥 (요착향령당매가약)
「방울 종을 흔들면서 가짜 약을 팔다.」 11)

※ 教不嚴 師之惰 (교불엄 사지타 jiào bù yán, shī zhī duò)
「가르침이 엄하지 않다면 스승이 게으른 탓이다.」

→ 學問不成子之罪 (학문불성자지죄 xuéwèn bùchéng zǐ zhī zuì)
「학문을 이루지 못한다면 제자의 허물이다.」

▶ 知之爲知之 不知爲不知 (지지위지지 부지위부지)
「아는 것을 안다고 하고 모르는 것을 모른다고 하는 것, 이것이 아는 것이다.」 (아는 것과 모르는 것을 분명히 구별하여, 알지도 못하면서 아는 체해서는 안 된다고 경계한 말.)

▶ 騏驥之衰也 駑馬先之 (기기지쇠야 노마선지)
「천리마가 쇠약해지니 노마(둔한 말)가 앞서간다.」 12)

스승으로 모시다. 文章 저술, 이유, 꿍꿍이속, 속셈. 覆 뒤집힐 복. ※ 伯夷·叔齊 BC 11세기경 은말주초(殷末周初)의 인물.

11) 挂 걸 괘. 當做(dàngzuò) ~으로 여기다. 高人 명인, 달인, 인격자. 搖 흔들 요. 響 울릴 향. 鈴 방울 령. 鐺 종소리 당. 鈴鐺 흔드는 방울 종.

12) 惰 게으를 타. 騏 천리마 기. 驥 천리마 기. 騏驥 천리마, 뛰어난 인재, 준재(俊才). 駑 둔할 노, 우둔한 사람.

※ **咬住鐵釘不放口** (교주철정불방구 yǎozhù tiědīng bù fàng kǒu)
「쇠못을 입에 물고 입을 벌리지 않는다.」(집요하게 고집 부림.)

→ **咬住眞理不放嘴** (교주진리불방취 yǎozhù zhēnlǐ bù fàng zuǐ)
「진리를 물고 입을 벌리지 않다.」

▶ **叨着屎橛子 用麻花也換不下來** (도착시궐자 용마화야환불하래)
「똥 치는 막대기를 물고 꽈배기와 바꾸려 해도 바꾸지 못한다.」
(고집을 피우며 다른 사람의 말을 듣지 않다.)

▶ **一口咬個屎橛子不放** (일구교개시궐자불방)

「한 입에 똥막대를 물고 놓지 않는다.」(조그만 이익에 강하게 집
착하다.) 13)

※ **敎會徒弟 餓死師傅** (교회도제 아사사부 jiāohuì túdì, èsǐ shīfu)
「제자에게 다 가르쳐 주면 사부는 굶어 죽는다.」

→ **嚴師出高徒** (엄사출고도 yánshī chū gāo tú)
「엄한 스승 아래 고명한 제자가 나온다.」

▶ **訓徒不嚴 師之惰** (훈도불엄 사지타)
「제자를 엄히 가르치지 않는 것은 스승의 게으름이다.」

▶ **名師手下出高徒** (명사수하출고도)
「유명한 스승 아래서 뛰어난 제자가 나온다.」 14)

※ **狗改不了吃屎** (구개불료흘시 gǒu gǎibuliǎo chīshǐ)
「개는 똥 먹는 버릇을 못 고친다.」

→ **狗攬三堆屎** (구람삼퇴시 gǒu lǎn sānduī shǐ)

---

13) 咬 입에 물 교, 깨물다. 釘 못 정. 叨 입에 물 도. 屎 똥 시. 橛 말뚝 궐.
橛子 짧은 말뚝. 麻 삼 마. 麻花 기름에 튀긴 꽈배기. 換 바꿀 환.
14) 傅 스승 부. 惰 게으를 타.

「개가 똥 세 무더기를 끌어안다.」(더러운 욕심이 끝도 없다.)

▶ 狗備金鞍還是狗 (구비금안환시구)

「개가 황금 안장 위에 앉아 있어도 역시 개다.」

▶ 狗行千里吃屎 狼行千里吃肉 (구행천리흘시 낭행천리흘육)

「개는 천리를 가서라도 똥을 먹고, 늑대는 천리를 가서라도 고기를 먹는다.」[15]

※ 救了落水狗 反被咬一口 (구료낙수구 반피교일구 jiùle luòshuǐgǒu, fǎnbèi yǎoyīkǒu)

「물에 빠진 개를 건져주면 도리어 개한테 한 입 물린다.」(은혜를 원수로 갚는다.)

→ 狗不幹狗事 心裏不安寧 (구부간구사 심리불안녕 gǒu bùgàn gǒushì, xīnlǐ bùānníng)

「개가 개 같은 짓을 못하면 마음이 편치 못하다.」

▶ 狗住書房三年 也會吟風弄月 (구주서방삼년 야회음풍농월)

「개가 서당에 3년을 살면 풍월을 읊을 줄 안다.」

▶ 狗守茅厠 定有所圖 (구수모측 정유소도)

「개가 뒷간을 지키는 것은 틀림없이 얻고자 하는 것이 있기 때문이다.」[16]

※ 狗朝屁走 不知道臭 (구조비주 부지도취 gǒu cháo pì zǒu, bù zhīdao chòu)

「개는 방귀를 쫓아가도 구린내를 모른다.」(악인끼리는 누가 나쁜

---

15) 狗 개 구. 吃 먹을 흘(喫「마실 끽」과 같음). 屎 똥 시. 鞍 안장 안. 攬 끌어안을 람, 묶다, 잡아매다.

16) 救 구할 구. 狗 개 구. 被 이불 피, 당하다. 咬 물 교. 寧 편안할 녕. 忐 마음 헛될 담(탐). 忑 마음 헛될 특.

지 모른다.)

→ **惡蛇不咬善人** (악사불교선인 è shé bù yǎo shànrén)

「악독한 뱀도 착한 사람은 물지 않는다.」

▶ **狗咬花公子 虱咬貧寒人** (구교화공자 슬교빈한인)

「개는 거지를 물고 이虱는 가난한 사람을 문다.」

▶ **惡名兒難揚 好字兒難得** (악명아난게 호자아난득)

「악명을 날릴 수는 없으나, 좋은 명성을 얻기도 어렵다.」 [17]

→ **君子不揚人之惡** (군자불양인지악 jūnzǐ bùyáng rén zhī è)

「군자는 다른 사람의 허물을 말하지 않는다.」

▶ **瓜田不納履 李下不整冠** (과전불납리 이하부정관 guātián bù nàlǚ, lǐ xià bù zhěngguān)

「(군자는) 오이 밭에 신발을 떨어뜨리지 않고 자두나무 아래에서는 관을 고쳐 쓰지 않는다.」 (불필요한 오해를 사지 않는다.)

▶ **小人樂聞君子之過 君子恥聞小人之惡** (소인락문군자지과 군자치문소인지악)

「소인은 군자의 과오에 대하여 듣기를 좋아하지만, 군자는 소인의 악행에 대하여 듣기를 부끄럽게 여긴다.」

▶ **射猶似乎君子 失諸正鵠 反求諸其身** (사유사호군자 실제정곡반구제기신)

「활쏘기는 군자와 비슷하다. 정곡正鵠에서 벗어나면 자신에게서 원

---

17) 朝 향하다, 따라가다. 屁 방귀 비. 臭 구린내 나다, 썩다, 추악하다, 심하게. 知道 알다. 揭 들어올릴 게.

인을 찾는다.」 [18]

※ **君子不念舊惡** (군자불념구악 jūnzǐ bù niàn jiùè)
「군자는 지난날 타인의 악행을 마음에 두지 않는다.」

→ **君子施德不望報** (군자시덕불망보 jūnzǐ shī dé bù wàng bào)
「군자는 덕을 베풀어도 보답을 바라지 않는다.」

▶ **君子之交淡若水 小人之交甛若醴** (군자지교담여수 소인지교첨약례)

「군자의 교제는 물처럼 담백하고, 소인들의 교제는 단술처럼 달콤하다.」 (《莊子》山水)

▶ **君子結交不爲財 小人結交全爲嘴** (군자결교불위재 소인결교전위취)

「군자는 재물로 교제하지 않는다. 소인은 전적으로 입(말)으로 교제한다.」 [19]

※ **君子以直道待人** (군자이직도대인 jūnzǐ yǐ zhídào dài rén)
「군자는 솔직한 태도로 남을 대한다.」

→ **君子待人 平淡如水** (군자대인 평담여수 jūnzǐ dàirén, píng dàn rú shuǐ)

「군자가 사람을 대할 때는 물처럼 담백하다.」

▶ **君子見機而作 不俟終日** (군자견기이작 불사종일)

---

18) 過 허물 과. 揚 날릴 양, 오를 양. 履 신발 리(이). ※ 瓜田~ 宋代 郭茂倩 編《樂府詩集》「君子行」. 射 쏠 사, 활쏘기, 六藝의 하나. 諸 모두 제(俗音 저 之+於). 鵠 고니 곡. 正鵠 과녁의 중심점. 反求諸己 ; 어떤 일을 자기 자신에게 돌려서 생각함. 반성하여 자신을 책망함. 《孟子》公孫丑章句上.

19) 施 베풀 시. 若 같을 약. 甛 달 첨. 醴 단술 예(례).

「군자는 일의 시작을 보아 결심을 하지, 종일 기다리지는 않는다.」(《易經》繫辭 下)

▶ **君子固窮不求人** (군자고궁불구인)

「군자는 가난을 고집하면서 남한테 구걸하지 않는다.」

▶ **君子問災不問福** (군자문재불문복)

「군자는 재앙을 알고자 하지, 복을 묻지는 않는다.」[20]

※ **君子不吃無名之食** (군자불흘무명지식 jūnzǐ bù chī wúmíng zhī shí)
「군자는 명분 없는 음식을 먹지 않는다.」

→ **君子不吃嗟來之食** (군자불흘차래지식 jūnzǐ bù chī jiēlái zhī shí)

「군자는 던져주는 음식을 먹지 않는다.」

▶ **志士不飮盜泉之水 廉士不受嗟來之食** (지사불음도천지수 염사불수차래지식)

「지사는 도천盜泉의 물은 마시지 않고, 염치 있는 사람은 던져주는 음식은 받지 않는다.」

▶ **寧當餓死鬼 不吃瞪眼食** (영당아사귀 불흘징안식)

「차라리 굶어 죽은 귀신이 될지언정 노상에서 천한 음식은 먹지 않겠다.」[21]

※ **君子餓死不討口** (군자아사불토구 jūnzǐ èsǐ bù tǎokǒu)

---

20) 淡 묽을 담. 俟 기다릴 사. 固 굳을 고, 固守하다.

21) 嗟 탄식할 차. 嗟來食 쯔쯔!(경멸하는 뜻으로 내 뱉으며) 來食!(와서 먹어라!) 무례한 태도로 멸시하며 주는 음식.〔참고 嗟錢(차전) ;「가져!」하며 던져주는 돈〕. 飮 마실 음. 盜 훔칠 도. 盜泉 산동성 사수현(泗水縣)에 있었다는 샘 이름. 공자는 이 샘의 이름 때문에 목이 말라도 이 샘의 물을 마시지 않았다. 廉 청렴할 염. 瞪 바로 볼 징. 瞪眼食=馬肉脯 말 잔등이 고기를 잘게 썰어 익힌 음식. 노상에서 파는 가난한 사람들의 먹거리였음.

「굶어 죽을지언정 얻어먹지는 않는다.」

→ 凍死迎風站 餓死不折腰 (동사영풍참 아사부절요 dòngsǐ yíng fēng zhàn, èsǐ bù zhéyāo)

「얼어 죽을지언정 바람에 맞서고, 굶어 죽을지언정 허리를 굽히지 않겠다.」

▶ 餓死不吃偸來食 凍死不穿搶來衣 (아사불흘투래식 동사불천창래의)

「굶어 죽을지언정 훔쳐온 밥을 먹지 않고, 얼어 죽을지언정 뺏어온 옷을 입지 않는다.」

▶ 凍死不烤燈頭火 餓死不拿別人錢 (동사불고등두화 아사불나별인전)

「얼어 죽을지언정 등잔불을 쬐지 않고, 굶어 죽을지언정 다른 사람의 돈을 집지 않겠다.」 [22]

※ 君子成人之美 (군자성인지미 jūnzǐ chéng rén zhī měi)
「군자는 (타인의) 좋은 점을 살려 준다.」 (좋은 일을 성취하도록 도와주다.) (《論語》顏淵)

→ 忘恩負義是小人 (망은부의시소인 wàngēn fùyì shì xiǎorén)

「은혜를 잊고 의를 저버린다면 소인이다.」

▶ 君子不成人之惡. 小人反是 (군자불성인지악 소인반시)

「군자는 다른 이의 악행을 돕지 않는다. 그러나 소인은 이와 반대이다.」

▶ 君子施恩不望報(군자시은불망보)

「군자는 은혜를 베풀지만, 그 보답을 바라지 않는다.」

---

22) 討口 밥을 얻어먹다. 站 서있을 참, 역마을 참. 偸 훔칠 투. 搶 빼앗을 창. 烤 불에 말릴 고. 拿 잡을 나.

▶ **有恩報恩 有德報德** (유은보은 유덕보덕)

「은혜를 입었으면 은혜에 보답하고, 덕을 입었으면 덕으로 갚아야 한다.」

▶ **有陰德者 必有陽報** (유음덕자 필유양보)

「보이지 않는 덕행을 베푼 사람에게는 틀림없이 눈에 보이는 보답이 있다.」[23]

※ **君子小人 勢不兩立** (군자소인 세불양립 jūnzǐ xiǎorén, shì bù liǎng lì)

「군자와 소인은 공존할 수 없다.」

→ **君子爭禮 小人爭嘴** (군자쟁례 소인쟁취 jūnzǐ zhēng lǐ, xiǎorén zhēng zuǐ)

「군자는 예를 논하지만, 소인은 주둥이로 다툰다.」

▶ **君子喩於義 小人喩於利** (군자유어의 소인유어리)

「군자는 의리를 알지만, 소인은 이익만을 안다.」 (《論語》里仁)

▶ **君子千言有一失 小人千言有一當** (군자천언유일실 소인천언유일당)

「군자가 천 마디 중 한 번의 실수가 있다면, 소인은 천 마디를 하면 합당한 말은 하나 정도이다.」[24]

※ **君子之身可大可小** (군자지신가대가소 jūnzǐ zhī shēn, kě dà kě xiǎo)

「군자의 몸(행동)은 클 수도 작을 수도 있다.」

→ **丈夫之志能屈能伸** (장부지지능굴능신 zhàngfū zhī zhì, néngqūn

---

23) 負 짐 질 부, 저버리다, 배신하다. 毒 독할 독.
24) 爭 다툴 쟁. 喩 깨우칠 유, 알다, 이해하다.

éngshēn)

「대장부의 뜻은 굽힐 때도 펼 때도 있다.」

▶ 君子務知大者遠者 小人務知小者近者 (군자무지대자원자 소인무지소자근자)

「군자는 큰일과 먼 장래를 알려고 힘쓰지만, 소인은 작은 것, 가까운 것을 알려고 한다.」

▶ 君子不奪人之所愛 (군자불탈인지소애)

「군자는 다른 사람이 좋아하는 물건을 빼앗지 않는다.」

▶ 能大能小是條龍 光大不小是長虫 (능대능소시조룡 광대불소시장충)

「능대능소할 수 있다면 한 마리 용이다. 공연히 크기만 하고 작아지지 못한다면 그냥 뱀이다.」[25]

※ 君子豹變 (군자표변 jūnzǐ bàobiàn)
「군자는 표변한다.」(군자는 뚜렷하게 허물을 고친다.)

→ 觀過知人 (관과지인 guān guò zhī rén)

「그 사람의 과오를 보면 그 사람을 알 수 있다.」

▶ 蝸牛有角不是牛 (와우유각불시우 wōniú yǒu jiǎo bù shì niú)

「달팽이도 뿔이 있지만, 소는 아니다.」(명성과 실제와는 크게 다르다.)

▶ 豹死留皮 (표사유피 bào sǐ liú pí)

「표범은 죽어 가죽을 남긴다.」(보통「인사유명人死留名」과 같이 쓰인다.)

▶ 蜂背雖花不稱虎 (봉배수화불칭호)

---

25) 屈 굽을 굴. 伸 펼 신. 奪 빼앗을 탈. 長虫(蟲) 뱀.

「벌의 등에도 무늬가 있지만, 호랑이라고 말하지는 않는다.」26)

※ **哪有狗不吃屎 狼不吃肉的** (나유구부흘시 낭부흘육적 nǎ yǒu gǒu bùchī shī, láng bùchī ròude)

「똥을 안 먹는 개, 고기를 안 먹는 늑대가 어디에 있는가?」(악인은 누구나 다 나쁜 짓을 한다.)

→ **哪隻猫不吃腥** (나척묘부흘성 nǎzhī māo bùchī xīng)

「어느 고양이가 비린내 나는 생선을 안 먹는가?」(어느 사내든 다 여색을 탐한다.)

▶ **人都有信實 狗都不吃屎** (인도유신실 구도불흘시)

「사람이 모두 착하고 진실하다면 개는 절대로 똥을 안 먹을 것이다.」(사람도 개도 절대로 그럴 리 없다.)

▶ **天下沒有不吃人的狼** (천하몰유부흘인적낭)

「이 세상에 사람 안 잡아먹는 늑대 없다.」27)

※ **路遙知馬力 日久見人心** (노요지마력 일구견인심 lù yáo zhī mǎlì, rì jiǔ jiàn rénxīn)

「먼 길을 가봐야 말의 힘을 알고, 오래 겪어봐야 인심을 안다.」

→ **小時了了 大未必佳** (소시료료 대미필가 xiǎoshí liǎoliǎo, dà wèibì jiā)

「어려서 총명했다 하여 커서도 꼭 총명하지는 않다.」(《세설신어 世說新語》言語)

---

26) 豹 표범 표. 豹變 확실하게 허물을 고치다. 가난하고 비천한 신분에서 귀한 신분이 되다. 過 허물 과, 과오. 蝸 달팽이 와. 蝸牛 달팽이. 花 무늬.

27) 哪 어디 나. 狗 개 구. 吃 먹을 흘. 屎 똥 시. 狼 승냥이 낭. 隻 동물을 세는 단위. 猫 고양이 묘. 腥 비린내 성(고기, 생선 등).

▶ **小時胖 不算胖, 小時懶 大時貪** (소시반 부산반, 소시나 대시탐)

「어려서 살찐 것은 살찐 것도 아니다. 어려서 게으르면 어른이 되었을 때 탐욕스럽다.」

▶ **小時出口便罵 大是出頭打架** (소시출구편매 대시출두타가)

「어려서 말끝마다 욕설을 한다면 커서는 가는 곳마다 싸움질을 한다.」[28]

※ **老虎花在背 人心花在內** (노호화재배 인심화재내 lǎohǔ huā zàibèi, rénxīn huā zàinèi)

「호랑이의 무늬는 등에 있지만, 인심의 무늬는 안에 있다.」 (겉으로 드러나지 않으니 알 수가 없다.)

→ **人心花在內** (인심화재내 rénxīn huā zàinèi)

「사람 마음의 무늬는 안에 있다.」 (볼 수 없다.)

▶ **占山占海易 占一個人心却難** (점산점해이 점일개인심각난)

「산이나 바다를 차지하기는 쉽지만, 한 사람 마음을 얻기는 힘들다.」

▶ **易漲易退山澗水 常反常覆奸賊心** (이창이퇴산간수 상반상복간적심)

「쉽게 차고 쉽게 빠지는 산골짜기의 물. 언제든지 늘 뒤집어지는 간신적자奸臣賊子의 마음.」[29]

※ **多讀書 能醫俗** (다독서 능의속 duō dúshū néng yī sú)

「많은 책을 읽으면 저속한 습성을 고칠 수 있다.」 (독서는 나쁜 습

---

28) 遙 멀 요. 久 오랠 구. 了 마칠 료. 了了 영리하다, 현명하다. 胖 살찔 반. 懶 게으를 나. 打架 다투다.

29) 花 꽃 화, 무늬. 背 등 배. 占 점유하다, 차지하다. 却 물리칠 각, 도리어. 易 쉬울 이. 漲 물 넘칠 창. 澗 골짜기 간.

성을 고쳐준다.)

→ 書中自有黃金屋 (서중자유황금옥 shū zhōng zìyǒu huángjīn wū)

「책 속에 황금으로 된 집이 있다.」

▶ 小時讀書不用心 不知書中有黃金 (소시독서불용심 부지서중유황금)

「젊어 독서에 마음을 기울이지 않으면 책 속에 황금이 있다는 이치를 모른다.」

▶ 黑髮不知勤學早 白首才悔讀書遲 (흑발부지근학조 백수재회독서지)

「젊어서 부지런히 배워야 한다는 것을 일찍 알지 못했다면 흰 머리가 되어서 공부가 늦었다는 것을 비로소 후회하게 된다.」

▶ 讀書造化 不讀書告化 (독서조화 부독서고화)

「독서하면 복을 받고, 독서하지 않으면 빌어먹게 된다.」

▶ 多事爲讀書第一病 (다사위독서제일병)

「이 일 저 일 많은 것이 독서의 첫째 병이다.」 [30]

※ 大不正則小不敬 (대부정즉소불경 dà bùzhèng zé xiǎo bù jìng)
「어른이 바르지 못하면 젊은이는 그를 공경하지 않는다.」

→ 大人做大事 大筆寫大字 (대인주대사 대필사대자 dàrén zuò dàshì, dàbǐ xiě dàzì)

「훌륭한 사람은 큰일을 해내고, 큰 붓으로는 큰 글자를 쓴다.」

▶ 大人無大行 小孩子頭上騎 (대인무대행 소해자두상기)

「어른이 어른다운 행동이 없다면 어린아이가 머리 위에 올라탄다.」

---

30) 造化 복기(福氣). 告化 구걸하다. 黃金屋 ; 책을 읽어 벼슬에 오르면 황금의 집, 미인, 많은 녹봉이 있다. 宋 眞宗의 勸學文에 나오는 구절.

▶ **大人有大人的事 孩子有孩子的事** (대인유대인적사 해자유해자적사)

「어른은 어른의 일이 있고, 아이에게는 아이의 일이 있다」[31]

※ **大丈夫四海爲家** (대장부사해위가 dàzhàngfū sì hǎi wéi jiā)
「대장부는 천하가 다 자기 집이다.」(원대한 뜻을 갖고 있기에 편협한 사고思考가 없다.)

→ **大丈夫志在四方** (대장부지재사방 dàzhàngfū zhì zài sìfāng)
「대장부의 큰 뜻은 온 천하에 있다.」

▶ **大丈夫寧死不受辱** (대장부영사불수욕)
「대장부는 차라리 죽을지언정 모욕을 당하지 않는다.」

▶ **大丈夫合卽留 不合卽去** (대장부합즉류 불합즉거)
「대장부는 의기가 맞으면 머물지만, 맞지 않는다면 떠나간다.」

▶ **大丈夫做事 有頭有尾 有始有終** (대장부주사 유두유미 유시유종)
「대장부 하는 일은 머리가 있으면 꼬리가 있어야 하고, 시작했으면 끝이 있어야 한다.」[32]

※ **大丈夫做事不二過** (대장부주사불이과 dàzhàngfū zuòshì bù èr guò)
「대장부는 일을 하더라도 같은 실수를 두 번 하지 않는다.」

→ **大丈夫當機立斷** (대장부당기입단 dàzhàngfū dāng jī lì duàn)
「대장부는 제 때에 결단을 내린다.」(적시에 의사결정을 함.)

▶ **大丈夫不可乘人之危 小人乘人之危** (대장부불가승인지위 소인승인지위)

---

31) 騎 말 탈 기.

32) 爲 ~으로 삼다, ~이라 생각하다. 寧 편안할 영(녕), 차라리 ~할지언정. 做 지을 주, 일을 하다.

「대장부는 다른 사람의 위기를 이용하지 않지만, 소인은 남의 위기를 이용한다.」

▶ **大丈夫生而何歡 死而何懼** (대장부생이하환 사이하구)

「대장부가 살아난다고 하여 무슨 기쁨이 있고, 죽는다 하여 무엇을 두려워하랴!」 (생사에 초연하다.)

▶ **大丈夫一身做事一身當** (대장부일신주사일신당)

「대장부는 자신이 일을 벌이고 자신이 책임을 진다.」 33)

※ **毒蛇黃鱔分不淸** (독사황선분불청 dúshé huángshàn fēnbùqīng)
「독사와 뱀장어는 구별하기 어렵다.」

→ **老虎挂念珠 - 假裝善人** (노호괘염주 - 가장선인 lǎohū guà niàn zhū -jiǎzhuāng shànrén)

「호랑이가 염주를 걸었다. - 착한 사람인 척하다.」

▶ **猫哭老鼠是假的 狗饞骨頭是眞的** (묘곡노서시가적 구참골두시진적)

「고양이가 쥐를 위해 우는 것은 거짓이고, 개가 뼈다귀를 탐내는 것은 진실이다.」

▶ **猫鼠不同眠 虎鹿不同行** (묘서부동면 호록부동행)

「고양이와 쥐는 같이 잠을 자지 않고, 호랑이와 사슴은 같이 길을 가지 않는다.」 34)

※ **讀書有三到** (독서유삼도 dú shū yǒu sāndào)
「독서할 때 3가지 집중해야 할 것이 있다.」

---

33) 機 틀 기, 기계, 베틀. 乘 탈 승, 이용하다. 懼 두려울 구.
34) 鱔 두렁허리 선, 뱀장어 비슷한 물고기, 비늘이 없음. 挂 걸 괘. 饞 음식 탐할 참. 眠 잠잘 면.

→ 讀書亡羊 (독서망양 dú shū wáng yáng)

「책을 읽다가 양을 잃다.」

▶ 穿壁引光 (천벽인광 chuān bì yǐn guāng)

「벽에 구멍을 뚫어 이웃 불빛으로 공부하다.」 (가난 속에서도 면학하다.＝착벽투광鑿壁偸光)

▶ 護鷄流麥 (호계류맥)

「닭을 쫓다가 보리를 떠내려 보내다.」 (독서에 열중하여 다른 일을 그르침.)

▶ 讀書種子 (독서종자)

「대대로 내려오는 독서를 좋아하는 혈통.」 35)

※ 讀書種田 早起遲眠 (독서종전 조기지면 dúshū zhòngtián zǎo qǐ chí mián)

「독서인과 농부는 일찍 일어나고 늦게 잠든다.」

→ 讀書如擇友 宜少且宜精 (독서여택우 의소차의정 dúshū rú zéyǒu yí shǎo, qiě yí jīng)

「독서는 벗을 고르는 것과 같다. 마땅히 적어야 하고 또 정밀해야 한다.」

▶ 讀書人惜紙 種地人惜屎 (독서인석지 종지인석시)

「독서인은 종이를 아까워하고 농사꾼은 거름을 아낀다.」

---

35) ※ 三到 ; 마음을 집중하는 심도(心到), 눈을 책에 집중하는 안도(眼到), 입으로 소리 내어 읽는 구도(口到). 이상 세 가지가 하나가 되어야 진정한 독서이다. 南宋 성리학자, 주희(朱熹, 朱子)의 말. 穿 뚫을 천. 壁 벽 벽. 護 지킬 호. 麥 보리 맥. ※《後漢書》逸民傳에 의하면 高鳳(고봉)의 아내는「베어 온 보리를 닭들이 먹지 않게 잘 지켜보라면서 장대를 손에 쥐어 주고 밭에 일하러 갔다. 고봉은 한 손에 책을, 다른 한 손에는 장대를 들고 닭을 쫓았다. 고봉은 책 읽기에 열중하여 나중에 비가 내려 보리가 다 떠내려가는 줄도 몰랐다는 고사.

▶ 讀書三年會說話 (독서삼년회설화)

「3년 독서를 해야 비로소 말할 줄을 알게 된다.」[36]

※ 讀書破萬卷 下筆如有神 (독서파만권 하필여유신 dúshū pò wàn juǎn, xià bǐ rú yǒu shén)

「책 일만 권을 독파하면, 글을 지을 때 신神이 도와준다.」

→ 讀萬卷書 行萬里路 (독만권서 행만리로 dú wànjuǎn shū, xíng wànlǐ lù)

「만 권의 책을 읽고 만 리를 여행하라.」 (독서를 통한 간접 경험과 여행을 통한 직접 체험을 쌓아라.)

▶ 讀書人家的子弟熟悉筆墨 木匠的孩子會玩斧鑿 (독서인가적자제 숙실필묵 목장적해자회완부착)

「독서인의 자제는 필묵을 잘 알고, 목수의 아이들은 도끼나 끌을 가지고 놀 줄 안다.」

▶ 子弟寧可不讀書 不可一日近匪人 (자제영가부독서 불가일일근비인)

「자식이 차라리 공부를 안 하는 것은 괜찮지만, 하루라도 나쁜 사람과 어울려서는 안 된다.」

▶ 富貴必從勤苦得 男兒須讀五車書 (부귀필종근고득 남아수독오거서)

「부귀는 부지런하고 힘든 독서 끝에 얻어진다. 사나이라면 모름지기 다섯 수레의 책을 읽어야 한다.」[37]

---

36) 遲 늦을 지.

37) 熟 익을 숙. 悉 다 실. 熟悉 익히 알다. 斧 도끼 부. 鑿 끌 착, 파내다. 구멍을 뚫다. 匪 도적 비.

※ 凍豆腐 難拌 (동두부난반 dòngdòufǔ nán bàn)
「언 두부는 버무리기 어렵다.」

→ 小蔥拌豆腐 - 一淸二白 (소총반두부 - 일청이백 xiǎocōng bàn dòufú-yī qīng èr bái)
「파와 두부를 버무리다. - 하나는 파랗고 다른 하나는 희다.」(사람의 언행이 깨끗하다.)

▶ 小蔥拌芥菜 各人各所愛 (소총반개채 각인각소애)
「실파에 겨자를 버무리더라도 각자 좋아하는 바가 있다.」

▶ 凍不死的蔥 餓不死的僧 (동불사적총 아불사적승)
「얼어도 죽지 않는 파, 굶어도 죽지 않는 승려.」

▶ 凍的是懶人 餓的是閑人 (동적시나인 아적시한인)
「게으른 놈이 추위에 얼고, 일없는 놈이 굶는다.」[38]

※ 頭懸梁 錐刺股 (두현량 추자고 tóu xuán liáng, zhuī cì gǔ)
「머리는 대들보에 매어놓고 송곳으로 허벅지를 찌르다.」(《戰國策》秦策에 실린 소진蘇秦의 고사)

→ 挨金似金 挨玉似玉 (애금사금 애옥사옥 āi jīn sì jīn āi yù sì yù)
「금을 가까이 하면 금처럼, 옥을 가까이 두면 옥처럼 된다.」

▶ 風聲 雨聲 讀書聲 聲聲入耳 (풍성 우성 독서성 성성입이)
「바람소리, 비 오는 소리, 책 읽는 소리 - 모든 소리가 귀에 들린다.」(주변의 모든 일에 관심을 보여야 한다는 뜻. 다음에 '家事 國事 天下事 事事關心'이 이어진다.)

▶ 讀書須用心 一字値千金 (독서수용심 일자치천금)
「독서에는 모름지기 마음을 기울여야 하나니 글자 한 자가 천금과

---

38) 凍 얼 동. 腐 썩을 부. 難 어려울 난. 拌 버릴 반. 휘저어 섞다. 凍豆腐
「처리하기 어려운 일.」 芥 겨자 개. 菜 나물 채.

도 같다.」

▶ 讀書有味千回小 對客無禮一語多 (독서유미천회소 대객무례일어다)

「독서의 재미를 안다면 천 번도 부족하고, 손님에게 무례하다면 말 한 마디라도 많다.」

▶ 讀不盡的世間書 走不盡的天下路 (독부진적세간서 주부진적천하로)

「세상의 모든 책을 다 읽을 수 없고, 천하의 모든 길을 다 걸어볼 수 없다.」[39]

※ 得一望十 得十望百 (득일망십 득십망백 dé yī wàng shí, dé shí wàng bǎi)

「하나를 쥐면 열을 갖고 싶으며, 열을 얻으면 백을 바라본다.」

→ 得了鍋台上炕頭 (득료과대상항두 déle guōtái shàng kàngtóu)

「부뚜막에 앉아 있으면 온돌에 올라가고 싶다.」

▶ 得了屋子想炕 (득료옥자상항)

「집이 있으면 온돌도 놓고 싶다.」

▶ 上炕認得女子 下炕認得錢 (상항인득여자 하항인득전)

「아랫목에 앉으면 여자만 알고, 온돌에서 내려오면 돈만 안다.」(여색과 돈만 밝힌다.)[40]

※ 拉不出屎來 怨茅房 (납불출시래 원모방 lābùchūshī lai, yuàn máofáng)

---

39) 懸 매달 현. 梁 대들보 량(졸지 못하도록 머리를 대들보에 줄로 묶어 연결했다는 뜻). 錐 송곳 추. 股 넓적다리 고. 挨 가까이 둘 애. 似 같을 사.
40) 鍋台 부뚜막. 炕 온돌 항, 말리다.

「똥이 안 나온다고 뒷간을 원망하다.」 (일이 잘 안 풀리면 남을 원망하다.)

→ 占着茅坑不拉屎 (점착모갱불랍시 zhānzhe máokēng bù lāshī)
「변소를 차지하고서는 똥을 누지 않는다.」 (임무를 수행하지 않는다.)

▶ 自己貌醜別怪鏡子 (자기모추별괴경자)
「제 얼굴이 못생겼다면 거울 탓을 하지 말라.」

▶ 拉屎不看地方 (납시불간지방)
「똥 싸는 데를 가리지 않다.」 (아무데서나 나쁜 짓을 하다.)

▶ 屎急不怕大路旁 (시급불파대로방)
「똥이 급하면 큰 길 옆이라도 두렵지 않다.」 [41]

※ 老九的兄弟 - 老實 (노구적형제 - 노실 lǎo jiǔ de xiōngdi-lǎoshí)
「아홉 번째의 아우 - 성실한 사람.」

▶ 八九不離十 (팔구불리십 bā jiǔ bù lí shí)
「8이나 9는 10과 별 차이 없다.」 (예상한 것이 사실과 거의 비슷하다.)

▶ 老實人的角 長在肚子裏 (노실인적각 장재두자리)
「성실한 사람의 뿔은 언제나 뱃속에 있다.」 (마음의 분노를 안으로 삭이다.)

▶ 做老實人 說老實話 幹老實事 (주노실인 설노실화 간노실사)
「성실한 사람이 되어야 하고, 진실한 이야기만 말하고, 실질적인 일만 한다.」 [42]

---

41) 拉 끌 납, 데려갈 납, 당길 납. 屎 똥 시. 拉屎 똥을 누다. 怨 원망할 원. 茅 띠 모(띳장). 茅房 변소(厠所). 坑 구덩이 갱. 茅坑 변소. 怪 기이할 괴, 의심하다, 탓하다. 旁 옆 방, 갓길 방, 별개의.

※ 老實三分笨 (노실삼분분 lǎoshí sān fēn bèn)
「성실한 사람은 약간은 멍청하다.」

→ 老實人吃虧 (노실인흘휴 lǎoshírén chīkuī)
「성실한 사람은 손해를 본다.」

▶ 老實人常在 (노실인상재)
「성실한 사람은 늘 본분을 지킨다.」

▶ 老實一半憨 (노실일반감)
「성실한 사람은 반쯤 멍청하다.」

▶ 老實人家被人欺 (노실인가피인기)
「성실한 사람은 다른 사람한테 무시를 당한다.」

▶ 老實是無用的別名 (노실시무용적별명)
「성실하다는 말은 쓸모없는 사람의 별명.」

▶ 忠厚是無用的別名 (충후시무용적별명)
「충직온후하다는 말은 쓸모없는 사람의 별명.」 43)

※ 馬行千里 無人不能自往 (마행천리 무인불능자왕 mǎxíngg qiā nlǐ, wúrén bùnéng zìwǎng)
「말이 천리를 간다 해도 사람 없이 혼자는 못 간다.」

→ 馬要識道 人要知足 (마요식도 인요지족 mǎ yào shídào, rén yào zhīzú)
「말은 길을 알아야 하고, 사람은 만족을 알아야 한다.」

---

42) 勉 힘쓸 면. 幹 줄기 간, 일을 처리하다. 老九 맨 위 첫째의 아홉 번 째 동생은 그 집안 형제 항렬에서 열 번째 곧 「老十」인데 「老十 lǎoshí)의 발음이 「성실하다」는 뜻의 老實 lǎoshí과 같음. <xiōng di>는 형(兄)과 아우(弟)를 의미하는 「형제」의 뜻. 兄弟를 xiōngdi로 발음하면 「동생」이란 뜻임. ▶ 八九不離十에서 十shí는 實shí과 발음이 같아 實質, 事實이란 의미로 쓰였음.

43) 笨 미련할 분, 우둔하다, 거칠다. 憨 어리석을 감.

▶ 蟻可測水 馬能識途 (의가측수 마능식도)

「개미는 물의 깊이를 알고, 말은 다니던 길을 기억한다.」

▶ 馬騎上等馬 牛用中等牛 人使下等人 (마기상등마 우용중등우 인사하등인)

「상등의 말을 타고, 어중간한 소를 쓰는데, 사람은 하등인을 부린다.」 44)

※ 萬事起於欲, 萬事亦敗於欲 (만사기어욕, 만사역패어욕 wànhì qǐ yú yù, wànshì yì bài yú yù)

「모든 일은 욕심 때문에 시작하지만, 욕심 때문에 실패한다.」

→ 萬事不如自下手 (만사불여자하수 wànshì bùrú zì xià shǒu)

「모든 일은 자신이 직접 하는 것만 못하다.」

▶ 旣來之 卽安之 (기래지 즉안지)

「기왕에 왔으니 편히 쉰다.」 (넘어진 김에 쉬어 간다.)

▶ 一不積財 二不結怨 睡也安然 走也方便 (일불적재 이불결원 수야 안연 주야방편)

「재물을 쌓아두지 않았고, 원수 진 일도 없으면, 마음 놓고 잠을 자고, 밖에 나가도 편안하다.」 45)

※ 忘性倒比記性好 (망성도비기성호 wàngxang dào bǐ jìxing hǎo)

「망각이 때로는 기억보다 좋다.」

→ 記性不大 忘性不小 (기성부대 망성부소 jìxing bù dà, wàngxing bù xiǎo)

---

44) 識 알 식. 知足 만족할 줄 안다. 測 헤아릴 측. 途 길 도. 騎 말을 탈 기.
45) 亦 또 역. 之 그것(사람이나 사물을 대신하는 목적어로 쓰임). 與 줄 여. 怨 원망할 원, 원수. 睡 잘 수.

「기억력은 좋지 않고, 잊어버리는 것도 차이가 없다.」(쉽게 잘 잊는다.)

▶ 書三寫 魚成魯 盧成虎 (서삼사 어성노 허성호)

「책이 세 번째 필사될 때는 고기 어魚가 나라 노魯로, 빌 허盧가 호랑이 호虎가 된다.」(틀리게 필사하는 경우가 많다.)

▶ 字經三寫 烏焉成馬 (자경삼사 오언성마)

「글자를 세 번 베껴 쓰면, 오烏, 언焉 자가 마馬가 된다.」[46]

※ 沒有過不去的火焰山 (몰유과부거적화염산 méiyǒu guòbuqù de huǒyànshān)

「지나가지 못하는 화염산은 없다.」

→ 沒有攻不破的八卦陣 (몰유공불파적팔괘진 méiyǒu gōngbupò de bāguàzhèn)

「격파할 수 없는 팔괘진은 없다.」

▶ 沒有爬不去的坡 (몰유파불거적파)

「넘어갈 수 없는 고개는 없다.」

▶ 沒有過不去的河 (몰유과불거적하)

「건널 수 없는 강은 없다.」

▶ 沒有不上鉤的魚 沒有不爬杆的猴(몰유불상구적어 몰유불파간적후)

「낚시에 걸리지 않는 고기도 없거니와, 장대를 올라갈 줄 모르는 원숭이도 없다.」[47]

---

46) 記性 기억력. 焉 어찌 언, 이에.

47) 火焰山《서유기(西遊記)》의 손오공이 파초선으로 불을 끄고 지나간 산. 卦 걸 괘, 八卦《주역(周易)》의 여덟 개의 괘. 爬 긁을 파. 기어오르다. 坡 언덕 파. 猴 원숭이 후.

※ 沒有張屠戶 不吃連毛猪 (몰유장도호 부흘연모저 méiyǒu Zhāng túhù, bù chī lián máo zhū)

「백정 장씨가 없다 하여 털이 그대로 있는 돼지를 먹지는 않는다.」(그 사람 없어도 그럭저럭 해낼 수 있다.)

→ 沒得狗屎 也種白菜 (몰득구시 야종백채 méide gǒushī, yě zhòng báicài)

「개똥 거름이 없어도 배추를 심는다.」

▶ 沒有葦葉不敢包粽子 (몰유위엽불감포종자)

「갈대 잎이 없으면 단오절 송편을 쌀 수가 없다.」(없어서는 안될 물건이나 사람.)

▶ 沒有大網打不着大魚 (몰유대망타불착대어)

「큰 그물이 없다면 큰 고기를 잡을 수 없다.」[48]

※ 沒有打虎藝 不敢上山岡 (몰유타호예 불감상산강 méiyǒu dǎhū yì, bùgǎn shàng shāngāng)

「호랑이를 잡을 무예가 없다면 감히 산언덕에 오를 수 없다.」

→ 沒有打虎將 過不得景陽崗 (몰유타호장 과부득경양강 méiyǒu dǎhūjiàng, guòbùde jǐngyánggǎng)

「호랑이를 때려잡을 장수가 없으면 경양강을 지날 수 없다.」(해당 분야의 전문능력을 가진 사람이 있어야 일을 추진할 수 있다.)

▶ 沒有擒龍手 不敢下東海 (몰유금룡수 불감하동해)

「용을 때려잡을 사람이 없다면 감히 동해에 나갈 수 없다.」

▶ 沒有空城計 退不了司馬懿 (몰유공성계 퇴불료사마의)

「성을 비우는 계략이 없었다면 사마의를 물리칠 수 없었다.」[49]

---

48) 屠 짐승 잡을 도. 葦 갈대 위. 葉 잎 엽. 粽 송편 종. 粽子 단오절에 먹는 떡.

※ 文能安邦 武能定國 (문능안방 무능정국 wén néng ān bāng, wǔ néng dìng guó)

「문文으로는 나라를 평안하게, 무武로는 나라를 안정케 해야 한다.」

→ 文武不同道 (문무부동도 wénwǔ bù tóngdào)

「문과 무는 그 도道가 같지 않다.」

▶ 文能克武 柔能克强 (문능극무 유능극강 wén néng kè wǔ, róu néng kè qiáng)

「문文은 무武를 이기고, 유柔는 강强을 이긴다.」

▶ 文講孔夫子 武講岳武穆 (문강공부자 무강악무목)

「문인은 공자를, 무인은 악비를 배워야 한다.」

▶ 文官不要錢 武官不怕死 (문관불요전 무관불파사)

「문관은 돈을 탐해서는 안 되고, 무관은 죽음을 두려워해서는 안 된다.」

▶ 文無第一 武無第二 (문무제일 무무제이)

「문인 중에 자신이 제일이라고 생각하는 사람 없고, 무인에 자신이 둘째라고 생각하는 사람 없다.」[50]

※ 文如其人 聲如其身 (문여기인 성여기신 wén rú qí rén, shēng rú qí shēn)

「문장은 바로 그 사람이고, 소리는 그 사람 몸과 같다.」

---

49) 沒有 ~이 없다. 景 빛 경, 崗 산등성이 강. 景陽崗 ;《수호지》의 무송 (武松)이 맨 주먹으로 호랑이를 때려잡은 산. 藝 재주 예. 岡 崗과 같음. 擒 사로잡을 금. 懿 아름다울 의. 司馬懿 ; 魏의 장수. 제갈양의 「공성계 (空城計)」에 겁을 먹고 퇴각했다.

50) 克 이길 극. 柔 부드러울 유. 講 익힐 강, 중시하다, 설명하다. 穆 화목할 목, 공경하다. 岳武穆 남송(南宋)의 장군 악비(岳飛).

→ 文似看山不喜平 (문사간산불희평 wén sì kànshān bù xǐ píng)

「문장은 산을 바라보는 것과 같아 평범한 것은 좋지 않다.」

▶ 文章本天成 妙手偶得之 (문장본천성 묘수우득지)

「문장은 본디 하늘이 이루는 것, 묘수란 우연히 얻어지는 것.」 (南宋 육유陸游의 詩「문장文章」)

▶ 文章千古事 得失寸心知 (문장천고사 득실촌심지)

「문장은 천 년이 넘도록 전해지지만, (문장의) 득실은 그 사람만이 안다.」 (唐, 杜甫의 詩「우제偶題」) [51]

※ 問一答十 問十答百 (문일답십 문십답백 wèn yī dá shí, wèn shí dá bǎi)

「하나를 물으면 열을 일러주고, 열을 물으면 백을 가르쳐 준다.」 (지식이 풍부하여 질문에 막힘이 없음.)

→ 學貴有恒 道貴悟眞 (학귀유항 도귀오진 xué guì yǒu héng, dào guì wù zhēn)

「학문에는 항심恒心을 귀히 여기고, 수도修道에는 진실을 깨우치는 것을 귀하게 여긴다.」

▶ 學貴有疑 小疑則小進 大疑則大進 (학귀유의 소의즉소진 대의즉대진)

「배움에는 의문을 귀하게 여긴다. 의문이 작으면 조금 진보하고, 의문이 크면 많이 진보한다.」

▶ 人而無恒 不可以作巫醫 (인이무항 불가이위무의)

「사람이 한결같지 않다면 무당이나 의원도 될 수 없다.」 (《論語》 子路) [52]

---

51) 偶 우연히, 짝 우.
52) 喝 마실 갈, 꾸짖을 갈. 過「지나다」는 뜻이 아니라 경험을 말함. 的

※ 未習打 先學藥 (미습타 선학약 wèi xí dǎ, xiān xué yào)
「권법을 익히기 전에 치료법부터 배우다.」

→ 未學功夫 先學馬步 (미학공부 선학마보 wèixué gōngfū, xiān xué mǎbù)

「무술을 배우기 전에 먼저 기본자세를 익히다.」

▶ 先學會走 才能學跑 (선학회주 재능학포)

「먼저 걷기를 배워 알면 달리기도 배울 수 있다.」

▶ 未學拳鬪 先學跌打 (미학권투 선학질타)

「권법을 배우기 전에 넘어지는 법부터 배우다.」[53]

※ 敏而好學 不恥下問 (민이호학 불치하문 mǐn ér hǎoxué, bùchǐ xiàwèn)

「천성이 민첩하며 배우기를 좋아하며, (지위, 학문, 연령이) 나만 못한 사람에게 배움을 청하는 것을 부끄러워하지 않다.」 (마음을 비우고 학문에 힘쓰다.)

→ 知恥近乎勇 (지치근호용 zhī chǐ jìn hū yǒng)

「치욕을 아는 것은 용勇과 비슷하다.」

▶ 吃鴨蛋 (흘압단 chī yādàn)

「오리알을 먹다.」 (시험에서 0점을 받다. 영패를 당하다.) [54]

▶ 不以不知爲恥 要以不學爲愧 (불이부지위치 요이불학위괴)

「알지 못하는 것을 부끄럽게 생각지 말라. 다만 배우려 하지 않는

「~을 하는 사람」 恒 항상 항, 변함없음. 巫 무당 무.

53) 馬步 오른 발을 앞으로 내고 허리를 낮춘 자세. 跌 넘어질 질. 才 비로소, 방금, 이제 막. 跑 달릴 포.

54) 恥 부끄러워할 치. 愧 부끄러워할 괴. 鴨 오리 압, 蛋 새알 단. ※《論語》公冶長 子貢問曰, "孔文子何以謂之文也?" 子曰, "敏而好學, 不恥下問, 是以謂之文也."

것을 부끄럽게 생각해야 한다.」

▶ **千里馬拜訪老黃牛** (천리마배방노황우)

「천리마가 늙은 황소를 찾아와 인사하다.」 (앞서 나아가는 사람이 후배에게 가르침을 청하다.)

※ **反求諸己** (반구제기 fǎn qiú zhū jǐ)

「(실패, 잘못을) 반성하며 (그 원인을) 자신에게서 찾다.」

→ **他山之石 可以攻玉** (타산지석 가이공옥 tāshān zhī shí, kěyǐ gōng yù)

「남의 산에 있는 돌이라도 내 옥을 연마하는 데 쓸 수 있다.」 (다른 사람의 하찮은 언행일지라도 자기의 지식과 덕성을 연마하는 데 도움이 된다.《詩經》小雅・鶴鳴)

▶ **他人懷寶劍 我有筆如刀** (타인회보검 아유필여도)

「남이 보검을 품고 있다면 나의 붓은 칼과도 같다.」

▶ **百尺竿頭 更進一步** (백척간두 경진일보 bǎichǐ gāntóu gēng jìn yībù)

「갈 수 있는 데까지 갔는데 다시 더 나아가다.」 (많이 좋아졌지만 더 좋게 만들려고 노력하다. - 불교의 수양 방법론.) 55)

※ **發憤忘食** (발분망식 fā fèn wàn shí)

「어떤 일에 열중하여 끼니를 잊어버리다.」

→ **不求甚解** (불구심해 bù qiú shèn jiě)

「문장의 미세한 뜻까지 추구하지 않다.」 (글자 하나하나의 뜻에 얽매이지 않고 문장 전체의 대의를 파악하려 한다.)

---

55) 諸 모두 제. 어조사 제. 俗音 저(之 + 於). 懷 품을 회. ※《논어》衛靈公 子曰, "君子求諸己, 小人求諸人." 竿 장대 간.

→ 程門立雪 (정문입설 chéng mén lì xuě)

「스승을 공경하여 가르침을 받다.」

▶ 一字師 (일자사 yī zì shī)

「잘못된 글자 한 자를 잡아줄 수 있는 스승.」(시문詩文에서의 결정적인 한두 개의 글자) 56)

※ 放下屠刀 立地成佛 (방하도도 입지성불 fàngxià túdāo, lìdì chéngfó)

「도살하는 칼을 버리면 그 자리에서 부처가 된다.」(악인도 회개하면 선인이다.)

→ 但行好事 莫問前程 (단행호사 막문전정 dàn xíng hǎoshì, mò wèn qiánchéng)

「좋은 일만 한다면 그 전에 있었던 일은 묻지 않는다.」

▶ 白刀子進去 紅刀子出來 (백도자진거 홍도자출래 báidāozi jìnqu hóngdāozi chūlai)

「흰 칼이 들어갔다가 붉은 칼이 되어 나오다.」(살인을 하다.)

▶ 羞刀難入鞘 (수도난입초)

「한번 뺀 칼은 다시 칼집에 넣기 어렵다.」(과감하게 추진하라.) 57)

---

56) 憤 분할 분. 忘 잊을 망. 甚 심할 심, 정도가 지나침. ※《논어》述而 葉公問孔子於子路 子路不對, 子曰「奚不曰 其爲人也 發憤忘食樂以忘憂 不知老之將至 云爾.」(매우 열심히 학습하는 모양. 학업에 대한 신념을 가지고 어려움을 극복하고 노력하는 모습을 표현함). ※ 陶淵明의 「五柳先生傳」 "…好讀書 不求甚解 每有會意 便欣然忘食…"(…독서를 좋아했으나 미세한 뜻까지 알려 하지 않았고, (책의) 뜻을 이해하면 기뻐 끼니를 잊어버리곤 했다…). 지금은 글자 그대로 해석하여 「철저하게 탐구하지 않는다.」 또는 「완전한 이해나 철저한 준비 없이 일을 시작한 것이 곧 실패의 원인이다.」 라는 뜻으로 사용되고 있음. ※ 宋代의 대유학자 정이(程頤)가 명상에 잠겨 있을 때 제자가 찾아왔는데, 정이가 눈을 떠보니, 두 제자는 한 자나 쌓인 눈 속에 기다리며 서 있었다.

※ 白璧無瑕 (백벽무하 bái bì wú xiá)
「흰 구슬에 아무런 흠도 없다.」 (아무런 흠이 없는 사람의 비유.)

▶ 白玉不雕 寶珠不飾 (백옥부조 보주불식 báiyù bù diāo, bǎozhū bù shì)

「백옥에는 무늬를 새기지 않고, 좋은 구슬은 꾸미지 않는다.」

▶ 純眞無垢 (순진무구)

「깨끗하여 아무 흠집이 없다.」

▶ 玉碎不改白 竹焚不毁節 (옥쇄불개백 죽분불훼절)

「옥은 깨지더라도 그 흰 빛을 바꿀 수 없고, 대나무가 불에 타더라도 그 절개(마디)를 훼손할 수 없다.」 [58]

※ 白眼看人 (백안간인 báiyǎn kàn rén)
「남을 백안시하다.」

→ 白眼無珠 不識好歹 (백안무주 불식호대 báiyǎn wúzhū, bù shí hǎodǎi)

「사람을 깔보면 안목이 없어서, 좋고 나쁜 사람을 모른다.」

▶ 從門縫裏看人 - 把人看扁了 (종문봉리간인 - 파인간편료)
「문틈으로 사람을 보다. - 사람을 납작하게 본다.」 (업신여기다.)

▶ 坐冷板凳 (좌냉판등)
「차가운 걸상에 앉다.」 (냉대를 받다. 푸대접받다.) [59]

---

57) 屠 가축을 죽일 도. 立地 그 자리에서. 但 다만 단. 莫 없을 막, 말 막, 하지 않는다. 羞 부끄러울 수. 鞘 칼집 초.

58) 璧 둥근 옥 벽. 瑕 티 하. 雕 새길 조. 飾 꾸밀 식. 毁 헐 훼. ※《論語》 先進「白圭之玷 尙可磨也 斯言之玷 不可爲也(백규지점 상가마야 사언지점 불가위야).

59) 歹 나쁠 대, 살 바른 뼈 알. 凳 걸상 등.

　※ 白衣染皂 永無更改 (백의염조 영무경개 báiyī rǎn zǎo, yǒng wú gēnggǎi)
「흰옷에 한번 검은 물을 들이면 영원히 고칠 수 없다.」

　→ 好心成了驢肝肺 (호심성료려간폐 hǎoxīn chéngle lú gānfèi)
「착한 심성이 나귀의 간과 폐가 되었다.」 (호의를 악의로 받아들이다.)

　▶ 靛缸裏扯不出白布來 (전항리차불출백포래 diàngāng lǐ chěbùch ū báibùlái)

「쪽빛 염료 항아리에서는 흰 천이 나올 수 없다.」 (악인의 무리 속에서 착한 사람이 살 수 없다.)

　▶ 好心好別人 歪心歪自己 (호심호별인 왜심왜자기)

「착한 마음씨는 다른 사람을 좋게 하고, 비뚤어진 마음은 자신을 비뚤어지게 만든다.」

　▶ 百尺井水能看淸 寸厚人心難看透 (백척정수능간청 촌후인심난간투)

「일 백 자 깊은 우물도 맑아 볼 수 있지만, 한 치 두께 인심은 (흐려) 볼 수가 없다.」 [60]

　※ 百人百姓百樣心 (백인백성백양심 bǎirén bǎixìng bǎi yàng xīn)
「백 명의 백성이 모두 다른 생각을 갖고 있다.」

　→ 百石百性 (백석백성 bǎi shí bǎi xìng)
「백 가지 돌에 백 가지 성질이 있다.」

　▶ 百樣米養百樣人 (백양미양백양인)

---

60) 染 물들일 염. 皂 검을 조(皁의 俗字). 驢 나귀 려. 驢肝肺 나귀의 간과 폐(먹을 수 없음), 시시한 물건. 靛 쪽빛 염료 전. 缸 항아리 항. 裏 속 리. 扯 끌어당길 차, 찢을 차.

「여러 모양의 쌀이 여러 사람을 먹여 살린다.」

▶ 百樣雀鳥百樣音 (백양작조백양음)

「온갖 모양의 새들이 온갖 소리를 낸다.」 (여러 사람이 각자 의견을 말하다.)

▶ 百樣通 不如一樣精 (백양통 불여일양정)

「백 가지에 두루 통하는 것은 한 가지에 정통한 것만 못하다.」 [61]

※ 白酒紅人面 黃金黑世心 (백주홍인면 황금흑세심 báijiǔ hóng rénmiàn huángjīn hēi shìxīn)

「백주(배갈)는 사람 얼굴을 붉게 하고, 황금은 사람 마음을 검게 만든다.」

→ 情酒紅人面 財色動人心 (정주홍인면 재색동인심 qíngjiǔ hóng rénmiàn cáisè dòng rénxīn)

「정인情人과 마시는 술은 얼굴을 붉게 만들고, 돈과 여색은 사람 마음을 움직인다.」

▶ 佛在心頭坐 酒肉腑腸過 (불재심두좌 주육부장과 fó zài xīntou zuò, jiǔròu fǔcháng guò)

「부처는 마음속에 있고, 술과 고기는 위와 장을 지나간다.」 (굳이 주육酒肉을 피할 필요는 없다.)

▶ 黃金抛地 老少折腰 (황금포지 노소절요)

「황금이 땅에 떨어졌다면 어른이나 아이 모두 허리를 굽힌다.」

▶ 淸酒紅人面 黃金黑道心 (청주홍인면 황금흑도심)

「청주를 마시면 얼굴이 붉어지고, 황금은 도덕심을 검게 만든다.」 [62]

---

61) 樣 모양 양, 형태. 雀 참새 작.
62) 白酒 수수(高粱), 옥수수 등을 발효하거나 증류하여 만든 술. 白干兒

※ **煩惱使人白頭** (번뇌사인백두 fánnǎo shǐrén báitóu)
「번뇌는 사람의 머리를 하얗게 만든다.」

→ **有心栽花花不成** (유심재화화불성 yǒuxīn zāihuā huā bùchéng)
「뜻을 가지고 꽃을 가꾸어도 꽃이 안 핀다.」(세상사 뜻대로 안 된다.)

▶ **煩惱不尋人 人自尋煩惱** (번뇌불심인 인자심번뇌)
「번뇌는 사람을 찾아가지 않는다. 사람 스스로 번뇌를 만든다.」

▶ **有心栽花花不開 無心插柳柳成陰** (유심재화화불개 무심삽류류성음)
「뜻을 두고 꽃을 가꾸어도 꽃이 안 피지만, 무심코 심은 버들은 큰 그늘을 이룬다.」

▶ **野花不種年年育 煩惱無根日日生** (야화부종년년육 번뇌무근일일생)
「들꽃은 심지 않아도 해마다 자라나고, 번뇌는 뿌리가 없는데도 날마다 자란다.」 [63]

※ **本事是眞的 玩藝是空的** (본사시진적 완예시공적 běnshì shì zhēnde, wányì shì kōngde)
「능력은 참된 것이고, 놀고 즐기는 일은 공허한 일이다.」

→ **本領小的驕傲大 學問深的意氣平** (본령소적교오대 학문심적의기평)
「능력이 모자란 사람일수록 자랑이 많고, 학문이 깊은 사람은 그 마음이 평온하다.」

(báigānr)인데 우리나라에서 「배갈」이라 부른다. 抛 던질 포, 내던지다, 버리다. 腑 장기(臟器) 부, 오장육부의 총칭. 腸 창자 장.

63) 煩 괴로워할 번. 惱 괴로울 뇌. 栽 심을 재. 插 꽃을 삽. 陰 그늘 음. 尋 찾을 심.

▶ 本領要在困難中學 朋友要在患難中交 (본령요재곤난중학 붕우요재환난중교)

「재능은 어려운 여건 속에서 배워야 하고, 친구는 환난 속에서 사귀어야 한다.」

▶ 本領在知識中 知識在學習中 學習再生活中 (본령재지식중 지식재학습중 학습재생활중)

「재능은 지식 속에 있고, 지식은 학습 속에 있고, 학습은 생활 속에 있다.」 (생활하면서 배우고, 배워야 아는 것이 있고, 알아야 능력도 길러진다.) 64)

※ 蓬生麻中 不扶自直 (봉생마중 불부자직 péng shēng mázhōng, bùfú zì zhí)

「쑥이 삼밭에서 자란다면 도움이 없더라도 스스로 곧게 자란다.」 (더불어 살며 좋게 변화함.)

→ 白沙入泥 與之皆黑 (백사입니 여지개흑 báishā rù ní, yǔ zhī jiē hēi)

「흰모래가 진흙 속에 있으면 같이 다 검어진다.」

▶ 常在河邊走 難免踏濕鞋 (상재하변주 난면답습혜)

「물가를 자주 걷다 보면 신발이 젖지 않을 수 없다.」 (나쁜 환경의 영향을 받지 않을 수 없다.)

▶ 蓬蒿裏藏靈芝草 淤泥裏埋夜光珠 (봉호리장영지초 어니리매야광주)

「쑥대밭에 영지초가 숨겨져 있고, 개흙 속에 야광주가 묻혀 있

---

64) 本事 재능, 기량, 능력, 실용적인 여러 재주. 玩 놀 완, 구경할 완. 玩藝 놀이와 관련되는 여러 재주. 本領 재능, 기량, 수완. 驕 교만할 교. 뽐낼 교. 傲 거만할 오.

다.」(궁벽한 곳에 걸출한 인재가 있다.) 65)

※ **不到黃河心不死** (부도황하심불사 bùdào Huánghé xīnbùsǐ)
「황하에 도달할 때까지 결코 절망할 수 없다.」(끝장을 보지 않으면, 마음을 바꾸지 않는다.)

　→ **不撞南墙不回頭** (부당남장불회두 bùzhuàng nánqiáng bù huítóu)
「머리를 담벼락에 부딪치기 전에는 머리를 돌리지 않는다.」(맹목적 고집불통.)

　▶ **不見棺材不悼淚** (불견관재부도루 bùjiàn guāncái bù dào lèi)
「관을 보기 전에는 눈물을 흘리지 않는다.」(살아 있다는 믿음을 버리지 않겠다.)

　▶ **不到烏江心不死** (부도오강심불사)
「오강烏江에 도달할 때까지 낙담할 수 없다.」

　▶ **三十年河東 三十年河西** (삼십년하동 삼십년하서)
「(한 마을이) 30년은 황하의 동쪽에, 30년은 황하의 서쪽에 있었다.」(황하 물줄기의 변화가 그만큼 심하다.) 66)

※ **負義男兒眞狗彘** (부의남아진구체 fù yì nánér zhēn gǒuzhì)
「의리를 저버린 사내는 진짜 개돼지다.」

　→ **知恩女子勝英雄** (지은여자승영웅 zhīēn nǚzǐ shèng yīngxióng)

---

65) 蓬 쑥 봉. 麻 삼 마〔쑥은 옆으로 퍼져 자라고, 삼(麻)은 위로 곧게 자란다. 환경에 따라 성장 결과가 달라진다는 뜻〕. 扶 도울 부, 떠받치다. 泥 진흙 니. 與 더불어 여, 줄 여. 皆 다 개. 踏 밟을 답. 濕 젖을 습. 鞋 신발 혜. 藏 감출 장. 淤 진흙 어, 앙금. 埋 묻을 매.

66) 心不死 마음이 죽지 않는다. 결코 포기할 수 없다. 황하에 도달하면 더 이상 갈 길이 없다. 그러면 어쩔 수 없이 포기하겠지만, 길이 있는 동안은 끝까지 가보겠다는 결심을 나타냄. 撞 부딪칠 당. 棺 널 관. 悼 슬퍼할 도. 淚 눈물 루(누).

「은혜를 아는 여자는 영웅보다 낫다.」

▶ 恩愛重於功名 (은애중어공명)

「은혜와 사랑은 공명보다 더 소중하다.」

▶ 恩義廣施 人生何處不相逢 (은의광시 인생하처불상봉)

「은덕을 널리 베풀어라. 살다 보면 어디서든 서로 만나지 않겠는가?」

▶ 義理之勇不可無 血氣之勇不可有 (의리지용불가무 혈기지용불가유)

「의리에 따른 용기가 없을 수 없고, 혈기에 따른 용기가 있어서는 안 된다.」[67]

※ 婦人水性無常 (부인수성무상 fùrén shuǐxìng wúcháng)

「여자의 마음은 물 같아서 한결같지는 않다.」 (여자의 마음은 바람에 흔들리는 갈대와 같다.)

→ 紅顔自古多薄命 (홍안자고다박명 hóngyán zìgǔ duō bómìng)

「예로부터 미인은 팔자가 기구하다.」 (가인박명佳人薄命)

▶ 紅顔女子多是非 (홍안여자다시비)

「미인에게는 이런저런 말이 많다.」

▶ 聖人難測娘們心 (성인난측낭문심)

「성인일지라도 여자들의 마음을 헤아릴 수 없다.」

▶ 易反易覆黃河水 易變易怒婦人心 (이반이복황하수 이변이노부인심)

「쉽게도 뒤집어지는 황하의 강물, 쉽게 변하고 화를 내는 부인婦人의 마음.」[68]

---

67) 負 짐을 질 부, 배신하다. 虒 돼지 체. 施 베풀 시.
68) 紅顔 미인. 薄 얇을 박, 경미하다, 하찮다. 測 헤아릴 측. 娘 아가씨 낭, 여인. 們 무리 문, 사람을 지칭하는 명사나 대명사 뒤에 붙어 복수를 나타

※ **不知其人觀其友** (부지기인관기우 bù zhī qí rén guān qí yǒu)
「그 사람을 모르거든, 그 사람의 친구를 보라.」

→ **棋如其人** (기여기인 qí rú qí rén)
「바둑(장기)은 바로 그 사람이다.」 (사람 됨됨이 그대로이다.)

▶ **欲知其人 觀其所使** (욕지기인 관기소사)
「그 사람을 알고 싶다면 그가 부리는 사람을 보라.」

▶ **觀棋不語眞君子 把酒多言是小人** (관기불어진군자 파주다언시소인)
「바둑 구경을 하면서 훈수하지 않으니 참 군자이고, 술을 앞에 두고 말이 많으니 소인이로다.」

▶ **觀棋不語眞君子 落子無悔大丈夫** (관기불어진군자 낙자무회대장부)
「바둑 구경을 하면서 훈수하지 않으니 참 군자이고, 바둑돌을 놓고서 후회 없으니 대장부이다.」 [69]

※ **不怕不懂 就怕裝懂** (불파부동 취파장동 bùpà bùdǒng, jiù pà zhuāngdǒng)
「알지 못하는 것이 걱정이 아니라, 아는 척하는 것이 걱정이다.」

→ **不怕學不會 只怕心不誠** (불파학불회 지파심불성 bù pà xué bùhuì, zhǐ pà xīn bùchéng)
「배워 알지 못하는 것이야 걱정이 안 되지만, 마음이 성실하지 못할까 걱정이다.」

▶ **中道而廢** (중도이폐)
「중간에 그만두다.」 (학문을 중도에 그만두다.) (半途而廢, 半途之

___
냄.
69) 棋 바둑 기. 把 잡을 파.

廢)

▶ 學者如牛毛 成者如麟角 (학자여우모 성자여린각)

「학문을 하는 사람은 소털만큼 많지만, 성취하는 사람은 기린의 뿔과 같다.」(매우 드물다.)

▶ 百事不懂 頭戴糞桶 (백사부동 두대분통)

「아무 것도 알지 못하니 머리에 똥통을 쓰고 있는 것이다.」[70]

※ 不做事的人 不會犯錯誤 (부주사적인 불회범착오 bù zuò shìde rén, bù huì fàn cuòwù)

「일을 하지 않는 사람은 실패하지 않는다.」(접시를 닦지 않으면 접시를 깨지 않는다.)

→ 一緊二慢三罷休 (일긴이만삼파휴 yī jǐn èr màn sān bàxiū)

「처음에는 바짝 서둘다가, 다음으로는 슬슬 하다가, 마지막에는 포기한다.」(보통 사람의 일 처리과정)

▶ 不怕時間短 就怕時常斷 (불파시간단 취파시상단)

「시간이 짧은 것보다는 자꾸 중단되는 것이 두렵다.」

▶ 臨事而懼 好謀難成 (임사이구 호모난성)

「일이 닥쳤을 때 두려워하면 꾀하는 일을 잘 마치기 어렵다.」[71]

※ 不怕瞪眼金剛 就怕蒙面菩薩 (불파징안금강 취파몽면보살 bù pà dèngyǎn jīngāng, jiù pà méng miàn púsà)

---

70) 怕 두려울 파. 懂 알 동, 이해하다. 麟 기린 인(린). 廢 그만둘 폐. 途 길 도. ※《論語》雍也 冉求曰 "非不說子之道 力不足也" 子曰 "力不足者 中道而廢. 今女劃"(염구가 "선생님의 도를 좋아하지 않는 것이 아니라 (실천하는 데) 힘이 부족합니다."고 말했다. 공자께서는 "힘이 부족하다는 것은 중도에 그만두는 것이다. 너 스스로 멈춰 선 것이다."라고 말했다).

71) 緊 단단할 긴, 팽팽하다. 罷 그칠 파. 休 쉴 휴, 그만두다. 踢 발로 찰 척. 邁 갈 매, 큰 걸음으로 걷다, 앞지르다.

「눈을 부릅뜬 금강역사는 두렵지 않지만, 좋은 얼굴을 한 보살이 무섭다.」(위선적인 사람이 더 무섭다.)

→ 不惡而嚴 (불악이엄 bù è éryán)

「무서운 표정을 하지 않아도 위엄이 있다.」

▶ 不怒而威 (불노이위 bù nù ér wēi)

「화를 내지 않아도 위엄이 선다.」

▶ 不怕黑李逵 只怕劉備哭 (불파흑이규 지파유비곡)

「얼굴 시커먼 이규는 무섭지 않으나, 유비의 울음소리가 두렵다.」

▶ 不怕紅臉關爺 就怕抿嘴菩薩 (불파홍검관야 취파민취보살)

「붉은 얼굴을 한 관운장이 무섭지 않고, 다만 입을 오므린 보살이 두렵다.」[72]

※ 不可一日近小人 (불가일일근소인 bùkě yīrì jìn xiǎorén)
「단 하루라도 소인을 가까이해서는 안 된다.」

→ 寧傷十個君子 別傷一個小人 (영상십개군자 별상일개소인 nìng shāng shígè jūnzǐ, bié shāng yī gè xiǎorén)

「차라리 열 명의 군자를 다치게 할지라도, 한 명의 소인을 다치게 하지 말라.」

▶ 大人不和小人爭 (대인불화소인쟁)

「대인은 소인과 다투지 않는다.」

▶ 寧與虎鬪 不與人爭 (영여호투 불여인쟁)

---

72) 瞠 바로 볼 징. 瞠眼 ; 눈을 부릅뜨다. 蒙 덮을 몽. 蒙面 ; 복면을 하다. 여기서는 「위선적인」의 뜻. 惡 사나울 악, 흉포할 악. 嚴 엄할 엄. 威 위엄 위. 逵 큰길 규. 李逵(이규) ; 《수호지》에 등장하는 얼굴이 검어서 흑선풍 이규로 불리는 인물. 哭 울 곡. 臉 뺨 검, 얼굴. 關爺 ; 관운장. 경극(京劇)에서 붉은 얼굴은 「정의의 사나이」이다. 抿 어루만질 민, 입을 오므리다.

「차라리 호랑이와 싸울지언정 사람과는 다투지 말라!」

▶ 大人不責小人過 哪個小人沒罪過 (대인불책소인과 나개소인몰죄과)

「대인이 소인의 잘못을 문책하지 않는다지만, 어느 소인인들 죄과가 없겠는가?」73)

※ 朋友妻不可欺 朋友妾不可竊 (붕우처불가기 붕우첩불가절 péngyou qī bùkě qī, péngyou qiè bùkě qiè)
「친구의 처를 무시할 수 없고, 친구의 첩을 빼앗아도 안 된다.」

→ 寧穿朋友衣 不占朋友妻 (영천붕우의 부점붕우처 nìng chuān péngyou yī, bù zhàn péngyou qī)

「친구의 옷을 입을지언정 친구의 처를 차지할 수는 없다.」

▶ 酒肉朋友一世無 (주육붕우일세무)

「술과 고기로 사귄 친구는 오래 가지 않는다.」

▶ 海水不爲深 友情第一深 (해수불위심 우정제일심)

「바다가 깊다고 생각하지 말라. 우정이 가장 깊다.」74)

※ 悲歡離合 (비환이합 bēihuān líhé)
「슬픔과 기쁨, 이별과 재회」(늘 변하는 인간사, 덧없는 일.)

→ 喜悲交集 (희비교집 xǐbēi jiāo jí)

「희비가 뒤섞이다.」

▶ 悲傷憂愁 不如握緊拳頭 (비상우수 불여악긴권두)

「슬퍼하고 걱정하는 것은 주먹을 꼭 쥐는 것만 못하다.」

---

73) 給 줄 급. 飢 굶을 기. 送 보낼 송. 傷 다칠 상. 別 ~하지 말라, 다를 별. 和 ~와.
74) 欺 속일 기, 무시하다. 竊 훔칠 절. 寧 차라리 ~하다.

▶ 喜時之言多失信 怒時之言多失理 (희시지언다실신 노시지언다실리)

「기쁠 때 하는 말에 신의를 잃는 경우가 많고, 노할 때 하는 말에 이치를 잃는 경우가 많다.」[75]

※ 氷炭不同爐 水火不相容 (빙탄부동로 수화불상용 bīng tàn bù tóng lú, shuǐ huǒ bù xiāng róng)

「얼음과 숯불을 한 화로에 담을 수 없고, 물불은 같이 있을 수 없다.」 (서로 조화될 수 없는 사이.)

→ 善惡不同途 氷炭不同爐 (선악부동도 빙탄부동로 shàn 'è bù tóngtú, bīngtàn bù tóng lú)

「선악은 같은 길을 갈 수 없고, 얼음과 숯불은 같은 화로에 담을 수 없다.」

▶ 氷火不相容 賢愚不幷居 (빙화불상용 현우불병거)

「얼음과 불은 같이 있을 수 없고, 현자와 어리석은 이는 같이 살 수 없다.」

▶ 先善後惡 准惡不准善 先惡後善 准善不准惡 (선선후악 준악부준선 선악후선 준선부준악)

「착한 사람이 악행을 하면 악행만 알고 선행은 기억하지 않는다. 악한 사람이 착한 일을 하면 악행은 잊고 착한 일만 인정해 준다.」[76]

※ 士可殺而不可辱 (사가살이불가욕 shì kě shā ér bù kě rǔ)
「지사志士를 죽일 수는 있어도 욕보일 수는 없다.」

---

75) 握 잡을 악. 緊 요긴할 긴, 움츠릴 긴. 拳 주먹 권. 拳頭 주먹.
76) 炭 숯 탄, 숯불. 爐 화로 로(노). 愚 어리석을 우. 准 허락할 준(準)과 같음), 본보기로 삼다, 의거하다.

→ 士爲知己者死 女爲悅己者容 (사위지기자사 여위열기자용 shì wèi zhījǐzhě sǐ, nǚ wèi yuèjǐzhě róng)

「지사는 자신을 알아주는 사람을 위해 죽을 수 있고, 여자는 자신을 기쁘게 해주는 사람을 위하여 화장을 한다.」

▶ 士各有志 不可相强 (사각유지 불가상강)

「선비들은 각자 뜻이 있어 서로 강요할 수 없다.」

▶ 士窮見節義 世亂見忠臣 (사궁견절의 세난견충신)

「선비가 가난할 때 그 지조를 볼 수 있고, 혼란한 세상에 충신을 볼 수 있다.」

▶ 士志於道 不能惡衣惡食 (사지어도 불능악의악식)

「선비가 도道에 뜻을 두었다면 해진 옷이나 거친 음식을 탓해서는 안 된다.」

▶ 佳人惜紅粉 烈士愛寶劍 (가인석홍분 열사애보검)

「미인은 붉은 지분(화장품)을 아끼고, 열사는 보검을 애지중지한다.」 77)

※ 師徒如父子 (사도여부자 shī tú rú fùzǐ)
「스승과 제자는 부자父子와 같다.」

→ 師傅領進門 修行在個人 (사부령진문 수행재개인 shīfù lǐng jìn mén, xiūxíng zài gèrén)

「사부가 제자를 거느리고 문에 들어가면, 수행은 각자에게 달렸다.」

▶ 學成靠自身 師傅不過領路人 (학성고자신 사부불과영로인)

「학문적 성공은 자신에 달려있다. 사부는 길을 안내해 주는 사람에

---

77) 辱 욕되게 할 욕. 惜 아낄 석. 粉 가루 분. 容 얼굴 용, 얼굴을 꾸미다, 화장을 하다.

불과하다.」

▶ 爲師夸徒 必不是好師 (위사과도 필부시호사)

「스승이 되어 제자에게 자랑을 하는 사람은 결코 좋은 스승이 아
니다.」[78]

※ 邪門不壓正道 (사문불압정도 xiémén bù yā zhèngdào)
「사악은 정도를 이길 수 없다.」

→ 邪不勝正 妖不勝德 (사불승정 요불승덕 xié bù shèng zhèng, yāo
bù shèng dé)

「사악은 정의를 이길 수 없고, 요괴는 인덕을 이길 수 없다.」

▶ 邪人不幹正務 邪木不合正用 (사인불간정무 사목불합정용)

「요사한 인간은 바른 일을 하지 못하고, 사악한 나무는 바른 용도
에 부적합하다.」

▶ 正做不做 豆腐裏頭放醋 (정주부주 두부리두방초)

「정작 해야 할 일은 하지 않고, 두부 속에도 초를 친다.」[79]

※ 師傅不明弟子濁 (사부불명제자탁 shīfu bùmíng dìzǐ zhuó)
「사부가 똑똑치 못하면 제자는 멍청하다.」

→ 師不高 弟子矮 (사불고 제자왜 shī bù gāo, dìzǐ ǎi)

「스승이 작으면 제자도 난쟁이다.」 (교사의 수준이 제자의 수준이
다.)

▶ 師高弟子強 (사고제자강)

「스승이 고명하면 제자도 강하다.」

---

78) 徒 무리 도, 제자. 傅 스승 부. 領 목덜미 령(영), 통솔하다, 안내하다. 夸
　　자랑할 과(誇와 같음).

79) 邪 간사할 사(도덕적으로 正의 반대 개념). 妖 이상할 요, 아리따울 요.
　　幹 줄기 간, ~을 하다. 做 지을 주, ~을 하다. 醋 식초 초.

▶ 十步之內 必有芳草 (십보지내 필유방초)

「10보 이내에 필히 방초가 있다.」 (훌륭한 인재는 곳곳에 있다.)

▶ 上有好者 下必有效者 (상유호자 하필유효자)

「윗사람에게 좋은 점이 있으면 아래에서 틀림없이 본받는다.」

▶ 方方有君子 處處有賢人 (방방유군자 처처유현인)

「사방에 군자가 있고 어디든 현인이 있다.」

▶ 弟子不必不如師 師不必賢於弟子 (제자불필불여사 사불필현어제자)

「제자는 꼭 스승만 못한 것이 아니고, 스승이라도 제자보다 꼭 현명해야 되는 것은 아니다.」 (唐. 한유韓愈「사설師說」) 80)

> ※ 山重水複疑無路 柳暗花明又一村 (산중수복의무로 유암화명우일촌 shānchóng shuǐfù yí wúlù, liǔàn huā míng yòu yīcūn)
>
> 「산에 산, 물에 물이라 길이 없는 듯하더니, 버들 무성하고 꽃이 핀 곳에 또 마을이 있네!」 (새로운 희망이 보임.) (南宋, 시인 육유陸游의 「유산서촌游山西村」)

→ 山不轉路轉 山不淸水淸 (산부전노전 산불청수청 shān bù zhuàn lù zhuàn, shān bù qīng shuǐ qīng)

「산은 돌지 않으나 길은 돌아가고, 산은 푸르지 않으나 물은 푸르다.」 (변화는 계속됨.)

▶ 山不轉水轉 低頭不見擡頭見 (산부전수전 저두불견대두견)

「산이 돌아들지 않으면 물이 돌며 흐르고, 고개를 숙일 때 만나지 않으면 고개를 들 때 만난다.」

▶ 山前有路你不走 飛蛾赴火自來投 (산전유로니부주 비아부화자래투

---

80) 傅 스승 부. 矮 키 작을 왜. 徒 무리 도, 제자 도, 학업을 닦는 사람 도. 芳 꽃다울 방.

투)

「산 아래 길이 있는데도 너는 가지 않고, 날 나방은 불을 찾아 스스로 몸을 던진다.」(스스로 자멸의 길로 들어가거나 재앙 속으로 몸을 던짐.) 81)

※ 三餘讀書 (삼여독서 sān yú dúshū)
「일상생활 중 세 종류의 여가 시간에 독서하기.」

→ 死讀書, 讀死書, 讀書死 (사독서, 독사서, 독서사 sǐ dúshū, dú sǐ shū, dúshū sǐ)

「맹목적인 공부에, 쓸모없는 책을 읽으면, 공부 하나마나!」

▶ 無米莫養猪 無錢莫讀書 (무미막양저 무전막독서)

「사료가 없다면 돼지를 키우지 말고, 돈이 없다면 독서를 하지 말라.」

▶ 莫嫌知事小 只欠讀書多 (막혐지사소 지흠독서다)

「맡은 일이 별로 없다고 걱정하지 말라! 다만 독서가 많지 않다고 걱정해야 한다.」

▶ 莫一本通書看到老 (막일본통서간도노)

「책 한 권을 늙을 때까지 계속 보지 말라!」 82)

---

81) 疑 물을 의, 의심하다. 轉 구를 전, 돌다. 擡 들어올릴 대. 蛾 나방 아.

82) 餘 남을 여. 遍 두루 편. 見 드러날 현, 나타날 현. 欠 불충분하다, 빚지다, 하품하다. ※ 三國時代, 魏의 동우(董遇)는 《老子》와 《春秋左傳》에 정통했다. 어떤 사람이 동우에게 가르침을 청했으나 동우는 거절하면서 "讀書百遍而義自見" 이라고 말했다. 그러자 그 사람이 "나는 할 일이 많아 책을 읽을 시간이 없는데 어찌해야 합니까?"라고 했다. 동우는 "삼여(三餘)에 독서하면 된다. 三餘는, 겨울철은 일년 중 여유시간이며, 밤은 하루 중 한가한 시간이며, 비 오는 날은 밖에서 일할 수 없으니 하루 전체가 여유시간이다."라고 말했다.

※ **上有天 下有地 中間有良心** (상유천 하유지 중간유양심 shàng yǒu tiān xià yǒu dì, zhōngjiān yǒu liángxīn)

「위에는 하늘이, 아래에는 땅이, 그 중간에는 양심이 있다.」(사람이 있다.)

→ **天地間 人爲貴** (천지간 인위귀 tiāndì jiān, rén wéi guì)

「천지간에 사람이 가장 귀하다.」

▶ **良心叫狗吃了** (양심규구흘료)

「개가 양심을 먹어 버렸다.」(양심을 개에게 줘버렸다.)

▶ **人活良心 樹活皮** (인활양심 수활피)

「산 사람이라면 양심이 있고, 살아있는 나무는 껍질이 있다.」

▶ **天不言自高 地不言自厚 人不言自大** (천불언자고 지불언자후 인불언자대)

「하늘은 스스로 높다 하지 않고, 땅은 스스로 두텁다 하지 않으며, 사람은 스스로 위대하다고 말하지 않는다.」[83]

※ **書到用時方恨少** (서도용시방한소 shū dào yòng shí fāng hèn shǎo)

「책(지식)은 써먹을 때가 되어야 적은 것을 후회한다.」(평소 학식을 많이 축적해 두어야 한다.)

→ **一日不書 百事荒蕪** (일일부서 백사황무 yīrì bù shū, bǎishì huāngwú)

「하루라도 글을 쓰지 않으면 모든 일이 황망해진다.」

▶ **學者不釋書 書家不釋筆** (학자불석서 서가불석필)

「배우는 사람은 책을 놓을 수 없고, 서예가는 붓을 놓을 수 없다.」

▶ **一天不學走下坡 兩天不學沒法活** (일천불학주하파 양천불학몰법

---

83) 叫 부르짖을 규(사역의 의미). 厚 두터울 후.

활)

「하루라도 불학하면 언덕을 굴러 떨어지는 듯, 이틀을 불학하면 살아갈 길이 없다.」

▶ **學問勤乃有 不勤腹空虛** (학문근내유 불근복공허)

「학문은 부지런해야 성취가 있다. 부지런하지 않으면 뱃속이 빈 것과 같다.」[84]

※ **書讀千遍 其義自見** (서독천편 기의자현 shū dú qiān biàn, qí yì zì xiàn)

「책을 천 번 읽으면 그 뜻이 저절로 보인다.」

→ **書越讀得多越蠢** (서월독득다월준 shū yuè dú de duō yuè chǔn)

「책은 많이 읽으면 읽을수록 더 바보가 된다.」 (독서 내용을 실제 생활에 적용하지 못하다.)

▶ **書山有路勤爲徑 學海無崖苦是舟** (서산유로근위경 학해무애고시주)

「책의 산에 길이 있으니 근면이 가장 빠른 길이고, 학문의 바다는 가없으니 고생만이 건널 수 있는 배이다.」 (부지런히 책을 읽고, 고통을 참으면서 노력해야 학문을 성취할 수 있다.)

▶ **數不完的土粒 渡不完的學海** (수불완적토립 도불완적학해)

「이루 다 셀 수 없는 흙 알갱이, 결코 건널 수 없는 학문의 바다.」[85]

※ **船到碼頭車到站** (선도마두차도참 chuán dào mǎtou chē dào zhàn)

---

84) 荒 거칠 황. 蕪 거칠어질 무. 釋 풀어줄 석, 놓다. 坡 고개 파. 乃 이에 내. 腹 배 복.

85) 越 넘을 월. 越~越~ ~하면 할수록 ~하다. 蠢 벌레 꿈틀거릴 준, 어리석을 준. 徑 지름길 경. 崖 언덕 애, 강이나 바다의 맞은편 기슭. 粒 알갱이 입(립).

「배는 선창에 대고, 차는 정류장에 도착한다.」 (목적지가 있다.)

→ **處處有路通長安** (처처유로통장안 chùchù yǒu lù tōng Chángān)

「모든 길은 장안으로 통한다.」 (어떤 방법으로든 목적을 달성해야 한다.)

▶ **處處留心皆學問 三人同行有我師** (처처유심개학문 삼인동행유아사)

「가는 곳마다 마음을 쓰면 모두가 배울 것이고, 세 사람이 길을 간다면 꼭 나의 스승이 있다.」

▶ **路都是人踩出來的** (노도시인채출래적)

「모든 길은 사람이 다녀서 만들어진 것이다.」[86]

※ **善惡應報 如影隨形** (선악응보 여영수형 shàn 「è yīng bào, rú yǐng suí xíng)

「선악에 따른 응보는 그림자가 본체를 따라다니는 것과 같다.」

→ **善惡必報 遲速有期** (선악필보 지속유기 shàn 「è bì bào, chí sù yǒu qī)

「선악에는 반드시 보답이 있는데, 빠르거나 늦거나 때가 있을 뿐이다.」

▶ **富貴在天 善惡在我** (부귀재천 선악재아)

「부귀는 하늘의 뜻에 있지만, 선악은 내 의지에 있다.」

▶ **善惡生死 父子不能有所勖助** (선악생사 부자불능유소욱조)

「선악과 생사에 관해서는 부자간이라도 서로 도와줄 수 없다.」 (자신의 일은 자신이 결정한다.)

▶ **善惡倒頭終有報 只爭來早與來遲** (선악도두종유보 지쟁내조여내

---

86) 碼 번호 마, 숫자. 碼頭 부두. 踩 밟을 채.

지)

「선악은 결국 언젠가는 응보가 있다. 다만 일찍 오느냐 늦게 오느냐의 차이가 있다.」

▶ 善有善報 惡有惡報, 不是不報 時期未到 (선유선보 악유악보, 부시불보 시기미도)

「선에는 좋은 보답이, 악에는 악한 보답이 있다. 응보가 없는 것이 아니라 때가 되지 않은 것이다.」 [87]

※ 善人在座 君子俱來 (선인재좌 군자구래 shànrén zài zuò, jūnzǐ jù lái)

「선인이 지위에 오르면 군자는 모두 찾아온다.」

→ 善人不負善心人 (선인불부선심인 shànrén bù fù, shànxīn rén)

「선인은 착한 마음을 가진 사람을 버리지 않는다.」

▶ 善人富謂之賞 惡人富謂之殃 (선인부위지상 악인부위지앙)

「선인에게 많은 재물은 상賞이지만, 악인에게 재물은 재앙이라 할 수 있다.」

▶ 善人百中一二 惡者十常八九 (선인백중일이 악자십상팔구)

「선인은 백 명 중 한둘이고, 악인은 열 중 여덟아홉이다.」

▶ 善人回頭就是惡 惡人回頭就是善 (선인회두취시악 악인회두취시선)

「선인이 마음을 바꾸면 곧 악인이고, 악인이 회개하면 곧 선인이 된다.」 [88]

---

87) 勖 힘쓸 욱, 도울 욱. 途 길 도. 遲 늦을 지. 速 빠를 속. 到頭 결국, 언젠가는. 報 갚을 보, 알릴 보. 早 새벽 조, 일찍 조.
88) 回頭 뉘우치다, 改心하다.

※ 歲寒然後知松栢 (세한연후지송백 suì hán ránhòu zhī sōngbǎi)
「날이 추워진 뒤에야 소나무와 잣나무를 알 수 있다.」(역경을 거친 뒤 위대한 사람을 알 수 있다.)

→ 燕雀焉知鴻鵠之志 (연작언지홍곡지지 yànquè yān zhī hónghú zhì zhì)

「제비나 참새가 큰기러기나 고니의 뜻을 어찌 알겠는가!」

▶ 小人智短易盈 君子見深難溢 (소인지단이영 군자견심난일)

「소인은 안목이 짧고 쉽게 채워지지만, 군자는 식견이 깊어 넘치기 어렵다.」

▶ 鳥中鳳凰 獸中獅王 (조중봉황 수중사왕)

「새 중에는 봉황, 짐승 중에는 사자가 왕.」

▶ 山有高低 水有清濁 人有好賴 (산유고저 수유청탁 인유호뢰)

「높고 낮은 산이 있고, 맑은 물과 흐린 물이 있듯, 좋은 사람과 나쁜 사람이 있다.」[89]

※ 細行不謹 終累大德 (세행불근 종루대덕 xìxíng bù jǐn, zhōng lèi dàdé)
「사소한 언행을 조심하지 않는다면 끝내 덕행에 누가 된다.」

→ 小節不拘 終累大德 (소절불구 종루대덕 xiǎojié bù jū, zhōng lèi dàdé)

「작은 예절을 지키지 않는다면 끝내 덕행에 누가 된다.」

▶ 細心沒大差 (세심몰대차)

「조심하면 큰 실수가 없다.」

---

89) 栢 측백나무 백, 잣나무 백(柏의 俗字). 燕 제비 연. 雀 참새 작. 鴻 큰기러기 홍. 鵠 고니 곡. 盈 찰 영, 가득 차다. 溢 넘칠 일. 賴 힘입을 뇌(뢰), 의지하다, 나쁘다.

▶ 細水長流 到老不愁 (세수장류 도노불수)

「가늘게 흐르는 물이 멀리 가나니, 늙도록 걱정이 없다.」 (재물을 아껴 써야 늙어 궁핍하지 않다.)

▶ 細雨濕衣人不覺(세우습의인불각)

「가랑비에 옷이 젖지만 사람은 알지 못하다.」 90)

※ 少不看水滸 老不看三國 (소불간수호 노불간삼국 shǎo bùkàn Shuǐhǔ, lǎo bùkànn Sānguó)

「젊은 날에는《수호지》를 읽지 말고, 늙어서는《삼국지》를 보지 말라.」91)

→ 少熱紅樓 老熱三國 (소열홍루 노열삼국 shào rè Hónglóu, lǎo rè Sānguó)

「젊어《홍루몽(紅樓夢)》에 열중하고, 늙어《삼국지》에 빠지다.」 (잘못된 독서)

▶ 老不看三國 少不看西游 (노불간삼국 소불간서유)

「늙어서는《삼국지》를, 젊어서는《서유기》를 읽지 말라.」

▶ 後生不看水滸 老來不看三國 (후생불간수호 노래불간삼국)

「젊은이는《수호지》를 보지 말고, 늙거든《삼국지》를 읽지 말라.」 92)

---

90) 謹 삼갈 근. 細心 주의하다, 면밀하다. 累 얽힐 루, 옥에 티 루.

91) 군도(群盜)를 미화한《수호지》는 「도적질을 가르치는 책(誨盜之書)」이라 하여 금서(禁書)였었다.《삼국지》를 많은 사람이 높이 평가하지만 「老年에는 正史를 읽어야 한다」는 뜻에서 이런 속담이 생겼을 것이다. 속담이 「사람의 감정을 표현한 말」이라 생각한다면 속담의 뜻이 맞느냐 그르냐를 따지는 일은 부질없는 일이다.

92) 熱 더울 열, 열중하다. 樓 누각(다락) 누(루). 夢 꿈 몽.

※ 小人自大 小水聲大 (소인자대 소수성대 xiǎorén zì dà, xiǎoshuǐ shēng dà)

「소인은 스스로 잘났다고 하며, 작은 냇물은 소리가 크다.」

→ 小人交友 香三天 臭半年 (소인교우 향삼천 취반년 xiǎorén jiāoyǒu, xiāng sāntiān, chòu bànnián)

「소인과 사귀면 향기는 3일이고, 썩은 냄새는 반년이다.」

▶ 小河流水響聲大 學問淺的好自大 (소하류수향성대 학문천적호자대)

「작은 시내에 물소리 크고, 학문이 얕은 사람은 저 잘났다고 한다.」

▶ 石閑生苔 人閑生病 (석한생태 인한생병)

「돌도 구르지 않으면 이끼가 끼고, 사람도 한가하면 병이 생긴다.」

▶ 小人閑居爲不善 (소인한거위불선)

「소인은 한가하면 나쁜 일을 저지른다.」 93)

※ 小壯不努力 老大徒傷悲 (소장부노력 노대도상비 xiǎozhuàng bù nǔlì, lǎodà tú shāngbēi)

「젊어서 노력하지 않으면 늙어 다만 마음 아프고 슬플 뿐이다.」

→ 少而不學 老而無識 (소이불학 노이무식 shào ér bù xué, lǎo ér wúshí)

「젊어 배우지 않으면 늙어 무식하다.」

▶ 少而學 老而成 (소이학 노이성)

「젊어서 학문을 해야 늙어 성취한다.」

▶ 智養千口 力養一口 (지양천구 역양일구)

---

93) 聲 소리 성. 臭 냄새 취, 썩은 냄새. 響 울림 향. 苔 이끼 태.

「지혜는 일천 명을 부양할 수 있지만, 힘(육체노동)은 한 명을 먹여 살린다.」(천재 한 사람이 만 명을 먹여 살린다.) 94)

※ 受恩不報非君子 (수은불보비군자 shòuēn bùbào fēi jūnzǐ)
「은덕을 받고서도 보답하지 않는다면 군자가 아니다.」

→ 大恩不言謝 (대은불언사 dàēn bù yán xiè)
「큰 은덕에는 사례할 수 없다.」(보답할 길이 없다.)

▶ 長者賜 少者不敢謝 (장자사 소자불감사)
「어른이 물건을 주면 젊은 사람이 사양해서는 안 된다.」(《禮記》 曲禮 上)

▶ 知恩不報恩 枉爲世上人 (지은불보은 왕위세상인)
「은혜를 알고도 보은하지 않는다면 세상을 헛되이 살아온 사람이다.」

▶ 義動君子 利動小人 (의동군자 이동소인)
「군자는 의리에 행동하고, 소인은 이득을 따라 움직인다.」 95)

※ 受人之祿 忠人之事 (수인지록 충인지사 shòu rén zhī lù, zhōng rén zhī shì)
「남의 녹을 받았다면 그를 위한 일에 충실해야 한다.」

→ 受了小人恩 終身報不盡 (수료소인은 종신보부진 shòule xiǎorén ēn, zhōngshēn bào bù jìn)
「소인의 은덕을 한번 받았다면 평생 보답해도 끝나지 않는다.」(계속 요구하기 때문에.)

▶ 受人點水之恩 必當涌泉相報 (수인점수지은 필당용천상보)

---

94) 徒 다만 도, 무리 도.
95) 涌 샘솟을 용(湧의 本字). 泉 샘 천.

「다른 사람으로부터 물 한 방울의 은덕을 받았다면 반드시 샘을
파주는 것으로 보답해야 한다.」

▶ 受恩深處便爲家 (수은심처편위가)

「은덕을 많이 받은 곳이 곧 집이다.」 96)

※ 水至淸則無魚 (수지청즉무어 shuǐ zhì qīng zé wú yú)
「물이 맑으면 고기가 없다.」

→ 人至察則無徒 (인지찰즉무도 rén zhì chá zé wú tú)

「사람이 너무 엄격하면 따르는 사람이 없다.」

▶ 水源混濁 河水難淸 (수원혼탁 하수난청)

「근원이 혼탁하다면 물이 깨끗할 수 없다.」」

▶ 水淺魚不住 (수천어부주)

「물이 얕으면 물고기가 살 수 없다.」

▶ 水深河寬行大船 學多智廣成大業 (수심하관행대선 학다지광성대
업)

「물이 깊고 강이 넓으니 큰 배가 다닐 수 있고, 학식이 많고 지혜가
뛰어나면 대업을 이룬다.」 97)

※ 升堂入室 (승당입실 shēng táng rù shì)
「당(마루)에 올라와, 실(방)에 들어가다.」 (학문이 놀랍게 진보하다.
칭찬과 선망의 뜻을 담고 있음.)

→ 不登大雅之堂 (부등대아지당 bù dēng dàyǎ zhī táng)

「대아의 수준에 오르지 못하다.」 (고귀함이 아직 수준에 미달이다.)

▶ 入室操戈 (입실조과 rù shì cāo gē)

---

96) 湧 샘솟을 용.
97) 察 살필 찰. 淺 얕을 천.

「(나의) 방에 들어와 (나의) 창戈을 손에 잡다.」 (나의 학문적 업적을 바로잡아 보완해 주다.)

▶ 百花齊放 (백화제방 bǎi huā qí fàng)

「온갖 꽃이 한꺼번에 피다.」 (학문 예술이 함께 융성 발전하다.) 98)

※ 身正不怕影子歪 (신정불파영자왜 shēn zhèng bù pà yǐngzi wāi)
「몸이 바르다면 그림자가 비뚤어질 일 없다.」

→ 心身兩健一世安 (심신양건일세안 xīnshēn liǎng jiàn yī shì ān)
「몸과 마음이 모두 건강하면 평생 편안하다.」

▶ 行的正 走的正 (행적정 주적정)
「행실이 바르면 걸음걸이도 바르다.」

▶ 衣冠不正 朋友之過 (의관부정 붕우지과)
「의관이 바르지 못한 것은 친구의 잘못이다.」 (친우가 잘못을 바로잡아주지 않기 때문.)

▶ 身上有屎狗跟踪 (신상유시구근종)
「몸에 똥이 묻었으면 개가 뒤를 따라온다.」 99)

※ 心堅石也穿 (심견석야천 xīn jiān shí yě chuān)

---

98) 升 오를 승. 堂 집 당. 손님을 맞이하며 禮를 행하는 장소. 室 거처 공간. 堂과 室은 앞뒤에 위치하는 것으로 단계가 확연히 구분됨. 操 잡을 조. 戈 창 과. 歹 나쁠 대(알). ※ 升堂入室 ; 《論語》先進 子曰, "由之瑟, 奚爲於丘之門?" 門人不敬子路. 子曰, "由也升堂矣, 未入於室也." ※ 漢代에 영하휴(寧何休)란 사람이 《춘추공양전(春秋公羊傳)》에 관한 책을 저술했는데, 그 저서의 부족한 부분에 대하여 정현(鄭玄)이 새로운 책을 저술했다. 정현의 책을 읽은 영하휴는 "강성(康成 ; 鄭玄의 字)이 내 방에 들어와 나의 창을 잡고 나를 공격했구나!"라고 감탄했다.

99) 怕 두려울 파. 影子 그림자. 歪 비뚤 왜. 屎 똥 시. 跟 발꿈치 근. 踪 자취 종.

「굳은 결심이면 돌이라도 뚫는다.」

→ 心堅不怕路遠 (심견불파노원 xīn jiān bùpà lù yuǎn)

「마음만 굳다면 먼 길도 두렵지 않다.」

▶ 心爲萬事主 (심위만사주)

「마음은 모든 일의 주인이다.」 (모든 일은 마음먹기 달렸다.)

▶ 心裏沒病 不怕冷言侵 (심리몰병 불파냉언침)

「마음에 병이 없다면 남의 비방도 두렵지 않다.」

▶ 心中無邪念 行爲必端正 (심중무사념 행위필단정)

「마음에 사념이 없다면 행동은 틀림없이 바르다.」 100)

※ 心急吃不得熱粥 (심급흘부득열죽 xīn jí chībùde rè zhōu)
「마음이 급하면 뜨거운 죽을 먹지 못한다.」

→ 跑馬看不得三國 (포마간부득삼국 pǎomǎ kànbùde Sānguó)

「달리는 말 위에서는 《삼국지》를 읽지 못한다.」 (다급한 상황에서는 독서할 수 없다.)

▶ 心急等不得人 性急釣不得魚 (심급등부득인 성급조부득어)

「마음이 급하면 사람을 기다리지 못하고, 성급하면 고기를 낚지 못한다.」

▶ 一把火煮不熟一鍋飯 (일파화자불숙일과반)

「한줌 불로는 솥의 밥을 익힐 수 없다.」

▶ 尖底瓶子坐不住 (첨저병자좌불주 jiān dǐ píngzi zuòbùzhù)

「밑이 뾰족한 병은 서 있지 못한다.」 (조급한 성질로는 일을 착실하게 하지 못한다.) 101)

---

100) 堅 굳을 견. 穿 뚫을 천. 冷言 비방, 비꼬는 말.

101) 粥 죽 죽. 跑 달릴 포. 等 가지런할 등, 기다리다. 釣 낚시 조. 煮 삶을 자. 熟 익힐 숙. 鍋 솥 과. 尖 뾰족할 첨. 底 밑 저. 瓶子 병.

※ 心誠則靈 意實則應 (심성즉령 의실즉응)
「마음이 성실하면 영험을 얻고, 뜻이 진실하면 도움을 받는다.」
(지성至誠이면 감천感天.)

→ 讓到是禮 心到佛知 (양도시례 심도불지 ràng dào shì lǐ, xīn dào fó zhī)

「겸양을 다해야 예禮이며, 마음을 다해야 부처가 안다.」

▶ 心到神知 禮到人知 (심도신지 예도인지)

「마음을 다하면 신이 알고, 예를 다하면 사람이 안다.」

▶ 良善爲身福 强剛是禍基 (양선위신복 강강시화기)

「선량한 마음은 몸에게 복이 되고, 거칠고 억센 마음은 재앙의 바탕이다.」 102)

※ 心疑生暗鬼 (심의생암귀 xīn yí shēng àn guǐ)
「마음에 의심이 들면 보이지 않는 귀신이 생긴다.」 (의심은 분별력을 흐리게 한다.)

→ 心寬不在屋寬 (심관부재옥관 xīn kuān bù zài wū kuān)

「집이 넓다고 도량이 넓은 것은 아니다.」

▶ 心裏痛快百病消 (심리통쾌백병소)

「마음이 통쾌하면 온갖 병이 사라진다.」

▶ 疑鬼就有鬼 (의귀취유귀)

「귀신을 의심하면 귀신이 나온다.」

▶ 寬窄在心中 (관착재심중)

「(도량의) 넓고 좁음은 마음속에 있다.」 103)

---

102) 靈 신령 령(영), 영험하다. 剛 굳셀 강.
103) 寬 너그러울 관. 消 사라질 소. 窄 좁을 착.

※ **心正百邪不染** (심정백사불염 xīnzhèng bǎi xié bù rǎn)
「마음이 바르면 온갖 사악에도 물들지 않는다.」

→ **好茶不怕細品 好人不怕細論** (호차불파세품 호인불파세론 hǎochá bù pà xì pǐn, hǎorén bù pà xìlùn)

「좋은 차는 상세한 품평을 두려워하지 않고, 훌륭한 사람은 세세한 평론(검증)을 겁내지 않는다.」

▶ **心正不怕邪 膽大不怕鬼** (심정불파사 담대불파귀)

「심사心思가 바르면 사악邪惡이 두렵지 않고, 담력이 크면 귀신을 두려워하지 않는다.」

▶ **由正入邪易 改邪歸正難** (유정입사이 개사귀정난)

「정도正道에서 사도邪道로 가기는 쉬우나, 사도를 버리고 정도로 돌아가기는 어렵다.」

▶ **邪不能勝正 假不能勝眞** (사부능승정 가부능승진)

「사악은 정의를 이길 수 없고, 거짓은 참됨을 이길 수 없다.」[104]

※ **心地善良 半邊財富** (심지선량 반변재부 xīndì shànliáng, bàn biān cáifù)

「마음이 착한 사람은 대부분 부자다.」

→ **心黑成賊 雲黑成雨** (심흑성적 운흑성우 xīn hēi chéng zéi, yún hēi chéng yǔ)

「마음이 검으면 도적이 되고, 구름이 검으면 비가 온다.」

▶ **心正不疑人 疑人心不正** (심정불의인 의인심부정)

「마음이 바르면 남을 의심하지 않고, 사람을 의심한다면 마음이 바르지 않다.」

---

104) 染 물들 염. 怕 두려울 파.

▶ **墳地好不如心地好** (분지호불여심지호 féndì hǎo bùrú xīndì hǎo)
「묘지 좋은 것이 심지心地 좋은 것만 못하다.」

▶ **心裏沒有病 喝凉水也添膘** (심리몰유병 갈량수야첨표)
「마음에 병이 없으면 찬물을 마셔도 보신이 된다.」[105]

※ **餓死事小 失節事大** (아사사소 실절사대 è sǐ shì xiǎo, shījié shì dà)
「굶어죽는 것은 작은 일이고, 절조를 잃는 것은 큰 일이다.」

→ **白衣染皂 永無更改** (백의염조 영무경개 báiyī rǎn zào, yǒng wú gēng gǎi)
「흰 천에 검은 물이 들면 다시는 고칠 수 없다.」

▶ **失利不失信 失信失老本** (실리부실신 실신실노본)
「이득을 잃을지언정 신의를 잃지 말라. 신의를 잃으면 본전도 잃는다.」

▶ **出淤泥而不染** (출어니이불염)
「(연꽃은) 진흙 속에서 자랐지만 더럽혀지지 않았다.」

▶ **餓死別做賊 屈死不告狀** (아사별주적 굴사불고장)
「굶어죽더라도 도적질을 하지 말고, 원통하게 죽더라도 밀고하지 말라.」[106]

※ **暗裏箭 最難防** (암리전 최난방 àn lǐ jiàn zuì nánu fáng)
「몰래 숨어 쏘는 화살은 정말 막기 어렵다.」

→ **矬人肚裏三把刀** (좌인두리삼파도 cuórén dùlǐ sānbǎdāo)

---

105) 半邊 절반, 반쪽. 墳 무덤 분. 喝 마실 갈. 添 보탤 첨. 膘 살찔 표, 가축의 지방이 많은 고기. 添膘 보양식품으로 보신(補身)하다.
106) 染 물들 염. 皂 검을 조, 하인 조(皁의 俗字). 淤 진흙 어. 泥 진흙 니(이). 餓 굶을 아. 做 ~을 하다. 屈 굽힐 굴. 屈死 원통하게 죽다. ※ 出~, 宋. 주돈이(周敦頤)의 「애련설(愛蓮說)」

「난쟁이 뱃속의 칼 세 자루.」(난쟁이 뱃속은 검다.)

▶ 明槍易躲 暗箭難防 (명창이타 암전난방 míngqiāng yì duǒ, ànjiàn nánfáng)

「보이는 곳에서 들어오는 창은 쉽게 피할 수 있지만, 숨어서 쏘는 화살을 막기 어렵다.」(음모나 위계僞計는 대처하기 어렵다.)

▶ 明來明去眞君子 暗扭暗捏是小人 (명래명거진군자 암뉴암날시소인)

「가고 오는 것이 분명하다면 참된 군자이고, 몰래 우물쭈물한다면 소인이다.」 107)

※ 惡多必自斃 (악다필자폐 è duō bì zìbì)
「악행이 많으면 틀림없이 저절로 죽게 된다.」

→ 從善如登 從惡如崩 (종선여등 종악여붕 cóngshàn rú dēng, cóngè rú bēng)

「선을 따르기는 산에 오르는 것 같고, 악을 따르기는 산 무너지듯 쉽다.」(좋은 것을 배우기는 어렵다.)

▶ 惡人自有惡報 (악인자유악보)
「악인에게는 악의 보답이 있다.」

▶ 惡人有惡人的用處 (악인유악인적용처)
「악인은 악인대로 쓸 곳이 있다.」 108)

※ 眼爲心之苗 (안내심지묘 yǎn wéi xīn zhī miáo)

---

107) 矬 키 작을 좌. 肚 배 두. 把 잡을 파, 자루 달린 물건을 세는 양사(量詞). 箭 화살 전. 暗箭(암전) 숨어서 쏘는 화살. 槍 창 창, 총. 躲 피할 타. 扭 손 뒤적거릴 뉴. 捏 잡을 날, 누를 날. 扭捏 꾸물대다. 살랑거리며 걷다.
108) 斃 넘어질 폐, 넘어뜨려 죽게 하다. 從 좇을 종, 따르다. 崩 무너질 붕.

「눈은 마음의 싹이다.」

→ 眼斜心不正 (안사심부정 yǎn xié xīn bù zhèng)

「눈이 비뚤어지면 마음도 바르지 않다.」

▶ 己不正難正人 (기부정난정인)

「자신이 바르지 못하다면 남을 바르게 할 수 없다.」

▶ 眼如鼠 心如虎 (안여서 심여호)

「눈은 쥐, 마음은 호랑이와 같다.」 (욕심 많고 사납다.)

▶ 眼睛裏容不得沙子 (안정리용부득사자)

「눈동자에 모래 알갱이를 놔둘 수 없다.」 (남을 포용하지 못함.) 109)

※ 眼睛生在額角上 (안정생재액각상 yǎnjīng shēngzài éjiǎo shàng)
「눈이 관자놀이 위에 붙었다.」 (거만하여 사람을 무시하다.)

→ 眼皮朝上飜 (안피조상번 yǎnpí cháoshàng fān)

「눈꺼풀이 위로 뒤집혔다.」 (높은 사람과 줄을 대었다고 사람을 무
시하다.)

▶ 眼珠子裏沒人 (안주자리몰인)

「눈동자에 사람이 없다.」 (오만하고 무례하다.)

▶ 鼻孔朝天 死沒人管 (비공조천 사몰인관)

「콧구멍이 하늘을 쳐다보다. 거만하던 사람이 죽으면 아무도 상관
하지 않는다.」

▶ 鼻孔朝天的人 會跌下糞坑 (비공조천적인 회질하분갱)

「거만을 빼는 사람은 똥구덩이에 빠진다.」

▶ 眼皮上貼着人民幣 (안피상첩착인민폐)

「눈 껍질에 인민폐(중국 화폐)를 붙였다.」 (돈만 쫓아 뛰다.) 110)

---

109) 苗 싹 묘. 斜 기울 사, 비탈. 鼠 쥐 서.
110) 朝 ~으로 향하다. 管 피리 관, 상관하다. 鼻孔朝天 콧구멍이 하늘을 쳐

※ 愛戴高帽子 (애대고모자 àidài gāomàozi)
「남이 추켜 올려주는 것을 좋아하다.」

→ 勝不驕 敗不餒 (승불교 패불뇌 shèng bù jiāo, bài bù něi)
「이겼지만 교만하지 않고, 졌지만 낙심하지 않다.」

▶ 愛搽粉的人 臉不一定白 (애차분적인 검불일정백)
「분 바르기를 좋아하는 사람 얼굴이 언제나 흰 것은 아니다.」

▶ 戴帽子不知頭大小 (대모자부지두대소)
「모자를 쓰고 있으면 머리의 크기를 알 수 없다.」[111]

※ 哀莫大於心死 (애막대어심사 āi mò dà yú xīnsǐ)
「의욕상실(절망)보다 더 큰 슬픔은 없다.」

→ 不怕無能 但怕無恒 (불파무능 단파무항 bù pà wúnéng, dàn pà wúhéng)
「무능이야 걱정이 안 되지만, 다만 한결같지 않은 것이 두렵다.」

▶ 心有餘而力不足 (심유여이역부족 xīn yǒu yú ér lì bùzú)
「마음에 자신이 있으나, 힘이 달린다.」

▶ 心想上高山 反而跌下涯坎 (심상상고산 반이질하애감)
「마음만은 높은 산에 올랐으나, 오히려 깊은 수렁 속으로 떨어졌다.」

▶ 死馬當活馬醫 (사마당활마의)
「죽은 말도 산 말처럼 치료하다.」 (끝까지 최선을 다하다, 희망이 없는 줄 알면서도 노력해 보다, 지푸라기라도 잡으려 하다.) [112]

다보다(거만하다). 飜 뒤집을 번. 露 드러내다, 이슬 노(로). 貼 붙을 첩.
111) 戴 머리에 일 대, (모자를) 쓰다. 高帽子(고깔모자) 아첨하는 말. 驕 교만할 교. 餒 굶을 뇌, 용기를 잃다, 맥이 풀리다. 搽 칠할 차, 칠하다, 바르다.
112) 心死 의지 상실, 무기력. 恒 항상 항, 늘 할, 언제나. 跌 넘어질 질. 涯

　※　愛之欲其生 惡之欲其死 (애지욕기생 오지욕기사 ài zhī yù qí shēng, wù zhī yù qí sǐ)

「사랑하는 그 사람은 오래 살기를 바라고, 미워하는 그 사람은 죽기를 바란다.」

　→　相愛容易 相處太難 (상애용이 상처태난 xiāngài róngyì xiāngchǔ tài nán)

「서로 사랑하기는 쉽지만, 같이 생활하기는 매우 어렵다.」

　▶　相愛如喝甘泉水 沒有茶葉味也濃 (상애여갈감천수 몰유차엽미야농)

「서로 사랑한다면 감천수를 마시는 것과 같으며, 찻잎이 없어도 차 맛은 진하다.」

　▶　大怨不忘 小怨可恕 (대원불망 소원가서)

「사무친 원한이야 잊을 수 없지만, 작은 미움이야 용서해야 한다.」113)

　※　讓禮一寸 得禮一尺 (양례일촌 득례일척 rànglǐ yīcùn dé lǐ yīchǐ)

「남에게 한 치의 예를 갖추어 대하면 한 자만큼의 예경禮敬을 받는다.」

　→　讓人非我弱 (양인비아약 ràngrén fēi wǒ ruò)

「내가 약해서 남에게 양보한다는 것은 아니다.」

　▶　你敬我一尺 我敬你一丈 (니경아일척 아경니일장)

「네가 나를 한 자만큼 위해 주니 나는 너를 한 길쯤 공경한다.」

　▶　讓人三分不爲輸 (양인삼분불위수)

물가 애. 坎 구덩이 감.

113) 惡 미워할 오, 증오. 喝 마실 갈, 꾸짖을 갈, 소리치다. 怨 원망할 원. 恕 용서할 서.

「다른 사람에게 3할쯤 양보한다 하여 지는 것은 아니다.」

▶ **讓一得百 爭十失九** (양일득백 쟁십실구)

「하나를 양보하면 백을 얻을 수 있지만, 열 개를 놓고 다투면 아홉을 잃을 수 있다.」 114)

※ **兩耳不聞窓外事** (양이불문창외사 liǎngěr bùwén chuāngwài shì)

「두 귀로는 창 밖의 일에 대하여 듣지 말고,」

→ **一心只讀聖賢書** (일심지독성현서 yīxīn zhǐdú shèngxián shū)

「한 마음으로 오직 성현의 글을 읽어라!」

▶ **少年讀書 石板刻字** (소년독서 석판각자)

「소년 시절의 독서는 돌에 글자를 새기는 것과 같다.」 (읽으면 오래 남는다.)

▶ **中年讀書 粉筆寫字** (중년독서 분필사자)

「중년의 독서는 분필로 쓴 글씨다.」 (쉽게 지워진다.)

▶ **老年讀書 河裏劃水** (노년독서 하리획수)

「노년의 독서는 냇가에서 물위에 쓰는 글자다.」 (남는 것이 없다. 금방 잊혀진다.) 115)

※ **養正邪自退** (양정사자퇴 yǎng zhèng xié zì tuì)

「정기正氣를 배양하면 사기邪氣는 저절로 물러난다.」

→ **蛾眉是伐性的斧頭** (아미시벌성적부두 éméi shì fá xìng de fǔto)

「미인은 사람의 심성을 다치게 하는 도끼다.」

▶ **心正不怕邪 路正不怕蛇** (심정불파사 노정불파사)

---

114) 讓 사양할 양, 물러설 양, 비록 ~할지라도. 寬 너그러울 관. 輸 옮길 수, 경기나 내기에서 지다.

115) 只 다만 지. 刻 새길 각. 粉 가루 분. 寫 베낄 사, 그릴 사. 劃 그을 획.

「마음이 바르면 사악을 두려워하지 않고, 가는 길이 바르다면 뱀을 두려워하지 않는다.」

▶ **以虛致虛 以邪招邪** (이허치허 이사초사)

「허虛幻는 허를, 사도邪道는 사악을 부른다.」 116)

※ **魚躍龍門 過而爲龍** (어약용문 과이위룡 yú yuè Lóngmén, guò ér wéi lóng)

「물고기가 용문을 뛰어 올라가면 용이 된다.」

→ 旗杆上掛燈籠 - 高明 (기간상괘등농 - 고명 qígān shang guà dēng l ong-gāomíng)

「깃발을 매다는 장대 위에 등불을 걸어놓다 - 높고도 밝다.」 (기능이 뛰어남.)

▶ **人換思想地換裝** (인환사상지환장 rén huàn sīxiǎng dì huàn zhuāng)

「사람의 사상을 바꾸면 땅도 그 모양을 바꾼다.」

▶ **龍門要跳 狗洞要爬** (용문요도 구동요파)

「용문은 뛰어 넘어야 하고, 개구멍은 기어 들어가야 한다.」 117)

※ **燕雀鴻鵠 人各有志** (연작홍곡 인각유지 yànquè hónghú, rén gè yǒu zhì)

「작은 새건 큰 새건, 사람마다 각자 뜻이 있다.」

→ 燕子雖小 能去江南 (연자수소 능거강남 yànzi suī xiǎo, néng qù jiāng nán)

「제비가 비록 작다지만 강남까지 갈 수 있다.」

---

116) 蛾 나방 아. 眉 눈썹 미. 蛾眉=娥眉(아름다운 눈썹=미인). 斧 도끼 부.
117) 躍 뛸 약, 뛰어 오르다. 杆 장대 간. 掛 걸 괘. 換 바꿀 환.

▶ 野鴨子豈能與雁同飛 (야압자기능여안동비)

「들오리가 어찌 기러기와 같이 날 수 있는가?」

▶ 燕子不大 能飛千里 秤砣雖小 能壓千斤 (연자부대 능비천리 칭타 수소 능압천근)

「제비가 크지는 않으나 천 리를 날 수 있고, 저울추가 작다 해도 천 근을 달 수 있다.」[118]

> ※ 寧可玉碎 不能瓦全 (영가옥쇄 불능와전 nìngkě yùsuì, bùnéng wǎ quán)
>
> 「차라리 옥으로 부서질지언정 기와가 되어 온전하게 남을 수는 없 다.」(지조를 지키면서 구차하게 살지 않겠다.)

→ 太剛則折 太柔則廢 (태강즉절 태유즉폐 tài gāng zé zhé, tài róu zé fèi)

「너무 강하면 꺾어지고, 너무 유약하면 없어진다.」

▶ 寧死不屈 (영사불굴)

「차라리 죽을지언정 굽힐 수는 없다.」

▶ 寧可失身 不可失義 (영가실신 불가실의)

「차라리 몸을 잃을지언정 의리를 버릴 수 없다.」

▶ 寧可淸貧 不可濁富 (영가청빈 불가탁부)

「차라리 청빈 속에 살지언정 더러운 부자가 될 수는 없다.」

▶ 寧可窮而有志 不可富而失節 (영가궁이유지 불가부이실절)

「차라리 가난 속에 지조를 지킬지언정, 부자가 되어 절개를 버릴 수 없다.」[119]

---

118) 燕 제비 연. 雀 참새 작. 燕雀 소인, 범인. 鴻 큰기러기 홍. 鵠 고니 곡. 鴻鵠 큰 새, 영웅. 鴨 오리 압.

119) 寧 편안할 영, 차라리. 瓦全 쉽게 깨지는 기와이지만 완전하게 보전하려

※ **饒人是福 欺人是禍** (요인시복 기인시화 ráorén shì fú, qīrén shì huò)

「남에게 양보하면 복이고, 남을 업신여기는 것은 재앙이다.」

→ **饒人不是痴 過後得便宜** (요인불시치 과후득편의 ráorén bù shì chī, guòhòu dé piányi)

「남에게 양보한다고 바보는 아니다. 나중에 그보다 많은 것을 얻는다.」

▶ **得饒人處 且饒人** (득요인처 차요인)

「남에게 양보할 수 있다면, 양보하라.」

▶ **痴漢不饒人** (치한불요인)

「바보는 남에게 양보할 줄 모른다.」 120)

※ **要作好人 須尋好友** (요작호인 수심호우 yào zuò hǎorén xū xún hǎoyǒu)

「훌륭한 사람이 되려면 모름지기 좋은 친구를 사귀어야 한다.」

→ **好朋友賽過親兄弟** (호붕우새과친형제 hǎo péngyou sàiguò qīn xiōngdì)

「좋은 친구는 친형제보다 낫다.」

▶ **要學流水自己走 莫學朽物水上漂** (요학류수자기주 막학후물수상표)

「흐르는 물은 스스로 흘러간다는 사실을 배워야 하고, 오물이 물위에서 표류하는 것을 배워서는 안 된다.」

▶ **要樹長得直 樹秧子就要育, 要孩子長好 養下來就要敎** (요수장득

고 하다. 구차하게 살다. 柔 부드러울 유.

120) 饒 많을 요, 양보하다, 용서하다. 欺 속일 기, 업신여기다. 痴 어리석을 치(癡의 俗字).

직 수앙자취요육, 요해자장호 양하래취요교)

「나무를 반듯하게 키우려면 묘목을 심고 가꿔야 하고, 자식을 잘 키우려면 양육하면서 가르쳐야 한다.」[121]

※ 欲求生富貴 須下死工夫 (욕구생부귀 수하사공부 yù qiú shēng fù guì, xū xiàsǐ gōngfu)

「살아서 부귀를 누리고자 한다면 오직 죽도록 공부하라.」

→ 欲行千里 一步爲初 (욕행천리 일보위초 yù xíng qiānlǐ, yī bù wéi chū)

「천릿길을 가려 한다면 첫걸음부터 시작하라.」

▶ 一不爲名 二不爲利 (일불위명 이불위리)

「명예를 위해서도 이익을 위해서도 아니다.」

▶ 欲知世味須嘗膽 不知人情只看花 (욕지세미수상담 부지인정지간화)

「세상 사는 맛을 알려면 쓸개를 핥으면 되고, 세상인심을 알고 싶거든 다만 꽃을 보라.」[122]

※ 爲人多積善 不可多積財 (위인다적선 불가다적재 wéirén duō jī shàn, bù kě duō jīcái)

「사람이 좋은 일을 많이 하다 보면 많은 재물을 모을 수 없다.」

→ 積善成好人 積財惹禍胎 (적선성호인 적재야화태)

「적선을 하면 훌륭한 사람이 되지만, 재물을 모아두는 것은 재앙을 야기하는 시작이다.」

---

121) 須 모름지기 수. 尋 찾을 심. 賽 겨룰 새, 필적하다. 賽過 ~보다 더 좋다. 朽 썩을 후. 漂 떠돌 표, 표백하다, 아름답다. 秧 (식물의) 모 앙. (동물의) 새끼.

122) 須 모름지기 수. 嘗 맛볼 상. 膽 쓸개 담. 嘗膽 와신상담(臥薪嘗膽).

▶ 做善好消灾 (주선호소재)

「재앙을 없애는 좋은 방법은 선행이다.」

▶ 積一分陰德 勝燒十年香 (적일분음덕 승소십년향)

「조그만 음덕을 베푸는 것이 10년 기도보다 낫다.」

▶ 積善三年 知之者少 爲惡一日 聞於天下 (적선삼년 지지자소 위악 일일 문어천하)

「선행을 3년 계속해도 아는 사람이 적지만, 나쁜 일은 하루만 해도 온 천하에 알려진다.」[123]

※ 有仇不報非君子 (유구불보비군자 yǒu chóu bù bào fēi jūnzǐ)
「원수가 있는데도 갚지 않는다면 군자가 아니다.」

→ 見難不助非君子 (견난부조비군자　jiàn nán bù zhù fēi jūnzǐ)

「남의 어려움을 보고서도 돕지 않는다면 군자가 아니다.」

▶ 無毒不丈夫 量小非君子 (무독부장부 양소비군자)

「배짱이 없으면 대장부가 아니고, 그릇局量이 작으면 군자가 아니다.」

▶ 倚强凌弱非君子 見義不爲非丈夫 (의강능약비군자 견의불위비장부)

「강자에 기대어 약자를 괴롭힌다면 군자가 아니다. 의를 보고도 행하지 않는다면 대장부가 아니다.」[124]

※ 有溝塡溝 有墙拆墙 (유구전구 유장탁장 yǒu gōu tián gōu, yǒu qiáng cā qiáng)
「도랑이 있으면 메우고, 담이 막히면 부숴 버린다.」(장애 제거, 일

---

123) 惹 이끌 야, 야기하다. 胎 아이 밸 태. 灾 재앙 재(災와 같음).
124) 仇 원수 구. 倚 기댈 의. 凌 업신여길 능, 무시하다, 넘을 능, 능가하다.

치단결하다.)

→ **到得黃河悔已遲** (도득황하회이지 dàode Huánghé huǐ yǐ chí)

「황하에 도달하여 후회한들 이미 늦었다.」

▶ **黃河萬古往東流 百折不回頭** (황하만고왕동류 백절불회두)

「황하는 태초부터 동쪽으로 흘러, 수없이 굽어 흐르지만 방향을 돌리지 않는다.」

▶ **冬天的大蔥 葉黃根枯心不死** (동천적대총 엽황근고심불사)

「겨울철의 대파는 잎과 뿌리가 말랐어도 줄기는 죽지 않는다.」 (대파는 꽁꽁 언 밭에서 겨울을 난다.) 125)

※ **有己無人** (유기무인 yǒu jǐ wú rén)
「나만 있고 남은 없다.」 (제 것밖에 모른다.)

→ **別人屁臭 自己糞香** (별인비취 자기분향 biérén pì chòu zìjǐ fēn xiāng)

「남의 방귀는 냄새나고, 내 똥은 향기가 난다.」

▶ **有口說別人 無口說自己** (유구설별인 무구설자기 yǒu kǒu shuō biérén, wú kǒu shuō zìjǐ)

「남 말을 하는 입은 있어도, 자신을 탓하는 입은 없다.」 (남 탓만 하지 자신을 책하는 말은 없다.)

▶ **自己拉的屎不嫌臭** (자기납적시불혐취)

「자기가 눈 똥은 냄새가 안 난다.」 (자신의 결점을 모름.)

▶ **皇帝身上還有三個御虱** (황제신상환유삼개어슬)

「황제의 몸에도 세 마리의 이가 있다.」 (이虱가 없는 사람은 없다. 누구나 결점은 있다.) 126)

---

125) 溝 물도랑 구. 塡 메울 전. 拆 부술 탁. 遲 늦을 지. 蔥 파 총. 枯 마를 고, 초목이 시들다.

※ **有心不愁山路難** (유심불수산로난 yǒu xīn bù chóu shān lù nán)
「마음만 있다면 산길 험한 것은 걱정하지 않는다.」

→ **有心不怕遲** (유심불파지 yǒu xīn bù pà chí)
「마음만 있다면 좀 늦는 것은 걱정 안 한다.」

▶ **有踪就有路** (유종취유로 yǒu zōng jiù yǒu lù)
「지나간 자취가 있다면 길은 있다.」

▶ **有心不在忙** (유심부재망)
「마음이 있으면 서둘지 않는다.」

▶ **想吃大頭魚不怕風浪險** (상흘대두어불파풍랑험 xiǎng chī dàtóuyú bù pà fēnglàng xiǎn)
「대구를 먹고 싶은 사람은 험한 풍랑을 두려워하지 않는다.」[127]

※ **幼而學 壯而行** (유이학 장이행 yòu ér xué zhuàng ér xíng)
「어려서 배운 대로 커서 실행한다.」

→ **玉不琢 不成器** (옥불탁 불성기 yù bù zhuó. bù chéng qì)
「(아무리 좋은) 옥도 다듬지 않으면 가치 있는 물건이 되지 않는다.」

▶ **無錯不出書** (무착불출서 wú cuò bù chū shū)
「틀린 곳이 없는 책은 없다.」

▶ **無巧不成拙** (무교불성졸)
「교巧가 없다면 졸拙도 없다.」

▶ **三分靠教 七分靠學** (삼분고교 칠분고학)
「3할이 가르침이라면 7할은 스스로의 공부(학습)에 의한 성취이

---

126) 屁 방귀 비. 臭 냄새날 취. 糞 똥 분. 別人 남, 타인. 御 다스릴 어, 부릴
  어, 황제나 임금과 관련한 것. 어전(御前).
127) 遲 늦을 지. 踪 자취 종. 大頭魚 대구(大口 생선).

다.」(스승의 가르침도 있어야 하지만 스스로의 노력도 더 중요하다.) 128)

※ 有志不在年高 (유지부재년고 yǒu zhì bù zài nián gāo)
「의지는 나이 많은 것에 있지 않다.」

→ 有志者 事竟成 (유지자 사경성 yǒu zhì zhě, shì jìng chéng)
「품은 뜻은 언젠가는 이루어진다.」

▶ 有藝不在年高 (유예부재년고)
「나이 많다고 예술의 경지에 이른 것은 아니다.」

▶ 有智不在年高 無智空長百歲 (유지부재년고 무지공장백세)
「지혜는 나이에 있지 않다. 지혜롭지 않으면 헛되이 백 살을 산 것이다.」129)

※ 恩將恩報 (은장은보 ēn jiāng ēn bào)
「은덕은 은덕으로 갚아야 한다.」

→ 大丈夫恩怨分明 (대장부은원분명 dàzhàngfū ēnyuàn fēnmíng)
「대장부는 은혜와 원수를 분명히 안다.」(은혜를 입었으면 틀림없이 보답한다.)

▶ 大丈夫去來分明 (대장부거래분명)
「대장부는 거래를 분명히 한다.」

▶ 恩有重報 不敢有忘 (은유중보 불감유망)
「은덕을 입었으면 보태어 갚아야 하니, 절대로 잊어서는 안 된다.」

---

128) 琢 옥 다듬을 탁. 器 그릇 기, 玉器, 器物. 巧 공교로울 교. 拙 졸할 졸 (서투르다). 靠 기댈 고. ※《예기(禮記)》 學記 "…玉不琢, 不成器. 人不學, 不知道. 故古之王者 建國君民, 敎學爲先."
129) 竟 다할 경, 끝나다, 마침내.

▶ 恩不在大小而在救急 (은부재대소이재구급)

「은덕은 크고 작은 데 있는 것이 아니고, 위급할 때 도와준 데 있다.」

▶ 怨不在大小而在傷心 (원부재대소이재상심)

「원수는 크고 작은 악행이 문제가 아니고, 마음에 상처를 주었기 때문이다.」 130)

※ 以己之心 度人之心 (이기지심 탁인지심 yǐ jǐ zhī xīn, duó rén zhī xīn)

「나의 마음으로 남의 마음을 헤아리다.」

→ 以君子之心 度小人之心 (이군자지심 탁소인지심 yǐ jūnzǐ zhī xīn, duó xiǎorén zhī xīn)

「군자의 마음으로 소인의 마음을 헤아리다.」

▶ 小人以怨報德 君子以德報怨 (소인이원보덕 군자이덕보원)

「소인은 은덕을 원망으로 갚지만, 군자는 원망을 은덕으로 갚는다.」

▶ 以鏡自照見形容 以人自照見吉凶 (이경자조견형용 이인자조견길흉)

「거울에 자신을 비춰보면 모습을 알 수 있고, 다른 사람 행실에 자신을 비춰보면 길흉을 알 수 있다.」 131)

※ 以小人之心 度君子之腹 (이소인지심 탁군자지복 yǐ xiǎorén zhī xīn, duó jūnzǐ zhī fù)

「소인의 마음으로 군자의 의중을 헤아리다.」 (좁은 마음으로 다른

---

130) 將 ~을, ~으로써, 장차.
131) 度 헤아릴 탁. 怨 원망할 원.

이의 깊은 뜻을 평가하려 하다.)

→ 小人逐末 君子務本 (소인축말 군자무본 xiǎorén zhú mò, jūnzǐ wù běn)

「소인은 끝가지를 보지만, 군자는 근본을 추구한다.」

▶ 以利相交者 利盡而疏 (이리상교자 이진이소)

「이익을 놓고 서로 교제한 사람은 이익이 없어지면 멀어진다.」

▶ 以色事人者 色衰而愛弛 (이색사인자 색쇠이애이)

「색(미모)으로 사람을 섬기면 색이 쇠잔하면 사랑도 해이해진다.」 132)

※ 人各有心 心有所欲 (인각유심 심유소욕 rén gè yǒu xīn, xīn yǒu suǒ yù)

「사람마다 마음이 있고, 마음마다 바람이 있다.」

→ 人各有志 何苦相强 (인각유지 하고상강 rén gè yǒu zhì, hé kǔ xiāng qiǎng)

「사람마다 뜻이 다른데, 어찌 힘들게 서로 강권하는가?」

▶ 鳥貴有翼 人貴有志 (조귀유익 인귀유지)

「새에게는 날개가 귀중하고, 사람에게는 의지가 귀하다.」

▶ 人無廉恥 百事可爲 (인무염치 백사가위)

「사람이 염치가 없다면 무슨 짓이든 할 수 있다.」 (뻔뻔한 짓도 할 수 있다는 뜻.)

▶ 人有人門 狗有狗竇 (인유인문 구유구두)

「사람에게는 사람의 문이 있고, 개에게는 개구멍이 있다.」 133)

---

132) 度 헤아릴 탁, 법도 도 逐 쫓을 축, 따라가다. 盡 다할 진. 疏 트일 소, 멀어지다. 弛 늦출 이.

133) 欲 하고자 할 욕. 苦 힘들 고. 廉 곧을 염(렴), 청렴(淸廉). 恥 부끄러울

※ **人得其位 位得其人** (인득기위 위득기인 rén dé qíwèi, wèi dé qírén)
「사람은 제 자리를 찾고, 자리는 적임자를 얻어야 한다.」

→ **人香千里香** (인향천리향 rén xiāng qiān lǐ xiāng)
「사람의 향기는 천리를 간다.」

▶ **人須有人格 國須有國格** (인수유인격 국수유국격)
「사람에게는 모름지기 인격人格이, 나라에는 반드시 국격國格이 있어야 한다.」

▶ **人有恒心萬事成 人無恒心萬事崩** (인유항심만사성 인무항심만사붕)
「사람에게 한결같은 마음이 있으면 무슨 일이든 성공하지만, 한결같은 마음이 없으면 모든 일이 무너진다.」[134]

※ **人發善願 天必從之** (인발선원 천필종지 rén fā shànyuàn, tiān bì cóng zhī)
「사람이 착한 소원을 갖고 있으면 하늘이 꼭 따라준다.」

→ **人若生一心 天地悉皆知** (인약생일심 천지실개지 rén ruò shēng yīxīn, tiāndì xī jiē zhī)
「사람이 만약 한 생각만 품어도 하늘과 땅은 다 알고 있다.」

▶ **司馬昭之心 路人皆知** (사마소지심 노인개지 SīmǎZhāo zhī xīn, lùrén jiēzhī)
「사마소의 속셈이야 길을 가는 사람들이 다 안다.」 (야심이나 음모를 모든 사람들이 다 안다.)

▶ **人惡人怕天不怕 人善人欺天不欺** (인악인파천불파 인선인기천불기)

치. 竇 구멍 두.
134) 須 모름지기 수, 마땅히. 恒 항상 항, 늘, 변하지 않다.

「사람들이 악한 사람을 두려워하지만 하늘은 두려워하지 않고, 착한 사람을 업신여겨도 하늘은 업신여기지 않는다.」

▶ 作善降之百祥 作不善降之百殃 (작선강지백상 작불선강지백앙)

「선행을 하면 하늘에서 온갖 복을 내려주고, 나쁜 짓을 하면 온갖 재앙을 내린다.」 135)

※ 人逢喜事精神爽 悶上心來瞌睡多 (인봉희사정신상 민상심래갑수다 rén féng xǐshì jīngshén shuǎng, mènshàng xīnlái kēshuì duō)

「사람에게 기쁜 일이 있으면 정신이 맑아지지만, 걱정거리가 마음에 있으면 졸음과 잠이 많아진다.」 (정신이 멍해진다.)

→ 人逢喜事精神爽 月到中秋分外明 (인봉희사정신상 월도중추분외명 rén féng xǐshì jīngshén shuǎng, yuè dào zhōngqiū fēnwài míng)

「사람에게 기쁜 일이 있으면 정신이 맑아지고, 달도 중추절에 분명히 더 밝다.」

▶ 人到難中信鬼神 (인도난중신귀신)

「사람은 어려움에 처하면 귀신을 믿게 된다.」

▶ 人有吝嗇朋友遠 馬要懶惰路程遠 (인유인색붕우원 마요나타노정원)

「사람이 인색하면 붕우도 멀어진다. 말이 게으르면 가야 할 길이 멀기만 하다.」 136)

---

135) 司馬昭 ; 사마의(司馬懿 사마중달 魏의 대장군)의 아들, 진(晉) 무제(武帝). 欺 속일 기, 업신여기다, (착하고 유순하다고) 깔보다. 善終 삶을 잘 마무리함. 若 만약 약. 悉 다 실, 모두 다. 祥 상서로울 상, 복. 殃 재앙 앙.

136) 逢 만날 봉. 喜 기쁠 희. 爽 시원할 상. 悶 속 답답할 민. 瞌 졸음 올 갑. 睡 잘 수. 吝 아낄 린. 嗇 아낄 색. 懶 게으를 나. 惰 게으를 타.

※ **人不學要落後** (인불학요낙후 rén bùxué yào luòhòu)

「사람은 배우지 않으면 뒤떨어진다.」

→ **水不流會臭 刀不磨要銹** (수불류회취 도불마요수 shuǐ bùliú huì chòu, dāo bù mó yào xiù)

「물은 흐르지 않으면 썩고, 칼은 갈지 않으면 녹이 슨다.」

▶ **頭無智慧脚受累** (두무지혜각수루)

「머리에 지혜가 없으면 다리가 피곤하다.」

▶ **人閑長指甲 人窮長頭髮** (인한장지갑 인궁장두발)

「사람이 한가하면 손톱만 자라고, 사람이 궁하면 두발만 길다.」[137]

※ **人非聖賢 孰能無過** (인비성현 숙능무과 rén fēi shèngxián, shúnéng wú guò)

「사람이 성현이 아니거늘, 누군들 허물이 없으랴!」

→ **人非草木 孰能無情** (인비초목 숙능무정 rén fēi cǎomù shú néng wúqíng)

「사람이 초목이 아니거늘, 누군들 정이 없으랴!」

▶ **不求有功 只求無過** (불구유공 지구무과)

「공을 세우려 하지 말고, 다만 과오가 없기를 바라다.」

▶ **無男不貪色 無女不思郎** (무남불탐색 무녀불사랑)

「여색을 탐하지 않는 사내 없고, 남자 생각 않는 여자 없다.」[138]

※ **人貧志短** (인빈지단 rén pín zhì duǎn)

「사람이 가난하면 큰 뜻을 못 가진다.」 (뜻이 비루해진다.)

→ **馬瘦毛長 人窮志短** (마수모장 인궁지단 mǎ shòu máo cháng, rén

---

137) 臭 냄새 취, 썩을 취. 銹 녹슬 수. 指甲 손톱.
138) 孰 누구 숙(의문대명사). 過 허물 과.

qióng zhìduǎn)

「말이 수척하면 털이 길어 보이고, 사람은 궁하면 의지도 짧다.」

▶ 貧者士之常 (빈자사지상 pín zhě shì zhī cháng)

「가난이란 선비의 일상日常이다.」(선비에게 가난은 부끄러운 일이 아니다.)

▶ 不怕人窮就怕志短 (불파인궁취파지단)

「사람의 가난이야 두렵지 않지만, 가난 때문에 큰 뜻을 못 가지는 것이 두렵다.」

▶ 身殘志不殘 (신잔지불잔)

「몸은 쇠잔해졌지만, 뜻은 죽지 않았다.」

▶ 身貧志不貧 (신빈지불빈)

「몸은 가난하더라도 뜻은 가난할 수 없다.」[139]

※ 人生識字憂患始 (인생식자우환시 rénshēng shízì yōuhuàn shǐ)
「태어나 글자를 배우는 것이 우환의 시작이다.」(「식자우환識字憂患」 소식蘇軾, 詩.「석창서취묵당石蒼舒醉墨堂」)

→ 腹有詩書氣自華 (복유시서기자화 fù yǒu shīshū qì zì huá)

「뱃속에 학식이 들어있으면 인품이 절로 빛난다.」(宋, 소식蘇軾 詩,「화동전유별和童傳留別」)

▶ 人之患 在好爲人師 (인지환 재호위인사)

「사람의 걱정거리는 다른 사람을 가르치려 드는 것이다.」(《孟子》離婁上)

▶ 喝過墨水的 (갈과묵수적)

「먹물 먹은 사람.」(공부했다고 티내는 사람.)

---

139) 瘦 파리할 수. 怕 두려울 파. 就 곧 ~이다. 稀 드물 희. 殘 쇠잔할 잔, 지치고 힘이 없음.

▶ 學了不用 永世飯桶 (학료불용 영세반통)

「배우고서 써먹지 못하면 영원한 밥통이다.」

▶ 肚子裏有墨水兒倒不出 (두자리유묵수아도불출)

「뱃속에 먹물이 들어 있지만 쏟아도 나오지를 않는다.」 (학문과 지식이 있어도 써먹지 못하다.) 140)

※ 人是苦虫 不打不成人 (인시고충 불타불성인 rén shì kǔchóng, bù dǎ bùchéngrén)

「사람은 고생보따리, 때리지 않으면 사람이 되지 않는다.」 (엄격하고 혹독한 훈련이 최고다.)

→ 三句好話不如一馬棒 (삼구호화불여일마봉 sān jù hǎohuà bùrú yī mǎbàng)

「세 마디 좋은 말이 매 한 대만 못하다.」

▶ 人是賤虫 不打不行 (인시천충 불타불행)

「사람은 천한 벌레다. 때리지 않으면 하지 않는다.」

▶ 不打不成交 棒教不如言教 言教不如身教 (봉교불여언교 언교불여신교)

「때려서 가르치는 것은 말로 가르치느니만 못하고, 말로 가르치는 것은 본보기로 가르치느니만 못하다.」

▶ 不打不罵不成人 棍子底下出好人 (불타불매불성인 곤자저하출호인)

「때리고 혼내지 않으면 사람이 되지 않는다. 몽둥이 아래에 좋은 사람이 만들어진다.」

▶ 上等人不打也成人 下等人打死不成人 (상등인불타야성인 하등인

---

140) 憂 근심할 우. 患 근심 환. 華 꽃 화, 빛나다. 患 근심 환. 好爲人師 다른 사람의 스승이 되는 것을 좋아하다.

타사불성인)

　「바탕이 좋은 사람은 때리지 않아도 사람이 되지만, 바탕이 나쁜 사람은 맞아 죽어도 사람이 못 된다.」[141]

　　※ 人有虧心事 肚內不安寧 (인유휴심사 두내불안녕 rén yǒu kuīxīn shì, dùnèi bù ānníng)

　「사람이 나쁜 짓을 하면 뱃속이 편치 못하다.」 (도둑이 제 발 저리다.)

　　→ 人沒虧心事 不怕鬼叫門 (인몰휴심사 불파귀규문 rén méi kuīxīn shì, bù pà guǐ jiào mén)

　「나쁜 짓을 하지 않았으면 귀신이 문에서 불러도 두렵지 않다.」

　▶ 天堂有路你不走 地獄無門闖進來 (천당유로니부주 지옥무문츰진래)

　「천당에 이르는 길이 있어도 네 스스로 가지 않고, 지옥에는 문이 없어도 틈새로 들어간다.」 (스스로 죽을 짓을 하다.)

　▶ 天堂無則已 有則善人登. 地獄無則已 有則惡人入 (천당무즉이 유즉선인등. 지옥무즉이 유즉악인입)

　「천당이 없어도 그만이니, 있다면 착한 사람이 올라갈 것이다. 지옥이 없어도 그만이니 있다면 악인이 들어갈 것이다.」[142]

　　※ 仁義值千金 (인의치천금 rényì zhí qiānjīn)
　「인의는 천금의 가치가 있다.」

---

141) 苦虫 고생주머니, 고생이 당연한 사람. 棒 몽둥이 봉. 馬棒 말채찍, 여행자의 호신용 지팡이 겸 몽둥이. 棍 몽둥이 곤.

142) 肚 배 두. 沒 없을 몰. 虧 일그러질 휴. 怕 두려울 파. 叫 부를 규. 闖 엿볼 츰, 돌입하다.

→ 仁者雖怒不棄禮 (인자수노불기례 rénzhě suī nù bù qì lǐ)

「인자는 비록 화를 내더라도 예에서 벗어나지는 않는다.」

▶ 仁不輕絶 智不輕怨 (인불경절 지불경원)

「인仁은 가벼이 끊을 수 없고, 지智는 가벼이 원망하지 않는다.」

▶ 仁者不以盛衰改節 義者不以存亡易心 (인자불이성쇠개절 의자불이존망역심)

「인자는 성쇠에 따라 절조를 바꾸지 않고, 의로운 자는 존망에 따라 마음을 바꾸지 않는다.」

▶ 仁不怨君 智不重困 勇不逃死 (인불원군 지부중곤 용부도사)

「인자는 군주를 원망하지 않고, 지자智者는 역경을 어렵다 생각하지 않으며, 용자는 죽음을 회피하지 않는다.」 143)

※ 人而無信 不知其可 (인이무신 부지기가 rén ér wú xìn bù zhī qí kě)

「사람이 신의가 없다면 쓸 만한 데가 없다.」 (《論語》 爲政)

→ 人而無信 不可交也 (인이무신 불가교야 rén ér wúxìn bùkě jiāo yě)

「사람에게 믿음이 없다면 사귈 수 없다.」

▶ 人不可忘本 (인불가망본 rén bùkě wàngběn)

「사람은 근본을 잊어서는 안 된다.」

▶ 處世爲人 信義爲本 (처세위인 신의위본)

「처세와 사람 노릇에는 신의가 근본이다.」

▶ 無名春草年年綠 無信男兒世世窮 (무명춘초연년록 무신남아세세궁)

---

143) 棄 버릴 기. 輕 가벼울 경. 怯 두려울 겁, 겁을 내다. 苟 구차할 구. 毁 허물 훼.

「이름도 없는 봄풀들은 해마다 푸르지만, 신의가 없는 사내는 대대로 가난하다.」[144]

※ 仁者見仁 智者見智 (인자견인 지자견지 rénzhě jiàn rén, zhìzhě jiàn zhì)

「인자仁者는 사물을 어질게 보고, 지자智者는 사물을 지혜롭게 본다.」 (누구나 자기 견해를 가지고 있다.)

→ 仁者樂山 知者樂水 (인자요산 지자요수 rénzhě lè shān, zhīzhě lè shuǐ)

「인자는 산을 즐기고 지자는 물을 즐긴다.」

▶ 仁者無敵 暴政必敗 (인자무적 폭정필패)

「어진 사람에게는 적이 없고, 포악한 정치는 필히 망한다.」

▶ 仁智所樂 (인지소요)

「인자仁者, 지자智者는 산수를 좋아한다.」

▶ 山惡人善 (산악인선)

「산은 험하지만 (그곳에 사는) 사람은 선하다.」

▶ 山裏的孩子心善 (산리적해자심선)

「산 속에 사는 아이는 마음이 착하다.」 (순박하다.) [145]

※ 人活臉 樹活皮 (인활검 수활피 rén huó liǎn, shù huó pí)

「사람 사는 데는 체면이, 나무가 살려면 껍질이 있어야 한다.」

→ 人沒臉 樹沒皮, 百法難治 (인몰검 수몰피, 백법난치 rén méi liǎn shù méi pí, bǎifǎ nánzhì)

「사람이 체면을 안 차리고, 나무가 껍질이 없다면 온갖 방법을 다

---

144) 爲 할 위(~을 하다), ~으로 여기다, 될 위(~이 되다).
145) 樂 즐길 낙, 좋아할 요. 惡 사나울 악. 험하다.

써도 고치지 못한다.」

▶ 人怕丟臉 樹怕剝皮 (인파주검 수파박피)

「사람은 체면을 잃을까, 나무는 껍질이 벗겨질까 두려워한다.」

▶ 人人要臉 樹樹要皮 (인인요검 수수요피)

「사람마다 체면을 지켜야 하고, 나무마다 껍질이 있어야 한다.」

▶ 一張紙畵個鼻子 - 好大的臉 (일장지화개비자 - 호대적검)

「종이 한 장에 코 하나만 그렸다. - 정말 큰 얼굴이다.」 (얼굴을 생각하지 않는다. 체면을 차리지 않는다.) 146)

※ 一個爛桃壞滿筐 (일개란도괴만광 yī ge làntáo huài mǎnkuāng)

「썩은 복숭아 하나가 온 광주리를 모두 망친다.」 (사소한 실수가 모든 것을 무너뜨리다.)

→ 一條魚腥了一鍋湯 (일조어성료일과탕 yī tiáo yú xīngle yī guō tāng)

「생선 한 마리가 온 솥에 비린내를 풍긴다.」

▶ 一顆老鼠屎 壞了一鍋粥 (일과노서시 괴료일과죽)

「쥐똥 한 덩어리가 온 솥의 죽을 못 쓰게 만든다.」

▶ 寧吃仙桃一口 不吃爛杏一筐 (영흘선도일구 불흘난행일광)

「차라리 신선의 복숭아 한 입을 먹을지언정, 썩은 살구 한 광주리를 먹지는 않겠다.」

▶ 一泡鷄屎壞一缸醬 (일포계시괴일항장)

「닭똥 한 방울이 온 항아리의 간장을 망친다.」 147)

---

146) 臉 뺨 검, 체면. 樹 나무 수. 沒 없을 몰.

147) 爛 문드러질 난. 壞 무너질 괴, 못쓰게 만들다. 筐 광주리 광. 腥 비린내 성. 鍋 솥 과. 粥 죽 죽. 缸 항아리 항. 醬 젓갈 장.

※ 一孔之見 (일공지견 yīkǒng zhī jiàn)
「좁은 구멍으로 세상 보기.」

→不學無術 雖生猶死 (불학무술 수생유사 bùxué wúshù, suī shēng yóu sǐ)

「배우지 않아 아는 것이 없으면 살아있어도 죽은 것과 같다.」

▶ 不學楊柳隨風擺 要學靑松立山崗 (불학양류수풍파 요학청송입산강)

「배우지 않으면 버드나무가 바람 따라 흔들리는 것 같고, 학문을 하면 푸른 솔이 산언덕에 우뚝 서있는 것 같다.」

▶ 學不上實行 馬牛而襟裾 (학불상실행 마우이금거)

「배우고 실천하지 않으면 소나 말에 옷을 입힌 것과 같다.」 [148]

※ 一年之計在於春 (일년지계재어춘 yīnián zhī jì zàiyú chūn)
「일년의 계획은 봄에 세운다.」

→ 一日之計在於晨 (일일지계재어신 yī rì zhī jì zàiyú chén)

「하루의 계획은 새벽에 세운다.」 (일은 시작이 중요하다. 제대로 세운 계획에 따라서 착실하게 실행해야 한다는 말.)

▶ 一年辛苦十年福 十年辛苦百年福 (일년신고십년복 십년신고백년복)

「1년 고생에 복은 10년이고, 10년 고생에 백 년 복을 누린다.」

▶ 一生之計在於勤 一家之計在於和 (일생지계재어근 일가지계재어화)

「평생을 살아갈 계책은 근면이고, 일가의 계책은 화합에 있다.」

▶ 一年之計 莫如樹穀, 十年之計 莫如樹木, 終身之計 莫如樹人 (일

---

148) 孔 구멍 공. 楊柳 버드나무. 隨 따를 수. 擺 벌려놓을 파. 襟 옷깃 금. 裾 옷자락 거.

년지계 막여수곡, 십년지계 막여수목, 종신지계 막여수인)

「1년 계획으로는 곡식농사만한 것이 없고, 10년 계산이라면 나무 심는 일만한 것이 없고, 평생 계획으로는 인재를 키우는 일만한 것이 없다.」 [149]

※ 一不怕苦 二不怕死 (일불파고 이불파사 yī bù pà kǔ, èr bù pà sǐ)
「고통을 두려워하지도 죽음을 두려워하지도 않는다.」

→ 一不做 二不休 (일불주 이불휴 yī bù zuò, èr bù xiū)

「안한다면 모를까 (한다면) 끝까지 한다.」 (一做 二不休)

▶ 一竿子插到底 (일간자삽도저)

「장대를 땅에 닿을 때가지 (물에) 넣다.」 (일을 시작하면 끝까지 한다. 「初志一貫」)

▶ 一條道走到黑 (일조도주도흑)

「깜깜할 때까지 한 길을 계속 걸어간다.」 (외곬으로 관철하다. 융통성이 없다.) [150]

※ 一芽知春 一葉知秋 (일아지춘 일엽지추 yī yá zhī chūn, yī yè zhī qiū)
「새싹 하나를 보고 봄이 왔음을 알고, 낙엽 하나를 보고 가을이 온 것을 안다.」 (항아리 얼음을 보고 겨울을 안다.)

→ 以小明大 以近論遠 (이소명대 이근논원 yǐ xiǎo míng dà, yǐ jìn lùn yuǎn)

「작은 것으로 큰 이치를 알고, 가까운 것으로 먼 데 있는 것을 안

---

149) 晨 새벽 신. 樹 심을 수, 나무 수.

150) 做 지을 주, ~을 하다. 怕 두려울 파. 竿 장대 간, 배를 몰 때 바닥을 짚고 미는 막대.

다.」(미세한 현상으로 사물의 변화를 추론하다.)

▶ 一葉綠而知天下春 一葉落而知天下秋 (일엽녹이지천하춘 일엽낙이지천하추)

「푸른 잎 하나에 천하의 봄을 알고, 지는 낙엽에 천하의 가을을 안다.」

▶ 一聲春雷動 遍地起爬虫 (일성춘뇌동 편지기파충)

「봄날 천둥소리 한 번에 온 땅 벌레들이 기어 나온다.」[151]

※ 一葉蔽目 不見泰山 (일엽폐목 불견태산 yīyè bìmù, bù jiàn tài shān)

「나뭇잎 하나가 눈을 가리면 태산도 보이지 않는다.」(잘못된 인식 차이로 학문적 오류를 범함.)

→ 兩耳塞豆不聞雷 (양이색두불문뢰 liǎngěr sāi dòu bù wén léi)

「콩알이 양쪽 귀를 막으면 천둥소리도 안 들린다.」

▶ 一葉障目 不識泰山 (일엽장목 불식태산)

「이파리 하나가 눈을 가리면 태산도 몰라본다.」

▶ 人在山外覺山小 人進山中知山深 (인재산외각산소 인진산중지산심)

「사람이 멀리 있을 때는 산이 작아 보이지만, 산 속에 들어가면 산이 깊은 줄을 안다.」[152]

※ 一日不書 便覺思澀 (일일불서 편각사삽 yī rì bù shū, biàn jué sī

---

151) 葉 잎새 엽.

152) 蔽 덮을 폐. 塞 막힐 색. 障 가로막을 장. 泰山 ; 산동성에 위치한 중국 五嶽 중 東嶽으로, 중국 신(神)들의 고향, 높고 큰 산, 위인, 중요한 일, 최고의 가치.

sè)

→ 字無百日功 (자무백일공 zì wú bǎi rì gōng)

「글씨는 백 일 정도 연습으로는 되지 않는다.」

▶ 眞書如立 行書如行 草書如走 (진서여립 행서여행 초서여주)

「진서(眞書 ; 楷書)는 서있는 듯, 행서는 걷는 듯, 초서는 달리듯 해야 한다.」 (書體의 느낌이 그러해야 한다는 뜻.)

▶ 草書出了格 神仙認不得 (초서출료격 신선인부득)

「초서가 격을 벗어났으니 신선이라도 알아보지 못한다.」 (초서에는 법식이 있어 마음대로 휘둘러 쓰면 안 된다.) 153)

→ 一日爲師 終身爲父 (일일위사 종신위부 yīrì wéi shī, zhōngshēn wéi fù)

「하루 스승일지라도 죽을 때까지 부친처럼 모신다.」

▶ 有壯元徒弟 沒有壯元師傅 (유장원도제 몰유장원사부)

「장원급제하는 제자는 있어도 장원급제한 사부는 없다.」

▶ 氷出於水寒於水 靑出於藍而勝於籃 (빙출어수한어수 청출어람이승어람)

「얼음이 물이 언 것이지만 물보다 차고, 청색은 쪽에서 나오지만 쪽빛보다 진하다.」

▶ 要給一碗水 先有一桶水 (요급일완수 선유일통수)

---

153) 澁 떫을 삽, 매끄럽지 않다.

「(남에게) 물 한 그릇을 주려면 물 한 통이 있어야 한다.」 (선생에게는 많은 지식의 축적이 있어야 한다.)

▶ 一入門墻終身弟子 (일입문장종신제자)

「일단 대문 안에 들어섰다면 죽을 때까지 제자가 된다.」[154]

※ 一正壓百邪 (일정압백사 yī zhèng yā bǎi xié)

「하나의 정도正道는 온갖 사도邪道를 이긴다.」

→ 一善足以消百惡 (일선족이소백악 yīshàn zú yǐ xiāo bǎi è)

「한 가지 선행으로 백 가지 악행을 없앨 수 있다.」

▶ 不偏不倚 (불편불의 bù piān bù yǐ)

「한편에 치우치거나 기울지 않다.」 (한쪽에 치우치지 않고 중도를 취하다. 불편불사不偏不斜.)

▶ 正人不做歪事 (정인불주왜사)

「바른 사람은 바르지 않은 일을 하지 않는다.」

▶ 正人先正己 (정인선정기)

「바른 사람은 먼저 자신을 바로 세운다.」[155]

※ 一朝行竊 終身是賊 (일조행절 종신시적 yī zhāo xíng qiè, zhōng shēn shì zéi)

「하루라도 도둑질을 하면 죽을 때까지 도둑이다.」

→ 强則爲盜弱爲丐 (강즉위도약위갈 qiáng zé wéi dào ruò wéi gài)

「(도박으로 패가한 뒤에) 힘이 좀 있으면 도둑이 되고, 약하면 거지

---

154) 徒 무리 도, 제자(徒弟). 墻 담 장. 師 스승 사. 傅 스승 부. 藍 쪽 남(람). 桶 물건을 담는 통.

155) 壓 누를 압, 압박하다. 邪 간사할 사(도덕적인 正의 반대). 消 사라질 소. 歪 비뚤 왜(외). 偏 치우칠 편. 倚 기댈 의, 의지하다.

가 된다.」

▶ 一次爲盜 終生羞恥 (일차위도 종생수치)

「단 한 번의 도둑질이라도 평생의 수치다.」

▶ 强盜沒有個慶八十的 (강도몰유개경팔십적)

「나이 여든 살을 축하 받는 강도는 없다.」 156)

※ 一片氷心在玉壺 (일편빙심재옥호 yīpiàn bīngxīn zài yùhú)

「얼음처럼 순결한 마음이 옥병에 들어있다.」 (순결하고 사심이 없으며 지조가 굳세다.) (唐 시인 왕창령王昌齡 「芙蓉樓送辛漸」)

→ 一碗淸水看到底 (일완청수간도저 yī wǎn qīngshuǐ kàndào dǐ)

「맑은 물 한 그릇은 바닥이 보인다.」

▶ 一念之差 終身之誤 (일념지차 종신지오)

「한번 잘못된 생각이 평생을 그르친다.」

▶ 菜碟舀水 一眼看到底 (채설요수 일안간도저)

「요리 접시의 한 국자 물은 바닥이 보인다.」 (사정을 훤히 알 수 있다.) 157)

※ 立志容易成功難 (입지용이성공난 lìzhì róngyì chénggōng nán)

「뜻을 정하기야 쉽지만 성공은 어렵다.」

→ 練功容易守功難 (연공용이수공난 liàngōng róngyì shǒugōng nán)

「무술을 연마하기는 쉽지만, 계속하기는 쉽지 않다」

▶ 一暴十寒 (일폭십한 yī pù shí hán)

「햇볕은 하루 쬐고, 열흘 동안 얼린다.」 (아무리 생명력이 좋아도

---

156) 竊 훔칠 절. 終 마칠 종. 盜 훔칠 도 丐 거지 갈(乞人), 빌어먹을 개. 羞 부끄러울 수. 恥 부끄러울 치. 賊 도적 적. 慶 기쁠 경, 축하하다.

157) 壺 병 호. 菜 나물 채, 요리. 碟 접시 설. 舀 퍼낼 요.

하루 햇빛에 열흘을 얼린다면 살 수 있는 나무가 없다. 노력함이 적고 게으름이 많음을 이르는 말.)

▶ 爲山九仞 功虧一簣 (위산구인 공휴일궤)

「아홉 길의 높은 산을 만들고서도 한 삼태기의 흙이 모자라 그간의 공을 무너뜨리다.」

▶ 無志之人常立志 有志之人立長志 (무지지인상입지 유지지인입장지)

「의지가 없는 사람은 늘 뜻을 세우지만, 의지가 있는 사람은 뜻을 멀리 세우고 실천한다.」[158]

※ 字是黑狗 越描越醜 (자시흑구 월묘월추 zì shì hēigǒu, yuè miáo yuè chǒu)

「글자는 검은 강아지이니, 덧칠하면 할수록 더 추해진다.」

→ 磨墨如病夫 握管如壯士 (마묵여병부 악관여장사 mómò rú bìngfū, wòguǎn rú zhuàngshì)

「먹을 갈 때는 병든 사내처럼, 붓은 장사처럼 잡아야 한다.」

▶ 寫字別描 拉屎別瞧 (사자별묘 납시별초 xiězì bié miáo, lāshī bié qiáo)

「글자를 썼으면 덧칠하지 말고, 똥을 누었으면 쳐다보지 말라.」

▶ 一筆是一筆 不要描 (일필시일필 불요묘 yī bǐ shì yī bǐ, bù yào miáo)

「한 획은 단번에 그어야지 덧칠해선 안 된다.」

---

158) 暴 햇볕에 말릴 폭(曝과 같음). 학문 또는 바른 심성의 배양에 있어서 전심치지(專心致知 ; 오로지 한 마음으로 의지를 실천하기)해야 한다. 원문은 《孟子》 告子 上. 練功 무공(무술)을 연마하다. 仞 한길 인(사람 키만큼의 높이). 虧 이지러질 휴. 簣 삼태기 궤(물건을 담아 나르는 생활도구).

▶ 能書不擇筆 (능서불택필 néngshū bù zé bǐ)

「글씨를 잘 쓰는 사람은 붓을 가리지 않는다.」

▶ 筆底生花 (필저생화 bǐ dǐ shēng huā)

「붓끝에서 꽃이 피다.」 (문장이 아름답다.) [159]

※ 靜以養神 儉以養德(정이양신 검이양덕 jìng yǐ yǎng shén, jiǎn yǐ yǎng dé)

「평정심으로 정신을 수양하고 검약儉約으로 덕을 쌓는다.」

→ 靜中有動 動中有靜 (정중유동 동중유정 jìng zhōng yǒu dòng, dòng zhōng yǒu jìng)

「고요한 가운데 움직임이 있고, 움직임 속에 고요함이 있다.」

▶ 靜坐然後 知平日之氣淨 (정좌연후 지평일지기정)

「정좌한 연후에야 평일의 기운이 깨끗했는지를 알 수 있다.」

▶ 守默然後 知平日之言躁 (수묵연후 지평일지언조)

「침묵한 뒤에야 평상시 언사가 성급했다는 것을 알 수 있다.」

▶ 靜坐常思己過 閑談當想是非 (정좌상사기과 한담당상시비)

「조용히 앉아 늘 자신의 과오를 생각하고, 한가한 담소 속에서도 마땅히 옳고 그른지를 생각해야 한다.」 [160]

※ 竹有節 人有志 (죽유절 인유지 zhú yǒu jié, rén yǒu zhì)

「대나무는 마디가 있고, 사람은 지조가 있다.」

→ 竹竿雖高節節空 (죽간수고절절공 zhúgān suī gāo jiéjié kōng)

「대나무 장대가 높기는 하지만 마디마디가 비어 있다.」

▶ 竹心要空 人心有實 (죽심요공 인심유실)

---

159) 別 ~하지 말라. 描 덧칠하다. 拉 당길 납(랍) 屎 똥 시.
160) 淨 깨끗할 정, 邪念이 없음. 默 말 없을 묵. 躁 성급할 조.

「대나무 속은 비어야 하고, 사람 마음은 차 있어야 한다.」(실질적
이고 실용적인 마음 씀씀이가 있어야 한다.)

▶ 火要空心 人要實心 (화요공심 인요실심)

「아궁이는 비어야 하고, 사람 마음은 차 있어야 한다.」161)

※ 知過能改 善莫大焉 (지과능개 선막대언 zhī guò néng gǎi shàn mò dà yān)

「과오를 알고 고친다면 이보다 더 좋은 선善은 없다.」

→ 有則改之 無則加勉 (유즉개지 무즉가면 yǒu zé gǎi zhī, wú zé jiā miǎn)

「(잘못이나 과오가) 있다면 고치고, 없다면 더욱 힘쓰다.」

▶ 知錯改錯不算錯 (지착개착불산착 zhī cuò gǎi cuò bù suàn cuò)

「착오를 알고 고치면 착오라 할 수 없다.」

▶ 走錯了路好回頭 看錯了人吃苦頭 (주착료로호회두 간착료인흘고
두)

「잘못 간 길은 돌아오면 되지만, 사람을 잘못 보면 고생하게 된
다.」162)

※ 知己莫如友 (지기막여우 zhī jǐ mò rú yǒu)
「친구만큼 나를 아는 이 없다.」

→ 知己容易知彼難 (지기용이지피난 zhī jǐ róngyì zhī bèi nán)
「나를 아는 것은 그래도 쉽지만, 상대를 알기는 어렵다.」

▶ 知弟子莫如師 (지제자막여사)

---

161) 節 마디 절. 雖 비록 수.
162) 勉 힘쓸 면. 錯 섞일 착, 틀리다, 잘못되다. 焉 어찌 언, 어디? ~이다(종
  결어미).

「제자는 스승이 제일 잘 안다.」

▶ 人生難得一知己 (인생난득일지기)

「인생에서 얻기 어려운 것은 한 사람의 진정한 친구.」

▶ 知人者智 知己者明 (지인자지 지기자명)

「사람을 아는 사람은 지혜롭고, 자신을 아는 사람은 명철한 사람이다.」

▶ 知其然不知其所以然 (지기연부지기소이연)

「그러한 줄은 알지만 왜 그런 줄은 모른다.」 163)

※ 只要功夫深 鐵杵磨成針 (지요공부심 철저마성침 zhǐyào gōngfu shēn, tiěchǔ móchéng zhēn)

「오직 공부가 깊다면 쇠 절구공이도 갈면 바늘이 된다.」

→ 工夫不到事不成 火候不到飯不熟 (공부부도사불성 화후부도반불숙 gōngfu bùdào shì bùchéng, huǒhou bùdào fàn bùshú)

「공부가 깊지 못하면 일을 이루지 못하고, 불길이 닿지 않으면 밥이 익지 않는다.」

▶ 鐵杵磨綉針 功到自然成 (철저마수침 공도자연성)

「쇠 절구를 갈아 수놓는 바늘을 만들기는 공을 들이면 저절로 이루어진다.」

▶ 鐵棒可以磨針 積土可以成山 (철봉가이마침 적토가이성산)

「쇠몽둥이도 갈면 바늘로 만들 수 있고, 흙을 쌓아 산을 만들 수 있다.」

▶ 綉花針對鐵梁 大小各自有用場 (수화침대철량 대소각자유용장)

「수놓는 바늘과 쇠기둥은 각자 크기대로 유용한 곳이 있다.」 164)

---

163) 然 그러할 연. 所以 이유, 원인. 所以然 그렇게 된 까닭.

164) 只 다만 지, 오로지. 功夫 노력(工夫). 深 깊을 심. 鐵 쇠 철. 杵 절구공

※ 知人不如見面 (지인불여견면 zhīrén bù rú jiànmiàn)

「사람을 아는 것은 얼굴을 직접 대하는 것만 못하다.」

→ **知人知面不知心** (지인지면부지심 zhīrén zhīmiàn bù zhīxīn)

「사람을 알고 얼굴도 알지만 속마음은 모른다.」

▶ **見面分一半** (견면분일반 jiànmiàn fēn yī bàn)

「사람을 보면 절반이라도 나눠야 한다.」 (남의 좋은 점을 배워야 한다.)

▶ **知音知人 知人知性** (지음지인 지인지성)

「속마음까지 알아야 사람을 아는 것이고, 사람은 안다는 것은 그 본성을 아는 것이다.」

▶ **海內存知己 天涯若比隣** (해내존지기 천애약비린)

「이 세상에 마음이 통하는 친구가 있다면 천리 밖이라도 바로 이웃에 사는 것과 같다.」

▶ **得一知己 雖死不憾** (득일지기 수사불감)

「한 사람의 지기를 얻는다면 죽어도 여한이 없다.」

▶ **畵龍畵虎難畵骨 知樹知葉不知根** (화룡화호난화골 지수지엽부지근)

「용을 그리고 호랑이를 그린다 해도 뼈를 그릴 수 없고, 나무를 알고 잎을 알아도 뿌리는 알지 못한다.」 [165]

※ 知足常樂 能忍自安 (지족상락 능인자안 zhī zú cháng lè, néng rěn zì ān)

이 저. 磨 갈 마. 針 바늘 침. 火候 불길, 불길의 세기. 飯 밥 반. 熟 익을 숙. 繡 수놓을 수.

[165] 知音 ; 知己, 마음을 주고받는 진실한 우정관계. 悅 기쁠 열. 容 얼굴 용, 얼굴을 다듬다, 화장을 하다. 畵 그림 화, 그리다. 憾 근심 감, 서운하다.

「만족을 알면 늘 즐겁고, 인내하면 스스로 평안하다.」

→ 知足得安寧 貪心易招禍 (지족득안녕 탐심이초화 zhīzú dé ānníng, tānxīn yì zhāohuò)

「족한 것을 알면 편안하고, 욕심은 쉽게 화를 불러온다.」

▶ 貪心生則智昏 (탐심생즉지혼)

「욕심이 생기면 지혜는 혼미해진다.」

▶ 知足不辱 知止不殆 (지족불욕 지지불태)

「족한 것을 알면 치욕이 없고, 멈출 곳을 알면 위태롭지 않다.」

▶ 人心不知足 得銀思金 (인심부정 득은사금)

「사람 마음은 만족을 모르니, 은을 얻으면 금을 생각한다.」

▶ 知足是君子 貪婪是小人 (지족시군자 탐남시소인)

「만족을 안다면 군자이고, 탐욕을 부린다면 소인이다.」

▶ 知足者 貧賤亦樂 不知足者 富貴亦憂 (지족자 빈천역락 부지족자 부귀역우)

「만족을 아는 사람은 빈천하더라도 즐겁지만, 만족을 모르는 사람에게는 부귀하더라도 걱정만 한다.」

▶ 素富貴行乎富貴 素貧賤行乎貧賤 (소부귀행호부귀 소빈천행호빈천) ·

「부귀에 처해 있다면 부귀하게 행동하고, 빈천한 처지라면 빈천하게 살아야 한다.」166)

※ 千難萬難 有志不難 (천난만난 유지불난 qiānnán wànnán, yǒuzhì bùnán)

「천 가지 만 가지 어렵다 하지만, 뜻이 있으면 어렵지 않다.」

---

166) 貪 탐할 탐. 殆 위태로울 태. 婪 탐할 람(남). 賤 천할 천. 憂 근심할 우. 昏 어둘 혼. 素 바탕 소, 활 소, 현재 처해진 상황.

→ 千易萬易 無志不易 (천이만이 무지불이 qiānyì wànyì wúzhì bùyì)
「천만번 쉽다 쉽다 하여도 의지가 없다면 쉽지 않다.」

▶ 疾風知勁草 (질풍지경초)
「거친 바람이 불 때 튼튼한 풀을 알 수 있다.」 (뜻하지 않게 위급존망의 비상사태를 만나면 그 인물의 절조節操의 군기를 알 수 있다.)

▶ 沒有比人更高的山 沒有比脚更長的路 (몰유비인경고적산 몰유비각경장적로)
「사람보다 더 높은 산은 없고, 두 발脚보다 더 긴 길은 없다.」

▶ 天下沒有過不去的河 沒有走不通的路 (천하몰유과불거적하 몰유주불통적로)
「세상에 못 건널 강 없고, 걸어서 못 갈 길도 없다.」 [167]

※ 千里送鵝毛 禮輕情意重 (천리송아모 예경정의중 qiānlǐ sòng émáo, lǐ qīng qíngyì zhòng)
「천리 밖에서 작은 물건을 보내오니, 예물은 경미하지만 그 마음의 정은 중하다.」

→ 千里送寶 不在大小 (천리송보 부재대소 qiānlǐ sòngbǎo bùzài dàxiǎo)
「천리 밖에서 보내온 선물은 대소를 막론하고 소중하다.」

▶ 千里遇故知 (천리우고지)
「천리 밖에서 옛 지인知人을 만나다.」

▶ 禮尙往來 有賜有還 (예상왕래 유사유환)
「예에서는 오가는 것을 귀히 여긴다. 받은 것이 있다면 갚아야 한다.」 [168]

---

167) 難 어려울 난. 易 쉬울 이, 바꿀 역. 疾 병 질, 빠를 질. 勁 굳셀 경. 脚 다리 각.

※ 天網恢恢 疏而不漏 (천망회회 소이불루 tiān wǎng huīhuī, shū ér bù lòu)

「하늘의 그물이 아주 넓고 커, 엉성한 것 같지만 빠져나갈 수 없다.」(큰 죄를 지으면 천벌을 받는다.)

→ 人容天不容 (인용천불용 rén róng tiān bù róng)

「사람들이 용납하더라도 하늘은 용납하지 않는다.」

▶ 脫了天討 脫不了人誅 (탈료천토 탈부료인주)

「하늘의 징벌을 피해도 사람들의 성토는 피할 수 없다.」

▶ 人不爲己 天誅地滅 (인불위기 천주지멸 rén bù wè jǐ, tiān zhū dì miè)

「사람이 자신을 돌보지 않는다면, 하늘이 벌을 주고 땅(염라대왕)이 그를 잡아간다.」(자기 이익은 알아서 챙겨야 한다) [169]

※ 天無絶人之路 (천무절인지로 tiān wú jué rén zhī lù)

「하늘이 사람의 길을 막는 일은 없다.」(하늘이 무너져도 솟아날 구멍이 있다.)

→ 聽評書掉眼泪 - 替古人擔憂 (청평서도안루 - 체고인담우 tīng píngshū diào yǎnlèi-tì gǔrén dānyōu)

「옛 이야기를 들으며 걱정으로 눈물을 흘리다. - 옛 사람을 위하여 걱정하다.」(쓸데없는 걱정을 하다.)

▶ 有心不愁山路難 (유심불수산노난)

「뜻만 있다면 험한 산길도 걱정하지 않는다.」

▶ 天下本無事 庸人自憂之 (천하본무사 용인자우지)

---

168) 送 보낼 송. 鵝 거위 아. 禮 예도 예. 輕 가벼울 경.

169) 恢 넓을 회. 恢恢 아주 넓고 큰 모양. 疏 트일 소. 漏 물샐 루(누). 誅 벨 주, 토벌하다.

「이 세상은 늘 그대로인데, 못난 인간들이 공연한 걱정거리를 만들어낸다.」(긁어 부스럼) 170)

※ 天塌不下來 (천탑불하래 tiān tā bù xiàlái)
「하늘은 무너지지 않는다.」

→ 天塌下來大家撑着 (천탑하래대가탱착 tiān tā xiàlái dàjiā chēngzhe)

「하늘이 무너져 내린다면 여럿이 받치고 있어야 한다.」(큰 일이 생기면 모두 힘을 합쳐야 한다.)

▶ 天塌壓大家 (천탑압대가)

「하늘이 무너지면 모두가 눌린다.」(재난이 발생하면 모두가 피해를 입는다.)

▶ 天塌了有大漢頂着 (천탑료유대한정착)

「하늘이 무너져 내리면 머리로 받칠 사나이가 있다.」(믿음직한 일꾼이 있다.)

▶ 天塌大個死 過河有矮子 (천탑대개사 과하유왜자)

「하늘이 무너지면 키 큰 사람이 먼저 죽고, 강을 건널 때는 난쟁이가 먼저 빠진다.」

▶ 天塌了有地接着 (천탑료유지접착)

「하늘이 무너지면 땅에 바짝 엎드린다.」(아무리 어려운 상황에도 벗어날 방법은 있다고 격려하는 말.) 171)

※ 天下無難事 只怕有心人 (천하무난사 지파유심인, tiānxià wú nán

---

170) 替 대신할 체, 쇠퇴할 체. 泪 눈물 루(淚와 같음). 憂 근심 우. 庸 쓸 용, 용렬할 용.
171) 塌 무너질 탑. 撑 버틸 탱. 矮 키 작을 왜.

shì, zhǐ pà yǒuxīnrén)
「세상에 어려운 일은 없다. 다만 뜻을 가진 사람이 없을 뿐이다.」
(마음만 먹으면 세상에 어려운 일은 없다.)

→ 難不倒有心人 (난부도유심인 nán bù dǎo yǒuxīnrén)

「뜻있는 사람에게는 어떠한 역경도 없다.」

▶ 雀捕螳螂人捕雀 有心人對無心人 (작포당랑인포작 유심인대무심인)

「참새는 사마귀를 잡아먹고 사람은 참새를 잡느니, (세상은) 마음을 갖고 노리는 사람(有心人)과 그것을 모르는 사람(無心人)의 대결이다.」

▶ 六月發水淹不死蛤蟆 臘月下雪餓不死麻雀 (육월발수엄불사합마 납월하설아불사마작)

「유월 홍수라도 두꺼비가 물에 빠져 죽지 않고, 섣달에 눈이 내린다 하여 참새가 굶어죽지 않는다.」 (어떤 역경에도 의지가 강한 사람은 살아남는다.) 172)

※ 打腫了臉充胖子 (타종료검충반자 dǎzhǒng le liǎn chōng pàngzi)
「(일부러) 뺨의 종기를 때려 살찐 것처럼 보이려 하다.」 (가난한 사람이 억지로 허세를 부리다.)

→ 八仙過海 - 各顯神通 (팔선과해 - 각현신통 bāxiān guò hǎi-gè xiǎn shéntōng)

「여덟 신선이 바다를 건너다. - 각자 신통한 능력을 보여주다.」 (각자 재능을 다하여 임무를 수행하다.)

---

172) 怕 두려울 파, 염려하다. 肚 배 두. 有心人 뜻을 세운 사람. 雀 참새 작. 捕 잡을 포. 螳螂 사마귀. 發水 큰 물, 홍수. 淹 빠질 엄. 蛤蟆 두꺼비. 臘月 12월, 섣달.

▶ 打腫面孔充胖子 (타종면공 충반자)

「제 얼굴의 종기를 때려 (잘 먹고 잘 사는) 뚱뚱보인 척하다.」(능력도 없으면서 오기를 부리다.)

▶ 鼻子青臉腫 (비자청검종)

「코는 시퍼렇고 얼굴엔 종기가 났다.」(얼굴 꼴이 말이 아니다.) 173)

※ 太白發句 開門見山 (태백발구 개문견산 Tàibái fā jù, kāimén jiànshān)

「이태백의 시 첫 구는 문을 열고 산을 보는 것과 같다.」(시문詩文의 첫 구절이 바로 주제를 묘사하다.)

→ 萬事開頭難 (만사개두난 wànshì kāitóu nán)

「모든 일은 그 시작이 어렵다.」

▶ 起頭容易結梢難 (기두용이결초난 qǐtóu róngyì jié shāo nán)

「시작은 쉽지만 마무리는 어렵다」

▶ 頭難起 尾難落, 千古文章無定格 (두난기 미난락, 천고문장무정격)

「첫 시작이 어렵고 마지막 결말도 어려우나, 천고의 문장에 일정한 격식은 없다.」

▶ 有修路就有走道的 有開頭就有跟着的 (유수로취유주도적 유개두취유근착적)

「길을 닦아 놓으면 길을 가는 사람이 있고, 일을 시작하면 따라오는 사람이 있다.」 174)

※ 泰山壓頂不彎腰 (태산압정불만요 Tàishān yā dǐng bù wānyāo)

---

173) 腫 부을 종, 종기. 臉 뺨 검. 充 채울 충. 胖 뚱뚱할 반. 胖子 뚱뚱보. 顯 나타낼 현, 드러내다. 面孔 얼굴.

174) 梢 나무 끝 초. ※「개문견산(開門見山)」출처 宋代 엄우(嚴羽)의 《창랑시화 시평(滄浪詩話 詩評)》「李白 詩評」.

「태산이 머리를 누르더라도 허리를 굽히지 않다.」

→ 一鳥入林 百鳥壓聲 (일조입림 백조압성 yīniǎo rùlín bǎiniǎo yā shēng)

「새 한 마리 숲에 들자, 뭇 새가 소리를 죽이다.」 (기세가 여러 사람을 압도하다.)

▶ 天旱不死生根草 石縫還長萬年松 (천한불사생근초 석봉환장만년송)

「날이 가물어도 뿌리 있는 풀은 죽지 않고, 돌 틈에서도 만년송이 자란다.」

▶ 莫看山上石頭多 栽上松柏綠滿坡 (막간산상석두다 재상송백녹만파)

「산에 돌이 많은 것만 보지 말라. 소나무를 심어 가꾸면 온 비탈이 모두 푸를 것이다.」 175)

※ 退後一步路自寬 (퇴후일보로자관 tuì hòu yībù lù zì kuān)
「(내가) 일보 물러난다면 길은 절로 넓어진다.」

→ 退一步想 過十年看 (퇴일보상 과십년간 tuì yībù xiǎng, guò shínián kàn)

「일보만 물러서서 생각하면 10년을 내다볼 수 있다.」

▶ 退一步 天高地寬 (퇴일보 천고지관)

「한발 물러서면, 하늘도 높고 땅도 넓다.」

▶ 讓人一步自己寬 (양인일보자기관)

「남에게 한 발 양보하면 제 스스로 너그러워진다.」 176)

---

175) 壓 누를 압. 彎 굽을 만. 腰 허리 요. 旱 가물 한. 縫 꿰맬 봉. 坡 고개 파, 비탈, 언덕.
176) 寬 넓을 관. 讓 물러설 양, 사양하다.

※ 偸針的 也變成偸牛的 (투침적 야변성투우적 tōuzhēnde yě biàn
chéng tōuniúde)
「바늘을 훔친 사람은 소도둑이 될 수 있다.」

→ 小時偸針 大了偸金 (소시투침 대료투금 xiǎoshí tōu zhēn, dàle tōu
jīn)
「어려서 바늘을 훔치면 커서 황금을 훔치게 된다.」

▶ 小時偸草 長大偸牛 (소시투초 장대투우)
「어려서 풀을 훔치면 커서 소를 훔친다.」

▶ 偸蛋的人也會偸鷄 (투단적인야회투계)
「계란을 훔친 사람은 닭도 훔칠 줄 안다.」

▶ 偸人之心不可有 防人之心不可無 (투인지심불가유 방인지심불가
무)
「남의 물건을 훔치려는 마음을 가져서는 안 되고, 도둑을 방비하는
마음이 없어서는 안 된다.」 177)

※ 怕鬼有鬼 (파귀유귀 pà guǐ yǒu guǐ)
「귀신을 두려워하면 귀신이 온다.」

→ 怕事有事 (파사유사 pà shì yǒu shì)
「일을 두려워하면 (없던) 일이 생긴다.」

▶ 怕狼怕虎 別在山上住 (파랑파호 별재산상주)
「늑대와 호랑이가 무섭다면 산에 살지 말라.」

▶ 不怕山高路遠 只怕意志不堅 (부파산고노원 지파의지불견)
「높은 산, 먼 길이야 두렵지 않으나, 의지가 굳지 못한 것이 걱정이
다.」 178)

---

177) 偸 훔칠 투. 蛋 새알 단.
178) 怕 두려울 파. 鬼 귀신 귀. 狼 이리 낭(랑). 別 ~하지 말라.

※ 飽暖生寒事 (포난생한사 bǎonuǎn shēng hánshì)
「배부르고 등 따시면 엉뚱한 일이 생긴다.」

→ 教奢易 教儉難 (교사이 교검난 jiào shē yì, jiào jiǎn nán)
「사치를 가르치기는 쉽고, 검소를 가르치기는 어렵다」

▶ 富不學奢而奢 貧不學儉而儉 (부불학사이사 빈불학검이검)
「부자는 사치를 배우지 않아도 사치하고, 빈자는 검소를 배우지 않
아도 검소하다.」

▶ 飽暖生淫慾 飢寒生盜心 (포난생음욕 기한생도심)
「배부르고 등 따시면 음욕이 생기고, 배고프고 추우면 도둑질할 마
음이 생긴다.」 179)

※ 匹夫鬪勇 英雄鬪智 (필부투용 영웅투지 pǐfū dòu yǒng, yīngxióng dòu zhì)
「필부는 용맹을 다투지만, 영웅은 지략을 다툰다.」

→ 匹夫不可奪志 (필부불가탈지 pǐfū bùkě duózhì)
「필부라도 그 의지를 꺾을 수 없다.」

▶ 有力使力 無力鬪智 (유력사력 무력투지)
「힘이 있다면 힘으로 싸우고, 힘이 없다면 꾀로 싸운다.」

▶ 一人拼命 萬夫難當 (일인병명 만부난당)
「한 사람이 목숨을 걸고 싸우면 만 사람이 당해내기 어렵다.」

▶ 千人排門 不如一人拔關 (천인배문 불여일인발관)
「천 명이 문을 밀어대는 것은 한 사람이 빗장을 뽑는 것만 못하
다.」

▶ 勇將不怯死以苟免 壯士不毀節以求生 (용장불겁사이구면 장사불

---

179) 飽 배부를 포. 寒 찰 한. 寒事 남의 일, 중요하지 않은 일. 奢 사치할
사. 飢 굶주릴 기.

훼절이구생)

　「용장은 죽음이 두려워 구차하게 면하려 하지 않고, 장사는 절조를 버리면서 구차히 살려고 하지 않는다.」[180]

　※ 學,赶,比,帮 (학,간,비,방 xué,gǎn,bǐ,bāng)

　「(앞서가는 사람에게서) 배우고, (앞선 사람을) 따라잡고, (앞선 사람과) 견주어 보며, (뒤떨어진 사람을) 도와주다.」

　→ 學跑之前先學走 (학포지전선학주 xué pǎo zhī qián xiān xué zǒu)

　「달리기를 배우기 전에 먼저 걷기부터 배운다.」

　▶ 學刻不易 磨刀更難 (학각불이 마도경난)

　「조각을 배우기도 쉽지 않지만, 칼을 가는 것은 더욱 어렵다.」

　▶ 磨刀不誤砍柴工 (마도불오감시공)

　「칼을 간다고 나무꾼의 일이 잘못되지 않는다.」 (준비하는 시간만큼 늦어지는 것은 아니다.)

　▶ 學哭容易學笑難 千言萬語在其間 (학곡용이학소난 천언만어재기간)

　「(연극배우가) 울기를 배우기는 쉽고, 웃음을 배우기는 어렵다. 천만 마디 말이 그 (웃음) 속에 있다.」[181]

　※ 學壞如崩 學好如登 (학괴여붕 학호여등 xué huài rú bēng, xué hǎo rú dēng)

　「나쁜 것을 배우기는 산이 무너지듯 쉽고, 좋은 것을 배우기는 산

---

180) 匹 짝 필. 匹夫 보통 사람. 鬪 다툴 투. 奪 뺏을 탈. 拚 물리칠 병. 拚命 목숨을 걸고. 毁 허물 훼. 拔 뽑을 발, 뺏다. 拔關 빗장을 뽑다.

181) 赶 쫓아갈 간. 帮 도울 방(幫과 同字). 跑 빨리 달릴 포. 刻 새길 각. 砍 벨 감, 자르다. 哭 울 곡.

에 오르듯 어렵다.」

→ **學拳容易改拳難** (학권용이개권난 xué quán róngyì gǎiquán nán)

「권법을 배우기는 쉽지만, (잘못 배운 것을) 고치기는 어렵다.」

▶ **學好就像登高山 學壞好比順水漂** (학호취상등고산 학괴호비순수표)

「좋은 것을 배우기는 높은 산에 오르는 것 같고, 나쁜 짓을 배우기는 마치 물결 따라 떠내려가는 것과 같다.」

▶ **學好千日不足 學壞一日有餘** (학호천일부족 학괴일일유여)

「좋은 것을 배우기는 3년도 부족하지만, 나쁜 짓을 배우려면 하루도 남는다.」 [182]

※ **學不可以已** (학불가이이 xué bùkěyǐ yǐ)
「배움은 (중도에) 그쳐서는 안 된다.」 (《荀子》 勸學)

→ **駑馬十駕 功在不舍** (노마십가 공재불사 númǎ shíjià, gōng zài bùshě)

「둔한 말이 열흘에라도 목적지에 갈 수 있는 것은 쉬지 않기 때문이다.」 (바탕이 좀 부족해도 부단한 노력이면 목표를 달성할 수 있다. 《荀子》 勸學.)

▶ **要鍊武 先吃苦** (요연무 선흘고 yào liànwǔ, xiān chī kǔ)

「무예를 익히려면 먼저 고생을 해야 한다.」

▶ **拳不離手 曲不離口** (권불리수 곡불리구)

「권법이 손에서 떠나지 않고, 창을 하는 소리가 입에서 떠나지 않는다.」 (권법과 창은 연습이 최고다.) [183]

---

182) 壞 무너질 괴, 나쁘다. 崩 무너질 붕. 漂 떠돌 표.
183) 駕 멍에 가, 탈것, 말이 하루에 갈 수 있는 거리. 十駕 천리마가 하루에 갈 수 있는 거리를 둔한 말도 열흘이면 간다는 뜻. 舍 집 사, 머물다, 그

※ 學習要勤 順序漸進 (학습요근 순서점진 xuéxí yào qín, shùnxù jiànjìn)

「배우려면 부지런해야 한다. 순서대로 점차 나아가야 한다.」

→ 學無老小 能者爲師 (학무노소 능자위사)

「배움에는 노소가 없다. 유능한 사람이 스승이다.」

▶ 學問勤中得 富從儉中來 (학문근중득 부종검중래)

「학문은 근면해야 터득할 수 있고, 부자는 검소한 생활에서 나온다.」

▶ 學學問問 一學二問 (학학문문 일학이문)

「배울 것을 배우고, 물을 것을 물어라. 하나를 배우면 둘을 물어라.」

▶ 學問之事 只患止 不患遲 (학문지사 지환지 불환지)

「학문의 길에서는 다만 중지하는 것을 걱정하지, 늦는 것을 걱정하지 않는다.」[184]

※ 學習好比逆水行舟, 不進則退 (학습호비역수행주 부진칙퇴 xuéxí hǎobǐ nìshuǐ xíngzhōu, bù jìn zé tuì)

「학습이란 물을 거슬러 배를 모는 것과 같으니, 나아가지 않는다면 곧 뒷걸음질치는 것이다.」

→ 學字無多重 無志挑不動 (학자무다중 무지도부동 xué zì wú duō zhòng, wú zhì tiāo bù dòng)

「배울 學 글자는 무겁지 않으나, 뜻이 없으면 들어올려도 들리지 않는다.」

치다, 폐하다.《荀子》의 첫 편은 勸學편으로, 첫 구절은 "君子曰 學不可以而 靑取之於藍而 靑於藍"으로 시작한다.

184) 漸 물 스며들 점, 차츰차츰. 遲 늦을 지.

▶ 險山不絶行路客 惡水也有擺渡人 (험산부절행로객 악수야유파도인)

「산이 험해도 길손은 그치지 않고, 물이 험악해도 나루를 건너는 사람은 있다.」

▶ 學問之功 不日進卽日退 (학문지공 불일진즉일퇴)

「학문을 하는 공적은 날마다 진보하지 않는다면 날마다 퇴보한다.」

▶ 別爲利益跑在人前 別將學習落在人後 (별위이익포재인전 별장학습낙재인후)

「이익을 얻으려 다른 사람보다 앞서 달리지 말고, 배우려는 일에 대하여 남보다 뒤처지지 말라.」 185)

※ 學然後知不足 (학연후지부족 xué ránhòu zhī bùzú)
「배운 뒤에야 부족함을 안다.」 (《禮記》 學記)

→ 學問無大小 能者爲尊 (학문무대소 능자위존 xuéwèn wú dàxiǎo, néngzhě wéi zūn)

「학문에는 나이가 없다. 능한 사람이 어른이다.」

▶ 學問學問 好學還要好問 (학문학문 호학환요호문)

「학문 학문 하지만, 잘 배우려면 잘 물어야 한다.」

▶ 經驗大似學問 (경험대사학문)

「경험은 학문과 매우 비슷하다.」

▶ 畫鬼容易畫人難 (화귀용이화인난 huàguǐ róngyì huàrén nán)

「귀신을 그리기는 쉽지만, 사람을 그리기는 어렵다」 (제멋대로 행동하기는 쉽지만, 실사구시實事求是는 어렵다.) 186)

---

185) 好比 마치 ~와 같다. 逆 거스를 역. 擺 벌릴 파. 渡 물 건널 도. 擺渡 나룻배, 나루를 건너다.

→ 學藝不虧人 (학예불휴인 xuéyì bù kuī rén)

「학예는 사람에게 손해를 끼치지 않는다.」(배우면 배울수록 이익이다.)

▶ 學到知恥處 方知藝不精 (학도지치처 방지예부정)

「배움에 (남보다) 부족함을 알면 비로소 (자신의) 솜씨가 정밀하지 않다는 것을 안 것이다.」

▶ 新書不厭百回看 (신서불염백회간)

「새 책은 싫증이 없어 백 번이라도 본다.」(생기발랄한 미인에게는 눈이 자주 간다.) 187)

→ 學在苦中求 藝在勤中練 (학재고중구 예재근중련 xué zài kǔ zhōng qiú, yì zài qín zhōng liàn)

「학문은 힘들여 배워야 하고, 무예는 부지런하게 연습해야 한다.」

▶ 學問之事 只患止 不患遲 (학문지사 지환지 불환지)

「학문을 할 때는 그만둘까 걱정하지, 늦는 것은 걱정하지 않는다.」

▶ 一日不作詩 心源如廢井 (일일부작시 심원여폐정)

---

186) 尊 높을 존. 畵 그림 화. 鬼 귀신 귀. 容易 쉽다. 難 어려울 난. ※《韓非子》外儲說左上에 나오는 이야기. 제(齊)나라 임금이 화공(畵工)에게 「무엇이 가장 그리기 어려우냐?」고 묻자, 화공은 「개와 말을 그리기가 가장 어렵다.」고 대답했다. 「그러면 가장 쉬운 것이 무엇이냐?」고 묻자 귀신을 그리기라고 말했다고 한다.

187) 幹 줄기 간, 일을 하다. 虧 일그러질 휴.

「하루라도 시를 짓지 않으면 사념思念의 샘이 말라버린 것 같
다.」[188]

※ 學彼之長 攻己之短 (학피지장 공기지단 xué bǐ zhī cháng, gōng jǐ zhī duǎn)
「상대의 장점을 배우고 자신의 단점을 고치다.」

→ **獨學而無友 卽孤陋而寡聞** (독학이무우 즉고루이과문 dúxué ér wúyǒu, jí gūlòu ér guǎwén)

「혼자 공부하기에 친우가 없다면, 고루해지고 듣는 것이 적다.」 (학식도 얕고 소견이 편협해진다.) (《禮記》 學記)

▶ **茶壺裏煮餃子 - 倒不出來** (다호리자교자 - 도부출래 cháhú lǐ zhǔ jiǎozi-dǎo bù chū lái)

「차 끓이는 주전자에 만두를 삶다. - 기울여도 나오지 않는다.」 (학식이 풍부하지만, 또는 나름대로 잘 알고 있지만, 요령 있게 설명하지 못하다.)

▶ **把自己看成一朵花 把別人看成豆腐渣** (파자기간성일타화 파별인간성두부사)

「자기 자신을 한 송이 꽃으로, 다른 사람은 두부 비지로 본다.」 (제 귀한 줄만 안다.)

▶ **己是而彼非 不當與非爭** (기시이피비 부당여비쟁)
「내가 옳고 상대가 그르다면, 그른 사람과 다툴 수 없다.」

▶ **彼是而己非 不當與是爭** (피시이기비 부당여시쟁)
「그가 옳고 내가 그르다면 옳은 사람과 다툴 수 없다.」[189]

---

188) 丟 잃어버릴 주, 내버려두다, 방치하다. 止 그칠 지. 遲 늦을 지. 廢 폐할 폐, 없어지다.
189) 彼 저쪽 피. 己 몸 기, 나 자신. 壺 병 호, 단지 호. 煮 다릴 자, 삶다.

※ 學海無邊勤可渡 (학해무변근가도 xuéhǎi wúbiān qín kě dù)
「배움의 바다는 끝이 없으니, 근면해야 건널 수 있다.」

→ 書山萬仞志能攀 (서산만인지능반 shū shān wàn rèn zhì néng pān)
「일만 길이 넘는 책의 산은 의지가 있어야 오를 수 있다.

▶ 學壞容易學好難 (학괴용이학호난)
「나쁜 짓을 배우기는 쉽고 좋은 것을 배우기는 어렵다.」

▶ 學好 比爬山艱難 學壞 比走平路便當 (학호비파산간난 학괴비주평로편당)

「좋은 일을 배우기는 산을 오르듯 어렵지만, 나쁜 것을 배우기는 평탄한 길을 가듯 쉽다.」 190)

※ 害人如害己 (해인여해기 hàirén rú hàijǐ)
「남을 해치는 것은 자신을 해치는 것과 같다.」

→ 損人者必先害己 (손인자필선해기 sǔnrénzhě bì xiān hài jǐ)
「남을 해치는 자는 먼저 자신을 해치게 된다.」

▶ 爲虎作倀 (위호작창 wèi hǔ zuò chāng)
「호랑이를 위하여 창귀倀鬼가 되다.」

▶ 爲虎添翼 (위호첨익)
「호랑이에게 날개를 달아주다.」

▶ 爲虎傅翼 (위호부익)
「호랑이에게 날개를 보태주다.」

▶ 爲非作歹 (위비작알)
「온갖 나쁜 짓을 다 하다.」 191)

꽃 늘어진 타, 꽃봉오리, 송이. 渣 찌끼 사.
190) 渡 건널 도. 仞 길이 인, 길이의 단위(7~8尺). 攀 오를 반.
191) 倀 미칠 창, 귀신 창, 倀鬼 ; 호랑이한테 물려 죽은 귀신. 악인의 앞잡

※ **行百里者半九十里** (행백리자반구십리 xíngbǎilǐ zhě bàn jiǔshílǐ)
「백 리 길을 가는 사람은 90리가 절반이다.」(마무리를 잘 해야 한다.)

→ **登高自卑 行遠自邇** (등고자비 행원자이 dēnggāo zìbēi, xíngyuǎn zìěr)

「높이 오르려면 낮은 곳부터, 멀리 가려면 가까운 곳부터 가야 한다.」(천릿길도 한 걸음부터.)

▶ **百步之行 九十爲半** (백보지행 구십위반)
「백 보를 가야 할 길이라면 90보가 절반이다.」

▶ **行須緩步 語要低聲** (행수완보 어요저성)
「걸을 때는 천천히, 말할 때는 낮은 소리로 해야 한다.」 192)

※ **好記性不如懶筆頭** (호기성불여나필두 hǎo jìxìng bùrú lǎn bǐtóu)
「아무리 좋은 기억력도 게으른 붓(필기)만 못하다.」

→ **吃了忘性蛋** (흘료망성단 chīle wàngxìngdàn)
「까마귀 고기를 먹었다.」(쉽게 잘 잊어버린다.)

▶ **不動筆墨不讀書** (부동필묵부독서 bù dòng bǐmò bù dú shū)
「(책을 읽을 때) 쓰지 아니하면 책을 읽는 것이 아니다.」(읽으면서도 계속 써 봐야 한다.)

▶ **記性不强 忘性倒挺大** (기성불강 망성도정대)
「기억력은 좋지 않고, 잊어버리기는 오히려 아주 잘한다.」 193)

※ **好男兒 志在四方** (호남아 지재사방 hǎo nánér zhìzài sìfāng)

이. 添 더할 첨. 翼 날개 익. 傅 스승 부, 덧붙이다. 歹 나쁠 알.
192) 登 오를 등. 自 ~로부터. 卑 낮을 비. 邇 가까울 이. 緩 느릴 완.
193) 筆墨 붓과 먹, 문자, 기록. 懶 게으를 나(뢰). 挺 빼어날 정, 아주.

「남아의 뜻은 사방에 있다.」 (어디서든 의지를 실현한다.)

→ 有志婦人勝似男兒 (유지부인승사남아 yǒu zhì fùrén shèng sì nán ér)

「의지의 여자는 사나이보다 강하다.」

▶ 男兒當自強 (남아당자강)

「사나이는 마땅히 스스로 강해야 한다.」

▶ 好男兒壯志不悔 (호남아장지불회)

「사나이는 한번 품은 큰 뜻을 후회하지 않는다.」

▶ 男兒有德便是才 婦人無才便是德 (남아유덕편시재 부인무재편시덕)

「사나이는 덕을 갖추는 것이 곧 재능이지만, 여자는 재주가 없는 것이 곧 덕이다.」 194)

※ 狐狸跳進大海 也洗不盡臊臭 (호리도진대해 야세부진조취 húli tiàojìn dàhǎi, yě xǐ bùjìn sāochòu)

「여우가 바다에 뛰어들어도 그 노린내를 다 씻어낼 수 없다.」 (악인의 본성은 바뀔 수 없다.)

→ 黑炭洗不白 金子染不黑 (흑탄세불백 금자염불흑 hēitàn xǐbùbái jīnzi rǎnbùhēi)

「숯은 씻어도 희지 않고, 금덩이는 염색해도 검지 않다.」

▶ 跳進黃河也洗不淸 (도진황하야세부청 tiàojìn huánghé yě xǐbùqīng)

「황하에 뛰어들어도 깨끗하게 씻어버릴 수 없다」 (오명을 벗을 수 없다. 억울함을 씻어낼 수 없다.) 195)

---

194) 似 같을 사, 비슷하다. 空 헛될 공.
195) 狐狸(호리) 여우의 통칭. 跳 뛸 도 也 그래도 ~. 洗 씻을 세. 盡 다할 진.

※ **好馬比君子** (호마비군자 hǎomǎ bǐ jūnzǐ)
「좋은 말은 군자에 비유된다.」 (좋은 말은 주인과 뜻이 통한다.)

→ **好馬不怕無鞍轡** (호마불파무안비 hǎomǎ bù pà wú ānpèi)
「좋은 말은 안장이나 고삐가 없는 것을 두려워하지 않는다.」 (걸출한 인재는 동반자가 없다 하여 걱정하지 않는다.)

▶ **好馬岩前不抵頭** (호마암전부저두)
「좋은 말은 바위 앞에서 머리를 숙이지 않는다.」 (장애물을 두려워하지 않는다.)

▶ **好馬經不住歇三年** (호마경부주헐삼년)
「좋은 말은 3년간 쉬면서 지내지 않는다.」

▶ **好馬不顚 好牛不緩** (호마부전 호우불완)
「좋은 말은 넘어지지 않고, 좋은 소는 느리지 않다.」 196)

※ **好漢難敵雙手** (호한난적쌍수 hǎohàn nán dí shuāngshǒu)
「사내대장부라도 양쪽 공격을 이겨내기는 어렵다.」

→ **好漢架不住人多** (호한가부주인다 hǎohàn jiàbuzhù rén duō)
「사내대장부도 여러 사람과 싸워 이기지 못한다.」

▶ **好漢面前無難事** (호한면전무난사)
「사내대장부 앞에 어려운 일 없다.」

▶ **好漢吃打不吃疼** (호한흘타불흘동)
「대장부라면 얻어맞더라도 아프다고 소리치지 않는다.」 (남에게 당했어도 당했다고는 말 못한다.) 197)

臊 노린내 조. 臭 냄새 취. 炭 숯 탄. 金子 금덩어리. 染 물들일 염.
196) 鞍 안장 안. 轡 고비 비, 재갈. 歇 쉴 헐. 顚 넘어질 전, 뒤집히다, 뒤바꾸다.
197) 架 시렁 가, 물건을 얹어두는 선반, 싸우다. 架不住 견디지 못하다. 疼 아플 동.

※ 好漢不貪色 英雄不貪財 (호한불탐색 영웅불탐재 hǎohàn bù tānsè, yīngxióng bù tāncái)

「호한은 여색을 탐하지 않고, 영웅은 재물을 탐하지 않는다.」

→ 不磨不練 不成好漢 (불마불련 불성호한 bù mó bù liàn, bù chéng hǎo hàn)

「힘든 훈련을 견디지 않고서는 대장부가 될 수 없다.」

▶ 不能正己 焉能化人 (부능정기 언능화인)

「자신을 바로 할 수 없다면 어찌 남을 교화할 수 있겠는가?」

▶ 見色不迷眞君子 見酒不飮非丈夫 (견색불미진군자 견주불음비장부)

「여색에 미혹되지 않으면 참된 군자이지만, 술을 보고도 마시지 않는다면 대장부가 아니다.」 198)

※ 好賢者昌 好色者亡 (호현자창 호색자망 hàoxián zhě chāng, hàosè zhě wáng)

「현량한 사람을 좋아하는 자는 번창하지만, 여색을 좋아하는 자는 망한다.」

→賢者自賢 愚者自愚 (현자자현 우자자우 xián zhě zì xián, yú zhě zì yú)

「현자는 스스로 현명해졌고, 어리석은 자는 스스로 멍청해졌다.」

▶ 賢者多財損其志 愚者多財生其過 (현자다재손기지 우자다재생기과)

「현자에게 많은 재물은 그의 뜻을 손상할 수 있고, 어리석은 자에게 많은 재물은 그에게 과오를 저지르게 한다.」

---

198) 貪 탐할 탐. 磨 갈 마. 迷 미혹할 미.

▶ 人爲財死 鳥爲食亡 (인위재사 조위식망)

「사람은 재물 때문에, 새는 먹이 때문에 죽는다.」[199]

※ 患難見知交 熱火現眞金 (환난견지교 열화현진금 huànnán jiàn zhījiāo, rèhuǒ xiàn zhēnjīn)

「환난에 절친한 친우를 볼 수 있고, 뜨거운 불 속에서야 진짜 황금이 보인다.」 (시련과 위기를 겪어봐야 우정을 안다.)

→ 患難知朋友 (환난지붕우 huànnán zhī péngyou)

「역경에서 참 벗을 알 수 있다.」

▶ 患難之交不可忘 (환난지교불가망)

「환난 속의 우정은 잊을 수 없다.」

▶ 患難朋友 艱苦夫妻 (환난붕우 간고부처)

「역경의 친구, 고생할 때 부부.」[200]

※ 活到老 學到老 (활도로 학도로 huó dào lǎo, xué dào lǎo)

「살면서 늙어 가고, 배우면서 늙는다.」 (살면서 배우면서 늙는다.)

→ 活到老 學不了 (활도로 학불료 huódàolǎo, xué bù liǎo)

「늙어 죽을 때까지 배움은 끝나지 않는다.」

▶ 做到老就得學到老 (주도로취득학도로)

「일하면서 늙는 것은 곧 배우면서 늙는 것이다.」

▶ 學到老 學不了 越學越覺知識少 (학도로 학불료 월학월각지식소)

「배우며 늙어도 학문을 다 할 수 없고, 배울수록 지식이 적다는 것을 깨닫는다.」

---

199) 損 덜 손, 손상하다.

200) 患 근심 환. 難 어려울 난. 忘 잊을 망. 艱 어려울 간. 苦 힘들 고.

▶ 學到老 不會到老 (학도로 불회도로)

「배우면서 늙으면 늙는 줄도 모른다.」 [201]

※ 孝爲百行之先 (효위백행지선 xiào wéi bǎi xíng zhī xiān)
「효행은 모든 행위 중 최우선이다.」

→ 孝重千斤 日減一斤 (효중천근 일감일근 xiào zhòng qiānjīn, rì jiǎn yījīn)

「효의 무게는 천 근인데, 날마다 한 근씩 줄어든다.」 (세월이 지날수록 효성은 줄어든다.)

▶ 恭敬不如從命 (공경불여종명 gōngjìng bùrú cóngmìng)

「공경은 분부를 따르는 것만 못하다.」 (순종하는 것이 곧 최상의 공경이다.)

▶ 孝順之人 必有善心 (효순지인 필유선심)

「효도하는 사람은 틀림없이 착한 마음씨가 있다.」

▶ 孝順定生孝順子 忤逆還生忤逆兒 (효순정생효순자 오역환생오역아)

「효도하는 사람은 효도하는 자식을 두고, 불효하는 사람은 불효자를 낳는다.」 [202]

※ 吃人飯 拉狗屎 (흘인반 납구시 chī rénfàn, lā gǒu shǐ)
「사람의 밥을 먹지만 개똥을 싼다.」 (좋은 일을 못하고 나쁜 짓을 한다.)

→ 吃紅肉 拉白屎 (흘홍육 납백시 chī hóngròu, lā báishǐ)
「붉은 고기를 먹고 하얀 똥을 싼다.」 (늑대처럼 나쁜 짓만 한다.)

---

201) 到 이를 도. 了 마칠 료(요).
202) 從 따를 종. 忤 거스를 오. 忤逆 거역하다. 불효하다.

▶ 誰拉屎誰擦 (수납시수찰 shuí lāshī shuí cā)

「누구는 똥 싸고 누구는 치워야 하는가?」 (똥 싸는 놈 따로, 치우는 놈 따로!)

▶ 拉屎不看地方 (납시불간지방)

「똥을 누면서 자리를 보지 않는다.」 (아무데나 똥을 싼다. 아무한 테나 나쁜 짓을 한다.)

▶ 騎在人頭上拉屎 (기재인두상납시)

「사람 머리 위에 올라타서 똥을 싸다.」

▶ 拉完屎不認賬 (납완시불인장)

「똥을 다 싸고서도 아니라고 한다.」

▶ 是屎都拉 可是不拉人屎 (시시도납 가시불랍인시)

「똥이란 똥은 다 싸지만, 사람 똥은 싸지 않는다.」 (온갖 나쁜 짓은 다 하면서도 사람다운 일은 하지 않는다.) 203)

※ 吃一看二眼觀三 (흘일간이안관삼 chīyī kàn èr yǎnguānsān)
「하나를 먹으면서 둘을 보고, 눈은 세 번째를 본다.」 (욕심이 많다.)

→ 吃着碗裏的 看着鍋裏的 (흘착완리적 간착과리적 chīzhe wǎnlide, kànzhe guōlide)

「공깃밥을 먹으면서 솥 안을 쳐다본다.」

▶ 呼牛應牛 呼馬應馬 (호우응우 호마응마 hūniú yīngniú, hūmǎ yīngmǎ)

「소라고 부르면 소처럼 응대하고, 말이라고 부르면 말처럼 대응한 다.」 (남이 뭐라 하든 상관하지 않는다. 남의 평가에 개의치 않고, 자신

---

203) 拉 잡을 납, 끌어내다. 屎 똥 시. 拉屎 똥을 싸다. 擦 비빌 찰, 씻어내다, 문질러 깨끗이 닦다. 賬 치부책 장, 부채, 빚. 認賬 부채를 인정하다, 자신 의 잘못을 인정하다.

의 주장과 태도를 견지하다.) 204)

204) 碗 그릇 완(盌의 俗字). 鍋 솥 과. 呼 부를 호. 應 응할 응, 대답하다.

第5部 事理·自然 관련 속담

水再漲 掩不過鴨背 (수재창 엄불과압배)
「물이 아무리 넘친다 해도 오리 등을 덮을 수 없다.」
路是人開的 樹是人裁的 (노시인개적 수시인재적)
「길은 사람이 만들었고, 나무는 사람이 심었다.」

5부

※ **刻鵠不成尙類鶩** (각곡불성상류목 kè hú bù chéng shàng lèi wù)
「고니를 새기다 잘못 새기면 집오리라도 닮는다.」

→ **畵虎不成反類狗** (화호불성반류구 huà hū bù chéng fǎn lèi gǒu)
「호랑이를 그렸으나 오히려 개와 비슷하다.」

▶ **畵皮容易難畵骨** (화피용이난화골)
「겉은 그리기 쉬워도 뼈를 그리지 못한다.」

▶ **畵周倉 難開光** (화주창 난개광)
「주창을 그리더라도 그 눈빛을 그리기는 어렵다.」

▶ **當不成英雄 變狗熊** (당불성영웅 변구웅)
「영웅이 되지 못하고, 다만 새끼 곰(겁쟁이)이 되었다.」[1]

※ **看事做事** (간사주사 kàn shì zuò shì)
「일을 헤아려 보고 일을 한다.」

→ **看菜吃飯 量體裁衣** (간채흘반 양체재의 kàn cai chī fàn, liáng tǐ cái yī)
「음식 양을 헤아려 밥을 먹고, 몸을 살펴 옷을 재봉한다.」

▶ **看人下菜碟兒** (간인하채설아 kànrén xià caìdiér)
「사람을 봐가면서 요리를 내온다.」(신분이 다른 사람에게 대우를 달리하다.)

▶ **看客下麵 看佛燒香** (간객하면 간불소향)
「손님 수에 따라 국수를 삶고, 부처를 보고 향을 피운다.」

▶ **一張卓子待不出兩樣客來** (일장탁자대불출양양객래)

---

1) 尙 오히려 상. 鵠 고니 곡. 鶩 집오리 목. 狗熊 새끼곰. 開光 ; 정기(精氣), 신기(神氣), 開眼하다. ※ 周倉 ;《삼국지》에 나오는 關羽의 부장(部將). 관우의 사당에 모셔진 주창은 관우의 80근 청룡언월도(靑龍偃月刀)를 들고 있다.

「한 탁자에 사람에 따라 두 가지로 접대할 수 없다.」 [2]

※ 看花容易 綉花難 (간화용이 수화난 kànhuā róngyì, xiùhuā nán)
「꽃구경이야 쉽지만, 꽃수를 놓기는 어렵다」

→ 決策容易 實現難 (결책용이 실현난 juécè róngyì shíxiàn nán)
「정책 결정은 쉽지만, 실현은 어렵다」

▶ 看看容易 做做難 (간간용이 주주난)
「보는 거야 쉽지만, 일을 해내기는 어렵다.」

▶ 看水知寬不知深 (간수지관부지심)
「강물을 보면 넓이만 알지 깊이는 모른다.」

▶ 看山容易上山難 (간산용이상산난)
「산을 바라보기는 쉽지만, 오르기는 어렵다」 [3]

※ 車到山前必有路 (거도산전필유로 chē dào shānqián bì yǒu lù)
「수레가 산 밑에 이르면 반드시 길이 있다.」 (막힌 것 같지만 통한다.)

→ 船過橋下自落帆 (선과교하자락범 chuán guò qiáo xià zì luò fān)
「배가 다리 아래를 지날 때는 돛을 내린다.」 (상황에 따라 처신하다.)

▶ 城門裏扛竹竿 - 直進直出 (성문리강죽간 - 직진직출)
「성문으로 긴 대나무 장대를 메고 가다. - 직선으로 들어가고 직진으로 나온다.」 (긴 장대를 옆으로 메면 성문에 들어갈 수 없다. - 일을 사리에 따라 반듯하게 처리하다.)

---

2) 嘴 부리 취, 입. 牢 우리 뇌, 가두다, 견고하다, 믿음직하다. 麵 밀가루 면, 국수 면(麪miàn과 同字).
3) 看 볼 간. 易 쉬울 이. 綉 수놓을 수. 做 지을 주.

▶ 棋要一步一步地走 事要三思而後行 (기요일보일보지주 사요삼사이후행)

「바둑은 한 수 한 수 나아가야 하고, 일은 세 번 생각한 뒤 행해야 한다.」 4)

※ 撿了芝麻 丟了西瓜 (검료지마 주료서과 jiǎnle zhīma diūle xīguā)
「참깨 하나 주우려다 수박을 잃어버리다.」 (탐소실대貪小失大)

→ 西瓜芝麻一把抓 (서과지마일파조 zhīma xīguā yī bǎ zhuā)
「수박과 참깨를 한손에 쥐다.」 (일의 경중輕重과 순서를 모르다.)

▶ 爭得猫兒丟了牛 (쟁득묘아주료우)
「고양이를 놓고 다투다가 소를 잃어버리다.」

▶ 先抓西瓜 後抓芝麻 (선조서과 후조지마)
「먼저 수박을 잡고 나중에 참깨를 줍는다.」

▶ 眉毛鬍子一把抓 (미모호자일파조)
「눈썹과 수염을 한꺼번에 움켜쥐다.」 (일의 경중이나 차례를 모르다.)

▶ 芝麻綠豆一把抓 (지마녹두일파조)
「참깨와 녹두를 한꺼번에 움켜쥐다.」 5)

※ 牽牛要牽牛鼻子 (견우요견우비자 qiān niú yào qiān niúbízi)
「소를 끌려면 코뚜레를 잡아당겨야 한다.」

→ 牽着鼻子走 (견착비자주 qiānzhe bízi zǒu)
「코가 꿰어 끌려가다」 (싫은 곳에 억지로 끌려가다.)

---

4) 帆 돛. 扛 들 강, 메고 가다. 竿 장대 간.
5) 撿 잡을 검. 芝 지초 지. 芝麻 참깨, 丟 잃을 주. 瓜 오이 과. 西瓜 수박. 抓 긁을 조, 움켜쥐다.

▶ 牽一髮而動全身 (견일발이동전신)

「머리카락 하나를 당기면 온 몸이 끌려온다.」 (큰 약점을 잡히다. 중요한 일부분이 전체에 영향을 주다.)

▶ 牽一動萬 脈脈相通 (견일동만 맥맥상통)

「하나를 당겨 모든 것을 움직이니, 맥과 맥이 서로 통하다.」 [6]

※ 鷄叫天明 鷄不叫天也明 (계규천명 계불규천야명 jī jiào tiān míng, jī bù jiào tiān yě míng)

「닭이 울면 날이 밝지만, 닭이 안 울어도 날은 밝는다.」

→ 怕天亮 殺公鷄 (파천량 살공계 pà tiān liàng, shā gōngjī)

「날이 밝는 것이 싫어 수탉을 죽이다.」 (무고한 사람에게 해코지하다.)

▶ 鷄叫有早晩 天亮都一樣 (계규유조만 천량도일양)

「닭은 일찍도 늦게도 울지만, 날이 밝는 것은 마찬가지다.」

▶ 一聽鷄打鳴 就尋思天亮 (일청계타명 취심사천량)

「닭 울음소리를 듣고 날이 밝았다고 생각하다.」 (무조건 믿음.)

▶ 鷄婆能打鳴 還要公鷄做什麽 (계파능타명 환요계공주십마)

「암탉이 울 수 있다면 수탉은 무슨 일을 해야 하나?」 [7]

※ 鷄蛋挵不過石頭 (계단팽불과석두 jīdàn pèng bùguò shítou)

「계란으로 돌을 깰 수 없다.」

→ 拿鷄蛋挵石頭 (나계단팽석두 ná jīdàn pèng shítou)

「계란으로 바위치기.」 (자신의 능력을 헤아리지 못해 자멸하다.)

---

6) 牽 당길 견. 鼻子 코. 髮 머리카락 발. 脈 핏줄 맥, 줄기, 잇달아 통하다.

7) 叫 부르짖을 규, 울다. 也 어조사 야, ~라도, ~도. 亮 밝을 량(양). 鷄婆 암탉. 公鷄 수탉. 晨 새벽 신. 尋 찾을 심, 보통.

▶ 巴掌遮不住天 (파장차부주천 bāzhang zhēbuzhù tiān)

「손바닥으로는 하늘을 가릴 수 없다.」(권세가 아무리 커도 모두를 탄압할 수 없다.)

▶ 一個雷天下響 (일개뢰천하향)

「천둥소리가 온 천하에 울리다.」(큰 권력을 가지다.)

▶ 鷄蛋那能鬪石頭 (계단나능투석두)

「계란이 어찌 돌과 다툴 수 있는가?」(팔뚝이 아무리 굵어도 허벅지보다는 가늘다.) [8]

※ 鷄寒上樹 鴨寒下水 (계한상수 압한하수 jī hán shàng shù, yā hán xià shuǐ)

「닭은 추우면 나무에 올라가고, 오리는 추울 때 물에 들어간다.」

→ 鷄不撒尿 自然有一便 (계불살뇨 자연유일편 jī bù sāniào, zìrán yǒu yībiàn)

「닭이 오줌은 안 깔기지만 저절로 해결 방법이 있다.」(각자 자기 나름대로 해결 방법이 있다.)

▶ 鷄來迎鷄 狗來迎狗 (계래영계 구래영구)

「닭은 닭을 맞이하고, 개는 개를 맞이한다.」

▶ 鷄婆不叫晨 (계파불규신 jīpó bù jiào chén)

「암탉은 새벽에 울지 않는다.」(아녀자는 어떤 일을 주관할 수 없다.)

▶ 別爲了吃肉殺奶牛 別爲了取蛋殺母鷄 (별위료흘육살내우 별위료취단살모계)

「고기를 먹겠다고 젖소를 죽이지 말고, 계란을 꺼내겠다고 암탉을

---

8) 鷄 닭 계. 蛋 새알 단. 捵 부딪칠 팽. 不過 이기지 못하다. 石頭 돌. 拿 잡을 나, 손에 쥐다. 掌 손바닥 장. 遮 막을 차.

죽이지 말라.」 9)

※ 高燈遠照 (고등원조 gāo dēng yuǎn zhào)
「높이 걸린 등불이 멀리 비춘다.」

→ 登高山 望遠海 (등고산 망원해 dēng gāoshān wàng yuǎnhǎi)
「높은 산에 올라 먼 바다를 바라보다.」

▶ 缸裏點燈外邊黑 (항리점등외변흑 gāngli diǎn dēng wàibian hēi)
「항아리 안에서 등불을 켜면 밖은 어둡다.」

▶ 甕裏燈自亮 家下賊難防 (옹리등자량 가하적난방)
「항아리 안에 켠 등불이 밝아도 집안의 도둑을 막기는 어렵다.」

▶ 登的高 看的遠 (등적고 간적원)
「높은 데 올라가야 멀리 볼 수 있다.」

▶ 登山須到頂 入海須到底 (등산수도정 입해수도저)
「산을 오른다면 산정까지 올라야 하고, 바다에 들어간다면 바닥까지 닿아야 한다.」 (도중에 그만둘 수 없다.) 10)

※ 哭了半天 還不知道是誰死了 (곡료반천 환부지도시수사료 kūle bàntiān hái bùzhīdào shì shéisǐle)
「반나절을 울고서도 누가 죽었는지도 모른다.」

→ 哭也不是, 笑也不是 (곡야불시, 소야불시 kū yě bù shì, xiào yě bù shì)
「울 수도 없고, 웃을 수도 없다.」

▶ 哭的拉笑的 (곡적납소적)

---

9) 鷄 닭 계. 鷄子 닭. 닭의 새끼(병아리)가 아님. 鴨 오리 압. 撒 뿌릴 살. 奶 젖 내. 奶牛 젖소.
10) 照 비출 조. 缸 항아리 항.

「우는 사람은 웃는 사람을 잡아당긴다.」(우는 사람에게 동정이 간
다. 사람은 인정에 끌리게 되어 있다.)

▶ **哭的不痛 想的倒痛** (곡적불통 상적도통)

「우는 사람은 마음이 아프지 않고, 생각하는 사람이 도리어 마음
아파한다.」[11]

※ **孔子門前讀孝經** (공자문전독효경 kǒngzǐ ménqián dú Xiàojīng)
「공자집에 와서《효경》을 읽다.」(번데기 앞에서 주름잡기.)

→ **孔子門前賣詩文** (공자문전매시문 kǒngzǐ ménqián mài shīwén)

「공자집 문 앞에 와서 시문을 팔다.」(공자 앞에서 문자 쓰기. 최고
의 전문가 앞에서 어설픈 기량을 자랑하다.)

▶ **魯班門前弄大斧** (노반문전농대부)

「노반의 집 앞에서 도끼를 들고 솜씨 자랑하다.」

▶ **神仙面前耍拂塵** (신선면전사불진)

「신선 면전에서 먼지떨이를 흔든다.」

▶ **魯班雖巧 量力而行** (노반수교 양력이행)

「노반이 아무리 재주가 좋아도, 자기 능력에 맞추어 일을 한다.」

▶ **孔夫子面前莫背三字經** (공부자면전막배삼자경)

「공자 앞에서 삼자경三字經을 외지 마라.」(達人 앞에서 어설픈 기
량을 뽐내지 말라.) [12]

---

11) 哭 울 곡. 還 아직도, 여전히, 일찍이. 知道 알다. 誰 누구 수. 不是 옳지
않다.

12) 魯 나라이름 노, 성 노(로). 魯班 중국 최고의 기술자, 匠人의 神. 耍 장난
할 사, 휘두르다. 拂 떨어낼 불. 塵 먼지 진. 拂塵 신선이 들고 다니는 장
식 겸 도구의 일종. 먼지, 모기, 파리를 쫓기 위한 것이지만 「마귀를 쫓아
낸다」는 의미가 있음. 弄 희롱할 농, 가지고 놀다, 다루다, ~을 하다. 背
배, 외다. 三字經 ; 宋代 王應麟이 지었다고 하는 3글자 단어를 모아 만든
아동용 학습교재.

※ 瓜桃梨棗 見面就擾 (과도리조 견면취요 guā táo lí zǎo, jiànmiàn jiù rǎo)

「오이나 복숭아, 배, 대추는 사람이 보면 그냥 두지 않는다.」 (따먹으려 한다.)

→ 瓜甛瓜苦 不在皮兒上 (과첨과고 부재피아상 guā tián guā kǔ, bù zài pírshang)

「오이가 달거나 쓴 것은 껍질 때문이 아니다.」 (문제의 요점이 겉으로 드러나지 않는다.)

▶ 瓜皮拌菜 各有所愛 (과피반채 각유소애)

「오이 껍질을 벗기고 나물을 버무리며, 사람마다 좋아하는 것이 있다.」

▶ 瓜無個個圓 人無樣樣全 (과무개개원 인무양양전)

「과일은 하나하나 모두 둥글지 않고, 사람은 제각각 생긴 그대로 완전한 사람 없다.」 13)

※ 鍋裏有米 碗裏有飯 (과리유미 완리유반 guōli yǒu mǐ, wǎnli yǒu fàn)

「솥에 쌀이 있으면 그릇에 밥이 있다.」

→ 鍋裏不見碗裏見 (과리불견완리견 guōli bùjiàn wǎnli jiàn)

「솥에 없다면 밥그릇에 있다.」 (어딘가 틀림없이 있다.)

▶ 鍋蓋長在鍋沿上 (과개장재과연상 guōgài zhǎngzài guōyán sha)

「솥뚜껑은 언제나 솥 근처에 있다.」

▶ 鍋蓋揭早了煮不熟飯 (과개게조료자불숙반)

---

13) 瓜 오이 과(박과의 과일). 南瓜 호박. 西瓜 수박. 黃瓜 오이. 甛瓜 참외. 棗 대추 조. 擾 어지러울 요(교), 요란하다. 拌 버무릴 반, 뒤섞다. 樣 모양 양, 형태. 樣樣 형형색색.

「솥뚜껑을 일찍 열면 불을 때도 밥이 되지 않는다.」

▶ 鍋小煮不爛牛頭 (과소자불란우두)

「솥이 작으면 소머리를 익힐 수 없다.」[14]

※ 關門養虎 虎大傷人 (관문양호 호대상인 guānmén yǎnghǔ, hǔdà shāngrén)

「대문을 잠그고 호랑이를 키웠는데, 그 호랑이가 크면 사람을 상하게 한다.」

→ 擒虎不着 反爲虎傷 (금호불착 반위호상 qín hū bùzhao, fǎn wèi hūshāng)

「호랑이를 잡으려다 실패하면 도리어 상처를 입는다.」

▶ 虎死留虎皮 象死留象牙 (호사류호피 상사류상아)

「호랑이는 죽어 호피를 남기고, 코끼리는 죽어 상아를 남긴다.」

▶ 虎雖死花紋不散 牛雖老兩角美觀 (호수사화문불산 우수노양각미관)

「호랑이는 죽더라도 범 무늬는 흩어지지 않고, 소는 비록 늙더라도 두 뿔은 보기에 아름답다.」

▶ 虎的斑紋在身外 人的聰明在心裏 (호적반문재신외 인적총명재심리)

「호랑이의 얼룩무늬는 몸 밖에 있고, 사람의 총명은 마음속에 있다.」[15]

※ 狂風沒有頭 人心沒有底 (광풍몰유두 인심몰유저 kuángfēng méi

---

14) 鍋 솥 과. 蓋 덮을 개. 沿 따라갈 연, 가장자리 연. 揭 들 게. 煮 삶을 자. 熟 익을 숙.

15) 關 잠글 관. 擒 사로잡을 금. 反 도리어 반. 紋 무늬 문. 斑 얼룩무늬 반.

yǒu tóu, rénxīn méi yǒu dǐ)

「광풍에 그 단서가 없고, 인심에 그 바닥(끝)은 없다.」

→ 綑着發麻 弔着發木 (곤착발마 조착발목 kǔnzhe fāmá, diàozhe fāmù)

「묶어도, 매달아도 다리가 저리기는 마찬가지다.」 (무슨 방법을 다 써 봐도 신통치 않다.)

▶ 狂風難滅林中鳥 暴雨莫奈水上舟 (광풍난멸임중조 폭우막나수상주)

「광풍이 분다 해도 숲 속의 새들은 없앨 수 없고, 폭우가 내린들 강 위의 배를 어찌하겠는가?」

▶ 豆腐掉進灰堆裏 吹打不淨了 (두부도진회퇴리 취타부정료)

「잿더미에 떨어진 두부를 불어도 깨끗해지지 않는다.」 (이미 오명을 뒤집어썼다면 어찌해도 깨끗해지지 않는다.) 16)

※ 根深葉必蕪 (근심엽필무 gēn shēn yè bì wú)
「뿌리가 깊으면 잎도 무성하다.」

→ 根不正苗歪 (근부정묘왜 gēn bùzhèng, miáo wāi)
「뿌리가 바르지 못하면 싹도 바르지 않다.」

▶ 開花不多 結果不多 (개화부다 결과부다)
「꽃이 많지 않으면 열매도 많지 않다.」

▶ 根深才能葉蕪 花繁才能果碩 (근심재능엽무 화번재능과석)
「뿌리가 깊으면 잎이 무성하고, 꽃이 성하면 과일도 크다.」

▶ 根深不怕風搖動 樹正何愁月影斜 (근심불파풍요동 수정하수월영사)

---

16) 發麻＝發木 다리가 저리다, 마비되다(오래 무릎 꿇고 앉아 있을 때 다리가 저린 상태). 灰 재 회(타고 남은 것).

「뿌리가 깊으면 바람에 흔들리는 걱정을 하지 않고, 나무가 바른데 어찌 달빛 그림자가 비뚤어지는 것을 걱정하겠는가!」 [17]

※ 金失容易得 機失不再來 (금실용이득 기실부재래 jīn shī róngyì dé, jī shī bùzàilái)

「잃은 돈은 쉽게 벌 수 있지만, 놓친 기회는 다시 오지 않는다.」

→ 臨渴掘井 悔之無及 (임갈굴정 회지무급 lín kě juéjǐng huǐ zhī wújí)

「목이 말라서야 샘을 파려 하면 후회해도 늦었다.」

▶ 機不可失 時不再來 (기불가실 시부재래)

「기회를 놓칠 수 없고, 때는 다시 오지 않는다.」

▶ 旺發值黃金 時不再等人 (왕발치황금 시부재등인)

「왕성한 재운은 황금이니, 때는 두 번 다시 사람을 기다리지 않는다.」 [18]

※ 擒虎容易放虎難 (금호용이방호난 qínhū róngyì fànghū nán)

「호랑이를 잡기는 쉽지만, 놔주기는 어렵다.」

→ 放虎歸山 後患無窮 (방호귀산 후환무궁 fàng hǔ guī shān, hòuhuàn wúqióng)

「호랑이를 풀어 산으로 돌려보내니, 후환이 끝이 없을 것이다.」 (판단착오로 재앙의 씨를 뿌리다.)

▶ 放魚入海 縱虎歸山 (방어입해 종호귀산)

「고기를 바다로 놓아주고 호랑이를 산으로 풀어주다.」 (후환을 남기다.)

---

17) 蕪 무성할 무. 歪 비뚤어질 왜. 碩 클 석. 斜 비스듬할 사. 기울 사.
18) 易 쉬울 이, 難易. 바꿀 역, 交易. 機 베틀 기, 기미 기. 渴 목마를 갈. 掘 팔 굴.

▶ **虎不怕山高 龍不怕水深** (호불파산고 용불파수심)

「호랑이는 산이 높다고 걱정하지 않고, 용은 물이 깊은 것을 걱정하지 않는다.」 [19)

※ **給瞎子掌燈** (급할자장등 gěi xiāzi zhǎngdēng)

「눈먼 소경에게 등불을 쥐어주다.」 (쓸데없는 짓을 하다.)

→ **瞎子點燈 - 白費蠟** (할자점등 - 백비납 xiāzi diǎndēng-báifèi là)

「소경이 등불을 밝히다. - 공연히 초만 낭비한다.」 (효과가 없다.)

▶ **瞎子打燈籠** (할자타등롱)

「장님이 등불을 켜다.」

▶ **瞎子上山看景致** (할자상산간경치)

「소경이 산에 올라 경치를 보다.」

▶ **瞎子看啞劇 - 一無所獲** (할자간아극 - 일무소획)

「장님이 무언극을 보다. - 얻는 것이 하나도 없다.」 [20)

※ **騎在老虎背上 - 身不由己** (기재노호배상 - 신불유기 qí zài lǎoh
ū bèishang-shēn bù yóu jǐ)

「호랑이 등에 올라탔다. - 몸을 내 마음대로 할 수 없다.」 (남에게 매인 몸이다.)

→ **虎離山無威 魚離水難活** (호리산무위 어리수난활 hū lí shān wú
wēi, yú lí shuǐ nán huó)

「호랑이가 산을 떠나면 위엄이 없고, 물고기는 물을 떠나면 살 수

---

19) 擒 사로잡을 금. 易 쉬울 이. 難 어려울 난. 患 근심 환. 窮 다할 궁.
20) 瞎 눈멀 할, 애꾸는 할. 瞎子 장님. 掌 잡다, 손바닥 장. 燈 등불 등. 點 불을 켜다. 白 헛되다, 헛되이. 費 쓸 비. 蠟 밀초 납(랍). 啞 벙어리 아. 獲 얻을 획, 짐승을 잡다.

없다.」

▶ 上了虎背 想下來也不來 (상료호배 상하래야부래)

「호랑이 등에 탔다면 내리고 싶어도 내릴 수 없다.」 (위험한 역경에서 벗어날 길이 없다.)

▶ 虎去山還在 山在虎又來, (호거산환재 산재호우래)

「호랑이가 떠나도 산은 그대로 있다. 산이 있다면 호랑이는 다시 돌아온다.」[21]

※ 棋錯一步 滿盤皆輸 (기착일보 만반개수 qí cuò yībù, mǎnpán jiēshū)

「장기에서 한 수를 잘못 두면 온 판을 다 진다.」

→ 棋不看三步 不捏子兒 (기불간삼보 부날자아 qí bùkàn sānbù bù niē zǐr)

「장기에서 세 수 앞을 못 본다면 알을 잡지 말라.」

▶ 棋力酒量 不甘退讓 (기력주량 불감퇴양)

「바둑(장기) 실력과 주량에 물러나거나 겸손은 없다.」

▶ 棋雖小道 易學難精 (기수소도 이학난정)

「바둑이 비록 하급의 도道이기에 쉽게 배우지만, 정통하기는 어렵다.」

▶ 死棋肚裏有仙着 (사기두리유선착)

「죽은 바둑판에 신선의 한 수를 놓다.」 (패색의 바둑에서 기사회생, 승리하다.)

▶ 看大局 識大體 (간대국 식대체)

「전체를 보고 큰 줄기를 파악하다.」[22]

---

21) 背 등 배. 又 또 우.
22) 棋 장기 기, 바둑. 錯 섞일 착, 실패하다. 盤 소반 반, 바둑이나 장기 한

※ 來有來源 去有去路 (내유내원 거유거로 lái yǒu láiyuán, qù yǒu qùlù)

「오는 데는 (올 만한) 원인이 있고, 가는 데는 가는 길이 있다.」(모든 일에는 다 그만한 원인이나 이유가 있다.)

→ 來路則是去路 (내로즉시거로 lái lù zé shì qù lù)

「온 길이 곧 가는 길이다.」(들어온 그대로 나간다.)

▶ 從哪裏來 到哪裏去 (종나리래 도나리거)

「처음 온 곳으로 되돌아가다.」

▶ 容易許諾的人 也容易忘記 (용이허락적인 야용이망기)

「쉽게 허락한 사람은 쉽게 잊혀진다.」 23)

※ 老馬識途 (노마식도 lǎo mǎ shí tú)

「늙은 말이 길을 안다.」

→ 若要好 問三老 (약요호 문삼노 ruò yào hào, wèn sān lǎo)

「만약 (어떤 일을) 잘하고 싶다면 세 노인을 찾아가 물어라.」

▶ 不聽老人言 必得有風險 (불청노인언 필득유풍험)

「노인의 말을 듣지 않으면 반드시 위험한 일이 생긴다.」

▶ 甘蔗老來甛 辣椒老來紅 (감자노래첨 날초노래홍)

「사탕수수는 오래 커야 달고, 고추는 늙어야 빨갛다.」 24)

※ 路要一步一步走 (노요일보일보주 lù yào yībù yībù zǒu)

「길은 한 걸음 한 걸음 가야 한다.」

판. 輸 나를 수, 게임이나 경기에서 지다. 捏 잡을 날, 짓이기다. 子兒 바둑 장기 알. 啞 벙어리 아. 讓 사양할 양. 仙 신선 선.

23) 諾 대답할 락(낙). 從 따를 종, ~부터(장소나 시간의 출발점을 나타냄). 哪裏 어디, 어느 곳.

24) 途 길 도 蔗 사탕수수 자. 辣 매울 랄(날). 椒 산초나무 초 辣椒 고추.

→ 飯要一口一口吃 (반요일구일구흘 fàn yào yīkǒu yīkǒu chī)

「밥은 한 술 한 술 먹어야 한다.」

▶ 一步登不上泰山 (일보등불상태산)

「한 걸음에 태산을 올라갈 수 없다.」

▶ 一鍬挖不出一口井 (일초알불출일구정)

「한 삽에 우물 하나를 팔 수 없다.」

▶ 一口吞不下熱饅頭 (일구탄불하열만두)

「한 입에 뜨거운 만두를 삼킬 수 없다.」

▶ 一口吞不下 一個大饅頭 (일구탄불하 일개대만두)

「왕만두는 한 입에 삼킬 수 없다.」

▶ 別忘記熱水是由冷水燒成的 (별망기열수시유냉수소성적)

「뜨거운 물은 찬물을 데워 만들어졌다는 것을 잊지 말라.」 25)

※ 雷公劈豆腐 - 專揀軟的欺 (뇌공벽두부 - 전간연적기 Léigōng pī dòu fu-zhuān jiǎn ruǎnde qī)

「벼락이 두부에 떨어지다. - 오로지 약한 사람을 골라 괴롭히다.」

→ 半夜裏偸桃吃 - 找軟的捏 (반야리투도흘 - 조연적날 bànyè lǐ tōu táo chī-zhǎo ruǎn de niē)

「한밤에 복숭아를 몰래 따먹다. - 물렁한 것만 골라 딴다.」 (약자만을 괴롭히다.)

▶ 吃柿子揀軟的捏 (흘시자간연적날)

「감을 먹을 때는 물렁한 것을 골라잡는다.」

▶ 不是好吃的果子 (부시호흘적과자)

---

25) 步 걸음 보. 走 걷다. 「달릴 주」 라고 훈독하지만, 중국어에서는 「걷다(步行)」 의 의미로 쓰임. 飯 밥 반. 吃 먹을 흘. 鍬 가래 초(삽보다 좀더 큰 연장). 挖 후벼낼 알, 파다. 吞 삼킬 탄.

「먹기 좋은 과자가 아니다.」 (쉽게 속일 수 없는 사람이다.)

▶ **城隍老爺上了小鬼當** (성황노야상료소귀당)

「성황당 신이 작은 도깨비의 속임수에 걸려들었다.」 (시골 노인네가 도시 사람에게 사기를 당하다.) 26)

※ **大年初一看曆書 - 日子長着哩** (대년초일간역서 - 일자장착리 dànián chūyī kàn lìshū-rìzi cháng zhù li)

「새해 초하룻날 달력을 보다. - 날짜가 많이 남았다.」

→ **隔年的皇曆 - 過時了** (격년적황력 - 과시료 gé nián de huánglì-guòshí le)

「지난 해 책력 - 때가 지났다.」 (쓸모가 없다. 유행이 지났다.)

▶ **出門看皇曆** (출문간황력)

「외출하면서 책력을 보다.」 (매사에 너무 세심하다.)

▶ **過了年的皇曆看翻不得** (과료연적황력간번부득)

「지나간 해의 책력은 볼 필요가 없다.」

▶ **用舊皇曆來看新年月** (용구황력내간신년월)

「지나간 책력으로 새해의 날짜를 따져보다.」 (낡은 사고방식으로 신문물을 인식하다.) 27)

※ **多能多幹多勞碌** (다능다간다노록 duō néng duō gàn duō láolù)

「재주가 많은 사람은 일도 많이 하고, 일이 많아 고생도 많다.」

→ **往者已矣 來者可追** (왕자이의 내자가추 wǎng zhě yǐ yǐ, lái zhě kě

---

26) 雷 우레 뇌. 雷公 번개를 주관하는 신. 打 칠 타. 腐 썩을 부. 專 오로지 전. 揀 가려 뽑을 간. 軟 부드러울 연. 欺 속일 기. 偸 훔칠 투. 柿 감 시. 隍 물이 없는 해자(垓字) 황, 물이 있으면 지(池). 城隍 작은 마을이나 도시의 수호신. 上當 속임수에 걸리다.

27) 哩 어조사 리. 皇曆 ; 曆書.

zhuī)

「지나간 일은 그렇다 쳐도 다가올 일은 해야 한다.」

▶ 往者不可諫 來者猶可追 (왕자불가간 내자유가추)

「지난 일은 따져 말할 수 없다지만, 앞일은 그래도 따져봐야 한다.」

▶ 講人家 口似懸河 說自己 嘴上縫索 (강인가 구사현하 설자기 취상 봉삭)

「남의 이야기를 할 때는 마치 강물이 흘러가듯 막힘이 없고, 자신에 대해서는 입을 꿰매놓는다.」 [28]

※ 多一事不如少一事 (다일사불여소일사 duō yīshì bùrú shǎo yīshì)
「일 하나 더 만드는 것은 일 하나 줄이는 것만 못하다.」 (성가신 일은 적을수록 좋다.)

→ 好頭不如好尾 (호두불여호미 hǎotóu bùrú hǎowěi)

「좋은 시작보다는 좋은 끝내기.」 (끝이 좋아야 좋은 일이다.)

▶ 好戲在後頭 (호희재후두)

「좋은 구경거리는 끝 무렵에 한다.」

▶ 多事有事 省事無事 (다사유사 성사무사)

「일을 늘리면 언제나 일이 있고, 일을 줄이면 일이 없다.」 [29]

※ 大江大浪 (대강대랑 dàjiāng dàlàng)
「큰 강에 큰 파도친다.」 (벌이가 괜찮을 때는 씀씀이도 크다.)

→ 江水不犯河水 (강수불범하수 jiāngshuǐ bù fàn héshuǐ)

---

28) 碌 평범할 녹(록). 勞碌 고생하다, 바쁘게 일하다. 已 이미 이, 그만두다. 講 말하다. 人家 남, 타인. 懸 매달 현. 懸河 강물을 매달아 놓은 듯 언변이 유창함. 縫 꿰맬 봉. 索 동아줄 삭, 굵은 밧줄.

29) 頭 시작(劈頭 벽두). 尾 끝(結尾 결미).

「양자강은 황하를 넘보지 않는다.」 (자기 분수를 알고 남의 영역을 침범하지 않다.)

▶ 大水漫不過橋去 (대수만부과교거)

「큰물이라도 다리(교량)를 넘지 않는다.」 (분수에 넘는 행동을 하지 않는다.)

▶ 水再大 在橋下 山再高 在脚下 (수재대 재교하 산재고 재각하)

「물이 아무리 많아도 다리(교량) 아래 있고, 산이 아무리 높아도 다리(발) 아래 있다.」

▶ 水再漲 掩不過鴨背 (수재창 엄불과압배)

「물이 아무리 넘친다 해도 오리 등을 덮을 수 없다.」

▶ 一碗水 半碗泥 (일완수 반완니)

「물 한 그릇이면 진흙이 반 그릇.」 (黃河의 물이 혼탁함.) 30)

※ 大器晚成 寶貨難售 (대기만성 보화난수 dàqì wǎn chéng bǎohuò nán shòu)

「대기는 만성이며, 보화는 (값이 비싸) 쉽게 팔리지 않는다.」

→ 貨高價出頭 (화고가출두 huò gāojià chūtóu)

「물건이 좋으면 가격도 높다.」

▶ 良金美玉 自有定價 (양금미옥 자유정가 liángjīn měiyù zì yǒu dìngjià)

「좋은 황금이나 옥은 그 값어치를 가지고 있다.」 (인격이나 문장이 훌륭하다.)

▶ 寶刀雖利 不動文士之心 (보도수리 부동문사지심)

「보검이 아무리 날카로워도 문사文士의 마음은 움직이지 못한다.」 31)

---

30) 大江＝長江＝양자강(揚子江). 河 黃河를 지칭하는 고유명사. 漫 질펀할 만, 넘쳐흐르다. 再 다시 재, 더, ～하더라도. 더욱이. 漲 물이 불어날 창.

※ 大炮打麻雀 (대포타마작 dà pào dǎ máquè)
「대포로 참새를 맞혔다.」
　→ 電線杆當筷子 - 大材小用 (전선간당쾌자 - 대재소용 diànxiàngān dàng kuàizi-dà cái xiǎo yòng)
「전봇대를 젓가락으로 쓰다. - 대재소용이다.」(안배按排가 잘못되어 능력을 발휘하지 못하다.)
　▶ 牛鼎烹鷄 (우정팽계)
「소를 삶을 큰 솥에 닭을 삶다.」
　▶ 老虎捕蒼蠅 - 小事大辦 (노호포창승 - 소사대판)
「호랑이가 파리를 잡다. - 작은 일에 큰 힘을 썼다.」
　▶ 高射炮打蚊子 - 小題大做 (고사포타문자 - 소제대주)
「고사포로 모기를 쏘았다. - 작은 일을 너무 크게 취급했다.」[32]

※ 大河沒水小河乾 (대하몰수소하건 dàhé méishuǐ xiǎohé gān)
「큰 강에 물이 없다면 작은 내도 마른다.」
　→ 大河有水小河滿 (대하유수소하만 dàhé yǒu, yòushuǐ xiǎohé mǎn)
「큰 강에 물이 있다면 작은 내도 가득 찬다.」
　▶ 大海禁不住瓢舀 (대해금불주표요 dàhǎi jīn bùzhù piáo yǎo)
「바닷물이라도 바가지로 퍼내는 걸 견디지 못한다.」(아무리 많은 재산이라도 작은 낭비를 멈추지 않으면 곧 없어진다.)
　▶ 大海萬丈有底 人心三寸難猜 (대해만장유저 인심삼촌난시)
「바닷물이 아무리 깊어도 바닥이 있으나, 세 치 사람 마음은 헤아릴 수 없다.」[33]

---

31) 晩 늦을 만. 售 팔 수.
32) 炮 대포 포, 폭죽. 雀 참새 작. 麻雀 참새. 蒼 푸를 창. 蠅 파리 승. 蒼蠅 파리. 蚊 모기 문.

※ **大海有魚十萬擔 不撒魚網打不到魚** (대해유어십만담 불살어망타
부도어 dàhǎi yǒuyú shíwàn dān bùsāyúwǎng dǎbùdào yú)
「큰 바다에 고기가 10만 섬이 있다 해도 어망을 치지 않으면 잡을
수 없다.」

→ **萬丈高樓平地起** (만장고루평지기 wànzhàng gāolóu píngdì qǐ)
「만장의 높은 건물도 평지에 짓는다.」

▶ **沒有肩力挑不起重擔 沒有脚力上不得高山** (몰유견력도불기중담
몰유각력상부득고산)
「어깨 힘이 없다면 무거운 짐을 질 수 없고, 다리 힘이 없다면 높은
산에 오를 수 없다.」

▶ **大海深處魚兒大 書海深處學問多** (대해심처어아대 서해심처학문
다)
「큰 바다 깊은 곳에 물고기가 크고, 책의 바다 한가운데 학문이 많
다.」[34]

※ **獨拳難打虎** (독권난타호 dú quán nán dǎ hū)
「한 주먹으로는 호랑이를 잡을 수 없다.」

→ **獨木難撑大廈** (독목난탱대하 dúmù nán chēng dàshà)
「기둥 하나로는 큰 건물을 떠받칠 수 없다.」

▶ **獨木難成林 孤石難成樓** (독목난성림 고석난성루)
「나무 한 그루가 숲이 되지 않고, 돌 하나로 누각을 만들 수 없
다.」

▶ **獨輪車容易倒 獨木橋難渡河** (독륜거용이도 독목교난도하)

---

33) 沒 잠길 몰. 沒有méiyǒu 없다. 乾 마를 건. 禁不住 견디지 못하다. 瓢 바
　　가지 표. 舀 퍼낼 요. 猜 의심할 시. 추측하다.
34) 擔 멜대 담, 메다. 撒 부릴 살. 魚網 고기 그물. 肩 어깨 견.

「외바퀴 수레는 넘어지기 쉽고, 외나무다리로는 강을 건너기 어렵다.」 35)

※ 禿子腦袋上的虱子 (독자뇌대상적슬자 tūzi nǎodài shang de shī zi)
「대머리에 붙은 이虱.」

→ 光頭上的虱子 - 明擺的 (광두상적슬자 - 명파적 guāngtóu shàng dè shīzi-míng bǎi de)

「대머리에 붙은 이虱 - 명백하다.」

▶ 發痒的地方有虱子 (발양적지방유슬자)

「가려운 곳에 이虱가 있다.」

▶ 沒有十里地碰不見禿子的 (몰유십리지팽불견독자적)

「10리 길을 다 가기 전에 대머리를 안 만날 수 없다.」(어떤 것이라도 공을 들이면 다 찾아낼 수 있다.) 36)

※ 東不成 西不就 (동불성 서불취 dōng bùchéng xī bùjiù)
「이 일도 저 일도 되지 않는다.」(벌여 놓은 일이 뜻대로 안 된다. 좋은 짝을 못 찾다.)

→ 東不靠 西不靠 (동불고 서불고 dōng bùkào xī bùkào)

「이 사람 저 사람 아무에게도 의지할 수 없다.」

▶ 幹東東不着 幹西西不着 (간동동불착 간서서불착)

「이렇게 저렇게 해도 잘 되지 않는다.」

▶ 東一鈀子 西一掃帚 (동일파자 서일소추)

「이쪽에 갈퀴질 한번, 저쪽에 빗자루 한번.」(생각나는 대로 이랬다저랬다 무계획적으로 일을 하다.) 37)

---

35) 拳 주먹 권. 廈 처마 하, 큰 집.
36) 捵 부딪칠 팽. 禿 대머리 독. 禿子的 대머리인 사람, 대머리.

※ 東山老虎吃人 西山老虎吃人 (동산노호흘인 서산노호흘인 dōngshān lǎohǔ chīrén, xīshān lǎohǔ chīrén)

「동쪽 산의 호랑이도 사람을 잡아먹고, 서산의 호랑이도 사람을 잡아먹는다.」 (악인은 다 똑같다.)

→ 是個老虎到處吃肉 (시개노호도처흘육 shì gè lǎohū dào chù chī ròu)

「호랑이라면 어디 가든 고기만 먹는다.」

▶ 猛虎吃羊容易吃兎難 (맹호흘양용이흘토난)

「호랑이가 양을 잡아먹기는 쉬워도 토끼를 잡아먹기는 어렵다.」 38)

※ 燈不点不亮 (등불점불량 dēng bùdiǎn bùliàng)

「등불을 켜지 않으면 밝지 않다.」

→ 不到時候不開花 (부도시후불개화 bù dào shíhou bù kāi huā)

「때가 되지 않으면 꽃이 피지 않는다.」

▶ 不等蝦紅就要吃 (부등하홍취요흘)

「새우가 빨갛게 익기를 기다리지도 않고 먹으려 하다.」 (성질이 급하다.)

▶ 等不得濕 曬不得乾 (등부득습 쇄부득건)

「촉촉해질 때까지 기다리지도 못하고, 널어놓고 마를 때까지 기다리지도 못한다.」 (성질이 급하다.)

▶ 想吃飯的人早下米 (상흘반적인조하미)

「밥을 먹고 싶은 사람이 빨리 쌀을 안친다.」 (목마른 사람이 우물을 판다.) 39)

---

37) 靠 기댈 고. 鈀 쇠갈퀴 파. 掃 쓸 소. 帚 빗자루 추.
38) 老虎 호랑이. 吃 먹을 흘(喫「마실 끽」과 같음).
39) 燈 등잔 등. 点 불 켤 점. 亮 밝을 량. 時候 때, 시기. 等 같을 등, 기다리

※ 燈消火滅 水盡鵝飛 (등소화멸 수진아비 dēng xiāo huǒ miè, shuǐ jìn é fēi)

「등잔을 끄면 불빛은 없어지고, 물이 마르면 백조는 날아간다.」

→ 燈不亮 要人剔 (등불량 요인척 dēng bù liàng, yào rén tī)

「등불이 밝지 않으면 사람이 심지를 돋아야 한다.」

▶ 燈火照人 自身先紅 (등화조인 자신선홍)

「등불은 사람을 비추면서 먼저 자신을 태운다.」

▶ 燈不拔不亮 話不說不明 (등불발불량 화불설불명)

「등은 심지를 돋우지 않으면 밝지 않고, 말은 하지 않으면 알 수가 없다.」

▶ 燈裏沒油捻子乾 人沒錢了鬼一般 (등리몰유념자건 인몰전료귀일반)

「등잔에 기름이 없으면 심지가 마르고, 사람이 돈이 없으면 귀신과 매한가지다.」[40]

※ 癩蛤蟆想上櫻桃樹 (나합마상상앵도수 làiháma xiǎngshàng yīngtáoshù)

「두꺼비가 앵두나무에 오르려고 한다.」 (추남이 미녀를 마음에 두고 그리워하다.)

→ 癩蛤蟆想吃天鵝肉 - 痴心妄想 (나합마상흘천아육 - 치심망상 làiháma xiǎng chī tiāné ròu-chīxīn wàngxiǎng)

「두꺼비가 하늘을 나는 백조의 고기를 먹고 싶어 한다. - 분수를 모르고 욕심을 낸다.」

다. 濕 젖을 습. 曬 쬘 새, 햇볕을 쬐어 말리다.
40) 剔 발라낼 척, 후비다, 등잔 심지를 돋우다. 捻 비틀 염(념), 손가락으로 꼬다. 捻子 심지, 화약의 도화선.

▶ 靑蛙要命蛇要飽 (청와요명사요포)

「청개구리가 죽어야만 뱀이 배부르다.」

▶ 靑蛙上櫻桃樹 (청와상앵도수)

「청개구리가 앵두나무에 오르다.」(분에 넘치는 욕심을 내다.)

▶ 靑蛙望玉兔 有天地之別 (청와망옥토 유천지지별)

「청개구리가 옥토끼를 바라보다니, 하늘과 땅 차이이다.」[41]

※ 驢脣不對馬嘴 (여순부대마취 lúchún bùduì mǎzuǐ)

「당나귀 입술은 말 주둥이에 맞지 않는다.」(얼토당토않다)

→ 驢朝東 馬朝西(여조동 마조서 lú cháo dōng, mǎ cháo xī)

「나귀는 동쪽으로, 말은 서쪽으로 가다.」(각자 흩어지다.)

▶ 牛頭不對馬面 (우두불대마면 niútóu bùduì mǎmiàn)

「소머리는 말머리의 짝이 아니다.」(앞뒤가 맞지 않다. 엉뚱한 소
리를 하다.)

▶ 牛角羊角 各了各 (우각양각 각료각)

「소의 뿔과 양의 뿔은 서로 다르다.」

▶ 吃着對門謝隔壁 (흘착대문사격벽)

「앞집에서 얻어먹고 건너편 집에 고맙다고 한다.」(좀 모자라서 엉
뚱한 짓을 한다.) [42]

※ 路是人開的 樹是人栽的 (노시인개적 수시인재적 lù shì rénk āide,

---

41) 癩 옴 라(나), 문둥병. 蛤 두꺼비 합. 蟆 두꺼비 마. 癩蛤蟆 두꺼비. 上 올
라가다. 櫻 앵두 앵. 桃 복숭아 도. 樹 나무 수. 櫻桃 미인을 상징함. 鵝
거위 아. 天鵝 백조. 痴 어리석을 치(癡의 俗字). 蛙 개구리 와. 兔 토끼
토

42) 驢 나귀 려. 脣 입술 순. 朝 ~쪽으로 향하다. 對門 대문을 맞댄 집. 謝
사례하다. 隔 나눌 격, 사이가 떨어지다. 壁 벽 벽, 울타리.

shù shì réncáide)

「길은 사람이 만들었고, 나무도 사람이 심은 것이다.」(아무리 어려운 일도 사람이 하는 일, 과감하게 시작하라.)

→ 路要自己走 關要自己闖 (노요자기주 관요자기츰 lù yào zìjǐ zǒu, guān yào zìjǐ chuǎng)

「길은 스스로 걸어가야 하고, 관문은 스스로 돌파해야 한다.」

▶ 勞大者祿厚 才高者爵尊 (노대자녹후 재고자작존)

「공로가 큰 자는 후한 녹봉을 받고, 재주가 뛰어난 사람은 작위가 높다.」

▶ 廊廟之材非一木之枝 帝王之功非一士之略 (낭묘지재비일목지지 제왕지공비일사지략)

「왕궁의 큰 재목은 한 그루 나무의 가지가 아니며, 제왕의 공적은 책사 한 사람의 지략이 아니다.」(여러 사람에 의하여 큰 공업을 성취할 수 있다.) 43)

※ 馬尾穿豆腐 - 提不起來 (마미천두부 - 제불기래 mǎyǐ chuān dòu fu-tí bù qǐlái)

「말꼬리의 털로 두부를 꿰다. - 들어올릴 수 없다.」(능력이 모자라 발탁하거나 추천할 수 없다.)

→ 空口袋 立不住 (공구대 입부주 kōng kǒudài, lì bù zhù)

「빈 자루는 서 있을 수 없다.」

▶ 上不得大秤盤 (상부득대칭반)

「큰 저울에 올릴 수 없다.」(능력이 부족하여 추천할 수 없다.)

---

43) 裁 심을 재. 關 빗장 관, 여기서는 관문(關門). 闖 엿볼 츰, 돌입할 츰, 충돌하다, 개척하다. 祿 녹봉 녹(록). 爵 벼슬 작. 廊 복도 낭. 廟 사당 묘 廊廟 조정, 왕궁의 큰 건물.

▶ 上不得下不得 (상부득하부득)

「올라가지도 못하고 내려가지도 못하다.」

▶ 上不沾天 下不着地 (상부첨천 하부착지)

「위로는 하늘에 닿지도 못하고, 아래로는 땅을 딛지도 못한다.」
(일의 결말이 없다.)

▶ 上不緊 下不忙 (상불긴 하불망)

「상급자가 조이지 않으면 아랫사람은 바쁘지 않다.」

▶ 八個麻雀擡橋 擔當不起 (팔개마작대교 담당불기)

「참새 여덟 마리가 가마를 들어올리지만, 메고 일어날 수가 없다.」(능력이나 자격이 모자라 담당할 수 없다.) 44)

※ 麻雀雖小 五臟俱全 (마작수소 오장구전 máquè suī xiǎo, wǔzàng jùquán)

「참새가 비록 작다지만, 오장을 다 가지고 있다.」

→ 愛叫的麻雀不長肉 (애규적마작부장육 àijiàode máquè bù zhǎng ròu)

「울기 잘하는 참새는 살이 붙지 않는다.」(큰소리치는 사람 겁낼 필요 없다.)

▶ 愛叫的母鷄不下蛋 (애규적모계부하단)

「울기 잘하는 암탉은 알을 안 낳는다.」

▶ 麻雀不能跟着燕子飛 (마작불능근착연자비)

「참새는 제비를 따라 날 수 없다.」(능력의 차이가 있다.) 45)

---

44) 袋 주머니 대, 곡식이나 물건을 담는 자루. 口袋 자루. 沾 더할 첨.

45) 雀 참새 작. 麻雀 참새. 雖 비록 수. 臟 내장 장. 俱 갖출 구. 愛 ~을 좋아하다. 叫 울부짖을 규. 的「~의」,「~하는」.

※ 饅頭落地狗造化 (만두낙지구조화 mántou luòdì gǒu zàohua)
「땅에 떨어진 만두는 개에게 복덩어리.」

→ 城門失火 殃及池魚 (성문실화 앙급지어 chéngmén shīhuǒ yāng jí chí yú)
「성문에 불이 나면 그 재앙은 물고기가 당한다.」

▶ 雖有珠玉 不如金錢 (수유주옥 불여금전)
「비록 구슬과 옥이 있다 하여도 금전만 못하다.」

▶ 天空中不會掉下饅頭 (천공중불회도하만두)
「하늘에서 만두가 떨어질 리 없다.」 46)

※ 萬事皆從急中錯 (만사개종급중착 wànshì jiē cóng jí zhōng cuò)
「모든 일은 서두를 때 잘못된다.」

→ 蘿卜快了不洗泥 (나복쾌료불세니 luóbo kuàile bù xǐ ní)
「(빨리 팔려고) 무를 뽑고, 서두른다고 흙을 씻지 않다.」 (일처리가 거칠다.)

▶ 蔥兒快了不剝皮 (총아쾌료부박피)
「파를 뽑고서 껍질을 벗기지 않다.」 (일을 대충하다.)

▶ 萬事想後果 一失廢前程 (만사상후과 일실폐전정)
「모든 일은 잘 생각한 뒤 과감해야 한다. 한번 실수로 앞길을 다 망친다.」 47)

※ 萬事具備 只缺東風 (만사구비 지결동풍 wànshì jùbèi, zhǐ quē dōngfēng)

---

46) 饅 만두 만. 造化 행운. 殃 재앙 앙. 池 연못 지, 성곽 주위의 방어용 연못.
47) 錯 섞일 착, 실패하다, 나쁘다. 蘿 무 나(라) 蘿卜 무.

「만사가 다 준비되었지만, 다만 동풍이 빠졌다.」

▶ 萬事不如人計算 (만사불여인계산 wànshì bù rú rén jìsuàn)

「모든 일은 사람의 계산과 같지 않다.」 (사람 뜻대로 되지 않는다.)

▶ 萬事由天莫强求 何愁苦苦用計謀 (만사유천막강구 하수고고용계모)

「모든 일은 하늘 뜻에 있으니 억지로 구할 수 없는데, 어찌 걱정하며 힘들여 일을 꾸미려 하는가?」

▶ 天下大勢 分久必合 合久必分 (천하대세 분구필합 합구필분)

「천하의 대세는 분열이 오래면 반드시 합쳐지고, 통합이 오래되면 필히 분열한다.」 (《三國志演義》 첫 구절.) 48)

※ 網裏的魚 籠裏的鳥 (망리적어 농리적조 wǎngli de yú, lóngli de niǎo)

「그물 속의 고기, 새장 속의 새.」

→ 甕中捉鱉 手到擒來 (옹중착별 수도금래 wèng zhōng zhuō biē, shǒu dào qín lái)

「항아리 속의 자라는 손이 들어가면 잡혀 나온다.」 (일이 아주 쉽다.)

▶ 魚遊釜中 (어유부중)

「물고기가 솥 안에서 헤엄치다.」 (곧 닥칠 위험을 모르다.)

▶ 魚落猫兒口 (어락묘아구)

「생선이 고양이 주둥이에 떨어지다.」 (고양이 앞에 쥐) 49)

---

48) 缺 모자랄 결(欠 하품 흠, 모자라다).
49) 甕 독 옹, 항아리. 鱉 자라 별. 擒 사로잡을 금. 釜 가마솥 부.

※ 猛犬不吠 吠犬不猛 (맹견불폐 폐견불맹 měngquǎn bùfèi, fèiquǎn bù měng)

「사나운 개는 짖지 않고, 짖는 개는 사납지 않다.」

→ 咬人的狗不露齒 (교인적구불로치 yǎorénde gǒu bùlùchǐ)

「사람을 무는 개는 이를 드러내지 않는다.」

▶ 不叫的狗咬人 (불규적구교인)

「짖지 않는 개가 사람을 문다.」

▶ 凶狗吃不到屎 急人做不成事 (흉구흘부도시 급인주불성사)

「사나운 개는 똥을 먹지 못하고, 성질 급한 사람은 일을 성공하지 못한다.」 50)

※ 盲人騎瞎馬 夜半臨深池 (맹인기할마 야반임심지 mángrén qí xiā mǎ, yèbàn línshēnchí)

「맹인이 눈먼 말을 타고 한밤중에 깊은 연못가를 가다.」 (아주 위험한 지경에 처하다.)

→ 泥菩薩過河 - 自身難保 (이보살과하 - 자신난보 ní púsā guò hé -zìshēn nán bǎo)

「진흙으로 만든 부처가 냇물을 건넌다. - 제 몸을 챙기기도 어렵다.」 (남을 도와줄 여력은 생각도 못한다.)

▶ 百歲老翁攀枯枝 (백세노옹반고지)

「백 살 노인이 죽은 나무 위에 올라가다.」 (아주 위험하다.)

▶ 泥佛也有土性子 (이불야유토성자)

「진흙으로 만든 부처는 흙의 특성을 갖고 있다.」 51)

---

50) 猛 사나울 맹. 吠 짖을 폐. 咬 깨물 교. 露 드러낼 로, 이슬 로. 齒 이 치.
51) 盲 소경 맹. 騎 말 탈 기. 瞎 눈멀 할. 臨 임할 림. 池 못 지. 泥 진흙 니. 早 이를 조, 아침. 晚 늦을 만, 저녁.

※ 明月不常圓 (명월불상원 míngyuè bùcháng yuán)

「보름달이라 하여 늘 둥글지는 않다.」

→ 好花容易落 (호화용이락 hǎohuā róngyì luò)

「보기 좋은 꽃은 쉽게 진다.」

▶ 好花易落 紅顔易衰 (호화이락 홍안이쇠)

「보기 좋은 꽃은 빨리 지고 청춘은 금방 지나간다.」

▶ 好花不常開 好景不常在 (호화불상개 호경부상재)

「꽃은 늘 피어있지 않고, 호경기는 오래 가지 않는다.」[52]

※ 毛毛細雨濕衣裳 (모모세우습의상 máomáoyǔ dǎshī yīshang)

「보슬비에 옷이 젖는다.」

→ 流言蜚語傷好人 (유언비어상호인 liúyán fēiyǔ shāng hǎorén)

「유언비어는 착한 사람을 다치게 한다.」

▶ 毛毛雨 打濕衣裳 杯杯酒 吃敗家當 (모모우 타습의상 배배주 흘패가당)

「보슬비에 옷이 젖고, 한 잔 한 잔 마시는 술에 재산이 거덜 난다.」

▶ 造謠重複一百 就成了眞理 (조요중복일백 취성료진리)

「지어낸 말(헛소문)도 일백 번 거듭하면 사실이 된다.」[53]

※ 木有本 水有源 (목유본 수유원 mù yǒu běn, shuǐ yǒu yuán)

「나무에는 뿌리가 있고, 물에는 근원이 있다.」

→ 木無本必枯 水無源必竭 (목무본필고 수무원필갈 mù wúběn 必ì

---

52) 衰 약할 쇠. 지다. 늙다. 常 늘 상. 떳떳할 상.

53) 濕 젖을 습. 家當 가산(家產). 蜚 냄새나는 벌레 비, 풍뎅이 비. 傷 다칠 상. 謠 노래 요, 소문, 풍설.

kū, shuǐ wúyuán bì jié)

「근본이 없는 나무는 틀림없이 말라죽고, 근원이 없는 물은 반드시 마른다.」

▶ 河有源 樹有根 (하유원 수유근)

「냇물은 샘이 있고, 나무는 뿌리가 있다.」

▶ 無源之水 無本之木 (무원지수 무본지목)

「근원이 없는 물, 뿌리가 없는 나무.」 (오래 갈 수 없다.)

▶ 無風不起浪 有烟必有火 (무풍불기랑 유연필유화)

「바람이 없으면 물결이 일지 않고, 연기가 나는 곳에는 꼭 불이 있다.」[54]

※ 沒有麴子 釀不成酒 (몰유국자 양불성주 méiyǒu qūzi niàng bùchéng jiǔ)

「누룩이 없으면 술을 빚을 수 없다.」

→ 沒有規矩 成不了方圓 (몰유규구 성불요방원 méiyǒu guījǔ, chéngbuliǎo fāngyuán)

「컴퍼스와 직각자가 없이는 원과 직각을 그릴 수 없다.」

▶ 沒有下脣 就不該攬着簫吹 (몰유하순 취불해람착소취)

「아랫입술이 없다면, 응당 퉁소를 대고 불 곳이 없다.」

▶ 沒有打虎志 難穿虎皮襖 (몰유타호지 난천호피오)

「호랑이를 때려잡을 의지가 없다면 호피 갖옷을 입을 수 없다.」[55]

---

54) 本 밑 본, 뿌리 본. 枯 마를 고, 말라죽다(枯死). 竭 다할 갈.

55) 沒有 ~이 없다. 麴 누룩 국. 麴(曲)子 누룩. 釀 술빚을 양. 規 법 규, 그림쇠 규(컴퍼스). 矩 곱자 구(직각 자). 脣 입술 순. 攬 잡을 람. 簫 퉁소 소. 襖 웃옷 오, 안을 댄 겉저고리.

※ 猫見老鼠心歡喜 (묘견노서심환희 māo jiàn lǎoshǔ xīn huānxǐ)
「고양이는 쥐를 보면 마음이 기쁘다.」

→ 猫不在家 耗子造反 (묘부재가 모자조반 māo bù zài jiā, hàozi zàofǎn)
「고양이가 없으면 쥐들이 반란을 일으킨다.」

▶ 猫兒沒鬍子 老鼠飜了天 (묘아몰호자 노서번료천)
「고양이에게 수염이 없으면 쥐들이 소란을 피운다.」

▶ 猫鼠不同眠 虎鹿不同行 (묘서부동면 호록부동행)
「고양이와 쥐는 같이 잠을 잘 수 없고, 호랑이와 사슴은 같이 길을 갈 수 없다.」

▶ 猫枕大頭魚 (묘침대두어)
「고양이가 대구를 베고 자다.」 (틀림없이 건드렸다.) 56)

※ 猫哭老鼠是假的 (묘곡노서시가적 māo kū lǎoshǔ shì jiǎde)
「고양이가 쥐를 위해 운다면 가식이다.」

→ 狗讒骨頭是眞的 (구참골두시진적 gǒu chán gǔtou shì zhēn de)
「개가 뼈다귀를 탐내는 것은 진심이다.」

▶ 兎死狐悲 物傷其類 (토사호비 물상기류)
「토끼가 죽자 여우가 슬퍼하는 것은 남의 처지가 자신과 같아 서러워하는 것이다.」

▶ 狐死兎悲 (호사토비)
「여우가 죽자 토끼가 슬퍼하다.」 (거짓으로 슬픈 척하다.)

▶ 猫哭耗子 - 假慈悲 (묘곡모자 - 가자비)
「고양이가 쥐를 위해 곡을 하다. - 거짓 자비심이다.」 57)

---

56) 鬍 수염 호. 飜 뒤집을 번. 飜天 (하늘이 뒤집힐 정도로) 매우 소란을 피우다. 造反 배반, 모반하다.

※ 猫咬尿脬空喜歡 (묘교뇨포공희환 māo yǎo suīpāo kōng xǐhuān)
「고양이가 (돼지) 오줌보를 물고 공연히 좋아하다.」 (아무 실익도 없다.)

→ 抱鷄婆抓糠殼 空喜歡 (포계파조강각 공희환 bàojīpó zhuā kāngqiào, kōng xǐhuān)
「알을 품는 암탉이 왕겨 껍질을 물고 공연히 좋아한다.」

▶ 猫見魚不能不伸爪 (묘견어부능불신조)
「고양이가 생선을 보았다면 훔치지 않을 수 없다.」

▶ 猫兒得意歡如虎 蜥蜴裝腔勝似龍 (묘아득의환여호 석척장강승사룡)
「고양이가 뜻을 이루면 호랑이라도 된 듯 환호하고, 도마뱀이 잘난 척할 때는 용보다 낫다.」 [58]

※ 猫急逮不到耗子 (묘급체부도모자 māo jí dǎi bùdào hàozi)
「고양이도 급히 서두르면 쥐를 잡지 못한다.」

→ 耗子來吃猫公飯 (모자래흘묘공반 hàozi lái chī māogōng fàn)
「쥐가 고양이의 밥을 먹다.」 (상대방을 불문하고 모험을 하다.)

▶ 耗子急了也咬猫 (모자급료야교묘)
「쥐도 다급하면 고양이를 문다.」

▶ 老鼠說猫最厲害 (노서설묘최려해)
「쥐는 고양이가 가장 무섭다고 한다.」 [59]

---

57) 哭 울 곡. 假 거짓 가. 讒 탐낼 참. 骨頭 뼈다귀, 頭는 우리말로 옮기지 않음. 是 ~이다.

58) 猫 고양이 묘. 尿 오줌 뇨. 脬 오줌통 포, 방광. 抱鷄婆 병아리를 부화하려고 알을 품고 있는 암탉. 抓 잡을 조, 움켜쥐다, 물다. 糠 (곡물의) 겨 강, 기울, 쭉정이. 殼 껍질 각, 왕겨는 언뜻 보면 벼알 같으나 알맹이가 없으니 닭이 먹을 것이 없음. 蜥 도마뱀 석. 蜴 도마뱀 척. 腔 빈속 강. 裝腔 ~체하다.

※ 廟小 裝不了大菩薩 (묘소 장불료대보살 miào xiǎo, zhuāng bùli ǎo dàpúsā)

「묘당이 작으면 큰 보살(부처)을 모실 수 없다.」

→ 水淺 養不住大魚 (수천 양부주대어 shuǐqiǎnn yǎngbùzhù dàyú)

「물이 얕으면 큰 고기를 기를 수 없다.」

▶ 潭小水淺 難藏有角蛟龍 (담소수천 난장유각교룡)

「못이 작고 물이 얕으면 뿔 있는 교룡이 살 수 없다.」

▶ 淺水難養大魚 (천수난양대어)

「얕은 물에서는 대어를 기를 수 없다.」

▶ 廟小妖風多 池淺王八多 (묘소요풍다 지천왕팔다)

「작은 사당에 요사한 바람이 많고, 못이 얕으면 자라가 많다.」 (크지도 않은 조직에 나쁜 사람만 많다.) 60)

※ 猫吃腥 狗吃屎 (묘흘성 구흘시 māo chī xīng, gǒu chī shǐ)
「고양이는 비린 것을, 개는 똥을 먹는다.」 (나쁜 뜻으로 쓰임.)

→ 又想吃魚又怕腥 (우상흘어우파성 yòu xiǎng chī yú, yòu pà xīng)
「한편으로는 생선을 먹고 싶지만, 한편으로는 비린내를 걱정하다.」 (우유부단하다.)

▶ 猫不吃死老鼠 (묘불흘사노서 māo bùchī sǐ lǎoshǔ)
「고양이도 죽은 쥐는 먹지 않는다.」

▶ 猫公會偸食 斬尾也偸食 (묘공회투식 참미야투식)
「고양이는 먹이를 훔칠 줄 안다. 꼬리가 잘려도 훔쳐 먹는다.」

---

59) 猫 고양이 묘. 逮 미칠 체, 따라가 잡다. 耗 줄 모, 소비하다. 耗子 쥐. 厲
엄할 려, 사나울 려.

60) 廟 사당 묘. 裝 꾸밀 장. 菩薩 보살, 부처. 淺 얕을 천. 住 살 주(결과 보
어로 쓰였음). 藏 감출 장. 蛟 교룡 교. 王八 거북이, 자라, 소인, 창녀의
기둥서방.

▶ 猫跟飯碗 狗跟主人 (묘근반완 구근주인)

「고양이는 밥그릇을 따라가고, 개는 주인을 따라간다.」 [61]

※ 無縫的鷄蛋不生蛆 (무봉적계단불생저 wú fēng de jīdàn bù shēng qū)

「터지지 않은 계란에는 구더기가 생기지 않는다.」

→ 物必腐而後虫生 (물필부이후충생 wù bì fǔ ér hòu chóng shēng)

「물건은 썩은 뒤에야 벌레가 생긴다.」

▶ 流水不腐 戸樞不蠹 (유수불부 호추부두 liúshuǐ bùfǔ hùshū bù tù)

「흐르는 물은 썩지 않고, 문지도리는 좀이 슬지 않는다.」

▶ 人必疑而後讒入 (인필의이후참입)

「사람은 의심을 산 뒤에 모략이 먹혀 들어간다.」

▶ 扇陰風 點鬼火 (선음풍 점귀화)

「음산한 바람을 부채질하고, 도깨비불을 붙이다.」 (온갖 계략으로 타인을 모함하다.) [62]

※ 蚊子叮菩薩 - 認錯人了 (문자정보살 - 인착인료 wénzi dīng púsā -rèncuò rénle)

「모기가 부처를 문 것은 사람으로 착각했기 때문이다.」 (사람을 잘 못 보았다.)

→ 蚊子要吸血 虎狼要吃人 (문자요흡혈 호랑요흘인 wénzi yào xīxiě, hūláng yào chīrén)

---

61) 腥 날고기 성, 비린내. 屎 똥 시. 老鼠 쥐. 跟 발꿈치 근, 따라가다.

62) 縫 꿰맬 봉. 蛋 알 단. 蛆 구더기 저. 腐 썩을 부. 樞 지도리 추, 주요할 추. 蠹 좀 두. 讒 헐뜯을 참, 해치다, 중상 모략하다. 扇 부채 선, 부채질하다. 點 불을 붙이다.

「모기는 피를 빨려 하고, 호랑이는 사람을 잡아먹으려 한다.」63)

▶ 大青蘿卜變不成白梨 (대청라복변불성백리 dà qīngluóbǔ biàn bùchéng báilí)

「큰 무青蘿卜가 배白梨가 될 수는 없다.」 (본질은 바뀔 수 없다.)

▶ 是猫變不得狗 (시묘변부득구 shì māo biàn bùde gǒu)

「고양이가 개로 변할 수 없다.」

※ 米兒不煮不成飯 (미아불자불성반 mǐer bùzhǔ bùchéngfàn)

「쌀을 삶지 않으면 밥이 되지 않고,」

→ 芝麻不壓不出油 (지마불압불출유 zhīmá bù yā bùchū yóu)

「참깨는 짜지 않으면 기름이 나오지 않는다.」

▶ 無針不引線 無水不到船 (무침불인선 무수부도선 wú zhēn bù yǐn xiàn, wú shuǐ bù dào chuán)

「바늘이 없다면 실로 꿰맬 수 없고, 물이 없다면 배로 건널 수 없다.」

▶ 米多不可不省 福多不可不惜 (미다불가불성 복다불가불석)

「쌀이 많아도 아끼지 않을 수 없고, 많은 복을 받았다 해도 아껴야 한다.」 (복을 누릴수록 겸손해야 한다.) 64)

※ 胖子不是一口吃起來的 (반자부시일구흘기래적 pàngzi bùshì yīkǒu chī qǐ láide)

「뚱보는 밥 한술 먹어 그렇게 된 것이 아니다.」

---

63) 蚊 모기 문. 叮 (모기 따위가) 물다, 옥 부딪치는 소리. 蔔 보리 보. 薩 보살 살. 青蘿卜 무의 일종. 白梨 과즙이 많은 작은 배.

64) 米兒 쌀, 兒는 뜻이 없음(단음절 명사의 뒤에 붙어 하나의 단어가 됨). 煮 삶을 자. 飯 밥 반. 芝麻 참깨. 壓 누를 압.

→ 氷凍三尺 非一日之寒 (빙동삼척 비일일지한 bīngdòng sānchǐ, fēi yī rì zhī hán)

「얼음 두께 석 자는 하루 추위로 언 것이 아니다.」 (무엇이든 일조일석—朝—夕에 되는 것은 없다.)

▶ 一口吃成個胖子 (일구흘성개반자)

「한 끼 잘 먹어 뚱보가 되다.」 (한꺼번에 큰일을 성취하다.)

▶ 松高百丈 幷非一天長成 (송고백장 병비일천장성)

「하늘에 닿는 소나무는 결코 하루에 큰 것은 아니다.」

▶ 氷凍三尺 也有融化之日 (빙동삼척 야유융화지일)

「세 자 두께 얼음도 녹을 날이 있다.」

▶ 不能一口呑下一頭牛 (부능일구탄하일두우)

「한 입에 소 한 마리를 먹어치울 수 없다.」 (일에는 계획과 준비가 필요하다.) 65)

※ 背着扛着一般重 (배착강착일반중 bēizhe kángzhe yìbān zhòng)
「(짐을) 등에 지든 어깨에 메든 마찬가지로 무겁다.」 (이리 하든 저리 하든 마찬가지다.)

→ 抽刀斷水 水更流 (추도단수 수갱류 chōu dāo duàn shuǐ, shuǐ gèng liú)

「칼을 뽑아 물을 갈라도 물은 다시 흐른다.」

▶ 背着惡名聲活着 不如帶着好名聲死去 (배착악명성활착 불여대착 호명성사거)

「나쁜 평가를 받으며 살아가는 것은 좋은 명성을 누리며 죽느니만 못하다.」 66)

---

65) 胖 살찔 반. 吃 먹을 흘, 먹다, 마시다. 喫 (마실 끽, 먹다)과 같음. 凍 얼 동. 寒 추울 한.

※ 白鴨子跟鵝混 (백압자근아혼 báiyāzi gēn é hùn)
「흰 오리가 거위 사이에 섞여 따라가다.」 (사람들 무리 속에 별다른 뜻도 없이 끼어들다.)

→ 趁水行船 (진수행선 chèn shuǐ xíng chuán)
「물을 따라 배를 띄우다.」 (물 들어올 때 노를 젓다.)

▶ 狗尾巴割了 趁鹿逝 (구미파할료 진록서)
「개가 꼬리를 잘라버리고 사슴을 따라가다.」

▶ 水裏得來水裏去 (수리득래수리거)
「물을 따라 왔다면 물을 따라 나간다.」 [67]

※ 白雲蒼狗 好景不常 (백운창구 호경불상 báiyún cāng gǒu, hǎojǐng bùcháng)
「흰 구름이 갑자기 잿빛 개로 변하듯 늘 호경기는 아니다.」 (변화무쌍한 세상사.)

→ 一江春水向東流 (일강춘수향동류 yī jiāng chūnshuǐ xiàng dōng liú)
「봄날 강물은 동쪽으로 흐른다.」 (세상사 근심이 그칠 날 없다.)

▶ 撥雲見日 (발운견일 bō yún jiàn rì)
「구름을 걷어내고 해를 보다.」 (장애를 제거하고 좋은 상황을 맞이하다. 역경을 이겨내니 밝은 세상이 오다.)

▶ 背人無好事 好事不背人 (배인무호사 호사불배인)
「남을 배신하여 좋은 일 없고, 좋은 일은 배신하지 않는다.」

▶ 白雲下午變黑雲 雷暴風狂雨傾盆 (백운하오변흑운 뇌폭풍광우경분)

---

66) 背 등 배, 등에 지다. 着 지속상태를 의미하는 개사(介詞), 우리말로 새기지 않아도 되는 말. 扛 들 강. 抽 뺄 추, 뽑다. 更 다시 갱.
67) 鵝 거위 아. 割 자를 할. 趁 좇을 진. 逝 갈 서.

「흰 구름이 오후에 검은 구름으로 변하더니, 천둥이 사납게 치고 광풍이 불고, 물동이를 기울인 듯 비가 쏟아진다.」[68]

※ 白紙落黑道 (백지낙흑도 báizhǐ lào hēi dào)
「백지에 검은 줄을 긋다.」 (기정 사실.)

→ 木已成舟 米已煮飯 (목이성주 미이자반 mù yǐ chéngzhōu, mǐ yǐ zhǔfàn)

「목재는 이미 배로 되었고, 쌀은 벌써 밥이 되었다.」 (이미 지나간 일이다.)

▶ 白紙寫黑字 (백지사흑자)

「백지에 쓴 검은 글자.」

▶ 生米成熟飯 (생미성숙반)

「생쌀이 밥이 되었다.」 (원상회복 불가.)

▶ 出了喪討材錢 (출료상토재전)

「장례를 마치고 관 값까지 다 치렀다.」 (이미 기회를 잃어버렸다.) [69]

※ 凡事要有規矩 (범사요유규구 fánshì yào yǒu guījǔ)
「모든 일에는 일정한 법식法式이 있어야 한다.」

→ 凡事三思而行 (범사삼사이행 fánshì sān sī ér xíng)

「모든 일은 세 번 생각한 뒤 실행해야 한다.」 (심사숙고 후 실천에 옮김.)

▶ 再思 行成於思 (재사 행성어사 zài sī, xíng chéng yú sī)

「다시 생각하라! 생각을 해야 행할 수 있다.」 (머리를 써야 좋은 생

---

68) 蒼 푸를 창, 회백색, 늙은 모양이나 색깔. 撥 걷어낼 발, 없애다. ※ 唐나라 두보(杜甫)의 시 「가탄시(可嘆詩)」 「天上浮雲如白衣 斯須變幻如蒼狗」 (하늘의 흰 구름이 흰옷과 같더니 순간에 잿빛 개로 바뀌었다).

69) 舟 배 주. 已 이미 이. 煮 삶을 자. 飯 밥 반.

각이 떠오른다.)

▶ **凡事豫則立 不豫則廢** (범사예즉입 불예즉폐)

「모든 일에 준비가 있으면 성공하지만, 준비가 없으면 실패한다.」

▶ **凡事一好百好** (범사일호백호)

「모든 일에 하나가 좋으면 나머지도 다 좋다.」

▶ **凡事留人情 後來互相見** (범사유인정 후래호상견)

「모든 일에 인정을 베풀어야 뒷날 좋은 얼굴로 만날 수 있다.」

▶ **凡事都要肯等 久等必有一善** (범사도요긍등 구등필유일선)

「매사에 기다릴 줄 알아야 한다. 오래 기다리면 반드시 좋은 일이 있다.」 (참는 자에게 복이 있다.) 70)

※ **變古易常** (변고역상 biàn gǔ yì cháng)
「옛 것을 변화시켜 일상적인 것으로 바꿔 놓다.」

→ **萬變不離其宗** (만변불리기종 wàn biàn bù lí qí zōng)

「아무리 많이 변해도 그 본질에서 벗어나지 않는다.」

▶ **變天變地 變不了吃飯穿衣** (변천변지 변불료흘반천의)

「하늘이 바뀌고 땅이 바뀌어도, 밥을 먹고 옷을 입는 것은 바뀔 수 없다.」

▶ **變隻兔子活上千年 不如變隻老虎活上一天** (변척토자활상천년 불여변척노호활상일천)

「한 마리 토끼가 되어 천 년을 사는 것은 한 마리 호랑이로 변해 하루를 사는 것만 못하다.」 71)

---

70) 規 법 규. 矩 직각자 구. 規矩 규칙, 표준, 법식(法式), 단정하다. 豫 미리 예, 예측하다, 준비하다. 等 같을 등, 기다리다.

71) 易 바꿀 역, 쉬울 이. 宗 마루 종, 우두머리, 본질. 隻 새 한 마리 척, 동물이나 배(船) 등을 세는 단위.

※ **別人拉網我抓魚** (별인랍망아조어 biérén lā wǎng wǒ zhuā yú)
「그물은 다른 사람이 당기고, 고기는 내가 줍는다.」

→ **蚌鷸相持 漁人得利** (방휼상지 어인득리 bàng yù xiāng chí yúrén déli)

「조개와 물새가 서로 다투면 어부가 이득을 얻는다.」

▶ **把羊肉送在狗嘴裏** (파양육송재구취리)

「양고기를 개의 입에 던져주다.」 (남 좋은 일을 시키다.)

▶ **打個兔子喂鷹了** (타개토자외응료)

「토끼를 잡아 매에게 주다.」

▶ **打家雀喂小猫 積一家損一家** (타가작외소묘 적일가손일가)

「참새를 잡아 고양이에게 주니, 한쪽은 이익이지만 다른 편은 손해.」 (한쪽 불행은 다른 쪽의 이득) [72]

※ **蜂刺入懷 解衣去赶** (봉자입회 해의거간 fēng cì rù huái, jiě yī qù gǎn)

「벌이 옷 안에 들어왔으면 옷을 벗어 쫓아버려야 한다.」

→ **不到水邊不脫鞋** (부도수변불탈혜 bù dào shuǐbiān bù tuō xié)
「물가에 오기 전에는 신발을 벗지 말라.」 (일이 닥치기 전에는 행동을 취하지 말라.)

▶ **解鈴還須系鈴人** (해령환수계령인)

「방울을 푸는 데는 처음에 매단 사람이 있어야 한다.」 (결자해지結者解之)

▶ **結冤容易 海員難** (결원용이 해원난)

「남과 원수지기는 쉽지만, 원한을 풀기는 어렵다.」 [73]

---

72) 抓 긁을 조, 움켜잡다. 蚌 조개 방. 鷸 도요새 휼. 持 잡을 지. 喂 먹일 외.

※ **不到西天不見佛** (부도서천불견불 bù dào xītiān bù jiàn fó)

「서역(인도)에 가지 않으면 부처를 볼 수 없다.」 (파고들지 않으면 이치를 모른다.)

→ **不到西天 不知佛大小** (부도서천 부지불대소 bù dào xītiān bùzhī fó dàxiǎo)

「서역에 가보지 않으면 부처의 크고 작음을 모른다.」

▶ **誰走的路長遠 誰能到西天佛地** (수주적로장원 수능도서천불지)

「멀고 먼 길을 걷는 사람만이 서역 부처님 땅에 갈 수 있다.」

▶ **沒到西天 碰上如來佛** (몰도서천 팽상여래불)

「서역에 도착하기도 전에 부처를 우연히 만나다.」 (억세게 재수 좋음.) 74)

※ **不是魚死 就是網破** (부시어사 취시망파 bù shì yú sǐ, jiù shì wǎng pò)

「물고기가 죽지 않는다면 그물이 찢어진다.」 (둘 중에 하나!)

→ **捉虎不成 反被其傷** (착호불성 반피기상 zhuō hū bùchéng, fǎn bèi qí shāng)

「호랑이를 잡으려다 실패하면 오히려 상처만 입는다.」

▶ **不是打死大虫 就是彼老虎吃掉** (부시타사대충 취시피노호흘도)

「호랑이를 때려잡지 못하면 호랑이에게 먹힌다.」

▶ **與虎謀皮** (여호모피)

「호랑이에게 가죽을 벗겨달라고 상의하다.」 (악인에게 돈을 나누어 달라고 하다.) 75)

---

73) 蜂 벌 봉. 刺 찌를 자. 蜂刺 벌 침, 벌. 懷 품을 회, 가슴. 赶 쫓을 간. 鞋 신발 혜. 鈴 방울 령.

74) 漢 사나이 한, 나라 한. 西天 서역(天竺國). 誰 누구 수. 碰 부딪칠 팽(揰 의 俗字).

※ 不識一丁 (불식일정 bù shí yī dīng)
「고무래 정자 하나도 모른다.」 (일자무식 一字無識)

→ 目不識丁 (목불식정 mù bù shí dīng)
「정丁자를 보고도 그것이 고무래임을 알지 못한다.」 (「낫 놓고 ㄱ 자도 모른다.」「빨래집게 들고 A자도 모른다.」)

▶ 不識之无 (부지지무)
「갈 지之 없을 무无 같은 쉬운 글자도 모른다.」

▶ 不識字還有吃飯 不識人就要餓肚皮 (불식자환유흘반 불식인취요 아두피)
「글자를 몰라도 밥은 먹고 살지만, 사람을 모르면 배고픈 채 살아야 한다.」

▶ 識字不識字 有錢就辦事 (식자불식자 유전취판사)
「글자를 알건 모르건 간에, 돈이 있으면 일을 처리한다.」[76)]

※ 負薪救火 (부신구화 fù xīn jiù huǒ)
「섶을 지고 불을 끄다.」 (일을 잘못 하여 더 큰 재앙을 당함.)

→ 火上澆油 (화상요유 huǒ shàng jiāo yóu)
「불 위에 기름을 붓다.」

▶ 不火裏加薪, 反倒凉水澆頭 (불화리가신, 반도량수요두 bù huǒli jiā xīn, fǎndào liáng shuǐ jiāo tóu)
「불에 장작을 넣어주지 않고, 도리어 머리에 찬물을 끼얹다.」 (격려는 못해줄망정 의욕을 꺾다.)

▶ 抱薪救火 (포신구화)

---

75) 捉 잡을 착. 大虫 호랑이(老虎). 謀 꾀할 모.
76) 丁 고무래 정(흙이나 곡식 등을 모으거나 골고루 펼 때 쓰는 농기구 겸 생활도구). 餓 굶주릴 아.

「섶을 지고 불을 끄다.」[77]

※ **不知道薑是辣的** (부지도강시랄적 bù zhīdao jiāng shì làde)
「생강이 매운 줄을 모른다.」(어떤 사람이 惡人인 줄을 모르다.)

→ **不知道鍋是鐵打的** (부지도과시철타적 bùzhīdao guō shì tiědǎde)
「솥은 쇠로 만들었다는 것을 모르다.」(일의 심각성을 모르다.)

▶ **不知道馬王爺三隻眼** (부지도마왕야삼척안 bù zhīdào Mǎwángyé sān zhī yǎn)

「마왕야의 눈이 세 개인 줄 모르다.」(상대방이 얼마나 무시무시한 존재인 줄 모르다.)

▶ **不知深淺 切勿下水** (부지심천 절물하수)
「물의 깊이를 모른다면 물에 들어가지 말라.」[78]

※ **不進廟門 怎麼修行** (부진묘문 즘마수행 bù jìn miào mén, zěnme xiūxíng)
「절에 들어가지 않고서야 어떻게 도를 닦겠는가?」

→ **神仙本是凡人做 只爲凡人不肯修** (신선본시범인주 지위범인불긍수 shénxiān běnshì fánrén zuò, zhǐ wéi fánrén bù kěn xiū)
「본디 범인凡人이 신선이 되는 것이거늘, 다만 사람들은 수행을 하려 않을 뿐이다.」

▶ **和尙的腦殼 - 沒法(沒髮)** 〔화상적뇌각 - 몰법(몰발)〕
「화상의 머리통 - 어떻게 할 방법이 없다.」(머리카락이 없다.)」

▶ **無肥仙人富道士** (무비선인부도사)
「뚱뚱한 신선과 부자인 도사는 없다.」[79]

---

77) 薪 섶나무 신, 땔나무 신. 澆 물 댈 요. 抱
78) 薑 생강 강. 爺 아비 야. 馬王爺 말(馬)의 신.

※ 不上高山 不顯平地 (불상고산 불현평지 bù shàng gāoshān, bù xiǎn píngdì)

「높은 산에 오르지 않으면 평지가 드러나지 않는다.」 (고산에 올라가야 평지가 보인다.)

→ 高山點燈名頭大 (고산점등명두대 gāoshān diǎndēng míngtou dà)

「산꼭대기에 등불을 켜니 명성이 더욱 높다.」

▶ 高山有淺水 (고산유천수)

「큰 산의 물은 깊지 않다.」

▶ 高山有好水 平地有好花 (고산유호수 평지유호화)

「큰 산에 좋은 물이 나고, 평지에 좋은 꽃이 핀다.」 80)

※ 不入虎穴 焉得虎子 (불입호혈 언득호자 bùrù hūxué yāndé hǔzǐ)

「호랑이굴에 들어가지 않고서야 어찌 호랑이 새끼를 잡을 수 있나?」

→ 不闖龍潭掏不出龍蛋 (불츰용담도불출용단 bù chuǎng lóngtán tāo bù chū lóngdàn)

「용의 연못에 뛰어들지 않으면 용의 알을 꺼내올 수 없다.」

▶ 不入山林 不知百鳥 (불입산림 부지백조)

「산 속에 들어가지 않으면 온갖 새들을 알지 못한다.」

▶ 不入江湖想江湖 入了江湖怕江湖 (불입강호상강호 입료강호파강호)

「온 세상을 몰랐을 때는 세상을 돌아다니고 싶었지만, 강호를 떠돌다 보면 그런 생활을 두려워한다.」 81)

---

79) 怎麼 zěnme 어떻게? 腦 머리 뇌. 殼 껍질 각. 沒 가라앉을 몰, 없다.

80) 顯 드러날 현, 나타낼 현. 藏 감출 장. 豹 표범 표. 掩 가릴 엄.

81) 穴 구멍 혈. 焉 어찌 언, 종결어미. 得 얻을 득. 闖 엿볼 츰(틈), 돌입하다.

※ **飛多高 進多遠** (비다고 진다원 fēi duō gāo, jìn duō yuǎn)
「높이 난 만큼 멀리 나아간다.」 (많이 준비해야 성과도 크다.)

→ **放長線 釣大魚** (방장선 조대어 fàng chángxiàn diào dàyú)
「긴 낚싯줄을 놓아 큰 고기를 낚다.」 (원대한 계획으로 큰일을 해내다.)

▶ **大網撈大魚** (대망노대어)
「큰 그물에서 큰 고기를 건진다.」 (자본이 많으면 이득이 많다.)

▶ **大有大難 小有小難** (대유대난 소유소난)
「많이 가졌으면 큰 어려움이 있고, 조금 가졌으면 작은 어려움이 있다.」[82]

※ **蚍蜉撼大樹不自量** (비부감대수부자량 pífú hàn dàshù bù zì liáng)
「개미가 큰 나무를 흔들려 하는 것은 자신을 헤아리지 못한 것이다.」

→ **螻蛄負山** (누고부산 lóugū fùshān)
「땅강아지가 산을 짊어지다.」 (전혀 불가능한 일.)

▶ **海底撈針** (해저노침 hǎi dǐ lāo zhēn)
「바다 밑에서 바늘 건지기.」 (검불더미에서 바늘 찾기. 백사장에서 바늘 찾기. 대해심침大海尋針)

▶ **海底摸鍋** (해저모과)
「바다 밑에서 솥 더듬어 찾기.」 (불가능한 일.)

▶ **鑽氷取火 軋沙求油** (찬빙취화 알사구유)
「얼음을 뚫어 불을 얻고, 모래를 짜서 기름을 얻다.」[83]

掏 꺼낼 도. 江湖 온 세상을 돌아다니며 사는 사람. 그런 직업.
82) 遠 멀 원. 釣 낚을 조. 網 그물 망. 撈 집을 노(로), 건지다.
83) 蚍 왕개미 비. 蜉 왕개미 부. 蚍蜉 개미. 撼 흔들 감. 樹 나무 수. 螻 땅

※ 卸磨殺驢 過河拆橋 (사마살려 과하탁교 xiè mó shā lú, guò hé chāi qiáo)

「연자매를 다 돌리자 나귀를 잡고, (내가) 강을 다 건너고 나서 다리를 부숴 버리다.」 (배은망덕하다.)

→ 飛鳥盡良弓藏 狡兔死走狗烹 (비조진양궁장 교토사주구팽 fēiniǎo jìn liánggōng cáng, jiǎotù sǐ zǒugǒu pēng)

「나는 새가 없으면(사냥거리가 없다면) 좋은 활이라도 처박아 두고, 날쌘 토끼를 잡고 나면 사냥개를 삶아 먹는다.」 (쓸모가 없어지면 아무리 좋은 물건도 가치가 없어진다.)

▶ 狡兔旣死 獵狗應烹 (교토기사 엽구응팽)

「날쌘 토끼가 죽었으니 사냥개는 응당 삶아 먹어야 한다.」

▶ 狡兔有三窟 軍師有三策 (교토유삼굴 군사유삼책)

「교활한 토끼는 세 개의 굴이 있고, 군사軍師는 세 가지 방책이 있다.」

▶ 敵國破 謀臣死 (적국파 모신사)

「적국을 격파하고 나면 큰일을 한 신하는 죽는다.」

▶ 狡兔不可信 小樹不可倚 (교토불가신 소수불가의)

「날쌘 토끼는 믿을 수 없고, 작은 나무에는 기댈 수 없다.」[84]

※ 死耗子任猫拖 (사모자임묘타 sǐ hàozi rèn māo tuō)
「죽은 쥐는 고양이가 끄는 대로 끌려간다.」

강아지 루. 螻蛄 땅강아지. 負 질 부. 底 바닥 저. 撈 잡을 노(로), 건지다. 針 바늘 침. 鑽 끌 찬, 뚫다, 불을 피우기 위해 두 나무를 강하게 비비다. 軋 밀 알, 압착하다. 沙 모래 사.

84) 卸 벗을 사, 짐 부릴 사. 磨 갈 마, 맷돌, 연자방아. 驢 나귀 려. 拆 부술 탁. 橋 다리 교. 盡 다할 진. 藏 감출 장. 狡 날쌜 교, 교활할 교. 兔 토끼 토. 走狗 사냥개. 烹 삶을 팽. 獵 사냥할 렵. 倚 기댈 의.

→ 死老虎好打 活老鼠難抓 (사노호호타 활노서난조 sǐ lǎohū hǎo dǎ, huó lǎoshǔ nán zhuā)

「죽은 호랑이는 마음대로 때릴 수 있지만, 살아있는 쥐는 붙잡기 어렵다.」

▶ 死猫嚇死活老鼠 (사묘혁사활노서)

「죽은 고양이는 살아 있는 쥐를 놀라게 한다.」

▶ 死人不知杠棺苦 貪官不知百姓窮 (사인부지강관고 탐관부지백성궁)

「죽은 사람은 관을 멘 사람의 고생을 모르고, 탐욕스런 관리는 백성의 가난을 모른다.」 85)

※ 死鳥不知飛 (사조부지비 sǐniǎo bù zhī fēi)
「죽은 새는 날 줄 모른다.」 (머리가 둔하면 행동도 굼뜨다.)

→ 死魚不張嘴兒 (사어부장취아 sǐyú bù zhāngzuǐr)

「죽은 물고기는 입을 열 수 없다.」

▶ 死蛇活尾 死蜂活刺 (사사활미 사봉활자)

「죽은 뱀이 꼬리를 흔들고, 죽은 벌이 침을 쏜다.」 (죽어서도 다른 사람을 괴롭히다.)

▶ 老虎下山一張皮 (노호하산일장피)

「호랑이도 하산을 하면 한 장의 가죽이다.」 (외모에 맞는 의상이 중요하다.)

▶ 死了老虎不吃人 (사료노호불흘인)

「죽은 호랑이는 사람을 먹지 못한다.」 86)

---

85) 拖 끌 타. 抓 긁을 조, 움켜쥐다. 嚇 노할 혁, 놀라다, 놀라게 하다.
86) 張 넓힐 장. 嘴 부리 취. 刺 찌를 자.

※ 百川歸海海不盈 (백천귀해해불영 bǎi chuān guī haǐ, haǐ bù yíng)
「모든 강물이 바다로 흘러들지만, 바다는 넘치지 않는다.」

→ 千條河流歸大海 (천조하류귀대해 qiāntiáo héliú guī dàhaǐ)
「천 갈래 강물은 큰 바다로 흘러간다.」(흘러 흘러 가는 곳 그 끝은
바다이다.)

▶ 水滴積多成大海 經歷集多成學問 (수적적다성대해 경력집다성학
문)

「물방울이 많이 모이면 바다가 되고, 경험이 많이 쌓이면 학문이
된다.」

▶ 水滴集多成大海 諺語積多成學問 (수적집다성대해 언어적다성학
문)

「물방울도 많이 모이면 바다가 되고, 속담도 많이 알면 학문을 이
룬다.」[87]

※ 死巷裏趕狗 回頭咬一口 (사항리간구 회두교일구 sǐxiàngli gǎn
gǒu, huítóu yǎo yī kǒu)
「막다른 골목으로 개를 쫓으면 되돌아 대들고 문다.」

→ 趕人不可趕上 (간인불가간상 gǎnrén bùkě gǎnshàng)
「사람을 쫓아도 막다른 골목까지 쫓지 말라.」(도망갈 곳을 보고
쫓아라.)

▶ 拉弓不可拉滿 (납궁불가납만)
「활을 당기더라도 끝까지 당길 수 없다.」(활이 부러진다.)

▶ 趕兩隻兎子的 一隻都捉不到 (간양척토자적 일척도착부도)
「두 마리 토끼를 쫓는 사람은 한 마리도 잡지 못한다.」[88]

---

87) 盈 가득 찰 영. 微 작을 미. 塵 티끌 진. 條 가지 조, 줄, 조항. 歸 돌아갈
　　귀. 壘 성채 루(누), 쌓다.

※ 山高水長出百寶 (산고수장출백보 shāngāo shuǐcháng chū bǎi bǎo)

「높은 산과 큰 강에서는 온갖 보물이 나온다.」

→ 山高有個頂 海深有個底 (산고유개정 해심유개저 shān gāo yǒu gè dǐng, hǎi shēn yǒu gè dǐ)

「산이 높다 해도 정상이 있고, 바다가 깊다 해도 바닥이 있다.」

▶ 山高自有客行路 水深自有渡船人 (산고자유객행로 수심자유도선인)

「산이 높아도 사람이 다니는 길이 있고, 물이 깊으면 배로 건너는 사람이 있다.」

▶ 山高樹也高 井深水更凉 (산고수야고 정심수경량)

「산이 높으니 나무도 크고, 샘이 깊으니 물은 더욱 차갑다.」

▶ 眞心要吃人蔘果 哪怕山高路難行 (진심요흘인삼과 나파산고로난행)

「진심으로 인삼과를 먹고 싶다면 어찌 산이 높고 길이 험한 것을 두려워하랴?」[89]

※ 山不在高 有仙則名 (산부재고 유선즉명 shān bù zài gāo, yǒu xiān zé míng)

「산은 높이가 아니라, 신선이 살아야 명산이다.」

→ 水不在深 有龍則靈 (수부재심 유룡즉령 shuǐ bù zài shēn, yǒu lóng zé líng)

「물은 깊이가 아니라, 용이 있어야 영험하다.」 (《古文眞寶》唐 유우석劉禹錫의 「누실명陋室銘」)

---

88) 巷 거리 항. 死巷 막다른 골목. 趕 달릴 간, 쫓을 간(赶과 同字). 捉 잡을 착. 拉 데려갈 납, 당기다, 끌다.

89) 頂 정수리 정, 꼭대기. 底 밑 저. 渡 물 건널 도.

▶ 山美不在高 人美不在貌 (산미부재고 인미부재모)

「산의 아름다움은 높이에 있지 않고, 사람의 아름다움은 용모에 있지 않다.」

▶ 山外靑山樓外樓 (산외청산루외루)

「산 너머 또 청산이, 누각 저 멀리 또 누각이 있다.」 (어떠한 경지에 도달하면 더 높은 새로운 세계가 있다.) 90)

※ 山山有路 路路相通 (산산유로 노로상통 shānshān yǒu lù, lùlù xiāng tōng)

「산마다 길이 있고, 길은 길과 통한다.」

→ 山水有相逢 (산수유상봉 shānshuǐ yǒu xiāngféng)

「산과 물은 서로 만난다.」

▶ 山與山不相遇 人與人總相逢 (산여산불상우 인여인총상봉)

「산과 산은 서로 만나지 않더라도, 사람과 사람은 언젠가는 상봉한다.」

▶ 山是一步一步登上來的 (산시일보일보등상래적)

「산은 한 발 한 발 올라가는 것이다.」

▶ 山寺日高僧未起 算來名利不如閑 (산사일고승미기 산래명리불여한)

「산사에 해가 높이 떴으나, 스님은 일어나지 않았다. 생각해보면 세상 명리는 한가한 생활만 못하다.」 91)

※ 殺鷄給猴看 (살계급후간 shā jī gěi hóu kàn)

「닭을 죽여 원숭이에게 보여 주다.」 (작은 본보기로 여러 사람을

---

90) 則 곧 즉, 법칙 칙. 樓 다락 누(루), 높이 솟은 집, 큰 집.
91) 逢 만날 봉. 遇 만날 우.

경계(警戒함.)

→ **殺了一隻虎 留下一隻狼** (살료일척호 유하일척랑 shāle yī zhī hū, liúxià yīzhī láng)

「호랑이를 죽였지만, 이리를 살려두다.」 (악폐를 근절하지 못하고 후환을 남겨 둠.)

▶ **殺了小妖 引來凶鬼** (살료소요 인래흉귀)

「작은 요괴를 죽여 흉악한 귀신을 불러들이다.」 (어설픈 일처리가 더 큰 재앙을 초래함.)

▶ **殺鷄嚇猴子** (살계혁후자)

「닭을 죽여 원숭이를 겁주다.」

▶ **殺一警百** (살일경백)

「한 사람을 죽여 백 명에게 경고하다.」 92)

※ **殺鷄不用牛刀** (살계불용우도 shā jī bùyòng niúdāo)
「닭을 잡을 때는 소 잡는 칼을 쓰지 않는다.」

→ **捕鼠不須虎力** (포서불수호력 bǔshǔ bù xū hǔlì)

「쥐를 잡을 때는 호랑이만한 힘을 쓰지 않는다.」 (작은 일에 큰 힘을 쓰지 않는다)

▶ **掏耳屎用不着大馬勺** (도이시용불착대마작)

「귀이개를 가지고 큰 주걱으로 쓸 수 없다.」

▶ **殺猪殺屁股** (살저살비고)

「돼지를 잡으면서 궁둥이를 찌르다.」

▶ **殺鷄不如遠送客** (살계불여원송객)

「닭을 잡는 것은 손님을 멀리까지 전송하는 것만 못하다.」 93)

---

92) 猴 원숭이 후, 원숭이는 피를 무서워하기에 원숭이를 길들이는 사람은 닭의 피를 보여준다고 함.

※ **上不上下不下** (상불상하불하 shàng bù shàng, xià bù xià)
「올라가지도 내려가지도 못하다.」 (이도 저도 아니다.)

→ **弔死鬼打鞦韆 不上不下** (적사귀타추천 불상불하 diàosǐguǐ dǎ qiūqiān bùshàng bùxià)

「목매 죽은 귀신이 그네를 타면 올라가지도 내려가지도 않는다.」 (어정쩡한 태도를 취하다.)

▶ **三歲小孩兒貼對聯 - 上下不分** (삼세소해아첩대련 - 상하불분)
「세 살 먹은 아이가 대련을 붙이다. - 상하를 가리지 못하다.」

▶ **驢不驢 馬不馬** (여불려 마불마 lú bù lú, mǎ bù mǎ)
「나귀 같지만 나귀가 아니고, 말 같으나 말도 아니다.」 (까닭을 알 수 없다.) 94)

※ **上場容易下場難** (상장용이하장난 shàngchǎng róngyì xiàchǎng nán)
「(벼슬살이의) 시작은 쉽지만, 잘 끝내기는 어렵다.」

→ **上山不易下山難** (상산불이하산난 shàngshān bùyì xiàshān nán)
「산에 오르기도 쉽지 않지만, 하산도 어렵다.」

▶ **上船容易下船難** (상선용이하선난)
「배에 오르기는 쉽지만, 하선은 어렵다.」

▶ **上了敵船 走到江心** (상료적선 주도강심)
「적선에 올라 강 가운데까지 갔다.」 (길을 잘못 들어 위험에 빠지다.)

▶ **上山八條路 下山路八條** (상산팔조로 하산로팔조)

---

93) 殺 죽일 살. 捕 잡을 포. 鼠 쥐 서. 掏 골라낼 도. 屎 똥 시. 掏耳屎 귀지를 파내는 귀이개. 勺 구기 작. 馬勺 큰 국자.

94) 弔 매달 조. 打 때릴 타, 「~일을 하다」. 鞦 그네 추. 韆 그네 천. 打鞦韆 그네를 타다. 貼 붙일 첩.

「산에 오르는 길이 여덟 갈래면 내려오는 길도 여덟 갈래다.」

▶ 上崗下崗別害怕 有一上就有一下 (상강하강별해파 유일상취유일하)

「산에 오르고 내려가는 것을 두려워 말라. 올라가는 길이 있으면 내려가는 길도 있다.」 95)

※ 床底下放風箏 (상저하방풍쟁 chuángdǐ xià fàng fēngzhēng)

「침상 아래에서 연을 띄우다.」 (처음부터 한계나 여건의 제약을 받다.)

→ 樹林中放風箏 (수림중방풍쟁 shùlín zhōng fàng fēngzhēng)

「수풀 속에서 연을 띄우다.」 (장애물이 많아 성취할 수 없다.)

▶ 長線放遠鷂 (장선방원요 chángxiàn fàngyuǎn yào)

「연의 줄이 길어야 새매 연을 멀리(높게) 띄울 수 있다.」 (원대한 포부를 품다.)

▶ 放出去的風箏 - 越飛越遠 (방출거적풍쟁 - 월비월원)

「놓쳐버린 연 - 날아갈수록 더 멀어진다.」 96)

※ 先下手爲强 (선하수위강 xiān xiàshǒu wéi qiáng)

「먼저 손을 쓰는 것이 유리하다.」 (선수 치면 이긴다.)

→ 後下手遭殃 (후하수조앙 hòu xiàshǒu zāoyāng)

「늦게 손을 쓰면 재앙을 입는다.」

▶ 先發制人 後發制於人 (선발제인 후발제어인)

「먼저 나서면 남을 제압하지만, 늦으면 남에게 제압당한다.」

---

95) 敵 원수 적. 崗 산등성이 강(岡의 俗字). 別 ~하지 말라. 害怕 두려워하다.

96) 床 침상. 底 밑 저. 風箏 연 지연(紙鳶). 鷂 새매 요.

▶ **迅雷不及掩耳** (신뢰불급엄이)

「빠른 천둥소리에 귀를 막지도 못하다.」(어떤 일이 순식간에 일어나다.)

▶ **先來的吃肉 後來的喝湯** (선래적흘육 후래적갈탕)

「먼저 온 사람은 고기를 먹고, 뒤에 온 사람은 국물을 먹는다.」

▶ **先謀後事者昌 先事後謀者亡** (선모후사자창 선사후모자망)

「계획을 먼저 세우고 일을 시작하면 번창하지만, 일을 벌인 다음 계획을 세우는 사람은 망한다.」 97)

※ **碟子裏扎猛子 - 不知深淺** (설자리찰맹자 - 부지심천 diézi lǐ zhā měngzi, - bù zhī shēnqiǎn)

「접시 물에 자맥질을 하다. - 깊고 얕은 것을 모른다.」(분수를 모른다.)

→ **瞎子過河 不摸深淺** (할자과하 불모심천 xiāzi guò hé, bù mō shēnqiǎn)

「소경이 냇물을 건널 때, 깊이를 모른다.」

▶ **瞎子找驢 不知往哪兒闖** (할자조려 부지왕나아츰)

「소경이 나귀를 찾는데, 어디로 튀었는지 알지 못한다.」

▶ **割子跌不到井裏 跛子跌不到崖裏** (할자질부도정리 파자질부도애리)

「소경은 우물 속에 빠지지 않고, 절름발이는 벼랑에 떨어지지 않는다.」 98)

---

97) 遭 만날 조. 殃 재앙 앙. 迅 빠를 신. 掩 가릴 엄.

98) 碟 가죽 다룰 설. 碟子 diézi 접시. 扎 뺄 찰, 잠기다, 빠지다. 猛 사나울 맹, 돌연히. 扎猛子 거꾸로 뛰어드는 자맥질. 摸 더듬을 모. 找 찾을 조, 채울 조. 驢 나귀 려. 闖 머리 내밀 츰(틈), 왈칵 들어가다. 跌 넘어질 질. 跛 절뚝발이 파. 崖 벼랑 애.

※ **雪地裏埋不住死人** (설지리매부주사인 xuědìli máibùzhù sǐrén)

「눈 속에 죽은 사람을 묻어둘 수 없다.」(곧 드러나게 된다.)

→ **紙包不住火 人包不住錯** (지포부주화 인포부주착, zhǐ bāo bù zhù huǒ rén bāo bù zhù cuò)

「종이로는 불火을 쌀 수 없고, 사람은 잘못을 숨길 수 없다.」(진상을 숨길 수 없다.)

▶ **雪裏埋人久後自明** (설지타맥자 답착각인주)

「눈 속에 사람을 묻으면 오랜 뒤에는 다 밝혀진다.」

▶ **雪中埋人怕雪消** (설중매인파설소)

「눈 속에 사람을 묻고서 눈이 녹는 것을 두려워하다.」

▶ **氷上蓋不起房屋 雪裏藏不住眞珠** (빙상개불기방옥 설리장부주진주)

「얼음 위에 집을 지을 수 없고, 눈 속에 진주를 묻어둘 수 없다.」[99]

※ **成事不足 敗事有餘** (성사부족 패사유여 chéngshì bùzú, bàishì yǒuyú)

「무슨 일을 해내기에는 부족하고, 일을 그르치는 데는 넉넉하다.」(능력이 모자라 오히려 일을 망침.)

→ **千慮成之不足 一失壞之有餘** (천려성지부족 일실괴지유여 qiānlù chéng zhī bùzú, yīshī huài zhī yǒuyú)

「천 번 생각해도 성공하기에 부족하고, 단 한 번의 실수도 모든 걸 수포로 돌리기에 충분하다.」

▶ **作好千日不足 作壞一朝有餘** (작호천일부족 작괴일조유여)

「잘 하는 데는 천 일도 부족하지만, 망가뜨리는 데는 하루면 족하

---

99) 埋 묻을 매. 錯 섞일 착, 틀리다, 착오, 실패. 消 사라질 소. 蓋 덮을 개, 집을 짓다. 房屋 집.

다.」

▶ 成也蕭何 敗也蕭何 (성야소하 패야소하)

「일을 이루는 사람도 소하, 일을 망치는 사람도 소하.」(사정의 좋고 나쁨도, 성패도 결국 중요한 한 사람에게 달렸다.) 100)

※ 成爲虎 敗爲鼠 (성위호 패위서 chéng wéi hū, bài wéi shǔ)
「성공하면 호랑이, 실패하면 쥐새끼.」

→ 成事不說 旣往不咎 (성사불설 기왕불구 chéngshì bù shuō, jìwǎng bù jiù)

「끝나버린 일은 다시 말하지 말고, 이미 지난 일을 탓하지 말라.」

▶ 天上無雲不下雨 地上無人事不成 (천상무운불하우 지상무인사불성)

「하늘에 구름이 없으면 비가 오지 않고, 땅 위에 사람이 없으면 일을 이룰 수 없다.」

▶ 天上風雲莫測 人事瞬息變化 (천상풍운막측 인사순식변화)

「하늘의 풍운은 예측할 수 없듯, 인간사도 순식간에 변한다.」 101)

※ 小鬼難與閻羅鬪 (소귀난여염라투 xiǎo guǐr nán yǔ yánluó dòu)
「작은 도깨비는 염라대왕과 다툴 수 없다.」

→ 小鬼見閻王 (소귀견염왕 xiǎo guǐr jiàn yán wáng)

「작은 도깨비가 염라대왕을 만나다.」 (무서워 떨다.)

▶ 小鬼傷了鍾馗 (소귀상료종규)

「작은 도깨비가 종규를 다치게 한다.」 (하수가 어찌하다 보니 고수

---

100) 餘 남을 여. 慮 생각 려. 壞 무너질 궤. ※ 蕭何(소하) ; 漢의 고조 유방 (劉邦)의 가장 유능한 文臣 참모, 승상.
101) 咎 허물 구, 책망하다, 탓하다. 測 잴 측. 瞬 눈깜짝일 순.

를 이기다.)

▶ 小不能敵大 弱不能敵强 (소부능적대 약부능적강)

「작은 것은 큰 것과 맞설 수 없고, 약한 자는 강한 자와 대적할 수 없다.」[102]

※ 小洞不補 大洞吃苦 (소동불보 대동흘고 xiǎodòng bù bǔ, dàdòng chīkǔ)

「작은 구멍을 (제 때에) 메우지 않으면, 큰 구멍이 되어 고생을 한다.」

→ 小坼不補 大坼難補 (소탁불보 대탁난보 xiǎochè bù bǔ, dà chè nán bǔ)

「조금 터진 곳을 깁지 않으면 크게 터졌을 때 깁기 어렵다.」

▶ 小錯不改成大錯 小溝不塡成大壑 (소착불개성대착 소구부전성대학)

「작은 실패를 고치지 않으면 큰 낭패를 보고, 작은 도랑을 메우지 않으면 큰 골짜기가 된다.」[103]

※ 小廟容不下大菩薩 (소묘용불하대보살 xiǎomiào róngbùxià dàpúsā)

「작은 절은 큰 보살을 모실 수 없다.」

→ 小廟裏來了大菩薩 (소묘리래료대보살 xiǎomiào li láile dà púsā)

「작은 절에 큰 보살이 왔다.」 (궁벽한 시골에 큰 인물이 낙향하다.)

---

102) 馗 광대뼈 규, 귀신이름 규. 鐘馗(종규) ; 마귀나 귀신들을 때려 준다는 전설상의 귀신.

103) 坼 터질 탁. 錯 섞일 착. 溝 물도랑 구. 塡 메울 전, 채우다. 壑 산골짜기 학.

▶ 小廟沒有大香火 (소묘몰유대향화)

「작은 사당에 큰 치성 드리는 사람 없다.」

▶ 小廟裏的神仙 受不得大香燭 (소묘리적신선 수부득대향촉)

「작은 묘당의 신선은 큰 치성을 받지 못한다.」 104)

※ 小巫見大巫 (소무견대무 xiǎowū jiàn dàwū)

「새끼 무당이 큰 무당을 만나다.」 (우열優劣, 고하高下의 차이가 분명하다. 조소, 익살의 뜻 내포.)

→ 小雀要跟老雀飛 (소작요근노작비 xiǎoquè yào gēn lǎoquè fēi)

「새끼 참새는 어미 참새를 따라 날아야 한다.」 (자녀는 부모에 순종해야 한다.)

▶ 大能容小 天能蓋地 (대능용소 천능개지)

「큰 사람은 작은 사람을 포용하고, 하늘은 땅을 덮을 수 있다.」

▶ 大名之下難以久安 (대명지하난이구안)

「위대한 권력자 아래서는 오랜 세월 편할 수 없다.」 (제2인자의 자리는 언제나 위험하다. 권력자에 기대는 것은 늘 불안하다.)

▶ 大樹底下長不出好草 (대수저하장불출호초)

「큰 나무 아래 좋은 풀이 자라지 못한다.」

▶ 江海不與坎井爭其淸 雷霆不與蛙蚓鬪其聲 (강해불여감정쟁기청 뇌정불여와인투기성)

「강과 바다는 웅덩이나 샘물과 맑기를 겨루지 않고, 세찬 천둥소리는 개구리나 지렁이와 소리를 다투지 않는다.」 105)

---

104) 廟 사당 묘. 菩 보리 보. 薩 보살 살.

105) 巫 무당 무. 坎 구덩이 감. 雷 우뢰 뇌, 천둥소리. 霆 천둥소리 정. 蛙 개구리 와. 蚓 지렁이 인.

※ 小石頭能打破大缸 (소석두능타파대항 xiǎo shítou néng dǎpò dàgāng)

「작은 돌멩이가 큰 항아리를 깨뜨린다.」

→ 星星之火 可以燎原 (성성지화 가이요원 xīngxīng zhī huǒ, kěyǐ liáoyuán)

「작은 불티 하나가 넓은 들판을 태울 수 있다.」(작은 실수가 큰 화근을 초래하다. 미세한 세력이 엄청나게 커지다. 주로 혁명과 같은 상황을 표현할 때 사용.)

▶ 燎原烈火 (요원열화)

「불타는 넓은 들판의 뜨거운 불길.」(기세가 맹렬하다.)

▶ 一石激起千層浪 (일석격기천층랑)

「돌 하나가 천 겹의 물결을 일으킨다.」

▶ 山雨欲來風滿樓 (산우욕래풍만루)

「산 속에 비가 오려 하니 누각에 바람이 가득하다.」(큰 사건이 터지기 직전의 긴장상황.)

▶ 野火燒不盡 春風吹又生 (야화소부진 춘풍취우생)

「들불이 모두를 다 태우지 못하나, 봄바람이 불면 다시 살아난다.」(민초들의 강인한 생명력을 표현함.) 106)

※ 誰看見便宜不逮 (수간견편의불체 shuí kànjiàn piáni bù dǎi)

「누군들 공짜를 보고 뛰어가지 않겠는가?」

→ 誰見甛的不伸舌頭 (수견첨적불신설두 shuí jiàn tiánde bù shēn shétou)

「누구든 단 것을 보면 입맛을 다신다.」

▶ 誰有脂粉不往臉上搽 (수유지분불왕검상차)

---

106) 星星 별처럼 작은 점. 燎 불 놓을 료(요), 태우다. 原 들판 원.

「누구든 연지나 분이 있으면 얼굴에 바른다.」(여자의 화장본능.)

▶ 誰吃飯誰飽 誰念書誰好 (수흘반수포 수염서수호)

「누구든 밥을 먹으면 배부르고, 책을 읽는다면 누구든 좋아진다.」107)

※ 樹老根多 人老話多 (수노근다 인노화다 shù lǎo gēn duō, rén lǎo huà duō)

「나무가 늙으면 뿌리가 많고, 사람이 늙으면 말이 많아진다.」

→ 樹搖葉落 人搖財散 (수요엽락 인요재산 shù yáo yè luò, rén yáo cái sàn)

「나무를 흔들면 잎이 떨어지고, 사람을 흔들어대면 재물이 흩어진다.」

▶ 樹葉落在樹底下 (수엽낙재수저하)

「나뭇잎은 떨어져도 나무 아래 쌓인다.」108)

※ 樹大陰凉大 (수대음량대 shù dà yīnliáng dà)

「나무가 크면 그늘도 크다.」

→ 樹高千丈 葉落歸根 (수고천장 엽락귀근 shùgāo qiānzhàng, yè luò guī gēn)

「나무가 아무리 커도 잎은 떨어져 뿌리로 돌아간다.」

▶ 樹根不動 樹梢白搖 (수근부동 수초백요)

「나무뿌리는 흔들리지 않는데, 가지 끝이 공연히 흔들린다.」

▶ 樹有高低 人有窮富 (수유고저 인유궁부)

---

107) 誰 누구 수. 舔 달 첨. 伸 펼 신. 舌 혀 설. 脂 기름 지. 粉 가루 분. 臉 뺨 검. 搽 바를 차, 칠하다. 念書 niànshū (소리내어) 책을 읽다, 면학하다.
108) 搖 흔들 요.

「크고 작은 나무가 있듯, 가난뱅이와 부자가 있다.」

▶ 小樹不扶容易彎 (소수불부용이만)

「작은 나무는 붙들어 주지 않으면 쉽게 구부러진다.」109)

※ 水流千里歸大海 (수류천리귀대해 shuǐliú qiānlǐ guī dàhaǐ)
「강물은 천리를 흘러 바다로 간다.」

→ 水流船行岸不移 (수류선행안불이 shuǐliú chuánxíng àn bù yí)

「물 따라 배가 가지, 강기슭이 가는 것은 아니다.」

▶ 有陸不登舟 (유육부등주)

「땅으로 갈 수 있다면 배를 타지 않는다.」(물은 그만큼 위험하다.)

▶ 水滿不碍魚游 林深何防鳥去 (수만불애어유 임심하방조거)

「물이 가득하다 하여 물고기 노는 데 막힘이 없고, 숲이 무성하다 해도 새가 나는 데 아무 방해가 없다.」

▶ 水能載舟 亦能覆舟 (수능재주 역능복주)

「물은 배를 뜨게도 하지만, 뒤집어버릴 수도 있다.」110)

※ 瘦死駱駝比馬大 (수사낙타비마대 shòusǐ luòtuo bǐ mǎ dà)
「비쩍 말라서 죽은 낙타라도 말馬보다 크다.」(썩어도 준치.)

→ 瘦駱駝尙有千斤肉 (수낙타상유천근육 shòu luòtuo shàng yǒu qiān jīn ròu)

「낙타가 비록 말랐다 해도 천 근의 고기가 있다.」

▶ 大象病了千斤重 (대상병료천근중)

「병든 코끼리도 천 근 무게가 있다.」

---

109) 陰 그늘 음. 凉 서늘할 량. 葉 잎사귀 엽. 梢 나무끝 초. 白 희다, 명백
하다, 아뢰다, 공연히, 쓸데없이. 搖 흔들릴 요.

110) 歸 돌아갈 귀. 岸 언덕 안. 碍 막을 애, 장애물. 載 실을 재. 覆 엎을 복.

▶ 大船破了還有三顆釘 (대선파료환유삼과정)

「큰 배가 부서져도 못 세 개는 남는다.」

▶ 牛瘦角不瘦 (우수각불수)

「수척한 소라도 뿔은 수척하지 않다.」111)

※ 樹要有根 人要有田 (수요유근 인요유전 shù yào yǒu gēn, rén yào yǒu tián)

「나무는 뿌리가 있어야 하고, 사람은 땅이 있어야 한다.」

→ 樹的影兒 人的名兒 (수적영아 인적명아 shù de yǐngr, rén de míngr)

「나무에게는 그림자, 사람에게는 이름名字.」

▶ 樹直是寶 人直是禍 (수직시보 인직시화)

「나무는 곧아야 돈이 되지만, 사람이 곧으면(융통성이 없으면) 화가 된다.」

▶ 樹正不怕月影斜 (수정불파월영사)

「나무가 곧다면 달빛 그림자가 비뚤어질까 걱정하지 않는다.」

▶ 樹高不能撐着天 人老不能過百年 (수고불능탱착천 인노불능과백년)

「나무가 크다 하여 하늘을 떠받칠 수 없고, 사람이 늙었다 하여 백살을 넘길 수 없다.」112)

※ 雖有智慧 不如乘勢 (수유지혜 불여승세 suī yǒu zhìhuì, bùrú chéngshì)

「비록 지혜가 있더라도 유리한 때를 이용하는 것만 못하다.」

---

111) 瘦 여윌 수, 마르다. 駱駝 낙타. 尚 오히려 상, 바랄 상. 還 아직, 여전히, 또, 일찍이 등 다양한 의미로 쓰임. 顆 낟알 과(여기서는 물건을 세는 단위). 釘 못 정.

112) 撐 버틸 탱.

→ 雪地打貉子 踏着脚印走 (설지타맥자 답착각인주 xuědì dǎ háo zi tàzhe jiǎoyìn zǒu)

「눈밭에서 담비를 잡으려면 발자국만 따라가면 된다.」

▶ 雖有鎡錤 不如待時 (수유자기 불여대시)

「호미가 있다 하더라도 농사철에 맞추는 것만 못하다.」

▶ 有勇不如有智 有智不如有學 (유용불여유지 유지불여유학)

「용기가 있는 것은 지혜만 못하고, 지혜가 있다 해도 학식만은 못하다.」[113]

※ 水底打屁有泡起 (수저타비유포기 shuǐ dǐ dǎ pì yǒu pào qǐ)
「물 속에서 방귀를 뀌면 거품이 올라온다.」

→ 水落石出 水淺石見 (수락석출 수천석현 shuǐ luò shí chū, shuǐ qiǎn shí xiàn)

「물이 마르면 돌이 드러나고, 물이 얕으면 돌이 보인다.」(일의 진상이 드러나고, 사람 본성이 들여다보인다.)

▶ 水淸見底 明鏡照心 (수청견저 명경조심 shuǐqīng jiàn dǐ, míngj ìng zhào xīn)

「물이 맑으면 바닥이 보이고, 깨끗한 거울에 마음을 비춘다.」

▶ 水淸魚自現 (수청어자현)

「물이 맑으면 고기가 저절로 보인다.」

▶ 小蟈蟈爬不到高枝上去 (소괵괵파부도고지상거)

「작은 여치는 높은 가지에 올라갈 수 없다.」(소인은 고위직에 오를 수 없다. 무능력은 금방 드러나게 된다.) [114]

---

113) 乘 탈 승. 貉 담비 학. 脚 다리 각. 鎡 호미 자. 錤 호미 기.
114) 屁 방귀 비. 泡 거품 포. 蟈 여치 괵, 청개구리.

※ 守株待兎 (수주대토 shǒu zhū dài tù)
「나무에 기대어 토끼를 기다린다.」(노력하지 않고, 횡재만 바란다.)

→ 痴猫等死鼠 (치묘등사서 chīmāo děng sǐshǔ)
「미련한 고양이가 죽은 쥐를 기다린다.」(멍청하게 앉아 있다.)

▶ 寧可守株待兎 絶莫緣木求魚 (영가수주대토 절막연목구어)
「차라리 수주대토는 할지언정 아예 연목구어는 하지 말라.」(횡재는 바랄지언정 불가능한 일은 하지 말라)〔고기를 잡으려 나무에 올라가는 일(緣木求魚)은 가능성 0%.〕

▶ 癡漢等丫頭 (치한등아두)
「사랑에 눈먼 젊은이가 처녀를 기다린다.」(기다려 봤자 헛수고다.)

▶ 癡人面前 不必說夢 (치인면전 불필설몽)
「바보 앞에서 꿈 이야기를 할 필요가 없다.」(사실인 양 곧이들을 수 있기 때문.) 115)

※ 水淺養不住大魚 (수천양부주대어 shuǐ qiǎn yǎngbuzhù dàyú)
「물이 얕으면 대어를 기를 수 없다.」

→ 小水不容巨魚 (소수불용거어 xiǎoshuǐ bùróng jùyú)
「작은 물에 큰 고기를 키울 수 없다.」

▶ 水清難養魚 (수청난양어)
「맑은 물에서는 고기를 키우기 어렵다.」

▶ 淺水難養蛟龍 (천수난양교룡)
「얕은 물에서는 교룡이 클 수 없다.」

▶ 井水無大魚 新林無長木 (정수무대어 신림무장목)

---

115) 株 나무그루터기 주. 待 기다릴 대. 兎 토끼 토. 痴 어리석을 치(癡의 俗字). 丫 나뭇가지 갈라질 아. 丫頭 계집애, 계집종.

「우물물에 큰 고기 없고, 새 숲에 큰 나무 없다.」

▶ 綁鷄的繩子 捆不住大象 (방계적승자 곤부주대상)

「닭을 묶었던 새끼줄로는 코끼리를 묶어 맬 수 없다.」 116)

※ 水淸無魚 人淸無朋 (수청무어 인청무붕 shuǐqīng wú yú, rénqīng wú péng)

「물이 맑으면 고기가 없고, 사람이 맑으면 벗이 없다.」

→ 水流百步自淨 (수류백보자정 shuǐliú bǎibù zì jìng)

「물이 백 보를 흘러가면 저절로 맑아진다.」

▶ 水往低處流 人往高處走 (수왕저처류 인왕고처주)

「물은 낮은 곳으로 흐르고, 사람은 높은 곳으로 달려간다.」

▶ 水平不流 人平不言 (수평불류 인평불언)

「물은 평평한 곳에서는 흐르지 않고, 공평한 사람에게는 이런저런 말이 없다.」

▶ 細細水 長長流 (세세수 장장류)

「가늘고 가는 물이 길게 흐른다.」 117)

※ 是可忍 孰不可忍 (시가인 숙불가인 shì kě rěn, shú bù kě rěn)
「이것을 참는다면 다른 무엇을 못 참겠는가!」

→ 十年磨一劍 (십년마일검 shínián mó yī jiàn)

「10년간 칼 한 자루를 갈았다.」 (오랜 세월 고심하며 노력했다.)

▶ 此亦是一非 彼亦是一非 (차역시일비 피역시일비)

「이 또한 잘못이 있고, 저 또한 잘못이 있다.」 (양쪽 다 옳지 않다.)

---

116) 淺 물 얕을 천. 綁 동여맬 방. 繩 줄 승. 捆 묶을 곤. 象 코끼리 상. 綁 동여맬 방. 捆 묶을 곤.

117) 照 비출 조. 淺 물 얕을 천. 朋 벗 붕.

▶ 少打傷人劍 常磨克己刀 (소타상인검 상마극기도)

「사람을 상하게 하는 칼을 만들지 말고, 극기의 칼을 언제나 갈아라!」 (남을 해칠 생각을 하지 말고, 자신의 수양에 힘써라.) 118)

※ 時來福湊 (시래복주 shí lái fú còu)
「시운이 따르고 복이 모이다.」

→ 時衰鬼弄人 (시쇠귀농인 shí shuāi guǐ nòng rén)
「시운이 쇠하니 귀신이 사람을 놀린다.」

▶ 時來運通 井底有風 (시래운통 정저유풍)
「때가 되어 운이 트이니 우물 바닥에도 바람이 분다.」

▶ 時來易覓金千兩 運去難賒酒一壺 (시래이멱금천양 운거난사주일호)

「시운이 트이면 황금 천 냥도 쉽게 벌지만, 운이 없으면 외상 술 한 병도 얻지 못한다.」

▶ 時不至來運不通 水中撈月一場空 (시부지래운불통 수중로월일장공)
「시운이 없으니 운수도 막히고, 물 속의 달을 건지듯 모두가 허사로다.」 119)

※ 是白的 黑不了, 是黑的 白不了 (시백적 흑불료, 시흑적 백불료 shì báide hēibùliǎo, shì hēide báibùliǎo)
「희다면 검을 수 없고, 검다면 흴 수 없다.」

→ 分好歹 辨黑白 (분호알 변흑백 fēn hǎodǎi, biàn hēibái)
「좋고 나쁨을 구분하고, 흑백을 가리다.」 (사리를 분명히 하다.)

---

118) 孰 누구 숙, 무엇.
119) 湊 물 모일 주. 衰 쇠할 쇠, 약해지다. 覓 찾을 멱. 賒 외상으로 살 사. 壺 병 호, 단지. 弄 희롱할 농(롱), 가지고 놀다. 撈 잡을 노(로).

▶ 不怨狼吃羊 是怨羊上坡 (불원낭흘양 시원양상파 bù yuàn láng chī yáng, shì yuàn yáng shàng pō)

「늑대가 양을 잡아먹은 것을 탓하지 않고, 양이 산에 간 것을 탓한다.」 (흑백이 뒤바뀜.)

▶ 黑豆摻在白米裏 (흑두섬재백미리)

「검은 콩이 흰 쌀 속에 섞여 있다.」 (사정이 확실하게 드러나 보이다.) 120)

※ 新開茅厠三日香 (신개모측삼일향 xīnkāi máocè sānrìxīang)
「새로 지은 뒷간도 3일 동안은 냄새가 좋다.」

→ 新來媳婦三日勤 (신래식부삼일근 xīnlái xífù sānrì qín)
「새로 시집온 며느리는 3일간은 부지런하다.」

▶ 遠來的和尙好念經 (원래적화상호염경)

「먼 데서 온 중이 염불을 잘한다.」 (늘 보는 사람의 능력은 상대적으로 과소평가 된다.)

▶ 新娶媳婦盼天黑 (신취식부반천흑)

「새로 얻은 며느리는 해가 지기만을 기다린다.」 121)

※ 新葫蘆裝舊酒 (신호로장구주 xīn húlu zhuāng jiùjiǔ)
「새 호로병에 묵은 술을 담다.」 (형식만 바꾸고 내용은 변한 것이 없다.)

→ 不知悶葫蘆裏賣什麼藥 (부지민호로리매십마약 bù zhī mēnh úluli mài shéne yào)

---

120) 歹 좋지 않을 알(好의 반대). 辨 분별할 변. 坡 언덕 파, 비탈길. 摻 섞을 삼, 섞다, 묽게 타다.
121) 茅 띠 모. 厠 뒷간 측(廁과 같음). 媳 며느리 식. 盼 바랄 반, 희망하다.

「밀폐된 호로병 속에 무슨 약을 파는지 알 수 없다.」(속사정을 알 수 없다. 꿍꿍이속을 모르다.)

▶ **換湯不換藥** (환탕불환약)

「약탕기만 바꾸고 약은 바꾸지 않다.」[122]

※ **十個明星當不的月** (십개명성당부적월)

「밝은 별 열 개라도 달月만 못하다.」

→ **萬盞明燈頂太陽** (만잔명등정태양 wàn zhǎn míngdēng dǐng tàiyáng)

「일만 개의 밝은 등잔이라면 태양만큼 밝다.」

▶ **人多力量大 柴多火焰高** (인다역량대 시다화염고)

「사람이 많으면 역량이 크고, 땔감이 많으면 화염도 높다.」

▶ **星多天空亮 人多智謀廣** (성다천공량 인다지모광)

「별이 많으면 하늘이 밝고, 사람이 많으면 지략도 많이 나온다.」

▶ **一個皮鞋匠 難出好鞋樣. 兩個皮鞋匠 有事好商量. 三個皮鞋匠 勝過諸葛亮.** (일개피혜장 난출호혜양. 양개피혜장 유사호상량. 삼개피혜장 승과제갈양.)

「한 사람의 가죽신 장인은 좋은 신발을 만들어내기 어렵다. 가죽신 장인이 두 사람이면 일이 있을 때 잘 의논한다. 세 사람이면 제갈양보다 낫다.」[123]

※ **什麼主人養什麼狗** (십마주인양십마구 shénme zhǔrén yǎng shénme gǒu)

---

122) 葫 조롱박 호. 蘆 갈대 노(로). 裝 꾸밀 장. 鼻 코 비. 悶 답답할 민, 꽉 막다, 밀폐하다. 悶葫蘆 알 수 없는 일(사람).

123) 盞 잔 잔, 등잔. 頂 꼭대기 정, 상당하다, 필적하다. 柴 땔나무 시. 焰 불꽃 염. 皮 가죽 피. 鞋 신발 혜. 匠 장인(匠人) 장, 기술자, ~쟁이.

「그런 주인이 그런 강아지를 기른다.」

→ 什麼病吃什麼藥 (십마병흘십마약 shénme bìng chī shénme yào)

「그 어떤 병에는 그 어떤 약!」 (병에 따라 약이 달라야 한다.)

▶ 到什麼山唱什麼歌 (도십마산창십마가)

「그 산에 가면 그 산에 맞는 노래를 불러야 한다.」

▶ 什麼人 什麼待 什麼盤子什麼菜 (십마인 십마대 십마반자십마채)

「그런 사람에 그런 대접, 그 접시에 그 요리.」 124)

※ 牙齒咬舌頭 (아치교설두 yáchǐ yǎo shétou)
「이빨이 혀를 깨물다.」 (내분이 일어나다.)

→ 牙跟舌頭還有不和的時候 (아근설두환유불화적시후 yá gēn shétou hái yǒu bùhéde shíhou)

「치아와 혀가 불화할 때도 있다.」

▶ 齒亡舌存 (치망설존 chǐ wáng shé cún)

「치아는 빠져 없어도 혀는 남아 있다.」

▶ 舌爲柔和終不損 齒因堅硬必遭傷 (설위유화종불손 치인견경필조상)

「혀는 유연하고 부드럽기에 끝까지 다치지 않지만, 치아는 견고하고 단단하여 틀림없이 다치게 된다.」

▶ 牙齒也會嚼痛舌頭 (아치야회작통설두)

「이빨도 가끔은 혀를 아프게 깨물기도 한다.」 125)

---

124) 什 열 사람 십. 麼 어찌 마. 什麼(의문을 나타냄) 무엇? 무슨? 어떤? 왜? 뭐? 盤子 쟁반, 접시.

125) 咬 깨물 교. 跟 발뒤꿈치 근, ~와. 時候 때. 齒 이 치. 亡 없을 망. 舌 혀 설. 硬 굳을 경, 단단하다. 嚼 씹을 작.

※ 啞巴吃黃連 有苦說不出 (아파흘황련 유고설불출 yāba chī huánglián, yǒu kǔ shuō bùchū)

「벙어리가 황련을 먹으면 써도 말을 못한다.」

→ 啞巴吃餃子 - 心裏有數 (아파흘교자 - 심리유수 yǎba chī jiǎozi - xīnli yǒu shù)

「벙어리가 만두를 먹는다. - 마음속으로 다 계산이 있다.」 (말은 안 해도 계산은 분명하다.)

▶ 啞巴看失火 於急說不出 (아파간실화 어급설불출)

「벙어리가 불난 것을 보고서도 급하지만 소리를 못 지른다.」

▶ 啞子說話娘懂得 (아자설화낭동득)

「벙어리 자식이 하는 말을 어머니는 알아듣는다.」 [126]

※ 眼見爲實 耳聽爲虛 (안견위실 이청위허 yǎn jiàn wéi shí, ěr tīng wéi xū)

「눈으로 보면 사실이지만, 귀로 듣는 소문은 믿을 수 없다.」

→ 眼見千遍 不如手過一遍 (안견천편 불여수과일편 yǎjiàn qiān biàn, bùrú shǒu guò yī biàn)

「눈으로 천 번 보는 것은 손으로 한번 해보는 것만 못하다.」

▶ 眼經不如手經 手經不如舞弄 (안경불여수경 수경불여무농)

「눈으로 보는 것은 손을 거치는 것만 못하고, 손을 거친다 해도 갖고 노는 것만 못하다.」

▶ 眼觀四路 耳聽八方 (안관사로 이청팔방)

「눈으로는 사방을 보고, 귀로는 팔방의 의견을 듣는다.」 (용의주도

---

126) 啞 벙어리 아. 啞巴 벙어리. 吃 먹을 흘(喫 「마실 끽」 과 같음). 黃連 산에 나는 다년생 풀로, 뿌리는 쓴맛이고 설사약으로 쓰임. 餃子 만두. 懂 이해할 동, 알아듣다.

하게 관찰하고 준비하다.)

▶ 莫聽一人言 要聽百人勸 (막청일인언 요청백인권)

「한 사람의 말만 듣지 말고, 여러 사람이 권하는 말을 들어라!」

▶ 眼見之事猶恐不眞 背後之言豈可盡信 (안견지사유공부진 배후지
언기가진신)

「눈으로 보는 일도 진실이 아닐까 걱정인데, 남의 뒷말을 어찌 다
믿을 수 있겠는가?」 127)

※ 眼不見 掉一半 (안불견 도일반 yǎn bù jiàn, diào yī bàn)
「눈에 보이지 않으면 걱정거리의 절반은 없어진 것이다.」

→ 眼不見 心不煩 (안불견 심불번 yǎn bù jiàn, xīn bùfán)

「눈에 안 보이면 걱정하지 않는다.」

▶ 眼不見爲淨 耳不聞不煩 (안불견위정 이불문불번)

「눈에 안 보이면 깨끗한 것이고, 귀에 안 들리면 걱정하지 않는
다.」

▶ 視而不見 (시이불견)

「보고도 못 본 체하다.」 128)

※ 按牛頭吃不得草 (안우두흘부득초 àn niútóu chībùde cǎo)
「(억지로) 소의 머리를 눌러서 풀을 먹일 수 없다.」

→ 打倒金剛 賴倒佛 (타도금강 뇌도불 dǎdǎo jīngāng làidǎo fó)

「(절간의) 금강역사를 때려 부수고서 부처에게 덮어씌우다.」 (잘못
을 회피하려고 억지 핑계를 만들다. 온갖 수단으로 책임을 떠넘기다.)

---

127) 舞 춤출 무. 舞弄 갖고 놀다, 마음대로 하다. 遍 두루 편, 처음부터 끝까
　　지. 猶 오히려 유, 마치 ~와 같다. 豈 어찌 기. 盡 다할 진.
128) 掉 흔들 도, 버리다. 煩 괴로워할 번. 淨 깨끗할 정.

▶ 牛不喝水强按頭 (우불갈수강안두)

「소가 물을 안 마신다고 머리를 눌러대다.」 (하지 않으려는 일을 억지로 시키다.)

▶ 精耕勤除草 禾苗長得好 (정경근제초 화묘장득호)

「정성으로 땅을 갈고, 부지런히 잡초를 뽑아주면 벼는 잘 자란다.」

▶ 强令之笑不樂 强令之哭不哀 (강령지소불락 강령지곡불애)

「억지로 웃는 웃음은 즐겁지 않고, 억지로 우는 울음은 슬프지 않다.」 129)

→ 鴨子吃了魚 眼睛朝上 (압자흘료어 안정조상 yāzi chīle yú, yǎnjīng cháo shàng)

「오리가 물고기를 먹을 때 눈을 위로 쳐다본다.」 (오만하며 사람을 무시하다.)

▶ 鴨子不吃癟稻 肚裏有食 (압자불흘별도 두리유식)

「오리가 쭉정이 벼를 안 먹는 것은 뱃속에 먹은 것이 남아 있기 때문이다.」

▶ 蒸熟了的鴨子 飛不了 (증숙료적압자 비불료)

「삶아 푹 익은 오리는 날아갈 수 없다.」

▶ 鴨子有翼不會飛 (압자유익불회비)

「오리는 날개가 있어도 날 줄 모른다.」

▶ 煮熟的鴨子 飛了 (자숙적압자 비료)

---

129) 按 누를 안. 吃 먹을 흘. 喝 마실 갈.

「삶아 익힌 오리가 날아갔다.」(손안에 들어왔던 이익을 놓쳤다.)
130)

※ **野雀無糧天地廣** (야작무량천지광 yěquè wú liáng tiāndì guǎng)
「참새 먹을 양식이 없다지만, 세상은 넓다.」(산 입에 거미줄 치지
않는다. 세상 넓으니 어디서든 먹고 산다.)

→ **老天餓不死人** (노천아불사인 lǎotiān è bù sǐ rén)
「하늘은 사람을 굶겨 죽이지 않는다.」(굶어 죽는다면 다른 이유가
있다.)

▶ **在生一日 勝死千年** (재생일일 승사천년)
「살아 하루가 죽어 천 년보다 낫다.」

▶ **籠鷄有食湯鍋近 野鷄無糧天地寬** (농계유식탕과근 야계무량천지
관)
「닭장 속의 닭은 모이가 있지만 삶아 죽을 솥이 곁에 있고, 들꿩은
양식은 없지만 넓은 하늘과 땅이 있다.」131)

※ **若要好 先吃飽** (약요호 선흘포 ruò yào hào, xiān chī bǎo)
「일을 잘하려면 먼저 배불리 먹어야 한다.」

→ **望山跑死馬** (망산포사마 wàng shān pǎo sǐ mǎ)
「산을 보고 계속 달리면 말은 죽고 만다.」(보기에는 가까워도 가
려면 멀다.)

▶ **要叫馬跑 得叫馬多吃草** (요규마포 득규마다흘초)
「말을 잘 달리게 하려면 말에게 풀을 많이 먹여야 한다.」

---

130) 鴨 오리 압. 伙 무리 화. 睛 눈동자 정. 朝 ~로 향하다. 瘼 마르는 병
별, 마르다. 稻 벼 도. 肚 배 두. 蒸 찔 증. 熟 익을 숙.
131) 雀 참새 작. 糧 양식 량(양). 勝 이길 승, ~보다 낫다.

▶ 又要叫馬跑 又要馬不吃草 (우요규마포 우요마부흘초)

「말을 달리게 하면서도 말에게 풀을 먹이지 않다.」 (모순 되게 행동하다.) 132)

※ 讓猫看肉 讓獾守田 (양묘간육 양환수전 ràngmāo kān ròu, ràng huān shǒu tián)

「고양이에게 고기(肉)를 지키게 하고, 오소리에게 밭을 돌보게 한다.」

→ 以狼牧羊 何能久長 (이낭목양 하능구장 yǐ láng mù yáng, hé néng jiǔ cháng)

「늑대에게 양떼를 지키게 하면 어찌 오래 갈 수 있겠는가!」

▶ 鷹飛高空鷄守籠 兩者理想各不同 (응비고공계수농 양자이상각부동)

「매는 하늘 높이 날고, 닭은 닭장은 지키는데, 둘의 이상은 서로 같지 않다.」 133)

※ 揚湯止沸 不如去薪 (양탕지비 불여거신 yáng tāng zhǐ fèi bù rú qù xīn)

「끓는 물을 퍼내어 안 끓게 하는 것은 장작을 꺼내느니만 못하다.」

→ 抽薪止沸 (추신지비 chōu xīn zhǐ fèi)

「불타는 장작을 꺼내어 끓는 것을 멈추게 하다.」 (문제의 근본적 해결)

---

132) 若 만일 약, 같을 약, 너 약. 鍊 단련할 련. 叫 부르짖을 규, ~하도록 하다(사역의 뜻). 跑 달릴 포.

133) 讓 ~하도록 시키다. 猫 고양이 묘. 看 볼 간, 지킬 간. 獾 오소리 환. 籠 대그릇 농. 鳥籠 새장(조롱).

▶ 鍋裏添水 不如釜底抽薪 (과리첨수 불여부저추신)

「솥에 물을 더 보태는 것은 솥 밑의 장작을 끄집어내는 것만 못하다.」

▶ 鍋蓋揭早了 煮不熟飯 (과개게조료 자불숙반)

「솥뚜껑을 일찍 열면 끓어도 밥이 되지 않는다.」 134)

※ 與人方便 自己方便 (여인방편 자기방편 yǔ rén fāngbiàn, zìjǐ fāngbiàn)

「남에게 편하게 해주는 것이 나에게도 편하다.」 (남을 돕는 것이 나를 돕는 것이다.)

→ 爲他人作嫁衣裳 (위타인작가의상 wéi tārén zuò jiàyīshang)

「남을 위하여 시집갈 옷을 만들다.」 (남 좋은 일만 하다.)

▶ 遇方便時行方便 得饒人處且饒人 (우방편시행방편 득요인처차요인)

「(타인을) 편하게 해줄 만한 경우에 편하게 해주고, 용서할(양보할) 곳에서 용서(양보)하라.」

▶ 爲淵驅魚 爲叢驅雀 (위연구어 위총구작 wèi yuān qū yú, wèi cóng qū què)

「깊은 연못으로 고기를 몰고, 덤불 속으로 참새를 쫓다.」 (자기에게 불리한 짓을 골라서 하다.) (폭정으로 백성들을 다른 나라로 내몰다.) 135)

---

134) 揚 오를 양, 들어올리다. 湯 물 끓을 탕. 止 그칠 지. 沸 물 끓을 비. 薪 땔나무 신. 抽 뽑을 추, 뺄 추.

135) 嫁 시집갈 가. 裳 치마 상. 遇 만날 우. 饒 넉넉할 요, 너그러울 요. 饒人 사람을 용서하다, 남에게 양보하다. 驅 몰 구. 叢 모일 총, 떨기 총, 무더기. 雀 참새 작.

※ 溫吞水湯鷄 (온탄수탕계 wēntūnshuǐ tāng jī)
「미적지근한 물로 닭털을 뽑다.」(하는 일이 야무지지 못하다.)

→ 未屙屎先喚狗 (미아시선환구 wèi ēshī xiān huàn gǒu)
「똥을 누지도 않고 개를 먼저 부르다.」

▶ 屙屎不出不要賴茅厠 (아시불출불요뢰모측)
「똥이 안 나온다고 뒷간을 탓할 수 없다.」

▶ 尋食不到不要怪祖宗 (심식부도불요괴조종)
「먹을 것이 없다고 조상을 탓할 필요는 없다.」

▶ 屙屎有個先來後到 (아시유개선래후도)
「똥을 눌 때, 먼저 왔지만 늦게 나오는 사람도 있다.」[136]

※ 瓦罐不離井上破 (와관불리정상파 wǎguàn bùlí jǐngshang pò)
「물동이는 우물 근처에서 깨지기 십상이다.」

→ 將軍多在陣前亡 (장군다재진전망 jiāngjūn duō zài zhènqián wáng)
「장군은 싸움터에서 죽게 마련이다.」

▶ 大將難免陣前亡 (대장난면진전망)
「대장일지라도 전쟁터에서의 죽음을 면할 수 없다.」[137]

※ 玩火者 必自焚 (완화자 필자분 wánhuǒzhě bì zì fén)
「불장난에 제 몸을 태우다.」(자업자득.)

→ 玩刀劍者必死於刀劍 (완도검자필사어도검 wán dāojiàn zhě, bì sǐ yú dāojiàn)
「칼을 가지고 노는 사람 반드시 칼로 죽는다.」

---

136) 吞 삼킬 탄. 溫吞水 미적지근한 물. 湯鷄 아주 뜨거운 물에 닭을 담가야 털이 뽑힌다. 屙 뒷간에 갈 아, 대소변을 보다. 屎 똥 시. 喚 부를 환. 茅 띠 모, 잔디 풀. 厠 뒷간 측(厠과 同字). 尋 찾을 심.
137) 瓦 질그릇 와, 기와 와. 罐 항아리 관, 두레박 관.

▶ **玩人喪德 玩物喪志** (완인상덕 완물상지)

「다른 사람을 놀리면 자신의 덕행을 잃는 것이고, 물건이나 놀이에 빠지면 자신의 지기志氣를 잃게 된다.」

▶ **玩水的會被水淹死** (완수적회피수엄사)

「물에 놀기를 좋아하는 사람은 아마도 물에 빠져 죽을 것이다.」 [138]

※ **歪心看正人** (왜심간정인 wāixīn kàn zhèngrén)

「비뚤어진 마음으로 바른 사람을 보다.」

→ **歪嘴吹燈 斜了氣** (왜취취등 사료기 wāizuǐ chuī dēng, xiéle qì)

「비뚤어진 입으로 등불을 끄니 입김이 옆으로 샌다.」 (비뚤어진 말을 해대니 이해할 수 없다.)

▶ **歪嘴和尙吹不出好調調** (왜취화상취불출호조조)

「입이 비뚤어진 중은 염불을 잘할 수 없다.」

▶ **歪嘴騾子賣個驢價錢** (왜취라자매개려가전)

「입이 비뚤어진 노새를 나귀 값으로 팔다.」

▶ **黑心敢進衙門 不敢進廟門** (흑심감진아문 불감진묘문)

「흑심으로 관청의 문을 들어갈 수 있지만, 사당 문에는 들어가지 못한다.」 [139]

※ **矮子看戲 隨人上下** (왜자간희 수인상하 ǎizi kàn xì, suí rén shàngxià)

「난쟁이가 연극 구경하면서 사람 따라 앉았다 섰다 한다.」 (자기

---

138) 玩 희롱할 완. 焚 불탈 분. 劍 칼 검(대형 양날 칼). 喪 잃을 상. 淹 물에 빠질 엄.

139) 歪 비뚤 왜. 嘴 부리 취, 입. 吹 불 취. 斜 기울 사. 調 고를 조. 調調 가락, 멜로디. 驢 나귀 려. 騾 노새 나(라). 衙yá 마을 아, 관청 아.

주관이 없이 맞장구치다.)

▶ 矮子爬樓梯 - 步步登高 (왜자파루제 - 보보등고 ǎizi pá lóutī- bùbù dēng gāo)

「난쟁이가 사다리를 올라가다. - 한 발 한 발 높아지다.」(벼슬이 올라가다.)

▶ 矮子裏頭拔將軍 (왜자리두발장군)

「난쟁이 사이에서 장군을 뽑다.」

▶ 言語的巨人 行動的矮子 (언어적거인 행동적왜자)

「말하는 데는 거인이지만, 행동은 난쟁이.」

▶ 矮子踩高蹺 - 取長補短 (왜자채고교 - 취장보단)

「난쟁이가 죽마놀이를 하다. - 남의 장점을 취해 자신의 단점을 보완하다.」[140]

※ 娃子不哭 奶不脹 (왜자불곡 내부창 wázi bù kū, nǎi bù zhàng)
「아기가 울지 않으면 유모는 젖을 주지 않는다.」

→ 娃娃有奶日夜長 (왜왜유내일야장 wáwa yǒu nǎi rìyè cháng)

「아기는 젖을 주면 밤낮으로 큰다.」

▶ 孩大十八變 (해대십팔변)

「아이는 크면서 열여덟 번이나 변한다.」(변화가 많다.)

▶ 娃兒離不開母 庄家離不開土 (왜아리불개모 장가리불개토)

「아기는 어미를 떠날 수 없고, 농사꾼은 땅과 떨어질 수 없다.」

▶ 吃奶的孩子難離娘 窮人亂離共産黨 (흘내적해자난리낭 궁인난리 공산당)

---

140) 矮 키 작을 왜, 난쟁이. 戱 희롱할 희, 연극이나 창 등의 공연. 爬 긁을 파, 기어오르다. 樓 다락 누(루). 梯 사다리 제. 踩 뗄 채. 蹺 발돋움할 교. 高蹺 죽마(竹馬)놀이의 일종.

「젖먹이는 어미를 떠날 수 없고, 가난한 사람은 공산당을 떠날 수 없다.」[141]

※ **外明不知裏暗** (외명부지리암 wàimíng bùzhī lǐ àn)
「밖이 훤하다고 어둡지 않은 줄 모른다.」

→ **外寧必有內憂** (외령필유내우 wài níng bì yǒu nèiyōu)
「겉은 편안하지만, 내부 우환이 있다.」

▶ **上明不知下暗** (상명부지하암)
「위가 밝다고 아래가 어두운 줄 모른다.」

▶ **外面挣塊板子 家裏丟扇門** (외면쟁괴판자 가리주선문)
「밖에서 판자 쪽을 다투는 동안 집안의 대문짝을 잃어버린다.」[142]

※ **龍多不下雨 鷄多不生蛋** (용다불하우 계다부생단 lóngduō bù xiàyǔ, jīduō bù shēngdàn)
「용이 많아도 비는 내리지 않고, 닭은 많아도 알을 낳지 않는다.」

→ **礱糠裏舂不出米來** (농강리용불출미래 lóng kāng lǐ chōng bù chū mǐ lái)
「왕겨를 절구질해도 쌀은 나오지 않는다.」

▶ **龍多了浪不起 木匠多要倒屋** (용다료낭불기 목장다요도옥)
「용이 많다지만 파도는 일지 않고, 목수는 많아도 집은 무너지려 한다.」

▶ **龍多乃旱** (용다내한)
「용이 많으면 가뭄이 온다.」 (할 일을 서로 미룬다.) [143]

---

141) 娃子 아기. 奶 젖 내, 어미, 유모. 脹 배부를 창. 庄 농가 장.
142) 憂 근심 우. 挣 찌를 쟁, 힘들여 벌다. 丟 잃을 주. 扇 부채 선, 문짝을 세는 단위, 짝.

※ **龍生龍 鳳生鳳** (용생용 봉생봉 lóng shēng lóng, fèng shēng fèng)
「용은 용을, 봉황은 봉황을 낳는다.」

→ **老鼠生兒會打洞** (노서생아회타동 lǎoshǔ shēng ér huì dǎdòng)
「쥐새끼는 태어나면서부터 구멍을 팔 줄 안다.」 (천성은 바꿀 수 없다.)

▶ **鴨子的兒子會浮水 木匠的兒子會砍柱** (압자적아자회부수 목장적아자회감주)
「오리의 새끼는 물위에 뜰 줄 알고, 목수의 아들은 기둥을 자를 줄 안다.」

▶ **龍生一子定乾坤 猪生一窩拱墻根** (용생일자정건곤 저생일와공장근)
「용은 한 마리 새끼를 낳아 천하를 평정하지만, 돼지는 새끼 한 배를 낳아도 담 밑만 판다.」[144]

※ **用針挖井 白費工夫** (용침알정 백비공부 yòng zhēn wā jǐng, bái fèi gōngfu)
「바늘로 샘을 파면 공연히 시간만 낭비한다.」

→ **用竹籃子打水** (용죽남자타수 yòng zhúlánzi dǎ shuǐ)
「대바구니로 물을 긷다.」 (헛수고하다.)

▶ **和尚頭上放靑果** (화상두상방청과)
「중의 머리 위에 감람(열매) 얹어놓기.」 (되지도 않을 일에 헛수고하다.)

---

143) 帮 도울 방. 墙 담 장. 倒 넘어갈 도. 礱 갈 농, 연자매. 糠 겨 강. 礱糠 왕겨, 벼쭉정이. 舂 찧을 용, 절구로 찧다.

144) 鳳 봉황새 봉. 鼠 쥐 서. 會 ~할 줄 안다. 砍 나무를 벨 감, 자르다. 定 평정하다. 乾 하늘 건. 坤 땅 곤. 猪 돼지 저. 窩 움집 와. 拱 손 맞잡을 공, 파헤치다. 墙 담 장.

▶ 竹竿當尺難量天 (죽간당척난량천)

「긴 대나무 장대를 자尺라고 해도 하늘을 잴 수가 없다.」[145]

※ 雨過了送傘 (우과료송산 yǔ guòle sòng sǎn)

「비가 갠 다음에 우산을 보내다.」

→ 事後諸葛亮 (사후제갈양 shìhòu Zhūgéliàng)

「일을 다 마친 다음에 제갈양.」 (뒤늦게 더 좋은 방법을 생각해 내다.)

▶ 正瞌睡送來了枕頭 (정갑수송래료침두 zhèng kēshuì sònglái le zhěntou)

「마침 자려고 하는데 베개를 갖다 주다.」

▶ 賊過後張弓 (적과후장궁)

「도적이 나간 다음에 활을 당긴다.」

▶ 賊走了才拴門 (적주료재전문)

「도적이 나간 뒤에 대문을 걸어 잠그다.」[146]

※ 遠聞不如近見 (원문불여근견 yuǎn wén bùrú jìnjiàn)

「먼 데서 듣는 것은 가까이서 보는 것만 못하다.」

→ 遠看不如近比 (원간불여근비 yuǎnkàn bùrú jìnbǐ)

「먼 데서 보는 것이 가까이에서 대어보는 것만 못하다.」

▶ 聽人說百遍 不如親眼見 (청인설백편 불여친안견)

「남의 이야기를 백 번 들어도 내 눈으로 직접 보는 것만 못하다.」

---

145) 挖 후벼팔 알. 白 헛되이. 工夫 시간, 틈, 솜씨, 노력. 籃 바구니 람(남). 青果 감람(橄欖).

146) 傘 우산 산. 瞌 졸음 올 갑. 睡 잠잘 수. 枕 베개 침. 頭 명사 뒤에 붙는 접미사. 우리말로 해석하지 않음. 張 베풀 장, 당길 장, 넓게 하다, 크게 하다. 拴 맬 전, 묶다.

▶ **身動不如心動** (신동불여심동)

「몸이 움직이는 것은 마음이 움직이는 것만 못하다.」

▶ **湯非口嘗不知味 事要眼見才信眞** (탕비구상부지미 사요안견재신진)

「국은 입으로 먹어보기 전에는 맛을 알 수 없고, 일은 눈으로 보아야만 진실을 믿을 수 있다.」[147]

※ **遠水不解近渴** (원수불해근갈 yuǎnshuǐ bùjiě jìnkě)
「먼 곳의 물은 가까운 곳의 갈증을 풀어줄 수 없다.」

→ **遠水救不了近火** (원수구불료근화 yuǎnshuǐ jiùbuliǎo jìn huǒ)

「먼 데 있는 물은 가까이에서 난 불을 끌 수 없다.」

▶ **遠親不如近隣** (원친불여근린)

「먼 친척은 가까운 이웃만 못하다.」 (이웃사촌.)

▶ **遠佛不如近鬼** (원불불여근귀)

「먼 부처는 가까운 귀신만 못하다.」

▶ **遠聞不如近見** (원문불여근견)

「먼 곳 소문은 가까이 보는 것만 못하다.」[148]

※ **越急越招事** (월급월초사 yuè jí yuè zhāoshì)
「서둘수록 일은 자꾸 생긴다.」

→ **越怕越有鬼** (월파월유귀 yuè pà yuè yǒu guǐ)

「귀신을 두려워할수록 더 귀신이 나온다.」

▶ **越是怕 狼來嚇** (월시파 낭래혁)

「겁낼수록 늑대가 와서 놀라게 한다.」

---

147) 聞 들을 문. 比 견줄 비. 湯 끓을 탕, 국 탕. 嘗 맛볼 상.
148) 遠 멀 원. 渴 목마를 갈.

▶ **越有錢越知道錢有用** (월유전월지도전유용)

「돈이 있을수록 더 돈이 유용하다는 것을 안다.」[149]

※ **月滿則虧 水滿則溢** (월만즉휴 수만즉일 yuè mǎn zé kuī, shuǐ mǎn zé yì)

「달은 만월이었다가 이지러지고, 물이 가득 차면 넘친다.」

→ **月缺能圓 心碎難補** (월결능원 심쇄난보 yuè quē néng yuán, xīn suì nán bǔ)

「달은 이지러졌다가 다시 둥글지만, 마음의 상처는 고치기 어렵다.」

▶ **月有盈缺 業有興衰** (월유영결 업유흥쇠)

「달이 차고 기울 듯, 장사에도 흥할 때와 쇠할 때가 있다.」

▶ **滿而不損則溢 盈而不持則傾** (만이불손즉일 영이부지즉경)

「가득 찼을 때 덜어내지 않으면 넘치고, 물이 찼을 때 붙잡지 않으면 기울어진다.」[150]

※ **月是故鄕明** (월시고향명 yuè shì gùxiāng míng)

「달은 고향에서 보는 달이 더 밝다.」

→ **十五月亮十六圓** (십오월량십육원 shíwǔ yuè liàng, shíliù yuán)

「(음력) 15일의 달이 밝고, 16일의 달은 더 둥글다.」

▶ **月下看美人 愈覺嬌媚** (월하간미인 유각교미)

「달빛 아래 미인은 더 아름답고 더 교태가 넘친다.」

▶ **月亮底下難紉針** (월량저하난인침)

---

149) 越 넘을 월. 越~越~ ~할수록 ~하다. 嚇 놀랄 혁.

150) 虧 일그러질 휴. 溢 넘칠 일. 缺 일그러질 결. 碎 부서질 쇄. 盈 찰 영. 傾 기울 경, 뒤집히다.

「달빛 아래서 바늘귀 꿰기는 어렵다.」[151]

※ 乳犢不怕虎 (유독불파호 rǔ dú bù pà hū)
「젖 먹는 송아지 범 무서운 줄 모른다.」

→ 死猪不怕開水湯 (사저불파개수탕 sǐzhū bù pà kāishuǐ tāng)
「죽은 돼지는 끓는 물을 무서워하지 않는다.」 (전후 사정을 고려하지 않는 자포자기의 무모함.)

▶ 死寡易守 活寡難熬 (사과이수 활과난오)
「죽은 과부는 쉽게 수절했다지만, 살아 있는 과부는 견디기 어렵다.」 (과부의 수절은 그만큼 어렵다.)

▶ 初生牛犢不怕虎 (초생우독불파호)
「갓 난 송아지는 범 무서운 줄 모른다.」[152]

※ 有理不在多言 (유리부재다언 yǒulǐ bù zài duōyán)
「말이 많다고 도리에 맞는 것은 아니다.」

→ 有理壓得泰山倒 (유리압득태산도 yǒulǐ yā dé tàishān dǎo)
「도리에 맞는다면 태산도 넘어뜨릴 수 있다.」

▶ 有理十四 無理十三 (유리십사 무리십삼)
「옳건 그르건 피차 비슷하다.」

▶ 有理講倒人 (유리강도인)
「도리에 합당하면 말로 사람을 굴복시킨다.」

▶ 有理走遍天下 沒理寸步難行 (유리주편천하 몰리촌보난행)
「도리에 맞는다면 천하를 돌아다닐 수 있지만, 이치에 맞지 않는다

---

151) 愈 더 나을 유, 더욱. 嬌 아리따울 교. 媚 아첨할 미, 간드러질 미. 亮 밝을 량. 月亮 달. 紉 새끼 인.
152) 犢 송아지 독. 開水 끓는 물. 熬 볶을 오, 견디다.

면 한 발짝도 나갈 수 없다.」

▶ 一人說話常有理 二人說話見高低 (일인설화상유리 이인설화견고저)

「한 사람의 이야기는 언제나 옳지만, 두 사람이 이야기를 하면 높낮이(옳고 그름)가 보인다.」 (이쪽저쪽 이야기를 들어봐야 시비를 가릴 수 있다.) 153)

※ 有理不在聲高 (유리부재성고 yǒu lǐ bù zài shēng gāo)
「큰 소리 쳐야만 도리에 맞는 것은 아니다.」

→ 有理言自壯 負屈聲自高 (유리언자장 부굴성자고 yǒu lǐ yán zì zhuàng, fù qū shēng zì gāo)

「이치에 합당하면 말에 스스로 힘이 들어가지만, 이치에 꿇리면 목소리만 높아진다.」

▶ 有理者氣壯 無理者氣短 (유리자기장 무리자기단)

「옳은 말을 하는 자는 기세가 당당하고, 그른 말을 하는 자는 기세가 꿇린다.」

▶ 有理不講爲懦 有話不說爲錯 (유리불강위나 유화불설위착)

「도리에 맞는데도 말하지 않는다면 나약한 것이고, 할 말이 있는데도 말하지 않는다면 일을 그르치는 것이다.」 154)

※ 楡木疙瘩破不開 (유목흘탑파불개 yúmù gēda pò bù kāi)
「느릅나무 옹이는 쪼갤 수 없다.」 (사람이 완고하여 어쩔 수 없다.)

→ 愚者千慮 必有一得 (우자천려 필유일득 yúzhě qiānlǜ, bì yǒu yī dé)

---

153) 壓 누를 압. 倒 넘어질 도. 遍 두루 편.

154) 負 질 부, 져버리다, 패배, 음, minus. 屈 굽을 굴, 굽히다. 懦 나약할 나, 무기력하다, 겁쟁이.

「어리석은 사람도 오래 생각하면 얻는 것이 있다.」

▶ 千慮成之不足 一失壞之有餘 (천려성지부족 일실괴지유여)

「천 번을 생각해도 성취하기에 부족할 수 있고, 단 한 번의 실수라도 모든 것을 무너뜨리고도 남을 수 있다.」

▶ 千算萬算不及一判 (천산만산불급일판)

「천번 만번 계산해 보아도 단 한 번의 결단만 못하다.」 (의사결정의 중요함) 155)

※ 有一得必一失 (유일득필일실 yǒu yī dé bì yī shī)

「(한쪽에서) 얻는 것이 있으면 (다른 쪽에서) 잃는 것이 있다.」

→ 凡事有一利 必有一弊 (범사유일이 필유일폐 fánshì yǒu yī lì, bì yǒu yī bì)

「모든 일에 한 가지 이점이 있다면 반드시 하나의 폐단이 있다.」

▶ 長了人中 短了鼻子 (장료인중 단료비자 cháng le rénzhōng duǎn le bízi)

「인중이 길어지면 코가 짧아진다.」

▶ 興一利不如除一害 生一事不如省一事 (흥일리불여제일해 생일사불여성일사)

「새로운 이익을 만들어 내는 것은 폐단을 하나 없애주는 것만 못하고, 새로운 일을 시작하는 것은 일을 하나 줄여주는 것만 못하다.」 156)

※ 有一說一 有二說二 (유일설일 유이설이 yǒu yī shuō yī, yǒu èr shuō èr)

---

155) 楡 느릅나무 유. 疙 부스럼 흘. 瘩 부스럼 탑. 疙瘩 종기가 낳은 다음에 남는 딱지. 나무의 옹이.
156) 弊 (옷이) 해질 폐, 폐단.

「하나면 하나라고 둘이면 둘이라고 말하다.」(사실대로 말하다. 과장하지 않다.)

→ 有你不多 沒你不小 (유니부다 몰니불소 yǒu nǐ bù duō, méi nǐ bù xiǎo)

「네가 있어서 많은 것도 아니고, 없어서 적은 것도 아니다.」

▶ 有一搭 沒一搭 (유일탑 몰일탑)

「있어도 그렇고, 없어도 그렇고.」(꼭 긴요한 것은 아니다.)

▶ 有一搭沒一搭的說 (유일탑몰일탑적설)

「있는 것 없는 것 모두 다 말하다.」

▶ 大江裏撒泡尿 有你不多 沒你不小 (대강리살포뇨 유니부다 몰니불소)

「큰 강물에 오줌을 눈다고 더 많아지는 것도 아니고, 안 눈다고 적어지는 것도 아니다.」

▶ 大年初一逮兔子 有它過年 無它過年 (대년초일체토자 유타과년 무타과년)

「정월 초하루에 토끼 한 마리를 잡았는데, 있어도 설을 쇠고 없어도 설을 쇤다.」[157]

※ 有尺水 行尺船 (유척수 행척선 yǒu chǐshuǐ, xíng chǐchuán)
「한 자 깊이 물이라면 한 자짜리 배를 띄운다.」(상황에 따라 처리한다.)

→ 有得青山在 不愁無柴燒 (유득청산재 불수무시소 yǒude qīngshān zài, bù chóu wú chái shāo)

「산 속에 살면 땔나무 걱정은 안 한다.」

---

157) 搭 탈 탑, 더하다. 一搭 한 짝, 한 무더기. 逮 미칠 체, 따라가 잡다. 它 그것 타. 過年 설을 쇠다.

▶ **常窮人不愁 常病人不驚** (상궁인불수 상병인불경)

「언제나 가난한 사람은 근심걱정이 없고, 늘 아픈 사람은 놀라지 않는다.」

▶ **人在靑山在** (인재청산재)

「사람이 살아야 청산도 있다.」 (우선 사람이 살아야 한다.) 158)

※ **肉包子打狗 - 有去無回** (육포자타구 - 유거무회 ròu baōzi dǎ gǒu -yǒu qù wú huí)

「고기가 들어있는 찐빵으로 개를 때리다. - 한번 가면 돌아오지 않는다.」

→ **把鷄也飛了 蛋也打了** (파계야비료 단야타료 bǎ jī yě fēile, dàn yě dǎle)

「잡았던 닭은 날아갔고, 계란도 깨졌다.」 (손님은 갔고, 산통도 깨졌다. 탕건은 날아갔고, 갓도 부서졌다.)

▶ **肉臭不可外扔 家醜不可外揚** (육취불가외잉 가추불가외양)

「고기가 썩었어도 밖에 내다버릴 수 없고, 집안의 추한 꼴은 밖에 드러낼 수 없다.」 159)

※ **鷹飽不拿兔** (응포불나토 yīng bǎo bù ná tù)

「배부른 매는 토끼를 잡지 않는다.」

→ **鷹立如睡 虎行似病** (응립여수 호행사병 yīng lì rú shuì, hū xíng sì bìng)

「매는 조는 듯 앉아 있고, 호랑이는 병든 듯 걷는다.」 (악한이 그

---

158) 燒 불태울 소. 驚 놀랄 경.

159) 包子 (안에 소가 들어있는) 찐빵, 이를테면 菜包子(야채찐빵). 把 잡을 파. 也「~도」. 扔 당길 잉, 던지다, 내버리다.

본 모습을 감추다.)

▶ 狗不咬拉屎的 (구불교납시적)

「개는 똥을 싸는 사람을 물지 않는다.」

▶ 吃飽的猫不咬耗子 (흘포적묘불교모자)

「배부른 고양이는 쥐를 잡지 않는다.」[160]

※ 以毒攻毒 以火攻火 (이독공독 이화공화 yǐ dú gōng dú, yǐ huǒ gōng huǒ)

「독은 독으로, 불은 불로.」 (힘은 힘으로써 물리침.)

→ 以眼還眼 以牙還牙 (이안환안 이아환아 yǐ yǎn huán yǎn, yǐ yá huán yá)

「눈에는 눈, 이에는 이.」

▶ 以春風待人 以寒風自待 (이춘풍대인 이한풍자대)

「봄바람처럼 남을 대접하고, 찬바람으로 자신을 대하라.」

▶ 以責人之心責己 以恕己之心恕人 (이책인지심 책기 이서기지심서인)

「남을 책망하는 마음으로 자신을 꾸짖고, 자기를 용서하는 마음으로 남을 용서하라.」[161]

※ 利不百 不變法 (이불백 불변법 lì bù bǎi, bù biàn fǎ)

「이로운 점이 백 가지가 아니라면 법을 바꾸지 않는다.」

→ 天時不如地利 地利不如人和 (천시불여지리 지리불여인화 tiānshí bùrú dìlì, dìlì bù rú rénhé)

「천시天時는 지리적 이점만 못하고, 지리地利는 인화人和만 못하

---

160) 鷹 매 응. 拿 잡을 나. 兎 토끼 토. 睡 잠잘 수. 耗子 쥐.
161) 牙 어금니 아.

다.」(《孟子》公孫丑 下)

▶ 天時不由人 地利可選擇 (천시불유인 지리가선택)
「천시는 사람 뜻대로 되지 않지만, 지리는 선택할 수 있다.」

▶ 利於水者 必不利於火 (이어수자 필불리어화)
「물에서 유리하다면 틀림없이 불에는 불리하다.」[162]

※ 理不通 行不正 (이불통 행부정 lǐ bùtōng, xíng bùzhèng)
「이치가 맞지 않으면 행동이 바르지 못하다.」

→ 以五十步笑百步 (이오십보소백보 yǐ wǔshí bù xiào bǎibù)
「오십 보를 도망친 사람이 백 보를 도망간 사람을 비웃다.」

▶ 理直千人必往 心虧寸步難移 (이직천인필왕 심휴촌보난이)
「바른 길이라면 틀림없이 많은 사람들이 가지만, 나쁜 마음이라면 한 발짝도 옮길 수 없다.」

▶ 吃的是鹽和米 講的是情和理 (흘적시염화미 강적시정화리)
「먹는 것은 소금과 쌀이고, 말하는 것은 인정과 도리다.」(언행이 반듯하다.)

▶ 硬漢走路 腰總是直的 (경한주로 요총시직적)
「굳센 사나이는 길을 갈 때 언제나 허리를 곧게 편다.」

▶ 世上無直路 人肚無直腸 (세상무직로 인두무직장)
「세상에 곧은길은 없고, 사람 뱃속에 반듯한 창자도 없다.」[163]

※ 以一當十 以十當百 (이일당십 이십당백 yǐ yī dàng shí, yǐ shí dàng bǎi)
「하나를 가지고 열을 상대하고, 열로 백을 상대하다.」

---

162) 不如 ~와 같지 않다, ~만 못하다.
163) 鹽 소금 염. 和 ~와. 硬 굳을 경. 腰 허리 요. 腸 창자 장.

→ 以人爲師能進步 (이인위사능진보 yǐ rén wéi shī néng jìnbù)

「남을 스승으로 삼는다면 진보할 수 있다.」

→ 耳勺子不大 還能解點痒痒 (이작자부대 환능해점양양)

「귀이개가 작다지만, 그래도 가려운 곳을 긁을 수 있다.」 (보잘것없는 사람도 때로는 쓸모가 있다.)

▶ 以猪養田 以田養猪 (이저양전 이전양저)

「돼지를 길러 땅을 기름지게 하고, 땅에서 나오는 것으로 돼지를 기른다.」 164)

※ 耳朶不離腮 (이타불리시 ěrduǒ bù lí sāi)

「귀는 뺨에서 떨어질 수 없다.」 (관계가 밀접하다.)

→ 餓狗不離主 (아구불리주 è gǒu bù lí zhǔ)

「굶주린 개는 주인 곁을 떠나지 않는다.」

▶ 餓狼不吃獵人的羊 (아랑불흘엽인적양)

「굶주린 이리라도 사냥꾼의 양을 잡아먹지는 않는다.」 (상호 특수한 관계에서는 서로 봐주게 되어 있다.)

▶ 餓狗不怕打 餓人不要臉 (아구불파타 아인불요검)

「굶주린 개는 매를 두려워하지 않고, 굶주린 사람은 체면을 따지지 않는다.」 165)

※ 人急辦不了好事 (인급판부료호사 rén jí bàn bù liǎo hǎoshì)

「사람이 서두르면 일을 잘 마무리하지 못한다.」

→ 火燒眉毛 - 顧眼前 (화소미모 - 고안전 huǒ shāo méimao-gù yǎn

---

164) 當 ~에 상당하다, ~에 필적하다. 勺 조금 작(1홉의 1/10), 구기 작, 작은 국자. 痒 가려울 양.

165) 朶 늘어질 타(朵와 同字). 腮 뺨 시(顋의 俗字). 獵 사냥할 렵(엽).

qián)

「눈썹에 불이 붙었다. - 눈앞의 일을 살펴라.」

▶ 人急馬不快 (인급마불쾌)

「사람이 다급하면 말馬도 빠르지 않다.」

▶ 急事宜緩辦 (급사의완판)

「급한 일일수록 천천히 해야 한다.」 166)

※ 人多聲似雷 (인다성사뢰 rén duō shēng sì léi)

「사람이 많다 보면 천둥소리도 낸다.」

→ 人多不怯力氣重 (인다불겁역기중 rén duō bù qiè lìqì zhòng)

「사람이 많다 보면 (상대방의) 힘이 강해도 두렵지 않다.」

▶ 人多放屁添股風 (인다방비첨고풍)

「많은 사람이 방귀를 뀌면 넓적다리 바람을 일으킬 수 있다.」

▶ 人多一技有益 物裕一備有用 (인다일기유익 물유일비유용)

「사람이 많으면 하나의 기술도 유익하고, 물자가 넉넉해도 비축하면 유용할 것이다.」 167)

※ 人多好辦事 (인다호판사 rén duō hǎo bànshì)

「사람이 많아야 일을 잘 한다.」

→ 一人做事一身當 (일인주사일신당 yìrén zuòshì yìshēn dāng)

「자신이 할 일은 자신이 책임진다.」

▶ 人多出韓信 智多出孔明 (인다출한신 지다출공명)

「사람이 많아야 한신韓信 같은 인재가 나오고, 지혜가 많다 보면 제

---

166) 辦 힘쓸 판, 처리하다, 주관하다. 燒 태울 소. 眉 눈썹 미. 顧 돌아볼 고. 緩 느릴 완.

167) 怯 두려울 겁, 겁을 내다. 股 허벅지 고, 넓적다리. 裕 넉넉할 유.

갈양 같은 사람도 나온다.」

▶ 蟻多可以擡象 蝗飛可以蔽天 (의다가이대상 황비가이폐천)

「개미가 많으면 코끼리를 들 수 있고, 메뚜기 떼가 날아오르면 하늘을 덮을 수 있다.」

▶ 只要人心齊 泰山也能移 (지요인심제 태산야능이)

「오직 사람 마음이 하나가 된다면 태산이라도 옮길 수 있다.」

▶ 韓信用兵 多多益善 (한신용병 다다익선)

「한신韓信은 용병에 (병력이) 많으면 많을수록 좋다.」 168)

※ 人謀不如天算 (인모불여천산 rénmóu bùrú tiānsuàn)

「인간의 지모智謀는 하늘의 조화만 못하다.」

→ 人謀雖巧 天道難欺 (인모수교 천도난기 rénmóu suī qiǎo, tiāndào nán qī)

「인간의 꾀가 아무리 뛰어난들 하늘을 속일 수는 없다.」

▶ 天道難言 人道難知 (천도난언 인도난지)

「하늘의 도는 말로 할 수 없고, 사람의 운명은 알 수 없다.」

▶ 天道無情 惟佑善人 (천도무정 유우선인)

「하늘이 무정하다지만, 오직 선인만을 돕는다.」 169)

※ 人不知 鬼不覺 (인부지 귀불각 rén bù zhī, guǐ bù jué)

「사람도 모르고, 귀신도 눈치 채지 못한다.」 (은밀히 처리하다.)

→ 若要人不知 除非己莫爲 (약요인부지 제비기막위 ruò yào rén bù zhī, chú fēi jǐ mò wéi)

---

168) 蟻 개미 의. 擡 들어올릴 대, 두 사람이 메다. 蝗 메뚜기 황. 蔽 덮을 폐.

169) 謀 꾀 모 巧 기묘할 교, 정교하다. 佑 도울 우.

「남이 모르게 하려면 스스로 저지르지 말라.」(저지른 일은 감출 수 없다.)

▶ **不知不是恥辱** (부지불시치욕)

「모르는 것은 치욕이 아니다.」

▶ **不問做不做 只問該不該** (불문주불주 지문해불해)

「할 것인지 안 할 것인지를 묻지 말고, 해야 하느냐 말아야 하느냐를 물어라!」170)

※ **人要倒霉 喝凉水都塞牙** (인요도매 갈량수도색아 rén yào dǎoméi, hē liángshuǐ dōu sāi yá)

「사람이 재수 없으려니, 찬물을 마셔도 모두 이에 걸린다.」

→ **人要倒霉 飛鳥拉屎都往嘴裏掉** (인요도매 비조납시도왕취리도 rén yào dǎoméi, fēiniǎo lāshī dōu wǎng zuǐlǐ diào)

「사람이 재수가 없으려니 날아가는 새가 싼 똥이 모두 입안에 떨어진다.」

▶ **拉不出屎怨茅房** (납부출시원모방)

「똥이 안 나온다고 뒷간을 원망한다.」

▶ **人要倒霉 放屁都砸脚後跟** (인요도매 방비도잡각후근)

「재수가 없으려니 방귀를 뀌어도 모두 발뒤꿈치에 걸린다.」171)

※ **因風吹火 用力不多** (인풍취화 용력부다 yīn fēng chuī huǒ, yòng lì

---

170) 覺 깨달을 각, 보다, 알다. 只 다만 지. 該 마땅할 해, ~해야 한다, 당연하다.

171) 倒 거꾸로 도. 霉 곰팡이 매. 倒霉 재수 없다, 생리 중. 喝 먹을 갈. 塞 막힐 색. 牙 어금니 아. 拉 끌어당길 납(랍). 屎 똥 시. 嘴 부리 취, 주둥이. 掉 흔들 도. 屁 방귀 비. 砸 막힐 잡. 跟 발꿈치 근. 脚後跟 발뒤꿈치. 茅 띠(떼) 모. 茅房 뒷간.

bù duō)

「바람 따라 불을 피우면 힘이 적게 든다.」

→ 有風走一天 無風走一年 (유풍주일천 무풍주일년 yǒu fēng zǒu yī tiān, wú fēng zǒu yī nián)

「바람이 불면 하루에 갈 길을 바람이 없으면 일년에 간다.」

▶ 有風方起浪 無潮水自平 (유풍방기랑 무조수자평)

「바람이 불면 곧 파도가 일고, 조수가 없으면 저절로 평온하다.」 (무슨 일이든 그 원인이 있다.)

▶ 有風不可駛盡 (유풍불가사진)

「바람이 있다 하여 최고속도로 배를 몰아서는 안 된다.」 [172]

※ 一個鬼颳不起妖風 (일개귀괄불기요풍 yī gè guǐ guābùqǐ yāofē ng)
「잡귀 혼자로는 요사한 바람을 일으키지 못한다.」

→ 小魚飜不起大浪 (소어번불기대랑 xiǎoyú fānbùqǐ dàlàng)

「작은 물고기는 큰 물결을 일으킬 수 없다.」

▶ 一龍不能治水 (일룡불능치수)

「용 한 마리로는 물을 못 다스린다.」

▶ 見龍在田 (현룡재전)

「모습을 드러낸 용이 밭에 누워 있다.」 (현명한 선비가 알려지자마자 곧장 등용되다.)

▶ 困龍終有上天時 (곤룡종유상천시)

「지친 용일지라도 언젠가는 상천上天할 때가 있다.」 [173]

---

172) 吹 불 취. 一天 하루. 駛 달릴 사, 차(배)를 몰다. 盡 다할 진. 潮 밀물 조.

173) 颳 모진 바람 괄. 妖 괴이할 요, 아리따울 요. 飜 뒤집을 번. 困 괴로울 곤, 지칠 곤.

※ 一個人難唱一臺戲 (일개인난창일대희 yī gè rén nán chàng yī tái xì)

「혼자서는 모든 무대의 창唱을 할 수 없다.」 (혼자서는 아무 일도 못한다.)

→ 一個人是龍 也挑不起天來 (일개인시룡 야도불기천래 yī gè rén shì lóng, yě tiāobùqǐ tiān lai)

「한 사람이 설령 용일지라도 혼자서는 하늘에 올라가지 못한다.」

▶ 一個和尙挑水吃 二個和尙抬水吃 三個和尙沒水吃 (일개화상도수흘 이개화상태수흘 삼개화상몰수흘)

「중이 혼자면 물을 길어 먹고, 둘이서는 같이 길어다 먹지만, 셋이면 먹을 물이 없다.」

▶ 一個孩子膽小 兩個孩子膽大 三個孩子什麽都不怕 (일개해자담소 양개해자담대 삼개해자십마도불파)

「아이 혼자는 겁이 나지만, 아이 둘이면 대담해지고, 세 아이가 모이면 아무것도 두려워하지 않는다.」 174)

※ 一個指頭握不成拳 (일개지두악불성권 yī gè zhǐtou wòbùchéng quán)

「손가락 하나를 구부렸다고 주먹이 되지는 않는다.」

→ 一根木頭支不了天 (일근목두지불료천 yī gēn mùtou zhībùliǎo tiān)

「나무 한 토막으로는 하늘을 지탱할 수 없다.」

→ 單則易折 衆則難摧 (단즉이절 중즉난최 dān zé yì zhé, zhòng zé nán cuī)

---

174) 臺 집 대, 높고 평평한 곳, 무대. 戲 희롱할 희, 연극. 挑 끌어낼 도, 메다. 抬 들 태(둘이 마주 들다). 什麽 shénme 의문을 나타냄. 무엇, 어떤, 무슨, 아무것(이나), 아무 것도. 都 모두 도

「하나면 쉽게 꺾이지만, 여럿이면 꺾기 어렵다.」

▶ 一根單絲難成線 千根萬根擰成繩 (일근단사난성선 천근만근영성승)

「한 올의 실이 끈이 될 수 없다. 천 가닥 만 가닥을 비틀어 꼬아야 밧줄이 된다.」

▶ 一人氣力擔一擔 衆人力量搬泰山 (일인기력담일담 중인역량반태산)

「한 사람의 힘은 한 짐을 나르지만, 여러 사람의 역량은 태산을 옮길 수 있다.」[175]

※ 一個巴掌拍不響 (일개파장박불향 yīge bāzhǎng pāi bùxiǎng)
「하나의 손바닥으로는 쳐봐야 소리가 안 난다.」

→ 一個碗不響 兩個碗叮當 (일개완불향 양개완정당 yīge wǎn bùxiǎng, liǎngge wǎn dīngdāng)

「접시 하나는 소리가 나지 않지만, 두 개가 부딪치면 소리가 난다.」

▶ 兩山難碰鬪 二人易見面 (양산난팽투 이인이견면)

「양쪽 산이 부딪쳐 싸울 수 없지만, 두 사람은 쉽게 만날 수 있다.」 (원수 진 사람도 언젠가는 꼭 만나게 된다.)

▶ 路當險處難回避 (노당험처난회피)

「길이 험한 곳에서는 (원수를 만나도) 피할 수 없다.」[176]

---

175) 握 쥘 악. 根 여기서는 가늘고 긴 모양의 물건을 세는 단위. 折 굽힐 절. 摧 꺾을 절. 擰 비틀 녕(영). 繩 줄 승, 밧줄. 擔 멜 담, 짊어지다.

176) 掌 손바닥 장. 鳴 울 명. 叮 정성스러울 정, 깨물다. 叮當 부딪치다, 부딪치는 소리. 碰(搾의 俗字) 부딪칠 팽.

※ 一個和尙一本經 (일개화상일본경 yīgè héshang yī běn jīng)
「중은 자기가 잘 외는 불경이 있다.」 (각각의 주장이 있다.)

→ 一個將軍一個令 (일개장군일개령 yīgè jiāngjūn yī gè lìng)
「모든 장군은 그의 명령이 있다.」 (나름대로의 규범이 있다.)

▶ 一家不知一家 和尙不知道家 (일가부지일가 화상부지도가)
「한 집은 다른 집을 모르고, 화상和尙은 도가道家를 모른다.」

▶ 一人不知一人事 (일인부지일인사)
「사람은 다른 사람의 일을 모른다.」 (그 사람 속사정은 그 사람만 안다.) 177)

※ 一塊石頭掉到海裏 (일괴석두도도해리 yīkuài shítou diào dào hǎili)
「돌멩이를 바다에 던지다.」 (흔적도 없다.)

→ 海水深了 什麼魚都有 (해수심료 십마어도유 hǎishuǐ shēnle shénme yú dōu yǒu)
「바닷물은 깊기에 무슨 고기든 다 있다.」

▶ 海裏無風三尺浪 (해리무풍삼척낭)
「바다에는 바람이 없어도 석 자 파도가 친다.」

▶ 海裏雲 當歸海 山裏雲 當歸山 (해리운 당귀해 산리운 당귀산)
「바다에서 피는 구름은 꼭 바다로 가고, 산에서 피는 구름은 산으로 간다.」 (온 곳으로 돌아가다.) 178)

※ 一根筷子吃麵 (일근쾌자흘면 yīgēn kuàizi chī miàn)
「젓가락 한 개로 국수를 먹다.」 (혼자서 일을 떠맡다.)

---

177) 令 명령 영(령). 道家 도교(道敎).
178) 石頭 돌(頭는 머리란 뜻이 없음). 闊 넓을 활. 什麼 shénme 무슨, 어떤, 都 모두 도.

→ 一人不做二人事 (일인부주이인사 yīrén bùzuò èrrén shì)

「혼자서는 두 사람의 일을 못 한다.」

▶ 一手托兩家 (일수탁양가)

「혼자서 두 집 일을 하다.」

▶ 一心不可二用 (일심불가이용)

「한 마음을 두 가지로 쓸 수 없다.」 (선택하고 집중해야 한다.) 179)

※ 一木不成林 一花不成春 (일목불성림 일화불성춘 yīmù bù chén glín, yīhuā bùchéng chūn)

「한 그루 나무는 숲이 되지 않고, 한 송이 꽃이 피었다 하여 봄은 아니다.」

→ 一花獨放不是春 (일화독방불시춘 yī huā dú fàng bù shì chūn)

「꽃 한 송이가 홀로 피었다 하여 봄은 아니다.」

▶ 一木叫樹 百木叫林 (일목규수 백목규림)

「나무 하나는 수목樹이라 하고, 백 그루 나무는 수풀林이라 부른다.」

▶ 一隻脚走不成路 (일척각주불성로)

「사람 하나 지나갔다 하여 길이 되지는 않는다.」

▶ 一根柴禾燒不熱鍋 (일근시화소불열과)

「볏짚 하나를 태웠다 하여 솥이 뜨거워지지 않는다.」 180)

※ 一杯水解不了百人渴 (일배수해불료백인갈 yībēi shuǐ jiěbùliǎo bǎirén kě)

「한 잔의 물로는 백 명의 갈증을 풀 수 없다.」

---

179) 筷 젓가락 쾌. 托 손으로 밀 탁.

180) 尋 찾을 심. 亮 밝을 양(량). 脚 다리 각. 禾 벼 화. 柴禾 볏짚.

→ 杯水無補於車薪 (배수무보어거신 bēishuǐ wú bǔ yú chē xīn)

「한 잔의 물로는 장작더미의 불을 끌 수 없다.」

▶ 一把鑰匙開一把鎖 (일파약시개일파쇄)

「열쇠 하나로는 하나의 자물통을 열 수 있다.」 (문제마다 해결 방법이 다르다.)

▶ 張天師抄了手 沒法可使 (장천사초료수 몰법가사)

「장천사가 팔짱을 끼면 해결 방법이 없다.」 (아무리 유능한 사람이라도 속수무책이다.) 181)

※ 一法通 萬法通 (일법통 만법통 yī fǎ tōng, wànfǎ tōng)
「한 가지 이치(일)에 능통하면 모든 일이 잘 된다.」

→ 一業興 百業旺 (일업흥 백업왕. yī yè xīng, bǎi yè wàng)

「한 가지 사업이 잘 되면 관련 산업도 왕성하다.」

▶ 一窮通時萬窮通 (일궁통시만궁통)

「막힌 하나가 통하면 만 가지가 다 통한다.」

▶ 老鼠鑽牛角 - 此路不通 (노서찬우각 - 차로불통)

「쥐가 쇠뿔을 뚫으려 한다. - 통할 수 없는 길이다.」 (결코 성취할 수도 피할 수도 없는 막다른 상황이다.) 182)

※ 一瓶醋不響 半瓶醋晃蕩 (일병초불향 반병초황탕 yīpíng cù bùxiǎng, bànpíng cù huàngdang)

---

181) 渴 목마를 갈. 薪 땔나무 신. 把 잡을 파, 자루 파. 鑰 자물쇠 약. 匙 숟가락 시. 鑰匙 열쇠. 鎖 쇠사슬 쇄, 자물통. ※ 張天師 ; 도교(道敎)의 창시자라 할 수 있는 후한(後漢)의 장도능(張道陵)에 대한 존칭. 속설에는 그가 귀신을 부릴 줄 안다고 하였다.

182) 旺 성할 왕. 窮 가난 궁, 막다른 곳. 鑽 끌 찬(나무에 구멍을 파는 연장), 뚫다.

「가득 찬 식초병은 소리가 없고, 반쯤 찬 식초병은 흔들거린다.」
(빈 수레가 요란하다.)

→ 半桶水亂晃蕩 (반통수난황탕 bàntǒng shuǐ luàn huàngdang)

「물이 반쯤 찬 통은 제멋대로 흔들린다.」

▶ 滿瓶搖不響 (만병요불향)

「가득 찬 병은 흔들어도 소리가 없다.」

▶ 滿瓶不動半瓶搖 (만병부동반병요)

「가득 찬 병은 흔들리지 않고, 반쯤 찬 병은 흔들린다.」 183)

※ 一步不順 百步不順 (일보불순 백보불순 yī bù bù shùn, bǎi bù bù shùn)

「한 걸음을 잘못 떼면 백 걸음도 잘못된다.」

→ 一步錯 步步錯 (일보착 보보착 yī bù cuò, bùbù cuò)

「첫걸음이 틀리면 걸음마다 잘못된다.」

▶ 一步赶不上 步步赶不上 (일보간부상 보보간부상)

「첫 걸음을 못 따라가면, 걸음마다 못 따라간다.」

▶ 一步錯 不能百步歪 (일보착 불능백보왜)

「첫걸음이 잘못이라도 백 보를 비뚤어질 수 없다.」

▶ 一步登不上泰山 (일보등불상태산)

「한 걸음에 태산을 오를 수 없다.」 184)

※ 一步一個脚印兒 (일보일개각인아 yībù yī ge jiǎoyìnr)

「한 걸음에 한 발자국.」 (빈틈없고 꼼꼼하다.)

---

183) 晃 밝을 황, 흔들다. 蕩 쓸어버릴 탕. 晃蕩 좌우로 흔들리다. 響 울릴
 향. 搖 흔들릴 요.
184) 錯 섞일 착, 틀리다, 어긋나다. 歪 비뚤어질 왜. 赶 달릴 간, 쫓을 간.

→ 一個蘿卜一個坑兒 (yīgè luóbo yīgè kēngr)

「무 (뽑은 자리) 하나에 구덩이 하나.」 (정확하고 틀림없다.)

▶ 不灑湯不漏水 (불쇄탕불루수)

「물 한 방울 흘리지 않다.」 (일처리가 빈틈없다.)

▶ 一事做好 能免百難 (일사주호 능면백난)

「일 하나를 잘 해 놓으면 백 가지 어려움을 면할 수 있다.」185)

※ 一富遮百醜 (일부차백추 yī fù zhē bǎichǒu)

「돈이 있으면 온갖 추한 것을 가릴 수 있다.」

→ 一福能壓百禍 (일복능압백화 yìfú néng yā bǎihuò)

「큰 복은 온갖 재앙을 누른다.」

▶ 一白遮百醜 (일백차백추)

「하얀 피부는 모든 결점을 덮어준다.」 (여성에게는 희고 고운 피부가 제일이다.)

▶ 一順百順 (일순백순)

「시작이 좋으면 끝까지 좋다.」

▶ 一俊遮百醜 (일준차백추)

「준수한 외모는 모든 결점을 가려준다.」 (한 가지 장점이 다른 단점을 묻어준다.) 186)

※ 一事精百事精 一無成百無成 (일사정백사정 일무성백무성 yī shì jīng bǎi shì jīng, yī wú chéng bǎi wú chéng)

「한 가지에 정통하면 백 가지 일에 정통하고, 하나를 이루지 못하면 백 가지를 성공하지 못한다.」

---

185) 蘿 무 나(라). 蘿卜 무. 灑 물 뿌릴 쇄. 漏 물샐 누(루).
186) 壓 누를 압. 遮 막을 차, 가리다.

→ 扛麵杖吹火 - 一竅不通 (한면장취화 - 일규불통 gǎnmiànzhàng chuīh uǒ-yī qiào bù tōng, tǒng)

「밀가루 반죽 방망이로 불을 피우다. - 통하는 구멍이 하나도 없다.」 (앞뒤가 꽉 막혀 사리분별을 못하다.)

▶ 給個棒槌就紉針 - 認眞 (급개봉추취인침 - 인진 gěige bàngchui jiù rènzhēn-rènzhēn)

「빨랫방망이를 주니 거기에 실을 꿰려 한다. - 진짜인 줄 안다.」 (너무 고지식하여 융통성이 없다.)

▶ 一竅通 百竅通 (일규통 백규통)

「하나의 요령이 통하면 모든 것에 통한다.」 187)

※ 一是一 二是二 (일시일 이시이 yī shì yī, èr shì èr)
「一은 一이고, 二는 二다.」 (일은 철저히 하라!)

→ 一而二 二而一 (일이이 이이일 yī ér èr, èr ér yī)
「하나이면서 둘이고, 둘이면서 하나다.」 (형식은 다르지만, 본 뜻은 같다.)

▶ 一是誤 二是故 (일시오 이시고 yī shì wù, èr shì gù)
「처음이 실수라면 두 번째는 고의다.」

▶ 一點水一個泡 (일점수일개포 yī diǎn shuǐ yī gè pào)
「떨어진 물 한 방울에 거품 하나.」 (정확하다. 틀림없어 믿을 만하다.) 188)

---

187) 麵 국수 면. 杖 막대 장. 吹 불 취. 棒 몽둥이 봉. 槌 누에 시렁 추. 던질 추(퇴) 紉 바늘에 실 꿸 인, 줄 인. 針 바늘 침. 認眞 정말로 여기다. 곧이듣다. 성실하다. 竅 구멍 규, 요령, 관건, 비결.
188) 泡 물거품 포.

※ 一羊過河 十羊過河 (일양과하 십양과하 yī yáng guò hé, shí yáng guò hé)

「양 한 마리가 내를 건너면 양 열 마리도 건넌다.」

→ 一羊前行 衆羊後繼 (일양전행 중양후계 yīyáng qián xíng, zhòngyáng hòu jì)

「양 한 마리가 앞서 가면 모든 양이 뒤따라간다.」

▶ 一雁領導 百雁齊追 (일안영도 백안제추)

「기러기 한 마리가 이끌면 모든 기러기가 나란히 따른다.」 189)

※ 一碗豆腐 豆腐一碗 (일완두부 두부일완 yī wǎn dòufǔ, dòufǔ yīwǎn)

「한 그릇의 두부, 두부 한 그릇.」 (이나 저나 같다.)

→ 有錯三扁擔 沒錯擔扁三 (유착삼편담 몰착담편삼 yǒu cuò sān biǎndan, méi cuò dān biǎn sān)

「잘못이 있으면 세 개의 멜대, 잘못이 없으면 멜대로 세 개.」 (잘못 하든 안 하든 벌을 받는다.)

▶ 八五得四十 五八也是四十 (팔오득사십 오팔야시사십)

「8×5는 40이고, 5×8도 40이다.」 (피장파장이다.) 190)

※ 一朝被蛇咬 十年怕井繩 (일조피사교 십년파정승 yī zhāo bèi shé yǎo, shínián pà jǐngshéng)

「한번 뱀에 물린 사람은 10년 동안은 두레박줄을 무서워한다.」

→ 這回被蛇咬 二回不走草 (저회피사교 이회부주초 zhèhuí bèi shé

---

189) 繼 이을 계. 齊 가지런할 제.

190) 碗 그릇 완. 錯 섞일 착, 틀림, 잘못. 扁擔 길고 납작한 막대, 한쪽 어깨 에 메는 운반기구.

yǎo, èrhuí bù zǒu cǎo)

「한번 뱀에 물렸으면 다음에는 풀밭에 가지 않는다.」

▶ 蛇咬一口 見了黃鱔都怕 (사교일구 견료황선도파)

「뱀에게 한 번 물리면 뱀장어 보고도 놀란다.」

▶ 不遭狼咬 不知狼厲害 (부조낭교 부지낭려해)

「늑대에게 물려보지 않은 사람은 늑대가 얼마나 사나운지 모른다.」[191]

※ 一支針沒有兩頭利 (일지침몰유양두리 yī zhī zhēn méiyǒu liǎng tóu lì)

「바늘은 양쪽이 다 뾰족하지는 않다.」

→ 一隻鼓不能敲兩家戲 (일척고부능고양가희 yī zhī gǔ bùnéng qiāo liǎng jiā xì)

「북 하나로는 두 무대의 장단을 맞출 수 없다.」

▶ 一支筷子不能調炒麵 一隻脚不能走路 (일지쾌자부능조초면 일척각부능주로)

「젓가락 하나로는 면을 맞추어 볶을 수 없고, 외다리로는 길을 갈 수가 없다.」[192]

※ 一處不到一處迷 (일처부도일처미 yīchù bùdào yīchù mí)

「가 보지 않은 그 곳은 잘 모른다.」

→ 一個虛 百個虛 (일개허 백개허 yīgè xū, bǎigè xū)

「하나가 비었다면 나머지도 다 비었다.」

---

191) 蛇 뱀 사. 咬 물릴 교. 繩 줄 승, 새끼줄. 這 이 저. 遭 만날 조, ~을 당하다. 厲 엄할 려(여), 사나울 려. 厲害 사납다, 지독함.

192) 針 바늘 침. 鼓 북 고. 敲 두드릴 고. 筷 젓가락 쾌. 炒 볶을 초. 麵 밀가루 면, 국숫발.

▶ 一樣事 百樣做 (일양사 백양주)

「하나의 일이라도 백 가지로 할 수 있다.」 (방법은 다양하다.)

▶ 一手不到一手空 (일수부도일수공)

「손이 닿지 않았다면 그저 빈손이다.」 (일은 확실하게 하라.) 193)

※ 一花引來萬花春 (일화인래만화춘 yīhuā yǐnlái wàn huā chūn)

「꽃 한 송이가 꽃이 만발하는 봄을 불러온다.」

→ 一花引來百花香 (일화인래백화향 yī huā yǐnlái bǎi huā xīang)

「꽃 한 송이가 온갖 꽃향기를 불러온다.」

▶ 一花獨放不是春 萬紫千紅才是春 (일화독방불시춘 만자천홍재시춘)

「꽃 한 송이 홀로 피었다고 봄은 아니다. 온갖 꽃이 다 피어야 비로소 봄이다.」

▶ 不颳春風地不開 不颳秋風籽不來 (불괄춘풍지불개 불괄추풍자불래)

「봄바람이 불지 않으면 땅은 녹지 않고, 가을바람이 불지 않으면 곡식은 익지 않는다.」 194)

※ 臨淵羨魚 不如退而結網 (임연선어 불여퇴이결망)

「연못가에서 물고기를 바라보는 것은 돌아가 그물을 엮느니만 못하다.」

→ 荷鋤候雨 不如決渚 (하서후우 불여결저)

「괭이를 메고 비를 기다리느니 도랑을 치고 물을 끌어들이는 것이 낫다.」

---

193) 迷 미혹할 미, 희미할 미.
194) 紫 자주 빛 자. 颳 바람 불 괄. 籽 씨앗 자, 종자.

▶ 臨陣磨槍 不快也光 (임진마창 불쾌야광)

「적진 앞에서 창을 갈면 날카롭지는 않더라도 광채는 난다.」 [195]

※ 自己的耳朵看不見 (자기적이타간불견 zìjǐ de ěrduo kànbujiàn)

「자기 귀는 제 눈으로 볼 수 없다.」

→ 自己的刀削不了自己的把 (자기적도삭불료자기적파 zìjǐ de dāo xiāobuliǎo zìjǐ deì bàr)

「칼은 제 손잡이를 깎을 수 없다.」 (자신의 결점을 못 본다.)

▶ 快刀不削自己的柄 (쾌도불삭자기적병)

「아무리 좋은 칼도 제 자루는 못 깎는다.」 (중이 제 머리 못 깎는다.) [196]

※ 作舍道旁 三年不成 (작사도방 삼년불성 zuò shè dào páng, sānnián bùchéng)

「길가에 집을 짓는 데 3년 걸려서도 완성하지 못하다.」

→ 臨街三年蓋不起房 (임가삼년개불기방 lín jiē sānnián gàibuqǐ fáng)

「길가에 집을 지으면 3년 동안 마치지 못한다.」

▶ 作事靠恒心 (작사고항심 zuòshì kào héngxīn)

「일을 하려면 한결같은 마음이 있어야 한다.」

▶ 大路邊打草鞋 - 有人說長有人說短 (대로변타초혜 - 유인설장유인설단)

「큰길가에서 짚신을 삼다. - 어떤 이는 크다고, 어떤 이는 작다고 말한다.」 (사람마다 이러쿵저러쿵 한다.) [197]

---

195) 羡 부러워할 선. 荷 연꽃 하. 멜 하. 짐 하. 鋤 호미 서. 決 물이 터질 결. 渚 물가 저.

196) 朵 나뭇가지 늘어질 타(朶와 同字). 耳朵 귀. 削 깎을 삭. 柄 자루 병.

※ 藏了和尚藏不了寺 (장료화상장불료사 cángle héshang cángb ùliǎo sì)

「중은 숨을 수 있지만, 절은 감출 수 없다.」

→ 和尙歸寺客歸棧 (화상귀사객귀잔 héshang guī sì kè guī zhàn)

「중은 절로 가고, 나그네는 객점(주막)으로 간다.」 (각자 제 갈 길을 가다.)

▶ 和尙跑了廟還在 (화상포료묘환재)

「중이 달아나도 절은 남는다.」 198)

※ 墙上畵馬不能騎 (장상화마불능기 qiángshang huà mǎ bù néng qí)

「담벼락에 그린 말은 탈 수 없다.」

→ 紙上畵餠不充飢 (지상화병불충기 zhǐshang huà bǐng bù chōng jī)

「종이에 그린 떡으로는 허기를 채울 수 없다.」

▶ 過屠門而大嚼 (과도문이대작 guò túmén ér dà jué)

「푸줏간 앞을 지나가면서 입을 벌려 씹어 먹는 시늉을 하다.」

▶ 墙上畵餠好看不好吃 (장상화병호간불호흘)

「담에 그린 떡은 보기만 좋지 먹을 수 없다.」

▶ 畵餠充飢 - 自欺欺人 (화병충기 - 자기기인)

「그림의 떡으로 요기를 하다. - 자신도 속이고 남도 속이다.」 199)

---

197) 舍 집 사. 旁 두루 방, 옆, 곁. 恒 항상 항. 蓋 덮을 개, 집을 짓다. 房 집. 鞋 신발 혜. 草鞋 짚신.

198) 棧 (가축)우리 잔, 여관 잔(客棧). 還 hái 아직도, 더욱, 또, 조차 등 다양한 의미로 쓰임.

199) 墙 담 장. 畵 그림 화. 騎 말 탈 기. 餠 떡 병. 充 채울 충. 飢 주릴 기. 嚼 씹을 작. 「화병충기(畵餠充飢)」 「망매지갈(望梅止渴)」 ; 모두 조조가 한 말이다.

※ 猪不能替羊死 (저불능체양사 zhū bù néng tì yáng sǐ)
「돼지가 양을 대신하여 죽을 수 없다.」 (대신 대가를 치를 수 없다.)
→ 猪肉貼不到羊身上 (저육첩부도양신상 zhūròu tiē bù dào yáng shēnshang)
「돼지고기를 양의 몸에 붙일 수 없다.」
▶ 猪是猪 羊是羊 猪毛安不到羊身上 (저시저 양시양 저모안부도양신상)
「돼지는 돼지이고, 양은 양이다. 돼지털을 양의 몸에 붙일 수 없다.」 [200]

※ 猪不吃狗不啃 (저불흘구불습 zhū bù chī, gǒu bù kěn)
「돼지도 안 먹고, 개도 입맛을 다시지 않는다.」 (하찮은 물건.)
→ 狗拿耗子 - 多管寒事 (구나모자 - 다관한사 gǒu ná hàozi-duō guǎn hán shì)
「개가 쥐를 잡다. - 쓸데없는 일에 참견하다.」
▶ 猪尿泡打人 不痛人氣脹人 (저뇨포타인 불통인기창인)
「돼지 오줌보로 사람을 때리면 아프지도 않으면서 사람의 화만 돋운다.」
▶ 猪嘴裏吐不出仙桃 (저취리토불출선도)
「돼지주둥이에서 신선의 복숭아가 나올 수 없다.」 [201]

※ 這山望那山高 (저산망나산고 zhè shān wàng nà shān gāo)
「이 산에서 바라보면 저 산이 높아 보인다.」

---

200) 替 대신할 체. 貼 붙을 첩. 安 편안 안, 붙이다, 어디(의문사).
201) 啃 깨물 습. 寒事 상관없는 일, 남의 일. 尿 오줌 뇨 泡 거품 포. 尿泡 방광. 痛 아플 통. 脹 배부를 창, 벌어질 창.

→ 山高有俊鳥 (산고유준조 shān gāo yǒu jùn niǎo)

「산이 높으면 좋은 새가 산다.」

▶ 山高遮不住太陽 (산고차부주태양)

「산이 아무리 높아도 태양을 가릴 수 없다.」

▶ 這山看見那山高 到了那山沒柴燒 (저산간견나산고 도료나산몰시소)

「이 산에서 보면 저 산이 높아 보이지만, 저 산에 가보면 땔 만한 나무가 없다.」202)

※ 猪在猪圈裏捂不白 羊在山坡上曬不黑 (저재저권리오불백 양재산파상쇄불흑 zhū zài zhūquān lǐ wǔ bù bái, yáng zài shānpō shàng shài bù hēi)

「돼지가 돼지우리를 가린다 하여 희어지지 않고, 양이 산비탈에서 햇볕을 쬔다 하여 검어지지 않는다.」 (근본은 바꿀 수 없다.)

→ 吃猪紅屙黑屎 (흘저홍아흑시 chī zhūhóng ē hēishī)

「돼지 붉은 피를 먹어도 검은 똥을 눈다.」 (차이가 분명하다.)

▶ 黑鷄生的都是白蛋 (흑계생적도시백단)

「검은 닭이 낳았어도 모두 흰 계란이다.」

▶ 黑帶子洗不成白的 (흑대자세불성백적)

「검은 띠를 빨았다 하여 희게 되지 않는다.」203)

※ 前車之覆 後車之鑑 (전거지복 후거지감 qiánchē zhī fù, hòuchē zhī jiàn)

---

202) 這 이 저 那 어찌 나, 저것, 그러면. 柴 땔나무 시.

203) 圈 우리 권, 한정된 지역. 捂 (천 같은 것으로) 가리다, 햇볕을 가리다. 坡 비탈 파. 曬 쬘 새, 햇볕을 쬐어 말리다. 屙 똥 눌 아.

「앞서 간 수레의 전복사고는 뒷 수레의 귀감이 된다.」(실패의 전례前例.)

→ 前人之失 後人之鑑 (전인지실 후인지감 qiánrén zhī shī, hòurén zhī jiàn)

「앞사람의 실패는 뒷사람의 귀감이 된다.」

▶ 前留三步好走 後留三步好行 (전류삼보호주 후류삼보호행)

「앞서 간 사람이 3보를 잘 걸었다면, 뒤에 가는 사람도 3보를 잘 갈 수 있다.」

▶ 前事不忘 後事之師 (전사불망 후사지사)

「앞의 일을 잊지 않는 것이 뒷일의 스승이다.」

▶ 前事不戒 後事復覆 (전사불계 후사복복)

「앞의 일을 교훈 삼지 않으면 뒷일은 또 실패한다.」

▶ 鑑於水者見面之容 鑑於人者知吉與凶 (감어수자견면지용 감어인자지길여흉)

「물에 비쳐본 사람은 자기 얼굴 생김새를 볼 수 있고, 타인에게 자신을 비쳐본 사람은 길흉을 알 수 있다.」[204]

※ 前船就是後船崖 (전선취시후선애 qiánchuán jiùshì hòuchuán yá)
「앞의 배를 댄 곳에 뒤에 오는 배도 댄다.」

→ 前人躓 後人戒 (전인지 후인계 qiánrén zhí, hòurén jiè)

「앞서 간 사람이 넘어지면 뒤에 오는 사람은 조심한다.」

▶ 前有車 後有轍 (전유거 후유철)

「앞서 간 수레는 바퀴자국을 남긴다.」

▶ 人莫躓於山 而躓於垤 (인막지어산 이지어질)

---

204) 覆 뒤집힐 복. 鑑 거울 감. 船 배 선. 就是 바로 ~이다. 崖 언덕 애, 여기에는 「배를 정박하는 곳」.

「사람은 산에서는 넘어지지 않고, 낮은 언덕에서 넘어진다.」205)

※ 前怕狼 後怕虎 (전파랑 후파호 qián pà láng, hòu pà hū)

「앞에 늑대가, 뒤에 호랑이가 있을까 두려워한다.」(쓸데없는 근심과 걱정을 하다.)

→ 不怕一萬 就怕萬一 (불파일만 취파만일 bù pà yīwàn, jiù pà wànyī)

「(예상되는) 만 개 일이 두렵지 않고, 만에 하나가 두렵다.」(의외의 돌발사태가 걱정이 된다.)

▶ 虎怕人 人怕虎 (호파인 인파호)

「호랑이는 사람을, 사람은 호랑이를 두려워한다.」206)

※ 釣魚先下餌 (조어선하이 diào yú xiān xià ěr)

「고기를 낚을 때는 미끼를 먼저 준다.」

→ 見兔而顧犬 未爲晚也 (견토이고견 미위만야 jiàn tù ér gùquǎn, wèiwéi wǎnye)

「산토끼를 보고 사냥개를 돌아보면 늦었다고 볼 수는 없다.」

▶ 操刀必割 (조도필할 cāo dāo bì gē)

「칼을 잡으면 반드시 (무엇이라도) 잘라야 한다.」(칼을 빼면 썩은 호박이라도 찔러야 한다. - 무슨 일이든 즉시 해치우다.)

▶ 亡羊而補牢 未爲遲也 (망양이보뢰 미위지야)

「양을 잃고서 우리를 보수해도 늦은 것은 아니다.」207)

---

205) 躓 넘어질 지. 轍 바퀴자국 철(수레가 지나가 패인 자국). 垤 작은 언덕 질, 개미 구릉.

206) 狼 이리 낭, 늑대.

207) 兔 토끼 토. 而 말이을 이(어조사). 顧 돌아볼 고. 晚 늦을 만. 操 잡을 조, 割 나눌 할. 亡 잃을 망. 牢 우리 뢰(뇌). 遲 늦을 지.

※ 早知道尿床 一夜不睡覺了 (조지도뇨상 일야불수각료 zǎo zhīd ao niàochuáng, yīyè bù shuìjiào le)

「오줌 싼 줄을 일찍 알았다면 밤새 잠을 자지 못했을 것이다.」

→ 早知今日 何必當初 (조지금일 하필당초 zǎo zhī jīnrì, hébì dāngchū)

「오늘 이럴 줄 일찍 알았다면 하필 왜 그랬겠는가!」 (후회막급하다.)

▶ 早知三日事 富貴一千年 (조지삼일사 부귀일천년)

「사흘 뒷일을 미리 안다면 천 년 동안 부귀를 누리리라.」 [208]

※ 指望着公鷄下蛋 (지망착공계하단 zhǐwàng zhe gōngjī xià dàn)

「수탉이 알을 낳기를 기다리다.」

→ 逼着姑娘上轎 (핍착고낭상교 bīzhe gūniáng shàng jiào)

「처녀에게 시집가라고 핍박하다.」 (원하지 않는 일을 강요하다.)

▶ 出太陽下暴雨 乾地起浪頭 (출태양하폭우 건지기낭두 chū tàiyáng xià bàoyǔ, gāndì qǐ làngtou)

「해가 났는데 폭우가 쏟아지고, 마른 땅에 파도가 친다.」 (도저히 믿을 수 없는 일.)

▶ 公鷄下蛋 河水倒流 (공계하단 하수도류)

「수탉이 알을 낳고, 강물이 위로 흘러가다.」 (있을 수 없는 일.)

▶ 狗頭上生角 (구두상생각)

「개의 머리 위에 뿔이 나다.」 [209]

※ 知無不言 言無不盡 (지무불언 언무부진 zhī wú bù yán, yán wú

---

208) 知道 알다. 尿床 자면서 이불에 오줌을 싸다. 睡覺 잠을 자다.
209) 逼 닥칠 핍, 강요하다.

bù jìn)

「알면 말을 안 할 수 없고, 말을 했다 하면 끝까지 해야 한다.」

→ 知人隱私者不祥 (지인은사자불상 zhī rén yǐn sī zhě bù xiáng)

「타인의 은밀한 비밀을 아는 사람에게 좋은 결과 없다.」

▶ 知者不言 言者不知 (지자불언 언자부지)

「아는 자는 말이 없고, 말을 한다면 잘 모르는 것이다.」

▶ 天知地知你知我知 (천지지지니지아지)

「하늘과 땅이 알고, 너와 내가 안다」(「사지四知」- 세상에 비밀은 없다.) 210)

※ 紙虎嚇不得人 (지호혁부득인 zhǐhū xiàbùde rén)
「종이호랑이는 사람을 놀라게 할 수 없다.」

→ 紙猫嚇不住耗子 (지묘혁부주모자 zhǐmāo xià bùzhù hàozi)

「종이 고양이는 쥐를 놀라게 할 수 없다.」

▶ 虎落平原被犬欺 (호락평원피견기)

「호랑이가 평원에 나오면 개한테도 놀림을 당한다.」

▶ 虎老牙鈍 人老手笨 (호노아둔 인노수분)

「늙은 호랑이는 이빨이 둔해지고, 사람이 늙으면 손이 능숙하지 못하다.」 211)

※ 趁風起帆 (진풍기범 chèn fēng qǐ fān)
「바람에 맞추어 돛을 올리다.」

→ 趁水和泥 (진수화니 chèn shuǐ huó ní)

「물이 있을 때 진흙을 반죽하다.」

---

210) 隱 숨을 은. 祥 상서로울 상, 좋은 일.
211) 嚇 놀라게 할 혁. 餠 떡 병. 饑 굶주릴 기. 笨 멍청할 분, 둔하다.

▶ 阪上走丸 (판상주환 bǎn shàng zǒu wán)

「비탈에서 공을 굴리다.」 (기회를 타다. 형세가 급전하다.)

▶ 乘風轉舵 (승풍전타)

「바람을 타고 배의 키를 잡다.」 (기회를 틈타 행동하다.)

▶ 順風駛船 (순풍사선)

「바람 따라 배를 몰다.」

▶ 順風扯旗 (순풍차기)

「바람 불 때 깃발을 올리다.」 (때를 맞춰 할 일을 하다.)

▶ 趁熱打鐵 順風扇火 (진열타철 순풍선화)

「달구어졌을 때 쇠를 두드리고, 바람 불 때 불을 피운다.」 (기회를 잘 이용하다.) 212)

※ 千里長堤 潰於蟻穴 (천리장제 궤어의혈 qiānlǐ chángdī, kuì yú yǐxué)

「천리 긴 제방도 개미구멍으로 무너진다.」 (호미로 막을 일을 가래로 막는 일이 없도록 하라.)

→ 差之毫厘 失之千里 (차지호리 실지천리 chā yǐ háolí, shī zhī qiānlǐ)

「털끝만한 차이에 천리를 잃는다.」 (작은 실수의 결과는 엄청나다.)

▶ 莫欺蟻血小 能潰千里堤 (막기의혈소 능궤천리제)

「개미구멍이 작다고 깔보지 말라. 천리 제방도 무너뜨릴 수 있다.」

▶ 失之毫厘 謬以千里 (실지호리 유이천리)

「처음의 작은 착오가 나중에 큰 실패가 된다.」 213)

---

212) 趁 쫓을 진, 起 일어날 기. 帆 돛 범. 阪 언덕 판. 走 달릴 주, 굴리다. 丸 구슬(알) 환. 舵 키 타. 扯 찢을 차, 잡아당길 차. 扯旗 깃발을 올리다. 扇 부채 선, 부채질하다.

※ 千里之行 始於足下 (천리지행 시어족하 qiānlǐ zhī xíng, shǐ yú zú xià)

「천릿길도 한 걸음부터!」

→ 千尺有頭 百尺有尾 (천척유두 백척유미 qiānchǐ yǒu tóu, bǎichǐ yǒuwěi)

「길이가 일천 척이라도 시작이 있고, 일백 척이라도 끝이 있다.」

▶ 千里之途 起自脚下 (천리지도 기자각하)

「천릿길도 다리脚 아래서부터 시작한다.」

▶ 千丈麻繩 終須有結 (천장마승 종수유결)

「천 길이나 되는 삼노끈이라도 그 끝은 있다.」

▶ 千中有頭 萬中有尾 (천중유두 만중유미)

「세상의 모든 일에 시작이 있고 끝이 있다.」[214]

※ 千羊之皮不如一狐之腋 (천양지피불여일호지액 qiānyáng zhī pí bù rú yī hú zhī yè)

「양가죽 일천 장이라도 여우 겨드랑이 가죽狐裘하나만 못하다.」

→ 拔毛鳳凰不如鶏 (발모봉황불여계 bámáo fènghuáng bùrú jī)

「털 뽑힌 봉황은 닭만도 못하다.」

▶ 狗尾巴放上三年 也變不成水貂皮 (구미파방상삼년 야변불성수초피)

「개꼬리를 3년 둬도 담비가죽 되지 않는다.」[215]

---

213) 堤 둑 제. 潰 무너질 궤. 蟻 개미 의. 毫 가는 털 호. 厘 길이의 단위 리 (1尺의 1/10). 毫厘 지극히 작은 것. 謬 그릇될 류(유), 오류(誤謬).

214) 途 길 도. 起 일어날 기. 自 저절로 자, ~부터. 脚 다리 각. 頭 머리 두. 尾 꼬리 미. 丈 어른 장, 길이의 단위(길 ; 어른 키 정도의 길이나 깊이, 대략 여덟 자 정도). 繩 줄 승, 새끼줄. 須 모름지기 수.

215) 狐 여우 호. 腋 겨드랑이 액. 狐白裘 여우 겨드랑이 털로 만든 갖옷. 貂

※ 檐前水 滴滴同 (첨전수 적적동 yánqián shuǐ, dīdī tóng)
「처마에서 떨어지는 물, 물방울마다 똑같다.」

→ 房檐滴水照樣行 (방첨적수조양행 fáng yán dīshuǐ zhào yàng xíng)
「지붕 처마에서 떨어지는 물방울은 그전 그대로 떨어진다.」(전에 썼던 방법 그대로 하다.)

▶ 滴水穿石 非一日之功 (적수천석 비일일지공)
「낙숫물이 돌을 뚫는 것은 하루 공들인 것이 아니다.」

▶ 虫蛀木斷 水滴石穿 (충주목단 수적석천)
「나무좀벌레가 나무를 자르고, 물방울이 돌을 뚫는다.」 216)

※ 剃頭捉虱 一擧兩得 (체두착슬 일거양득 tìtóu zhuō shī, yījǔ liǎngdé)
「머리 깎고 이도 잡고 일거양득이다.」

→ 剃頭的頭髮長 (체두적두발장 tìtóude tóufà cháng)
「이발사의 머리도 자란다.」

▶ 剃頭的得會使刀子 當和尙的得會敲磬 (체두적득회사도자 당화상적득회고경)
「이발사가 되면 칼 쓰는 법을 배워야 하고, 중이 되었으면 목탁 치는 법을 배워야 한다.」 217)

※ 出水才見兩腿泥 (출수재견양퇴니 chūshuǐ cái jiàn liǎng tuǐ ní)
「물에서 나와야 비로소 양다리에 진흙이 묻은 걸 볼 수 있다.」(끝에 가서야 선악을 알 수 있다.)

담비 초.
216) 檐 처마 첨. 滴 물방울 적. 穿 뚫을 천. 蛀 나무좀 주.
217) 剃 머리 깎을 체. 髮 터럭 발. 敲 칠 고. 磬 경쇠 경.

→ 荷花出水有高低 (하화출수유고저 héhuā chūshuǐ yǒu gāodī)

「연꽃이 물 밖에 피면 높고 낮은 것이 있다.」(나중에 가서야 우열 장단을 알 수 있다.)

▶ 拔出蘿卜帶出泥 (발출라복대출니)

「무를 뽑았더니 흙과 같이 뽑혔다.」(일이 깨끗하게 종결되지 못하고 다른 걱정거리를 낳다.)

▶ 見事看長短 人面識高低 (견사간장단 인면식고저)

「사물을 보고서는 장단을 보아야 하고, 사람을 만났다면 인품의 고하를 알아차려야 한다.」 218)

※ 嘴上沒毛 做事不牢 (취상몰모 주사불뇌 zuǐ shàng méi máo zuò shì bù láo)

「입가에 수염이 없는 젊은이가 하는 일은 미덥지 못하다.」

→ 喝了迷魂湯 (갈료미혼탕 hēle míhúntāng)

「미혼탕을 마셨다.」(사람이 흐리멍덩하고, 잘 잊어버린다.)

▶ 喝了牛皮散 神仙也不管 (갈료우피산 신선야부관)

「소주를 마신 사람은 신선이라도 어쩔 수 없다.」(통제 불능이다.) 219)

※ 臭肉熬不出好湯 (취육오불출호탕 chòuròu áo bùchū hǎotāng)

「썩은 고기로는 좋은 국을 끓일 수 없다.」

→ 臭肉招蒼蠅 (취육초창승 chòuròu zhāo cāngying)

---

218) 才 재주 재, 비로소. 腿 넓적다리 퇴. 泥 진흙 니. 荷花 연(蓮)꽃. 蘿卜 무.

219) 喝 마실 갈, 꾸짖을 갈. 人家 다른 사람이란 뜻. 迷 헷갈릴 미, 심취할 미. 迷魂湯 사람이 죽어 저승에 가면 미혼탕을 마시게 하는데, 마시고 나면 이승에서의 모든 정을 잊는다고 함. 跟 발뒤꿈치 근, 따라가다. 牛皮散 北京 사람들이 말하는 소주(燒酒).

「썩은 고기가 파리를 부른다.」

▶ **香香嘴 臭臭屁股** (향향취 취취비고)

「맛있고 달콤하게 먹어도 (나중에는) 냄새나는 방귀뿐이다.」

▶ **臭屎蚵蜋 沒人理** (취시가랑 몰인리)

「냄새나는 쇠똥구리에게는 인간의 도리가 없다.」 (시답잖은 녀석에게 사람의 도리를 기대할 수 없다.)

▶ **屎蚵蜋帶花兒** (시가랑대화아)

「쇠똥구리가 꽃을 꽂았다.」 (못난 사람이 교만하다. 잘난 체하다.) 220)

※ **針往哪裏鑽 線往哪裏穿** (침왕나리찬 선왕나리천 zhēn wǎng nǎli zuān, xiàn wǎng nǎli chuān)

「바늘이 어디를 가든 실도 따라간다.」 (바늘 가는 데 실 간다.)

▶ **針不離線 線不離針** (침불리선 선불리침)

「실과 바늘은 떨어질 수 없다.」

▶ **針沒有線長 醬沒有鹽鹹** (침몰유선장 장몰유염함)

「바늘은 실만큼 길지 않고, 장은 소금만큼 짜지 않다.」

▶ **針再小 不漂水面 木再大 不沈水底** (침재소 불표수면 목재대 불침수저)

「바늘이 비록 작다지만 물 위에 뜨지 않고, 나무가 아무리 크다지만 바닥에 가라앉지 않는다.」 221)

※ **稱一稱知輕重 量一量知短長** (칭일칭지경중 양일양지단장)

「저울로 달면 경중을 알고, 재어보면 그 장단을 알 수 있다.」

---

220) 臭 냄새날 취, 썩다. 熬 볶을 오. 湯 탕, 국. 蠅 파리 승. 香 맛있다, 달콤하다. 屁 방귀 비. 股 넓적다리 고.

221) 針 바늘 침. 哪裏 어디, 어느 곳. 鑽 끌 찬(나무에 구멍을 뚫는 연장), 뚫다. 穿 뚫을 천. 線 실 선. 醬 젓갈 장. 鹽 소금 염. 鹹 짤 함.

→ 秤錘兒雖小 能壓千斤 (칭추아수소 능압천근 chèngchuíér suī xiǎo, néng yā qiānjīn)

「저울추가 작다지만 천 근을 달 수 있다.」 (작은 고추가 맵다.)

▶ 瓜不離秧 (과불리앙)

「박은 그 덩굴에서 떨어질 수 없다.」 (불가분의 관계이다.)

▶ 秤不離砣 息婦不離婆 (칭불리타 식부불리파)

「저울대와 저울추, 며느리와 시어머니는 떨어질 수 없다.」

▶ 秤錘秤杆 相離不遠 (칭추칭간 상리불원)

「저울추와 저울대는 멀리 떨어지지 않는다.」 222)

※ 秤錘壓千斤 人小骨頭重(칭추압천근 인소골두중 chèngchuí yā qiān jīn, rén xiǎo gǔtou zhòng)

「저울추는 천 근을 달 수 있듯, 사람은 작아도 뼈는 야무지다.」 (사람이 단단하고 야무지다)

→ 驢糞蛋兒表面光 (여분단아표면광 lǘfèndànr biǎomiàn guāng)

「나귀 똥은 표면이 반짝거린다.」 (빛 좋은 개살구.)

▶ 尿泡雖大無斤兩 秤砣雖小壓千斤 (요포수대무근량 칭타수소압천근)

「오줌보가 아무리 커도 무게가 없고, 저울추가 비록 작다지만 천근을 달 수 있다.」

▶ 繡花枕頭一包草 (수화침두일포초)

「꽃수를 놓은 베개의 속에는 풀만 한 묶음.」 (외모는 화려하나 내용물은 아주 빈약하다.) 223)

---

222) 秤 저울 칭, 일컬을 칭, 저울로 달다. 錘 저울 추. 砣 맷돌 타, 저울 추. 瓜 오이 과, 참외. 秧 모 앙, 새싹.

223) 秤 저울 칭. 錘 저울 추. 砣 맷돌 타, 저울 추. 壓 누를 압. 尿 오줌 뇨

※ 打不成米 連口袋都丟 (타불성미 연구대도주 dǎ bùchéng mǐ, lián kǒudài dōudiū)

「쌀은 사지도 못하고 쌀자루마저 잃어버렸다.」 (계획한 일은 실패로 돌아갔고, 생각지 않던 손해만 보았다.)

→ **打虎不死必傷人** (타호불사필상인 dǎ hū bù sǐ bì shāngrén)

「호랑이를 때려죽이지 못하면 틀림없이 사람만 다친다.」

▶ **欲投鼠而忌器** (투서이기기 yù tóu shǔ ér jì qì)

「쥐를 잡고 싶어도 그릇을 깰까 두렵다.」 (「구더기 무서워 장 못 담근다.」)

▶ **打老鼠傷了玉瓶** (타노서상료옥병)

「쥐를 잡는다고 옥병을 깨뜨렸다.」 (성과도 없이 희생만 컸다.)

▶ **捕得老鼠 打破油甕** (포득노서 타파유옹)

「쥐를 잡았지만, 기름 항아리를 깨뜨렸다.」[224]

※ 打不成狐狸 倒落一身臊 (타불성호리 도낙일신조 dǎ bùchéng húlí, dào luò yīshēn sāo)

「여우는 못 잡고 노린내만 묻혔다.」 (이득도 없이 몸만 망가졌다.)

→ **鮮魚沒到口 還得滿身腥** (선어몰도구 환득만신성 xiānyú méi dào kǒu, hái dé mǎnshēn xīng)

「생선은 먹지도 못하고, 온몸에 비린내만 뱄다.」

▶ **要想吃魚 就不能怕腥** (요상흘어 취부능파성)

「생선을 먹고 싶다면 비린내를 걱정할 수 없다.」

▶ **羊肉好吃怕霑上腥** (양육호흘파점상성)

尿泡 오줌보(방광 膀胱).

224) 連 ~조차. 袋 자루 대. 都 모두 도 丟 아주 갈 주. 傷 다칠 상. 老鼠 쥐. 瓶 병 병. 忌 꺼릴 기.

「양고기는 먹기 좋으나, 노린내를 묻히기는 싫다.」 [225]

※ 打蛇先打頭 (타사선타두 dǎ shé xiān dǎ tóu)
「뱀을 잡을 때는 먼저 머리를 때려야 한다.」

→ 打蛇不死萬年寃 (타사불사만년원 dǎ shé bù sǐ wànnián yuān)

「뱀을 때려죽이지 못한다면 영원한 원수가 된다.」

▶ 打草驚蛇 (타초경사 dǎ cǎo jīng shé)

「풀을 건드려 뱀을 놀라게 하다.」 (쓸데없는 행동으로 손해를 자초하다. 이 사람에게 한마디 하여 저 사람을 깨우치다.)

▶ 打蛇不死 反受其害 (타사불사 반수기해)

「뱀을 때려죽이지 못하면 오히려 그 해를 입는다.」

▶ 打蛇要打死 不死是罪過 (타사요타사 불사시죄과)

「뱀을 잡으려면 죽도록 때려야 한다. 죽이지 못한다면 죄를 짓는 것이다.」 (후환을 남겨두는 것 자체가 죄를 짓는 것이다.) [226]

※ 彈琴不入牛耳 (탄금불입우이 tánqín bùrù niúěr)
「가야금 소리는 소귀에 들리지 않는다.」

→ 對馬牛耳誦經 (대마우이송경 duì mǎ niúěr sòngjīng)

「마소의 귀에 경 읽기.」

▶ 風馬牛不相及 (풍마우불상급 fēng mǎ niú bù xiāng jí)

「(사람은 고사하고) 암내난(바람난) 마소까지도 서로 오고 가는 일이 없다.」 (서로 멀리 떨어져 있음. 서로 아무 상관이 없음.)

▶ 春風不入驢耳 (춘풍불입려이)

「봄바람은 나귀의 귀에 들어가지 않는다.」 (다른 사람의 좋은 말을

---

225) 狐狸 여우. 臊 노린내 조, 돼지기름 냄새. 腥 비릴 성.
226) 寃 원통할 원(冤의 俗字). 過 허물 과. 驚 놀랠 경.

듣지 않다.)

▶ 牛老無力 人老無威 (우노무력 인노무위)

「소가 늙으면 힘이 없고, 사람이 늙으면 위엄이 없다.」 227)

※ 脫褲子放屁 費兩道手 (탈고자방비 비양도수 tuō kùzi fàngpì fèi liǎng dào shǒu)

「바지를 벗고 방귀를 뀌려면 두 손을 써야 한다.」 (공연히 쓸데없는 일을 벌이다.)

→ 空手打空拳 (공수타공권 kōngshǒu dǎ kōngquán)

「빈손으로 맨주먹을 쥐다.」 (돈을 들이지 않으니 성과가 없다.)

▶ 把別人棺材 擡在自家 家裏哭 (파별인관재 대재자가 가리곡)

「남의 관을 자기 집으로 가져가 집에서 곡을 하다.」 (공연히 남의 걱정거리를 가지고 쓸데없는 고민을 하다.)

▶ 空談一場 百事不成 (공담일장 백사불성)

「한바탕 쓸데없는 이야기, 아무 일도 성취하지 못한다.」 228)

※ 拖人下水 先打濕脚 (타인하수 선타습각 tuō rén xiàshuǐ, xiān dǎ shī jiǎo)

「남을 물에 빠뜨리려면 내가 먼저 발을 적셔야 한다.」

→ 牽牛下水 六脚齊濕 (견우하수 육각제습 qiān niú xiàshuǐ, liù jiǎo qí shī)

「소를 끌고 물에 들어가면 여섯 개의 다리가 다 젖는다.」 (다른 사람을 골탕 먹이려면 자신도 먼저 손해를 보게 된다.)

---

227) 彈 튕길 탄, 악기를 연주하다. 誦 욀 송, 읽다. 風 바람 풍, 발정하다. 길을 잃다(走失 무리에서 떨어져 나오다). 驢 나귀 려.

228) 褲 바지 고(絝와 同字). 擡 들어올릴 대, 가져가다.

▶ 牽着不走 打着倒退 (견착부주 타착도퇴)

「끌어도 오지 않고, 때리면 뒤로 물러난다.」(좋고 나쁜 것을 몰라 고집을 부리며 따르지 않음.) 229)

※ 泰山不却微塵 (태산불각미진 Tàishān bù què wēichén)

「태산은 작은 티끌이라도 거절하지 않는다.」

→ 泰山梁木 (태산량목 Tàishān liáng mù)

「높은 산과 큰 나무.」(偉人) (애도의 뜻으로 쓰임.)

▶ 泰山不拒微塵 黃河不擇細流 (태산불거미진 황하불택세류)

「태산은 작은 티끌이라도 거부하지 않았고, 황하는 작은 냇물도 모두 받아들였다.」(티끌 모아 태산.)

▶ 泰山不是壘的 火車不是推的 (태산부시루적 화차불시추적)

「태산은 쌓아 올린 산이 아니고, 기차는 밀고 가지 않는다.」 230)

※ 太陽從西邊出來 (태양종서변출래 tàiyáng cóng xībiān chūlái)

「해가 서쪽에서 떠올랐다.」(절대로 있을 수 없는 일. 믿을 수 없는 일이 일어났다.)

→ 鳥頭白 馬頭角 (오두백 마두각 wūtóu bái, mǎtóu jiǎo)

「까마귀의 머리가 하얗게 되고, 말머리에 뿔이 난다.」

▶ 鐵樹開花 竹子結米 (철수개화 죽자결미)

「쇠로 만든 나무에 꽃이 피고, 대나무에 쌀이 열리다.」

▶ 鴨子踢死人 (압자척사인)

「오리가 발로 차서 사람을 죽이다.」(있을 수 없는 일.)

▶ 驢年馬月 (여년마월)

---

229) 拖 끌 타. 濕 축축할 습.
230) 塵 티끌 진. 壘 쌓아올릴 루.

「당나귀의 해와 말의 달.」 (干支에 없는 띠와 달. 있을 수 없는 일.) 231)

※ **兎子飽了不出窩** (토자포료불출와 tùzi bǎole bù chū wō)
「토끼는 배가 부르면 굴 밖에 나오지 않는다.」

→ **兎能拉車誰買驢** (토능랍거수매려 tù néng lā chē, shuí mǎi lú)
「토끼가 수레를 끌 수 있다면 누가 나귀를 사겠는가?」

▶ **兎子不急不咬人** (토자불급불교인)
「토끼는 다급하지 않으면 사람을 물지 않는다.」

▶ **兎子滿山跑 天黑歸舊窩** (토자만산포 천흑귀구와)
「토끼가 온 산을 뛰어다니다가도 날이 어두우면 옛 굴로 돌아온
다.」 232)

※ **把刀把兒遞給外人** (파도파아체급외인 bǎ dāobǎr dìgěi wàirén)
「칼자루를 남에게 넘겨주다.」

→ **刀對刀 槍對槍** (도대도 창대창 dāo duì dāo, qiāng duì qiāng)
「칼에는 칼로 맞서고, 총에는 총으로 대한다.」 (이에는 이, 눈에는
눈.)

▶ **刀把子握在人家手裏** (도파자악재인가수리)
「칼자루는 남의 손안에 쥐여져 있다.」

▶ **刀不磨不利 人懶惰變笨** (도불마불리 인나타변분)
「칼은 갈지 않으면 날카롭지 않고, 게으른 사람은 멍청해진다.」

▶ **刀不在大小在鋒利 人不在高矮在精明** (도부재대소재봉리 인부재
고왜재정명)

---

231) 樹 나무 수. 結 맺을 결. 鴨 오리 압. 鴨子 오리. 踢 발로 찰 척.
232) 飽 배부를 포. 窩 움집 와. 拉 끌 랍. 誰 누구 수. 驢 나귀 려. 兎 토끼
　　 토. 跑 달릴 포. 天黑 날이 어두워지다. 窩 움집 와.

「칼은 크고 작고가 아니라 날이 날카로워야 하고, 사람은 크고 작으냐가 아니라 똑똑해야 한다.」[233]

※ 破巢之下 安有完卵 (파소지하 안유완란 pòcháo zhī xià ān yǒu wánluǎn)

「부서진 둥지 아래 깨지지 않은 알이 있겠는가?」 (줄기가 죽으면 가지도 잎도 다 말라 죽는다.)

→ 破船又逢頂頭風 (파선우봉대두풍 pòchuán yòuféng dǐngtóufēng)

「부서진 배가 맞바람을 만나다.」 (역경이 거듭되다.)

▶ 覆巢毀卵則鳳凰不翔 (복소훼란칙봉황불상)

「둥지를 부수고 알을 깨뜨리면 봉황이 날지 못한다.」

▶ 覆盆不照太陽輝 (복분부조태양휘)

「동이를 엎으면 (안에는) 햇빛이 들지 못한다.」

▶ 破車攔好路 (파거란호로)

「부서진 수레가 길을 막다.」

▶ 破壞家庭的老鼠 也會離開家庭 (파괴가정적노서 야회이개가정)

「무너질 집에 사는 쥐들은 그 집을 떠나간다.」[234]

※ 板裏沒土 打不起墻 (판리몰토 타불기장 bǎn lǐ méi tǔ dǎ bù qǐ qiáng)

「널판 속에 흙이 없으면 담을 만들 수 없다.」 (속 빈 강정.)

---

233) 把 자루 파, ~을 잡아서. 刀把 칼자루. 遞 갈마들 체, 차례대로. 槍 창 창, 총(銃). 握 잡을 악. 懶 게으를 나. 惰 게으를 타. 笨 거칠 분, 멍청하다.

234) 巢 둥지 소. 安 어디? 장소를 묻는 의문대명사. 卵 알 난. 又 또 우. 逢 만날 봉. 頂 꼭대기 정. 頂頭風 맞바람(頂風). 覆 덮을 복, 엎어놓다. 攔 막을 난(란).

→ 乾土打不成高墙 (건토타불성고장 gān tǔ dǎ bù chéng gāoqiáng)

「마른 흙으로는 높은 담을 만들 수 없다.」

▶ 拆東墙 補西墙 - 顧此失彼 (탁동장 보서장 - 고차실피 chāi dōngqiá ng, bǔ xīqiáng - gù cǐ shī bǐ)

「동쪽 담을 헐어 서쪽 담을 고치다. - 한쪽을 보살피다가 다른 쪽을 잃다.」 (아랫돌을 빼서 윗돌에 괴다. -「하석상대下石上臺」)

▶ 沒錢蓋不起瓦房 (몰전개불기와방)

「돈이 없으면 기와집을 지을 수 없다.」 235)

※ 悖入悖出 (패입패출 bèi rù bèi chū)

「나쁘게 모은 재물은 나쁘게 없어진다.」

→ 江裏來水裏去 (강리래수리거 jiāngli lái, shuǐli qù)

「강에서 나와 물로 들어간다.」 (올 때처럼 그대로 나간다.)

▶ 冤枉錢來冤枉去 (원왕전래원왕거)

「헛돈이 들어오면 헛되게 나간다.」

▶ 言悖而出者亦悖而入. 貨悖而入者亦悖而出 (언패이출자역패이입 화패이입자역패이출)

「나쁜 말이 나가면 역시 나쁜 말이 들어온다. 나쁘게 들어온 재물은 역시 나쁘게 나간다.」 236)

※ 平時肯帮人 急時有人帮 (평시긍방인 급시유인방 píngshí kěn bāngrén, jíshí yǒurén bāng)

「평소에 남을 도와주면, 위급할 때 나를 돕는 사람이 있다.」

---

235) 墙 담 장. 拆 허물 탁. 補 기울 보, 더할 보. 蓋 덮을 개, 집을 짓다.

236) 悖 어그러질 패, 도리나 사리에 맞지 않음. 冤 원통할 원. 枉 굽을 왕. 冤枉 원통하다, 헛되다, 가치가 없다.

→ 閑時不燒香 急時抱佛脚 (한시불소향 급시포불각 xiánshí bùs
hāoxīang, jíshí bào fójiǎo)

「평소 향도 안 피우더니, 급하니까 부처님 다리를 붙잡는다.」

▶ 禍到臨頭再念佛 (화도임두재염불)

「재앙이 닥치니, 그제야 염불한다.」

▶ 拜佛要拜, 蠟燭香不肯買 (배불요배, 납촉향불긍매)

「부처를 찾아 빌긴 빌어야 하는데, 초와 향은 사려 하지 않는다.」
(공짜로 일을 마치려 한다.)

▶ 大開廟門不燒香 禍到臨頭許猪羊 (대개묘문불소향 화도임두허저
양)

「사당 문이 활짝 열렸을 때는 향을 안 피우더니, 재앙이 들이닥치
니 돼지나 양을 바친다.」 [237]

※ 平打米 賽吃飯 (평타미 새흘반 píng dǎ mǐ, sài chīfàn)
「방아는 같이 찧지만, 먹을 때는 서로 많이 먹으려 한다.」 (절구에
곡식을 넣고 방아를 찧을 때는 두 사람이 똑같이 일을 할 수밖에 없음.)

→ 吃飯搶大碗 幹活白瞪眼 (흘반창대완 간활백징안 chīfàn qiǎng dà
wǎn, gàn huó bái déng yǎn)

「먹을 때는 큰 그릇을 잡으려 싸우지만, 일을 할 때는 눈을 부라린
다.」 (먹을 것만 탐하고, 일은 안 하다.)

▶ 推的推 拉的拉 (추적추 납적납 tuī dé tuī, lā dé lā)

「미는 사람은 밀고, 당기는 사람은 당긴다.」 (일하는 사람 따로, 노
는 사람 따로.) [238]

---

237) 肯 옳게 여길 긍, 기꺼이 하다. 帮 도울 방(帮의 俗字. 幫과 同字). 急 급
할 급. 燒 불태울 소. 飯 밥 반. 燒 태울 소.
238) 搶 빼앗을 창.

※ 瘋狗不打追着咬 (풍구불타추착교 fēnggǒu bù dǎ zhuīzhe yǎo)

「미친개를 때리지 않으면 따라와서 문다.」(물러서면 자꾸 모욕을 당한다. 미친개에게는 몽둥이가 최고.)

→ 瘋狗架勢 烏龜伸脖 (풍구가세 오귀신발 fēnggǒu jiàshì wūguī shēn bó)

「미친개가 으스대고, 잡놈이 목에 힘을 준다.」

▶ 瘋牛進了瓷器鋪 (풍우진료자기포 fēngniú jìnlè cíqìpū)

「미친 소가 도자기 가게에 뛰어들다.」(닥치는 대로 부수다.)

▶ 瘋子說傻話 瞎子說蒙話 (풍자설사화 할자설몽화)

「미친놈이 하는 어리석은 말, 장님의 허튼소리.」

▶ 瘋狗臨死 還要蹬三脚 (풍구임사 환요등삼각)

「미친개라도 죽을 때는 발을 세 번 뻗는다.」 239)

※ 風再大也颳不倒泰山 (풍재대야괄부도태산 fēng zài dà, yě guā bù dǎo Tàishān)

「바람이 아무리 세게 불어도 태산을 넘어뜨릴 수 없다.」

→ 風大 山不會搖, 火猛 金不怕燒 (풍대 산불회요, 화맹 금불파소 fēngdà shān bù huì yáo, huǒ měng jīn bù pà shāo)

「바람이 아무리 세도 산은 흔들리지 않고, 불이 세다 해도 쇠는 타지 않는다.」

▶ 風從地起 雲自山出 (풍종지기 운자산출)

「바람은 땅에서 일어나고, 구름은 산에서 나온다.」

▶ 風吹雲動天不動 水推船移岸不移 (풍취운동천부동 수추선이안불

---

239) 瘋 미칠 풍. 架勢 으스대다, 난 체하다. 烏龜 잡놈. 伸 뻗을 신, 펴다. 脖 목덜미 발. 瓷器 자기, 그릇. 鋪 펼 포, 점포. 傻 어리석을 사. 蹬 비틀거릴 등, 다리를 뻗다.

이)

　「바람이 불어 구름이 가더라도 하늘은 가지 않고, 물이 배를 밀어 내지만 물가 언덕은 움직이지 않는다.」 240)

　　※ 風不颳 樹不搖 (풍부괄 수불요 fēng bùguā shù bùyáo)
　　「바람이 불지 않으면 나무는 흔들리지 않는다.」

　　→ 無風不起浪 (무풍불기랑 wúfēng bù qǐ làng)
　「바람이 없으면 물결이 일지 않는다.」

　　▶ 風吹草動 (풍취초동 fēng chuī cǎo dòng)
　「바람이 불면 풀이 움직인다.」 (쉽게 영향을 받는다.)

　　▶ 沒柴不冒烟 (몰시불모연)
　「땔나무가 없으면 연기가 나지 않는다.」

　　▶ 無風樹不動 (무풍수부동)
　「바람이 없으면 나무는 흔들리지 않는다.」 241)

　　※ 風送客 雨留客 (풍송객 우류객 fēng sòng kè, yǔ liú kè)
　　「바람 부는 날은 손님을 보내고, 비가 오면 손님을 묵게 한다.」

　　→ 風天不打傘 月夜不提燈 (풍천불타산 월야부제등 fēngtiān bù dǎsǎn, yuèyè bù tídēng)

　　「바람 부는 날에는 일산을 받지 않고, 달밤에는 등불을 들지 않는다.」

　　▶ 風天不撒糞 雨天不下種 (풍천불살분 우천불하종)
　「바람 부는 날에는 (밭에) 똥거름을 주지 말고, 비가 오는 날에는

---

240) 颳 바람 불 괄. 及 미칠 급.
241) 颳 모진 바람 괄, 바람이 불다. 樹 나무 수. 搖 흔들릴 요. 冒 뿜어 나오
　　다, 무릅쓸 모. 烟 연기 연(煙과 같음). 霧 안개 무.

씨앗을 뿌리지 않는다.」

▶ 風是雨頭 屁是屎頭 (풍시우두 비시시두)

「비가 오기 전에 바람이 불고, 똥 누기 전에 방귀가 나온다.」

※ 皮之不存 毛將焉附 (피지부존 모장언부 pí zhī bùcún, máo jiāng yān fù)

「피부가 없다면 털이 어디에 붙겠는가?」

→ 虎死留皮 人死留名 (호사유피 인사유명 hū sǐ liú pí, rén sǐ liú míng)

「호랑이는 죽어 가죽을 남기고, 사람은 죽어 이름을 남긴다.」

▶ 虎死不倒威 (호사부도위)

「호랑이는 죽어도 그 위세는 사라지지 않는다.」

▶ 虎若失皮 毛焉附之 (호약실피 모언부지)

「호랑이가 껍질이 없다면 그 털을 어디에 붙이겠는가?」 242)

※ 河水不能倒流 (하수불능도류 héshuǐ bùnéng dǎoliú)
「강물을 거꾸로 흐르게 할 수 없다.」

→ 物有本末 事有始終 (물유본말 사유시종 wù yǒu běnmò shì yǒu shǐzhōng)

「물건에 본말이 있고, 일에는 시작과 끝이 있다.」

▶ 本末倒置 (본말도치)

「본말이 거꾸로 되다.」

▶ 善作者不必善成 先始者不必善終 (선작자불필선성 선시자불필선종)

---

242) 將 거느리다, 가지다, 막, 곧장. 焉 어찌 언. 瓜 오이 과, 박 과. 西瓜 수박. 南瓜 호박. 離 떨어질 리(이). 秧 모종 앙, 줄기.

「일을 잘 한다 하여 결과가 반드시 좋은 것은 아니고, 시작이 좋다 하여 끝이 꼭 좋은 것은 아니다.」[243)

※ **下坡容易 上坡難** (하파용이 상파난 xiàpō róngyì shàngpō nán)
「비탈길을 굴러가기는 쉽고, 언덕을 올라가기는 어렵다.」

→ **不在那裏摔跤 不知那裏路滑** (부재나리솔교 부지나리로활 bù zài nàli shuāijiāo, bù zhī nàli lùhuá)
「어디에서 곤두박질하지나 않을지, 길 어디가 미끄러운지 알 수가 없다.」

▶ **下山容易上山難 上得山來景更寬** (하산용이상산난 상득산래경경관)
「산을 내려가기는 쉽지만 올라가기는 어렵다. 산 위에 오르면 시야는 한결 더 넓다.」[244)

※ **瞎猫抓耗子** (할묘조모자 xiā māo zhuā hàozi)
「눈먼 고양이가 쥐를 잡다.」 (요행으로 일을 처리하다.)

→ **瞎猫偸鷄死不放** (할묘투계사불방 xiāmāo tōu jī sǐ bùfàng)
「눈먼 고양이가 닭을 물면 죽어도 놓지 않는다.」

▶ **瞎猫也會碰着死老鼠** (할묘야회팽착사노서)
「눈먼 고양이도 죽은 쥐를 만날 경우가 있다.」 (뜻밖의 좋은 일이 생기다. 운이 아주 좋다.)

▶ **打兎子碰上了獐, 撈了大外快** (타토자팽상료장, 노료대외쾌)
「토끼사냥을 하던 사람이 노루를 잡았으니 큰 부수입을 건졌다.」

---

243) 倒 거꾸로 도. 本末 뿌리와 가지.
244) 坡 고개 파, 언덕 파. 那裏 그곳, 저곳(먼 곳의 어디인가). 摔 넘어질 솔, 던질 솔. 跤 곤두박질할 교. 摔跤 넘어지다. 滑 미끄러울 활.

▶ **跌跟頭拾大元寶 - 外快** (질근두습대원보 - 외쾌)

「넘어져 곤두박질을 쳤는데 큰 말굽모양 은자를 주웠다. - 뜻밖의 횡재다.」[245]

※ **瞎子磨刀 - 快了** (할자마도 - 쾌료 xiāzi mó dāo-kuàile)
「장님이 칼을 갈다. - 정말 빠르다.」(상황이 빠르게 전개되다.)

→ **要磨刀 得磨刀石** (요마도 득마도석 yào mó dāo, děi mó, mò dāo shí)

「칼을 갈려면 숫돌이 있어야 한다.」

▶ **常磨的刀子一定快** (상마적도자일정쾌)

「늘 갈아놓은 칼은 틀림없이 예리하다.」

▶ **車到油瓶兒到** (차도유병아도)

「수레가 오면 수레에 칠하는 기름병도 따라온다.」(준비가 원만하다.)[246]

※ **蛤蟆跳井** (합마도정 háma tiàojǐng)
「두꺼비가 우물에 뛰어들다.」(사정을 잘 몰라 위험에 빠지다.)

→ **避坑落井** (피갱낙정 bí kēng luò jǐng)

「웅덩이를 피하다가 우물에 떨어지다.」

▶ **池裏爬出來 再掉到井裏** (지리파출래 재도도정리)

---

245) 抓 움켜잡을 조. 偸 훔칠 투. 碰 부딪칠 팽(揵의 俗字). 獐 노루 장. 撈 잡을 로(노), 건져내다. 外快 부수입. 跌 넘어지다. 跟頭 곤두박질하다. 拾 주울 습. 元寶 말굽모양 은(馬蹄銀).

246) 瞎 소경 할, 애꾸눈 할. 磨 갈 마. 快 빠를 쾌, 날카롭다〔장님이 칼을 갈다가 시험해 보고 「快了(날카롭구나!)」라고 말하는데 그 「快了」를 「빠르다」로 해석하여 만들어진 헐후어(歇後語)〕. 磨刀石 칼을 가는 돌, 숫돌. 瓶 병 병, 단지, 항아리. 瓶兒 병.

「연못에서 기어 나와 우물에 빠지다.」

▶ 從惡水缸跳到毛坑裏 (종악수항도도모갱리)

「오줌독에서 나와 똥독에 뛰어들다.」 (나쁜 환경에서 벗어나지를 못하다.) 247)

※ 海闊有邊 山高有頂 (해활유변 산고유정 hǎi kuò yǒu biān, shān gāo yǒu dǐng)

「바다가 넓다지만 해변이 있고, 산이 높다지만 꼭대기가 있다.」

→ 海闊憑魚躍 天高任鳥飛 (해활빙어약 천고임조비 hǎi kuò píng yú yuè, tiān gāo rèn niǎo fēi)

「바다가 넓기에 고기가 마음껏 헤엄을 치고, 하늘이 높기에 새가 마음껏 날 수 있다.」 (세상은 넓다. 마음껏 날개를 펴라!)

▶ 天無時無風 人無所不爲 (천무시무풍 인무소불위)

「하늘에 바람이 없을 때가 없고, 사람은 하지 못하는 짓이 없다.」 248)

※ 行船靠舵 跑車靠鞭 (행선고타 포차고편 xíngchuán kào duò, pǎochē kào biān)

「배는 키잡이에 의지하고, 수레는 마부의 채찍대로 간다.」

→ 雁有頭雁 羊有頭羊 (안유두안 양유두양 yàn yǒu tóu yàn, yáng yǒu tóu yáng)

「기러기 무리에는 우두머리 기러기가, 양떼에는 우두머리 양이 있

---

247) 蛤 두꺼비 합. 蟆 두꺼비 마. 蛤蟆 두꺼비. 跳 뛸 도, 달아나다. 懂 심란할 동, 알다, 이해하다. 「풍덩」 소리가 「不懂」 (부동 bùdǒng ; 이해하지 못하다)과 같음. 避 피할 피. 坑 구덩이 갱. 缸 항아리 항, 독. 毛坑 변소의 대변 통.

248) 憑 기댈 빙. 躍 뛸 약. 任 맡길 임. 마음대로 하게 하다.

다.」

▶ 行船看掌舵 羊群看頭羊 (행선간장타 양군간두양)

「배를 탄 사람은 사공을 따라가고, 양떼는 우두머리 양을 따라간
다.」

▶ 群雁無首不成行 羊群出圈看頭羊 (군안무수불성행 양군출권간두
양)

「기러기 무리는 우두머리가 없으면 날아가지 못하고, 양떼가 우리
를 나서면 우두머리 양을 따른다.」

▶ 馬兒不走鞭子打 (마아불주편자타)

「말이 달리지 않으면 채찍질을 해야 한다.」 [249]

※ 響鼓不用重錘 (향고불용중추 xiǎng gǔ bùyòng zhòng chuí)
「소리가 잘 나는 북은 무거운 저울추로 세게 치지 않는다.」

→ 頂着鴻毛不知輕 壓着磨盤不知重 (정착홍모부지경 압착마반부지
중 dǐngzhe hóngmáo bùzhī qīng, yāzhe mòpán bù zhī zhòng)

「머리에 기러기 털을 얹고 가벼운 줄을 모르고, 머리에 맷돌이 누
르는데도 무거운 줄 모른다.」 (일의 경중輕重을 모르다.)

▶ 響鼓不用重敲 良馬不用鞭催 (향고불용중고 양마불용편최)

「잘 울리는 북은 거듭 치지 않고, 좋은 말은 채찍으로 때리지 않는
다.」 (알아서 스스로 잘한다.)

▶ 下坡騾子上坡馬 平路毛驢不用打 (하파나자상파마 평로모려불용
타)

「비탈길을 내려가는 노새, 언덕을 올라가는 말, 평평한 길을 가는
나귀는 때릴 필요가 없다.」 [250]

---

249) 靠 기댈 고. 掌 잡을 장. 舵 키 타. 鞭 채찍 편. 雁 기러기 안. 圈 우리
　　권.

　※ 現佛不朝 還去面壁 (현불부조 환거면벽 xiàn fó bù cháo, hái qù miànbì)

「눈앞에 나타난 부처님을 배알하지 않고, 돌아가 벽을 향해 참선하다.」

　→ 現鍾不打打鑄鍾 (현종불타타주종 xiàn zhōng bù dǎ, dǎ zhù zhōng)

「있는 종은 치지 않고, 종을 만들어 치려 한다.」

　▶ 現燒香現捏佛 燒了香毁了佛 (현소향현날불 소료향훼료불)

「금방 향을 피우고 부처를 모시더니, 향을 다 태우고서는 부처를 부수다.」 (당장 눈앞의 이익만 얻으려 함.)

　▶ 燒香失了火 (소향실료화)

「향을 피워 치성을 드리다가 불을 내다.」 (좋은 일을 하려 했는데 오히려 재앙이 되다.) 251)

　※ 虎口拔牙 狼窩掏崽 (호구발아 낭와도새 hǔkǒu báyá, lángwō tāo zǎi)

「호랑이 입에서 이빨 뽑기, 이리 굴에서 새끼 꺼내오기.」

　→ 往虎口裏探頭 (왕호구리탐두 wǎng hūkǒu lǐ tàntóu)

「호랑이굴에 들어가 머리 쓰다듬기.」

　▶ 把頭往老虎嘴裏塡 (파두왕노호취리전)

「머리를 호랑이 주둥이에 쑤셔 넣다.」 (죽음을 자초하다.)

　▶ 羊入虎口難逃生 (양입호구난도생)

「양이 호랑이에게 물렸다면 도망가기 어렵다.」 252)

---

250) 響 울릴 향. 鼓 북 고. 錘 저울 추. 鴻 큰기러기 홍. 壓 누를 압. 磨 갈 마. 盤 소반 반, 받침. 敲 두드릴 고. 鞭 채찍 편. 催 재촉할 최. 坡 비탈 파. 騾 노새 나(라), 암말＋수나귀 사이에서 출생. 驢 나귀 려, 당나귀(ass).

251) 朝 뵙다, 알현하다. 壁 벽 벽. 面壁 벽을 바라보고 참선하다. 鑄 쇠 부어 만들 주. 捏 잡을 날, 만들 날. 毁 헐 훼.

※ 好了傷疤忘了疼 (호료상파망료동 hǎole shāngbā, wàngle téng)
「종기 상처가 아물면 통증은 잊어버린다.」

→ 好了的瘡疤不必再搔了 (호료적창파불필재소료 hǎole de chuān
gbā bù bì zài sāo le)
「다 나은 부스럼자국은 다시 긁을 필요가 없다.」

▶ 火棍長了不燙手 (화곤장료불탕수)
「부지깽이가 길면 손을 데지 않는다.」 (깊이 생각하고 준비한 일은
낭패가 없다.)

▶ 火大無濕柴 (화대무습시)
「센 불에 젖은 나무라고 안 탈 리 없다.」 253)

※ 虎死一七不倒威 (호사일칠부도위 hǔsǐ yīqī bùdǎowēi)
「호랑이가 죽어 7일까지 그 위엄이 남아 있다.」 (뱀이 죽어도 3일
은 꼬리를 흔든다. 부호나 권세가 망해도 위세가 조금은 남아 있다.)

→ 船破有底 (선파유저 chuán pò yǒu dǐ)
「배가 부서져도 밑창은 남아 있다.」 (부잣집이 망해도 3년 간다. 근
본 바탕은 남아 있다.)

▶ 虎死皮還在 (호사피환재)
「호랑이가 죽었지만, 가죽은 아직 남아 있다.」 (호랑이의 위엄은
아직 남아 있다.)

▶ 虎死不落架 (호사부락가)
「호랑이가 죽었지만, 집이 무너지지는 않았다.」 (권세가 떨어졌다

---

252) 拔 뽑을 발. 牙 어금니 아. 狼 이리 낭. 窩 움집 와. 掏 꺼낼 도. 崽 새
    끼 새. 塡 메울 전.
253) 棍 몽둥이 곤. 燙 데울 탕. 了 마칠 료, 어조사 료(우리말로는 「∼했다」
    종료된 상태를 나타냄). 疤 종기자리 파, 흉터 파. 疼 아플 동. 瘡 부스럼
    창. 疤 흉터 파. 搔 긁을 소

지만 아직 완전히 망한 것은 아니다.) 254)

※ 虎豹處深林 蛟龍居巨澤 (호표처심림 교룡거거택 hūbào chù shēn lín, jiāolóng jū jùzé)
「호랑이는 깊은 수풀에 살고, 교룡은 큰 못 속에 산다.」

→ 虎在山上吼 鳥在枝頭叫 (호재산상후 조재지두규 hū zài shānshang hǒu, niǎo zài zhītóu jiào)

「호랑이는 산에서 울부짖고, 새는 가지 위에서 지저귄다.」

▶ 高山藏虎豹 深澤掩蛟龍 (고산장호표 심택엄교룡)

「큰 산은 호랑이와 표범을 키우고, 깊은 못에는 교룡이 숨어 있다」 255)

※ 好虎架不住一群狼 (호호가부주일군낭 hǎohū jiàbuzhù yīqún láng)
「영특한 호랑이는 무리지은 이리와 싸우지 않는다.」

→ 猛獸不如群狐 (맹수불여군호 měngshòu bùrú qúnhú)

「맹수라도 떼를 지은 여우는 못 당한다.」

▶ 男人雖然力氣大 架不住婦女會找竅門 (남인수연역기대 가부주부녀회조규문)

「비록 남자들의 기운이 강하다 하여도 여자들의 꾀에는 당하지 못한다.」

▶ 毒龍難鬪群蛇 双拳難敵四手 (독룡난투군사 쌍권난적사수)

「용 한 마리가 수많은 뱀과 싸울 수 없고, 혼자서는 두 사람을 상대하기 어렵다.」

▶ 狐狸再狡猾也 鬪不過好獵手 (호리재교활야 투불과호엽수)

---

254) 倒 넘어갈 도. 威 위세 위. 底 밑 저.
255) 豹 표범 표. 吼 울 후, 아우성치다. 掩 가릴 엄.

「여우가 아무리 교활하여도 솜씨 좋은 사냥꾼과 싸워 이길 수 없다.」[256]

※ **畫蛇添足 - 多此一擧** (화사첨족 - 다차일거 huàshé tiānzú-duō cǐ yìjǔ)

「뱀을 그리면서 다리를 그려 넣다. - 쓸데없는 짓을 하다.」

→ **瞎子着眼鏡 - 多此一擧** (할자착안경 - 다차일거 xiāzi zhuó yǎnjìng -duō cǐ yìjǔ)

「소경이 안경을 쓰다. - 부질없는 짓!」

▶ **太陽地裏打電桶** (태양지리타전통)

「햇볕이 쬐는 곳에 손전등을 비추다.」

▶ **水中月 鏡中花** (수중월 경중화)

「물에 잠긴 달, 거울 속의 꽃.」 (만질 수 없다.) [257]

※ **和尙多了不念經** (화상다료불념경 héshàng duōle bù niànjīng)
「화상이 많으면 불경을 외지 않는다.」 (서로 미룬다.)

→ **艄公多了打爛船** (소공다료타난선 shāogōng duōle dǎlànchuán)

「사공이 많으면 배가 엉망이다.」

▶ **和尙不識頭陀** (화상불식두타)

「중이 걸식 승을 몰라주다.」 (자기편을 몰라보다.) [258]

---

256) 狐 여우 호. 找 찾을 조. 竅 구멍 규, 요점, 요령. 找竅門 급소를 찾다, 요령을 찾아내다. 獸 짐승 수. 狸 살쾡이 리, 너구리 이(貍와 同字). 獵 사냥할 렵(엽).

257) 桶 나무통 통. 電桶 손전등.

258) 艄 고물 소, 사공 소. 爛 문드러질 난, 낡다, 엉망이다. 船 배 선. 頭陀 이곳저곳을 돌며 걸식을 하는 화상.

※ 和尚無兒孝子多 (화상무아효자다 héshang wúér xiàozǐ duō)
「중은 아들이 없어도 효자는 많다.」 (많은 사람들의 시주를 받는다.)

→ 和尚不說鬼 袋裏沒有米 (화상불설귀 대리몰유미 héshang bù shuō guǐ, dàilǐ méiyǒu mǐ)
「화상(중)이 귀신 이야기를 하지 않으면 자루 안에 쌀이 없다.」

▶ 千個施主認得一個和尚 一個和尚認不了千個施主 (천개시주인득 일개화상 일개화상인불료천개시주)
「시주하는 천 명은 화상(스님)을 알지만, 화상 한 사람은 천 명의 시주들을 알지 못한다.」

▶ 和尚不親帽兒親 (화상불친모아친)
「화상은 친부모를 모시지는 않으나 모자와는 친하다.」 (출가한 중의 불효를 비꼬는 말) 259)

※ 黃犬吃肉 白狗當罪 (황견흘육 백구당죄 huángquǎn chīròu báigǒu dāngzuì)
「누렁이가 고기를 훔쳤는데 흰둥이가 죄를 덮어쓰다.」

→ 嬌狗上灶 (교구상조 jiāo gǒu shàng zào)
「귀여워하는 강아지 부뚜막에 올라간다.」

▶ 狗咬刺猬 - 無處下口 (구교자위 - 무처하구)
「개가 고슴도치를 잡았다. - 입을 댈 곳이 없다.」

▶ 狗不叫 不被打 人不語 不遭殃 (구불규 불피타 인불어 부조앙)
「개가 짖지 않는다면 매를 맞지 않고, 사람이 말을 안 한다면 재앙을 당하지 않는다.」 260)

---

259) 袋 자루 대. 施 베풀 시. 跑 달릴 포, 달아나다. 施 베풀 시. 認 알 인, 알다. 帽 모자 모

※ **會哭的孩子有奶吃** (회곡적해자유내흘 huìkūde háizi yǒu nǎi chī)
「우는 아이가 어미젖을 먹는다.」 (우는 아이 젖 준다.)

→ **孩子不哭娘不哄** (해자불곡낭불홍 háizi bù kū niáng bù hōng)
「아이가 울지 않으면 어미는 구슬리지 않는다.」

▶ **抱着不哭的孩兒** (포착부곡적해아 bào zhe bùkūde háir)
「울지 않는 아이를 안고 있다.」 (사정도 모르면서 그럴듯한 말을 하다.)

▶ **孩子哭了 抱給他娘** (해자곡료 포급타낭)
「아이가 울면 안아다가 엄마에게 준다.」 (어려운 문제를 상사가 처리하게 하다. 남에게 떠넘기고 손을 털다.) 261)

---

260) 吃 먹을 흘. 罪 허물 죄. 嬌 아리따울 교. 灶 부뚜막 조. 刺 찌를 자. 猬 고슴도치 위(蝟와 같음). 遭 만날 조. 殃 재앙 앙.
261) 會「~할 줄 안다」. 哭 울 곡. 的「~의」. 孩 아이 해. 奶 젖 내, 어미. 吃 마실 흘, 먹다. 抱 안을 포. 哄 말로 속일 홍, 구슬리다, 달래다.

第6部 生活·健康 관련 속담

君子在酒不在菜 (군자재주부재채)
「군자는 술에 뜻이 있지 안주를 탐하지 않는다.」
喜酒悶茶生氣的烟 (희주민다생기적연)
「기쁠 때 술, 울적할 때 차, 화날 때 담배.」

※ **各人自掃門前雪** (각인자소문전설 gèrén zìsǎo ménqiánxuě)
「모두가 자기 대문 앞 눈은 쓴다.」 (자기 일은 자기가 알아서 다 챙긴다.)

→ **莫管他人瓦上霜** (막관타인와상상 mò guǎn tārén wǎshang shuāng)
「다른 집 지붕 기와의 서리는 상관하지 마라.」 (남의 일에는 신경 쓰지 마라.)

▶ **各家打掃門前葉** (각가타소문전엽)
「각자 자기 집 앞 낙엽을 쓴다.」

▶ **各人做事各人當** (각인주사각인당)
「각자 할 일은 스스로 책임을 진다.」

▶ **各登一座山 各栽各的樹** (각등일좌산 각재각적수)
「각자 자기 산으로 가서 자기 나무를 심는다.」

▶ **各人有各人的小九九兒** (각인유각인적소구구아)
「사람들은 자기 나름대로의 구구단(계산법)을 갖고 있다.」

▶ **瞎屎蚵螂混推** (할시가랑혼추)
「눈먼 쇠똥구리들이 뒤섞여 서로 밀다.」 (책임을 떠넘기다.) 1)

※ **江山風月 本無常主** (강산풍월 본무상주 jiāngshān fēngyuè, běn wú chángzhǔ)
「강산풍월은 본래 정해진 주인이 없다.」 (한가한 사람이 보고 즐긴다.)

→ **江水長流 白雲易逝** (강수장류 백운이서 jiāng shuǐ cháng liú, bái yún yì shì)

---

1) 掃 쓸 소, 청소(清掃). 莫 말 막, ~하지 마라. 瓦 기와 와. 霜 서리 상. 做
   지을 주. 瞎 소경 할. 屎 똥 시. 蚵 도마뱀 가. 螂 사마귀 낭(랑). 屎蚵螂
   쇠똥구리. 小九九兒 ; 주산(珠算)의 계산법, 구구단.

「강물은 멀리 흐르고, 흰 구름은 피었다가 사라진다.」

▶ 江山入畵 萬里非遙 (강산입화 만리비요)

「강산이 그림 속에 들어왔으니, 만 리가 멀지 않다.」

▶ 江南望見江北好 走到江北喊苦惱 (강남망견강북호 주도강북함고뇌)

「강남에서 바라보면 강북이 좋은 것 같으나, 강북에 와 보면 죽겠다고 소리친다.」 2)

※ 剛進廟的和尙念經 - 現學現唱 (강진묘적화상염경 - 현학현창 gān gìn miàode héshang niànjīng-xiàn xué xiàn chàng)

「금방 절에 간 중이 염불을 한다. - 즉석에서 배워 따라 한다.」

→ 小和尙念經 - 有口無心 (소화상염경 - 유구무심 xiǎo héshang niànjīng-yǒu kǒu wú xīn)

「어린 화상이 불경을 왼다. - 입으로 외지만 마음은 없다.」

▶ 老和尙念經 - 老一套 (노화상염경 - 노일투)

「늙은 스님이 불경을 읽다. - 늘 하는 잔소리.」

▶ 一百個和尙念經 - 異口同聲 (일백개화상염경 - 이구동성)

「일백 명 스님이 불경을 외다. - 이구동성이다.」

▶ 大和尙念懺悔經 小和尙哪敢念灶王經 (대화상염참회경 소화상나감염조왕경)

「큰스님이 참회경을 외는데, 작은 스님이 어찌 감히 조왕경을 외겠는가?」 (윗사람을 따라가야 한다.) 3)

※ 儉如良藥可醫貧 (검여양약가의빈 jiǎn rú liángyào kě yī pín)

---

2) 逝 갈 서. 遙 멀 요, 아득하다. 喊 소리칠 함. 苦惱 고뇌하다, 괴롭다.
3) 懺 chàn 뉘우칠 참. 灶 부뚜막 조, 부엌(竈의 俗字).

「검소한 생활은 가난을 치료할 수 있는 양약良藥이다.」

→ 大廈千間 夜眠七尺 (대하천간 야면칠척 dàshà qiān jiān, yèmián qī chǐ)

「천 간 큰 집에 살아도 밤에는 일곱 자 침상에서 잔다.」(잠자거나 죽을 때, 좁은 땅 차지하기는 마찬가지.)

▶ 儉是聚寶盆 勤是搖錢樹 (검시취보분 근시요전수)

「검약은 보물을 모아둔 화분이고, 근면은 흔들면 돈이 쏟아지는 나무다.」

▶ 起早睡晚 糧倉裝滿 (기조수만 양창장만)

「일찍 일어나고 늦게 자면 양식 창고가 가득 찬다.」

▶ 死生二字皆由命 禍福三生總在天 (사생이자개유명 화복삼생총재천)

「죽고 사는死生 두 글자는 모두 타고나는 것이고, 화복禍福과 삼생三生은 언제나 하늘에 있다.」 4)

※ 隔竈頭的飯好吃 (격조두적반호흘 gé zàotóude fàn hǎo chī)
「부뚜막 넘어온 밥이 맛이 있다.」(남의 집 밥이 맛있다.)

→ 吃燒餅賠唾沫 (흘소병배타말 chī shāo bǐng péi tuò mò)

「군 떡을 먹더라도 침이 나와야 한다.」(세상에 공짜는 없다.)

▶ 別人碗裏饅頭是大的 (별인완리만두시대적)

「다른 사람 그릇의 만두가 더 크다.」

▶ 別人爲你的飯菜而來 朋友爲你的人品交往 (별인위니적반채이래 붕우위니적인품교왕)

---

4) 廈 큰집 하. 大廈 큰 집(大樓), 맨션(mansion). 眠 잠잘 면. 三生 ; 前生・現生・來生. 聚 모일 취. 盆 동이 분. 聚寶盆 화수분, 보물이 계속 나오는 동이. 搖 흔들 요. 搖錢樹 흔들면 돈이 떨어지는 나무.

「다른 사람은 너의 식량이나 요리 때문에 너에게 오지만, 붕우는 너의 인품 때문에 사귀는 것이다.」5)

※ 隔皮不識貨 (격피불식화 gé pí bù shí huò)
「보자기 속의 물건을 알 수 없다.」 (뱃속에 든 아이가 남아인지 여아인지 알 수 없다.)

→ 隔席不共語 (격석불공어 gé xí bù gòng yǔ)
「건너편 식탁에 앉은 사람과는 이야기를 하지 않는다.」

▶ 隔山隔水不隔心 (격산격수불격심)
「산 넘어 물 건너에 있지만, 마음은 떨어지지 않았다.」

▶ 人面咫尺 心隔千里 (인면지척 심격천리)
「사람 얼굴을 마주보고 있지만, 마음은 서로 천리만큼 떨어져 있다.」6)

※ 見了是六月 不見是臘月 (견료시육월 불견시납월 jiànle shì liùy uè, bù jiàn shì làyuè)
「만나면 유월(처럼 따뜻하고), 못 보면 섣달(처럼 춥다).」 (안 보면 멀어진다.)

→ 一日不見 如隔三秋 (일일불견 여격삼추 yīrì bù jiàn, rú gé sān qiū)
「하루라도 못 보면 3년간 떨어져 있는 것 같다.」

▶ 相見好 同住難 (상견호 동주난)
「서로 좋게 만나더라도 같이 살기는 어렵다.」 (마음이 서로 맞지

---

5) 竈 부엌 조. 燒 사를 소, 굽다. 餠 떡 병. 賠 물어줄 배, 돈을 쓰다. 唾 침 타. 沫 거품 말. 別人 다른 사람, 타인. 碗 그릇 완. 饅 만두 만.
6) 咫 짧을 지, 여덟 치 지. 咫尺 아주 가까운 거리.

않는다면 한 집 또는 한 방에 거처하기는 어렵다.)

▶ 相逢知己話偏長 (상봉지기화편장)

「절친한 친구와 서로 만나면 이야기는 틀림없이 길어진다.」 [7]

※ 顧腦袋不顧屁股 (고뇌대불고비고 gù nǎodài bùgù pìgǔ)

「머리를 돌보느라 엉덩이를 돌보지 않다.」 (한 가지를 신경 쓰느라 다른 한쪽을 살피지 못하다.)

→ 萬事皆頭難 (만사개두난 wànshì jiē tóunán)

「모든 일은 시작이 어렵다.」

▶ 顧頭不顧尾 (고두불고미)

「머리만 생각하고 꼬리를 돌보지 않다.」 (일의 시작은 생각했지만 결과가 어떠할지 생각하지 않다.)

▶ 顧嘴不顧身 (고취불고신)

「입만 생각하고 몸은 돌보지 않는다.」 (먹을 것만 생각하고 체면은 생각지 않는다.) [8]

※ 靠山吃山 靠水吃水 (고산흘산 고수흘수 kàoshān chīshān kàoshuǐ chīshuǐ)

「산촌에서는 산에서 먹을 것을, 어촌에서는 물에서 먹을 것을 구한다.」

→ 靠山就打獵 靠水就捕魚(고산취타렵 고수취포어 kào shān jiù dǎliè, kào shuǐ jiù bǔyú)

「산에 의지해 사는 사람은 사냥을 하고, 물에 의지해 사는 사람은

---

7) 臘 섣달 납(랍), 중이 된 이후의 햇수. 偏 치우칠 편, 기어코.
8) 顧 돌아볼 고. 腦 머리 뇌. 袋 자루 대. 腦袋 머리(頭). 屁股 엉덩이. 嘴 부리 취, 주둥이.

물고기를 잡는다.」(유리한 조건을 이용하며 살다.)

▶ 船中老鼠 艙內覓食 (선중노서 창내멱식 chuánzhōng lǎoshǔ cāng nèi mìshí)

「배에 사는 쥐는 배의 창고에서 먹을 것을 찾는다.」

▶ 靠天不如靠人 靠人不如靠己 (고천불여고인 고인불여고기)

「하늘에 의지하는 것은 사람에게 의지하는 것만 못하고, 남에게 의지하는 것은 자신에게 의지하는 것만 못하다.」

▶ 澆水不如天下雨 打扇不如自來風 (요수불여천하우 타선불여자래풍)

「끌어들이는 물은 하늘이 내려주는 비만 못하고, 부채질은 절로 부는 바람만 못하다.」[9]

※ 苦盡自有甛來到 (고진자유첨래도 kǔjìn zìyǒu tián láidào)
「고난이 다하면 절로 행복이 온다.」

→ 苦的不盡 甛的不來 (고적부진첨적불래 kǔde bùjìn tiánde bùlái)

「고난이 끝나지 않으면 달콤한 날은 오지 않는다.」

▶ 苦在人前 樂在人後 (고재인전 낙재인후)

「고통은 사람 앞에 있지만, 쾌락은 사람 뒤에 있다.」(고생도 쾌락도 생각하기 나름이니 스스로 찾아야 한다.)

▶ 苦海無邊 回頭是岸 (고해무변 회두시안)

「고생이 끝이 없다지만, 고개 돌려보면 피안彼岸이다.」[10]

▶ 泡在苦海裏 (포재고해리)

---

9) 靠 기댈 고. 吃 먹을 흘(喫「마실 끽」과 같음). 看 볼 간. 老鼠 ; 쥐(老는 우리말로 해석하지 않음). 艙 선실 창. 覓 찾을 멱. 澆 물댈 요. 扇 부채 선. 打扇 부채로 부치다.

10) 피안(彼岸) 불교용어로, 이승의 번뇌를 해탈하여 열반(涅槃)의 세계에 도달하는 일을 말한다.

「물거품이 고해苦海에 있다.」 (고해 속의 물거품 - 힘들게 살아가다.) 11)

※ 苦好吃 氣難受 (고호흘 기난수 kǔ hǎo chī, qì nán shòu)
「고생이야 참을 수 있지만, 천대(학대)는 참을 수 없다.」

→ 苦盡甘來 否極還泰 (고진감래 비극환태 kǔ jìn gān lái, pǐ jí huán tài)

「고생이 끝나고 좋은 날이 오고, 불운이 다하면 행운이 온다.」

▶ 苦日難熬 歡時易過 (고일난오 환시이과)
「고생은 견디기 어렵고, 좋은 날은 빨리 지나간다.」

▶ 苦難終有盡 長夜終有頭 (고난종유진 장야종유두)
「고난은 언젠가는 끝이 나고, 긴긴 밤도 그 끝이 있다.」 12)

※ 鍋上鍋下 (과상과하 guōshàng guōxià)
「솥에 넣는 쌀과 솥 아래의 땔나무.」 (일상 생활비.)

→ 炕上一把 炕下一把 (항상일파 항하일파 kàng shang yībǎ, kàng gxia yībǎ)

「온돌에서 하는 일(바느질)과 온돌 아래서 하는 일(요리·세탁·청소)을 모두 잘한다.」 (살림 솜씨가 좋은 여자.)

▶ 鍋碗刀勺 (과완도작)
「솥·그릇·칼·국자.」 (주방기구의 총칭.)

▶ 鍋台轉的 (과대전적)

---

11) 苦 쓸 고. 盡 다할 진. 甛 달 첨. 邊 가장자리 변. 是 ~이다. 岸 언덕 안 (물가의 기슭).

12) 盡 다할 진. 否 막힐 비,《周易》64괘(卦)의 하나. 還 돌아올 환. 泰 편안할 태,《周易》64괘의 하나.

「부뚜막에서 왔다 갔다 하는 사람.」(여자, 딸.)

▶ 鍋竈淨 少生病 (과조정 소생병)

「솥과 부엌이 정갈하면 병이 나지 않는다.」13)

※ 過一關又是關 (과일관우시관 guò yīguān yòu shì guān)

「관문을 하나 지나니 또 관문이다.」(산 넘어 산이다.)

→ 碰得好不如碰得巧 (팽득호불여팽득교 pèng de hǎo bù rú pèng de qiǎo)

「잘 만나는 것은 우연히 만나는 것만 못하다.」(의도적인 것보다 우연한 행운이 더 좋다.」

▶ 碰上好事不挑禮 (팽상호사불도례)

「좋은 일을 만나면 예절을 트집 잡지 않는다.」

▶ 碰上暗礁要轉舵 遇上暴風要收篷 (팽상암초요전타 우상폭풍요수봉)

「암초를 만나면 키를 돌려 나아가고, 폭풍을 만나면 돛을 내린다.」(실패나 좌절을 교훈삼아 다른 방안을 찾다.) 14)

※ 慣騎馬 慣跌跤 (관기마 관질교 guàn qímǎ, guàn diēqiāo)

「말 타기에 익숙하면 떨어지기도 잘한다.」

→ 河裏淹死是會水的 (하리엄사시회수적 hé lǐ yān sǐ shì huìshuǐ de)

「강물에 빠져 죽는 사람은 수영을 할 줄 아는 사람이다.」(원숭이도 나무에서 떨어진다.)

---

13) 鍋 솥 과. 碗 그릇 완. 刀 칼 도. 勺 국자 작. 竈 부엌 조(灶).

14) 關 관, 관문, 난관, 문을 닫다. 又 또 우. 是 이 시, ~이다. 挑 고를 도, 끄집어내다. 挑禮 예절에 대하여 이런저런 트집을 잡다. 礁 물에 잠긴 바위 초. 舵 배의 키 타. 篷 배의 돛 봉, 배의 덮개.

▶ **慣走夜路的人 晚上不會跌跤** (관주야로적인 만상불회질교)

「밤길에 익숙한 사람은 밤에 넘어지지 않는다.」

▶ **騎馬坐轎 不如扳倒睡覺** (기마좌교 불여반도수각)

「말이나 가마 타는 것은 벌렁 누워 자는 것만 못하다.」15)

※ **管山有柴燒 管河有水吃** (관산유시소 관하유수흘 guǎnshān yǒu cháishāo, guǎnhé yǒu shuǐchī)

「산지기에게는 땔나무가 있고, 물길 관리인에게는 먹을 물이 있다.」 (모두 벌어먹고 살 길이 있다.)

→ **拿斧的得柴禾 張網的得魚蝦** (나부적득시화 장망적득어하 ná fǔ de dé cháihe, zhāng wǎng de dé yúxiā)

「도끼를 잡은 사람은 땔감을 얻고, 그물을 던진 사람은 물고기를 얻는다.」

▶ **不該管的事不管** (불해관적사부관)

「간섭하지 말아야 할 일은 간섭하지 않는다.」

▶ **管閑事 落不是** (관한사 낙부시)

「쓸데없는 일에 참견하다가는 책망을 듣는다.」16)

※ **觀於海者難爲水** (관어해자난위수 guān yú hǎi zhě, nán wéi shuǐ)

「바다를 본 사람은 (보통 강을) 물로 보지 않는다.」

---

15) 慣 버릇 관, 익숙할 관. 騎 말 탈 기. 跌 넘어질 질. 跤 종아리 교. 跌跤 (발에 걸려) 넘어지다. 淹 담글 엄, 물에 빠지다. 會 ~을 할 줄 알다. 不會 ~할 줄 모른다, ~있을 수 없다, ~ 할 리가 없다. 跌 넘어질 질. 跤 발목 교(骹와 同字). 跌跤 넘어지다, 좌절하다. 轎 가마 교. 扳 끌어당길 반, 넘어Em리다. 睡 잘 수. 睡覺 잠을 자다.

16) 管 대롱 관, 주관할 관. 柴 땔나무 시. 燒 태울 소. 吃 먹을 흘. 拿 잡을 나. 斧 도끼 부. 柴 땔나무 시. 禾 벼 화. 柴禾 땔감. 張 펼 장. 網 그물 망. 蝦 새우 하. 落不是 비판을 받다, 책망을 듣다.

→ 泰山歸來不見山 (태산귀래불견산 Tàishān guī lái bù jiàn shān)

「태산이 돌아오니 다른 산은 보이지도 않는다.」 (위인이 나타나니 소인은 모습을 감춘다.)

▶ 不識廬山眞面目 (불식여산진면목 bù shí Lúshān zhēnmiànmù)

「여산의 진면목을 모르다.」 (숲에 있는 사람은 숲의 참모습을 모른다.)

▶ 五嶽歸來不看山 黃山歸來不看嶽 (오악귀래불간산 황산귀래불간악)

「오악을 둘러보니 다른 산은 보이지 않고, 황산을 둘러보니 오악도 보이지 않는다.」

▶ 自古黃山一條路 (자고황산일조로)

「예로부터 황산에는 (산이 험하여) 오직 한 길만 있다.」 (다른 선택의 여지가 없다) 17)

※ 巧婦難爲無米之炊 (교부난위무미지취 qiǎofù nánwéi wú mǐ zhī chuī)

「아무리 솜씨 좋은 며느리라도 쌀이 없는 밥을 지을 수 없다.」

→ 巧女難拿兩根針 (교녀난나양근침 qiǎonǚ nán ná liǎng gēn zhēn)

「아무리 솜씨가 좋아도 바늘 두 개로 바느질 못한다.」

▶ 巧手無爲無麵餅 (교수무위무면병)

「솜씨 좋은 사람도 밀가루 없이는 만두를 못 만든다.」

---

17) 觀 볼 관. 爲 ～으로 여기다. 識 알 지. 廬山(여산) ; 江西省 九江縣 남쪽에 있는 산. "橫看成嶺側成峯 遠近高低各不同 不識廬山眞面目 只緣身在此山中"(蘇軾의 詩「題西林壁」). 眞面目 (대자연의) 참모습. 본래의 면목. 五嶽 중국의 동악인 泰山, 서악 華山, 남악 형산(衡山), 북악 항산(恒山), 중악 숭산(嵩山)을 지칭. 여산(廬山) ; 江西省 九江縣 남쪽에 있는 산. 黃山 ; 중국 안휘성 남부에 있는 중국 최고의 명산.

▶ 巧媳婦不怕惡公婆 (교식부부파악공파)

「솜씨 좋은 며느리는 사나운 시부모도 두려워하지 않는다.」

▶ 猛將軍無刀殺不得人 巧媳婦無米煮不得飯 (맹장군무도살부득인 교식부무미자부득반)

「용맹한 장군이라도 칼이 없다면 적군을 죽일 수 없고, 뛰어난 재주를 가진 며느리라도 쌀이 없으면 밥을 지을 수 없다.」 18)

※ 巧者多勞拙者閑 (교자다로졸자한 qiǎozhě duōláo zhuō zhě xián)
「솜씨가 좋으면 일이 많고, 우둔한 사람은 한가하다.」

→ 三十年做寡婦 - 老守 (삼십년주과부 - 노수 sānshí nián zuò guǎfù-lǎo shǒu)

「30년을 과부로 살았다. - 오래 수절했다.」〔솜씨가 좋다(老手 lǎoshǒu).〕

▶ 巧詐不如拙誠 (교사불여졸성)

「교묘한 꾸밈은 우둔한 정성만 못하다.」

▶ 巧者不堅 拙者永固 (교자불견 졸자영고)

「기교는 오래가지 못하고, 졸자는 오래 간다.」 19)

※ 蚯蚓夜鳴雨不停 蜘蛛張網天則晴 (구인야명우부정 지주장망천칙청 qiūyǐn yèmíng yǔ bùtíng, zhīzhū zhāngwǎng tiān zé qíng)
「지렁이가 밤새 울면 비가 그치지 않고, 거미가 그물을 짜면 하늘

---

18) 巧 재주 교. 婦 며느리 부. 難 어려울 난. 炊 밥 지을 취. 拿 잡을 나. 根 여기서는 바늘 같은 길쭉한 물건을 세는 단위. 麵 밀가루 면, 곡물가루. 餠 떡 병, 밀가루나 곡물가루에 소금·기름·향료 등을 넣고 납작하게 구워 만든 음식. 公婆 시부모

19) 「老守」는 老手(lǎoshǒu 노련한 사람)와 발음이 같아 「솜씨가 좋다」는 뜻임. 堅 굳을 견.

이 갠다.」

→ **靑蛙三更還在吵 明天揷秧要起早** (청와삼경환재초 명천삽앙요기조 qīngwā sāngēng hái zài chǎo, míngtiān chāyāng yào qǐ zǎo)

「개구리가 한밤 삼경에도 여전히 울어대면, 이튿날 모내기하러 일찍 일어나야 한다.」

▶ **八月十五雲遮月 正月十五日雪打燈** (팔월십오운차월 정월십오일설타등)

「(음)팔월 보름에 구름이 달을 가리면 (이듬해) 정월 보름날 밤 연등에 눈이 내린다.」

▶ **五更天 鬼齜牙 寒冬臘月人凍熬** (오경천 귀재아 한동납월인동오)

「새벽에는 귀신도 이를 부딪치며 떨고, 한겨울 섣달에 사람 얼어 죽는다.」 20)

※ **窮極生智** (궁극생지 qióng jí shēng zhì)
「가난이 극에 달하면 먹고 살 꾀가 나온다.」

→ **窮當益堅** (궁당익견 qióng dāng yì jiān)
「곤궁할수록 더욱 굳은 의지가 있어야 한다.」

▶ **窮人無棒被犬欺** (궁인무봉피견기)
「가난한 사람이 몽둥이도 없으면 개한테 물린다.」

▶ **窮生虱子富生疥** (궁생슬자부생개)
「가난한 사람에게 이虱가 있어 가렵다면, 부자에게는 옴이 생겨 가렵다.」 (세상은 공평하다.)

---

20) 蚯 지렁이 구. 蚓 지렁이 인. 鳴 울 명. 停 멈출 정. 蜘 거미 지. 蛛 거미 주. 網 그물 망. 還 여전히, 더욱, ~조차. 吵 떠들 초(울 묘). 明天 다음 날, 내일. 揷 꽂을 삽. 秧 모 앙. 揷秧 모내기. 遮 막을 차. 五更 새벽 3시~5시, 하루 중 가장 춥다. 齜 이 갈 재. 牙 어금니 아. 臘 섣달 납(랍). 凍 얼 동. 熬 볶을 오.

▶ 一日打柴一日燒 (일일타시일일소 yīrì dǎchái yīrì shāo)
「하루 나무해서 하루를 땐다.」 (하루 벌어 하루 산다.) 21)

※ 窮人求吃穿 富人求成仙 (궁인구흘천 부인구성선 qióngrén qiú chī chuān, fùrén qiú chéngxiān)
「가난한 사람은 먹고 입을 것을 얻으려 하고, 부자는 신선이 되고자 한다.」

→ 窮人手脚黑 富人心眼黑 (궁인수각흑 부인심안흑 qióngrén shǒu jiǎo hēi, fùrén xīnyǎn hēi)
「가난한 사람은 손발이 검지만, 부자는 마음씨가 검다.」

▶ 紅薯乾是乾糧 鷄屁股是銀行 (홍서건시건량 계비고시은행.)
「자주색 감자 말린 것은 양식이고, 닭 똥구멍은 은행이다.」 (감자는 식사대용, 계란은 용돈.)

▶ 未窮先窮不窮 未富先富不富 (미궁선궁불궁 미부선부불부)
「가난해지기 전에 미리 궁하게 살면 궁색하지 않으나, 부유해지기 전에 미리 부자처럼 쓰면 부자가 될 수 없다.」 (근검절약을 강조) 22)

※ 勤在手頭 省在鍋頭 (근재수두 성재과두 qín zài shǒutou, shěng zài guōtou)
「근면은 손끝에 있고, 절약은 솥에 있다.」

→ 挨着勤的沒有懶的 (애착근적몰유나적 āi zhè qínde méiyǒu lǎnde)
「부지런한 사람 곁에 게으른 사람 없다.」

▶ 黃金本無種 出自勤儉家 (황금본무종 출자근검가 huángjīn běn wú

---

21) 堅 굳을 견. 棒 몽둥이 봉. 虱 이 슬. 疥 옴 개. 柴 땔나무 시. 打柴 나무를 하다.

22) 薯 감자 서. 乾糧 마른 양식. 屁股 엉덩이. 是 ~이다.

zhòng, chū zì qínjiǎn jiā)

「황금은 본디 종자를 뿌린 것이 아니다. 근면 검소한 집에 저절로 나온다.」

▶ 只有凍死的蒼蠅 沒有累死的蜜蜂 (지유동사적창승 몰유누사적밀봉)

「얼어 죽은 파리는 있어도, 피곤해서 죽은 꿀벌은 없다.」

▶ 懶惰難成事 風流不立身 (나타난성사 풍류불입신)

「게으른 사람은 일을 이룰 수 없고, 풍류로는 입신할 수 없다.」

▶ 勤快的人用手 懶惰的人用嘴 (근쾌적인용수 나타적인용취)

「근면한 사람은 손을 쓰지만, 게으름뱅이는 주둥이만 놀린다.」

▶ 勤爲水 儉是壺 浪費是個漏漏壺 (근위수 검시호 낭비시개루루호)

「근면이 물이라면 절약(검소)은 항아리다. 낭비는 물이 새는 항아리다.」[23]

　※　勤儉生富貴 富貴要勤儉 (근검생부귀 부귀요근검 qínjiǎn shēng fùguì, fùguì yào qínjiǎn)

「근검은 부귀를 낳는다. 부귀해지려면 근검해야 한다.」

→ 一勤天下無難事 (일근천하무난사 yī qín tiānxià wú nánshì)

「부지런하다면 천하에 어려운 일이 없다.」

▶ 勤勤幹 滿滿飯 涼涼坐 荒荒餓 (근근간 만만반 양량좌 황황아)

「부지런히 또 부지런히 일하면 밥이 가득하고, 그늘 시원한 곳에 앉아 있으면 쪼록쪼록 배고프다.」

▶ 勤能補拙 儉可富足 (근능보졸 검가부족)

---

23) 省 살필 성, 절약하다, 아끼다. 種 심을 종, 종자 종. 勤的 부지런한 사람. 懶 게으를 나. 懶的 게으른 사람. 只 다만 지. 蒼 푸를 창. 蠅 파리 승. 蒼蠅 파리. 累 쌓일 누(루), 지칠 누. 蜜 꿀 밀. 蜂 벌 봉. 蜜蜂 벌. 惰 게으를 타. 壺 병 호, 항아리, 단지. 漏 샐 누(루).

「근면은 모자람을 보완해 주고, 검소儉素해야 부유해진다.」(서툰 것을 보충하는 데는 부지런함이 으뜸이고, 아끼면 부자 된다.)

▶ 有勤又有儉 生活眡中眡 (유근우유검 생활첨중첨)

「부지런하고도 검소하다면 생활은 달콤하고도 달콤하다.」

▶ 持家二字勤與儉 傾家二字淫與賭 (지가이자근여검 경가이자음여도)

「부지런할 근勤과 검소할 검儉 두 글자는 가정을 지탱하고, 집안을 기울게 하는 두 글자는 음란할 음淫과 도박 도賭이다.」[24]

※ 近水知魚性 (근수지어성 jìnshuǐ zhī yúxìng)

「물 가까이 사는 사람은 물고기의 특성을 잘 안다.」

→ 近山識鳥音 (근산지조음 jìnshān shíniǎoyīn)

「산에 사는 사람은 새의 울음소리를 구별한다.」(사는 터가 선생이다.)

▶ 近火的先焦 近水者先淹 (근화적선초 근수자선엄)

「불 가까이 있으면 먼저 타고, 물 가까이 있으면 먼저 빠진다.」

▶ 近水不可枉用水 靠山不可枉燒柴 (근수불가왕용수 고산불가왕소시)

「물 가까이 산다고 물을 헛되이 쓸 수 없고, 산 가까이 산다고 나무를 함부로 불 땔 수 없다.」[25]

▶ 近水樓臺 (근수누대)

「물과 누대가 가까이 있어야 먼저 달을 볼 수 있다.」

---

24) 勤 부지런할 근. 幹 일할 간, 줄기 간. 凉 서늘할 량(양), 凉의 俗字. 荒 거칠 황. 餓 굶주릴 아. 拙 졸렬할 졸, 본래 부족한 부분. 墜 떨어질 추. 傾 기울 경, 뒤집히다.

25) 焦 그을릴 초. 枉 굽을 왕, 헛되이, 보람 없이.

※ **今夕有酒今夕醉** (금석유주금석취 jīnxī yǒujiǔ jīnxī zuì)
「오늘 이 저녁에 술이 있다면 오늘 취한다.」

→ **明日愁來明日愁** (명일수래명일수 míngrì chóu lái míngrì chóu)
「내일 걱정은 내일 하리라.」

▶ **少年不識愁滋味** (소년불식수자미)
「젊은 사람은 근심걱정의 맛을 모른다.」

▶ **事大如山醉亦休** (사대여산취역휴)
「산처럼 큰일이라도 취醉했으면 끝이다.」

▶ **破除萬事無過酒** (파제만사무과주)
「모든 일을 망치는 데는 술보다 더한 것이 없다.」

▶ **今朝有情今朝醉** (금조유정금조취)
「오늘 정을 느낀다면 오늘 그 정에 취하리라!」 (청춘남녀의 사랑.) 26)

※ **勤而不儉 枉而其勤** (근이불검 왕이기근 qín ér bù jiǎn, wǎng ér qí qín)
「부지런하나 검소하지 않다면 그 근면은 헛된 것이다.」

→ **雷公不打勤快人** (뇌공불타근쾌인 Léigōng bùdǎ qínkuàirén)
「부지런한 사람은 벼락을 맞지 않는다.」

▶ **老三點** (노삼점 lǎosāndiǎn)
「먹고(吃一點) 마시고(喝一點) 즐기는(樂一點) 3가지 일상사.」

▶ **勤快的人汗水多 貪吃的人口水多** (근쾌적인한수다 탐흘적인구수다)
「부지런한 사람은 땀이 많고, 욕심 많은 사람은 군침을 많이 흘린다.」

▶ **勤變懶易 懶變勤難** (근변나이 나변근난)

---

26) 醉 취할 취. 愁 근심 수.

「근면한 사람이 게을러지기는 쉽지만, 게으른 사람이 부지런하기
는 어렵다.」

▶ 天上應無墜落龍 地下應無餓殺虫 (천상응무추락용 지하응무아살
충)

「하늘에서 추락하는 용이 없듯, 땅에서 굶어죽는 벌레 없다.」 27)

※ 飢不擇食 貧不擇妻 (기불택식 빈불택처 jī bùzé shí, pín bùzé qī)
「굶주렸으면 음식을 가리지 않고, 가난하면 여자를 고르지 않는
다.」 (선택의 여지가 없다.)

→ 不患貧 只患不均 (불환빈 지환불균 bù huàn pín, zhǐ huàn bù jūn)
「가난은 걱정하지 않지만, 다만 고르지 않은 것을 걱정한다.」

▶ 飢者易爲食 寒者易爲衣 (기자이위식 한자이위의)
「굶주린 자에게는 밥 먹이기 쉽고, 추위에 떠는 사람에게는 옷을
입히기 쉽다.」

▶ 飢時一口 飽時一斗 (기시일구 포시일두)
「굶주릴 때 곡식 한 줌은 배부를 때의 곡식 한 말.」

▶ 千死敢當 一飢難忍 (천사감당 일기난인)
「천 번이라도 죽을 수야 있지만, 살아서 굶주림은 견디기 어렵
다.」

▶ 手心手背都是肉 (수심수배도시육)
「손바닥이나 손등 모두 내 살점이다.」 (똑같이 대우해야지 차별해
서는 안 된다.) 28)

---

27) 雷 우레 뇌. 雷公 번개를 주관하는 신. 勤快 부지런하다. 枉 굽을 왕, 헛
   되다, 쓸데없이. 汗 땀 한. 汗水 땀. 口水 침. 快 즐거울 쾌. 墜 떨어질 추.
28) 飢 굶주릴 기. 飽 배부를 포.

※ 懶牛懶馬屎尿多 (나우나마시뇨다 lǎnniú lǎnmǎ shīniào duō)
「게으른 소와 말은 똥오줌도 많다.」 (공부하기 싫은 학생, 일하기 싫은 사람이 화장실에 자주 간다.)

▶ 懶牛屎尿多 懶漢明日多 (나우시뇨다 나한명일다 lǎnniú shīniào duō, lǎn hàn míngrì duō)
「게으른 소 똥오줌이 많고, 게으른 놈은 내일이 많다.」 (일을 뒤로 미루기만 한다.)」

▶ 冬來無牛是神仙 春來無牛喊皇天 (동래무우시신선 춘래무우함황천)
「겨울에 소牛가 없으면 신선처럼 편하고, 봄에 소가 없으면 소리쳐 하늘皇天을 찾는다.」

▶ 懶和尙做不出好齋來 (나화상주불출호재래)
「게으른 화상은 불공을 잘 올리지 못한다.」 [29]

※ 懶人渴死在井邊 (나인갈사재정변 lǎnrén kěsǐ zài jǐngbiān)
「게으른 놈은 우물가에서 목말라 죽는다.」

→ 懶漢吃飯 比誰都快 (나한흘반 비수도쾌 lǎnhàn chīfàn, bǐ shuí dōu kuài)
「게으른 놈도 밥 먹을 때는 누구보다도 빠르다.」

▶ 懶婦有句話 十月有個夏 (나부유구화 십월유개하)
「게으른 며느리 말 한 마디가 시월에 여름 이야기를 한다.」

▶ 促織鳴 懶婦驚 (촉직명 나부경)
「귀뚜라미가 울면 게으른 여편네가 놀란다.」 (겨울 준비가 없어서.) [30]

---

29) 懶 게으를 나(뇌). 屎 똥 시. 尿 오줌 뇨 喊 고함칠 함.
30) 渴 목마를 갈. 促 재촉할 촉. 織 베 짤 직. 促織 귀뚜라미(蟋蟀실솔).「게으른 여자」를「귀뚜라미」라고도 함.

※ 懶人有懶福 (나인유나복 lǎnrén yǒu lǎnfú)
「게으른 사람에게도 게으른 복이 있다.」

→ 傻兒自有傻福 (사아자유사복 shǎ ér zì yǒu shǎ fú)
「바보에게도 바보 몫의 복이 있다.」

▶ 懶病無藥醫 (나병무약의)
「게으른 병을 고치는 약도 의사도 없다.」

▶ 懶漢生百病無長壽 (나한생백병무장수)
「게으른 사람은 온갖 병이 나서 오래 못 산다.」 31)

※ 懶人嘴多 母猪尿多 (나인취다 모저뇨다 lǎnrén zuǐ duō, mǔzhū niào duō)
「게으른 사람 말만 많고, 어미돼지는 오줌도 많이 눈다.」

→ 懶人做一工 身體三天痛 (나인주일공 신체삼천통 lǎnrén zuò yī gōng, shēntǐ sāntiān tòng)
「게으른 사람이 하루 일하면 3일 동안 몸이 아프다.」

▶ 三天打魚 兩天曬網 (삼천타어 양천쇄망 sān tiān dǎ yú, liǎngtiān shài wǎng)
「3일 동안 고기를 잡더니, 이틀 동안 그물을 말린다.」 (무슨 일을 꾸준히 하지 못하다.)

▶ 懶驢上磨屎尿多 (나려상마시뇨다)
「게으른 나귀는 맷돌을 돌리면서 똥오줌을 많이 싼다.」

▶ 懶媳婦愛打分自己 勤媳婦愛打分房子 (나식부애타분자기 근식부애타분방자)
「게으른 며느리는 얼굴 화장만 열심이고, 부지런한 며느리는 집을 잘 꾸민다.」 32)

---

31) 傻 몹쓸 사, 바보 사. 等 기다리다, 같을 등. 呆 어리석을 태.

※ 南人吃米 北人吃麵 (남인흘미 북인흘면 nánrén chī mǐ, běirén chīmiàn)

「남방인은 쌀을, 북방인은 밀가루 음식을 먹는다.」

→ 南人駕船 北人乘馬 (남인가선 북인승마 nánrén jiàchuán, běirén chéngmǎ)

「남쪽지방 사람들은 (강이 많아) 배를 잘 몰고, 북쪽지방 사람들은 (평원이 많아) 말을 잘 탄다.」

▶ 南方善水 北方善騎 (남방선수 북방선기)

「남방 사람들은 물에 익숙하고, 북방 사람들은 말에 익숙하다.」

▶ 南方橘子 北方柿子 (남방귤자 북방시자)

「남방에는 귤, 북방에는 감.」

▶ 南橘北枳 (남귤북지)

「남방에는 귤, 북방에는 탱자.」

▶ 東辣西酸 (동랄서산)

「중국의 동쪽 지방은 매운 음식, 서쪽 지방은 신 음식이 많다.」

▶ 南甛北鹹 (남첨북함 nán tián běi xián)

「남쪽 지방은 단 음식, 북쪽 지방은 짠 음식을 좋아한다.」

▶ 方便麵 方便麵條 (방편면 방편면조)

「라면과 가락국수.」 (조리하기가 편리한 음식) 33)

※ 拿住耗子就是猫 (나주모자취시묘 názhù hàozi jiù shì māo)

「쥐를 잡아야 고양이.」

→ 白猫黑猫 抓到老鼠 就是好猫 (백묘흑묘 조도노서 취시호묘

---

32) 懶 게으를 나(라, 뢰). 嘴 부리 취, 주둥이. 猪 돼지 저. 尿 오줌 뇨. 媳婦 며느리.

33) 麵 밀가루 면. 駕 멍에 가, 몰다. 乘 탈 승. 橘 귤나무 귤. 柹 감나무 시 (柿의 俗字). 辣 매울 랄. 酸 식초 산. 甛 달 첨. 鹹 짤 함. 方便 편리한.

báimāo hēimāo, zhuādào lǎo shǔ, jiùshì hǎomāo)

「흰 고양이든 검은 고양이든 쥐를 잡는 고양이가 좋은 고양이다.」
(명분보다 실리, 말보다 실천이 중요하다.)

▶ 黑猫不捉老鼠 還有白猫 (흑묘불착노서 환유백묘 hēimāo bùzh uō lǎoshǔ háiyǒu báimāo)

「검은 고양이가 쥐를 잡지 못했어도 흰 고양이가 또 있다.」

▶ 紅牛黑牛 能曳犁的 都是好牛 (홍우흑우 능예리적 도시호우)

「붉은 소든 검은 소든 쟁기를 끌 수 있으면 모두 좋은 소다.」

▶ 黃狸黑狸 得鼠者雄 (황리흑리 득서자웅)

「누런 살쾡이거나 검은 살쾡이거나 쥐를 잡는 놈이 제일이다.」

▶ 拔出膿來 才是好膏藥 (발출농래 재시호고약)

「고름을 뽑아내야만 좋은 고약이다.」[34]

※ 老不拘禮 病不拘禮 (노불구례 병불구례 lǎo bùjū lǐ, bìng bùjū lǐ)
「노인과 병석의 환자는 굳이 예의에 얽매일 수 없다.」(노쇠한 사람에게 예禮를 강요할 수 없다.)

→ 老健春寒秋後熱 (노건춘한추후열 lǎojiàn chūnhán qiūhòurè)

「노인의 건강이란 봄날의 추위, 가을의 무더위와 같다.」(오래 지속하지 못한다. 언제 바뀔지 모른다.)

▶ 老年吃粥 延年益壽 (노년흘죽 연년익수)

「노년에는 죽을 먹는 것이 장수에 좋다.」

▶ 老人借死來嚇人 小孩用哭來鬧人 (노인차사래혁인 소해용곡래료

---

34) 猫 고양이 묘, 抓 잡을 조, 긁을 조. 鼠 쥐 서. 老鼠 쥐(老는 「늙다」는 뜻이 없음. 「늙은 쥐」라고 번역하지 않음). 就 나아갈 취, 就是「곧 ～이다」. 捉 잡을 착. 還 도리어 환. 耗 줄어들 모, 소비하다. 耗子 쥐(鼠). 曳 끌 예. 犁 쟁기 리. 都 모두 도. 狸 살쾡이 리(貍와 同字). 膿 고름 농, 종기의 본 뿌리.

인)

「노인은 죽는다고 하여 사람을 놀라게 하고, 어린아이는 울음으로
사람들을 떠들썩하게 한다.」35)

※ 大蘿卜不用尿澆 (대라복불용뇨요 dàluóbo bùyòng niàojiāo)
「다 큰 무에는 오줌(거름)을 뿌려줄 필요가 없다.」(다 큰 사람을
가르치려 들지 말라.)

→ 大蘿卜還用尿澆 (대라복환용시오 dà luóbǔ hái yòng shī jiāo)
「다 큰 무에도 똥거름을 주어야 한다.」(성인이라도 가르칠 것은
가르쳐야 한다.)

▶ 蘿卜白菜蔥 多用大糞攻 (나복백채총 다용대분공)
「무蘿卜와 배추白菜, 파蔥는 인분을 많이 주어야 한다.」

▶ 蘿卜不能當成人蔘賣 (나복불능당성인삼매)
「무를 인삼 대용으로 팔 수 없다.」36)

※ 大富由命 小富由勤 (대부유명 소부유근 dà fù yóu mìng, xiǎo fù
yóu qín)
「큰 부자는 타고나지만, 작은 부자는 부지런하면 된다.」

→ 餓得死懶漢 餓不死窮漢 (아득사나한 아불사궁한 ède sǐ lǎn hàn,
è bù sǐ qiónghàn)
「게으른 사내는 굶어죽어도, 가난한 사내는 굶어죽지 않는다.」(가
난하지만 부지런하면 굶어죽지 않는다.)

▶ 小富由人做 大富天之數 (소부유인주 대부천지수)

---

35) 拘 잡을 구, 얽어맬 구. 健 튼튼할 건. 寒 찰 한. 熱 뜨거울 열. 嚇 놀랠
혁. 鬧 시끄러울 뇨
36) 蘿卜 무(채소). 尿 오줌 뇨 澆 물댈 요, 澆는 敎(jiào 가르치다)와 같은 음.

「작은 부자는 사람이 이루지만, 큰 부자는 하늘의 뜻이다.」

▶ **富貴家不肯從寬 必遭橫禍** (부귀가불긍종관 필조횡화)

「부귀한 집이 관대하지 않다면 필히 뜻밖의 화를 당할 것이다.」 37)

※ **大眼兒瞪小眼兒** (대안아징소안아 dàyǎnr dèng xiǎoyǎnr)

「서로 눈만 멀뚱멀뚱 바라보다.」

→ **傻老婆等呆漢子** (사노파등태한자 shǎ lǎopó děng dāi hànzi)

「멍청한 할멈이 멍청한 노인네를 기다린다.」 (기다렸지만 허탕 치다.)

▶ **傻公子 好奉承** (사공자 호봉승)

「멍청한 양반은 추켜 주면 좋아한다.」

▶ **傻瓜喜歡華麗 伶人喜歡朴素** (사과희환화려 영인희환박소)

「멍청이는 화려한 것을 좋아하고 똑똑한 사람은 소박한 것을 좋아한다.」 38)

※ **跳大海 上刀山** (도대해 상도산 tiào dàhǎi shàng dāoshān)

「대해를 뛰어넘고 칼산을 오르다.」 (큰 고생을 하다. 큰 벌을 받다.)

→ **跳出苦井 又掉進火坑** (도출고정 우도진화갱 tiàochū kǔjǐng, yòu diàojìn huǒkēng)

「고통의 우물을 벗어나서 다시 불구덩이에 뛰어들다.」

▶ **爬刀山 過火海** (파도산 과화해)

「칼산을 오르고, 불바다를 건너다.」

---

37) 懶 게으를 나. 遭 만날 조, 당하다, 만나다. 橫 가로 횡, 난폭한, 불길한, 뜻밖의.

38) 瞪 바로 볼 증(징), 눈을 크게 뜨다, 부릅뜨고 노려보다. 傻 몹쓸 사, 바보 사. 奉承 명을 받다, 아첨하다, 알랑거리다. 傻瓜 바보. 麗 고울 여(려). 伶 영리할 영(령).

▶ 船破又遇頂風 (선파우우정풍 chuánpò yòu yù dǐngfēng)

「배가 부서졌는데 또 역풍까지 만났다.」 (엎친 데 덮친다.) 39)

※ 冬無雪 麥不結 (동무설 맥불결 dōng wú xuě, mài bù jiē)

「겨울에 눈이 안 내리면 보리농사가 흉년이다.」

→ 冬裏無雪 春裏無雨 (동리무설 춘리무우 dōngli wú xuě, chūnli wú yǔ)

「겨울에 눈이 적게 내리면 봄에 비도 적게 온다.」

▶ 正月見三白 田公笑嚇嚇 (정월견삼백 전공소혁혁)

「정월에 눈이 세 번 내리면 농부들이 하하 웃는다.」 (보리농사가 풍년든다.)

▶ 大雪之後是晴天 寒冬過去是春天 (대설지후시청천 한동과거시춘천)

「큰 눈이 내리고 나면 맑은 날이고, 추운 겨울이 지나야 봄이 온다.」

▶ 上元無雨多春旱 淸明無雨少黃梅 (상원무우다춘한 청명무우소황매)

「상원(정월보름)날에 비가 내리지 않으면 봄가뭄이 심하고, 청명에 비가 내리지 않으면 매실이 안 익는다.」

▶ 夏至無雲三伏熱 重陽無雨一冬晴 (하지무운삼복열 중양무우일동청)

「하짓날에 구름이 없으면 삼복더위가 심하고, 중양절에 비가 내리지 않으면 겨울에 맑은 날이 많다.」 40)

---

39) 跳 뛸 도. 掉 흔들 도, 내던지다. 坑 구덩이 갱. 爬 긁을 파, 기어오르다. 鍋 솥 과. 遇 만날 우. 頂風 역풍.

40) 麥 보리 맥. 嚇 노할 혁. 놀라게 하다. 嚇嚇 hèhè 허허! 껄껄!(웃는 소리)

※ 冬不借衣 夏不借扇 (동불차의 하불차선 dōng bù jiè yī, xià bù jiè shàn)
「겨울에는 옷을 빌리지 않고, 여름에는 부채를 빌리지 않는다.」
(모두에게 필요한 물건은 빌려서는 안 된다.)

→ 那個腹中無算盤 (나개복중무산반 nǎge fùzhōng wú suànpán)
「누구의 뱃속에 주판이 없겠는가?」 (누구나 계산속은 다 있다.)

▶ 囤底上打算盤 (돈저상타산반 dùndǐ shàng dǎ suànpán)
「곡식 뒤주가 바닥일 때 주산을 놓다.」 (살림이 바닥나려니까 그제 야 절약하려 한다.)

▶ 飯碗撒砂 (반완살사)
「밥그릇에 모래를 뿌리다.」 (남의 생활을 위협하다.)

▶ 打如意算盤 (타여의산반)
「좋은 쪽으로만 계산하다.」 [41]

※ 冬雪勝如寶 (동설승여보 dōng xuě shèng rú bǎo)
「겨울철 눈은 보물보다 낫다.」

→ 瑞雪兆豊年 (서설조풍년 ruìxuě zhào fēngnián)
「서설은 풍년이 들 징조다.」

▶ 雪一不冷雪二冷 (설일부냉설이냉)
「눈 오는 날은 춥지 않지만, 이튿날은 춥다.」

▶ 冷到寒食 熱到秋分 (냉도한식 열도추분)
「한식까지는 춥고, 추분까지 덥다.」

▶ 冷天莫遮火 熱天莫遮風 (냉천막차화 열천막차풍)
「추운 날에는 불길을 막지 말고, 더운 날에는 바람을 막지 말라!」

---

41) 囤 작은 곳집 돈. 底 바닥 저. 算 셈할 산. 盤 받침대 반. 算盤 주판. 借 빌리다. 扇 부채 선. 碗 밥그릇 완. 撒 뿌릴 살. 砂 모래 사.

▶ 知冬不知夏 臘月裏賣鎌把 (지동부지하 납월리매겸파)

「겨울만 알았지 여름이 온다는 것을 몰라, 섣달에 낫을 팔고 있다.」[42]

※ 得飮酒時且飮酒 (득음주시차음주 dé yǐnjiǔ shí qiě yǐnjiǔ)

「술을 마실 때는 그냥 술만 마셔야 한다.」 (다른 일은 생각하지 말자.)

→ 白干酒 咂一口, 賽過神仙樂悠悠 (백간주 잡일구, 새과신선락유유 bǎigānjiǔ zā yīkǒu, sàiguò shénxiān lè yōuyōu)

「고량주를 한 모금 마시면 신선보다 더한 즐거움이 오래 가득하다.」 (음주의 즐거움.)

▶ 得飮酒時須飮酒 得高歌處且高歌 (득음주시수음주 득고가처차고가)

「술자리에 가서는 모름지기 술만 마시고, 노래하는 곳에 가면 큰 소리로 노래를 하면 된다.」

▶ 與其身後享那空名 不若生前一杯熱酒 (여기신후향나공명 불약생전일배열주)

「죽은 뒤 헛된 명성을 누리는 것은 살아 있을 때 뜨거운 술 한 잔만 못하다.」[43]

※ 良藥難治思想病 (양약난치사상병 liángyào nánzhì sīxiǎngbìng)
「좋은 약이라도 마음의 병은 고칠 수 없다.」

→ 病人疑心重 (병인의심중 bìng rén yí xīn zhòng)

---

42) 瑞 상서로울 서. 兆 조짐 조. 遮 막을 차, 가리다. 臘月 섣달. 鎌 낫 겸.

43) 白干酒 bǎigānjiǔ 고량주. 白干兒 bǎigānr 배갈, 고량주. 白酒 고량주. 咂 빨아먹을 잡, 마시다. 悠 멀 유. 悠悠 요원하다, 많다, 여유있고 한가롭다. 須 모름지기 수. 享 누릴 향.

「병자는 의심이 많다.」

▶ 有病早治 無病早防 (유병조치 무병조방)

「병이 있으면 빨리 치료해야 하고, 병이 없으면 미리 예방해야 한다.」

▶ 小病不治 大病之由 (소병불치 대병지유)

「작은 병을 고치지 않으면 큰 병의 원인이 된다.」

▶ 望而知之謂之神醫 (망이지지위지신의)

「환자를 바라보고 (병을) 알아낸다면 신의神醫라고 부른다.」 44)

※ 莫飮卯時酒 昏昏醉到酉 (막음묘시주 혼혼취도유 mòyǐn mǎoshí jiǔ, hūnhūn zuìdào yǒu)

「아침에 술을 마시지 마라, 하루 종일 멍청하게 취한다.」

→ 卯時酒, 午時色,半點貪不得 (묘시주 오시색 반점탐부득 mǎoshí jiǔ, wǔshí sè, bàndiǎn tānbùdé)

「아침 술, 한낮의 계집질은 조금이라도 탐하지 마라.」

▶ 莫食申時飯 (막식신시반)

「늦은 점심밥을 먹지 마라.」 (申時 ; 오후 3~5시)

▶ 若要不喝酒 醒眼看醉人 (약요불갈주 성안간취인)

「술을 먹지 않는다면 맨 정신으로 취한 사람을 볼 수 있다.」

▶ 酒醉心裏明 銀錢不讓人 (주취심리명 은전불양인)

「술이 취해도 속마음은 멀쩡하다. 돈을 다른 사람에게 주지 않는다.」 45)

---

44) 思想病 마음의 병, 이념적 편견 등.

45) 莫 말 막, ~하지 말라. 飮 마실 음. 卯 넷째 지지(地支) 묘(토끼). 卯時 오전 5시~7시. 昏 어둘 혼. 昏昏 어리석은 모양. 酉 닭 유(酉時 오후 5시~7시). 午 거스를 오, 말 오. 午時 오전 11시~오후 1시. 色 여색. 醒 술 깰 성.

※ 亡羊補牢不算晚 (망양보뢰불산만 wáng yáng bǔ láo bù suàn wǎn)
「양을 잃고 우리를 고쳐도 늦다고 생각하지 않는다.」

→ 船到江心補漏遲 (선도강심보루지 chuán dào jiāngxīn bǔ lòu chí)
「배가 강심에 왔을 때 물 새는 데를 고치면 이미 늦은 것이다.」

▶ 補漏趁天晴 讀書趁年輕 (보루진천청 독서진년경)
「갠 날에 물이 새는 곳을 고치고, 젊을 때를 놓치지 않고 공부해야
한다.」[46]

※ 每天開門七件事 (매천개문칠건사 měitiān kāimén qī jiàn shì)
「매일 일상생활에 꼭 필요한, 없어서는 안 될 일곱 가지.」

→ 柴,米,油,鹽,醬,醋,茶 (시,미,유,염,장,초,다 chái, mǐ, yóu, yán, jiàng,
cù, chái)
「땔감·쌀·기름·소금·간장·식초·차.」

▶ 寧可一日無米 不可一日無茶 (영가일일무미 불가일일무다)
「차라리 하루 쌀이 없을지언정 하루라도 차茶가 없을 수 없다.」

▶ 打死了賣鹽的 (타사료매염적)
「소금장수를 때려죽였다.」 (음식이 매우 짜다.)

▶ 早採三日是個寶 遲採三日是個草 (조채삼일시개보 지채삼일시개
초)
「(찻잎을) 사흘 일찍 따면 보물이지만, 사흘 늦게 따면 그냥 풀이
다.」[47]

※ 梅花優於香 桃花優於色 (매화우어향 도화우어색 méihuā yōu yú
xiāng, táohuā yōu yú sè)

---

46) 牢 우리 뢰(뇌). 船 배 선. 補 기울 보. 漏 물샐 누. 遲 늦을 지. 趁 좇을
진, 때에 맞추어. 晴 갤 청. 年輕 젊었을 때.
47) 鹽 소금 염. 醬 간장 장, 젓갈 장. 醋 식초 초. 賣鹽的 소금을 파는 사람.

「매화는 향기가 좋고, 복숭아꽃은 색이 예쁘다.」

→ 玫瑰花可愛 刺大扎手 (매괴화가애 자대찰수 méiguīhuā kě ài cì dà zhá shǒu)

「장미꽃은 아름답지만, 가시가 커서 손을 찌른다.」

▶ 梅花香自苦寒來 (매화향자고한래)

「매화 향기는 매서운 추위에서 나온다.」

▶ 墻裏開花墻外香 (장리개화장외향)

「꽃이 담 안에서 피었어도 담 밖까지 향기가 난다.」 48)

※ 夢是心頭想 (몽시심두상 mèng shì xīntou xiǎng)
「꿈은 마음속의 생각이다.」 (생각이 그대로 꿈이 된다.)

→ 夢由人作 (몽유인작 mèng yóu rén zuò)

「꿈은 사람 때문에 꾼다.」

▶ 日有所思 夜有所夢 (일유소사 야유소몽 rì yǒu suǒsī, yè yǒu suǒmèng)

「낮에 생각한 것을 밤에 꿈꾼다.」

▶ 南人不夢駝 北人不夢象 (남인불몽타 북인불몽상)

「남쪽 사람들은 낙타 꿈을 꾸지 않고, 북쪽 사람들은 코끼리 꿈을 꾸지 않는다.」 (본 적이 없으니 꿈을 꾸지 않는다.)

▶ 夢是反的 夢福得禍 夢笑得哭 (몽시반적 몽복득화 몽소득곡)

「꿈은 반대다. 꿈에서 받은 복은 재앙이고, 꿈속에서 웃으면 울게 된다.」

▶ 夢火焚者主發財 (몽화분자주발재)

「꿈에서 불이 나면 큰돈을 벌게 된다.」

---

48) 玫 붉은 옥이름 매. 瑰 구슬이름 괴. 玫瑰花 장미꽃. 刺 찌를 자, 가시 대. 扎 찌를 찰.

▶ 夢中有夢原非夢 (몽중유몽원비몽)
「꿈속의 꿈은 본래 꿈이 아니다.」 49)

※ 猫三狗四 猪五羊六 牛十馬十一 (묘삼구사 저오양육 우십마십일 māo sān gǒu sì, zhū wǔ yáng liù, niú shí mǎ shí yī)
「고양이는 3개월, 개는 4개월, 돼지는 다섯 달, 양은 여섯 달, 소는 열 달, 말은 열한 달.」 (가축의 임신기간.)

→ 桃三杏四梨五年 棗子當年就賣錢 (도삼행사리오년 조자당년취매전 táo sān xìng sì, lí wǔ nián, zǎozi dāngnián jiù màiqián)
「복숭아는 3년, 살구나무는 4년, 배는 5년, 대추나무는 심는 그 해에 팔아 돈을 번다.」

▶ 杏熟當年麥 棗熟當年禾 (행숙당년맥 조숙당년화)
「살구가 누렇게 익으면 보리도 익고, 대추가 여물면 그 해 벼도 익는다.」 50)

※ 無鷄不成宴 (무계불성연 wú jī bù chéng yàn)
「닭요리가 없으면 잔치를 차릴 수 없다.」

→ 無酒不成席 (무주불성석 wú jiǔ bù chéng xí)
「술이 없으면 잔치를 벌일 수 없다.」

▶ 好合不如好散 (호합불여호산 hǎohé bùrú hǎosàn)
「좋은 만남은 좋게 헤어지는 것만 못하다.」 (좋은 낯빛으로 헤어지기도 어렵다.)

▶ 猪羊鷄鴨全是寶 誰家多養誰家好 (저양계압전시보 수가다양수가호)

---

49) 焚 불 탈 분. 駝 낙타 타.
50) 棗 대추 조. 熟 익을 숙.

「돼지·양·닭·오리 모두가 보물이다. 어느 집이든 많이 기르는 집은 잘 사는 집이다.」[51]

※ 無病是神仙 (무병시신선 wúbìng shì shénxiān)
「무병한 사람이 신선이다.」

→ 無禍便是福 (무화편시복 wú huò biàn shì fú)
「재앙이 없는 것이 바로 복이다.」

▶ 無欺心自安 (무기심자안)
「남을 속이지 않는다면 마음은 절로 편하다.」

▶ 萬事皆超然 勝似活神仙 (만사개초연 승사활신선)
「만사에 모두 초연할 수 있다면 살아 있는 신선보다 낫다.」

▶ 有愁皆苦海 無病卽神仙 (유수개고해 무병즉신선)
「근심이 있다면 모든 것이 고해이지만, 병이 없다면 곧 신선이다.」[52]

※ 無錢莫上街 無肥莫種菜 (무전막상가 무비막종채 wúqián mò shàng jiē, wú féi mò zhòng cài)
「돈이 없으면 거리에 나가지 말고, 거름이 없으면 채소를 심지 말라.」

→ 無錢卜不靈 (무전복불령 wú qián bǔ bù líng)
「돈이 없으면 점을 봐도 맞지 않는다.」

▶ 誰有錢 誰有理 (수유전 수유리)
「누구든 돈 있는 사람이 바로 옳은 사람이다.」

▶ 若信卜 賣了屋 (약신복 매료옥)

---

51) 宴 잔치 연. 鴨 오리 압. 誰 누구 수.
52) 便 편할 편, 곧 ~이다.

「만약 점쟁이 말을 믿는다면 집을 팔아야 한다.」

▶ 無錢說話如放屁 有錢說話屁也香 (무전설화여방비 유전설화비야향)

「돈이 없으면 하는 이야기가 모두 방귀소리와 같고, 돈이 있으면 방귀도 향내가 난다.」[53]

※ 未費吹灰之力 (미비취회지력 wèi fèi chuī huī zhī lì)

「재를 불 힘도 쓰지 않다.」 (손 하나 까닥하지 않다.)

→ 倒了油瓶兒不扶 (도료유병아불부 dǎole yóupíngr bùfú)

「기름병이 넘어가는데도 잡지 않다.」 (손 하나 까딱하지 않다. - 극도의 이기주의적 태도.)

▶ 拔一毛利天下而不爲 (발일모리천하이불위)

「털 하나를 뽑아주면 천하가 이롭다고 하는데도 하지 않는다.」

▶ 橫草不動 竪草不拿 (횡초부동 수초부나)

「풀을 밟지도 않고, 풀을 잡으래도 잡지 않는다.」 (사람이 게을러 아무 일도 하려 하지 않다.)

▶ 橫草不臥 順草不吃 (횡초불와 순초불흘)

「누운 풀 위에 눕기도 싫고, 다듬어 놓은 나물도 안 먹는다.」 (고집 부리며 아무 말도 듣지 않다.) [54]

※ 民生於三 事之如一 (민생어삼 사지여일 mín shēng yú sān, shì zhī rú yī)

「백성들은 아버지와 스승과 군주의 덕으로 살면서 한 가지로 섬긴

---

53) 街 거리 가, 성내의 거리. 屁 방귀 비.
54) 橫草 풀을 밟아 눕히다. 竪 곧을 수, 더벅머리 수. 拿 잡을 나. 倒 넘어질 도. 瓶 병 병. 瓶兒 병(兒는 뜻이 없음). 扶 도울 부.

다.」

→ 民以食爲天 (민이식위천 mín yǐ shí wéi tiān)

「백성들은 먹는 것을 하늘이라 생각한다.」

▶ 民爲邦本 食爲民天 (민위방본 식위민천)

「백성은 나라의 근본이고, 식생활은 백성들의 하늘이다.」

▶ 衣食足然後知榮辱 (의식족연후지영욕)

「의식이 풍족한 뒤에야 영욕을 안다.」

▶ 衣食足而知禮節 (의식족이지예절)

「입고 먹는 것이 넉넉해야 예의니 체면을 알게 된다.」

▶ 民可百年無貨 不可一朝有飢 (민가백년무화 불가일조유기)

「백성들은 백 년이라도 돈이 없을 수 있지만, 하루라도 굶주릴 수는 없다.」[55]

※ 飯多傷胃 話多傷心 (반다상위 화다상심 fàn duō shāng wèi, huà duō shāng xīn)

「식사량이 많으면 위를 상하고, 말이 많으면 마음을 상하게 한다.」

→ 飯後三碗茶 (반후삼완다 fàn hòu sān wǎn chá)

「식사 후 석 잔의 차.」 (건강과 장수에 좋다.)

▶ 飯後一支烟 賽過活神仙 (반후일지연 새과활신선)

「식사 후 담배 한 대, 살아 있는 신선보다 낫다.」

▶ 飯飽弄箸 是死催的 (반포농저 시사최적)

「밥 배불리 먹고 젓가락 장난하는 것은 죽음을 재촉하는 짓이다.」[56]

---

55) 民生於三 , 父生之, 師敎之, 君食之.
56) 碗 그릇 완. 支 가지 지, 버티다, 지탱하다, 자루(가늘고 긴 물건을 세는

※ 飯後百步走 活到九十九 (반후백보주 활도구십구 fànhòu bǎibù zǒu, huódào jiǔshíjiǔ)

「식사 후에 백 보를 걸으면 99세까지 살 수 있다.」〔식사 후 적당한 운동으로 9988(99세까지 88하게).〕

→ 三餐莫過飽 無病活到老 (삼찬막과포 무병활도노 sāncān mò guō bǎo, wúbìng huódào lǎo)

「하루 세 끼를 과식하지 않으면 무병하게 늙을 수 있다.」

▶ 安步當車 (안보당거)

「편히 조심해 걸으면 수레를 탄 듯하다.」 (청렴한 생활을 하다.)

▶ 跳一跳 十年少 (도일도 십년소)

「뛰고 또 뛰면 10년은 젊어진다.」

▶ 早起百步走 活到九十九 (조기백보주 활도구십구)

「아침에 일어나 백 보를 걸으면 99세까지 살 수 있다.」[57]

※ 飯吃八成飽 到老腸胃好 (반흘팔성포 도노장위호 fàn chī bā chéng bǎo, dàolǎo cháng wèi hǎo)

「8할쯤 배가 부르도록 식사를 하면 늙도록 위와 장이 건강하다.」

→ 飯菜要淸淡 少鹽少病患 (반채요청담 소염소병환 fàncài yào qīngdàn, shǎo yán shǎo bìnghuàn)

「밥과 반찬은 청결하고 담백해야 한다. 소금을 적게 먹으면 병환도 적다.」

▶ 夜飯減一口 活得九十九 (야반감일구 활득구십구)

「밤참을 조금 적게 먹으면 99세까지 건강할 수 있다.」

단위). 烟 태울 연, 연기, 담배. 賽過 ~보다 낫다.

57) 飯 밥 반. 走 달릴 주, 「달리다, 뛰다」로 생각하지만 본디 「걷다」. 餐 먹을 찬, 식사. 莫 ~하지 말라.

▶ 吃飽就睡覺 頂如下毒藥 (흘포취수각 정여하독약)

「배불리 먹고 바로 잠을 자는 것은 독약을 먹는 것과 꼭 같다.」

▶ 五年 六日 七日 八時 (오년 육일 칠일 팔시)

「(사람의 건강은 나이에 따라) 50대에는 해마다, 60대에는 달마다, 70대에는 날마다, 80대에는 시간마다 쇠약해진다.」[58]

※ 跋山涉水 (발산섭수 bá shān shè shuǐ)
「산을 넘고 물을 건너다.」(고생스럽게 먼 길을 가다.)

→ 上刀山 下油鍋 (상도산 하유과 shàng dāoshān xià yóuguō)

「칼산을 올랐고, 기름 솥에 빠졌다.」(갖은 고생을 다하다.)

▶ 大江大河都過啦 (대강대하도과랍)

「큰 강, 큰 물 다 건넜다.」(산전수전 다 겪었다.)

▶ 酸甛苦辣 都經受的人 (산첨고랄 도경수적인)

「시고, 달고, 쓰고, 매운 맛을 모두 다 겪은 사람.」(온갖 풍상을 겪은 사람.)[59]

※ 放開肚皮吃飯 (방개두피흘반 fàngkāi dùpí chīfàn)
「뱃가죽을 열어 놓고 밥을 먹다.」(생각 없이 낙천적으로 살다.)

→ 撑死膽大的 餓死膽小的 (탱사담대적 아사담소적 chēngsǐ dǎn dàde, èsǐ dǎnxiǎode)

「배 터져 죽은 사람은 담이 크고, 굶어 죽은 사람은 담이 작다.」

▶ 變天變地 變不了吃飯穿衣 (변천변지 변불료흘반천의)

「하늘이 변하고 땅이 변하더라도 밥을 먹고 옷을 입는 것은 변하

---

58) 淡 묽을 담. 담백하다. 鹽 소금 염. 飽 배부를 포. 睡覺 잠을 자다.
59) 跋 밟을 발. 涉 건널 섭. 啦 어조사 랍(라). 酸 신맛 산. 甛 달 첨. 苦 쓸 고. 辣 매울 날(랄).

지 않는다.」

▶ **樹大影大 膽大福大** (수대영대 담대복대)

「나무가 크면 그림자도 크고, 담력이 크면 재복財福도 크다.」(배짱이 커야 큰돈을 번다.)

▶ **吃的小怕餓着 吃的多怕撑着** (흘적소파아착 흘적다파탱착)

「적게 먹은 사람은 굶주림이 두렵고, 많이 먹은 사람은 배가 터질까 겁난다.」[60]

※ **盃中物** (배중물 bēi zhōng wù)

「잔 속에 있는 물건.」(술.)

→ **薄薄酒 勝茶湯** (박박주 승차탕 bóbójiǔ shèng chátāng)

「(도수가 낮은) 맹물 같은 술이라도 찻물보다 좋다.」

▶ **薄酒博具** (박주박구)

「하급 술에 간단한 안주.」(자기가 사는 술)

▶ **嗜好盃中物 自古傷人多** (기호배중물 자고상인다)

「술을 즐기다가 몸을 버린 사람은 예로부터 많았다.」

▶ **糟鼻子不吃酒 枉擔其名** (조비자불흘주 왕담기명)

「딸기코는 술을 안 마셨더라도 (다른 사람은) 술 취한 줄 안다.」

▶ **吃酒賭博不容敎** (흘주도박불용교)

「음주와 도박은 가르칠 필요가 없다.」(가르치지 않아도 알아서 잘한다.)

▶ **只有强姦的 沒有逼賭的** (지유강간적 몰유핍도적)

「강제로 간음을 한 사람은 있어도, 강제로 도박을 한 사람은 없다.」(도박은 자발적 행동이다.)

---

60) 肚 배 두. 皮 껍질 피. 穿 뚫을 천, 옷을 입다. 餓 굶주릴 아. 撑 버틸 탱. 膽 쓸개 담, 담력.

▶ 斷送一生惟有酒 (단송일생유유주)
「일생을 잘라 버리는 데는 오직 술이 있다.」 [61]

※ 背黑鍋 (배흑과 bèi hēi guō)
「검은 솥(냄비)을 짊어지다.」 (남의 허물을 덮어쓰다. 억울하게 누명을 쓰다.)

→ 捐木梢 (견목초 qián mù shāo)
「남에게 사기 당하다.」 (남의 허물을 뒤집어쓰다.)

▶ 黃鼠狼單咬肥鴨子 (황서랑단교비압자)
「족제비가 살찐 오리를 한 입에 물다.」 (부자에게 사기詐欺를 치다.)

▶ 吃黑棗 (흘흑조 chī hēizǎo)
「검은 대추를 먹다.」 (총살당하다.) [62]

※ 百病從脚起 (백병종각기 bǎibìng cóng jiǎo qǐ)
「모든 병은 다리에서부터 시작된다.」

→ 百病逢春發 (백병봉춘발 bǎibìng féng chūn fā)
「모든 병은 봄에 발생하여 퍼진다.」 (전염병)

▶ 百病自由百藥醫 (백병자유백약의)
「온갖 병에는 온갖 약과 의술이 있다.」

▶ 人老腿先老 人病腰先病 (인노퇴선노 인병요선병)
「사람이 늙을 때는 다리가 먼저 늙고, 병이 날 때면 허리가 먼저 병든다.」

▶ 病來如山倒 病去如抽絲 (병래여산도 병거여추사)

---

61) 薄 엷을 박. 嗜 즐길 기. 糟 지게미 조. 鼻 코 비. 糟鼻子 딸기코, 酒毒이 올라 코끝이 빨갛게 된 사람. 枉 굽을 왕. 擔 멜 담. 斷送 상실하다, 잃다.
62) 背 등 배, 짐을 지다. 鍋 솥 과. 捐 어깨에 멜 견. 梢 나무 끝 초, 말단 초. 鴨 오리 압. 棗 대추 조.

「병이 들 때는 산이 무너지듯 하고, 병이 나을 때는 실을 뽑듯이 낫는다.」 (병세 호전은 매우 느리다.) 63)

※ **百藝不如一藝精** (백예불여일예정 bǎiyì bùrú yīyì jīng)
「이것저것 백 가지 재주가 정통한 하나의 재주만 못하다.」

→ **一藝不精 誤人終生** (일예부정 오인종생 yī yì bù jīng, wù rén zhōng shēng)

「한 가지 재주에도 정통하지 못하면 인생을 그르치거나 죽을 수 밖에 없다.」

▶ **賤年餓不死手藝人** (천년아불사수예인)
「흉년에도 손재주 있는 사람은 굶어 죽지 않는다.」

▶ **硯田無凶歲** (연전무흉세)
「문필생활에는 흉년이 없다.」 64)

※ **白菜豆腐保平安** (백채두부보평안 báicài dòufu bǎo píngān)
「배추와 두부는 건강을 보장한다.」

→ **要吃爛肉 別惱着火頭** (요흘난육 별뇌착화두 yào chī lànròu bié nǎo zhuó huǒtou)

「잘 익힌 고기를 먹으려면 주방장의 성질을 건드리지 말라.」

▶ **床要鋪好 田要鋤好** (상요포호 전요서호)
「침상은 잘 덮여져야 하고, 밭은 풀을 잘 뽑아야 한다.」 (잠은 편안하게 자야 한다.)

▶ **白菜蘿卜湯 益壽保健康** (백채나복탕 익수보건강)
「배추와 무국은 장수와 건강을 보장해 준다.」 65)

---

63) 逢 만날 봉. 腰 허리 요. 抽 뽑을 추.
64) 誤 그르칠 오 賤 천할 천. 賤年 흉년. 硯 벼루 연. 硯田 ; 文筆생활.

※ 白天見了鬼 (백천견료귀 báitiān jiànle guǐ)
「밝은 대낮에 귀신을 만났다.」 (귀신이 곡할 노릇.)

→ 白日做夢 (백일주몽 báirì zuò mèng)
「밝은 대낮에 꿈을 꾸다.」 (황당한 일을 당하다)

▶ 白日見鬼 (백일견귀)
「대낮에 귀신을 보다.」 (터무니없는 소리, 황당무계한 억지를 말하다.)

▶ 夢幻泡影 (몽환포영)
「속세의 모든 것이 꿈이며, 환상이고, 물거품이나 그림자처럼 덧없다.」

▶ 白天多動 夜裏少夢 (백천다동 야리소몽)
「낮에 많이 움직이면 밤에 꿈을 꾸지 않는다.」[66]

※ 白天游門走四方 黑夜點燈補褲襠 (백천유문주사방 흑야점등보고당 báitiān yóumén zǒu sìfāng, hēiyè diǎndēng bǔ kùdāng)
「낮에는 온 동네 놀러 다니다가 밤이 되면 불을 켜고 바지를 깁는다.」 (게으른 여자의 일반적 모습.)

→ 吃飽了飯沒事幹 (흘포료반몰사간 chībǎole fàn méi shì gàn)
「밥을 배터지게 먹고 할 일이 없다.」

▶ 一喝茶 二看報 三聊天 四睡覺 (일갈다 이간보 삼료천 사수각 yī hēchá, èr kànbào, sān liáo tiān, sì shuìjiào)
「차를 마시거나, 신문을 보고, 잡담을 하다가, 잠을 잔다.」 (하는 일 없이 빈둥대다.)

---

65) 菜 나물 채, 채소. 爛 문드러질 난(란), 불에 익히다. 火頭 요리사. 鋪 펼 포. 鋤 호미 서, 김을 매다.
66) 做 지을 주. 幻 공허할 환, 허망하다, 비현실적이다.

▶ 吃飽了混天黑 (흘포료혼천흑)

「실컷 먹고, 종일 빈둥대다.」

▶ 飽食終日 無所用心 (포식종일 무소용심)

「하루 종일 밥만 먹고, 아무것도 하려 하지 않는다.」[67]

※ 百會百窮 (백회백궁 bǎi huì bǎi qióng)

「온갖 재주를 다 가졌으나, 궁상을 면치 못하다.」(열두 가지 재주
에 저녁거리가 없다.)

→ 一藝富 百藝窮 (일예부 백예궁 yī yì fù, bǎi yì qióng)

「한 가지 재주를 가진 사람은 부자이고, 백 가지 재주를 가진 사람
은 가난하다.」

▶ 別無長物 (별무장물)

「몸에 특별히 가진 것이 없다.」(몹시 가난하다.)

▶ 糊涂事 糊涂了 (호도사 호도료)

「잘 알지도 못하는 일, 대강대강 끝내다.」

▶ 糊涂廟糊涂神兒 (호도묘호도신아)

「멍청한 사당에 멍청한 신.」(조직도 책임자도 똑똑치 못하다.)

▶ 孫悟空打天下 毛手毛脚 (손오공타천하 모수모각)

「손오공이 천하에 소란을 피우듯 대충 처리하다.」[68]

※ 病急亂投醫 (병급난투의 bìng jí luàn tóu yī)

「병이 다급하면 아무 의사나 마구 부른다.」

---

67) 白天 낮. 游 놀 유. 補 도울 보, 깁다. 褲 바지 고. 襠 잠방이 당. 混 섞일
혼, 그럭저럭 살아가다. 看 볼 간, 눈으로 읽다. 報 신문. 聊 의지할 료, 잠
깐, 한담하다. 睡 shuì 잘 수. 睡覺 잠을 자다.

68) 會 ~을 할 줄 안다. 百會 만능. 藝 재주 예. 毛 털 모, 거칠다, 경솔하다,
허둥대다. 毛手毛脚 ; 일을 대충 처리하다.

→ 病好醫生到 (병호의생도 bìng hǎo yīshēng dào)

「병이 다 나으니 의사가 오다.」

▶ 不要氣 不要腦 氣氣腦腦人易老 (불요기 불요뇌 기기뇌뇌인이로)

「화 내지 말라, 걱정하지 말라. 화내고 걱정하면 쉽게 늙는다.」

▶ 吃藥不瞞郞中 (흘약불만낭중)

「약을 먹을 때 의사에게 거짓말을 하지 말라.」

▶ 問着醫生便有藥　問着師娘便有鬼 (문착의생편유약　문착사낭편유귀)

「의원에게 물으면 약이 있다 하고, 무당에게 물으면 귀신이 있다고 한다.」[69]

※ 病有四百四病 (병유사백사병 bìngyǒu sìbǎisì bìng)
「병에는 404종류의 병이 있다.」

→ 藥有八百八方 (약유팔백팔방 yào yǒu bābǎibā fāng)

「약에는 808가지 처방이 있다.」 (병보다 처방이 더 많다.)

▶ 好藥治病 劣藥致命 (호약치병 열약치명)

「좋은 약은 병을 고치지만, 나쁜 약은 목숨을 앗아간다.」

▶ 治病不難 識病難 (치병불난 식병난)

「병을 고치는 것이 어렵지 않고, 병을 알아내는 것이 어렵다.」

▶ 治病如救火 (치병여구화)

「병의 치료는 불을 끄는 것과 같다.」 (즉시 치료해야 한다.)

▶ 治病必先治神 (치병필선치신)

「병을 고치려면 먼저 정신부터 고쳐야 한다.」

▶ 好了疤癩忘了痛 (호료파랄망료통)

「흉터가 다 나으면 아팠던 일은 잊어버린다.」[70]

---

69) 醫 의원 의. 氣 여기서는 화를 냄. 腦 머리 뇌. 師娘 무당.

※ 病入膏肓 (병입고황 bìng rù gāo huāng)
「병이 이미 고황에 들었다.」(치료시기를 놓쳐 버린 중병.)

→ 病走熟路 (병주숙로 bìng zǒu shú lù)
「질병은 늘 다니던 길로 다닌다.」

▶ 頭要凉 脚要暖 肚裏勿要滿 (두요량 각요난 두리물요만)
「머리는 차게, 발은 따뜻하게, 뱃속은 꽉 채우지 말라!」

▶ 若要睡得好 睡前先洗脚 (약요수득호 수전선세각)
「만약 잠을 잘 자고 싶으면 잠자기 전에 먼저 발을 씻어라.」 71)

※ 秉燭夜遊 (병촉야유 bǐng zhú yè yóu)
「촛불을 잡고(밝히고) 밤에 놀다.」(때맞추어 인생을 즐기다.)

→ 北窓三友 (북창삼우 běi chuāng sān yǒu)
「거문고琴와 시詩와 술酒.」

▶ 方城之戲 (방성지희)
「네모진 성城 놀이」(마작 - 4명이 사각 탁자에서 하는 놀음)

▶ 捕醉仙 (포취선 bǔ zuì xiān)
「술자리에서 벌주를 주는 오뚝이.」(오뚝이가 쓰러졌다가 일어나
면서 얼굴을 마주보는 사람이 벌주를 마시는 놀이.)

▶ 開當鋪 (개당포)
「술자리에서 한 사람이 술잔을 다 모아 놓고, 한 사람씩 가위바위
보劃拳를 하여, 이기면 술을 상대방에게 주고, 지면 자기가 먹는 놀
이.」

---

70) 識 알 식. 神 정신(精神). 疤 흉 파, 흉터, 종기로 곪았다가 나은 곳. 痢
앓을 랄. 痛 아플 통.
71) 膏 살찔 고, 기름 고. 肓 명치 끝 황. 膏肓(고황) 약이나 침술이 미치지
못하는 가장 깊숙한 명치끝. 熟 익을 숙. 肚 배 두. 睡 잠잘 수. 洗 씻을
세. 脚 다리 각.

▶ **不倒翁** (부도옹 bùdǎowēng)

「오뚝이.」[72]

※ **步步高昇** (보보고승 bùbù gāo shēng)

「한 걸음 한 걸음 올라가다.」(사다리 올라가듯 점차 관직이 높아지다.)

→ **步亦步 趨亦趨** (보역보 추역추 bùyìbù qūyìqū)

「걸으면 같이 걷고, 뛰면 같이 뛴다.」

▶ **步人後塵** (보인후진)

「남을 따라 걸으면 먼지만 쓴다.」(남을 답습하다.)

▶ **步入君子亭 蓮花笑盈盈** (보입군자정 연화소영영)

「걸어 군자정에 갔더니, 연꽃이 방긋이 웃는다.」[73]

※ **寶山空回** (보산공회, bǎo shān kōng huí)

「보물산에 갔다가 빈손으로 돌아오다.」(절호의 기회를 놓치다.)

→ **當取不取 過後莫悔** (당취불취 과후막회 dāng qǔ bù qǔ, guòhòu mò huǐ)

「마땅히 취할 것을 취하지 않고서 나중에 후회하지 말라.」

▶ **當權若不行方便 如入寶山空手回** (당권약불행방편 여입보산공수회)

「권력을 쥐고 마음대로 휘두르지 못한다면 보물산에 갔다가 빈손

---

72) 秉 잡을 병. 燭 촛불 촉. 遊 놀 유. 方 모서리 방. 戱 놀이 희. 捕 잡을
포. 醉 술 취할 취. ※「北窓三友」당(唐)의 시인 백거이(白居易 ; 白樂天)
의 詩.

73) 步步高 bùbùgāo 사다리. 昇 오를 승. 趨 달릴 추, 쫓을 추. 蓮花 君子의
꽃(周敦頤「愛蓮說」). 盈 가득 찰 영. 盈盈 물이 얕고 맑다, 여인의 자태
가 날렵하다, 방긋방긋 웃는 모양.

으로 돌아오는 것과 같다.」

▶ **遇仙不成道 如到寶山空手回** (우선불성도 여도보산공수회)

「신선을 만나고도 도를 깨우치지 못했다면 보물산에 들어갔다가 빈손으로 돌아오는 것과 같다.」[74]

※ **福不雙至 禍不單行** (복불쌍지 화불단행 fú bù shuāngzhì, huò bù dānxíng)

「복은 쌍으로 오지 않고, 재앙은 혼자 오지 않는다.」

→ **福來不容易 禍來一句話** (복래불용이 화래일구화 fú lái bù róngyì, huò lái yī jù huà)

「복 들어오기야 쉽지 않지만, 재앙은 말 한 마디에 달렸다.」

▶ **福無雙至 禍必重來** (복무쌍지 화필중래)

「복은 쌍으로 오지 않고, 재앙은 틀림없이 거듭 닥친다.」

▶ **福與禍爲隣** (복여화위린)

「복과 재앙은 서로 이웃이다.」

▶ **福至禍去 苦盡甘來** (복지화거 고진감래)

「복이 들어오면 재앙은 물러간다. 고생 끝에 낙이 온다.」

▶ **福大量大** (복대양대)

「복이 크면 아량도 크다.」 (복 받은 사람이 너그럽다.)

▶ **福至心靈** (복지심령)

「복이 들어오면 생각도 총명해진다.」[75]

※ **富貴貧賤須以道得之** (부귀빈천수이도득지 fùguì pínjiàn xū yǐ dào dé zhī)

---

74) 寶 보배 보. 莫 말 막, 할 수 없다.
75) 雙 짝 쌍. 至 이를 지. 隣 이웃 린, 다할 진.

「부귀와 빈천은 모름지기 바른 길로 얻어야 한다.」

→ 寧可淸貧 不可濁富 (영가청빈 불가탁부 nìngkě qīngpín bùkě zhuófù)

「청빈할지언정 지저분한 부자는 안 되겠다.」

▶ 獨淸獨醒 (독청독성 dú qīng dú xǐng)

「홀로 깨끗하고 홀로 깨어 있다.」 (혼탁한 세상에 모두 혼탁하지만 나 홀로 깨끗하고, 모두 취했지만 나 홀로 맑은 정신이다. - 세상과 타협하지 않는 고고한 선비의 지조를 강조함.)

▶ 濁富不如淸貧 (탁부불여청빈)

「더러운 부자는 깨끗한 가난만 못하다.」

▶ 福人自有天相 (복인자유천상)

「복 받은 사람에게는 하늘의 도움이 있다.」 76)

※ 不到黃鶴樓 白來武漢游 (부도황학루 백래무한유 bù dào Huánghèlóu, bái lái Wǔhàn yóu)

「황학루에 가지 않았다면 헛되이 무한武漢을 유람한 것이다.」

→ 蘇杭不到枉爲人 (소항부도왕위인 Sū Háng bùdào wǎng wéi rén)

「소주, 항주에 유람하지 않았다면 인생을 헛되이 산 것이다.」

▶ 上有天堂 下有蘇杭 (상유천당 하유소항 shàng yǒu tiān táng, xià yǒu Sū Háng)

「하늘에 천당이 있다면, 지상에는 소주와 항주가 있다.」

▶ 不到河南 不知中原之大 (부도하남 부지중원지대)

「하남성에 가지 않았다면 중원이 얼마나 넓은지를 모른다.」

▶ 不到阿里山 不算到臺灣 (부도아리산 불산도대만)

---

76) 須 모름지기 수. 醒 술 깰 성. ※ 屈原 「漁父辭」 「…擧世皆濁我獨淸, 擧世皆醉我獨醒」

「아리산에 가지 않았다면 대만에 갔다고 할 수 없다.」

▶ 湖廣熟 天下足 (호광숙 천하족 Hú Guǎng shú, tiānxià zú)

「호남 호북성과 광동 광서성에 풍년이 들면 중국이 풍족하다.」

▶ 住在蘇州 着在杭州 吃在廣州 死在柳州 (주재소주 착재항주 흘재광주 사재류주)

「주거지로는 소주, 입는 것은 항주, 먹는 것은 광주, 죽은 뒤에 쓰는 관은 유주의 것이 좋다.」

▶ 巴東三峽巫峽長 猿鳴三聲斷客腸 (파동삼협무협장 원명삼성단객장)

「파巴 땅 동쪽 삼협 중 무협이 가장 긴데, 원숭이 울음소리에 나그네 애간장도 끊어지는 듯하다.」[77]

※ 不到黃石寨 枉到張家界 (부도황석채 왕도장가계 bù dào Huángshízhài, wǎng dào Zhāngjiājiè)

「황석채에 오르지 않았다면 장가계를 헛 구경한 것이다.」 (장가계는 중국 湖南省의 관광특구, 황석채는 장가계의 절경.)

→ 桂林山水甲天下 陽朔山水甲桂林 (계림산수갑천하 양삭산수갑계림 Guìlín shānshuǐ jiǎ tiānxià, Yángshuò shānshuǐ jiǎ Guìlín)

「계림의 산수는 천하의 으뜸이고, 양삭의 풍경은 계림에서 제일이다.」

▶ 四川茶館甲天下 成都茶館甲四川 (사천다관갑천하 성도다관갑사천)

「다관이 많기로는 사천(스촨)성이 제일이고, 성도(청뚜)의 다관은

---

77) 蘇 소생할 소. 杭 건널 항. 熟 익을 숙, 풍년(熟年). 湖 호남성 호북성. 廣 광동성, 광서성. 枉 굽을 왕. 巴 춘추시대의 옛 나라 이름. 지금의 사천성 동쪽. 삼협(三峽sānxiá 산샤) 구당협(瞿塘峽)·서릉협(西陵峽)·무협(巫峽). 猿 원숭이 원.

사천에서 제일이다.」

▶ 江南園林甲天下 蘇州園林甲江南 (강남원림갑천하 소주원림갑강남)

「강남의 조경은 천하제일이고, 소주의 조경은 강남 제일이다.」

▶ 頭上晴天少 眼前茶館多 (두상청천소 안전다관다)

「(四川省에는) 머리 위에 맑은 날은 드물고, 눈앞에는 다관이 많다.」

▶ 武夷山水天下奇 人間仙境在武夷 (무이산수천하기 인간선경재무이)

「무이산의 경치는 천하의 제일이다. 인간들의 신선세계는 무이산에 있다.」

▶ 不到琉璃廠 不算到北京 (부도유리창 불산도북경)

「유리창琉璃廠에 가보지 않았다면 북경을 본 것이 아니다.」 78)

※ 不讀書 不識字 (부독서 부식자 bù dú shū, bù shí zì)
「배우지 않으면 글자를 모른다.」

→ 不識字 不明理 (부식자 부명리 bù shízì, bù míng lǐ)

「글자를 모르면 세상 이치를 알지 못한다.」

▶ 不識字也看看招牌 (불식자야간간초패)

「글자를 모른다 하여도 간판을 볼 줄 안다.」

▶ 不看招牌 只看貨色 (불간초패 지간화색)

「간판을 보지 말고 오직 물건 품질을 따져보다.」 79)

---

78) 寨 울타리 채, 성채. 園林 조경 풍치림. 甲 으뜸 갑, 갑옷. 朔 초하루 삭. 武夷山 복건성 무이산 시 서북에 있는 명산. 廠 헛간 창. 琉璃廠 북경의 골동품 거리.

79) 讀書 책을 읽다, 공부하다. 招 부를 초. 牌 방 붙일 패. 招牌 간판, 체면, 명예, 장기(招牌歌 18번 노래). 色 물건의 품질.

※ **父債子還** (부채자환 fù zhài zǐ huán)
「아버지가 남긴 빚을 아들이 갚는다.」 (부친 악행의 대가를 아들이 치른다.)

→ **新賬舊債一起算** (신장구채일기산 xīnzhàng jiùzhài yīqǐ suàn)
「새 빚, 옛 채무를 모두 계산하다.」 (과거의 실수까지 추궁하다.)

▶ **好賬不如無** (호장불여무)
「아무리 좋은 빚이라도 없는 것만 못하다.」

▶ **血債要用血來還** (혈채요용혈래환)
「피를 본 원수는 피로 갚아야 한다.」 (유구필보有仇必報)

▶ **寧欠閻王債 莫欠小鬼債** (영흠염왕채 막흠소귀채)
「차라리 염라대왕에게 빚을 지더라도 잡귀에게는 빚을 지지 마라.」 (빚도 점잖은 사람에게 져라.) 80)

※ **焚林而畋 明年無獸** (분림이전 명년무수 fén lín ér tián, míngnián wú shòu)
「숲을 태워 사냥을 하면 이듬해 잡을 짐승이 없다.」

→ **竭澤而漁 明年無魚** (갈택이어 명년무어 jié zé ér yú, míngnián wú yú)
「물을 다 퍼내어 고기를 잡으면 이듬해에 물고기가 없다.」

▶ **殺鷄取卵 - 得不償失** (살계취란 - 득불상실)
「닭을 잡아 알을 꺼내다. - 얻는 것이 잃는 것만 못하다.」

▶ **留得靑山在 不怕沒柴燒** (유득청산재 불파몰시소)
「푸른 산을 남겨 놓으면 땔나무 걱정은 안 해도 된다.」 (기본 바탕이 남아 있다면 다시 일어날 수 있다.) 81)

---

80) 債 빚 채. 還 갚을 환. 賬 치부책 장. 好賬 빚 독촉을 받지 않는 부채(負債).

※ 不受苦中苦 難爲人上人 (불수고중고 난위인상인 bù shòu kǔzhōngkǔ, nán wéi rénshàngrén)
「고생을 거듭하지 않고서는 윗(큰)사람이 되기 어렵다.」

→ 不吃苦中苦 難得甛上甛 (불흘고중고 난득첨상첨 bù chī kǔ zhōng kǔ nán dé tián shàng tián)
「고생 중에 가장 쓴 고생을 겪지 않으면, 달콤한 쾌락을 얻을 수 없다.」

▶ 不吃苦中苦 難作人上人 (부흘고중고 난작인상인)
「고생에 고생을 하지 않고서는 인물 중의 인물이 되기 어렵다.

▶ 不吃苦 不知甛, 不受困 不知難 (부흘고 부지첨, 불수곤 부지난)
「쓴 것을 먹어보지 않으면 단 맛을 모르고, 곤경을 겪어보지 않으면 고난을 모른다.」

▶ 吃苦在前 享樂在後 (흘고재전 향락재후)
「고생을 먼저 하고, 나중에 즐긴다.」 82)

※ 不怕慢 只怕站 (불파만 지파참 bù pà màn, zhǐ pà zhàn)
「느린 것은 걱정이 안 되는데, 다만 그만둘까 걱정이다.」

→ 擔遲不擔錯 (담지부담착 dān chí bù dān cuò)
「행동이 느린 것은 책임지지만, 잘못된 것은 책임지지 않는다.」
(잘하려고 했어도 결과가 나쁜 것은 어쩔 수 없다.)

▶ 事非經過不知難 (사비경과부지난)
「일을 겪어보지 않으면 어려운 줄을 모른다.」 83)

※ 不下水哪知深淺 (불하수나지심천 bù xià shuǐ nǎ zhī shēn qiǎn)

---

81) 畋 사냥할 전(畋獵). 獸 들짐승 수. 漁 고기 잡을 어. 償 갚을 상.
82) 吃 먹을 흘(喫 마실 끽). 難得 얻을 수 없다. 甛 달 첨.
83) 怕 두려울 파. 慢 느릴 만. 只 다만 지. 站 설 참, 역마을 참. 遲 늦을 지.

「물에 들어가지 않고 깊고 얕은 줄을 어찌 알겠는가?」

→ 不下海 一生不會游泳 (불하해 일생불회유영 bù xià hǎi yīshēng bù huì yóuyǒng)

「바다에 들어가지 않고는 일생 동안 헤엄칠 줄 모른다.」

▶ 不知深淺 切勿下水 (부지심천 절물하수)

「깊이를 모르거든 절대 물에 들어가지 마라.」

▶ 不爬山的不知山高 不下海的不知水深 (불파산적부지산고 불하해적부지수심)

「산에 올라보지 않은 사람은 산이 높은 줄 모르고, 바다를 가보지 못한 사람은 바다 깊은 줄 모른다.」 84)

※ 備而不用 (비이불용 bèi ér bù yòng)
「유사시에 대비하여 쓰지 않다.」

→ 閑時學得忙時用 (한시학득망시용 xiánshí xué dé mángshí yòng)
「한가할 때 배워두면 바쁠 때 유용하다.」

▶ 大姑娘栽尿布 閑時做下忙時用 (대고낭재뇨포 한시주하망시용)
「큰딸은 기저귀를 재단하여 한가할 때 만들었다가 급할 때 쓴다.」

▶ 備而無患 來而無防 (비이무환 내이무방)
「준비가 있으면 재난이 없고, 재난이 닥쳐도 걱정이 없다.」 85)

※ 比人心 山未險 (비인심 산미험 bǐ rénxīn shān wèi xiǎn)
「인심에 비하면 산은 험하지 않다.」

→ 不怕沒好事 就怕沒好人 (불파몰호사 취파몰호인 bù pà méi

---

84) 深 깊을 심. 淺 얕을 천. 泳 헤엄칠 영. 勿 말 물, 하지 말라. 강력한 금지. 爬 긁을 파, 산을 오르다.

85) 燒 태울 소, 향을 사르다. 忙 바쁠 망. 大姑娘 맏딸, 나이든 처녀. 尿 오줌 뇨 尿布 기저귀.

hǎoshì, jiù pà méi hǎorén)

「좋은 일이 없어 걱정이 아니라, 좋은 사람이 없어 걱정이다.」

▶ 人心不似水長流 (인심불사수장류)

「인심은 오래도록 흐르는 강물과는 같지 않다.」

▶ 別人求我三春雨 我求別人六月霜 (별인구아삼춘우 아구별인육월상)

「다른 사람이 내게 도움을 바라면 3월 봄비처럼 대했는데, 내가 다른 사람에게 얻으려니 6월의 서리 같다.」

▶ 不怕虎生三隻口 只怕人懷兩樣心 (불파호생삼척구 지파인회양양심)

「호랑이가 새끼 세 마리를 낳은 것은 두렵지 않으나, 다만 사람이 두 마음을 품는 것이 두렵다.」 86)

※ 事無不三成 (사무불삼성 shì wú bù sān chéng)
「세 번 해서 안 되는 일 없다.」

→ 事在人爲 人要爲事 (사재인위 인요위사 shì zài rénwéi, rén yào wéishì)

「일은 사람 하기에 달렸고, 사람은 일을 해야 한다.」

▶ 事有湊巧 物有偶然 (사유주교 물유우연)

「일에는 공교롭게 될 때도 우연도 있다.」

▶ 視潮掌舵 看風駛船 (시조장타 간풍사선)

「물때를 보아 키를 잡고, 바람을 보며 노를 젓다.」 87)

---

86) 險 험할 험. 沒 빠질 몰, ~이 없다. 霜 서리 상. 懷 품을 회.
87) 湊 모일 주. 巧 공교할 교. 湊巧 공교롭다. 偶 짝 우, 뜻하지 않게. 潮 조수 조. 掌 손바닥 장, 잡다. 舵 키 타. 駛 달릴 사(배, 차 등을) 운전하다.

※ **山東出相 山西出將** (산동출상 산서출장 Shāndōng chū xiàng, Shānxī chū jiàng)

「산동에선 재상이 많이 나오고, 산서에서는 장수가 배출된다.」

→ **燕趙多佳人** (연조다가인 Yān Zhào duō jiā rén)

「연燕나라와 조趙나라에는 미인이 많다.」

▶ **山東食海鹽 山西食鹽鹵** (산동식해염 산서식염로)

「산동에서는 바닷소금海鹽을 먹지만, 산서에서는 바위소금巖鹽을 먹는다.」

▶ **燕趙多義士** (연조다의사)

「연나라와 조나라에는 의사義士가 많았다.」[88]

※ **三杯和萬事 一醉解千愁** (삼배화만사 일취해천수 sānbēi hé wàn shì, yīzuì jiě qiānchóu)

「술 석 잔에 만사를 다 좋게 만들고, 한번 취하면 모든 근심을 풀어 버린다.」

→ **一飮解百結 再飮破百憂** (일음해백결 재음파백우 yīyǐn jiě bǎijié, zàiyǐn pò bǎiyōu)

「한 잔 술로 온갖 근심을 풀고, 두 잔 술로 온갖 근심을 잊는다.」

▶ **好酒除百病** (호주제백병)

「좋은 술은 온갖 병을 없애 준다.」

▶ **三杯和萬事 一氣惹千愁** (삼배화만사 일기야천수)

「술 석 잔은 모든 일을 좋게 하지만, 화를 한번 내면 온갖 근심을

---

88) ※ 山東·山西 ; 중국 효산(殽山)과 함곡관(函谷關)을 경계로 동쪽은 문풍 (文風)이 강해 文臣이 많이 나오고, 그 서편은 숭무(崇武)의 기질이 있어 장수가 많이 배출된다고 함. 《漢書》 趙充國傳. 義士 의협지사(義俠志士). 燕 나라이름 연(지금의 北京 일원). 趙 나라이름 조(하북 남부와 산서 중 부 일대). 鹽 소금 염. 鹵 (두부를 굳히는) 간수 로, 천연소금.

불러온다.」

▶ 好酒一瓶足够 能人一個頂用 (호주일병족구 능인일개정용)

「좋은 술은 한 병이면 충분하고, 일 잘하는 한 사람이면 가장 쓸 만하다.」[89]

※ 三分吃藥七分養 (삼분흘약칠분양 sānfēn chīyào qīfēn yǎng)

「(질병 치료에서) 3할은 복약服藥이고, 7할은 보양營養攝生이다.」 (의약에 의한 치료 못지않게 영양과 휴식도 중요하다.)

→ 若要長生 腸中常淸 (약요장생 장중상청 ruò yào chángshēng chángzhōng cháng qīng)

「만약 장생을 바란다면 내장이 늘 깨끗해야 한다.」

▶ 莫說大夫沒好藥 三分吃藥七分養 (막설대부몰호약 삼분흘약칠분양)

「의사에게 좋은 약이 없다고 말하지 말라. 3할은 약의 치료이고, 7할은 보양이다.」

▶ 藥補不如食補 食補不如精神補 (약보불여식보 식보불여정신보)

「영양제를 먹는 것은 고른 식사만 못하고, 좋은 식사는 마음 편함만 못하다.」[90]

※ 三歲看老 從小兒定八十 (삼세간노 종소아정팔십 sānsuì kàn lǎo, cóng xiǎoér dìng bāshí)

「세 살 때 늙은 모습을 볼 수 있으니, 어린아이 때 80세 모습이 정

---

89) 醉 취할 취. 百結 「누더기 옷」 마음속의 걱정. 若 만약 약. 喝 마실 갈. 醒 술 깰 성. 氣 기운 기, 성을 내다, 화나게 하다. 惹 이끌 야, 불러일으키다. 够 많을 구, 모을 구(夠와 同字).

90) 三分 3할, 대략의 정도이지 「정확한 3%」란 뜻은 아님. 若 만약 약. 腸 창자 장, 내장. 補 도울 보, 보충하다, 보신하다. 大夫 의사, 의원.

해진다.」(세 살 버릇 여든까지 간다.)

→ **少成若天性 習慣成自然** (소성약천성 습관성자연 shào chéng ruò tiānxìng, xíguàn chéng zìrán)

「어려서 배운 것은 천성과 같으니, 습관은 저절로 이루어진다.」

▶ **三歲意姿看到老** (삼세의자간도노)

「세살 때의 생각이나 모습은 늙어서도 볼 수 있다.」

▶ **三歲看大 七歲看老** (삼세간대 칠세간노)

「(어린애가) 세 살 때면 어른이 되었을 때를 볼 수 있고, 일곱 살에 늙었을 때의 모습을 볼 수 있다.」 (어릴 때 모습이 어른 모습이다.)

▶ **三歲打娘娘要笑 二十打娘娘上弔** (삼세타낭낭요소 이십타낭낭상조)

「세 살에 어미를 때리면 어미가 웃지만, 스무 살에 어미를 때리면 어미가 목을 맨다.」 [91]

※ **三十如狼 四十如虎** (삼십여랑 사십여호 sānshí rú láng, sìshí rú hū)
「30대는 늑대와 같다가 40대에는 호랑이와 같다.」 (중년 남녀의 성욕은 나이가 들수록 강해진다.)

→ **二十不浪 三十浪 四十正在浪頭上** (이십불랑 삼십랑 사십정재낭두상 èrshí bù làng sānshí làng, sìshí zhèng zài làngtóu shàng)

「20에는 물결이 잔잔하다가, 30에는 물결이 일고, 40에는 물결이 거세게 인다.」 (여인의 성욕性慾)

▶ **二十更更 三十夜夜 四十五日 五十半月** (이십경경 삼십야야 사십오일 오십반월)

「20대에는 하루에 몇 번, 30대에는 밤마다. 40에는 5일마다, 50에는

---

91) 歲 해 세. 看 볼 간, 예측하다. 從 ~로부터. 若 같을 약. 大 나이든 어른. 老 노인.

보름에 한 번.」 (부부간 성교 횟수) 92)

※ 色是殺人刀 (색시살인도 sè shì shā rén dāo)
「여색은 사람을 죽이는 칼이다.」

→ 色字頭上一巴刀 (색자두상일파도 sè zì tóushàng yībā dāo)
「색色자 위에 칼 한 자루—巴刀가 있다.」

▶ 色乃傷身之劍 貪之必定遭殃 (색내상신지검 탐지필정조앙)
「여색은 몸을 다치게 하는 칼이다. 이를 탐하면 틀림없이 재앙을 만난다.」

▶ 酒不醉人人自醉 色不迷人人自迷 (주불취인인자취 색불미인인자미)

「술은 사람을 취하게 하지 않지만 사람이 스스로 취하고, 여색은 사람을 혼미하게 하지 않는데, 사람 스스로 빠진다.」 (주색에 빠지는 것은 모두 자기 탓이다.) 93)

※ 船載的金銀 塡不滿烟花債 (선재적금은 전불만연화채 chuán zài de jīnyín, tiánbumǎn yānhuā zhài)
「배에 싣고 온 금은이라도 기생 값으로는 모자란다.」

→ 床頭金盡 壯士無顏 (상두금진 장사무안 chuángtóu jīn jìn, zhuàngshì wúyán)
「기생집에서 돈이 없다면 제아무리 장사라도 얼굴을 못 든다.」

▶ 酒食之交非善隣 (주식지교비선린)
「술과 밥으로 사귄 사람은 좋은 이웃이 아니다.」 94)

---

92) 狼 이리 낭(랑), 늑대.
93) 乃 이에 내. 傷 다칠 상. 貪 탐할 탐. 遭 만날 조. 殃 재앙 앙. 醉 취할 취. 迷 미혹할 미, 어지러울 미.

※ 少肉多菜 少酒多果 (소육다채 소주다과 shǎo ròu duō cài, shǎo jiǔ duō guǒ)

「고기는 조금, 채소는 많이, 술은 조금, 과일 많이 먹기.」 (건강한 식생활 습관)

→ 桃飽杏傷人 (도포행상인 táo bǎo, xìng shāngrén)

「복숭아는 많이 먹어도 좋지만, 살구는 (많이 먹으면) 사람을 상하게 한다.」

▶ 陳穀子爛芝麻 (진곡자난지마 chén gǔzi làn zhīma)

「해묵은 곡식과 썩은 참깨.」 (진부한 생각) (오래되고 시시한 것) 95)

▶ 五穀加小棗 勝似靈芝草 (오곡가소조 승사영지초)

「오곡밥에 대추를 보태면 영지초보다 낫다.」

▶ 五月鯉賽如活人參 (오월리새여활인삼)

「오월의 잉어는 좋은 인삼 못지않다.」 96)

※ 笑髒不笑爛 (소장불소란 xiào zāng bù xiào làn)
「더러운 옷을 보고는 웃어도, 낡은 옷은 웃지 않는다.」

→ 笑破不笑補 穿舊不算醜 (소파불소보 천구불산추 xiào pò bùxiào bǔ, chuān jiù bùsuàn chǒu)

「찢어진 옷을 보고는 웃어도, 기운 옷을 보고는 웃지 말라. 옛 옷을 입어도 추하다고 여기지 말라.」

▶ 莫笑窮人穿得破 山林樹木有高低 (막소궁인천득파 산림수목유고

---

94) 塡 메울 전. 烟 태울 연(煙과 같음). 烟花 기생, 봄날의 아름다운 경치. 債 빌릴 채, 빚, 비용.

95) 陳 묵을 진. 穀 곡식 곡. 穀子 곡식. 爛 문드러질 난. 芝 지초 지. 麻 삼 마. 芝麻 참깨.

96) 飽 배부를 포. 杏 살구 행(신맛이 있어 많이 먹으면 안 좋다는 뜻). 菜 나물 채. 鯉 잉어 리(이). 賽 겨룰 새, 경기하다, 필적하다.

저)

「가난한 사람이 찢어진 옷을 입었다고 웃지 말라. 산 속의 나무도 크고 작은 것이 있다.」

▶ 阿大穿新 阿二穿舊 阿三穿補 阿四穿破 (아대천신 아이천구 아삼천보 아사천파)

「첫째는 새 옷을, 둘째는 헌 옷을, 셋째는 기운 옷을, 넷째는 다 찢어진 옷을 입는다.」 (형제간 옷을 물려 입음.)

▶ 新三年 舊三年 縫縫補補又三年 (신삼년 구삼년 봉봉보보우삼년)

「새 옷이니 3년, 헌 옷이라 생각하며 3년, 꿰매고 기워서 다시 3년.」 (검소한 생활을 하다.) 97)

※ 少吃多有味 多吃味不鮮 (소흘다유미 다흘미불선 shǎochī duō yǒu wèi, duōchī wèi bùxiān)

「적게 먹어야 맛이 있고 많이 먹으면 맛을 잘 모른다.」

→ 少吃多餐 病好自安 (소흘다찬 병호자안 shǎochī duōcān, bìng hǎo zìān)

「조금씩 자주 먹으면 병도 좋아지고 절로 편안하다.」

▶ 少鹽多醋 少食多嚼 (소염다초 소식다작)

「소금은 적게, 식초는 많이, 적게 먹고 많이 씹기.」

▶ 若要身體壯 飯菜嚼成漿 (약요신체장 반채작성장)

「만약 건장한 몸을 원한다면 밥과 반찬이 미음이 될 때까지 씹어라.」

▶ 少吃容易消 多吃必糟糕 (소흘용이소 다흘필조고)

「적게 먹으면 쉽게 소화되지만, 많이 먹으면 틀림없이 못쓰게 된

---

97) 髒 더러울 장. 爛 문드러질 난(란), 옷이 낡다. 穿 입을 천. 補 기울 보. 阿 항렬이나 兒名, 姓 앞에 붙여 친밀함을 나타내는 말.

다.」98)

> ※ **水火不留情** (수화불류정 shuǐhuǒ bù liúqíng)
> 「수재와 화재는 인정이 없다.」

→ **水涸魚死 根斷樹亡** (수고어사 근단수망 shuǐhé yú sǐ, gēnduàn shù wáng)

「물이 마르면 고기가 죽고, 뿌리가 잘리면 나무는 죽는다.」

▶ **涸轍鮒魚** (학철부어)

「물 마른 수레바퀴 패인 곳에 있는 붕어.」

▶ **水火無情 刀槍無義** (수화무정 도창무의)

「물과 불은 인정이 없고, 칼과 총은 정의가 없다.」

▶ **水不常滿 火不常熱** (수불상만 화불상열)

「물은 언제나 넘치지는 않고, 불은 언제나 뜨겁게 타지 않는다.」
(언젠가는 물은 빠지고 불도 꺼진다.) 99)

> ※ **僧多粥少** (승다죽소 sēng duō zhōu shǎo)
> 「중은 많고, 죽은 조금.」

→ **不够塞牙縫** (불구색아봉 bù gòu sāi yáfēng)

「잇새도 채울 수 없다.」 (음식이 크게 부족하다)

▶ **水米不曾打牙** (수미부증타아 shuǐmǐ bùcēng dǎyá)

「물이나 쌀 어느 것도 이에 닿지 않았다.」

▶ **飢不擇食 寒不擇衣** (기불택식 한불택의)

「굶주리면 음식을 가리지 않고, 추우면 옷을 고르지 않는다.」 100)

---

98) 餐 먹을 찬. 鹽 소금 염. 嚼 씹을 작. 消 사라질 소. 菜 나물 채, 반찬. 漿 미음 장. 糟 지게미 조. 糕 떡 고. 糟糕 zāogāo 일을 망치다, 아차! 아뿔싸!
99) 涸 물마를 학. 轍 수레바퀴 철. 鮒 붕어 부. 衝 찌를 충. 槍 창 창, 총 창. 手槍 권총.

※ **心裏痛快百病消** (심리통쾌백병소 xīnli tòngkuài bǎibìng xiāo)
「마음이 통쾌하면 온갖 병이 사라진다.」

→ **心廣體胖 量大長壽** (심광체반 양대장수 xīn guǎng tǐ pán, liàng dà, chángshòu)

「마음이 넓으면 몸이 건강하고, 도량이 크면 장수한다.」

▶ **積德以增壽** (적덕이증수)

「덕행을 쌓아야 장수할 수 있다.」

▶ **心寬體壯 氣寬壽長** (심관체장 기관수장)

「마음이 넉넉하면 신체가 건장하고, 성질이 너그러우면 장수한다.」

▶ **常樂解千愁 常笑却百病** (상락해천수 상소각백병)

「늘 즐거우면 온갖 근심이 사라지고, 늘 웃으면 온갖 병을 물리친다.」

▶ **樂觀與健康長壽爲伴 憂鬱同生病短命相隨** (낙관여건강장수위반 우울동생병단명상수)

「낙관과 건강은 장수와 짝을 이루지만, 우울과 질병은 단명을 따라간다.」

▶ **起居無節 半百而衰 起居有規律 病魔不找你** (기거무절 반백이쇠 기거유규율 병마부조니)

「일상생활에 절도가 없으면 나이 50에 쇠약해진다. 기거에 규율이 있다면 병마가 너를 찾지 않을 것이다.」 101)

※ **心病最難醫** (심병최난의 xīnbìng zuìnán yī)
「마음의 병은 정말 고치기 어렵다.」

---

100) 夠 넉넉할 구(夠와 同字). 塞 막힐 색, 변방 새. 牙어금니 아, 이빨. 縫 꿰맬 봉, 갈라진 틈, 간극.

101) 消 사라질 소. 胖 살찔 반. 却 물리칠 각. 伴 짝 반. 憂 근심할 우. 鬱 답답할 울. 隨 따를 수.

→ 心病從來無藥醫 (심병종래무약의 xīnbìng cónglái wú yào yī)

「마음의 병에는 예로부터 약도 의사도 없다.」

▶ 心病還須心上醫 (심병환수심약의)

「마음의 병에는 모름지기 마음의 의사가 있어야 한다.」

▶ 心正不疑人 疑人心不正 (심정불의인 의인심부정)

「마음이 바르면 사람을 의심하지 않는다. 사람을 의심한다면 마음이 바르지 않은 것이다.」 102)

※ 十磨九難出好人 (십마구난출호인 shí mó jiǔ nàn chū hǎorén)

「열 가지 시련과 아홉 가지 난관을 이겨야 사람이 된다.」

→ 受得苦中苦 方爲人上人 (수득고중고 방위인상인 shòude kǔzhōngkǔ, fāng wéi rénshàngrén)

「고생에 고생을 해 봐야 비로소 높은 사람이 될 수 있다.」

▶ 要想爭做人上人 先得吃點苦中苦 (요상쟁주인상인 선득흘점고중고)

「높은 자리를 다투어 차지하고 싶다면 먼저 어렵고 힘든 고생을 해야 한다.」 103)

※ 餓時吃糠甜如蜜 (아시흘강첨여밀 èshí chīkāng tiánrúmì)

「굶주릴 때는 쌀겨를 먹어도 꿀처럼 달다.」 (배고플 때는 무엇이나 맛있다.)

→ 不餓時吃蜜也不甜 (불아시흘밀야불첨 bù è shí chīmì yě bùtián)

「배고프지 않을 때는 꿀을 먹어도 달지 않다.」

---

102) 醫 의원 의, 고치다, 치료하다. 須 모름지기 수, 오로지, 마땅히.

103) 磨 갈 마. 人上人 ; 지위가 높은 사람, 여럿 중에서 뽑힌 사람. 爭 다툴 쟁. 做 지을 주, ~이 되다.

▶ 餓的時候 吃什麼也香甛 (아적시후 흘십마야향첨)

「배고플 때는 무엇을 먹어도 맛이 있다.」

▶ 蜜吃多了不甘 (밀흘다료불감 mì chīduōle bù gān)

「꿀도 많이 먹으면 달지 않다.」 (만두도 많이 먹으면 맛이 없다.)

▶ 大丈夫萬死敢當 一餓難挨 (대장부만사감당 일아난애)

「대장부가 어떤 죽음이라도 감당한다지만, 배고픔을 견디기는 어렵다.」104)

※ 挨着大樹有柴燒 (애착대수유시소 āi zhè dàshù yǒu chái shāo)
「큰 나무 곁에서는 땔나무 걱정은 안 한다.」

→ 大樹底下好尋凉 (대수저하호심량 dàshù dǐ xià hǎo xún liáng)

「큰 나무 아래가 그늘도 좋다.」 (기왕이면 큰 나무에 기댄다.)

▶ 大樹大陰凉 小樹小照陰 (대수대음량 소수소조음)

「큰 나무 아래 크고 시원한 그늘이 있고, 작은 나무는 작은 그늘을 만든다.」 (가업家業이 크면 비용도 많이 든다.)

▶ 茂林之下無豊草 (무림지하무풍초)

「무성한 수풀 아래는 좋은 풀밭이 없다.」

▶ 樹倒猴猻散 (수도후손산)

「나무가 쓰러지면 원숭이들은 흩어진다.」105)

※ 烟茶全有 酒飯兩開 (연다전유 주반양개 yānchá quán yǒu, jiǔfàn liǎng kāi)
「담배와 차 모두 갖추었고, 술과 요리도 다 차렸다.」 (먹기만 하면

---

104) 餓 굶주릴 아. 吃 먹을 흘(喫 「마실 끽」과 같음). 糠 쌀겨 강. 甛 달 첨. 蜜 꿀 밀. 香 향기로울 향, 음식이 맛있다, 달콤하다.

105) 挨 기댈 애. 樹 나무 수. 柴 땔나무 시. 燒 불태울 소. 尋 찾을 심. 凉 서늘할 량(양). 猴 원숭이 후. 猻 원숭이 손.

된다.)

→ **咽喉深似海** (인후심사해 yānhóu shēn sì hǎi)

「목구멍은 바다만큼 깊다.」 (목구멍이 포도청)

▶ **烟酒不養家** (연주불양가)

「담배를 피우고 술도 마시면 식구를 부양하지 못한다.」

▶ **莫說吃烟花錢少 一年兩件大棉襖** (막설흘연화전소 일년양건대면오)

「담배 피우는 데 쓰는 돈이 사소하다고 말하지 말라. 1년이면 솜두루마기 두 벌 값이다.」

▶ **喜酒 悶茶 生氣的烟** (희주 민다 생기적연)

「기쁠 때 술, 울적할 때 차, 화날 때 담배.」 106)

※ **烟酒解困不解飢** (연주해곤불해기 yānjiǔ jiě kùn bù jiě jī)
「담배와 술은 피곤을 풀어주지만, 굶주림을 해결하지는 못한다.」

→ **烟能搭橋 酒能開路** (연능답교 주능개로 yān néng dāqiáo, jiǔ néng kāilù)

「(대인관계에서) 담배는 다리를 놓고, 술은 길을 열어준다.」

▶ **烟酒不分家** (연주불분가)

「담배와 술은 네 것 내 것을 가리지 않는다.」

▶ **烟酒是親家 烟茶是寃家** (연주시친가 연다시원가)

「담배와 술은 친가이지만, 담배와 차는 원수 간이다.」

▶ **烟酒不分你我 唱戲不分大小** (연주불분니아 창희불분대소)

「담배와 술은 너와 내가 없고, 공연에는 어른 아이가 없다」 107)

---

106) 咽 목구멍 인. 喉 목구멍 후. 似 같을 사. 花 돈을 쓰다. 棉 목화 면, 솜. 襖 웃옷 오, 두루마기. 悶 번민할 민.

107) 困 곤할 곤. 飢 굶주릴 기. 搭 걸 답, 얹을 답(搭), 태우다(乘也). 唱 노래

　※ 熱鍋上的螞蟻 (열과상적마의 règuō shang de, mǎyǐ)
「뜨거운 철판 위의 개미.」(탈출구가 없는 위기에 처하다. 초조하여 안절부절못하다.)

　→ 拱在閻王鼻子底下過日子 (공재염왕비자저하과일자 gǒng zài Yánwáng bízi dǐxia guò rìzi)
「염라대왕 코밑에서 움츠리고 산다.」(가난해서 죽기 직전이다.)

　▶ 人爲刀俎 我爲魚肉 (인위도조 아위어육 rén wéi dāo zǔ, wǒ wéi yú ròu)
「남은 칼과 도마이고, 나는 생선이나 고기다.」(도마에 오른 고기 - 어쩔 수 없는 운명. 생사가 남의 손에 달렸다.)

　▶ 蛾蟻尙且貪生 爲人豈不惜命 (아의상차탐생 위인기불석명)
「나방이나 개미도 살려 하거늘, 사람으로 태어나 어찌 목숨이 아깝지 않으랴!」108)

　※ 寧可不識字 不可不識人 (영가불식자 불가불식인 nìngkě bù shízì, bùkě bùshírén)
「차라리 글자를 모를지언정 사람을 몰라보지 마라.」

　→ 爲人容易做人難 (위인용이주인난 wéirén róngyi zuòrén nán)
「사람으로 살기야 쉽지만, 사람 노릇하기는 어렵다.」

　▶ 不識字好吃飯 不識人不好吃飯 (부식자호흘반 부식인불호흘반)
「글자를 몰라도 먹고 살 수 있지만, 사람을 모르면 먹고살기가 어렵다.」109)

　할 창. 戲 놀이 희. 唱戲 연극 공연을 하다.
108) 鍋 솥 과. 螞蟻 개미. 拱 두 손 마주 잡을 공, 어깨를 움츠리다. 俎 도마 조. 魚肉 생선과 고기, 마구 짓밟다. 尙 오히려 상. 且 또 차. 豈 어찌 기. 惜 아낄 석, 아까워하다.
109) 做 지을 주. 做人 도덕심을 갖추고 사회생활을 하다.

　※ 寧可貧後富 不可富後貧 (영가빈후부 불가부후빈 nìngkě pín hòu fù, bùkě fù hòu pín)

　「차라리 가난했다가 부자가 되어야지, 부유했다가 가난할 수는 없다.」

　→ 寧可無了有 不可有了無 (영가무료유 불가유료무 nìngkě wú le yǒu, bù kě yǒu le wú)

　「차라리 없다가 있어야지, 있다가 없어서는 안 된다.」

　▶ 先貧後富好過 先富後貧難過 (선빈후부호과 선부후빈난과)

　「가난했다가 부자가 되면 살기 좋지만, 부자였다가 가난해지면 견디기 어렵다.」

　▶ 先難後易 先苦後甛 (선난후이 선고후첨)

　「어려운 일을 먼저, 쉬운 일은 뒤에 처리하면 처음에 힘들지만 나중에는 달콤하다.」

　▶ 富貴而驕 自遺其咎 (부귀이교 자유기구)

　「부귀를 누리면서 교만하다면 스스로 화를 초래하는 것이다.」
(《老子道德經》9장.) 110)

　※ 寧可全不管 不可管不全 (영가전불관 불가관부전 nìngkě quánbùguǎn, bùkě guǎnbùquán)

　「철저하게 장악할 수 없다면 아예 손을 대지 않겠다.」

　→ 寧可無當有 不可有當無 (영가무당유 불가유당무 nìngkě wú dàng yǒu, bùkě yǒu dàng wú)

　「(일이) 없을 때 있는 것처럼 조심할지언정, 일이 있는데 없는 것처럼 할 수는 없다.」

---

110) 寧 편안할 녕(영), 차라리 ~하다. 驕 교만할 교. 遺 끼칠 유, 남기다. 咎 허물 구, 재앙.

▶ 大意失荊州 驕傲失街亭 (대의실형주 교오실가정)

「조심하지 않아서 형주를 잃었고, 교만했기에 요충지 가정街亭을 잃었다.」(관우가 요충지 형주荊州를 잃고 포로로 잡혀 죽은 것은 순전히 부주의했기 때문이다.) 111)

※ 寧吃開眉粥 不吃愁眉飯 (영흘개미죽 불흘수미반 nìng chī kāim éi zhōu, bù chī chóuméi fàn)

「차라리 마음 편한 죽을 먹을지언정, 걱정하면서 밥을 먹지는 마라.」

→ 燕子不入愁門 (연자불입수문 yànzi bù rù chóu mén)

「제비도 근심 있는 집에는 둥지를 틀지 않는다.」

▶ 鵓鴿只揀旺處 (발합지간왕처)

「집비둘기도 운수가 좋은 집을 고른다.」

▶ 笑一笑 少一少 愁一愁 白了頭 (소일소 소일소 수일수 백료두)

「웃고 또 웃으면 더욱 더 젊어진다. 근심하고 걱정하면 머리가 하얗게 센다.」112)

※ 熬過九九八十一難 (오과구구팔십일난 āo guo jiǔjiǔ bāshíyī nàn)

「9×9=81개의 난관을 참고 견디어내다.」(《서유기》唐僧이 겪은 고난.)

→ 一波未平, 一波又起 (일파미평, 일파우기 yī bō wèi píng, yī bō yòuqǐ)

「파도 하나가 가라앉지도 않았는데, 또 다른 파도가 치다.」(풍파

---

111) 大意 dàyi 부주의하다. 荊 가시나무 형.
112) 眉 눈썹 미. 開眉 눈웃음치다. 愁 근심 수. 愁眉 근심으로 눈썹을 찌푸리다. 鵓 집비둘기 발. 鴿 집비둘기 합. 只 다만 지. 揀 가릴 간, 골라 선택하다. 旺 성할 왕.

가 꼬리를 물다)

▶ 往日如此 來日可知 (왕일여차 내일가지 wǎngrì rúcǐ, láirì kě zhī)

「지난날이 이와 같으니, 내일을 알 수 있다.」

▶ 不忘往日苦 才知今日甛 (불망왕일고 재지금일첨)

「지난날의 고통을 잊지 않았기에 비로소 오늘의 단맛을 알 수 있다.」 113)

※ 往日無冤 近日無仇 (왕일무원 근일무구 wǎngrì wú yuān, jìnrì wú chóu)

「옛날 남에게 원망을 산 일도, 지난날에 남에게 원수진 일도 없다.」

→ 冤家對頭 窄路相逢 (원가대두 착로상봉 yuānjia duìou zhǎilù xiāngféng)

「원수나 적수는 좁은 길에서 만난다.」

▶ 殺父之仇 不共戴天 (살부지구 불공대천)

「아버지를 죽인 원수는 같은 하늘 아래 살 수 없다.」

▶ 冤家莫過於殺父之仇 奪妻之恨 (원가막과어살부지구 탈처지한)

「아버지를 죽인 원수와, 아내를 강탈한 원한보다 더한 원수는 없다.」

▶ 怨家見面 分外眼紅 (원가견면 분외안홍)

「원수를 만나면 눈에 불이 난다」 114)

※ 要想不死 肚裏沒屎 (요상불사 두리몰시 yào xiǎng bù sǐ, dù lǐ méi

---

113) 熬 볶을 오, 고통을 참고 견디다. 波 물결 파. 又 또 우. 起 일어날 기. 甛 달 첨.

114) 冤 원통할 원. 仇 원수 구. 對頭 적수, 원수. 窄 좁을 착. 逢 만날 봉. 戴 머리에 일 대. 奪 빼앗을 탈.

shī)

「장수하려면 뱃속에 똥이 없어야 한다.」(대변통창大便通暢 - 대변을 시원하게!)

→ **要想身體好 天天按摩脚** (요상신체호 천천안마각 yào xiǎng shēntǐ hǎo, tiāntiān àn mó jiǎo)

「건강한 신체를 원한다면 날마다 다리를 주물러야 한다.」

▶ **不服藥 勝中醫** (불복약 승중의)

「약을 먹지 않는 것이 어중간한 의원의 치료보다 낫다.」(약 없이 병을 이기는 것이 중간 수준 의사의 치료보다 좋다.)

▶ **不肯花錢買藥 却肯花錢買棺材** (불긍화전매약 각긍화전매관재)

「돈을 들여 약을 사지 않으면, 도리어 돈을 들여 관을 사야 한다.」 (아파도 약을 안 사먹는 구두쇠에게 해당함.) 115)

※ **要吃肉 肥中瘦** (요흘육 비중수 yào chī ròu, féi zhōng shòu)
「고기를 먹으려면 비육肥肉 속에 든 살코기가 제일이다.」

→ **典棉被 吃狗肉** (전면피 흘구육 diǎn miánbèi, chī gǒuròu)

「솜이불을 전당포에 잡히고 개고기를 사 먹다.」(그만큼 개고기가 맛있다.)

▶ **要吃野獸 兔子狗肉** (요흘야수 토자구육)

「들짐승 중에는 토끼고기와 개고기가 제일.」

▶ **狗肉滾三滾 神仙站不穩** (구육곤삼곤 신선참불온)

「개고기를 삶으면 신선도 가만히 있지 못한다.」

▶ **狗肉上不得席** (구육상부득석)

「개고기는 잔칫상에 못 올린다.」

---

115) 屎 똥 시. 按 누를 안. 中醫 상중하에서 中 정도의 의사. 花 돈을 쓰다. 소비하다. 棺 널 관, 시신을 넣는 곳.

▶ 狗肉丸子 在哪兒擺 (구육환자 재나아파)

「개고기 완자를 어디에 차려 놓는가?」(차려 놓을 수 없다. 사람 자격이 모자라다.) 116)

※ 龍行熟路 (용행숙로 lóng xíng shú lù)

「용은 늘 다니던 길로 다닌다.」

→ 蝦有蝦路 蟹有蟹路 (하유하로 해유해로 xiā yǒu xiā lù, xiè yǒu xiè lù)

「새우에게는 새우가 가는 길, 게에게는 게의 길이 있다.」

▶ 路得一步一步地走 (노득일보일보지주)

「길은 한 걸음씩 가야 한다.」

▶ 一步一個脚印 - 脚踏實地 (일보일개각인 - 각답실지)

「한 걸음에 발자국 하나. - 꼭꼭 발을 내디디다.」117)

※ 又想吃熱羊肉 又怕燙手 (우상흘열양육 우파탕수 yòu xiǎng chī rè yángròu, yòu pà tàng shǒu)

「뜨거운 양고기를 먹고 싶지만, 손을 델까 걱정한다.」

→ 又想吃大餅 又不願累牙 (우상흘대병 우불원누아 yòu xiǎng chī dàbǐng yòu bùyuàn lèi yá)

「큰 떡을 먹고 싶지만, 이빨로 씹기는 귀찮다.」

▶ 又想過河 又怕脫褲子 (우상과하 우파탈고자)

「냇물을 건너야 하는데, 바지를 벗기는 싫다.」

▶ 又想吃魚 又怕魚刺 (우상흘어 우파어자)

---

116) 典 법칙 전, 의식 전, 저당 잡다, 저당 잡히다. 棉 목화 면, 솜 면. 被 이불 피. 獸 짐승 수. 滾 구를 곤, 물이 펄펄 끓다. 站 우두커니 설 참, 역마을 참.
117) 熟 익을 숙. 蝦 새우 하. 蟹 게 해. 脚 다리 각. 踏 밟을 답.

「생선을 먹고 싶지만, 생선가시가 걱정이다.」

▶ 又要漬尿 又要睡乾床 (우요지뇨 우요수건상)

「오줌도 싸야 하고, 마른 침상에서 잠도 자고 싶다.」

▶ 又做道士 又做鬼 (우주도사 우주귀)

「도사 노릇도 하고 싶고, 귀신도 되고 싶다.」 118)

※ 遠路無輕擔 (원로무경담 yuǎnlù wú qīngdàn)

「먼 길 가는데 가벼운 짐 없다.」 (가벼운 짐도 먼 길에는 무겁다.)

→ 遠怕水 近怕鬼 (원파수 근파귀 yuǎnpà shuǐ jìn pà guǐ)

「먼 곳에서는 물이 두렵고, 가까운 곳에서는 귀신이 두렵다.」 (먼 지방은 물의 깊이를 몰라 빠질까 두렵고, 가까운 지방은 귀신 이야기를 들었기에 귀신 나올까 걱정이라는 뜻.)

▶ 寧隔千山 不隔一水 (영격천산 불격일수 nìng gé qiānshān, bù gé yīshuǐ)

「차라리 산을 천 개 넘을지언정 강을 사이에 둘 수 없다.」 (강은 배가 없으면 못 건너지만, 산은 넘어 다닐 수 있다.)

▶ 遠行無急步 (원행무급보)

「먼 길을 가는 사람은 급하게 걷지 않는다.」 119)

※ 寃有頭 債有主 (원유두 채유주 yuān yǒu tóu, zhài yǒu zhǔ)

「원한에는 상대가 있고, 빚을 지면 빚쟁이가 있다.」

→ 殺人償命 欠債還錢 (살인상명 흠채환전 shārén chángmìng, qiànz hài huánqián)

---

118) 燙 (불에) 데울 탕, 화상을 입다. 餠 떡 병. 大餠 밀가루 반죽에 참깨를 뿌려 구운 큰 호떡 같은 북방의 주식. 累 쌓일 누(루), 지칠 루. 褲 바지 고(絝와 同字). 刺 찌를 자, 가시 자. 漬 담글 지, 적시다.

119) 擔 멜 담, 짐. 隔 사이 뜰 격.

「사람을 죽이면 목숨으로 보상하고, 빚을 졌으면 돈으로 갚아야 한다.」

▶ 債多了不愁 虱多了不痒 (채다불료수 슬다료불양 zhài duōle bù chóu, shī duōle bù yǎng)

「빚이 많으면 걱정이 안 되고, 이가 많으면 가렵지 않다.」

▶ 不怕該債的精窮 只怕討債的英雄 (부파해채적정궁 지파토채적영웅)

「빚을 갚아야 하는 가난이 두려운 것이 아니라, 다만 빚 독촉을 하는 건달이 두렵다.」 120)

※ 遠處抓魚 不如近處摸蝦 (원처조어 불여근처모하 yuǎnchù zhuā yú bùrú jìnchù mō xiā)

「먼 데서 고기를 잡는 것은 근처에서 새우를 잡는 것만 못하다.」

→ 遠女兒近地 無價之寶 (원녀아근지 무가지보 yuǎn nǚ「ér jìn dì wújià zhī bǎo)

「먼 데서 시집온 며느리와 가까운 경작지는 값을 따질 수 없는 보물이다.」

▶ 隣居好 勝金寶 (인거호 승금보 línjū hǎo, shèng jīnbǎo)

「좋은 이웃은 금은보화보다 낫다.」

▶ 卑梁之釁 (비량지흔 bēi liáng zhī xìn)

「(이웃 사람과) 사소한 대립으로 큰 싸움이 일어나다.」

▶ 遠年富 多種樹 近年富 拾糞土 (원년부 다종수 근년부 습분토)

「먼 날 부자가 되려면 나무를 심고, 가까운 날 부자가 되려거든 거름을 주어야 한다.」 121)

---

120) 償 갚을 상. 命 목숨 명. 欠 빚질 흠, 하품 흠. 債 빚 채, 還 돌아올 환, 돌려보내다. 錢 돈 전. 虱 이 슬. 痒 옴(피부병) 양, 가려울 양.

※ 有米一鍋煮 有柴一灶燒 (유미일과자 유시일조소 yǒu mǐ yī guō zhǔ, yǒu chái yī zào shāo)
「쌀이 있으면 한 솥 가득 밥을 하고, 나무가 있으면 한 아궁이 가득 불을 땐다.」 (절약할 줄 모른다.)

→ 有吃萬事足 無罪一身輕 (유흘만사족 무죄일신경 yǒu chī wànshì zú, wúzuì yīshēn qīng)
「먹을 것이 있으니 모든 일이 넉넉하고, 죄가 없으니 행동이 자유롭다.」 (최소한의 생활에 만족함.)

▶ 有鷄待遠客 有事找隣里 (유계대원객 유사조인리)
「닭이 있으면 먼 데서 온 손님을 대접하고, 일이 생기면 이웃을 찾는다.」

▶ 有米不愁沒飯吃 (유미불수몰반흘)
「쌀이 있다면 밥을 못 먹을 걱정은 안 한다.」 122)

※ 有牛才有家 (유우재유가 yǒu niú cái yǒu jiā)
「소가 있어야 집이 있는 셈이다.」 (농가의 재산증식 수단으로 소가 중요.)

→ 有糧就有福 (유량취유복 yǒu liáng jiù yǒu fú)
「먹을 양식이 있다면 복을 받은 것이다.」

▶ 有牛莫嫌慢 沒牛實在難 (유우막혐만 몰우실재난)
「소가 있다면 느리다 걱정 말라. 소가 없다면 정말 곤란하다.」

---

121) 抓 긁을 조, 움켜잡다. 摸 찾을 모, 더듬을 모 蝦 새우 하. 種 심을 종. 拾 주울 습. 糞土 거름. 釁 피를 바를 흔, 다툴 흔. ※ 중국 춘추시대에 吳나라의 비량(卑梁, 地名)의 한 아이와 楚나라 시골 마을 종리(鐘離, 地名)의 아이가 뽕을 따다가 다툰 것이 발단이 되어 吳와 楚 두 나라가 전쟁을 하게 되었다는 고사.
122) 灶 부엌 죠,. 부뚜막, 아궁이(竈의 俗字).

▶ 有知吃知 無知吃力 (유지흘지 무지흘력)

「지식이 있다면 지식으로, 없다면 힘으로 먹고 산다.」[123]

※ 有的吃 沒有的看 (유적흘 몰유적간 yǒude chī, méiyǒude kàn)
「가진 사람은 먹고, 없는 사람은 구경한다.」

→ 飯鍋弔起來當鍾打 (반과조기래당종타 fànguō diào qǐlái dàng zhōng dǎ)

「밥솥을 매달아 놓고 종 대신 친다.」 (가난한 생활.)

▶ 有海就餓不死打魚人 (유해취아불사타어인)

「바다만 있다면 어부는 굶어죽지 않는다.」

▶ 有魚不吃蝦 有豆腐不吃渣 (유어불흘하 유두부불흘사)

「물고기가 있다면 새우를 먹지 않고, 두부가 있다면 비지를 먹지 않는다.」[124]

※ 肉爛了在鍋裏頭 (육란료재과리두 ròu làn le zài guōlitou)
「고기는 다 익어서 솥 안에 있다.」 (이 좋은 것을 다른 사람에게 줄 수 없다.)

→ 有了錢 萬事圓 (유료전 만사원 yǒule qián wànshì yuán)

「돈이 있으면 모든 일이 원만하다.」

▶ 飯要一口一口吃, 事情得一件一件做 (반요일구일구흘, 사정득일건일건주)

「밥은 한 숟가락씩 먹어야 하고, 일은 한 가지씩 해야 한다.」[125]

---

123) 嫌 싫어할 혐, 미워하다, 불만스럽게 생각하다.

124) 鍋 솥 과. 弔 슬퍼할 조, 매달다. 渣 찌꺼기 사, 부스러기, 두부비지, 콩 깻묵.

125) 爛 익을 난(란).

※ 肉不如鷄 鷄不如魚 (육불여계 계불여어 ròu bùrú jī, jī bùrú yú)
「살코기正肉는 닭고기만 못하고, 닭은 생선만 못하다.」

→ 肉肥湯也香 (육비탕야향 ròu féi tāng yě xiāng)
「살코기가 기름지면 국물도 구수하다.」

▶ 有肉嫌毛 有酒嫌糟 (유육혐모 유주혐조)
「고기에 남아 있는 털이 싫고, 술이 있다면 지게미가 싫다.」

▶ 天上的龍肉 地上的驢肉 (천상적용육 지상적려육)
「하늘에는 용의 고기, 땅에는 나귀 고기.」 (말고기가 맛이 좋다는 뜻.) 126)

※ 醫不敲門 (의불고문 yī bù qiāo mén)
「의원은 문을 두드리지 않는다.」 (의원이 스스로 환자를 찾아가지는 않는다.)

→ 治了病 治不了命 (치료병 치불료명 zhìle bìng, zhì bù liǎo mìng)
「병은 치료하지만, 운명은 고치지 못한다.」

▶ 醫能醫病 不能醫命 (의능의병 불능의명)
「아무리 유능한 의사라도 병을 고치지, (환자의) 팔자(운명)를 고치지는 못한다.」

▶ 不爲良相 當爲良醫 (불위양상 당위양의)
「좋은 재상이 될 수 없다면 마땅히 좋은 의사가 되어야 한다.」 (봉사하는 삶으로서의 의사.) 127)

※ 醫者父母心 (의자부모심 yīzhě fùmǔ xīn)
「의사는 부모의 마음이다.」

---

126) 湯 물 끓을 탕, 국 탕. 臭 냄새 취, 냄새나다, 썩다. 驢 나귀 려(여).
127) 敲 두드릴 고. 假 거짓 가. 命 타고난 운명, 팔자.

→ 醫生越老越値錢 (의생월노월치전 yīshēng yuè lǎo yuè zhíqián)

「의원은 나이가 들수록 돈값을 한다.」 (의술에는 경험이 중요하다.)

▶ 庸醫殺人不用刀 (용의살인불용도)

「무능한 의원은 사람을 죽일 때 칼을 쓰지 않는다.」 (약을 잘못 쓰는 자체가 살인이다.)

▶ 用藥如用兵 不可濫投 (용약여용병 불가남투)

「약을 쓰는 것은 용병과 같아 함부로 할 수 없다.」

▶ 千里求醫 不如門上一遇 (천리구의 불여문상일우)

「천리 먼 곳에서 의원을 불러오는 것은 우연히 문 앞에서 만나는 의원만 못하다.」 (치료시기를 놓치는 것보다 평범한 의원에게라도 보이는 것이 낫다.) 128)

※ 二八好行舟 (이팔호행주 èrbā hǎo xíngzhōu)

「2월과 8월은 행선行船하기에 좋다.」

→ 二八月亂穿衣 (이팔월난천의　èrbāyuè luàn chuān yī)

「2월과 8월은 옷을 이것저것 입는다.」 (계절이 바뀌는 시기.)

▶ 大熱天穿棉襖 - 不是時候 (대열천천면오 - 부시시후)

「한 여름에 솜두루마기를 입다. - 때를 못 맞추다.」

▶ 二八月難坐街 (이팔월난좌가)

「2월과 8월은 거리에 오래 앉아 있기가 어렵다.」 129)

※ 人勤地不懶 (인근지불뢰, rén qín dì bù lǎn)

「사람이 부지런하면 땅도 게으름을 피우지 않는다.」 (부지런한 농부에게 나쁜 땅은 없다.)

---

128) 越 넘을 월, ~할수록. 庸 용렬할 용(凡庸). 遇 만날 우.
129) 穿 뚫을 천, 옷을 입다. 棉 솜 면. 襖 웃옷 오, 두루마기. 街 거리 가.

→ **良田不如良佃** (양전불여양전 liángtián bùrú liáng diàn)
「좋은 땅은 부지런한 농부만 못하다.」 (땅보다 농사를 짓는 사람이 더 중요하다.)

▶ **土地不負勤勞人** (토지불부근로인)
「토지는 열심히 일하는 사람을 저버리지 않는다.」

▶ **糧多望客來** (양다망객래)
「양식이 많으면 손님이 오기를 기다린다.」

▶ **手中沒有繭 肚飢身不暖** (수중몰유견 두기신불난)
「손에 굳은살이 없으면 배는 고프고 몸은 추위에 떤다.」 130)

※ **人不可一日無業** (인불가일일무업 rén bùkě yīrì wúyè)
「사람은 하루라도 일이 없어서는 안 된다.」

→ **人不虧地 地不虧人** (인불휴지 지불휴인 rén bù kuī dì, dì bù kuī rén)
「사람이 땅을 버리지 않는다면 땅도 사람을 버리지 않는다.」

▶ **一日不作 百日不食** (일일부작 백일불식)
「(농사철) 하루 일을 하지 않으면 백 일 동안 먹을 것이 없다.」

▶ **百日不休 萬里易到** (백일불휴 만리이도)
「백 일 동안 쉬지 않고 걷는다면 만리길도 쉽게 간다.」 131)

※ **人比人 氣死人** (인비인 기사인 rén bǐ rén qì si rén)
「사람끼리 비교하면 화가 치밀어 죽을 지경이다.」 (그러니까 위를 보고 살지 말라.)

---

130) 勤 부지런할 근. 懶 게으를 뢰. 佃 소작인 전, 소작하다. 繭 고치 견, 일을 많이 하여 손에 박힌 굳은 살. (簡字 茧).
131) 休 쉴 휴.

→ **人不犯我 我不犯人** (인불범아 아불범인 rén bù fàn wǒ, wǒ bù fàn rén)

「남이 나를 건드리지 않으면 나도 남을 건드리지 않는다.」

▶ **人比人 活不成** (인비인 활불성)

「사람과 사람을 비교하면 살아갈 수 없다.」

▶ **人若犯我 我必犯人** (인약범아 아필범인)

「남이 만약 나를 건드린다면 나도 틀림없이 남을 침범할 것이다.」 132)

※ **人找事 事找人** (인조사 사조인 rén zhǎo shì, shì zhǎo rén)

「사람은 일을 찾고, 일도 사람을 찾는다.」 (일을 찾는 사람은 많지만, 일에 적합한 사람은 많지 않다.)

→ **人不找賬 賬找人** (인불조장 장조인 rén bù zhǎo zhàng, zhàng zhǎo rén)

「사람이 빚을 찾아가는 것이 아니고, 빚이 사람을 찾아온다.」 (언제나 빚을 지고 산다.)

▶ **人死賬不死** (인사장불사)

「사람은 죽어도 빚은 죽지 않는다.」 (그 후손이 갚아야 한다.)

▶ **賬要勤算 書要勤念** (장요근산 서요근념)

「빚은 부지런히 갚아야 하고, 책은 부지런히 읽어야 한다.」 133)

※ **人行有脚印 鳥過有落毛** (인행유각인 조과유낙모 rénxíng yǒu jiǎoyìn, niǎo guò yǒu luòmáo)

「사람은 지나간 자취를 남기고, 새는 날며 깃털을 떨어뜨린다.」

---

132) 犯 범할 범, 해치다.
133) 找 찾을 조. 賬 치부책 장, 빚, 부채.

→ **人行好事 莫問前程** (인행호사 막문전정 rén xíng hǎoshì, mò wèn qiánchéng)

「사람이 좋은 일을 하면 이전의 행적을 묻지 않는다.

▶ **人盼前程樹盼春** (인반전정수반춘)

「사람은 앞날을, 나무는 봄을 기다린다.」

▶ **人有古怪像 必有古怪能** (인유고괴상 필유고괴능)

「특별한 생김새를 가진 사람은 반드시 특별한 능력이 있다.」[134]

※ **一棵樹成不了森林 一滴水成不了大海** (일과수성부료삼림 일적수성부료대해)

「한 그루 나무가 숲을 이룰 수 없고, 한 방울의 물이 바다를 이룰 수 없다.」

→ **滴水成河 積米成籮** (적수성하 적미성라 dī shuǐ chéng hé, jī mǐ chéng luó)

「물방울이 모여 강을 이루고, 쌀알이 모여 한 섬이 된다.」

▶ **百川歸海海不盈** (백천귀해해불영)

「모든 하천이 바다로 모이지만, 바다는 넘치지 않는다.」

▶ **海不辭水 故能成其大** (해불사수 고능성기대)

「바다는 흘러드는 물을 막지 않았기에 큰 바다가 되었다.」

▶ **山不辭土石 故能成其高** (산불사토석 고능성기고)

「산은 흙과 돌을 마다하지 않았기에 높아진 것이다.」[135]

---

134) 脚 다리 각. 印 새길 인. 落 떨어질 낙(락). 莫 말 막, ~하지 않는다. 程 법도 정, 길의 단위(里數) 정.

135) 棵 나무 과, 그루·포기 등 식물을 세는 단위. 森 나무 빽빽할 삼. 滴 물방울 적 籮 대나무 광주리 나(라). 盈 가득 찰 영. 辭 말씀 사, 작별하다, 사양하다, 거부하다.

※ 一根寒毛也不拔 (일근한모야불발 yìgēn hánmáo yě bùbá)

「솜털 하나도 뽑지 않다.」 (지독한 구두쇠)

→ 惜糞如惜金 (석분여석금 xī fèn rú xī jīn)

「똥 아까워하기를 황금 아까워하듯 한다.」

▶ 吃虱子留後腿 (흘슬자류후퇴)

「이를 잡아먹으면서 뒷다리를 남겨두다.」 (지독하게 인색함.)

▶ 瓷公鷄鐵仙鶴 (자공계철선학)

「흙을 구워 만든 수탉과 쇠로 만든 신선의 학.」 (수전노守錢奴.) 136)

※ 一力降十會 (일력강십회 yī lì xiáng shí huì)

「힘센 한 사람이 무술을 아는 열 사람을 굴복시킨다.」 (역량이 기교보다 낫다.)

→ 藝多不壓身 (예다불압신 yì duō bù yā shēn)

「재주가 많다 하여 손해 보지는 않는다.」

▶ 一力降十慧 一巧破千斤 (일력강십혜 일교파천근)

「힘센 한 사람은 열 명의 똑똑한 사람을 격파하고, 재주가 뛰어난 사람은 천 근의 힘을 격파한다.」 (무술에서는 힘과 기교가 다 중요하다) 137)

※ 一本通書看到老 (일본통서간도노 yīběn tōngshū kàndào lǎo)

「책 한 권을 늙을 때까지 본다.」 (늘 하던 대로 사람이나 사물을 대하다.)

→ 兩脚書櫥 (양각서주 liǎng jiǎo shū chú)

---

136) 寒毛 솜털. 拔 뽑을 발. 惜 아낄 석. 虱 이 슬. 腿 넓적다리 퇴.

137) 一力 힘이 좋은 한 사람. 降 굴복할 항, 굴복시키다. 會 기교를 깨우친 사람. 壓 누를 압. 慧 총명하고 지혜로운 사람. 破 깨트릴 파.

「두 발 달린 책장.」(책만 읽었지 융통성이 없는 사람.)

▶ 老鼠掉進書箱裏 - 咬文嚼字 (노서도진서상리 - 교문작자)

「쥐가 책 궤짝에 들어갔다. - 문장을 물어뜯고 문자를 씹어 먹는다.」(글자에만 집착하여 사리나 본질을 모른다. - 죽은 지식에 집착하는 사람을 비웃는 말.) 138)

※ 一分錢 一分人情 (일분전 일분인정 yīfēn qián yīfēn rénqíng)
「돈 한 푼은 한 푼 인정.」(인정에 따라 돈도 달라진다.)

→ 秀才人情紙半張 (수재인정지반장 xiùcái rénqíng zhǐ bàn zhāng)

「수재의 인정은 종이 반 장.」(가난한 서생은 축의를 보낼 때, 종이에 몇 글자 써 보낸다.)

▶ 一頭人情兩面光 (일두인정양면광)

「인정을 한 번 베풀면 양쪽에 다 광이 난다.」(주는 사람 받는 사람 모두 체면이 선다.)

▶ 秀才宰相之苗 (수재재상지묘)

「수재는 재상이 될 싹이다.」 139)

※ 一笑解百醜 (일소해백추 yīxiào jiě bǎi chǒu)
「한 번 웃음으로 온갖 추한 것을 풀어버린다.」

→ 一唱解千愁 (일창해천수 yī chàng jiě qiān chóu)

「노래 한 곡에 온갖 근심을 풀어버리다.」

▶ 一笑解千愁 (일소해천수)

「웃음은 온갖 근심을 풀어준다.」

▶ 若要身體好 天天笑一笑 (약요신체호 천천소일소)

---

138) 櫥 궤짝 주. 箱 상자 상. 嚼 씹을 작.
139) 人情 호의, 경조사의 인사나 선물.

「만약 신체 건강을 원한다면 매일 웃고 또 웃어라.」

▶ 千金難賣一笑 (천금난매일소)

「천금으로도 한 번의 웃음을 살 수 없다.」(예쁜 여자의 마음을 사려면 비싼 대가를 치러야 한다.) 140)

※ 一月小寒接大寒 二月立春雨水連, 驚蟄春分在三月 (일월소한접대한 이월입춘우수연, 경칩춘분재삼월)

「1월에는 소한 대한이 이어지고, 2월에는 입춘 다음에 우수, 경칩과 춘분은 3월에 있다.」

→ 淸明穀雨四月天, 五月立夏和小滿 六月芒種夏至還 (청명곡우사월천, 오월입하화소만 유월망종하지환)

「청명과 곡우는 4월이라, 5월에는 입하와 소만, 6월에는 망종과 하지가 돌아온다.」

▶ 七月小暑和大暑, 立秋處暑八月間, 九月白露接秋分 (칠월소서화대서, 입추처서팔월간, 구월백로접추분)

「7월에는 소서와 대서, 입추 처서는 8월에 끼었고, 9월에는 백로 다음에 추분.」

▶ 寒露霜降十月全, 立冬小雪十一月 大雪冬至到新年 (한로상강십월전, 입동소설십일월 대설동지도신년)

「한로 상강은 10월에 다 있고, 입동 소설은 11월, 대설과 동지 지나면 신년이 된다.」141)

※ 一人不喝酒 (일인불갈주 yīrén bù hē jiǔ)

「혼자서는 술을 안 마신다.」(쉽게 취한다.)

---

140) 愁 근심 수.
141) 蟄 숨을 칩. 芒 (보리나 밀 이삭의) 까끄라기 망.

→ **夢裏乾坤大 壺中日月長** (몽리건곤대 호중일월장 mèng lǐ qián kūn dà, hú zhōng rìyuè cháng)

「(술 취한) 꿈속의 하늘과 땅은 넓기만 하고, 술병 속의 세월은 잘도 간다.」 (취중별유천지醉中別有天地)

▶ **倒地葫蘆** (도지호로 dǎo dì húlu)

「땅에 넘어진 호로병.」 (술에 취해 넘어진 사람.)

▶ **醉人醉嘴嘴腿** (취인취취취퇴)

「술 취한 사람은 입과 다리만 술에 취했다.」 (정신은 멀쩡하다.)

▶ **風雪時酒家天** (풍설시주가천)

「바람 불고 눈 오는 날은 술집 가는 날.」

▶ **一人不喝酒 二人不打牌** (일인불갈주 이인불타패)

「혼자서는 술을 안 마시고, 둘이서는 골패를 하지 않는다.」 142)

※ **一日不食 一日氣衰** (일일불식 일일기쇠 yīrì bù shí, yīrì qì shuāi)
「하루 식사를 하지 않으면 하루의 기가 쇠약해진다.」

→ **一日無茶則滯 三日無茶則病** (일일무다즉체 삼일무다즉병 yīrì wú chá zé zhì, sānrì wú chá zé bìng)

「하루라도 차를 안 마시면 체하고(소화가 안 되고), 3일간 차를 안 마시면 병이 난다.」

▶ **朝餐好 午餐飽 晚餐少** (조찬호 오찬포 만찬소)

「아침식사는 적당히, 점심은 배부르게, 저녁 식사는 조금.」

▶ **早時一杯茶 勝似强盗入窮家** (조시일배차 승사강도입궁가)

「이른 아침 차 한 잔은 가난한 집에 강도가 든 것보다 더 나쁘다.」 (공복에 마시는 차는 건강에 아주 해롭다.)

---

142) 夢 꿈 몽. 乾坤 하늘과 땅. 壺 병 호. 倒 넘어질 도. 葫 조롱박 호. 蘆 갈대 로.

▶ 一夜吃飯 不如一夜歇力 (일야흘반 불여일야헐력)

「밤새 먹는 것은 하룻밤 쉬는 것만 못하다.」[143]

※ 一畝菜園 三畝田 (일무채원 삼무전 yī mǔ càiyuán, sān mǔ tián)

「1무畝의 채소 농사는 3무의 일반 농사와 같다.」

→ 一吨船 十畝田 (일둔선 십무전 yī dūn chuán, shí mǔ tián)

「1톤의 배는 10무의 농지와 같다.」 (수익 면에서.)

▶ 一畝地裏打兩石 (일무지리타양석)

「1무의 땅에서 두 섬石 양식을 거둔다.」

▶ 一畝果木園 勝過十畝田 (일무과목원 승과십무전)

「1무의 과수원은 10무의 밭보다 낫다.」[144]

※ 一箭易斷 百箭難折 (일전이단 백전난절 yījiàn yì duàn, bǎi jiàn nán shé)

「하나의 화살은 쉽게 부러지지만, 백 개의 화살은 꺾기 어렵다.」

→ 一根鐵絲容易彎 十根麻絲扯不斷 (일근철사용이만 십근마사차부단 yī gēn tiěsī róngyi wān, shí gēn másī chě bùduàn)

「한 가닥 철사는 쉽게 구부릴 수 있지만, 열 가닥 인조견사는 당겨 끊을 수 없다.」

▶ 一根筷子折得斷 一把筷子折不斷 (일근쾌자절득단 일파쾌자절부단)

「젓가락 한 개는 꺾으면 부러지지만, 한 묶음은 부러지지 않는다.」

▶ 一磚不成墙 一木不成房 (일전불성장 일목불성방)

---

143) 衰 쇠약해질 쇠. 滯 막힐 체. 餐 먹을 찬. 似 비슷할 사. 歇 쉴 헐.

144) 吨 ton(1,000kg)의 음역. 畝 이랑 무, 면적 단위. 1畝는 약 6.6아르(a) 대략 660㎡.

「벽돌 하나로는 담이 되지 않고, 기둥 하나로는 집을 지을 수 없다.」145)

※ 一酒待百客 (일주대백객 yī jiǔ dài bǎi kè)
「술로 모든 손님을 접대하다.」

→ 倚酒三分醉 (의주삼분취 yǐ jiǔ sānfēn zuì)
「술을 핑계로 취한 척하다.」

▶ 三盃和萬事 一醉解千愁 (삼배화만사 일취해천수)
「석 잔 술에 모든 일을 이해하고, 한번 취해 온갖 근심을 풀어버린다.」

▶ 一醉解千愁 酒醒愁更愁 (일취해천수 주성수경수)
「한번 취해 온갖 근심을 풀어버리지만, 술이 깨고 나면 근심거리는 더 깊어진다.」

▶ 朝酒三盅 一天威風 (조주삼충 일천위풍)
「아침 술 석 잔에 종일 위풍당당하다.」(해장술에 취하다.)

▶ 盲人無白天 酒徒無早晚 (맹인무백천 주도무조만)
「맹인에게 밝은 낮이 없고, 술꾼에게 아침저녁이 없다.」146)

※ 一着好 全盤活 (일착호 전반활 yī zhāo hǎo, quán pán huó)
「바둑 한 수가 좋으면 온 판이 살아난다.」

→ 一着錯 全盤輸 (일착착 전반수 yī zhāo cuò, quán pán shū)
「한 수 잘못에 온 판을 패한다.」

---

145) 箭 화살 전. 麻絲 인조견사, 대마로 만든 실. 扯 찢어버릴 차. 筷 젓가락 쾌. 磚 벽돌 전, 바닥에 까는 벽돌(甎의 俗字). 房 집(房子), 가옥, 방(客房 응접실), 처(正房 본처). 房事.

146) 待 기다릴 대, 접대하다. 倚 기댈 의. 三分 삼분(3%), 약간. 盅 (손잡이가 없는) 작은 잔 충.

▶ 有智贏 無智輸 (유지영 무지수)
「지혜로우면 이기고, 무지하면 진다.」

▶ 棋中無啞人 (기중무아인)
「장기 두는데 벙어리 없다.」 (누구나 훈수를 한다.)

▶ 棋傍無閑人 (기방무한인)
「장기판 옆에 한가한 사람 없다.」 (누구나 훈수에 바쁘다.)

▶ 當局者迷 傍觀者淸 (당국자미 방관자청)
「대국자는 헤매지만, 옆 구경꾼에게는 (바둑의 수가) 잘 보인다.」 [147]

※ 一寸光陰一寸金 (일촌광음일촌금 yīcùn guāngyīn yīcùn jīn)
「한 치의 시간은 한 치의 금.」

→ 寸金難買寸光陰 (촌금난매촌광음 cùnjīn nánmǎi cùn guāngyīn)
「금 한쪽으로도 한 치의 시간은 살 수 없다.」

▶ 有錢難買命 (유전난매명 yǒuqián nánmǎi mìng)
「돈이 있어도 목숨을 살 수 없다.」

▶ 有錢難買君王壽 (유전난매군왕수)
「돈이 있다 하여도 군왕의 목숨을 살 수는 없다.」 [148]

※ 日出而作 日入而息 (일출이작 일입이식 rìchū ér zuò, rìrù ér xī)
「해 뜨면 일하고 해지면 쉰다.」

→ 日出不作 休要怪吃粥 (일출부작 휴요괴흘죽 rìchū bùzuò xiū yào guài chīzhōu)
「해가 떴는데도 일어나지 않는다면 죽을 먹어도 이상하다 여기지 말라.」 (게으른 놈 가난한 것 당연하다.)

---

147) 輸 나를 수, (내기에) 질 수. 贏 yíng 이가 남을 영, 이기다. 啞 벙어리 아.
148) 光陰 시간.

▶ 日日行 不怕萬里路, 時時做 不怕事不成 (일일행 불파만리로, 시시주 불파사불성)

「날마다 걷는다면 만 리길도 걱정 없고, 언제든지 일한다면 이루지 못할 것이 없다.」

▶ 日日萬步走 能活九十九 (일일만보주 능활구십구)

「날마다 일만 보씩 걷는다면 99세까지 살 수 있다.」[149]

※ 自家之事自家知 (자가지사자가지 zìjiā zhī shì, zìjiā zhī)
「자기 집안일은 자기 집에서 잘 안다.」

→ 自己做的飯香 (자기주적반향 zìjǐ zuòde fàn xiāng)

「자기가 지은 밥이 맛이 있다.」

▶ 自己有病自己醫 (자기유병자기의)

「자기 병을 자기가 치료하다.」

▶ 自家的孩子自家抱 (자가적해자자가포)

「자기 집 아이는 제가 안아준다.」

▶ 自己欠債自己還 不給別人留麻煩 (자기흠채자기환 불급별인류마번)

「자기 빚은 자기가 갚아야 한다. 남에게 넘겨 성가시게 할 수 없다.」[150]

※ 自己屙的屎自己埋 (자기아적시자기매 zìjǐ ēde shǐ zìjǐ mái)
「자기가 싼 똥은 자기가 파묻어야 한다.」

→ 髮長尋刀削 衣單破衲縫 (발장심도삭 의단파납봉 fà cháng xún dāo xiāo, yī dān pò nà féng)

---

149) 作 일하다, 일어나다. 息 쉴 식. 怪 기이할 괴, 이상하다고 여기다. 做 지을 주, 일하다.
150) 欠 하품 흠, 모자라다, 부채, 빚. 麻煩 귀찮다, 성가시게 하다.

「머리카락이 길면 칼을 찾아서 깎고, 옷이 찢어졌으면 헌 승복으로 꿰맨다.」 (상황에 따라 처리하다.)

▶ 自己身上的垢痂自己擦 (자기신상적구가자기찰)

「제 몸의 때는 제가 민다.」

▶ 自己的肉割不深 自己的屎不覺臭 (자기적육할불심 자기적시불각취)

「자기가 잘라낸 고기는 두껍지 않고, 자기 똥은 냄새가 나지 않는다.」 151)

※ 鵲聲報喜 鴉聲報凶 (작성보희 아성보흉 quèshēng bàoxǐ, yāsh ēng bàoxiōng)

「까치 소리는 좋은 소식을 알리고, 까마귀 울음은 흉한 소식을 알린다.」

→ 春江水暖鴨先知 (춘강수난압선지 chūnjiāng shuǐnuǎn yā xiān zhī)

「봄이 온 강에 얼음 녹는 것은 물오리가 먼저 안다.」 (세상 물정은 시정市井 사람이 잘 안다.)

▶ 喜鵲枝頭叫 必有貴人到 (희작지두규 필유귀인도)

「까치가 나뭇가지에서 울면 틀림없이 귀한 손님이 온다.」

▶ 鵲巢下近地 其年大水 (작소하근지 기년대수)

「까치가 낮은 곳에 둥지를 틀면 그 해에 큰 비가 온다.」

▶ 群鳥爭回巢 大雨馬上到 (군조쟁회소 대우마상도)

「많은 새들이 다투어 둥지로 돌아온다면 큰 비가 금방 내릴 것이다.」 152)

---

151) 髮 터럭 발. 尋 찾을 심. 削 깎을 삭. 衲 꿰맬 납, 승복, 승려. 縫 꿰맬 봉. 垢 때 구. 痂 헌데 딱지 가. 擦 문지를 찰.

152) 鵲 까치 작. 鴉 까마귀 아. 暖 따뜻할 난. 鴨 오리 압. 巢 둥지 소. 馬上 금방, 곧.

※ 庄稼不等人 節氣不饒人 (장가부등인 절기불요인 zhuāngjià bù děng rén, jiéqì bù ráo rén)

「곡식은 사람을 기다려주지 않고, 절기는 사람에게 양보하지 않는다.」 (농사의 때를 놓칠 수 없다.)

→ 庄稼不成 買賣不就 (장가불성 매매불취 zhuāngjià bùchéng, mǎimai bùjiù)

「농사를 모르면 장사도 못한다.」

▶ 庄稼人不養猪 等於學生不讀書 (장가인불양저 등어학생부독서)

「농사꾼이 돼지를 키우지 않는다는 것은 학생이 독서하지 않는 것과 같다.」

▶ 庄稼靠肥樹靠根 牲口靠的飼養人 (장가고비수고근 생구고적사양인)

「곡식은 거름으로, 나무는 뿌리로 자라고, 가축은 먹여주는 사람에 의지하여 자란다.」

▶ 庄稼是枝花 全靠人當家 (장가시지화 전고인당가)

「곡식은 한 송이 꽃이니, 오직 농사짓는 사람에 의지한다.」 [153]

※ 庄稼不收年年種 (장가불수연년종 zhuāngjià bù shōu nián nián zhòng)

「(재해를 입어) 곡식을 거두지 못하더라도 해마다 심어야 한다.」 (목적을 이룰 때까지 계속 노력해야 한다.)

→ 庄稼要長好 一年四季早 (장가요장호 일년사계조 zhuāngjià yào cháng hǎo, yīnián sìjì zǎo)

---

153) 庄 농막 장(莊). 稼 심을 가. 庄稼 곡식, 농사. 等 기다릴 등, 같을 등. 饒 넉넉할 요, 용서하다, 양보하다. 靠 기댈 고. 牲 희생 생. 牲口 집짐승의 총칭. 飼 먹일 사, 동물 먹이 사료(飼料).

「농사가 늘 좋기를 바란다면 1년 4계절 일찍 일어나라.」

▶ 天做庄稼 人做夢 收多收少由天命 (천주장가 인주몽 수다수소유천명)

「곡식은 하늘이 낸다. 사람이야 희망을 갖지만, 수확의 많고 적음은 하늘의 뜻이다.」

▶ 男人不會耕田 當不了家, 女人不會做鞋 做不了媳婦 (남인불회경전 당불료가, 여인불회주혜 주불료식부)

「사내가 농사를 잘 모르면 가정을 꾸리지 못하고, 여자가 신발을 만들 줄 모르면 주부 노릇도 어렵다.」[154]

※ 將酒勸人 終無惡意 (장주권인 종무악의 jiāngjiǔ quànrén, zhōng wú èyì)

「술을 권하는 것은 아무런 악의가 없다.」

→ 詩爲酒友 酒是色媒 (시위주우 주시색매 shī wéi jiǔyǒu, jiǔ shì sèméi)

「시詩는 술의 친구가 되고, 술은 여색女色의 중매쟁이다.」

▶ 酒亂性 色迷人 (주난성 색미인)

「술은 본성을 어지럽게 하고, 여색은 사람을 미혹하게 만든다.」

▶ 酒不顧身 色不顧病 財不顧親 (주불고신 색불고병 재불고친)

「술은 몸을 생각하지 않고, 색은 병을 생각하지 않으며, 재물은 혈육도 생각하지 않는다.」[155]

※ 財是英雄膽 衣是震人毛 (재시영웅담, 의시진인모 cái shì yīng

---

154) 무 새벽 조, 일찍. 當家 한 가족 살림을 꾸려가다. 鞋 신발 혜.

155) 將 손에 가지다, ~을 가지고. 媒 중신들 매. 迷 미혹할 미. 顧 돌아볼 고.

xióng dǎn, yī shì zhènrén máo)

「재물은 영웅의 담력이요, 옷은 사람을 다시 보게 한다.」 (돈이 있어야 영웅이고, 옷을 잘 입어야 대접을 받는다.)

→ **衣成人 水成田** (의성인 수성전 yī chéng rén, shuǐ chéng tián)

「옷이 사람을 만들고, 물이 있어야 논이 된다.」 (옷이 날개다.)

▶ **衣不如新 人不如舊** (의불여신 인불여구)

「옷은 새 옷이 좋지만, 사람은 옛 사람이 좋다.」

▶ **人是衣裳 馬是鞍裝** (인시의상 마시안장)

「사람에게는 의상이, 말에게는 안장이 있어야 한다.」

▶ **口吃千樣無人知 身穿破衣被人欺** (구흘천양무인지 신천파의피인기)

「입에 무엇을 먹든 다른 사람이 알 수 없지만, 몸에 남루한 옷을 걸치면 사람에게 무시당한다.」 (옷은 잘 입어야 대접받는다.) 156)

※ **猪是六畜之首** (저시육축지수 zhū shì liùchù zhī shǒu)

「돼지는 여섯 가축 중의 으뜸이다.」

→ **猪爲家中寶 無豕不成家** (저위가중보 무시불성가 zhū wéi jiā zhōng bǎo, wú shǐ bù chéng jiā)

「돼지는 집안의 보물이니 돼지가 없으면 집이 아니다.」

▶ **猪是農家寶 糞是地裏金** (저시농가보 분시지리금)

「돼지는 농가의 보물이니 똥은 흙 속의 황금이다.」

▶ **諸肉不如猪肉 百菜不如白菜** (제육불여저육 백채불여백채)

「돼지고기보다 더 좋은 고기 없고, 모든 채소는 배추만 못하다.」 157)

---

156) 震 벼락 진, 놀라게 하다. 鞍 안장 안. 裝 꾸밀 장.

157) 畜 가축 축, 쌓을 축. 六畜 ; 猪·牛·羊·馬·鷄·狗. 豕 돼지 시. 諸 모두 제. 白菜 배추.

※ 井淘三遍吃甛水 (정도삼편흘첨수 jǐng táo sānbiàn chī tiánshuǐ.)
「우물은 세 번만 (찌꺼기를) 청소하면 좋은 물을 마실 수 있다.」

→ 井乾才覺水可貴 (정건재각수가귀 jǐng gān cái jué shuǐ kěguì)
「우물이 말라버리면 비로소 물의 귀중함을 깨닫는다.」

▶ 井水不出魚 枯樹沒有葉 (정수불출어 고수몰유엽)
「우물에는 물고기가 없고, 말라버린 나무에는 잎이 없다.」

▶ 井水越打越來 氣力越使越有 (정수월타월래 기역월사월유)
「우물물은 퍼낼수록 많이 솟고, 힘은 쓸수록 더 강해진다.」[158]

※ 井裏打水 往河裏倒 (정리타수 왕하리도 jǐnglǐ dǎshuǐ, wǎng hélǐ dào)
「우물물을 길어다가 냇물에 쏟아 붓는다.」(미련한 녀석 헛수고하다.)

→ 跑到河邊來買水 (포도하변래매수 pǎodào hébiān lái mǎishuǐ)
「강가에 달려와서 물을 사가다.」(미련한 사람이 하는 짓.)

▶ 搬雪塡井 (반설전정 bān xuě tián jǐng)
「눈雪을 날라 우물을 메우다.」(헛수고를 하다.)

▶ 竹籃打水 一場空 (죽람타수 일장공 zhúlán dǎ shuǐ yī cháng kōng)
「대바구니로 물을 길으면 모든 게 허사다.」

▶ 爛網打魚 - 一無所獲 (난망타어 - 일무소획)
「터진 그물로 고기를 잡다. - 잡는 것이 하나도 없다.」[159]

※ 正不娶 臘不定 (정불취 납부정 zhēng bù qǔ, là bù dìng)
「정월에는 혼사를 치르지 않고, 12월에는 정혼定婚하지 않는다.」

---

158) 淘 물에 흔들어 씻을 도. 遍 두루 편, ~번. 甛 달콤할 첨. 從 다를 종.
159) 打水 물을 긷다. 往 갈 왕. 裏 안 리. 倒 거꾸로 도. 跑 달리다. 搬 나를
반. 塡 메울 전. 籃 바구니 람(남).

(중국의 옛 풍습.)

→ 正月富 二月窮 (정월부 이월궁 zhēngyuè fù èryuè qióng)

「정월에는 부자, 2월에는 가난뱅이.」(정월 한 달은 명절 때라서 이웃이나 친척을 찾아다니면서 잘 먹지만 2월은 춘궁기라서 식량이 부족하다는 뜻)

▶ 正月十五吃元宵 全家大小百病消 (정월십오흘원소 전가대소백병소)

「정월 보름날(원소절) 밤에 원소元宵를 먹으면 온 집안 어른 아이의 온갖 병이 사라진다.」

▶ 正月沒有餓媳婦 (정월몰유아식부)

「정월에는 배고픈 며느리 없다.」[160]

※ 正月燈 二月戲 (정월등 이월희 zhēngyuè dēng èryuè xì)

「정월에는 연등, 2월에는 연극구경.」

→ 百年難遇歲朝春 (백년난우세조춘 bǎi nián nán yù suìzhāo chūn)

「백 년이 가더라도 원단(정월 초하루)과 입춘은 겹치기 어렵다.」

▶ 正月初一起五更 迎喜接福敬三星 (정월초일기오경 영희접복경삼성)

「정월 초하룻날은 새벽五更에 일찍 일어나 희신喜神 복신福神을 영접하고 삼성신三星神을 경배한다.」

▶ 正月裏忌諱多 好過了懶老婆 (정월리기휘다 호과료나노파)

「정월에는 꺼리고 피하는 게 많아 게으른 노파가 지내기 좋다.」[161]

---

160) 娶 장가들 취. 臘 섣달 납(랍). 三白 흰눈이 세 번. 田公 농부. 嚇 웃음소리 하, 노할 혁. 宵 밤 소. 元宵(원소) 새알심이 들어있는 음식.

161) 三星 인간의 복과 관운, 수명을 주관한다는 神, 福星·祿星·壽星을 지

※ 正月要冷 二月要暖 三月要雨 四月要曬 (정월요냉 이월요난 삼월요우 사월요쇄)

「정월에는 춥고, 2월에는 온난하고, 3월에는 비가 많이 오고, 4월에는 햇볕이 많아야 한다.」 (보리농사 풍년을 위한 기후 조건.)

▶ 正梅二蘭三月桃 四墙五石六荷漂 (정매이난삼월도 사장오석육하표)

「정월 매화, 2월 난초, 3월에는 복숭아꽃, 4월 장미, 5월 석류, 6월에는 연꽃이 떠 있다.」

▶ 七梔八桂九月菊 十芙冬水臘梅驕 (칠치팔계구월국 십부동수납매교)

「7월 치자, 8월 계화, 9월에는 국화, 10월 부용, 동짓달 수선화, 섣달에도 매화의 교태를 본다.」 [162]

※ 種瓜得瓜 種豆得豆 (종과득과 종두득두 zhòng guā dé guā, zhòng dòu dé dòu)

「오이를 심으면 오이를 얻고, 콩을 심으면 콩을 거둔다.」

→ 種花一年 看花十日 (종화일년 간화십일 zhòng huā yī nián, kàn huā shí rì)

「꽃을 심고 가꾸기는 1년, 꽃을 보기는 열흘이다.」

▶ 鋤頭口上出黃金 (서두구상출황금 chútou kǒushang chū huángjīn)

「호미 날 끝에서 황금이 나온다.」 (부지런히 김을 매고 농사를 지으면 부자 된다.)

▶ 種在地上 收在鋤上 (종재지상 수재서상)

칭. 忌 꺼릴 기. 諱 꺼릴 휘. 懶 게으를 나.

162) 曬 쬘 새. 墙 담 장(牆과 同字). 荷 연꽃 하. 漂 떠돌 표. 梔 치자나무 치. 臘 섣달 납(랍).

「씨앗은 땅에 뿌리지만 거두는 것은 호미다.」 (부지런히 김을 매고 가꾸어야 수확을 할 수 있다.)

▶ 種田不熟不如荒 養兒不肖不如無 (종전불숙불여황 양아불초불여무)

「농사를 지어 곡식이 익지 않았다면 흉년만도 못하고, 자식을 길러 품행이 나쁘다면 없는 것만 못하다.」 [163]

※ 種田無牛 客無本 (종전무우 객무본 zhòngtián wú niú, kè wú běn)
「농부에게 소가 없고, 상인客商에게 밑천이 없다.」

→ 種在田裏 出在天裏 (종재전리 출재천리 zhòng zài tiánli, chū zài tiānli)

「씨앗은 밭에 뿌리지만 소출은 하늘에 있다.」

▶ 種地不看天 不收別叫怨 (종지불간천 불수별규원)

「농사를 지으면서 절기節氣를 고려하지 않는다면 수확이 없어도 원망하지 말라.」

▶ 種稼要看節氣 赶海要看潮水 (종가요간절기 간해요간조수)

「농사에는 절기를 봐야 하고, 바다에 나가려면 조수를 봐야 한다.」 [164]

※ 酒亂性 色迷人 (주난성 색미인 jiǔ luàn xìng, sè mí rén)
「음주는 심성을 어지럽히고, 여색은 사람을 미혹케 한다.」

→ 酒荒色荒 有一必亡 (주황색황 유일필망 jiǔhuāng sèhuāng yǒu yī bì wáng)

---

163) 鋤 호미 서. 熟 익을 숙. 肖 닮을 초. 不肖 아버지를 닮지 않았다. 품행이 나쁘다.

164) 客 손님 객. 客商 행상인. 別 ～하지 말라! 稼 심을 가. 赶 달릴 간, 뒤쫓다, 따라가다.

「술에 빠지든, 색에 미치든 하나라도 있으면 틀림없이 망한다.」

▶ 酒極則亂 樂極則悲 (주극즉난 낙극즉비)

「술이 끝까지 가면 난장판이 되고, 쾌락도 극에 달하면 슬픔이 된다.」

▶ 酒壞君子色壞人 煙傷五臟氣傷心 (주괴군자색괴인 연상오장기상심)

「술은 군자를, 여색은 사람을 무너뜨린다. 흡연은 오장을, 화를 내면 마음을 다친다.」

▶ 熱酒傷肺 冷酒傷胃, 熱冷適度 小喝爲貴 (열주상폐 냉주상위, 열냉적도 소갈위귀)

「뜨거운 술은 폐를 상하게 하고, 차가운 술은 위를 상하게 한다. 열과 냉을 맞춰 조금 마시는 것이 좋다.」 165)

※ 酒杯雖小淹死人 (주배수소엄사인 jiǔ bēi suī xiǎo yān sǐ rén)
「술잔은 비록 작으나 사람이 빠져 죽는다.」

→ 莫飮過量酒 (막음과량주 mò yǐn guò liáng jiǔ)

「과음하지 말라!」

▶ 困因過酒 酒爲困魔 (곤인과주 주위곤마)

「가난은 지나친 술 때문이니, 술은 곤궁하게 만드는 마귀다.」

▶ 高樓一酒席 窮漢半年糧 (고루일주석 궁한반년량)

「고급 술집의 술자리는 가난한 사내의 반년 치 양식이다.」 166)

※ 酒病酒藥醫 (주병주약의 jiǔ bìng jiǔ yào yī)

---

165) 荒 거칠 황, 황당하다, (주색에) 빠지다, 탐닉하다. 壞 무너질 괴. 肺 허파 폐.

166) 高樓 ; 고급 술집. 窮 다할 궁. 漢 사내 한. 糧 양식 량. 困 괴로울 곤. 魔 마귀 마. 淹 담글 엄, 빠질 엄.

「술병에는 술이 약이다.」

→ 冷酒後犯 (냉주후범 lěng jiǔ hòu fàn)

「차가운 술은 나중에 취한다.」 (처음에 가만히 있다가 나중에 문제를 삼다.)

▶ 沒酒三分醉 (몰주삼분취)

「술을 안 먹었는데도 웬만큼 취한 것 같다.」 (흐리멍덩하다.)

▶ 酒有別臟 (주유별장)

「술 배는 따로 있다.」 167)

※ 酒不醉人人自醉 (주불취인인자취 jiǔ bùzuì rénrén zìzuì)
「술은 취하지 않는데, 사람이 제 스스로 취한다.」

→ 酒壞君子水壞路 (주괴군자수괴로 jiǔ huài jūnzǐ shuǐ huài lù)

「술은 군자를 타락시키고, 물은 길을 무너뜨린다.」

▶ 君子在酒不在菜 (군자재주부재채)

「군자는 술에 뜻이 있지, 안주를 탐하지 않는다.」 (술자리에서 안주만 축내는 사람은 군자가 아니다.)

▶ 醉翁之意不在酒 (취옹지의부재주)

「취옹의 뜻은 술에 있지 아니하다.」 (행동에는 다른 뜻이 있다. 宋 구양수歐陽修 「취옹정기醉翁亭記」)

▶ 君子避酒客 (군자피주객)

「군자는 술주정뱅이와 어울리지 않는다.」

▶ 天子避醉漢 (천자피취한)

「황제도 술 취한 사람은 피한다.」 168)

---

167) 犯 범할 범. 臟 오장 장, 창자 장.
168) 壞 무너질 괴. 菜 나물 채, 요리, 안주. 避 피할 피.

※ 酒色財氣 人各有好 (주색재기 인각유호 jiǔ sè cái qì, rén gè yǒu hǎo)

「술과 여색과 재물과 놀이, 사람마다 좋아하는 것이 있다.」

→ 爲人不喝酒 枉在世上走 (위인불갈주 왕재세상주 wéirén bùhē jiǔ, wǎng zài shìshàng zǒu)

「사람이 되어 술을 안 마신다면 세상을 헛사는 것이다.」

▶ 酒是陳的香 人是舊的好 (주시진적향 인시구적호)

「술은 묵은 것이 좋고 사람은 오랜 친구가 좋다.」

▶ 酒色殺人不用刀 (주색살인불용도)

「주색에 의한 살인은 칼을 쓰지 않는다.」 169)

※ 酒是英雄膽 (주시영웅담 jiǔ shì yīngxióng dǎn)

「술은 영웅의 담력이다.」 (술을 마시면 누구나 영웅호걸이다.)

→ 酒是快活湯 (주시쾌활탕 jiǔ shì kuàihuótāng)

「술은 기분을 좋게 만들어 주는 약.」

▶ 水是酒的血 (수시주적혈)

「물은 술의 피다.」 (좋은 물을 사용해야 술맛이 좋다.)

▶ 天有酒星 地有酒泉 人有酒緣 (천유주성 지유주천 인유주연)

「하늘에는 주성(酒星 ; 星名)이 있고, 땅에는 주천(酒泉 ; 地名)이 있으며, 사람에게는 주색(酒色)의 인연이 있다.」 170)

※ 酒肉兄弟千個有 急難之時一個無 (주육형제천개유 급난지시일개무 jiǔròu xiōngdì qiāngè yǒu, jínánzhīshí yīgè wú)

「술과 고기로 맺은 친구가 천 명이라도, 위급할 때 도와주는 친구

---

169) 喝 마실 갈. 陳 묵을 진, 늘어놓다.
170) 膽 쓸개 담. 緣 인연 연.

한 명 없다.」

→ **酒肉朋友短 患難夫妻長** (주육붕우단 환난부처장 jiǔròu péng yǒu duǎn, huànnán fūqī cháng)

「술과 고기로 사귄 친구 곧 끝나고, 환난을 이긴 부부 오래 간다.」

▶ **酒能成事 又能敗事** (주능성사 우능패사)

「술은 일을 성사시킬 수도 또 어긋나게도 만든다.」

▶ **酒肉朋友柴麵夫妻 沒有了你東我西** (주육붕우시면부처 몰유료니 동아서)

「술과 고기로 만난 친구나 뜨내기 부부는 돈이 없어지면 너는 동으로 나는 서로 헤어진다.」171)

※ **做賊心虛** (주적심허 zuò zéi xīn xū)
「도둑이 제 발 저리다.」

→ **强盜不入五女之門** (강도불입오녀지문 qiángdào bùrù wǔnǚ zhī mén)

「강도도 딸 다섯을 둔 집에는 안 들어간다.」

▶ **盜雖小人 智過君子** (도수소인 지과군자)

「도둑이 비록 소인이지만, 잔꾀는 군자보다 낫다.」

▶ **不作賊 心不驚, 不吃魚 嘴不腥** (부작적 심불경, 불흘어 취불성)

「나쁜 짓을 안 했으면 마음이 두렵지 않고, 생선을 먹지 않았으면 입에 비린내가 없다.」172)

※ **酒後吐眞言 酒後見眞情** (주후토진언 주후견진정)
「술이 들어가야 진심을 말하고, 술이 취하면 속마음을 내보인다.」

---

171) 急 급할 급. 難 어려울 난. 朋 벗 붕, 무리 붕. 柴 땔나무 시. 麵 국수 면. 柴麵夫妻 돈 때문에 만나 살게 된 뜨내기 부부.

172) 雖 비록 수. 驚 놀랄 경. 腥 비린내 성.

→ **醉中不語眞君子** (취중불어진군자)

「취중에도 말이 없는 사람이 진짜 군자다.」

▶ **酒卓無大小 父子不相讓** (주탁무대소 부자불상양)

「술자리에 어른 아이 없으니 부자간이라도 서로 양보하지 않는다.」 (술 취한 뒤에 하는 이야기에 무슨 양보가 있는가?)

▶ **酒過半酣正好 花朶半開正艶** (주과반감정호 화타반개정염)

「술은 반쯤 취하면 딱 좋고, 꽃은 반쯤 피었을 때가 가장 곱고 예쁘다.」 173)

※ **曾經滄海難爲水** (증경창해난위수 cēngjīng cānghǎi nánwéishuǐ)

「이미 큰 바다를 보았기에 하천은 물이라 여기지 않는다.」 (큰일을 많이 겪었기에 작은 일은 개의치 않는다.)

→ **除却巫山不是雲** (제각무산부시운 chú què Wūshān bùshìyún)

「무산巫山의 구름을 제외한다면 다른 구름은 구름이 아니다.」

▶ **滄海深矣 滄海之下還有地** (창해심의 창해지하환유지)

「바다가 깊다지만 바다 밑에 땅이 있다.」

▶ **泰山高矣 泰山之上還有天** (태산고의 태산지상환유천)

「태산이 높다지만 태산 위에 하늘이 있다.」 174)

※ **遲不如早 早不如快** (지불여조 조불여쾌 chí bùrú zǎo, zǎo bùrú kuài)

「늦은 것은 이른 것만 못하고, 이른 것은 빠른 것만 못하다.」

---

173) 卓 높을 탁. 讓 사양할 양. 酣 즐길 감. 朶 늘어질 타, 꽃송이. 艶 고울 염.

174) 曾 일찍이 증, 滄 찰 창, 푸를 창(蒼). 巫山 사천성의 산 이름. 초(楚)의 양왕(襄王)과 무산의 여신과의 밀회를 「무산지몽(巫山之夢)」이라 하여 남녀의 밀회를 의미한다.

→ 遲赴席 早赶集 (지부석 조간집 chí fùxí, zǎo gǎnjí)

「잔치에는 조금 늦게, 시장(농촌의 장날)은 조금 일찍 가는 것이 좋다.」

▶ 遲睡早起 有穀有米 (지수조기 유곡유미)

「늦게 자고 일찍 일어나면 곡식이 있고 쌀이 있다.」

▶ 遲開花 早開花 反正遲早要結瓜 (지개화 조개화 반정지조요결과)

「꽃이 늦게 피고 일찍 피기도 하지만, 이르건 늦건 어차피 오이는 열린다.」[175]

※ 地是千年寶 (지시천년보 dì shì qiānnián bǎo)

「토지는 영구적인 보물이다.」

→ 地是萬年根 (지시만년근 dì shì wànnián gēn)

「땅은 (농민의) 영원한 뿌리다.」

▶ 地沒壞地 戲沒壞戲 (지몰괴지 희몰괴희)

「땅에는 나쁜 땅이 없고, 연극에는 나쁜 연극이 없다.」(사람만 부지런하면 모두가 옥토이다.)

▶ 地有高低 人有貴賤 (지유고저 인유귀천)

「땅에는 높낮이가 있고, 사람에는 귀천이 있다.」(인간의 빈부귀천은 자연이다.)[176]

※ 疾風暴雨 不入寡婦之門 (질풍폭우 불입과부지문 jífēng bàoyǔ, bùrù guǎfùzhīmén)

「질풍 폭우 때라도 과부 집으로 피신하지 마라.」(서둘다가 시빗거

---

175) 遲 늦을 지. 早 이를 조. 赴 나아갈 부, 참석하다. 集 옛날 중국 농촌지역의 시장. 매 3, 6, 9일 등 열흘에 3번씩 지정된 날에 장이 선다. 反正 어차피. 瓜 오이 과.

176) 壞 무너질 괴, 나쁘다, 나쁘게 하다.

리를 만들지 말라.)

→ **穿藍袍子的看得眞** (천남포자적간득진 chuān lánpáozide kànde zhēn)

「하느님은 진실을 보고 있다.」

▶ **一來沒惹油頭 二來莫惹光頭** (일래몰야유두 이래막야광두 yī lái mò rě yóutóu, èr lái mò rě guāngtóu)

「첫째, 여자(창녀)와 시비하는 일이 없어야 하고, 다음으로는 화상 (여승)과 시비하지 마라.」

▶ **寡婦門前是非多** (과부문전시비다)

「과부 집 앞에는 시빗거리도 많다.」

▶ **好人好家 三婆不入門** (호인호가 삼파불입문)

「뼈대 있는 집안에는 세 노파를 출입시키지 않는다.」 177)

※ **茶來伸手, 飯來開口** (차래신수, 반래개구. chá lái shēnshǒu, fàn lái kāikǒu)

「차가 들어오니 손을 내밀고, 밥이 들어오니 입만 벌린다.」 (게으른 생활. 무사태평한 모양.)

→ **飯來張口 衣來伸手** (반래장구 의래신수 fàn lái zhāngkǒu, yī lái shēn shǒu)

「밥이 들어오면 입만 벌리고, 옷을 입혀주면 팔만 내민다.」 (일은 하지 않고 놀고먹기만 한다.)

---

177) 疾 빠를 질. 寡 적을 과. 穿 입을 천. 藍 쪽 남(남색). 袍 웃옷 포. 穿藍 袍子的(남색 긴 겉옷을 입은 사람 - 하느님). 沒 잠길 몰, 없다. 惹 이끌 야, 야기하다, 돋구다. 油頭 머리에 기름 바르고 얼굴에 분 바른 여자(油頭 粉面). 기녀, 창기. 光頭 대머리(화상, 여승). 삼파(三婆) ; 아파(牙婆 - 물건 중개해 주고 구전을 먹는 여인)·매파(媒婆 - 중매장이)·사파(師婆 - 무 당).

▶ 茶餘飯後 (차여반후 chá yú fàn hòu)

「차를 마시고 난 뒤, 식사를 마친 다음.」 (한가한 시간.)

▶ 討飯三年 皇帝也不當 (토반삼년 황제야부당)

「거지 노릇 3년이면 황제도 부럽지 않다.」 (게으른 생활이 몸에 배다.) [178]

※ 茶水越泡越濃 人情越交越厚 (다수월포월농 인정월교월후 chá shuǐ yuèpào yuènóng, rénqíng yuèjiāo yuèhòu)

「차는 다릴수록 진해지고, 인정은 사귈수록 두터워진다.」

→ 茶三酒四游玩二 (다삼주사유완이 chá sān, jiǔ sì, yóuwán èr)

「차는 셋이, 술은 넷이, 놀러갈 때는 둘이.」

▶ 茶煙不分賓主 (다연불분빈주)

「차와 담배는 손님과 주인의 구분이 없다.」

▶ 敬茶敬烟無惡意 (경차경연무악의)

「차와 담배를 권하는 것은 악의가 없다.」

▶ 將酒勸人 終無惡意 (장주권인 종무악의)

「술을 잡아 권하니 끝내 악의가 없다.」

▶ 月到中秋明似鏡 酒逢知己勝同胞 (월도중추명사경 주봉지기승동포)

「중추절의 달은 거울처럼 밝고, 술이 지기知己를 만나면 형제보다도 좋다.」 [179]

※ 借酒澆愁愁更愁 (차주요수수경수 jièjiǔ jiāochóu chóu gèng chóu)

「술로 내 시름을 풀려 하면 수심만 더 깊어진다.」

---

178) 伸 펼 신. 飯 밥 반. 張 펼 장, 벌릴 장, 크게 하다. 餘 남을 여. 討飯 밥을 빌어먹다.

179) 越 넘을 월, ~할수록 더욱 ~하다. 將 장차 ~을, ~으로써, ~하려 하다.

→ 多愁多病 (다수다병 duō chóu duō bìng)

「걱정이 많으면 병도 많다.」

▶ 茶不思 飯不想 (차불사 반불상)

「차도 생각 없고, 밥도 생각이 없다.」 (마음에 근심이 많다.)

▶ 正該愁的你不愁 倒愁皇宮裏沒油 (정해수적니불수 도수황궁리몰유)

「정작 네가 걱정해야 할 일은 걱정을 안 하고, 거꾸로 황궁 안에 기름이 떨어질까 걱정을 하느냐?」

▶ 抽刀斷水水更流 舉杯消愁愁更愁 (추도단수수경류 거배소수수경수)

「칼을 뽑아 물을 갈라보지만 물은 다시 흐르고, 잔을 들어 근심을 잊으려 하지만, 근심은 더욱 깊어진다.」 (唐 李白의 詩 구절) 180)

※ 倉老鼠和老鴰借糧食 (창노서화노괄차량식 cāng lǎoshǔ hé lǎo guā jiè liángshí)

「(창고에 사는) 쥐가 까마귀에게서 양식을 차용하다.」 (자기 것을 아끼며 구두쇠 노릇을 하다.)

→ 兎子不跟老鼠打洞 (토자불근노서타동 tùzi bù gēn lǎoshǔ dǎdòng)

「토끼는 쥐와 함께 굴을 파지 않는다.」 (선인은 악인과 같이 일을 하지 않는다.)

▶ 愈富的人愈慳吝 (유부적인유간린)

「돈이 많은 사람이 더 아끼고 인색하다.」

▶ 相公借書 老虎借猪 (상공차서 노호차저)

「대감이 책을 빌려갔고, 호랑이가 돼지를 빌려갔다.」 (돌려받기는 글렀다.) 181)

---

180) 借 빌릴 차. 澆 물댈 요. 澆愁 시름을 풀다. 更 더욱 경. 倒 거꾸로 도.

※ 千好萬好 家中有糧最好 (천호만호 가중유량최호 qiānhǎo wànhǎo jiāzhōng yǒuliáng zuìhǎo)
「천만번 좋다 하여도 집에 양식이 있는 것이 가장 좋다.」

→ 千好萬好 不如自己的土窩窩好 (천호만호 불여자기적토와와호 qiānhǎo wànhǎo bùrú zìjǐde tǔwōwō hǎo)

「천만번 좋다 하여도 자기 움집 좋은 것만 못하다.」

▶ 千富萬富 比不過自家起屋 (천부만부 비불과자가기옥)

「이런저런 부자라도 내가 내 집 짓는 것만 못하다.」

▶ 千金非寶書爲寶 萬事皆空善不空 (천금비보서위보 만사개공선불공)

「천금은 보배가 아니고 책이 보배이며, 모든 일이 다 헛것이지만 선행은 헛일이 아니다.」 182)

※ 靑蛙千跳萬跳 終究跳不開泥塘 (청와천도만도 종구도불개니당 qīngwā qiāntiào wàntiào zhōngjiū tiàobùkāi nítáng)
「청개구리가 천만번 뛰어봤자 끝내 진흙 연못을 못 벗어난다.」

→ 靑蛙跳三跳 也要歇要歇 (청와도삼도 야요헐요헐 qīngwā tiào sān tiào, yě yào xiē yī xiē)

「청개구리가 세 번 뛰었다면 한 번은 쉬어야 한다.」

▶ 孫猴子本事再大 也跳不出如來佛的掌心 (손후자본사재대 야도불출여래불적장심)

「손오공孫悟空의 재주가 아무리 좋아도 여래불如來佛의 손바닥을 벗어나지 못한다.」

---

181) 鴉 까마귀 아. 兎 토끼 토. 愈 나을 유. 慳 아낄 간. 吝 인색할 인.
182) 糧 양식 양(량). 窩 움집 와. 土窩窩 움집, 토담집. 千~萬~ 매우 많다는 뜻을 강조함(예 千差萬別, 千辛萬苦).

▶ 孫悟空再會變 也瞞不過二郞神 (손오공재회변 야만부과이랑신)

「손오공이 아무리 모습을 바꾸어도 이랑신을 속일 수 없다.」(한 분야에 정통한 사람을 속일 수 없다.) 183)

※ 秋後的螞蚱 蹦躂不了幾天了 (추후적마책 붕달부료기천료 qīuhòu de màzhà, bēngda bù liǎo jǐtiānle)

「늦가을의 메뚜기는 뛰어다닐 날이 며칠 안 남았다.」(메뚜기도 한 철이다. 망할 날이 얼마 안 남았다. 혐오의 뜻.)

→ 秋後的蚊子咬煞人 (추후적문자교살인 qīuhòude wénzi yǎoshā rén)

「늦가을 모기는 사람을 물어 죽인다.」

▶ 八月蚊生牙 九月蚊生角 (팔월문생아 구월문생각)

「8월 모기는 이빨이 있고, 9월 모기는 뿔이 있다.」(늦가을 모기는 독하다.)

▶ 蠅成市於朝 蚊成市於暮 (승성시어조 문성시어모)

「파리는 아침에 떼를 짓고, 모기는 해질 무렵 기승을 부린다.」184)

※ 春耕忙似火 (춘경망사화 chūngēng máng sì huǒ)

「봄갈이를 할 때는 바쁘기가 불난 듯하다.」

→ 收麥如救火 (수맥여구화 shōu mài rú jiù huǒ)

「보리타작은 마치 불을 끄듯 서두른다.」

---

183) 蛙 개구리 와. 跳 뛸 도. 終究 끝내, 마침내. 泥 진흙 니. 也 그리고 또. ~도. 塘 연못 당. 歇 쉴 헐. 猴 원숭이 후. 掌 손바닥 장. 瞞 속일 만. ※ 二郞神 옥황상제는 이랑신을 보내 손오공을 잡아들이려 한다. 손오공은 여러 가지로 모습을 바꾸지만 번번이 이랑신에게 간파된다. 세 개의 눈을 가지고 72가지로 몸을 바꾸어 가면서 요괴를 퇴치한다는 이랑신은 전설상의 토속신이다.

184) 螞 왕개미 마. 蚱 메뚜기 책. 蹦 뛸 붕. 躂 뛸 달. 蹦躂 뛰어 오르다. 蚊 모기 문. 咬 깨물 교. 煞 죽일 살. 蠅 파리 승.

▶ 夏收大忙 龍口奪糧 (하수대망 용구탈량 xiàshōu dàmáng, lón gkǒu duó liáng)

「보리를 거둘 때는 (매우 바쁘기에) 용의 입에서 먹이를 빼오듯 해야 한다.」

▶ 春光一刻值千金 一日春工十日糧 (춘광일각치천금 일일춘공십일량)

「봄날 한 시각은 천금과 같으니, 봄날 하루 일은 열흘 양식이다.」[185]

※ 春誤一日 秋誤十日 (춘오일일 추오십일 chūn wù yī rì, qiū wù shí rì)
「봄날 하루를 망치면 가을날 열흘을 망치는 것과 같다.」

→ 春雨貴如油 (춘우귀여유. chūnyǔ guì rú yóu)
「봄비는 식용유만큼이나 귀하다.」 (봄비는 풍년을 기약한다.)

▶ 春風吹倒牛 (춘풍취도우)
「봄바람은 소도 쓰러뜨린다.」 (봄바람이 심하면 흉년이 든다.)

▶ 春宵一刻抵千金 (춘소일각저천금)
「봄밤 일각은 천금과도 같다.」[186]

※ 春不動秋不收 (춘부동추불수 chūn bùdòng qiū bùshōu)
「봄에 일하지 않으면 가을에 거두지 못한다.」

→ 春耕早一日 秋收早十日 (춘경조일일 추수조십일 chūngēng zǎo yīrì, qiūshōu zǎo shírì)

「봄갈이를 하루만 빨리 하면 가을에 열흘 먼저 거둔다.」

▶ 春風暖 夏風凉 秋風寒 冬風冷 (춘풍난 하풍량 추풍한 동풍랭)

---

185) 似 같을 사, 비슷하다. 麥 보리 맥.
186) 誤 그릇될 오, 틀리다, 어긋나다, 잘못하다. 宵 밤 소. 抵 막을 저, 맞먹다, 필적하다

「춘풍은 온난하고, 여름바람은 시원하며, 추풍은 차갑고, 겨울바람은 냉랭하다.」

▶ 春釣淺灘 夏釣樹陰 秋釣坑潭 冬釣朝陽 (춘조천탄 하조수음 추조갱담 동조조양)

「봄철 낚시는 얕은 여울에서, 여름 낚시는 나무그늘이 진 곳에서, 가을철 낚시는 웅덩이나 못에서, 겨울철에는 양지쪽에서 낚시를 한다.」 187)

※ 春寒凍死人 (춘한동사인 chūn hán dòng sǐ rén)
「봄추위에 사람 얼어 죽는다.」

→ 一場秋雨一場寒 (일장추우일장한 yīchǎng qiūyǔ yīchǎng hán)
「가을비는 한 번 내릴 때마다 추위를 더한다.」

▶ 春無三日晴 (춘무삼일청 chūn wú sānrì qíng)
「봄에는 3일 연속 맑은 날 없다.」

▶ 春天孩兒面 (춘천해아면)
「봄날은 어린애 얼굴이다.」 (자주 변한다.)

▶ 春霧花香夏霧熱 秋霧涼風冬霧雪 (춘무화향하무열 추무양풍동무설)

「봄날 안개 속에 꽃은 향기롭고, 여름 안개 낀 날은 뜨겁고, 가을 안개에 찬바람이 불고, 겨울 안개 끼면 눈이 온다.」 188)

※ 七月的天熱殺人 (칠월적천열살인 qīyuède tiānrè shārén)
「7월 더위에 사람 죽는다.」

→ 七月的天 說變就變 (칠월적천 설변취변 qīyuède tiān, shuō biàn jiù

---

187) 冷 찰 냉, 얼음(氷) 전 단계.
188) 凍 얼을 동. 霧 안개 무.

biàn)

「7월의 날씨는 사람 말대로 바뀐다.」 (인정人情은 언제나 변한다.)

▶ 七月處暑白露連 豊收美景在眼前 (칠월처서백로연 풍수미경재안전)

「7월에 처서와 백로가 들어 있으면, 풍성한 수확의 아름다운 경치가 눈앞에 펼쳐 있다.」

▶ 七月七日天滴淚 牛郎織女哭相會 (칠월칠일천적루 우랑직녀곡상회)

「7월 7일에 하늘이 눈물을 뿌리는 것은 견우와 직녀가 울며 만나기 때문이다.」 [189]

※ 鍼灸不傷人 (침구불상인 zhēnjiǔ bù shāng rén)
「침과 뜸은 사람을 다치게 하지 않는다.」

→ 鍼是鍼 脈是脈 (침시침 맥시맥 zhēn shì zhēn, mài shì mài)
「침은 침이고 진맥은 진맥이다.」

▶ 鍼灸拔罐 病好一半 (침구발관 병호일반)

「침을 맞거나 뜸이나 부항을 뜨면 병이 절반은 나은 셈이다.」 (심리적으로 안심한다는 의미.)

▶ 不通則痛 通則不痛 (불통칙통 통칙불통)

「(인체의 기혈氣血이) 통하지 않으면 아프고, 통하면 아프지 않다.」 [190]

※ 躲過初一 躲不過十五 (타과초일 타불과십오 duǒguò chūyī, duǒbùguò shíwǔ)

---

189) 滴 물방울 적, 방울로 떨어지다. 淚 눈물 루.
190) 鍼 침 침, 의료용 침. 灸 뜸 구(약쑥을 태워 치료하는 방법). 拔 뽑을 발. 罐 항아리 관. 拔罐 부항(附缸)을 뜨다.

「(돈 갚을 날을) 초하룻날은 피할 수 있지만, 그 달 보름이야 피할 수 없다.」(언젠가는 잡힌다.)

→ 躱一槍 挨一刀 (타일창 애일도 duǒ yīqiāng, ái yīdāo)

「창을 피하니 칼이 들이닥치다.」(산 너머 산.)

▶ 靑天裏一皆霹靂 (청천리일개벽력)

「푸른 하늘에 날벼락.」

▶ 躱了雷公 遇了霹靂 (타료뇌공 우료벽력 duǒle léigōng, yùle pīlì)

「천둥은 피했는데, 벼락을 맞았다.」

▶ 躱過了暴風又遭了雨 (타과료폭풍우조료우)

「폭풍을 피했지만, 비를 만났다.」

▶ 躱脫不是禍 是禍躱不脫 (타탈부시화 시화타부탈)

「피할 수 있다면 재앙이 아니다. 진짜 재앙은 피할 도리가 없다.」[191]

※ 他財莫要 他馬莫騎 (타재막요 타마막기 tā cái mò yào, tā mǎ mò qí)

「남의 재물을 탐내지 말고, 남의 말馬을 타지 마라.」

→ 他家有好女 無錢莫想她 (타가유호녀 무전막상타 tā jiā yǒu hǎo nǚ, wúqián mò xiǎng tā)

「남의 집에 좋은 딸이 있어도 돈이 없다면 그녀를 생각하지 마라.」

▶ 他人龍床 不如自己狗窩 (타인용상 불여자기구와)

「다른 사람의 용상龍床이라도 나의 개집만 못하다.」

▶ 他妻莫愛 他弓莫挽 (타처막애 타궁막만)

---

191) 躱 피할 타. 槍 창 창. 挨 닥칠 애, 가까이 다가오다, 늦추다. 霹 벼락 벽. 靂 벼락 력. 遭 만날 조, 일을 당하다.

「남의 처를 사랑하지 말라. 남의 활은 당겨보지도 말라.」[192]

※ 啄木鳥找食 - 全凭嘴 (탁목조조식 - 전빙취 zhuómùniǎo zhǎo shí -quán píng zuǐ)
「딱따구리가 먹이를 찾다. - 전적으로 주둥이에 의지한다.」

→ 嘴是無底洞 (취시무저동 zuǐ shì wú dǐ dòng)
「입은 바닥이 없는 동굴이다.」

▶ 嘴無貴賤 吃倒州縣 (취무귀천 흘도주현)
「입은 귀천이 없다. 한 고을이라도 먹어 치운다.」

▶ 坐吃山空 立吃地陷 (좌흘산공 입흘지함)
「앉아서 먹기만 하면 산도 없어지고, 서서 먹기만 하면 땅도 꺼진다.」(일하지 않고 먹기만 하면 무엇이든 거덜 난다.) [193]

※ 偸的鑼兒鼓不得 (투적라아고부득 tōude lúor gǔbùde)
「훔쳐온 징은 칠 수가 없다.」

→ 偸來的錢財不養家 (투래적전재불양가 tōu láide qiáncái bù yǎng jiā)
「훔친 돈으로는 가족을 부양하지 못한다.」

▶ 偸來的錢有腿 挣來的錢有根 (투래적전유퇴 쟁래적전유근)
「훔쳐 온 돈은 다리가 있고(곧 없어지고), 힘들게 번 돈은 뿌리가 있다(내 것이 된다).」

▶ 非義之財不養家 未曾到手禍先發 (비의지재불양가 미증도수화선발)

---

192) 騎 말 탈 기. 她 tā 큰 딸 저, 아가씨 저, 그 여자 타(she에 해당). 挽 당길 만.
193) 啄 쪼을 탁. 找 찾을 조. 凭 기댈 빙. 縣 고을 현. 陷 빠질 함.

「의롭지 못한 재물로는 가족을 부양할 수 없다. 손에 들어오기도 전에 화가 먼저 닥칠 것이다.」

▶ 偸來的財易盡 買來的官易壞 (투래적재이진 매래적관이괴)

「훔쳐온 재물은 쉽게 없어지고, 사들인 벼슬자리는 금방 타락한다.」194)

※ 怕老婆有飯吃 當王八有酒喝 (파노파유반흘 당왕팔유주갈 pà lǎopo yǒu fàn chī, dāng wángba yǒu jiǔ hē)

「공처가에게는 먹을 밥이 있고, 창녀의 기둥서방에게는 먹을 술이 있다.」

→ 死也落個飽肚鬼 (사야낙개포두귀 sǐ yě luò gè bǎodù guǐ)

「죽더라도 먹고서 배부른 귀신이 되겠다.」 (예의염치 없이 먹을 것을 밝힘.)

▶ 吃飯吃飽 做事做了 (흘반흘포 주사주료)

「밥을 먹는다면 배부를 때까지 먹어야 하고, 일을 한다면 마칠 때까지 해야 한다.」

▶ 吃別人嚼過的饅不香 (흘별인작과적막불향)

「다른 사람이 먹다 버린 빵은 맛이 없다.」

▶ 吃得好不如睡得好 (흘득호불여수득호)

「잘 먹는 것은 잘 자는 것만 못하다.」195)

※ 把心放在肚子裏 (파심방재두자리 bǎ xīn fàng zài dùzi lǐ)

「마음을 뱃속에 넣어두다(걱정을 하지 않다).」

---

194) 偸 훔칠 투. 跳 뛸 도. 腿 넓적다리 퇴. 掙 찌를 쟁, 일하여 벌다. 發 쏠 발, 이루어지다, 생기다.

195) 怕老婆 공처가. 王八 오쟁이. 喝 마실 갈. 肚 배 두. 嚼 씹을 작. 饅 찜 빵 막.

→ 給寬心丸 (급관심환 gěi kuānxīnwán)
「(마음을 너그럽게 만들어 주는) 관심환을 주다.」 (안심시키다.)
▶ 安分守己 (안분수기 ān fēn shǒu jǐ)
「자기 분수대로 본분을 지키다.」 (욕심 없이 살다.)
▶ 安常處順 (안상처순 ān cháng chǔ shùn)
「평온하게 하루하루를 순리대로 살아가다.」
▶ 安身立命 (안신입명)
「신상 편하게 근심 없이 살아가다.」
▶ 吃定心丸 (흘정심환)
「마음을 진정시키는 약을 먹다.」 196)

※ 八碟八碗 (팔설팔완 bā dié bā wǎn)
「여덟 접시, 여덟 대접.」 (八大碗八小碗, 八大八小 ; 진수성찬珍羞盛饌.)

→ 朝飯要好 午飯要飽 晚飯要少 (조반요호 오반요포 만반요소 zhāofàn yào, yāo hǎo, wǔfàn yào bǎo, wǎnfàn yào shǎo)
「아침은 적당히, 점심은 배부르게, 저녁은 약간 적게.」 (가장 이상적인 식사.)
▶ 飯前洗手 飯後嗽口 (반전세수 반후수구)
「식사 전에 손 닦기, 식사 후에 양치질하기.」
▶ 飯後酒 - 從來有 (반후주 - 종래유)
「식사하며 술 한 잔 - 예로부터 그러했다.」
▶ 飯後一杯茶 餓死大醫家 (반후일배다 아사대의가)
「식사 후 차 한 잔, 의사들이 굶어죽는다.」 197)

---

196) 肚 배 두. 寬心丸 마음을 너그럽게 만드는 약. 위로의 말.
197) 碟 접시 설. 碗 사발 완. 飽 배부를 포. 嗽 기침할 수, 양치할 수.

※ 碰了一鼻子灰 (팽료일비자회 pèngle yī bízi huī)

「(벽에 부딪쳐서) 코에 재가 묻다.」(코를 떼이다. 거절당해 망신스럽다.)

→ 靑石板上釘釘 - 不動 (청석판상정정 - 부동 qīngshí bǎnshang dìng dìng-bù dòng)

「돌에 못을 박다. - 박을 수 없다.」

▶ 把吃奶的力氣都用出來 (파흘내적역기도용출래 bǎ chī nǎide lìqì dōu yòngchūlai)

「젖 먹던 힘까지 모두 썼다.」

▶ 碰了釘子撞了墙 (팽료정자당료장)

「못에 부딪치고 벽을 들이받다.」(난관에 부딪치고 좌절하다.) [198]

※ 扁擔是條龍 一生吃不窮 (편담시조룡 일생흘불궁 biǎndan shì tiáo lóng, yīshēng chī bùqióng)

「멜대(지게)는 한 마리의 용이니, 일생 동안 먹고 살 수 있다.」

→ 扁擔橫起有吃 扁擔立起無吃 (편담횡기유흘 편담입기무흘 biǎndan héng qǐ yǒu chī, biǎndan lì qǐ wú chī)

「멜대가 누워 있으면(일을 하면) 먹을 것이 있고, 멜대가 서 있으면 먹을 것이 없다.」

▶ 扁擔長一字不認識 (편담장일자불인식)

「멜대를 보고도 한 일一 자를 모른다.」(문맹文盲).

▶ 興來時扁擔開花 倒霉時生薑不辣 (흥래시편담개화 도매시생강불랄)

「재수가 좋을 때는 멜대에서 꽃이 피고, 재수가 없으면 생강도 맵

---

198) 碰 부딪칠 팽. 灰 재 회(타고남은 것). 奶 젖 내, 어머니, 유모 釘 dīng 못 정, 못을 박다.

지 않다.」

▶ 紅臉飯 (홍검반)

「막벌이꾼」(紅臉漢子 ; 慣用語) 199)

※ 跑了和尙 跑不了寺 (포료화상 포불료사 pǎole héshang, pǎo bù liǎo sì)

「중은 달아났지만, 절은 달아나지 않았다.」 (회피한다고 일이 해결되지 않는다.)

→ 跑了賊 跑不了贓 (포료적 포불료장 pǎole zéi, pǎo bùliǎo zāng)

「도둑은 달아났지만 장물은 그대로 있다.」 (증거, 단서를 남겨 놓다.) 200)

※ 飽嘗世味 (포상세미 bǎo cháng shì wèi)

「세상살이의 쓴맛 단맛을 다 맛보다.」

→ 飽經風霜 (포경풍상 bǎo jīng fēng shuāng)

「온갖 풍상을 다 겪다.」

▶ 飽嘗世苦 (포상세고)

「세상 고초를 다 맛보다.」 (산전수전 다 겪다.)

▶ 氷雪壓不倒靑草 水大沒不了鴨子 (빙설압부도청초 수대몰부료압자)

---

199) 扁 편평한 편, 넓고 얇다. 擔 멜 담. 扁擔 우리나라의 지게를 대신할 만한 운반 기구. 넓적하고 얇으며 길쭉한 막대기. 이 막대기 하나로 부지런히 일만 하면 일생 동안 굶주리지는 않는다는 뜻. 橫 가로 횡. 倒 거꾸로 도, 넘어질 도. 霉 곰팡이 매. 倒霉 재수 없다. 薑 생강 강. 辣 매울 랄(날).
200) 跑 달아날 포. 了 완료를 표시. 「寺 sì」와 「事 shì」의 발음이 비슷하여 「일할 사람(화상)이 도망가도 일은 그대로 남아 있다」는 의미임. 賊 도적 적. 贓 장물 장, 감출 장, 증거.

「빙설이라도 푸른 풀을 짓누를 수 없고, 큰물에 오리가 떠내려가지 않는다.」 201)

※ 包子有肉 不在褶上 (포자유육 부재습상 baōzi yǒu ròu bùzài zhě shǎng)
「만두에 고기가 들었다고 (만두) 주름에 있지는 않다.」 (부자는 겉으로 드러내지 않는다.)

　→ 包子漏了糖 (포자루료당 baōzii lòule táng)

「만두 속에 든 설탕이 터져 나왔다」 (진상이 밝혀졌다.)

▶ 包子裏裝的是什麽餡 (포자리장적시십마함)

「만두 속에 든 것은 무엇이든지 소餡다.」

▶ 葫蘆裏賣的是什麽藥 (호로리매적시십마약)

「호리병 속에 든 것은 무엇이든지 약이다.」 202)

※ 飽吃蘿卜餓吃葱 (포흘라복아흘총 bǎo chī luóbom, è chī cōng)
「배부를 때는 무를 먹고, 굶을 때는 파를 먹는다.」 (무는 소화 기능이 있고 파는 몸의 열을 내고 피로를 풀어주는 효과가 있다고 함.)

　→ 飽了不剪頭 餓了不洗澡 (포료부전두 아료불세조 bǎole bù jiǎntóu, èle bù xǐzǎo)

「배부를 때는 이발하지 않고, 배고플 때는 목욕을 하지 않는다.」

▶ 昔日窮 無立錐之地 今年窮 錐也無 (석일궁 무입추지지 금년궁 추야무)

「옛날 가난할 때는 송곳 하나 꽂을 땅이 없더니, 금년 가난에는 송

---

201) 飽 배부를 포. 嘗 맛볼 상. 風霜 바람과 서리, 세상살이의 쓴 맛. 壓 누를 압. 鴨 오리 압.

202) 包子 ; 소가 든 찐빵(饅頭). 褶 주름 습. 餡 (떡, 만두에 넣는) 소 함.

곳조차 없다.」(점점 궁색해짐.) 203)

※ 風裏來 雨裏去 (풍리래 우리거 fēngli lái, yǔli qù)
「바람 속에 왔다가 빗속에 가다.」(고통스러운 생활을 하다. 모진 시련을 겪다.)

→ 風不怕 雨不怕 (풍불파 우불파, fēng bùpà, yǔ bùpà)
「바람도 두렵지 않고, 비도 두려워하지 않는다.」

▶ 風塵僕僕 (풍진복복 fēngchén púpú)
「속세의 여러 일에 이리저리 고생하다.」

▶ 風吹雨打 (풍취우타 fēngchuī yǔdǎ)
「바람불고 비를 맞다.」(온갖 풍상을 겪다.)

▶ 風中之燭 朝暮難保(풍중지촉 조모난보)
「바람 앞의 촛불, 조석으로 견디기 어렵다.」

▶ 會行船的 不怕大風大浪 (회행선적 불파대풍대랑)
「노련한 사공은 폭풍과 큰 파도를 두려워하지 않는다.」204)

※ 夏雨隔牛背 (하우격우배 xiàyǔ gé niúbèi)
「여름 소나기는 소의 등마다 다르다.」

→ 隔道不下雨 (격도불하우 gé dào bù xià yǔ)
「길을 사이에 두고 비가 내리지 않다.」

▶ 夏天的雨 說來就來 說走就走 (하천적우 설래취래 설주취주)

---

203) 蘿 무 라(나). 蘿卜 무(소화 기능이 있음). 葱 파 총(열을 내게 하고 피로를 해소시키는 기능이 있음). 剪 자를 전(翦의 俗字). 澡 씻을 조. 沒 다할 몰, 없다. 昔 옛날 석. 錐 송곳 추.

204) 裏 속 리. 怕 두려워할 파. 風塵 속세, 세상 일. 僕 종 복. 僕僕 매우 지친 모양. 會 ~할 줄 알다. ~的 ~하는 사람. 會行船的 배를 다룰 줄 아는 사람.

「여름날의 비는 오라면 오고 가라면 간다.」205)

※ 夏至無雨 碓裏無米 (하지무우 대리무미 xiàzhì wú yǔ, duì lǐ wú mǐ)

「하지에 비가 안 내리면 디딜방아 안에 쌀이 없다.」

→ 夏至一個雨 一點值千金 (하지일개우 일점치천금)

「하짓날 내리는 비는 한 방울이 천금과도 같다.」

▶ 夏至狗 無處走 (하지구 무처주)

「하짓날 개는 갈 곳이 없다.」 (하짓날에 개를 잡아먹는다.)

▶ 夏至無雲三伏熱 其日若雨年必豊 (하지무운삼복열 기일약우년필풍)

「하짓날에 구름이 없으면 삼복더위가 뜨겁고, 비라도 내릴라치면 그 해는 틀림없는 풍년이다.」206)

※ 寒天飲冷水 點點在心頭 (한천음냉수 점점재심두 hántiān yǐn lěngshuǐ, diǎndian zài xīntou)

「추운 날 냉수를 마신 일, 하나하나가 마음속에 있다.」 (옛날에 겪었던 고생 모두가 생생히 남아 있다.)

→ 芝麻開花 - 節節高 (지마개화 - 절절고 zhīma kāihuā-jiéjié gāo)

「참깨가 꽃이 피다. - 마디마디 커간다.」 (학습 성과, 기술 습득 등이 점점 좋아진다.)

▶ 氷雪雖厚 難過六月 (빙설수후 난과육월)

「눈과 얼음이 아무리 두꺼워도 유월을 견딜 수 없다.」207)

---

205) 隔 사이 뜰 격. 就 곧, 바로.
206) 碓 방아 대.
207) 寒 찰 한. 飲 마실 음. 芝麻 참깨. 節 마디 절. 節節 점차, 차차, 조금씩.

※ 行善獲福 行惡得殃 (행선획복 행악득앙 xíngshàn huò fú, xíng è dé yāng)

「좋은 일을 하면 복을 받고, 악한 짓을 하면 재앙을 받는다.」

→ 習善則善 習惡則惡 (습선즉선 습악즉악 xí shàn zé shàn, xí è zé è)

「좋은 것을 배우면 선하고, 나쁜 것을 배우면 악하다.

▶ 千日行善 善猶不足 一日行惡 惡自有餘 (천일행선 선유부족 일일행악 악자유여)

「천 일 동안 착한 일을 하여도 선은 오히려 부족하고, 하루만 악행을 했어도 악은 흘러넘친다.」

▶ 福田 (복전 fútián)

「복전」(삼보三寶의 덕을 공경하는 경전敬田, 부모의 은혜에 보답하는 은전恩田, 가난한 사람을 어여삐 여기는 비전悲田의 세 가지.) 208)

※ 好飯不怕晚 (호반불파만 hǎofàn bùpà wǎn)

「맛있는 요리는 좀 늦어도 좋다.」 (좋은 요리는 기다려도 좋다.)

→ 趣話不嫌慢 (취화불혐만 qùhuà bùxián màn)

「재미있는 이야기는 느리게 말해도 괜찮다.」

▶ 打兎的不嫌兎多, 吃魚的不怕魚腥 (타토적불혐토다, 흘어적불파어성)

「토끼를 사냥하는 사람은 토끼가 많은 것이 싫지 않고, 생선을 먹는 사람은 생선 비린내를 싫어하지 않는다.」 209)

※ 好吃蘿卜的 不吃梨 (호흘라복적 불흘리 hàochī luóbǔdè, bùchī lí)

雖 비록 수.

208) 獲 얻을 획. 殃 재앙 앙.

209) 飯 밥 반. 怕 두려울 파, 염려하다. 晚 늦을 만.

「무를 좋아해도 배를 안 먹는 사람이 있다.」(살아가는 방식은 사람마다 다르다. 사돈집은 오이를 거꾸로 먹는다.)

→ 喝酒不吃菜 自己心裏愛 (갈주불흘채 자기심리애 hējiǔ bùchī cài, zìjǐ xīnlǐ ài)

「술 마시며 안주를 안 먹는 것도 제 마음이다.」

▶ 蘿卜白菜 - 各有所愛 (나복백채 - 각유소애)

「무와 배추 - 각자가 좋아하는 것이 있다.」

▶ 香油拌藻菜 各人各心愛 (향유반조채 각인각심애)

「향유로 미역을 버무리든, 각자 좋아하는 게 있다.」

▶ 穿衣戴帽 各人所好 (천의대모 각인소호)

「옷을 입고 모자를 쓰는 것에도 사람마다 좋아하는 것이 있다.」 [210]

※ 好吃不如餃子 (호흘불여교자 hǎochī bùrú jiǎozi)
「먹기 좋기로는 만두가 제일.」

→ 舒服不如倒着 (서복불여도착 shūfú bùrú dǎozhe)

「편안하기로는 누워 쉬는 게 최고.」

▶ 大年初一吃餃子 (대년초일흘교자)

「새해에는 어느 집에서나 만두를 먹는다.」

▶ 送行的餃子 接風的麵條 (송행적교자 접풍적면조)

「먼 길 떠나는 사람을 전송할 때 먹는 만두, 다시 돌아온 사람을 환영하는 국수.」 [211]

---

210) 吃 먹을 흘. 蘿卜 무. ~的 ~하는 사람. 梨 배 리. 喝 마실 갈, 꾸짖을 갈. 菜 요리 채. 藻 말 조(수중식물). 蔥 파 총.

211) 餃 경단 교, 만두, 蒸餃子(찐만두), 水餃子(물만두), 기름에 튀긴 만두 등 종류 다양. 舒服 편안하다. 倒 거꾸로 도. 倒着 누워 있다. 接風 본래 外地에서 처음 온 사람을 환영하는 잔치를 接風이라 했고, 먼 곳에 여행을 마치고 돌아온 사람을 환영할 때는 洗塵이라 하여 국수를 먹었으나 나중에

※ 吃喝拉撒睡 (흘갈납살수 chī hē lā sā shuì)
「먹고, 마시고, 똥 싸고, 오줌 누고, 잠자다.」(하루 종일 아무것도 안 하다.)

→ 吃喝婊賭 (흘갈표도 chī hē biǎo dǔ)
「먹고, 마시고, 계집질, 노름.」

▶ 吃烙餠還嫌牙痛 (흘낙병환혐아통)
「밀전병을 먹으면서 (여러 번 씹으니까) 이가 아플까 걱정하다.」(굉장히 게으른 사람)

▶ 吃豆腐也怕扎牙根 (흘두부야파찰아근)
「두부를 먹으면서 잇몸을 찔릴까 걱정하다.」(게으른 겁쟁이.)

▶ 吃糧不管事 (흘량부관사)
「먹기만 하고 일은 안 하다.」[212]

※ 吃飯不飽 喝酒不醉 (흘반불포 갈주불취 chīfàn bùbǎo, hē jiǔ bùzuì)
「밥을 먹어도 배부르지 않고, 술을 마셔도 취하지 않다.」(돈이 몇 푼 되지 않다.)

→ 買酒不醉 買飯不飽 (매주불취 매반불포 mǎijiǔ bùzuì, mǎifàn bùbǎo)
「사온 술은 취하지 않고, 사먹는 밥은 배부르지 않다.」(집에서 먹는 것만 못하다.)

▶ 腸子閑半截的窮人 (장자한반절적궁인)
「창자가 반이나 비어 있는 가난뱅이.」(먹을 것이 없는 사람.)

▶ 醉死不認酒錢 (취사불인주전)

는 接風과 세진의 구분이 없어졌다고 함. 麵 국수 면.

212) 拉 끌 납, 잡을 납. 撒 부릴 살. 睡 잠잘 수. 婊 매춘부 표. 烙 불로 지질 낙. 밀전병을 부치다(익히다), 다리미질하다. 嫌 싫어할 혐, 걱정하다. 扎 찌를 찰.

「취해 죽을 지경으로 마시고도 술값을 내지 않는다.」

▶ 渴時一滴如甘露 醉後添杯不若無 (갈시일적여감로 취후첨배불약무)

「목마를 때 물 한 방울은 감로와 같고, 취한 뒤 한 잔 술은 없느니만 못하다.」213)

※ 吃百家飯 得百家福 (흘백가반 득백가복 chī bǎijiāfàn dé bǎijiāfú)
「일백 가정에서 해 주는 밥을 먹고, 일백 가정에서 주는 복을 받으시오.」(吉利話 - 덕담)

▶ 吃鷄要吃腿 住屋要朝南 (흘계요흘퇴 주옥요조남 chī jī yào chī tuǐ, zhù wū yào cháo nán)

「닭을 먹을 때는 다리를 먹고, 사는 집은 남향이어야 한다.」

▶ 吃千家飯 穿衆手衣 (흘천가반 천중수의)

「일천 가정에서 받드는 밥을 먹고, 여러 사람이 지어주는 옷을 입다.」

▶ 吃了是福 穿了是祿 (흘료시복 천료시녹)

「복을 먹고, 녹(벼슬)을 입다.」214)

※ 吃白飯 (흘백반 chī báifàn)
「무위도식하다.」 「음식에 손을 대지 않다.」

→ 吃覇王飯 (흘패왕반 chī bàwángfàn)

「떼어먹고 도망가다.」

▶ 吃軟飯 (흘연반 chī ruǎnfàn)

---

213) 滴 물방울 적. 添 더할 첨. 若 같을 약. 截 끊을 절.

214) 吉利話 덕담으로 하는 좋은 말. 腿 넓적다리 퇴. 朝 향하다. 穿 옷을 입다.

「부드러운 밥을 먹다.」(여편네에게 매춘을 시켜 먹고 살다.)

▶ **吃虛兒** (흘허아 chī xūr)

「삥땅을 치다.」(돈의 일부를 중간에서 가로채다.)

▶ **吃白食** (흘백식)

「무전취식을 하다.」

▶ **吃豆腐** (흘두부)

「사람을 놀리다.」「여자를 희롱하다.」

▶ **吃人情** (흘인정)

「뇌물을 챙기다.」

▶ **吃閑飯** (흘한반)

「빈둥빈둥 놀고먹다.」

▶ **吃閑嘴** (흘한취)

「군것질을 하다.」

▶ **吃現成飯** (흘현성반)

「남이 해 놓은 밥을 먹다.」(불로소득을 얻다. 기둥서방 노릇을 하다.)

▶ **行尸走肉** (행시주육)

「걸어 다니는 시체, 고깃덩어리.」(먹기만 하는 무능한 사람.) [215]

※ **吃水不忘掘井人** (흘수불망굴정인 chīshuǐ bùwàng juéjǐngrén)
「물을 마시면서 우물을 판 사람의 은혜를 잊지 않다.」

→ **要飮戈壁水 莫忘掘井人** (요음과벽수 막망굴정인 yào yǐn Gēbì shuǐ, mò wàng juéjǐngrén)

「고비 사막에서 물을 마신다면 우물을 판 사람의 은덕을 잊지 말라.」

---

215) 飯 밥 반. 覇 으뜸 패, 힘으로 주도권을 잡다. 軟 부드러울 연.

▶ 吃水莫忘源 燒柴莫忘山 (흘수막망원 소시막망산)

「물을 마실 때 샘을 잊지 말고, 불을 땔 때 산을 잊지 말라.」 (근본을 잊어서는 안 된다.)

▶ 一人掘井 萬人飮水 (일인굴정 만인음수)

「한 사람이 우물을 파면 많은 사람이 물을 마신다.」

▶ 千人修起的橋 一人能毁掉 一人燒起的火 千人得溫煖 (천인수기적교 일인능훼도 일인소기적화 천인득온난)

「천 명이 만든 다리라도 한 사람이 허물 수 있고, 한 사람이 피운 불로 천명이 따뜻할 수 있다.」 [216]

※ 吃一頓 挨一頓 (흘일돈 애일돈 chī yīdùn ái yīdùn)
「한 끼는 먹고, 다른 한 끼는 건너뛴다.」

→ 有上頓 沒下頓 (유상돈 몰하돈 yǒu shàng dùn, méi xià dùn)

「앞의 끼니는 먹었지만 다음 끼니가 없다.」

▶ 三日沒吃飯眼前花 (삼일몰흘반안전화)

「3일 동안 밥을 못 먹으면 눈에 헛것이 보인다.」

▶ 好漢餓不得三日 (호한아부득삼일)

「아무리 사내대장부라도 사흘을 굶을 수 없다.」

▶ 人是鐵 飯是鋼 一頓不吃餓得慌 (인시철 반시강 일돈불흘아득황)

「사람이 쇠라면 밥은 강철이다. 한 끼라도 먹지 못하면 배가 고파 견디지 못한다.」 (아무리 강한 사람도 밥을 먹어야 힘을 쓴다.) [217]

※ 吃一行 務一行 (흘일행 무일행, chī yī háng wù yī háng)

---

216) 吃 마실 흘. 掘 팔 굴. 飮 마실 음. 戈 창 과. 戈壁 몽고 고비(Gebi)사막의 음역(音譯). 毁 허물 훼.

217) 頓 차례, 끼니, 멈출 돈, 꾸벅거릴 돈. 慌 다급할 황.

「한 가지 일로 먹고 산다면, 그 일에 힘써야 한다.」(자기 직업에 최선을 다해야 한다.)

→ 吃不了 兜着走 (흘불료 두착주 chī bu liǎo, dōuzhe zǒu)

「다 못 먹어서 싸서 가져가다.」(감당도 못하지만 끝까지 책임을 져야 한다.)

▶ 吃着自己的飯 替人家赶獐子 (흘착자기적반 체인가간장자)

「제 밥을 먹다가 다른 사람을 위해 노루를 잡으러 가다.」(자기 일은 제쳐놓고 남을 위해 헛수고하다.)

▶ 鷄抱鴨子幹忙活 (계포압자간망활)

「닭이 오리를 품고 바쁘게 지낸다.」(공연히 남의 일을 하느라고 바쁘다.) 218)

※ 吃的輕擔的重 (흘적경담적중 chīde qīng, dānde zhòng)

「먹는 것은 가볍고, 하는 일은 무겁다」(사정이 어떻든 스스로 일을 도맡아 처리하다.)

→ 世間無不重的擔子 (세간무부중적담자 shìjiān wú bù zhòng de dànzi)

「세상에 무겁지 않은 짐(책임)은 없다.」(짐이라고 생각하면 무겁게 느껴진다.)

▶ 吃飯吃飽 幹活幹了 (흘반흘포 간활간료)

「밥을 먹으면 배부르게 먹고, 일을 하면 깔끔하게 한다.」(중간에 포기하지 않다.)

▶ 吃的起補藥 吃不起瀉藥 (흘적기보약 흘불기사약)

「보약을 먹은 다음에는 설사약을 먹을 수 없다.」219)

---

218) 一行 한 가지 일, 장사, 직업. 務 힘쓸 무. 兜 투구 두, 주머니, (물건을) 싸다. 赶 쫓을 간. 獐 노루 장.

※ 吃的猪狗食 受的牛馬苦 (흘적저구식 수적우마고 chīde zhū gǒu shí, shòu de niúmǎ kǔ)

「개나 돼지의 밥을 먹으면서 소와 말처럼 고생하다.」

→ 吃人飯 下牛力 (흘인반 하우력 chī rén fàn, xià niúlì)

「사람 밥을 먹고 소만큼 힘을 쓴다.」

▶ 出了燈油錢 站在黑處 (출료등유전 참재흑처)

「등잔 기름값을 내고서도 어두운 곳에 서 있다.」 (돈을 분담했는데도 보수를 받지 못하다.)

▶ 做的是牛活 吃的是猪食 (주적시우활 흘적시저식)

「일은 소처럼 하고, 먹는 것은 돼지 밥이다.」 220)

※ 吃好喝好 不如睡好 (흘호갈호 불여수호 chī hǎo hē hǎo, bù rú shuì hǎo)

「잘 먹고 잘 마시는 것은 잘 자는 것만 못하다.」

→ 吃不了苦 亨不了福 (흘불료고 형불료복 chī bù liǎo kǔ, hēng bù liǎo fú)

「다 먹어버릴 수도 없는 고생, 누려보지도 못하는 복.」 (고생은 많고 복은 적다.)

▶ 吃蛋先養鶏 打墙先打基 (흘단선양계 타장선타기)

「계란을 먹으려면 먼저 닭을 길러야 하고, 담장을 치려거든 먼저 기초를 다져야 한다.」

▶ 吃鶏蛋不吃鶏母 (흘계단불흘계모)

「계란을 먹더라도 암탉을 잡아먹지는 않는다.」 221)

---

219) 擔 멜 담, 담당하다. 幹活 (눈에 보이는, 실제적인) 일을 하다. 擔子 짐, 책임. 瀉 쏟을 사, 설사하다.
220) 站 우두커니 설 참, 역마을 참.
221) 睡 잠잘 수. 亨 누릴 형.

第7部 社會·處世 관련 속담

有錢的王八坐上座 (유전적왕팔좌상좌)
「돈이 있으면 나쁜 놈도 상석에 앉는다.」
手中有權 神仙來拜年 (수중유권 신선래배년)
「손에 권력을 쥐고 있으면 신선도 세배하러 온다.」

7부

※ 鷄窩裏也能飛出金鳳凰 (계와리야능비출금봉황 jīwōli yě néng fēichū jīnfènghuáng)

「닭장에서도 금봉황이 날아오를 수 있다.」

→ 烏鴉窩裏出鳳凰 (오아와리출봉황 wūyā wōlǐ chū fènghuáng)

「까마귀 둥지에서 봉황이 나오다.」

▶ 烏鴉再變 也改不了黑色 (오아재변 야개불료흑색)

「까마귀가 다시 변한다 하여도 검은색을 바꿀 수는 없다.」

▶ 歹竹出好笋 (알죽출호순)

「나쁜 대나무에서 좋은 죽순이 나오다.」(개천에서 용 나다.)

▶ 羊羔長不成駿馬 (양고장불성준마)

「양 새끼가 잘 커도 준마가 될 수 없다.」[1]

※ 高不成 低不就 (고불성 저불취 gāo bùchéng, dī bùjiù)

「높은 자리는 (능력이 모자라) 올라갈 수 없고, 낮은 자리는 가지 않는다.」(어중간해서 이도 저도 못하다. - 취직이나 혼사의 경우.)

→ 不爲五斗米折腰 (불위오두미절요 bù wéi wǔ dǒu mǐ zhé yāo)

「쌀 닷 말의 녹봉 때문에 허리를 굽힐 수 없다.」(대우가 나쁘면 일 못하겠다.) (도연명陶淵明의 故事을 원용한 말.)

▶ 不怕現官 只怕現管 (부파현관 지파현관)

「현임 관리가 무서운 것이 아니라, 그 권한이 무서울 뿐이다.」

▶ 不願文章高天下 只願文章中試官 (불원문장고천하 지원문장중시관)

「문장이 천하에 제일이기보다는, 문장이 시험관 마음에 들기만 바란다.」[2]

---

1) 烏 까마귀 오, 검을 오. 鴉 갈 까마귀 아. 窩 움집 와, 둥지. 歹 나쁠 알. 笋 죽순 순(筍과 同字). 駿 준마 준.

※ 公道原在人心 (공도원재인심 gōngdào yuán zài rénxīn)
「공정한 도리란 원래 인심에 있다.」(인심이 공도公道이다.)

→ 公門裏面好修行 (공문이면호수행 gōngmén lǐmian hǎo xiūxíng)
「관직에 있으면서도 얼마든지 좋은 일을 할 수 있다.」

▶ 何水無魚 何官無私 (하수무어 하관무사)
「어느 물인들 고기가 없으며, 어느 관청인들 사私가 없겠는가?」

▶ 官淸司吏瘦 神靈廟主肥 (관청사리수 신령묘주비)
「상관이 청렴하면 실무 관리는 수척해지고, 귀신이 영험하면 사당
지기는 살이 찐다.」[3]

※ 公是公 私是私 (공시공 사시사 gōng shì gōng, sī shì sī)
「공은 공이고 사는 사다.」

→ 公事無兒戲 (공사무아희 gōngshì wú érxì)
「공무는 아이장난이 아니다.」(성실하게 수행해야 한다.)

▶ 公事門前無私冤 (공사문전무사원)
「공무를 처리하는 관청에 개인적 감정은 없어야 한다.」

▶ 公私不可不明　法禁不可不審 (공사불가불명 법금불가불심)
「공과 사는 불가불 명확해야 한다. 법은 불가불 상세해야 한다.」[4]

※ 瓜子不飽是人心 (과자불포시인심 guāzǐ bù bǎo shì rénxīn)
「참외 하나 먹어 배부르지는 않지만, 그게 바로 인심(정)이다.」

→ 瓜兒熟了就要摘 (과아숙료취요적 guāer shúle jiù yào zhāi)
「참외가 익으면 바로 따야 한다.」

---

2) 低 낮을 저. 就 나아갈 취. 中 맞히다, 들어맞다, 당하다.
3) 修行 여기서는 백성을 위한 선행(善行). 司 맡을 사. 吏 아전 리. 瘦 마를
　수. 廟 사당 묘. 肥 살찔 비.
4) 冤 원통할 원. 審 상세할 심, 살필 심.

▶ 瓜熟蒂就落 (과숙체취락)

「참외가 익으면 꼭지는 떨어진다.」

▶ 瓜子敬客一片心 (과자경객일편심)

「참외 하나로 손님을 접대해도 성의 표시이다.」 5)

※ 官大脾氣長 (관대비기장 guān dà píqì zhǎng)

「벼슬이 높으면 성깔도 커진다.」 (고위직일수록 성질만 더럽다.)

→ 官大有險 樹大招風 (관대유험 수대초풍 guān dà yǒuxiǎn, shùdà zhāofēng)

「벼슬이 높으면 위험이 많고, 나무가 크면 바람을 많이 탄다.」

▶ 千里爲官只爲財 (천리위관지위재)

「천리 먼 곳이라도 벼슬살이하는 것은 오직 재물 때문이다.」

▶ 官大一級壓死人 (관대일급압사인)

「지위가 한 급만 높으면 아랫사람을 깔아뭉갠다.」

▶ 人有千里朋友 官無千里威風 (인유천리붕우 관무천리위풍)

「사람에게는 천리 밖 벗이 있지만, 천리 밖에까지 미치는 관리의 위세는 없다.」 6)

※ 官相官 吏相吏 (관상관 이상리 guān xiàng guān, lì xiàng lì)

「고관은 고관끼리, 서리胥吏들은 서리끼리 논다.」

→ 官無盜不活 盜無官不行 (관무도불활 도무관불행 guān wú dào bù huó, dào wú guān bù xíng)

「관리가 도둑질을 안 하면 살 수가 없고, 관리가 없다면 도적도 없

---

5) 人心 정의(情意). 摘 딸 적, 집어내다, 뽑아내다. 蒂 꼭지 체(蔕와 同字).

6) 脾 지라 비. 脾氣 성질, 성벽(性癖), 성깔. 險 험할 험, 위험. 樹 나무 수. 招 부를 초.

다.」

▶ 一字入公門 九牛二虎拔不出 (일자입공문 구우이호발불출)

「글자 한 자가 관청에 들어가면 아홉 마리 소와 두 마리 호랑이가 당겨도 나오지 않는다.」 (고소장이 한번 들어가면 고칠 수 없다.)

▶ 官大福大勢大 (관대복대세대)

「관직이 높으면 복도 많고 권세도 크다.」

▶ 官大認不得鄕親 (관대인부득향친)

「벼슬이 높으면 고향 친척도 몰라본다.」

▶ 官字兩個口 官家有兩手 (관자양개구 관가유양수)

「벼슬 관官자는 두 개의 입이 있고, 관리는 두 손이 있다.」 [7]

※ 官淸民自安 (관청민자안 guān qīng mín zì ān)
「관리가 청렴하다면 백성은 저절로 평안하다.」

→ 官升脾氣長 (관승비기장 guān shēng pí qì cháng)

「벼슬이 올라가면 성깔도 커진다.」

▶ 衙門就是窮人的閻王殿 (아문취시궁인적염왕전)

「관청은 가난한 사람들에게는 염라대왕전과 같다.」

▶ 官府門前車馬多 窮人門前債主多 (관부문전거마다 궁인문전채주다)

「관청 문 앞에는 수레가 많고, 가난뱅이 문 앞에는 빚쟁이가 많다.」 [8]

※ 官敗如花謝 (관패여화사 guānbài rú huāxiè)
「관리의 몰락은 지는 꽃과 같다.」 (권불십년權不十年)

---

7) 拔 당길 발.

8) 脾 지라 비(오장의 하나). 脾氣 성질, 몸에 밴 버릇. 화를 잘 내는 성질. 債 빚 채.

→ 官不修衙, 客不修店 (관불수아, 객불수점 guān bù xiū yá, kè bù xiū diàn)

「관리는 관아를 고치지 않고, 나그네는 여관을 고치지 않는다.」 (떠나면 그만이다.)

▶ 文章好立身 (문장호입신)

「문장은 가장 좋은 출세 방법이다.」

▶ 官府坐一年 十萬雪花銀 (관부좌일년 십만설화은)

「관청에서 1년만 근무하면 눈같이 흰 은이 10만 냥이다.」

▶ 官無大小 要錢一般 (관무대소 요전일반)

「관직의 높고 낮음과 관계없이 돈을 달래기는 마찬가지다.」 9)

※ 壞蛋有子有孫 (괴단유자유손 huàidàn yǒuzǐ yǒusūn)
「나쁜 놈도 아들 손자를 둔다.」

→ 稗草有根有籽 (패초유근유자 bàicǎo yǒugēn yǒuzǐ)
「피도 뿌리가 있고 씨앗을 퍼뜨린다.」

▶ 壞蛋好蛋 孵出小鷄來算 (괴단호단 부출소계래산)

「나쁜 종자인지 좋은 종자인지는 알에서 깬 병아리 때 알 수 있다.」

▶ 天下烏鴉一樣黑 (천하오아일양흑)

「이 세상 까마귀는 어디든 한 가지로 검다.」 (악인은 어디든 똑같다.) 10)

※ 狗戴帽子裝人 (구대모자장인 gǒu dài màozi zhuāng rén)
「개가 모자를 쓰고서 사람인 척한다.」

---

9) 謝 물러날 사, 꽃이 지다. 衙 마을 아, 관아 아.
10) 壞 무너질 괴. 蛋 새알 단. 壞蛋 나쁜 놈, 惡人. 稗 피 패(벼와 매우 비슷한 잡초). 籽 씨앗 자. 孵 부화하다. 小鷄 병아리.

→ 狗戴上帽子也吃屎 (구대상모자야흘시 gǒu dàishàng màozi yě chī shī)

「개가 모자를 써도 역시 똥을 먹는다.」 (악인의 본색은 감출 수 없다.)

▶ 猴子穿馬褂 - 裝貴人 (후자천마괘 - 장귀인)

「원숭이가 마고자를 입었다. - 귀인인 척하다.」

▶ 露出了狐狸尾巴 (노출료호리미파 lòuchūle húlí wěiba)

「여우가 꼬리를 드러내다.」 (본색이 드러나다.)

▶ 猴子裝人 忘了自己長尾巴 (후자장인 망요자기장미파)

「원숭이가 사람인 척하지만 제 긴 꼬리를 잊고 있었다.」

▶ 牛眼看人高 狗眼看人低 (우안간인고 구안간인저 gǒuyǎn kàn réndī)

「소의 눈에는 사람이 높이 보이고, 개 눈에는 사람이 아래로 보인다.」 (사람을 깔보다.) 11)

※ 久聞大名 如雷灌耳 (구문대명 여뢰관이 jiǔwén dàmíng, rú léi guàněr)

「존함은 오래 전부터 천둥소리 듣듯 확실하게 들었습니다.」 (처음 만날 때 건네는 상투적인 인사말.)

→ 聽君一席話 勝讀十年書 (청군일석화 승독십년서 tīng jūn yīxíhuà, shèng dú shínián shū)

「당신의 말씀을 한 번 들은 것이 제가 10년 공부한 것보다 낫습니다.」 (상대방에게 건네는 과장된 칭찬 인사.)

▶ 今日幸得拜見 大慰平生 (금일행득배견 대위평생)

「오늘 다행히도 만나 뵈오니 제 평생의 큰 기쁨이옵니다.」

---

11) 戴 머리에 일 대. 모자를 쓰다. 狐狸 여우에 대한 통칭. 尾 꼬리 미.

▶ 赴席三天不吃飯 (부석삼천부흘반 fùxí sāntiān bù chīfàn)

「이 자리에 오려고 사흘 동안 밥을 먹지 않았습니다.」 (좋은 음식을 많이 먹겠다는 뜻을 과장한 인사말.)

▶ 五百年前是一家 (오백년전시일가)

「5백 년 전에는 한집안이었습니다.」 (같은 성씨를 만났을 때 친근함을 표시하는 인사말.) 12)

※ 狗屎堆 長不出靈芝草 (구시퇴 장불출영지초. gǒushīduī zhǎng bùchū língzhīcǎo)

「개똥 무더기에서 영지초가 자랄 수 없다.」 (개똥에는 파리가 꼬인다. 열악한 환경에서 걸출한 인물이 자랄 수 없다.)

→ 不出龍 不出鳳 單出刺猬毛毛虫 (불출룡 불출봉 단출자위모모충 bù chū lóng, bù chū fèng, dān chū cìwei máomaochóng)

「용이나 봉황이 나오지 않고, 다만 고슴도치나 송충이뿐이다.」 (출중한 인재가 없다.)

▶ 鷄窩裏藏不住鳳凰 (계와리장불주봉황)

「닭장에 봉황을 가두어 둘 수 없다.」

▶ 豆芽兒長得天高 - 還是個小菜 (두아아장득천고 - 환시개소채)

「콩나물이 아주 크게 자랐다. - 그래 봤자 보통 나물이다.」 (큰 인물은 아니다.) 13)

※ 狗顚屁股 (구전비고 gǒu diān pìgǔ)

---

12) 聞 들을 문 灌 물댈 관.

13) 屎 똥 시. 堆 무더기 퇴, 쌓을 퇴. 靈 신령스러울 령(영). 芝 향기로운 풀 지. 單 홑 단, 혼자, 오직, 다만. 刺 가시 자. 猬 고슴도치 위(蝟와 同字). 毛毛虫 송충이 또는 몸에 털이 난 짐승. 窩 움집 와. 芽 싹 아. 豆芽兒 콩나물.

「개가 엉덩이를 흔들다.」(비위를 맞추며 아부하다.)

→ 給人擦屁股 (급인찰비고 gěi rén cā pìgǔ)

「다른 사람의 엉덩이를 씻겨 주다.」(아부를 해도 더럽게 아부하다.)

▶ 擺小尾巴 (파소미파 bǎi xiǎo yǐ bā)

「꼬리를 흔들다.」「굽실거리다.」

▶ 搖尾乞怜 (요미걸영)

「굽실거리며 애걸복걸하다.」

▶ 謙虛過分 就是世故 (겸허과분 취시세고)

「겸손함이 지나친 것도 역시 처세술이다.」 14)

※ 君子以謙退爲禮 (군자이겸퇴위례 jūnzǐ yǐ qiāntuì wéi lǐ)
「군자는 겸손히 물러서는 것으로 예를 행한다.」

→ 禮讓一寸 得禮一尺 (예양일촌 득례일척 lǐràng yīcùn, dé lǐ yī chǐ)

「예를 지켜 한 치를 양보하면 한 자의 예우를 얻는다.」

▶ 滿招損 謙受益 (만초손 겸수익 mǎn zhāo sǔn, qiān shòu yì)

「가득 차면 덜어내려 하고, 물러나 양보하면 더 많이 받는다.」(교만하면 손해를 보고, 겸손하면 얻는 것이 있다.)

▶ 禮義以待君子 刑戮加於小人 (예의이대군자 형륙가어소인)

「군자는 예의를 갖추어 대접하고, 소인에게는 형벌로 다스린다.」

▶ 彬彬有禮 (빈빈유례)

「점잖고 예절법도가 있다.」 15)

---

14) 顚 꼭대기 전, 넘어지다, 위아래로 흔들다. 屁 방귀 비. 股 넓적다리 고. 屁股(비고) 엉덩이. 擦 비빌 찰. 擺 열릴 파, 벌릴 파. 尾 꼬리 미. 搖 흔들 요. 乞 빌 걸. 怜 불쌍히 여길 령. 謙 겸손할 겸. 世故 세상사, 속세의 일, 세상 물정.

15) 戮 죽일 륙(육). 彬 빛날 빈. 彬彬 내용과 외관을 두루 갖춘 모양.

※ 窮不與富鬪 富不與官鬪 (궁불여부투 부불여관투 qióng bù yǔ fù dòu, fù bù yǔ guān dòu)
「가난뱅이는 부자와 싸우지 말고, 부자는 관리와 다투지 말라.」

→ 窮不鬪財 富不鬪勢 (궁불투재 부불투세 qióng bù dòu cái, fù bù dòu shì)
「가난한 사람은 재력가와 싸우지 말고, 부자는 세력가와 맞서지 말라.」

▶ 窮人不聽富人哄 淸明前後播稻種 (궁인불청부인홍 청명전후파도종)
「가난한 사람은 부자의 헛소리를 듣지 말고, 청명 전후에 볍씨를 파종해야 한다.」

▶ 窮和富不同路 狼和羊不爲伍 (궁화부부동로 낭화양불위오)
「가난뱅이와 부자는 같은 길을 가지 않고, 늑대와 양은 같이 어울리지 않는다.」 16)

※ 貴易交 富易妻 (귀역교 부역처 guì yì jiāo fù yì qī)
「벼슬을 하면 교우交友를 바꾸고, 부자가 되면 아내를 바꾼다.」

→ 貴人多忙事 (귀인다망사 guìrén duō máng shì)
「귀인은 잊어버리는 일이 많다.」

▶ 貴人擡眼看 便是福星臨 (귀인대안간 편시복성임)
「귀인이 눈길을 주는 것, 그게 바로 복성福星이 내려온 것이다.」

▶ 貴人難見面 (귀인난견면)
「귀인은 만나보기 어렵다.」

▶ 貴人語少 貧者多話 (귀인어소 빈자다화)
「귀인은 말수가 적지만, 빈자는 말이 많다.」 17)

---

16) 窮 가난할 궁. 與 더불어 여. 鬪 싸울 투. 哄 큰소리로 웃을 홍, 말로 속일 홍. 播 뿌릴 파.

※ 跟誰跟學 (근수근학 gēn shuí gēn xué)
「누굴 따라다니느냐에 따라 그 사람을 따라 배운다.」 (가까운 사람의 영향을 받는다.)

→ 跟着好人學好人 (근착호인학호인 gēnzhe hǎorén xué hǎorén)
「착한 사람을 따라다니면 착한 사람이 하는 일을 배운다.」

▶ 跟着巫婆學跳神 (근착무파학도신 gēnzhe wūpó xué tiàoshén)
「무당을 따라다니면 굿하는 것을 배운다.」

▶ 近朱者赤, 近墨者黑 (근주자적, 근묵자흑)
「주사朱砂를 가까이 하면 붉어지고, 검은 먹을 가까이 하면 검어진다.」 (사람의 성격이나 능력은 주변의 환경이나 친구에 의해 많이 좌우된다.) 18)

※ 跟着龍王吃賀雨 (근착용왕흘하우 gēnzhe lóngwáng chī hèyǔ)
「용왕을 따라다니면 기우제 차린 것을 먹는다.」

→ 跟着黃鼠狼學偸鷄 (근착황서랑학투계 gēnzhe huángshǔláng xué tōu jī)
「족제비를 따라다니면 닭 훔치는 법을 배운다.」

▶ 跟着狼吃肉 跟着狗吃屎 (근착낭흘육 근착구흘시)
「늑대를 따라다니면 고기를 먹고, 개를 따라다니면 똥을 먹는다.」

▶ 跟上好人走正路 跟上智者百事通 (근상호인주정로 근상지자백사통)
「좋은 사람을 따라다니면 바른 길을 걷고, 똑똑한 사람을 따라다니면 모든 일이 잘 풀린다.」 19)

---

17) 易 바꿀 역.
18) 跟 발뒤꿈치 근, 따라가다. 誰 누구 수. 跳 뛸 도. 跳神 신들린 무당이 노래하고 춤추는 것.

※ 來說是非者 便是是非人 (내설시비자 편시시비인 láishuō shìfēi zhě, biànshì shìfēirén)

「(나에게) 와서 (타인의) 옳고 그름을 말하는 자가 바로 나에 대한 시비를 거는 사람이다.」

→ 來者不善, 善者不來 (내자불선, 선자불래)

「찾아오는 사람들은 착하지 않고, 착한 이는 오지 않는다.」(세상 사람이 다 착한 것은 아니다.)

▶ 來是是非人 去是是非者 (내시시비인 거시시비자)

「나에게 와서 시비를 말하는 사람은 저쪽에 가서는 나를 시비하는 자이다.」

▶ 告人死罪得死罪 (고인사죄득사죄)

「남의 죽을죄를 말하는 사람은 죽을죄를 짓게 된다.」(밀고자는 언젠가는 배반한다.)

▶ 來者不愚, 愚者不來 (내자불우, 우자불래)

「찾아오는 사람들은 어리석지 않고, 어리석은 사람들은 오지 않는다.」 [20]

※ 寧求百隻羊 不求一條狼 (영구백척양 불구일조랑 nìng qiú bǎizhīyáng, bù qiú yītiáo láng)

「차라리 백 마리의 양을 구할지언정 한 마리 늑대를 구하지 말라.」

→ 寧給好人牽馬 不和壞人同卓 (영급호인견마 불화괴인동탁 nìng gěi hǎorén qiānmǎ, bù hé huàirén tóng zhuō)

「차라리 착한 사람의 마부가 될지언정 나쁜 사람과는 같은 식탁에

---

19) 鼠 쥐 서. 偷 훔칠 투.
20) 是 이 시,「~이다」. 是 옳을 시. 是非 옳고 그름.

앉지 말라.」

▶ 寧給好漢牽馬隨蹬 不給賴漢爲父爲尊 (영급호한견마수등 불급나한위부위존)

「좋은 사람을 따라 말을 끌며 시중을 들지언정, 나쁜 사람을 아버지나 웃어른으로 모시지 않겠다.」

▶ 無義之人不可交 無結果花休要種 (무의지인불가교 무결과화휴요종)

「의리 없는 사람과 교제하지 말고, 열매를 맺지 않는 꽃이라면 심지를 말라.」 21)

※ 老配老 少配少 (노배노 소배소 lǎo pèi lǎo, shào pèi shào)
「노인은 노인과, 젊은이는 젊은이와 짝을 한다.」

→ 魚不偶龍 犬難偕虎 (어불우용 견난해호 yú bù ǒu lóng, quǎn nán xié hū)

「물고기는 용과 짝을 하지 않고, 개는 호랑이와 같이 살 수 없다.」

▶ 疏不間親 後不僭老 (소불간친 후불참노)

「관계가 먼 사람은 친한 사람들 사이를 갈라서는 안 되고, 후배는 노인을 무시해선 안 된다.」

▶ 龍交龍 鳳交鳳 老鼠的朋友會打洞 (용교용 봉교봉 노서적붕우회타동)

「용은 용끼리 봉황은 봉황끼리 교제하며, 쥐의 친구들은 모두 구멍을 팔 줄 안다.」

▶ 官向官 民向民 和尙向的是出家人 (관향관 민향민 화상향적시출

---

21) 隻 새 한 마리 척, 배·새 등을 세는 단위. 狼 이리, 늑대. 牽 끌 견. 和 ~함께. 卓 높을 탁, 種 씨 종, 씨뿌리다. 賴 의지할 뢰(뇌), 나쁘다, 게으르다.

가인)

「관은 관끼리, 민은 민에게, 화상은 출가出家한 사람에게 마음이 쏠린다.」22)

※ 你有我有 就是朋友 (이유아유 취시붕우 nǐyǒu wǒyǒu, jiù shì péngyou)

「너도 있고 나도 있으니 우린 서로 친구다.」 (돈만 있으면 친구가 된다.)

→ 你中有我 我中有你 (이중유아 아중유니 nǐ zhōng yǒu wǒ, wǒ zhōng yǒunǐ)

「네 안에 내가 있고, 내 안에 네가 있다.」

▶ 你目中無人 人目中無你 (이목중무인 인목중무니)

「당신 눈에 다른 사람이 안 보이면, 다른 사람 눈에도 당신은 없다.」

▶ 你待人時人待你 檐前滴水不差分 (이대인시인대니 첨전적수불차분)

「네가 남을 대우할 때 남도 너를 대우해 준다. 처마 끝에 떨어지는 물방울은 조금도 차이가 없다.」 (주는 만큼 그대로 받는다.) 23)

※ 螳螂捕蟬 黃雀在後 (당랑포선 황작재후 tángláng bǔ chán, huángquè zài hòu)

「사마귀가 매미를 잡았는데 꾀꼬리가 뒤에 있다.」 (눈앞의 이익에만 눈이 어두워 자신에게 당장 닥쳐올 재난은 생각지 못함.)

---

22) 偶 짝 우. 偕 함께 해. 僭 범할 참, 무시하다, 넘어서다. 老鼠 쥐. 朋友 친구. 會 ~할 줄 안다. 打洞 구멍을 파다.

23) 你 너 니(이). 檐 처마 첨. 滴 물방울 적.

→ 逃出了三官殿 離不開地獄門 (도출료삼관전 이불개지옥문 táoc
hūleo Sānguānn diàn, líbukāi dìyùmén)

「삼관전에서는 도망쳤지만, 아직 지옥문을 벗어나지는 못했다.」

▶ 蚱蜢子鷄公 自不量力 (책맹자투계공 자불량력)

「메뚜기가 수탉과 맞서는 것은 자기 역량을 모르는 것이다.」

▶ 螳臂當車 - 自不量力 (당비당거 - 자불량력)

「사마귀가 앞발로 수레를 막다. - 주제파악을 못하다.」 24)

※ 大水沖了龍王廟 - 一家人不認一家人 (대수충료용왕묘 - 일가인불
인일가인 dàshuǐ chōnglè lóngwángmiào-yī jiā rén bù rèn yī jiā rén)

「물이 용왕 사당을 쓸어갔다. - 한 집안 사람이 한 집안을 몰라준
다.」(같은 편도 봐주지 않는다.)

→ 胳膊肘兒往外拐 (각박주아왕외괴 gēbozhǒur wǎngwài guǎi)

「팔뚝이 밖으로 굽는다.」(마치 남처럼 이야기를 하다.)

▶ 水衝龍王廟 自己人打自己人 (수충용왕묘 자기인타자기인)

「물이 용왕 묘를 덮치니 자기 사람을 자기가 친 것이다.」

▶ 大水沖不了龍王廟 (대수충부료용왕묘)

「큰물도 용왕 묘를 쓸어 가지는 못한다.」(같은 편은 서로 돌봐 주
어야 한다.) 25)

※ 對什麼人說什麼話 (대십마인설십마화 duì shénme rén shuō shé

---

24) 螳 사마귀 당. 螂 사마귀 랑(낭, 蜋과 同字). 捕 사로잡을 포. 蟬 매미 선.
雀 참새 작. 黃雀 꾀꼬리. 三官殿 복을 주는 天官, 죄를 용서하는 地官, 액
운을 없애주는 水官을 모신 사당. 蚱 벼메뚜기 책. 蜢 벼메뚜기 맹. 量 헤
아릴 량. 螳 사마귀 당. 臂 팔뚝 비.

25) 沖 물 깊을 충, 홍수가 휩쓸어가다, 衝(충)과 같음. 廟 사당 묘. 胳 겨드랑
이 각. 膊 어깨 박. 胳膊 팔. 肘 팔꿈치 주. 拐 방향을 바꾸다, 모서리, 유
인할 괴.

nme huà)

「그런 사람에게는 그런 말을 하라.」(상대를 보고 상대에 맞는 말을 해야 한다.)

→ 遇見秀才講書 碰到屠戶講猪 (우견수재강서 팽도도호강저 yùji àn xiùcái jiǎng shū, pèngdao túhù jiǎng zhū)

「수재를 만나면 책에 대한 이야기를 하고, 백정을 만나면 돼지에 대해 말하라.」

→ 遇狗打狗 逢狼獵狼 (우구타구 봉랑엽랑 yù gǒu dǎ gǒu, féng láng liè láng)

「개를 만나면 개를 잡고, 승냥이를 만나면 승냥이를 사냥한다.」

▶ 遇文王施禮樂 遇桀紂動干戈 (우문왕시예악 우걸주동간과)

「주周나라 문왕 같은 이를 만나면 예악을 행하고, 하夏의 걸왕, 은殷의 주왕 같은 폭군을 만나면 무기(무력)를 사용하라.」 26)

※ 大魚吃小魚 (대어흘소어 dàyú chī xiǎoyú)

「큰 고기는 작은 고기를 잡아먹는다.」(弱肉強食).

→ 小魚吃蝦米 (소어흘하미 xiǎoyú chī xiāmi)

「작은 고기는 새우를 먹는다.」

▶ 古來芳餌下 誰能不吞鉤 (고래방이하 수능불탄구)

「예로부터 좋은 미끼에 누가 걸려들지 않았는가?」(돈·명예·지위에는 누구든 걸려든다.)

▶ 神龍不貪香餌 彩鳳不入雕籠 (신룡불탐향이 채봉불입조롱)

「신령스러운 용은 좋은 먹이를 탐내지 않고, 문채文彩나는 봉황은

---

26) 遇 만날 우. 講 익힐 강, 외다, 말하다. 碰 부딪칠 팽, 우연히 만나다. 屠 잡을 도. 屠殺하다. 獵 사냥할 엽(렵). 帽 모자 모. 衣帽 의관(衣冠). 桀(걸) 하(夏)나라의 폭군. 紂(주) 은(殷)나라의 폭군.

새장이 예쁘다 하여 들어가지 않는다.」 [27]

※ **大匠之門無拙工** (대장지문무졸공 dàjiàng zhī mén wú zhuōgōng)
「훌륭한 기술자의 문하에 우둔한 기술자 없다.」

→ **大匠不持斧** (대장부지부 dàjiàng bù chí fǔ)
「최고 기술자는 직접 도끼를 들지 않는다.」

▶ **慢工出巧匠** (만공출교장 màn gōng chū qiǎo jiàng)
「일을 천천히 꼼꼼하게 해야 정교한 물건이 나온다.」

▶ **大匠手裏無棄材** (대장수리무기재)
「큰 기술자에게는 버리는 재료가 없다.」 [28]

※ **大蟲不吃伏肉** (대충불흘복육 dàchóng bùchī fúròu.)
「호랑이는 엎드린 짐승을 잡아먹지 않는다.」 (강자는 약자를 속여 잡지 않는다.)

→ **大虫吃小虫** (대충흘소충 dàchóng chī xiǎochóng)
「큰 호랑이는 작은 호랑이를 잡아먹는다.」 (약육강식)

▶ **虎無傷人意 人有傷虎心** (호무상인의 인유상호심)
「호랑이는 사람을 해칠 생각은 없으나, 사람은 호랑이를 죽일 생각을 한다.」

▶ **虎毒不食子** (호독불식자)
「호랑이가 독해도 제 자식을 먹지는 않는다.」 (나쁜 사람이라도 자기 동료나 자식을 해치지는 않는다.)

---

27) 吃 먹을 흘(喫「마실 끽」과 같음). 蝦米 작은 새우. 芳 꽃다울 방. 芳餌 =香餌 좋은 먹이. 呑 삼킬 탄. 鉤 갈고리 구. 雕 새길 조, 잘 꾸미다. 籠 대그릇 농, 새장.
28) 匠 장인 장, 기술자. 拙 졸렬할 졸, 서투르다. 斧 도끼 부, 자르고, 깎고, 다듬을 때 모두 도끼를 썼다. 棄 버릴 기.

▶ 猛虎不處卑勢 勁鷹不立垂枝 (맹호불처비세 경응불립수지)

「맹호는 낮은 곳에 서지 않고, 사나운 매는 가지 끝에 앉지 않는다.」(스스로 위험에 처하지 않는다.) 29)

※ 賭近盜 淫近殺 (도근도 음근살 dǔ jìn dào, yín jìn shā)

「도박꾼은 도둑에 가깝고, 간음을 하는 자는 살인하기 쉽다.」(그럴 가능성이 아주 많다.)

→ 賭錢場上無父子 (도전장상무부자 dǔqián chǎngshang wú fùzǐ)

「노름판에 아버지와 아들 없다.」

▶ 賭與盜爲隣 (도여도위린)

「노름꾼과 도둑은 이웃사촌이다.」(노름판에서 다 날리면 도둑질을 한다.)

▶ 賭臺無戲言 (도대무희언)

「노름판에 농담으로 하는 말 없다.」

▶ 子賭父顯怒 父賭子暗怖 (자도부현노 부도자암포)

「아들이 도박을 하면 아버지가 크게 노하고, 아버지가 도박을 하면 아들 마음은 공포에 떤다.」 30)

※ 道不同 不相爲謀 (도부동 불상위모 dào bùtóng, bù xiāng wéi móu)

「추구하는 바가 다르다면 일을 같이 하지 말라.」

→ 道不相同 不與爲伍 (도불상동 불여위오 dào bù xiāng tóng, bù yǔ wéiwǔ)

「도道가 같지 않다면 모임을 같이 하지 말라.」

---

29) 大蟲 호랑이(老虎). 吃 먹을 흘. 伏 엎드릴 복, 굴복하다. 卑 낮을 비. 勁 굳셀 경. 鷹 매 응. 垂 늘어질 수, 내려주다, 끝, 가장자리.

30) 淫 음란할 음, 음란한 행위. 隣 이웃 린. 顯 나타낼 현. 怖 두려워할 포.

▶ 道德仁義 無禮不成 (도덕인의 무례불성)

「도덕과 인의는 예가 아니면 성립할 수 없다.」

▶ 同道者相愛 同行者相妬 (동도자상애 동행자상투)

「도道를 같이 하는 사람은 서로 아껴주지만, 같은 업종끼리는 서로 질투한다.」

▶ 同富貴者 不能同患難 (동부귀자 불능동환난)

「부귀를 같이 누린 사람과 환난을 같이할 수 없다.」 [31]

※ 東邊不會西邊會 (동변불회서변회 dōngbian bù huì, xībian huì)
「동쪽에서 못 보면 서쪽에서 본다.」 (누구나 어디서든 만날 수 있다.)

→ 同僚三世親 (동료삼세친 tóngliáo sān shì qīn)

「(직장) 동료는 (전생의) 3세에 걸친 친척이다.」

▶ 同舟而濟 皆同其利 (동주이제 개동기리)

「같은 배를 타고 건넜다면 모두 이득을 본 것이다.」

▶ 坐船同命 走路同心 (좌선동명 주로동심)

「배에 탔으면 같은 운명이고, 길을 가면 같은 마음이다.」

▶ 同船共渡 前世有三分因緣 (동선공도 전세유삼분인연)

「같은 배를 타고 건넌다는 것은 전세에 많은 인연이 있었기 때문이다.」

▶ 風雨同舟 (풍우동주)

「비바람 속에 같은 배를 타다.」 (어려움을 같이 나누다.) [32]

※ 同病相憐 同憂相救 (동병상련 동우상구 tóng bìng xiāng lián, tóng

---

31) 道 정치적 견해, 추구하는 목표 등. 伍 5인부대 오, 동료, 한패.
32) 僚 벗 료. 渡 물 건널 도.

yōu xiāng jiù)

「같은 병에 서로 안타까워하며, 같은 걱정에 서로 돕다.」(과부 설움은 과부가 안다.)

→ 同生死 共患難 (동생사 공환난 tóng shēngsǐ, gòng huànnàn)

「생사와 환난을 같이하다.」

▶ 同心之言 其臭如蘭 (동심지언 기취여란)

「의기투합한 말은 그 향기가 난과 같다.」

▶ 吃大豆一人一顆 喝涼水不分你我 (흘대두일인일과 갈양수불분니아)

「콩을 한 알씩 나누어 먹고, 찬물을 마시며, 너와 나를 나누지 않는다.」(공동운명체이다.)

▶ 莫學蜘蛛各牽網 要學蜜蜂共采花 (막학지주각견망 요학밀봉공채화)

「거미들이 각자 그물을 치는 것을 배우지 말고, 꿀벌들이 같이 꿀을 모으는 것을 배워야 한다.」[33]

※ 得道多助 失道寡助 (득도다조 실도과조 dédào duōzhù, shīdào guǎzhù)

「도리에 맞으면 많은 도움을 받고, 도리에 맞지 않으면 도움이 적다.」(옳은 일은 여러 사람의 호응을 받는다.)

→ 瞞上不瞞下 (만상불만하 mán shàng bù mán xià)

「윗사람은 속여도 아랫사람은 속일 수 없다.」

▶ 得之不爲喜 失之不爲憂 (득지불위희 실지불위우)

「(무엇을) 얻었다 하여 기뻐할 것도, 잃었다 하여 걱정할 것도 아니

---

33) 憐 불쌍히 여길 련(연). 憂 근심할 우. 顆 낱알 과. 蜘 거미 지. 蛛 거미 주. 牽 끌 견. 網 그물 망. 蜂 벌 봉.

다.」

▶ 瞞得一時 不瞞得一世 (만득일시 불만득일세)

「한 때는 속일 수 있어도 한 시대를 속일 수는 없다.」[34]

※ 得人一牛 還人一馬 (득인일우 환인일마 dé rén yīniú, hái rén yīmǎ)

「타인에게서 소 한 마리 받았으면, 그에게 말 한 마리로 갚아야 한다.」

→ 薄禮强失禮 (박례강실례 bólǐ qiáng shīlǐ)

「변변치 못한 예물이 결례하는 거보다 낫다.」 (조그만 성의 표시라도 안 하는 것보다 낫다.)

▶ 得失成敗一瞬間 一念之差千里遠 (득실성패일순간 일념지차천리원)

「득실과 성패는 한 순간이며, 생각 하나의 차이는 천리만큼이나 멀어진다.」

▶ 得之易 失之易 得之難 失之難 (득지이 실지이 득지난 실지난)

「쉽게 얻었으면 잃기도 쉽다. 어렵게 얻었다면 여간해서 잃지 않는다.」[35]

※ 罵來不開口 打來不動手 (매래불개구 타래부동수 màlai bù kāikǒu, dǎlai bù dòngshǒu)

「욕을 해도 입을 열지 않고, 때린다 해도 손을 쓰지 않는다.」 (무대응이 최선의 대응이다.)

---

34) 瞞 속일 만. ※《孟子》公孫丑 下 "得道者多助 失道者寡助 寡助之至 親戚畔之 多助之至 天下順之."

35) 人 타인을 의미함. 還 되돌려주다. 薄 엷을 박, 薄禮, 薄儀, 薄謝, 薄意, 微意, 辛酬 모두 비슷한 의미로 쓰임.

→ 罵的風吹過 打的不下痛 (매적풍취과 타적불하통)

「욕설이란 지나가는 바람이고, 때린다 해도 아프지 않다.」(초연한 태도.)

▶ 打人一拳 防人一脚 (타인일권 방인일각)

「남을 한 대 때렸다면 상대의 발공격을 막아야 한다.」

▶ 未學打人 先學挨打 (미학타인 선학애타)

「때리는 것을 배우기 전에 맞고 참는 것을 먼저 배운다.」

▶ 挨一時是一時 (애일시시일시)

「조금이라도 늦출 수 있는 데까지 늦추다.」(견딜 수 있을 때까지 버티다.) 36)

※ 無官不貪 無商不奸 (무관불탐 무상불간 wú guān bùtān, wú shāng bùjiān)

「탐욕 없는 관리 없고, 거짓말 안 하는 상인 없다.」

→ 無官不愛財 無兵不貪色 (무관불애재 무병불탐색 wú guān bù àicái, wú bīng bù tānsè)

「재물을 싫어하는 관리 없고, 여색을 탐하지 않는 병졸 없다.」

▶ 無功受祿 寢食不安 (무공수록 침식불안)

「공적도 없이 녹을 받았다면 침식이 불안하다.」

▶ 無正經人交接 其人必是奸邪 (무정경인교접 기인필시간사)

「품행이 바른 사람과 교제가 없다면 그 사람은 틀림없이 간사한 사람이다.」 37)

※ 防民之口 甚於防川 (방민지구 심어방천 fáng mín zhī kǒu, shèn yú

---

36) 罵 욕할 매. 骨頭 뼈, 해골. 挨 견딜 애, 당할 애, 늦출 애.
37) 奸 간사할 간. 寢 잠잘 침. 正經人 zhèngjing 품행이 바른 사람.

fáng chuān)

「백성의 입을 막는 것은 냇물을 막는 것보다 더 심하다.」 (백성에게 언론의 자유를 주어 마음대로 자신의 뜻을 표현할 수 있게 해야 한다는 의미.)

→ 防患於未然 (방환어미연 fánghuàn yú wèi rán)

「환난은 미리 예방해야 한다.」

▶ 甕口易蓋 人嘴難封 (옹구이개 인취난봉)

「항아리 입은 쉽게 덮을 수 있지만, 사람의 입은 막기 어렵다.」

▶ 防虎容易防鬼難 (방호용이방귀난)

「호랑이를 막기는 쉽지만 귀신을 막기는 어렵다.」 38)

※ 幇人幇到底 (방인방도저 bāngrén bāng dào dǐ)
「사람을 도와주려면 끝까지 도와야 한다.」

→ 幇人要幇心 幇心要熱情 (방인요방심 방심요열정 bāng rén yào bāng xīn, bāng xīn yào rèqíng)

「사람을 도우려면 마음으로 도와야 한다. 마음으로 도우려면 열정이 있어야 한다.」

▶ 幇別人要忘掉 別人幇要記牢 (방별인요망도 별인방요기뢰)

「다른 사람을 도와주었다면 잊어버려야 하고, 다른 사람의 도움을 받았다면 마음에 새겨두어야 한다.」

▶ 救人救到家 (구인구도가)

「사람을 구해준다면 집에 갈 때까지 도와야 한다.」 39)

※ 百萬買宅 千萬買隣 (백만매택 천만매린 bǎiwàn mǎi zhái qiānw àn

---

38) 防 막을 방. 息 쉴 식. 甕 독 옹, 항아리 옹. 蓋 덮을 개.
39) 幇 도울 방. 牢 우리 뇌(뢰), 외양간, 감옥, 단단하다. 記牢 명심하다.

mǎi lín)

「백만금을 주고 집을 사지만, 이웃은 천만금을 주고 산다.」

→ 百金買駿馬 千金買美人 (백금매준마 천금매미인 bǎijīn mǎi jùnmǎ qiānjīn mǎi měirén)

「일백 금으로는 준마를 사고, 천금으로는 미인을 손에 넣을 수 있다.」

▶ 隣居好 賽金寶 (인거호 새금보 línjū hǎo, sài jīnbǎo)

「좋은 이웃은 금은보화보다 낫다.」

▶ 萬金買爵祿 何處買靑春 (만금매작록 하처매청춘 wànjīn mǎi juélù, héchù mǎi qīngchūn)

「만금으로는 벼슬을 살 수 있다지만, 청춘은 어디에서 살 수 있는가?」 40)

※ 扶起不扶倒 (부기불부도 fú qǐ bù fú dǎo)
「일어나려는 사람을 부축하지 쓰러진 사람을 부축하지 않는다.」
(희망이 보이는 사람을 도와주다.)

→ 扶不起的猪大腸 (부불기적저대장 fúbuqǐde zhū dàcháng)

「일으켜 세울 수 없는 돼지의 창자.」 (사람이 무능하여 도와줘도 자립하지 못하다.)

▶ 上天無路 入地無門 (상천무로 입지무문)

「하늘에 올라갈 길이 없고, 땅에 들어갈 문도 없다.」 (아무런 방도가 없다.)

▶ 扶竹上天 扶井繩入地 (부죽상천 부정승입지)

「대나무를 타고 하늘에 올라가고, 두레박줄을 타고 땅에 들어가

---

40) 買 살 매. 隣 이웃 린. 駿 준마 준. 賽 내기할 새, 겨루다, 필적하다. 爵 벼슬 작.

다.」 (권세가에 의지하여 중용되고, 약자를 속여 곤경에 빠뜨리다.)

▶ 上天要有彎腰樹 下海要有獨木舟 (상천요유만요수 하해요유독목주)

「하늘에 오르려면 구부러진 나무라도 있어야 하고, 바다에 가려면 통나무배라도 있어야 한다.」 (무슨 일을 하려면 최소한의 도구라도 있어야 한다.)

▶ 扶人未必上靑天 推人未必塡溝壑 (부인미필상청천 추인미필전구학)

「사람을 도와준다 하여 꼭 하늘에 오르는 것도 아니고, 사람을 떼민다 하여 반드시 구렁텅이에 빠지는 것도 아니다.」 [41]

※ 婦女能頂半邊天 (부녀능정반변천 fùnǚ néngdǐng bànbiāntiān)
「여자가 하늘의 절반을 떠받치고 있다.」 (여자의 능력과 공헌은 남자 못지않다.)

→ 離了婦女沒吃穿 (이료부녀몰흘천 lí liǎo fùnǚ méi chīchuān)
「여자가 없다면 먹고 입을 것이 없다.」

▶ 婦女半邊天 (부녀반변천)
「여성이 하늘의 절반이다.」 (사회의 절반을 감당한다.)

▶ 人生莫作婦人身 百年苦樂由他人 (인생막작부인신 백년고락유타인)

「사람이라면 여자의 몸으로 태어나지 말라! 여인 한평생의 고락은 모두 다른 사람 때문이다.」 [42]

---

41) 腸 창자 장. 繩 새끼 승. 彎 굽을 만. 彎腰 허리를 굽히다, 굽실거리다. 塡 메울 전. 溝 도랑 구. 壑 구덩이 학.
42) 穿 입을 천. 頂 정수리 정, 머리로 받치다, 지탱하다. 由 말미암을 유. ~ 때문이다, ~을 따르다.

※ 不當和尚 不知道念經苦 (부당화상 부지도염경고 bù dāng héshang bù zhīao niànjīng kǔ)
「중노릇을 해보지 않았다면 염불하는 고통을 알지 못한다.」

▶ 不入地獄 不知餓鬼變相 (불입지옥 부지아귀변상 bù rù dìyù, bù zhī èguǐ biàn xiàng)

「지옥에 가보지 않았으면 아귀들의 변상變相을 모른다.」

▶ 不創業不知錢艱難 (불창업부지전간난)

「사업을 해 보지 않으면 돈벌이가 힘든 줄을 모른다.」

▶ 不入佛門不受戒 不受磨煉不成佛 (불입불문불수계 불수마련불성불)

「불문에 들어가지 않으면 수계를 받을 수 없고, 연마와 수련을 받지 않는다면 성불할 수 없다.」 43)

※ 富在深山有遠親 (부재심산유원친 fù zài shēnshān yǒu yuǎnqīn)
「부자는 깊은 산 속에 살아도 먼 친척이 찾아온다.」

→ 貧居鬧市無人間 (빈거뇨시무인문 pín jū nàoshì wú rénwèn)

「가난뱅이는 저자거리에 살아도 인사하는 사람이 없다.」

▶ 貧窮災難無人間 (빈궁재난무인문)

「빈궁한 사람은 재난을 당해도 위문하는 사람이 없다.」

▶ 貧見富來門外接 富見貧來不起身 (빈견부래문외접 부견빈래불기신)

「가난한 집에 부자가 오면 문 밖에서 맞이하지만, 부자는 가난한 사람이 찾아와도 몸을 일으키지도 않는다.」 44)

---

43) 知道 알다. 餓 굶주릴 아. 艱 어려울 간. 變相 변한 모양, 아귀들이 고통 받는 모양, 불경의 내용을 그림으로 그린 것을 변상도(變相圖)라 함. 艱難 어려움, 곤란.

※ **不怕虎生二翼 只怕人起二心** (불파호생이익 지파인기이심 bù pà hū shēng èryì, zhǐ pà rén qǐ èrxīn)

「호랑이에게 두 날개가 생기는 것보다 사람이 두 마음을 품는 것이 더 무섭다.」

→ **不怕馬王三隻眼 只怕人懷兩條心** (불파마왕삼척안 지파인회양조심 bù pà mǎwáng sānzhī yǎn, zhǐ pà rén huái liǎngtiáo xīn)

「세 개의 눈을 가진 마왕馬王은 무섭지 않지만, 사람이 두 마음을 품는 것이 두렵다.」

▶ **不怕虎狼惡 就怕人懦弱** (불파호랑악 취파인나약)

「호랑이가 사나운 것이야 무섭지 않고, 다만 사람이 나약한 것이 두렵다.」

▶ **不怕眞槍實彈 就怕背後暗算** (불파진창실탄 취파배후암산)

「진짜 총과 실탄은 무섭지 않지만, 등 뒤에서 꾸미는 음모가 두렵다.」[45)]

※ **不看僧面看佛面** (불간승면간불면 bùkàn sēngmiàn, kàn fómiàn)

「스님 체면은 봐주지 않더라도 부처님 체면은 세워줘야 한다.」(아랫사람 체면이야 무시할 수 있겠지만, 윗사람 체면은 세워줘야 한다.)

→ **進了廟 屬和尙** (진료묘 속화상 jìnle miào shǔ héshàng)

「절에 들어가면 화상의 말을 들어야 한다.」(주관을 펼 수 없음.)

▶ **和尙道士沒有錢 背上兜兜去化緣** (화상도사몰유전 배상두두거화연)

---

44) 鬧 시끄러울 뇨(료).

45) 隻 새 한 마리 척, 짝이 있는 물건, 또는 배를 세는 단위. 馬王 중국 민간신앙에서 눈 세 개를 가진 神將으로 靈官 馬元帥가 있다. 중국인들은 상대방을 위협할 때 「네게 마왕의 눈이 세 개라는 것을 알게 해주겠다」는 말을 한다. 懦 nuò 나약할 나, 무기력하다. 槍 창 창, 총 手槍 권총.

「화상과 도사라도 돈이 없으면 등에 바랑을 메고 탁발을 나간다.」

▶ 一個字便是僧 兩個字是和尙 三個字鬼樂官 四字色中餓鬼 (일개자 편시승 양개자시화상 삼개자귀락관 사자색중아귀)

「한 글자로 말하면 중僧이고 두 글자로는 화상和尙이고, 세 글자로 는 귀신과 노는 관리鬼樂官이고, 네 글자로는 색에 굶주린 아귀色中餓鬼 이다.」(僧에 대한 악평) 46)

※ 不打不相識 (불타불상식 bù dǎ bù xiāngshí)

「싸워보지 않으면 서로를 잘 알지 못한다.」

→ 不打不罵不成人 (불타불매불성인 bù dǎ bù mà bù chéng rén)

「때리고 욕을 하지 않으면 사람이 되지 않는다.」

▶ 打打罵罵做好人 (타타매매주호인)

「때릴 때 때리고, 꾸짖을 때 꾸짖어야 좋은 사람이 된다.」

▶ 不打不出藝 (불타불출예)

「때리지 않으면 재주가 늘지 않는다.」 47)

※ 不割心愛 不顯誠意 (불할심애 불현성의 bù gē xīnài, bù xiǎn chéngyì)

「마음에 아끼는 것을 주지 않는다면 성의가 표시되지 않는다.」

→ 精誠所至 金石爲開 (정성소지 금석위개 jīngchéng suǒ zhì, jīnshí wéi kāi)

「정성이 닿으면 금석이라도 열린다.」

---

46) 看 볼 간. 餓 굶주릴 아. 背 등 배, 등에 메다. 兜 투구 두, 주머니. 兜兜 중이 메는 배낭. 緣 가장자리 연, 까닭, 이유, 기어오르다. 化緣 (중이나 도 사가) 동냥하다, 탁발하다.

47) 打 때릴 타, 싸우다. 相識 서로 알다, 상대를 이해하다.

▶ **人無我有 人有我新 人輕我重** (인무아유 인유아신 인경아중)

「남에게는 없으나 나에게 있는 것, 다른 이도 갖고 있지만 내 것이 최신의 것, 남에게는 별것 아니지만 내게는 소중한 것.」 (다른 사람에게 보내는 예물 선택의 조건.)

▶ **精人精算賬 蠢人蠢算賬** (정인정산장 준인준산장)

「정확한 사람은 정확하게 청산하고, 흐리멍덩한 사람은 계산도 흐리멍덩하다.」 48)

※ **朋友多 福氣多** (붕우다 복기다 péngyou duō, fúqì duō)
「친구가 많으면 복도 많다.」

→ **朋友相交 貴在知心** (붕우상교 귀재지심　péngyou xiāng jiāo, guì zài zhīxīn)

「친구 간 교제에서는 서로의 마음을 알아주는 것이 중요하다.」

▶ **眞朋友 同打虎 同吃肉** (진붕우 동타호 동흘육)

「진정한 벗은 같이 호랑이를 잡아 같이 그 고기를 먹는다.」

▶ **假朋友 見利來 見害走** (가붕우 견리래 견해주)

「가짜 벗은 이득이 있으면 오고, 손해 볼 것 같으면 가버린다.」

▶ **春風滿面皆朋友 急難之時無一人** (춘풍만면개붕우 급난지시무일인)

「얼굴 가득 희색이 돌 때야 누구든 친구지만, 위급한 어려움에 처하면 아무도 없다.」 49)

※ **朋友有通財之義** (붕우유통재지의 péngyou yǒu tōng cái zhī yì)

---

48) 割 나눌 할, 쪼개다. 顯 나타날 현, 드러나다. 蠢 벌레가 꿈틀거릴 준, 어리석다, 멍청하다.
49) 假 거짓 가.

「친구 사이에는 서로 간 재물을 유무상통하는 의리가 있다.」(친구가 경제적으로 어려우면 서로 도와야 하는 의무가 있다.)

→ 好朋友淸算賬 (호붕우청산장)

「좋은 친구는 계산이 분명하다.」

▶ 朋友莫交財 交財仁義絶 (붕우막교재 교재인의절)

「친구끼리는 재물을 거래하지 말라. 재물 거래를 하면 인의가 끊어진다.」

▶ 朋友有厚薄 親戚有遠近 (붕우유후박 친척유원근)

「두텁고 엷은 우정이 있고, 멀고 가까운 친척이 있다.」

▶ 朋友沒錢無朋友 親戚沒錢不親戚 (붕우몰전무붕우 친척몰전불친척)

「친구가 돈이 없다면 친구가 아니고, 친척이 돈이 없다면 친척이 아니다.」[50]

※ 朋友一千不嫌多 仇人一個不嫌少 (붕우일천부혐다 구인일개부혐소 péngyou yìqiān bùxián duō, chóurén yígè bùxián shǎo)

「일천 명의 친구가 많다 하여 나쁘진 않지만, 한 명의 원수가 적다 하여 괜찮은 것은 아니다.」(한 사람이라도 원수지지 말라.)

→ 朋友越多越好 怨家越小越好 (붕우월다월호 원가월소월호 péngyou yuèduō yuèhǎo, yuànjiā yuèxiǎo yuèhǎo)

「친구는 많을수록 좋고, 원수는 적을수록 좋다.」

▶ 一斗米養恩人 一石米養仇人 (일두미양은인 일석미양구인)

「한 말 쌀로는 은인을 봉양하고, 한 섬 쌀로는 원수진 사람을 도와라!」

▶ 爲朋友兩脇揷刀 (위붕우양협삽도)

---

50) 賬 치부책 장, 빚. 薄 엷을 박.

「친구를 위하여 양 옆구리에 칼을 꽂다.」 (친구를 위해 어려운 희생도 마다하지 않다.) 51)

※ 朋友之間一把鋸 - 你不來 我不去 (붕우지간일파거 - 니불래 아불거 péngyouzhījiān yìbǎ jù-nǐ bùlái, wǒ bùqù)
「친구지간은 한 자루의 톱이다. - 네가 오지 않으면 나도 안 간다.」 (오는 정이 있어야 가는 정도 있다.)

→ 人在人情在 人亡兩無交 (인재인정재 인망양무교 rén zài rénqíng zài, rén wáng liǎng wú jiāo)

「사람이 살아야 인정도 있다. 사람이 죽으면 두 사람 사이에 교제도 없다.

▶ 朋友勸酒不勸色 (붕우권주불권색)
「친구끼리 술은 권하더라도 여색을 권하지는 않는다.」

▶ 朋友來了有美酒 野獸來了有獵刀 (붕우래료유미주 야수래료유렵도)
「친구가 찾아오면 좋은 술이 있어야 하고, 야수가 오면 사냥칼이 있어야 한다.」 (좋고 나쁨을 확실히 해야 한다.)

▶ 酒逢知己飮 詩向會人吟 (주봉지기음 시향회인음)
「술은 지기를 만나 마시고, 시는 사람이 모인 곳에서 읊어야 한다.」 52)

※ 比鷄罵狗 (비계매구 bǐ, bì jī mà gǒu)
「닭을 빗대어 개를 욕하다.」

---

51) 嫌 싫어할 혐. 仇 원수 구. 越 넘을 월. 越~越~ ~하면 할수록 ~하다. 脅 옆구리 협(脅과 同字). 插 꽂을 삽.
52) 把 잡을 파, 자루 달린 물건을 세는 단위. 鋸 톱 거. 獸 짐승 수. 獵 사냥할 렵(엽).

→ **指桑樹罵槐樹** (지상수매괴수 zhī sāngshù mà huáishù)

「뽕나무를 가리키면서 홰나무를 욕하다.」

▶ **指着張三罵李四** (지착장삼매이사)

「장삼張三이를 가리키며 이사李四를 욕하다.」

▶ **指着和尙罵禿子** (지착화상매독자)

「중을 가리키며 대머리를 욕하다.」

▶ **指冬瓜罵葫蘆** (지동과매호로)

「동과를 보며 호로(조롱박)를 욕하다.」 53)

※ **備席容易請客難** (비석용이청객난 bèixí róngyì qǐngkè nán)
「술자리 마련하기야 쉽지만, 손님 청하기가 어렵다.」

→ **請神容易送神難** (청신용이송신난 qǐngshén róngyì sòngshén nán)

「귀신을 부르기야 쉽지만, 보내기는 어렵다.」 (사람 접대는 그 끝
이 어렵다.)

▶ **請客容易等客難** (청객용이등객난)

「손님을 청하기야 쉽지만, 기다리기는 어렵다.」

▶ **閻王開飯店 鬼都不上門** (염왕개반점 귀도불상문)

「염라대왕이 음식점을 여니 잡귀들은 아무도 얼씬거리지 않는
다.」

▶ **王小二飯店 量人對湯** (왕소이반점 양인대탕)

「왕씨 둘째네 반점에서는 사람을 봐가면서 탕을 준비한다.」 (내용
물이 달라진다.) 54)

---

53) 比 견줄 비. 鷄 닭 계. 罵 욕할 매. 狗 개 구. 桑 뽕나무 상. 槐 회화(홰)
   나무 괴. 禿 대머리 독. 瓜 오이 과. 葫 조롱박 호. 蘆 갈대 노(로).
54) 備 갖출 비. 難 어려울 난. 送 보낼 송. 等 기다릴 등, 같을 등.

※ **貧賤親戚離 富貴他人合** (빈천친척리 부귀타인합 pínjiàn qīnqi lí, fùguì tārén hé)

「빈천하면 친척도 떠나지만, 부귀하면 남도 다가온다.」

→ **好隣勝遠親** (호린승원친 hǎolín shèng yuǎnqīn)

「좋은 이웃이 먼 친척보다 좋다.」 (이웃사촌이 더 가깝다.)

▶ **無心求富貴 富貴逼人來** (무심구부귀 부귀핍인래)

「부귀를 구하는 마음이 없어도, 부귀는 사람을 따라온다.」

▶ **人當貧賤語聲低** (인당빈천어성저)

「사람이 빈천하면 목소리가 낮아진다.」

▶ **貧即易諂 富即易驕** (빈즉이첨 부즉이교)

「가난하면 쉽게 아첨하게 되고, 부유하면 교만해지기 쉽다.」 [55]

※ **死老虎人人打** (사노호인인타 sǐ lǎohū rén rén dǎ)

「죽은 호랑이는 누구나 때린다.」

→ **墙倒衆人推** (장도중인추 qiángdǎo zhòngrén tuī)

「담이 무너지려 하니 여럿이 밀어댄다.」

▶ **鼓破亂人捶** (고파난인추)

「북이 찢어지니 아무나 마구 두드린다.」 (권력을 잃게 되자 모두가 공격하다.)

▶ **死了的老虎 也要當活虎打** (사료적노호 야요당활호타)

「죽은 호랑이라도 살아있는 호랑이처럼 두들겨야 한다.」 [56]

※ **事變知人心** (사변지인심 shìbiàn zhī rénxīn)

---

55) 戚 겨레 척, 슬플 척. 離 떠날 리. 隣 이웃 린. 逼 닥칠 핍, 바짝 달라붙다, 압박하다. 諂 아첨할 첨.

56) 墙 담 장(牆과 同字). 倒 넘어질 도. 推 밀 추. 鼓 북 고. 捶 칠 추, 찧을 추.

「사정이 바뀔 때 인심을 알 수 있다.」

→ 事不關己 莫多問 (사불관기 막다문 shì bù guān jǐ, mò duō wèn)

「세상일이 나하고 상관없거든 이것저것 묻지 말라.」

▶ 事久見人心 (사구견인심)

「오래 일하다 보면 인심을 알 수 있다.」

▶ 事不關己 高高挂己 (사불관기 고고괘기)

「자신과 관계없는 일을 높은 데 걸어두다.」 (전혀 관심을 갖지 않다.)

▶ 人心曲曲彎彎水 世事重重疊疊山 (인심곡곡만만수 세사중중첩첩산)

「인심은 굽이굽이 꾸불꾸불 흐르는 강이고, 세상살이란 겹겹 첩첩 쌓인 산이다.」 57)

※ 山有山主 水有水覇 (산유산주 수유수패 shān yǒu shān zhǔ, shuǐ yǒu shuǐ bà)

「산에는 산의 우두머리가, 물에는 물길을 쥔 주먹이 있다.」 (어디든 우두머리가 있다.)

→ 山中無老虎 猴子稱大王 (산중무노호 후자칭대왕 shān zhōng wú lǎohū hóuzi chēng dàwáng)

「호랑이 없는 산에서는 원숭이가 대왕 노릇한다.」

▶ 山中無猛獸 狐狸也爲尊 (산중무맹수 호리야위존)

「산중에 맹수가 없으면 여우가 어른이 된다.」

▶ 露出狐狸尾兒來 (노출호리미아래)

「여우의 꼬리가 노출되다.」 (본색을 드러내다.) 58)

---

57) 莫 말 막, ~하지 말라. 挂 걸 괘, 걸어두다, 그림족자 괘. 彎 굽을 만. 重 겹치다. 疊 겹쳐질 첩, 쌓이다, 중첩(重疊)을 重重疊疊이라 표현했음.

※ 三人成虎 衆口鑠金 (삼인성호 중구삭금 sānrén chéng hū, zhòng口 kǒu shuò jīn)

「세 사람 입을 건너가면 호랑이가 되고, 여러 사람이 말하면 쇠도 녹인다.」(근거 없는 말이라도 여러 사람이 말하면 곧이듣는다. 말의 무서움을 이르는 말.)

→ 三人六樣話 (삼인육양화 sān rén liù yàng huà)

「세 사람이라도 이야기는 여섯 개다.」(말하는 방법은 전부 제각각이다.)

▶ 三人傳言 可使市中有虎 (삼인전언 가사시중유호)

「세 사람만 건너가면 시장에 호랑이가 나온다.」(근거 없는 말이라도 여러 사람이 말하면 곧이듣는다.)

▶ 十里路上沒眞言 (십리노상몰진언)

「10리 길에 참말 없다.」(소문은 멀리 갈수록 사실과 다르다.)

▶ 衆口鑠金 積毀銷骨 (중구삭금 적훼소골)

「여러 사람의 입은 쇠도 녹이고, 이런저런 비난이 모여지면 뼈도 깎아낸다.」(여럿이 중상하는 말의 무서움을 비유하는 말.) 59)

※ 相逢何必曾相識 (상봉하필증상식 xiāngféng hébì cēng xiāngshí)

「서로 만남에 하필 전부터 알고 있어야 하나?」

→ 相逢一笑泯恩怨 (상봉일소민은원 xiāngféng yīxiào mǐn ēnyuàn)

「서로 만나 한번 웃으면 은혜도 원한도 사라진다.」

▶ 凡事宜解不宜結 (범사의해불의결)

「모든 일에 (원한을) 풀어야지 원한을 맺어서는 안 된다.」

---

58) 覇 으뜸 패, 힘을 바탕으로 한 우두머리(霸의 俗字). 猴 원숭이 후. 狐 여우 호. 狸 살쾡이 리(貍와 同字). 狐狸 여우 종류의 통칭.
59) 鑠 녹일 삭. 毀 허물 훼, 비난. 銷 녹일 소.

▶ **相交滿天下 知心能幾人** (상교만천하 지심능기인)

「온 천하 모두와 서로 교제하지만 마음을 아는 이 몇인가?」

▶ **相交朋友世上多 翻臉無情受奔波** (상교붕우세상다 번검무정수분파)

「서로 교제하는 벗이 세상에 많이 있다지만, 무정하게 얼굴을 돌려 바쁘게 뛰어다닌다.」[60]

※ **賞必遠 罰先近** (상필원 벌선근 shǎng bì yuǎn, fá xiān jìn)

「상은 관계가 먼 사람부터 주고, 벌은 가까운 사람부터 줘야 한다.」

→ **賞必行 罰必信** (상필행 벌필신 shǎng bì xíng, fá bì xìn)

「좋은 일에는 상을 꼭 주어야 하고, 벌은 반드시 신뢰를 받을 수 있어야 한다.」

▶ **罰不當罪** (벌불당죄)

「처벌이 죄에 합당하지 않다.」 (부당한 처벌을 하다.)

▶ **賞罰不明 百事不成** (상벌불명 백사불성)

「상벌이 불분명하다면 모든 일이 실패한다.」

▶ **重賞之下 必有勇夫** (중상지하 필유용부)

「큰 상을 내걸면 틀림없이 용사가 나타난다.」[61]

※ **鋤一惡 長十善** (서일악 장십선 chú yī è, zhǎng shí shàn)

「하나의 악을 제거하면 열 개의 선이 자란다.」

→ **善神相遇 惡神遠去** (선신상우 악신원거 shànshén xiāngyù èshén

---

60) 泯 다할 민, 꺼질 민. 翻 뒤집을 번(飜과 같음). 翻臉 외면하다, 모른 체하다. 奔 달릴 분. 奔波 먹고살려고 뛰어다니다.

61) 罰 처벌, 벌을 주다.

yuǎn qù)

「착한 신이 서로 만나니 악신은 멀리 사라진다.」

▶ 縱一惡卽害百善 (종일악즉해백선 zòng yī è jí hài bǎi shàn)

「악인 하나를 풀어주면 착한 사람 백 명을 해친다.」

▶ 善惡隨人作 禍福自己招 (선악수인작 화복자기초)

「선과 악은 타인과의 관계에서 생기지만, 화와 복은 자신이 불러들인 것이다.」[62]

※ 船帮水 水帮船 (선방수 수방선 chuán bāng shuǐ, shuǐ bāng chuán)
「배는 물을 돕고, 물은 배를 돕는다.」

→ 土帮土成墙 水帮水成浪 (토방토성장 수방수성랑 tǔ bāng tǔ chéng qiáng, shuǐ bāng shuǐ chéng làng)

「흙은 흙과 함께 담이 되고, 물은 물을 도와 파도를 일으킨다.」 (단결의 힘을 강조)

▶ 帮狗吃食 (방구흘식)

「개가 먹는 것을 도와주다.」 (악인을 도와 나쁜 짓을 하다.)

▶ 殺人須見血 救人須救徹 (살인수견혈 구인수구철)

「사람을 죽인다면 피를 보아야 하고, 사람을 구하려면 끝까지 구해주어야 한다.」[63]

※ 雪裏送炭 三伏送扇 (설리송탄 삼복송선 xuěli sòngtàn, sānfú sòng shàn)
「눈이 내리면 숯을 보내고, 삼복에는 부채를 선물한다.」

→ 雪中送炭眞君子 (설중송탄진군자 xuě zhōng sòng tàn zhēn jūnzǐ)

---

62) 縱 풀어놓을 종. 隨 따를 수.
63) 墙 담 장. 底 바닥 저. 帮 도울 방. 須 모름지기 수.

「눈이 올 때 숯을 선물하는 사람이 참된 군자이다.」 (남의 어려움을 구제하다.)

▶ 只有錦上添花 誰肯雪中送炭 (지유금상첨화 수긍설중송탄)

「다만 금상첨화만 있을 뿐 누가 눈 속에 숯을 보내주려 하는가?」 (부자나 권력가와 교제하려 할 뿐, 역경에 처한 사람을 도와주는 사람은 없다.)

▶ 雪中送炭人間少 錦上添花世上多 (설중송탄인간소 금상첨화세상다)

「눈 속에 숯을 보내는 사람은 적고, 비단옷 입은 사람에게 꽃을 보내려는 사람은 많다.」 64)

※ 惺惺惜惺惺 好漢惜好漢 (성성석성성 호한석호한 xīngxīng xī xīngxīng, hǎohàn xī hǎohàn)

「똑똑한 사람은 똑똑한 사람을 아껴주고, 사나이는 사나이를 아낀다.」

→ 一流找一流兒 猪八戒找孫猴兒 (일류조일류아 저팔계조손후아 yīliú zhǎo yīliúr Zhūbājiè zhǎo Sūnhóur)

「일류는 일류를 찾고, 저팔계는 손오공을 찾는다.」

▶ 有人愛孫猴兒 有人愛猪八戒 (유인애손후아 유인애저팔계)

「어떤 사람은 손오공을, 어떤 사람은 저팔계를 좋아한다.」 65)

※ 世亂出英雄 (세란출영웅 shìluàn chū yīngxióng)

「세상이 어지러우면 영웅이 출현한다.」

---

64) 扇 부채 선. 錦 비단 금. 添 더할 첨. 送炭 추위에 떨 때 숯불을 보내주다(역경에 처한 사람을 돕다).
65) 惺 영리할 성. 惺惺 영리한 사람. 惜 아낄 석. 猪 돼지 저. 猴 원숭이 후. 找 찾을 조. 兒 발음상 붙이는 글자이지 「아이」란 뜻은 없음.

→ 世亂識忠臣 (세란식충신 shìluàn shí zhōngchén)

「난세에야 충신을 알 수 있다.」

▶ 世亂帝王興 (세란제왕흥)

「세상이 어지러우면 제왕이 일어선다.」

▶ 亂世出君王 (난세출군왕)

「난세에 군왕이 출현한다.」

▶ 移孝可以作忠 (이효가이작충)

「효도하는 마음은 나라에 대한 충성이 된다.」

▶ 求忠臣必於孝子之門 (구충신필어효자지문)

「충신은 반드시 효자 가문에서 찾아야 한다.」

▶ 忠臣不怕死 怕死不忠臣 (충신불파사 파사불충신)

「충신은 죽음을 두려워하지 않고, 죽음을 두려워하면 충신이 아니다.」[66]

※ 小人道長 君子道消 (소인도장 군자도소 xiǎorén dàozhǎng, jūnzǐ dào xiāo)

「소인의 도가 크면 군자의 도는 줄어든다.」 (소인이 득세하면 군자는 숨는다.)

→ 小人永年就君子不壽 (소인영년취군자불수 xiǎorén yǒngnián jiù jūnzǐ bù shòu)

「소인이 오래 산다면 군자는 장수할 수 없다.」 (소인이 득세하면 군자는 불행하다.)

▶ 攔君子不攔小人 (난군자부란소인)

「군자는 말릴 수 있지만, 소인을 말릴 수 없다.」 (소인에게는 충고가 통하지 않는다.)

---

66) 識 알 식. 移 옮길 이.

▶ 小人交友 香三天臭萬年 (소인교우 향삼천취만년)
「소인의 교우는 향기는 사흘이고 썩은 냄새는 만년이다.」[67]

※ 小人得志 狠如狼虎 (소인득지 한여낭호 xiǎorén dézhì, hěnrú lánghū)
「소인이 (높은) 자리를 차지하면 이리나 호랑이보다 더 사납다.」

→ 不怕判官怕鬼卒 (불파판관파귀졸 bù pà pàn guān pà guǐ zú)
「(지옥의) 판관보다 귀졸鬼卒이 더 무섭다.」

▶ 小泥鰍想掀大浪 小花蛇想吞大象 (소니추상흔대랑 소화사상탄대상)
「작은 미꾸라지가 큰 풍랑을 일으키고 싶고, 작은 뱀이 코끼리를 삼키고 싶다.」(소인이 망상을 품다.)

▶ 一條小泥鰍翻不起大浪 (일조소니추번불기대랑)
「작은 미꾸라지 한 마리는 큰 파도를 일으킬 수 없다.」(소인은 큰 일을 수행하지 못한다.) [68]

※ 小人逐末 君子務本 (소인축말 군자무본 xiǎorén zhú mò, jūnzǐ wù běn)
「소인은 작은 일에 집착하지만, 군자는 근본에 충실한다.」

→ 小人自大 小水聲大 (소인자대 소수성대 xiǎorén zì dà, xiǎoshuǐ shēng dà)
「소인은 스스로 잘났다 하고, 작은 물은 큰 소리를 낸다.」

▶ 小人得志 癩狗生毛 (소인득지 나구생모)

---

67) 消 사라질 소. 攔 막을 난(란). 臭 냄새 취, 나쁜 냄새.
68) 狠 사나울 한, 개 싸우는 소리 한. 狼 이리 낭(랑). 翻 뒤집을 번. 泥 진흙 니. 鰍 미꾸라지 추. 掀 치켜들 흔, 솟구쳐 뛰어오르다.

「소인이 뜻을 얻고, 비루먹은 개가 털이 나다.」

▶ 狗坐轎子 - 不識擡擧 (구좌교자 - 불식대거)

「교자에 올라탄 개 - 호의를 모른다.」 (남의 은혜를 모른다.) 69)

※ 輸嬴勝敗 兵家常事 (수영승패 병가상사 shūyíng shèngbài, bīng jiā chángshì)

「내기든 전쟁에서든, 승패는 병가에서 으레 있는 일이다.」 (이기고 지는 것에 크게 개의치 말고 최선을 다하는 것이 중요하다.)

→ 輸棋不輸品 嬴棋不嬴人 (수기불수품 영기불영인 shū qí bù shū pǐn, yíng qí bù yíng rén)

「바둑에서 졌다고 인품에서도 질 수 없고, 바둑에서 이겼다고 그 사람을 이긴 것은 아니다.」

▶ 輸家不放口 嬴家不能走 (수가불방구 영가부능주)

「(도박판에서) 잃은 사람은 말이 필요 없고, 딴 사람은 (노름판을) 떠날 수가 없다.」

▶ 孔夫子搬家 - 淨是書(輸) (공부자반가 정시서 kǒngfūzǐ bānjiā-jìng shìshū)

「공부자(공자)가 이사를 간다 - 온통 책뿐이다.」 (내기에서 계속 진다.) 70)

※ 水朝下流 人爭上游 (수조하류 인쟁상유 shuǐ cháo xià liú, rén

---

69) 逐 쫓을 축, 뒤쫓아가다. 癩 문둥병 나(라). 轎 가마 교. 識 알 식, 기록할 지. 擡 들어올릴 대. 擡擧 (사람을) 발탁하다, 밀어주다.

70) 輸 나를 수, 시합에서 지다. 嬴 찰 영, 내기나 경기에서 이기다. 棋 바둑 기, 장기. 搬 옮길 반. 搬家 이사를 하다. 淨(凈) 깨끗할 정, 온통. 書 책 서. 淨是書 「온통 책뿐이다」 (계속 진다). 書shū 와 輸shū ; 경기에서 지다(내기에서 잃다), 같은 발음.

zhēng shàng yóu)

「물은 아래로 흘러가고, 사람은 다투어 위로 올라가려고 한다.」

→ 水隨大流草隨風 (수수대류초수풍 shuǐ suí dàliú cǎo suí fēng)

「물은 큰 줄기를 따라 흐르고, 풀은 바람을 따라 눕는다.」

▶ 隨波逐流 (수파축류 suí bō zhú liú)

「파도에 맡겨 놓고, 흐름을 따라가다.」 (자기 주관도 없이 시류를 따라가다.)

▶ 水往低處流 人往高處走 (수왕저처류 인왕고처주)

「물은 낮은 곳으로 흐르고, 사람은 높은 곳으로 나아간다.」 71)

※ 手中無糧 心裏發慌 (수중무량 심리발황 shǒuzhōng wúliáng, xīnlǐ fāhuāng)

「수중에 양식이 없으면 마음속은 불안하기만 하다.」

→ 手裏有錢腰根壯 (수리유전요근장 shǒu lǐ yǒu qián yāo gēn zhuàng)

「손안에 돈이 있으면 허리에 힘이 생긴다.」 (꿀릴 것이 없다.)

▶ 手中沒把米 叫鷄鷄不來 (수중몰파미 규계계불래)

「손에 쌀을 쥐지 않고 닭을 불러봐야 닭은 오지 않는다.」

▶ 偸鷄不成蝕把米 (투계불성식파미)

「닭을 훔치려다 성공 못하면 쌀 한 줌만 손해다.」 (이익은 없고 손해만 보다.) 72)

※ 順水人情 (순수인정 shùn shuǐ rénqíng)

「퍼주는 김에 조금 더 주다.」 (값싼 인정. - 엎어진 김에 절하다.)

---

71) 朝 조정 조, ~을 향하다, 물이 모여들다. 銹 녹슬 수. 隨 따를 수.

72) 慌 다급할 황. 腰 허리 요. 叫 부를 규. 偸 훔칠 투. 蝕 좀 먹을 식, 손해 보다. 把 잡을 파, 한 줌.

→ 趁火添把乾柴 (진화첨파건시 chèn huǒ tiān bǎ gān chái)

「타는 불에 마른 장작을 얹어주다.」

▶ 順坡下驢 (순파하려)

「내려가는 길을 따라 나귀를 몰다.」 (가볍게 받아넘기다.)

▶ 順風行舟船易翻 (순풍행주선이번)

「바람을 타고 배를 몰면 배가 쉽게 엎어질 수도 있다.」

▶ 順水行船一人易 (순수행선일인이)

「물 따라 배를 모는 일은 혼자서도 쉽다.」 73)

※ 神仙下凡間土地 (신선하범문토지 shénxian xiàfán wèn tǔdi)
「신선이 인간세계에 내려오면 토지 신에게 묻는다.」

→ 神仙自有神仙樂 (신선자유신선락 shénxian zì yǒu shénxian lè)

「신선들에게는 신선의 즐거움이 있다.」

▶ 別拿土地爺不當神仙 (별나토지야부당신선)

「토지 신은 신선의 상대가 못된다고 깔보지 말라.」 (사람을 낮게 평가하여 홀대하지 말라.)

▶ 神仙打仗 凡人遭殃 (신선타장 범인조앙)

「신선들이 싸우면 범인들이 재앙을 당한다.」

▶ 寧可得罪玉皇大帝 不可得罪城隍土地 (영가득죄옥황대제 불가득죄성황토지)

「차라리 옥황상제한테 죄를 지을지언정, 마을의 성황신이나 토지 신에게 죄를 지을 수 없다.」 (옥황상제만큼 힘은 없다지만, 가까운 사람에게 밉보일 수 없다.) 74)

---

73) 人情 경조사 때 인사나 선물.

74) 土地 중국 농촌 마을의 土地神(마을마다 모셔진 가장 하급의 神으로 평범한 할아버지 할머니의 모습을 하고 있다). 別 ~하지 말라(금지). 拿 손

※ 十里不同風 百里不同俗 (십리부동풍 백리부동속 shílǐ bù tóng fēng, bǎi lǐ bù tóng sú)

「십리에 바람 다르고, 백 리에 습속이 다르다.」

→ 人心不同 各如其面 (인심부동 각여기면 rénxīn bù tóng, gè rú qí miàn)

「사람 얼굴이 각자 다르듯 사람 마음 역시 다르다.」

▶ 人情冷暖 世態炎凉 (인정냉난 세태염량)

「인정과 세태란 본디 차갑다가도 따뜻하고, 덥다가도 서늘하듯 변화무쌍하다.」

▶ 人心本好 見財即變 (인심본호 견재즉변)

「사람의 마음은 본디 좋지만 제물만 보면 바로 변한다.」

※ 衙門的錢 下水的船 (아문적전 하수적선)

「관아에 들어가는 돈은 물 따라가는 배.」(돈이 들어가야 일이 해결된다.)

→ 官無大小 要錢一般 (관무대소 요전일반 guān wú dàxiǎo, yào qián yībān)

「벼슬이 높건 낮건, 모두 돈이 들어가야 한다.」

▶ 衙門八字開 有理無錢莫進來 (아문팔자개 유리무전막진래)

「관아의 문이 팔자로 열렸지만, 도리에 맞는다 해도 돈이 없으면 들어가지 말라.」

▶ 官有十條計 九條民不知 (관유십조계 구조민부지)

「관청에 열 가지의 계책이 있는데, 그 중 아홉 가지는 백성들이 알지 못한다.」 [75]

에 잡을 나, ~을(를). 爺 아비 야. 仗 무기 장, 지팡이 장. 打仗 싸우다. 遭 만날 조. 殃 재앙 앙.

※ **惡人自有惡人磨** (악인자유악인마 èrén zìyǒu èrén mó)

「악인은 악인에게 시련을 당한다.」(나쁜 놈을 괴롭히는 더 나쁜 놈이 있다. 천리天理는 공평하다.)

→ 草怕霜來 霜怕日 (초파상래 상파일 cǎopà shuāng lái, shuāng pà rì)

「풀은 서리 내릴까 걱정하고, 서리는 해日가 날까 걱정한다.」

▶ 一尺的蝎子 碰見丈八的蜈蚣 (일척적갈자 팽견장팔적오공)

「한 자쯤 되는 전갈이 18자나 되는 지네를 만났다.」(새로운 강적을 만나다.)

▶ 惡子忤逆不如犬 (악자오역불여견)

「불효하는 고약한 자식은 개만도 못하다.」 76)

※ **鴨吃礱糠鷄吃穀 - 各人各自各人福** (압흘롱강계흘곡 - 각인각자각인복 yā chī lóngkāng jī chī gǔ-gèrén gèzì gèrén fú)

「오리는 겨를 먹고, 닭은 곡식을 먹는다. - 모두가 자기 복이 있다.」

→ 只見鷄吃水 不見鷄屙尿 (지견계흘수 불견계아뇨 zhǐ jiàn jī chī shuǐ, bù jiàn jī ēniào)

「닭이 물을 먹는 것은 보았지만, 오줌을 누는 것은 못 보았다.」(똥 오줌이 섞여 있다. 선인과 악인이 섞여 산다.)

▶ 礱糠裏榨不出油來糠 (농강리자불출유래강)

「겨에서는 기름을 짜낼 수 없다.」(가난한 사람에게서는 아무것도 얻어낼 것이 없다.)

---

75) 衙 관청 아.

76) 惡 사나울 악. 磨 갈 마, 귀찮게 굴다. 霜 서리 상. 蝎 전갈 갈. 碰 부딪칠 팽(揱의 俗字). 蜈 지네 오. 蚣 지네 공. 忤 거스를 오. 忤逆 불효하다.

▶ 莫看强盜吃肉 但看强盜受罪 (막간강도흘육 단간강도수죄)

「강도가 고기를 먹는 것만 보지 말고, 강도가 형벌 받는 것을 보아라.」

▶ 都看見賊吃肉 沒看見賊挨打 (도간견적흘육 몰간견적애타)

「모든 사람이 도둑이 고기 먹는 것만 보았지 얻어맞는 것을 본 사람은 없다.」 (좋은 면만 볼 뿐, 어려운 상황은 알지 못한다.) 77)

※ 兩脚莫踏兩頭船 (양각막답양두선 liǎngjiǎo mò tà liǎngtóu chuán)
「두 다리로 양쪽 배를 밟다.」 (양다리를 걸치다.)

→ 一脚門裏 一脚門外 (일각문리 일각문외 yī jiǎo ménlǐ yī jiǎo ménwài)

「한 발은 대문 안에, 다른 한 발은 대문 밖에.」 (확정하지 못하고 관망함. -「수서양단首鼠兩端」)

▶ 快刀打豆腐 - 兩面光 (쾌도타두부 - 양면광)

「예리한 칼로 두부를 자르니 양쪽이 다 매끈하다.」 (양쪽에 두루 잘 보이다. 四面光, 六面光)

▶ 八面玲瓏 (팔면영롱 bā miàn línglóng)

「이쪽저쪽 사람 모두에게 잘 대해 주다.」

▶ 八面討好 (팔면토호)

「두루두루 잘 보이려고 노력하다.」 78)

※ 楊樹頭 隨風倒 (양수두 수풍도 yángshùtóu, suí fēng dǎo)
「버드나무가지는 바람에 따라 흔들린다.」 (줏대가 없다. 양다리를

---

77) 礱 벼 찧을 롱(룡). 糠 겨 강. 榨 기름 짤 자, 짜내다. 只 다만 지. 屙 뒷간에 갈 아, 대소변을 보다. 尿 오줌 뇨 挨 칠 애, 때리다.
78) 脚 다리 각. 莫 말 막. 踏 밟을 답. 踩 밟을 채. 玲 아롱아롱할 영. 玉의 소리 영. 瓏 玉의 소리 농(룡), 환한 모양 농(룡)

걸치다.)

　→ 墻頭草 風吹兩邊倒 (장두초 풍취양변도 qiángtóucǎo fēng chuī liǎngbiān dǎo)

「담 위의 풀은 바람이 불면 이쪽저쪽으로 눕는다.」

▶ 墻頭草 隨風倒 (장두초 수풍도)

「담 위의 풀은 바람 따라 눕는다.」

▶ 到處春風 (도처춘풍 dàochù chūnfēng)

「가는 곳마다 봄바람.」 (심성이 착해 잘 사귀다. - 가는 곳마다 벌이가 좋다.) [79]

※ 兩人穿一條連襠褲 (양인천일조연당고 liǎngrén chuān yītiáo liándāngkù)

「두 사람이 한 개의 통바지를 입다.」 (한통속이 되다.)

　→ 穿靑衣抱黑柱 (천청의포흑주 chuān qīng yī bào hēi zhù)

「검푸른 옷을 입고 검은 기둥을 껴안다.」 (이해가 일치하다.)

▶ 穿黑袍護漆柱 (천흑포호칠주)

「검은 옷을 입고 옻칠한 기둥을 지키다.」 (한통속이 되어 같이 행동하다.)

▶ 隻眼開 隻眼閉 (척안개 척안폐)

「한쪽 눈은 뜨고, 한쪽 눈은 감다.」 (너그러이 봐 주다.)

▶ 一個鼻孔出氣 (일개비공출기)

「한 콧구멍으로 숨을 쉬다.」 (나쁜 의미로 한통속이다.) [80]

---

79) 楊 버드나무 양. 隨 따를 수. 倒 넘어질 도. 墻 담 장. 吹 불 취.

80) 襠 잠방이 당. 褲 바지 고. 連襠褲 어린이가 입는, 가랑이가 터지지 않은 바지. 漆 옻나무 칠, 옻나무 수액은 검은색이다(用例; 漆黑칠흑).

※ **兩鬪皆仇 兩好皆友** (양투개구 양호개우 liǎngdòu jiēchóu, liǎng hǎo jiē yǒu)

「싸우면 서로 원수지만, 서로 화해하면 모두가 친구.」

→ **兩好合一好** (양호합일호 liǎnghǎo hé yīhǎo)

「좋은 것 두 개가 모여 더 좋은 하나가 되다.」 (서로 좋으면 더더욱 좋다. - 서로 윈윈win win하다.)

▶ **親者寬 疏者嚴** (친자관 소자엄)

「가까운 사람에겐 너그럽게, 먼 사람에겐 엄하게 대하다.」

▶ **兩命相剋 必有一亡** (양명상극 필유일망)

「두 사람이 상극이라면 반드시 한 사람이 죽는다.」 81)

※ **魚離水 草離根** (어리수 초리근 yú lí shuǐ, cǎo lí gēn)

「고기가 물을 떠났고, 풀의 뿌리가 떨어졌다.」 (생존 바탕을 상실하다.)

→ **魚去吞餌上了鉤** (어거탄이상료구 yú qù tūn ěr shàng ie gōu)

「물고기는 미끼를 먹으려다 낚시에 걸린다.」

▶ **魚多不如糞 魚少貴似銀** (어다불여분 어소귀사은)

「물고기가 많이 잡힐 때는 똥만도 못하고, 물고기가 귀할 때는 은처럼 비싸다.」

▶ **魚蹦到沙灘上** (어붕도사탄상)

「고기가 모래톱 위로 뛰어올랐다.」 (큰 곤경에 처하다.) 82)

※ **魚幫水 水幫魚** (어방수 수방어 yú bāng shuǐ, shuǐ bāng yú)

---

81) 鬪 싸울 투. 皆 모두 개. 仇 원수 구. 寬 너그러울 관. 疏 사이가 멀어질 소. 剋 이길 극.

82) 吞 삼킬 탄. 餌 먹이 이, 미끼. 上 걸리다. 鉤 갈고리 구, 낚싯바늘. 蹦 뛸 붕. 灘 여울 탄, 물가.

「물고기는 물에 살고, 물은 고기를 돕는다.」

→ 魚靠水 鳥靠樹 (어고수 조고수 yú kào shuǐ, niǎo kào shù)

「고기는 물에 의지하고, 새는 나무에 의지한다.」

▶ 魚幫水 水幫魚 窮人幫的是窮人 (어방수 수방어 궁인방적시궁인)

「물고기와 물은 서로 돕고, 가난한 사람은 가난한 사람을 돕는다.」

▶ 魚交魚 蝦結蝦 蛤蟆找的蛙親家 (어교어 하결하 합마조적와친가)

「물고기는 물고기와, 새우는 새우와 같이 놀고, 두꺼비는 개구리를 찾아 사돈을 맺는다.」

▶ 靈龍不入蟹蝦之伍 (영룡불입해하지오)

「신령한 용은 게나 새우의 무리에 끼지 않는다.」 (훌륭한 사람은 나쁜 무리와 어울리지 않는다.)

▶ 窮人也有三個好朋友 (궁인야유삼개호붕우)

「가난한 사람이라도 세 사람 정도의 좋은 벗이 있다.」 [83]

※ 閻王廟裏鬼多 (염왕묘리귀다 Yánwangmiào li guǐ duō)
「염라대왕 묘당에는 잡귀가 많다.」 (나쁜 놈들이 많이 모여 있다.)

→ 閻王不收屈死鬼 (염왕불수굴사귀 Yánwang bùshōu qūsǐguǐ)

「염라대왕도 억울하게 죽은 귀신은 잡아가지 않는다.」

▶ 閻王無情 休怪小鬼無義 (염왕무정 휴괴소귀무의)

「염라대왕이 무정한 것이니, 잡귀들이 의리가 없다고 원망하지 말라.」

▶ 閻王爺怕調皮鬼 (염왕야파조피귀)

---

83) 幫 도울 방, 패거리, 집단, 비밀결사(幫과 同字). 靠 의지할 고. 蝦 새우 하. 蛤 대합조개 합. 蟆 두꺼비 마. 蛤蟆 두꺼비. 找 찾을 조. 蛙 개구리 와.

「염라대왕 나라께서도 말썽부리는 잡귀는 싫어한다.」 84)

※ 閻王不好見 小鬼更難纏 (염왕부호견 소귀경난전 Yánwang bù hǎo jiàn, xiǎoguǐ gèng nán chán)

「염라대왕을 만나기도 어렵지만, 잡귀들 접대는 더 어렵다.」

→ 閻王不在家 小鬼要造反 (염왕부재가 소귀요조반 Yánwang bù zài jiā, xiǎoguǐ yào zào fǎn)

「염라대왕이 집에 없으면 잡귀들이 모반하려 한다.」

▶ 老猫不在家 耗子上房笆 (노묘부재가 모자상방파)

「고양이가 없으니 쥐들이 방에 친 발에 올라간다.」

▶ 閻王催命不催食 (염왕최명부최식)

「염라대왕은 명을 재촉하지, 밥을 빨리 먹으라고는 않는다.」 (사정이 아무리 급해도 식사는 제대로 마쳐야 한다.)

▶ 閻王也不催病人 (염왕야불최병인)

「염라대왕도 병든 사람은 재촉하지 않는다.」 85)

※ 閻王好作 小鬼難當 (염왕호작 소귀난당 Yánwang hǎo zuò, xiǎoguǐ nándāng)

「염라대왕이야 할 만하지만, 잡귀 노릇은 못해먹겠다.」

→ 閻王開店 鬼都不上門 (염왕개점 귀도불상문 Yánwang kāidiàn guǐ dōu bù shàngmén)

「염라대왕이 점포를 여니 잡귀들은 얼씬도 안 한다.」

▶ 閻王面前 沒有放回的鬼 (염왕면전 몰유방회적귀)

---

84) 屈 굽을 굴, 굽히다. 屈死 억울하게 죽다. 休 쉴 휴, 그칠 휴. 怪 이상하다, 의심쩍다, 원망하다. 調皮 tiáopí 말썽부리다.

85) 閻 마을 염, 지옥대왕 염. 纏 두를 전, 접대하다, 응대하다. 耗 줄어들 모. 耗子 쥐. 笆 대나무 울타리 파, 발, 주렴. 催 재촉할 최.

「염라대왕 면전에서 살아 돌아간 잡귀 없다.」

▶ 閻王注定三更死 誰敢留人到四更 (염왕주정삼경사 수감유인도사경)

「염라대왕이 3경에 죽으라고 정했다면 누가 감히 4경이 될 때까지 살려 두겠는가?」 (염라대왕의 명령은 절대적이다.)

▶ 閻羅王也是鬼做的 (염라왕야시귀주적)

「염라대왕도 귀신이 만든 것이다.」 (염라대왕도 결국은 귀신일 뿐이다.) 86)

※ 寧當英雄馬 莫當財主狗 (영당영웅마 막당재주구 nìng dāng yīngxióng mǎ, mò dāng cáizhǔ gǒu)

「차라리 영웅의 말馬과 대적할지언정 갑부의 개와는 맞서지 말라.」

→ 寧與禽獸相伴 不與財主爲隣 (영여금수상반 불여재주위린 nìng yǔ qínshòu xiāngbàn, bùyǔ cáizhǔ wéilín)

「차라리 금수와 같이 살지언정 갑부와는 이웃하지 말라.」

▶ 寧觸人主怒 莫忤權臣意 (영촉인주노 막오권신의)

「차라리 군주의 노여움을 살지언정 권력을 쥔 대신의 뜻을 거스르지 말라.」

▶ 寧當小國之君 不當大國之臣 (영당소국지군 부당대국지신)

「차라리 작은 나라의 주군이 될지언정 큰 나라의 신하는 되지 말라.」

▶ 有錢人家的看門狗 (유전인가적간문구)

「돈 있는 집 대문을 지키는 개.」 (권세나 재물에 빌붙어먹는 사람.) 87)

---

86) 難 어려울 난. 爺 아비 야, 어른에 대한 존칭. 鬍 수염 호. 誰 누구 수.
87) 寧 차라리 ~하지 말라. 與 더불어 여. 禽 새 금. 獸 짐승 수. 伴 짝 반.

※ 寧與千人好 不如一人仇 (영여천인호 불여일인구 nìng yǔ qiānrén hǎo, bùrú yīrén chóu, qiú)

「천 명과 잘 지내느니 차라리 한 사람과 원수가 되지 말라.」

→ 寧失一人喜 不結千人怨 (영실일인희 부결천인원 nìng shī yīrén xǐ, bùjié qiānrén yuàn)

「차라리 한 사람의 기쁨을 잃게 할지라도 천 명의 원수가 되지 말라.」

▶ 寧犯天公怒 莫犯衆人怒 (영범천공노 막범중인노)

「차라리 천제天帝의 노여움을 살지언정 뭇사람의 분노를 사지 말라.」

▶ 衆怒難犯 專欲難成 (중노난범 전욕난성)

「대중의 분노를 건드릴 수 없고, 개인 욕망은 (대중을 설득한다 해도) 성공하기 어렵다.」[88]

※ 寧人負我 無我負人 (영인부아 무아부인 nìng rén fù wǒ, wú wǒ fù rén)

「차라리 남이 나를 배신할지언정 내가 배신하는 일은 없을 것이다.」

▶ 心不負人 面無慚色 (심불부인 면무참색 xīn bù fù rén, miàn wú cán sè)

「마음속으로도 남을 배신하지 않는다면 얼굴에 부끄러운 기색이 없다.」

隣 이웃 린. 財主 돈 많은 사람, 갑부. 觸 건드릴 촉. 忤 거스를 오
88) 寧 차라리 (~하는 것이 낫다). 어찌, 설마, 편할 녕. 與 더불어 여. 仇 원수 구. 結 맺을 결. 怨 원망할 원. 犯 범할 범. 專 오로지 전. 專欲 개인의 욕망.

▶ **寧負天下人 不讓天下人負我** (영부천하인 불양천하인부아)

「차라리 내가 천하의 모두를 배신할지언정 천하 사람들이 나를 버리게 하지는 않겠다.」[89]

※ **禮下于人 必有所求** (예하우인 필유소구 lǐ xià yú rén, bìyǒu suǒqiú)

「타인에게 예물(선물)을 보내는 것은 틀림없이 구하는 것이 있기 때문이다.」

→ **禮多必詐** (예다필사 lǐ duō bì zhà)

「지나치게 예의를 차리면 틀림없이 속임수가 있다.」

▶ **無故慇懃 必有一想** (무고은근 필유일상)

「아무런 까닭 없이 정성을 다한다면 반드시 어떤 생각이 있는 것이다.」

▶ **禮多人不怪** (예다인불괴)

「예의를 많이 차린다고 나무라는 사람 없다.」

▶ **彼以禮來 此以禮往** (피이례래 차이례왕)

「저쪽에서 예를 차리면, 이쪽에서도 예로 답한다.」

▶ **鄕下人穿大褂 - 必有正事** (향하인천대괘 - 필유정사)

「촌사람이 두루마기를 입다. - 분명히 중요한 일이 있다.」[90]

※ **王八配烏龜 跳蚤配臭虫** (왕팔배오구 도조배취충 wángba pèi wūguī, tiàozao pèi chòuchóng)

「망나니는 개 같은 놈과, 벼룩은 빈대와 짝을 한다.」

→ **蒼蠅專找臭狗屎** (창승전조취구시)

---

89) 慚 부끄러울 참(慙과 같음). 負 짐질 부, 배신하다, 약속을 버리다.
90) 詐 속일 사. 慇 공손할 은. 懃 친절할 근. 彼 저 피. 此 이 차. 褂 마고자 괘.

「파리는 오직 냄새나는 개똥만 찾아간다.」

▶ 有一堆狗屎 就有一群蒼蠅 (유일퇴구시 취유일군창승)

「한 무더기 개똥이 있으면 한 무리의 파리가 모여든다.」

▶ 有錢莫交無義人 有飯且養看家狗 (유전막교무의인 유반차양간가구)

「돈이 있어도 의리 없는 사람과는 사귀지 말고, 밥이 있다면 차라리 집을 지키는 개를 키워라.」 91)

※ 要星星 不摘月亮 (요성성 부적월량 yào xīngxīng, bù zhāi yuè liang)
「(상대방이) 별을 원한다면 달을 따오지는 않는다.」

→ 要長就長 要短就短 (요장취장 요단취단 yào cháng jiù cháng, yào duǎn jiù duǎn)

「길게 해달라면 길게, 짧게 해달라면 짧게 한다.」 (시키는 그대로 한다.)

▶ 招之卽來 揮之卽去 (초지즉래 휘지즉거)

「부르면 오고, 손으로 가라 하면 간다.」 92)

※ 欲人勿疑 必先自信 (욕인물의 필선자신 yù rén wù yí, bì xiān zìxìn)
「남의 의심을 받고 싶지 않다면, 꼭 먼저 신의를 지켜야 한다.」

→ 欲求天外事 須動世間財 (욕구천외사 수동세간재 yù qiú tiānwàishì, xū dòng shìjiāncái)

「정말로 큰일을 하고 싶거든 재물을 뿌려라.」 (재물을 풀어 각종

---

91) 配 짝 배. 王八 망나니. 烏 검을 오. 龜 거북 구. 烏龜 창녀집 주인, 창녀집 심부름꾼, 마누라 몸을 팔아 먹고사는 놈(王八烏龜 개같은 놈). 跳 뛸 도. 蚤 벼룩 조. 跳蚤 벼룩. 臭虫 빈대. 蒼 푸를 창. 蠅 파리 승. 蒼蠅 파리. 找 찾을 조. 臭 냄새 취, 악취. 屎 똥 시.

92) 摘 딸 적. 亮 밝을 량. 月亮 달(月).

관계를 만들어라.)

▶ 人淸財不淸 (인청재불청)

「사람은 깨끗해도 재물은 깨끗하지 않다.」

▶ 欲知世味須嘗膽 不識人情只看花 (욕지세미수상담 부지인정지간화)

「세상 사는 맛을 알려면 쓴맛을 봐야 하고, 세상의 인정을 알고 싶다면 다만 꽃을 보아라.」 (와신상담臥薪嘗膽의 고생을 하고, 꽃이 쉽게 지듯 인정도 그러하다.) 93)

※ 用人容易識人難 (용인용이식인난 yòngrén róngyì shí rén nán)
「사람을 쓰기는 쉽지만, 사람을 알기는 어렵다.」

→ 疑人不用 用人不疑 (의인불용 용인불의 yí rén bù yòng, yòngrén bù yí)

「의심스러운 사람이라면 등용하지 말라. 썼다면 의심하지 말라.」

▶ 用之則爲虎 不用則爲鼠 (용지즉위호 불용즉위서)

「등용하면 호랑이가 되지만 버리면 쥐가 된다.」

▶ 用之如犬馬 棄之如爛鞋 (용지여견마 기지여난혜)

「개나 말처럼 부려먹다가 다 떨어진 신발처럼 버리다.」

▶ 用人不當猶如引狼入室 (용인부당유여인낭입실)

「사람을 잘못 쓰면 늑대를 방으로 끌어들이는 것과 같다.」 94)

※ 遠敬衣帽 近敬財 (원경의모 근경재 yuǎn jìng yīmào, jìn jìng cái)
「먼 곳에서 온 사람은 의관을 보고 대우하고, 가까운 곳의 사람은

---

93) 勿 말 물, ~하지 말라! 嘗 맛볼 상. 膽 쓸개 담. 嘗膽(상담) 온갖 고생을 다함. 只 다만 지.
94) 識 알 식. 疑 의심할 의. 棄 버릴 기 爛 문드러질 난. 鞋 신발 혜.

돈을 보고 공경한다.」

→ 十里認人 百里認衣 (십리인인 백리인의 shílǐ rèn rén, bǎilǐ rèn yī)
「십 리 밖에서는 사람을 알아보지만, 백 리 밖에서는 옷을 알아준다.」 (모르는 곳에 가면 옷을 보고 대우한다.)

▶ 有緣千里來相會 無緣對面不相逢 (유연천리래상회 무연대면불상봉)
「인연이 있다면 천릿길을 와서도 만나고, 인연이 없다면 얼굴을 스쳐도 만나지 못한다.」

▶ 三十三天離恨天最高 四百四病相思病最苦 (삼십삼천이한천최고 사백사병상사병최고)
「(불교의) 33천 중에 이한천離恨天이 가장 높고, (인간의) 404개의 질병 중에 상사병이 가장 견디기 어렵다.」 95)

※ 爲人不一樣 各走一條經 (위인불일양 각주일조경 wéirén bù yīyàng, gè zǒu yītiáo jīng)
「사람 됨됨이는 같지 않으니, 각자 자기 갈 길을 간다.」

→ 又想當嫖子 又想立牌坊 (우상당표자 우상입패방 yòuxiǎng dāng piáozi, yòu xiǎng lì páifāng)
「기생처럼 놀고 싶고, 열녀문도 세우고 싶다.」 (나쁜 짓도 하고, 칭송도 받고 싶다!)

▶ 詩有詩友 酒有酒友 (시유시우 주유주우)
「시를 지으면 시인 친우가 있고, 술을 마시면 술친구가 있다.」

▶ 嫖有嫖友 賭有賭友 (표유표우 도유도우)
「계집질에 계집질 친구가 있고, 노름판에는 노름친구가 있다.」

---

95) 緣 인연 연. 離恨天 생이별의 한(恨)은 그만큼 절절하다는 상징적 의미가 있음.

▶ 有酒無菜 不算慢待 (유주무채 불산만대)

「술이 있고 안주가 없다 하여도 소홀히 대접한 것은 아니다.」

▶ 有酒有肉遠遠親 無酒無肉狗也不上門 (유주유육원원친 무주무육구야불상문)

「술과 고기가 있다면 먼 친척도 찾아오지만, 술도 고기도 없다면 강아지조차도 문에 얼씬거리지 않는다.」 96)

※ 爲人一條路 惹人一堵墻 (위인일조로 야인일도장 wèirén yītiáolù, rěrén yīdǔqiáng)

「남을 위하면 한 가닥 길(이 열리고), 남을 방해하면 하나의 담(이 생긴다).」

→ 多個朋友多條路 多個怨家多堵墻 (다개붕우다조로 다개원가다도장 duōge péngyou duōtiáo lù, duōge yuànjia duō dǔqiáng)

「친구가 많으면 여러 길이 열리고, 원수가 많으면 곳곳에 담장이 생긴다.」

▶ 一飯千金 (일반천금 yī fàn qiān jīn)

「밥 한 그릇의 은혜를 천금으로 갚다.」

▶ 沒有蕭何 死不了韓信 (몰유소하 사불요한신)

「소하가 없었다면 한신을 죽일 수 없었다.」 97)

※ 有錢可以通神 (유전가이통신 yǒu qián kěyǐ tōngshén)

「돈이면 귀신과도 통한다.」 (돈의 힘은 일의 결과를 좌우하고 사람의 처지를 변화시킨다.)

---

96) 經 날 경(세로 줄), 도로. 嫖 음란할 표, 계집질하다.

97) 惹 이끌 야, 말이나 행동이 상대방의 기분을 건드리다. 堵 담 도 墻 담 장. 蕭 맑은 대쑥 소, 쓸쓸할 소. ※ 呂太后는 소하의 계략에 의거 반기를 들려는 韓信을 제거했다.

→ 有錢就有權 (유전취유권 yǒu qián jiù yǒu quán)

「돈이 있어야 권한도 있다.」

▶ 有錢能使鬼推磨 (유전능사귀추마)

「돈만 있으면 신에게 연자매도 끌어 돌리게 한다.」

▶ 有錢買得人心軟 (유전매득인심연)

「돈이 있으면 인심을 좋게 얻을 수 있다.」

▶ 有錢千里通 無錢隔壁聾 (유전천리통 무전격벽농)

「돈이 있으면 천리 밖 소식도 듣지만, 돈이 없으면 옆집 소식도 못 듣는다.」

▶ 有錢有勢非也是 無錢無勢是也非 (유전유세비야시 무전무세시야비)

「돈과 권세가 있다면 그른 것도 옳지만, 돈도 세력도 없다면 옳은 것도 그른 것이다.」

▶ 無錢說話如放屁 有錢說話屁也香 (무전설화여방비 유전설화비야향)

「돈이 없이 하는 이야기는 방귀소리와 같고, 돈이 있는 사람의 이야기는 방귀조차도 향기롭다.」 98)

※ 有錢大十輩兒 (유전대십배아 yǒuqián dà shíbèir)
「돈이 있으면 사람이 열 사람만큼 커진다.」 (사회적 지위가 높아진다.)

→ 有錢難買心頭願 (유전난매심두원 yǒuqián nán mǎi xīntou yuàn)

「돈이 있다 하여 마음속 소원을 살 수는 없다.」

▶ 有錢難買背後好 (유전난매배후호)

「돈이 있다 하여도 뒷공론까지 좋게 만들 수는 없다.」

---

98) 軟 연할 연, 온화하다. 隔 사이 뜰 격. 聾 귀머거리 농.

▶ 有錢錢積德 無錢言積德 (유전전적덕 무전언적덕)

「돈이 있으면 돈으로 덕을 쌓아야 하고, 돈이 없다면 말로 덕을 베풀어야 한다.」 [99]

※ 有錢萬事足 (유전만사족 yǒu qián wàn shì zú)

「돈이 있으면 모든 것이 넉넉하다.」

→ 有錢卽生 無錢卽死 (유전즉생 무전즉사 yǒu qián jí shēng, wú qián jí sǐ)

「돈이 있으면 살고 돈이 없으면 죽는다.」

▶ 有銀用銀 無銀用力 (유은용은 무은용력)

「은(돈)이 있으면 은을 쓰고, 은이 없으면 힘을 쓴다.」 (노동으로 먹고 산다.)

▶ 有錢錢撞 無錢命撞 (유전전당 무전명당)

「(병이 났을 때) 돈이 있으면 돈으로 막고, 돈이 없으면 목숨으로 막는다.」 (하늘의 운수에 맡긴다.)

▶ 有錢有肉朋友多似狗 無錢無肉朋友掉頭走 (유전유육붕우다사구 무전무육붕우도두주)

「돈이 있고 고기도 있다면 벗들이 개처럼 많이 모이지만, 돈이나 고기도 없다면 친구는 머리를 가로 저으며 떠나버린다.」

▶ 有錢想到無錢時 有水要防天乾年 (유전상도무전시 유수요방천건년)

「돈이 있을 때는 없을 때를 생각하고, 물이 풍족할 때는 가뭄에 대비해야 한다.」 [100]

---

99) 心頭 마음.

100) 撞 부딪칠 당, 마주치다. 掉 흔들 도. 掉頭 (싫다고) 고개를 흔들다, 외면하다, 안면을 바꾸다. 乾 마를 건, 하늘 건.

　※ 有錢的王八坐上座 (유전적왕팔좌상좌 yǒuqiánde wángba zuò shàngzuò)

「건달도 돈이 있으면 상석에 앉는다.」

　→ 手中有權 神仙來拜年 (수중유권 신선래배년 shǒuzhōng yǒuquán, shénxiān lái bàinián)

「손에 권력을 쥐고 있으면 신선도 세배하러 온다.」

　▶ 有錢三十稱年老 無錢八十赶推車 (유전삼십칭년노 무전팔십간추거)

「돈이 있으면 30에도 어르신 소리를 듣지만, 돈이 없으면 80에도 수레를 밀며 뛰어야 한다.」

　▶ 有錢四十稱年老 無錢六十呈英雄 (유전사십칭년노 무전육십정영웅)

「돈이 있으면 40에도 어른대접을 받지만, 돈이 없으면 60에도 힘이나 용기를 바쳐야 한다.」

　▶ 有錢男子漢 無錢漢子難 (유전남자한 무전한자난)

「돈이 있으면 대장부이만, 돈 없는 남자는 힘들기만 하다.」

　▶ 無錢逼死英雄漢 (무전핍사영웅한)

「돈이 없으면 영웅일지라도 끝까지 못살게 당한다.」 [101]

　※ 有錢花在刀刃兒上 (유전화재도인아상 yǒuqián huā zài dāorènr shang)

「돈은 위급할 때 써야 한다.」 (꼭 필요한 때만 돈을 써야 한다.)

　→ 有錢買餠當街咬 (유전매병당가교 yǒuqián mǎibǐng dāngjiē yǎo)

「내 돈으로 산 떡을 거리에서 먹어도 괜찮다.」 (돈 있으면 마음대로 할 수 있다.)

---

101) 坐 자리에 앉다. 座 자리, 좌석. 赶 달릴 간. 呈 드릴 정, 바치다.

▶ 有錢吃狗肉 沒錢燒香 (유전흘구육 몰전소향)

「돈이 있으면 개고기를 사먹다가, 돈이 없으면 부처에게 절한다.」
(돈 떨어지면 뻔뻔한 부탁을 한다.)

▶ 有人就有錢 (유인취유전)

「사람이 있으면 돈은 생긴다.」 (사람 나고 돈 났다.)

▶ 有錢一日做千事 無錢一事也難成 (유전일일주천사 무전일사야난
성)

「돈이 있으면 하루에 천 가지 일이라도 할 수 있지만, 돈이 없으면
일 한 가지도 하기 어렵다.」 102)

※ 人上有人 天上有天 (인상유인 천상유천 rénshàng yǒurén, tiān shà
ng yǒu tiān)

「사람 위에 사람 있고, 하늘 위에 하늘 있다.」

→ 山外靑山天外天 能人背後有能人 (산외청산천외천 능인배후유능
인 shān wài qīngshān tiān wài tiān, néngrén bèi hòu yǒu néngrén)

「산 너머 또 푸른 산 있고, 하늘 밖에 또 하늘, 재주 있는 사람 뒤에
더 유능한 사람이 있다.」

▶ 强中更有强中手 高人頭上有高人 (강중갱유강중수 고인두상유고인)

「강자 뒤에 더 강한 자 있고, 높은 사람 머리 위에 더 높은 사람
있다.」

▶ 强中更有强中手 惡人終被惡人磨 (강중갱유강중수 악인종피악인마)

「강자 뒤에 더 강한 자 있고, 악인은 결국 악인에게 당한다.」

▶ 强中更有强中手 莫向人前夸大口 (강중갱유강중수 막향인전과대구)

「강자 중에 더 강한 자 있으니 사람 앞에서 허풍떨지 마라.」 103)

---

102) 花 돈을 쓰다. 刀刀 칼날, 위급할 때. 咬 깨물 교, 먹다.
103) 更 다시 갱, 더욱(고칠 경). 夸 자랑할 과.

※ 人心隔肚皮 虎心隔毛皮 (인심격두피 호심격모피 rénxīn gé dùpí, hūxīn gé máopí)

「사람 마음은 뱃속에 있고, 호랑이 마음은 가죽 안에 있다.」

→ 人心隔肚皮 你我兩不知 (인심격두피 이아양부지 rénxīn gé dùpí, nǐ wǒ liǎng bùzhī)

「사람 마음은 뱃속에 있으니, 너와 나 둘 다 모른다.」

▶ 人心隔肚皮 知人知面難知心 (인심격두피 지인지면난지심)

「사람 마음은 뱃속에 있으니, 사람을 안다 해도 얼굴만 알지 마음은 알 수 없다.」

▶ 人心都是肉長的 (인심도시육장적)

「사람 마음이란 모두 살점이 자란 것이다.」 (인간은 감정적이다. 동정심이 있다.) 104)

※ 人心日夜轉 天變一時辰 (인심일야전 천변일시진 rénxīn rìyè zhuàn, tiān biàn yīshí chén)

「인심은 밤낮으로 변하고, 날씨는 시간마다 변한다.」

→ 人心自不同 花有別樣紅 (인심자부동 화유별양홍 rénxīn zì bùtóng, huā yǒu biéyàng hóng)

「인심이란 본디 같지 않고, 꽃이 붉다 해도 꽃마다 다르다.」

▶ 川流不息 (천류불식 chuān liú bù xī)

「냇물은 쉬지 않고 흐른다.」 (인정, 세태는 계속 바뀐다.)

▶ 物有一變 人有千變 若有不變 除非三尺蓋面 (물유일변 인유천변 약유불변 제비삼척개면)

「사물은 한 번 변하지만, 사람은 천 번 변한다. 만약 안 변하는 사람이 있다면 죽어 땅 속에 묻힌 사람뿐이다.」 (죽은 사람 외에는 다 변

---

104) 隔 사이 뜰 격, 벌어지다. 肚 배 두. 肚皮 뱃가죽, 배(腹).

한다.)

▶ 人心長在人心上 (인심장재인심상)

「인심은 인심 위에서 자란다.」

▶ 年年歲歲花相似 歲歲年年人不同 (연년세세화상사 세세년년인부동)

「꽃은 해마다 비슷하지만, 사람은 해마다 다르다」 105)

※ 人愛富的 狗咬窮的 (인애부적 구교궁적 rénài fùde, gǒu yǎo qióng de)

「사람은 부자를 좋아하고, 개는 가난뱅이를 문다.」

→ 人愛有錢人 狗愛屙屎漢 (인애유전인 구애아시한 rén ài yǒuq ián rén, gǒu ài ēshīhàn)

「사람은 부자를 좋아하고, 개는 똥 누는 놈을 좋아한다.」

▶ 人敬富的 狗咬破的 (인경부적 구교파적)

「사람은 부자를 존경하고, 개는 누더기 걸친 사람을 문다.」

▶ 人跟勢走 狗跟屁走 (인근세주 구근비주)

「사람은 권세를 따라가고, 개는 구린내를 따라간다.」 106)

※ 人往高處走 水往低處流 (인왕고처주 수왕저처류 rén wǎng gā ochù zǒu, shuǐ wǎng dīchù liú)

「사람은 높은 곳으로 나아가고, 물은 낮은 곳으로 흐른다.」

---

105) 轉 구를 전, 바뀌다. 辰 때 진, 별 진, 날 신(生辰). 樣 모양 양, 꼴 양. 息 쉴 식. 齊 가지런할 제. 移 옮길 이. 三尺蓋面 세 자의 (흙이) 얼굴을 덮다, 죽어 땅에 묻히다. 只 다만 지.

106) 富的 부자. 的 ~한 사람. 窮的 가난뱅이. 咬 깨물 교. 屙 뒷간에 갈 아. 屎 똥 시. 漢 사나이 한(멸시의 뜻이 있음. 惡漢, 癡漢). 破 깨뜨릴 파. 跟 발꿈치 근, 따라가다. 屁 방귀 비, 구린내.

→ **人伴賢良智轉高** (인반현량지전고 rén bàn xiánliáng zhì zhuǎn gāo)

「사람이 어질고 착한 사람과 사귀면 지혜가 더욱 현명해진다.」

▶ **人往高處走 鳥往高枝肥** (인왕고처주 조왕고지비)

「사람은 높은 곳으로 가고, 새는 높은 가지로 날아간다.」

▶ **河水靠流 人群靠頭** (하수고류 인군고두)

「강물은 흐름을 따라가고, 사람 무리는 우두머리에 의지한다.」

▶ **人隨大衆不挨罵 羊隨大群不挨打** (인수대중불애매 양수대군불애타)

「사람은 여럿을 따라 하면 욕을 먹지 않고, 양은 큰 무리를 따라가면 얻어맞지 않는다.」 107)

※ **人情薄如紙 恩義皆糞土** (인정박여지 은의개분토 rénqíng báo rú zhǐ, ēnyì jiē fèntǔ)

「인정은 종이처럼 얇고, 은혜와 의리란 모두 하찮은 것이다.」

→ **人情淡如水 世路本來難** (인정담여수 세로본래난 rénqíng dàn rú shuǐ, shìlù běnlái nán)

「인정은 맹물과도 같고, 세상살이란 본디 힘든 것이다.」

▶ **人情送良馬** (인정송양마)

「인정으로 좋은 말을 보내다.」 (좋은 친구에게는 아낌없이 준다.)

▶ **人情做到底** (인정주도저)

「인정을 베풀려면 끝까지 베풀어야 한다.」

▶ **人情大似債** (인정대사채)

「인정은 빚보다도 더 중요하다.」 (교제는 끊을 수 없다.) 108)

---

107) 伴 짝 반.

108) 薄 엷을 박. 皆 다 개. 糞 똥 분 糞土 더러운 흙, 하찮은 것. 淡 묽을 담. 冷 찰 냉. 暖 따뜻할 난. 炎 뜨거울 염. 凉 서늘할 양.

※ 一家富貴千家怨 (일가부귀천가원 yī jiā fùguì qiānjiā yuàn)

「한 집의 부귀는 일천 집의 원망.」 (부자가 되면 시기하는 사람이 많다.)

→ 一家富難顧三家窮 (일가부난고삼가궁 yī jiā fù nán gù sān jiā qióng)

「부자 한 집이 이웃 세 집의 가난을 돌볼 수 없다.」

▶ 一富遮三醜 (일부차삼추)

「부유하면 여러 가지 추한 꼴도 덮어진다.」

▶ 一家飽暖千家怨 (일가포난천가원)

「한 사람이 배부르고 등 따시면 일천 이웃의 원망을 산다.」 109)

※ 一犬吠形 百犬吠聲 (일견폐형 백견폐성 yīquǎn fèixíng, bǎiquǎn fèishēng)

「개 한 마리가 그림자를 보고 짖으면 온 개들이 따라 짖는다.」

→ 一人傳虛 萬人傳實 (일인전허 만인전실 yīrén chuán xū, wànrén chuán shí)

「한 사람이 거짓을 전하면 만인이 사실이라며 퍼뜨린다.」

▶ 一傳十 十傳百 (일전십 십전백)

「한 사람이 열 사람에게 소문을 전하고, 열은 백 사람에게 전한다.」 (입소문이 빠름.)

▶ 一人造謠 萬口哄傳 (일인조요 만구홍전)

「한 사람이 유언비어를 퍼뜨리니, 모든 이가 떠들며 전한다.」

▶ 一邊弦子 一邊大鼓 (일변현자 일변대고 yībiān xuánzi yibiān dàgǔ)

「한편엔 현악기, 다른 한편에는 큰 북.」 (사람마다 제 편한 대로 말

---

109) 顧 돌아볼 고. 遮 막을 차. 三醜 ; 여러 가지 추함. 三은 개략의 수로 많다는 의미. 暖 따스할 난.

하다.) 110)

※ 一塊石頭砸一筐鷄蛋 (일괴석두잡일광계단 yī kuài shítou zá yī kuāng jīdàn)

「돌멩이 하나가 계란 한 광주리를 깨뜨리다.」 (소수의 강자가 다수를 격파하다.)

→ 一物降一物 鹵水降豆腐 (일물강일물 노수강두부 yīwù xiáng yīwù, lǔshuǐ xiáng dòufǔ)

「한 물건이 다른 하나를 제압하고, 간수가 두부를 굳힌다.」 (누구에게나 천적이 있다.)

▶ 石頭砸酒缸 一下漏湯 (석두잡주항 일하누탕)

「돌로 술항아리를 때리면 곧바로 물이 샌다.」

▶ 一馬勺壞一鍋 (일마작괴일과 yīmǎsháo huài yīguō)

「국자 하나가 온 솥의 음식을 망친다.」

▶ 一物降一物 一藥治一病 (일물강일물 일약치일병)

「하나가 다른 하나를 누르고, 약 한 첩이 하나의 병을 고친다.」 (하나를 꺾어 누를 어떤 세력이 꼭 있다.) 111)

※ 一方水土養一方人 (일방수토양일방인 yīfāng shuǐtǔ yǎng yīfāng rén)

「그곳 풍토는 그곳 사람을 길러낸다.」 (풍토가 달라지면 사람도 변

---

110) 吠 짖을 폐. 謠 노래 요, 유언비어. 哄 떠들썩할 홍. 弦 시위 현, 시위가 우는 소리. 鼓 북 고.

111) 塊 덩어리 괴. 石頭 돌, 여기서 頭는 「머리」란 의미가 없음. 砸 칠 잡, 깨뜨리다, 눌러 부수다. 鹵 소금 노, 두부를 엉기게 하는 간수. 缸 항아리 항. 漏 물샐 누(루). 筐 광주리 광. 勺 국자 작. 馬勺 ; 자루가 달린 (부침용) 큰 주걱. 壞 무너질 괴. 鍋 솥 과. 狼 이리 낭. 蛋 알 단. 降 굽힐 항, 내릴 강.

한다.)

→ 一座山頭一隻虎 (일좌산두일척호 yī zuò shāntóu yī zhī hū)

「산 하나에 호랑이 한 마리.」 (일정 지역에 그 지역 토착세력이 있다.)

▶ 虎不離山 龍不離海 (호불리산 용불리해)

「호랑이는 산을 떠나지 않고, 용은 바다를 떠나지 않는다.」

▶ 虎豹居山群獸遠 蛟龍在水怪魚藏 (호표거산군수원 교룡재수괴어장)

「호랑이가 산에 있으면 여러 짐승들은 멀리 숨고, 교룡이 물에 있으면 물고기들은 숨어버린다.」 [112]

※ 一山不藏二虎 (일산부장이호 yīshān bù cáng èr hū)
「한 산에 두 호랑이가 있을 수 없다.」

→ 二虎相爭 必有一傷 (이호상쟁 필유일상 èrhǔ xiāngzhēng bì yǒu yī shāng)

「호랑이 두 마리가 싸우면 반드시 한 마리는 다친다.」 (두 경쟁자가 공존할 수는 없다.)

▶ 鯨魚打架 蝦子裂背 (경어타가 하자열배)

「고래 싸움에 새우는 등이 터진다.」

▶ 槽內無食猪拱猪 (조내무식저공저)

「구유에 먹을 것이 없으면 돼지끼리 서로 밀쳐낸다.」

▶ 老虎打架 - 沒人憨勸 (노호타가 - 몰인감권)

「호랑이의 싸움 - 아무도 말릴 사람이 없다.」 [113]

---

112) 離 떼어놓을 리, 헤어지다.

113) 藏 감출 장. 鯨 고래 경. 打架 싸우다. 蝦 새우 하. 裂 찢을 열(렬). 背 등 배. 拱 손 맞잡을 공, 위나 옆으로 밀어내다. 勸 권할 권, 중재하다.

※ 一山不二教 (일산불이교 yīshān bù èr jiào)

「한 산에 두 종교 사묘寺廟가 있을 수 없다.」

→ 一個槽裏拴不下兩叫驢 (일개조리전불하양규려 yīge cáoli shuān bùxià liǎngjiàolǘ)

「한 구유에 두 마리 수탕나귀를 매어 둘 수 없다.」

▶ 山有一隻虎 百里人叫苦 (산유일척호 백리인규고)

「산에 호랑이 한 마리가 있으면 백 리의 사람들이 고통을 받는다.」

▶ 一碗飯二匙難竝 (일완반이시난병)

「밥 한 그릇에 두 숟가락이 똑같이 나눠 먹을 수 없다.」 114)

※ 一歲主 百歲奴 (일세주 백세노 yīsuì zhǔ, bǎisuì nú)

「한 살이라도 주인은 주인이고, 백 살이라도 종은 종이다.」

→ 一歲是男 百歲是女 (일세시남 백세시녀 yīsuì shì nán bǎisuì, bǎisuì shì nǚ)

「한 살배기라도 남자는 남자고, 백 살이라도 여자는 여자다.」 (남성 우월주의.)

▶ 一歲孩兒百歲主 (일세해아백세주)

「한 살짜리 아이가 백 살 늙은이의 주인이다.」

▶ 一歲肖狗 百歲肖狗 (일세초구 백세초구)

「한 살 때 개와 비슷했다면 백 살이 되어도 개와 비슷하다」 (천성은 바뀌지 않는다.) 115)

---

114) 隻 새 한 마리 척, 동물이나 배를 세는 단위. 槽 구유, 여물통. 拴 맬 전, 묶어 매다. 叫驢 수나귀. 匙 수저 시. 竝 나란할 병, 가지런하다.

115) 孩 어린아이 해. 肖 닮을 초, 본뜨다, 닮다.

※ 一人高升 衆人得濟 (일인고승 중인득제 yīrén gāo shēng zhòn grén déjì)

「한 사람이 높이 오르니 여러 사람이 덕을 본다.」

→ 一擧成名天下知 (일거성명천하지 yī jǔ chéngmíng tiānxià zhī)

「(과거시험 합격 등등) 하루에 명성을 얻자, 천하에 알려지다.」

▶ 一人有罪 全家同當 (일인유죄 전가동당)

「한 사람이 죄를 지으면 온 집안이 같이 당한다.」

▶ 一品官 二品客 (일품관 이품객)

「최고는 벼슬아치, 다음은 손님이다.」 (일하지 않고 공짜 대접받기.) 116)

※ 一人不過二人智 (일인불과이인지 yīrén bùguò èrrénzhì)

「한 사람의 지혜는 두 사람의 꾀를 따라가지 못한다.」

▶ 人多知慧多 (인다지혜다 rén duō zhīhuì duō)

「사람이 많아야 지혜도 많다.」

▶ 人多出正理 穀多出好米 (인다출정리 곡다출호미)

「사람이 많으면 바른 도리가 나오고, 곡식이 많으면 좋은 쌀이 나온다.」

▶ 一人不敵二人計 十人肚裏出巧計 (일인부적이인계 십인두리출교계)

「혼자서는 두 사람의 계략을 당할 수 없고, 열 사람의 뱃속에서 특별한 계책이 나온다.」 117)

※ 一人有福牽帶屋 (일인유복견대옥 yīrén yǒufú qiāndài wū)

---

116) 霑 젖을 점, 적실 점.
117) 慧 슬기로울 혜. 肚 배(腹) 두.

「한 사람 복에 온 집안이 덕 본다.」

→ 一人得道 鷄犬昇天 (일인득도 계견승천 yīrén dédào, jīquǎn shēngtiān)

「한 사람이 득도하니 (그 집의) 닭과 개도 승천한다.」 (한 사람 권세에 여러 사람 덕을 본다.)

▶ 一人造反 九族同誅 (일인조반 구족동주)

「한 사람이 모반하면 구족九族이 모두 죽는다.」

▶ 一人成名 九祖光榮 (일인성명 구조광영)

「한 사람이 출세하니 9대조까지 영광이다.」 118)

※ 一人作官 福及三代 (일인작관 복급삼대 yīrén zuòguān, fú jí sān dài)

「한 사람이 벼슬하니 복이 3대에 미친다.」

→ 一人當官 八親霑光 (일인당관 팔친점광 yīrén dāngguān, bāqīn zhānguāng)

「한 사람이 벼슬하니 8촌까지 영광이다.」

▶ 一子受皇恩 全家食天錄 (일자수황은 전가식천록)

「자식 하나가 황제의 은덕을 입으면 온 집안이 천자의 녹으로 먹고 산다.」

▶ 一朝權在手 黃金千石有 (일조권재수 황금천석유)

「어느 날 권력을 손에 쥐면 황금이 일천 석이다.」 119)

※ 一朝進衙門 一生爲官人 (일조진아문 일생위관인 yī zhāo jìn

---

118) 牽 끌 견, 당기다. 帶 띠 대, 인도하다, 이끌다. 誅 벨 주, 죄인을 죽이다.

119) 霑 젖을 점.

yámén, yīshēng wéi guānrén)

「어느 날 관청의 문에 들어서면 평생 관리로 산다.」

→ 官府不打送禮人 (관부불타송례인 guānfǔ bùdǎ sòng lǐ rén)

「관청에서는 예물을 보내는 사람을 때리지 않는다.」

▶ 三年淸知府 十萬雪花銀 (삼년청지부 십만설화은)

「3년간 청렴한 지부(知府, 지방관)를 지내니, 눈꽃 같은 은전이 10만 관이다.」

▶ 當官的動動嘴 當差的跑斷腿 (당관적동동취 당차적포단퇴)

「관리는 입만 나불거리고, 아랫사람은 다리가 부러지도록 내달린다.」 120)

※ 臨下驕者 事上必諂 (임하교자 사상필첨 lín xià jiāo zhě, shì shàng bì chǎn)

「아랫사람에게 교만한 사람은 윗사람을 섬길 때는 틀림없이 아첨한다.」

→ 生而富者驕 生而貴者傲 (생이부자교 생이귀자오 shēng ér fù zhě jiāo, shēng ér guì zhě ào)

「부자로 태어난 사람은 교만하고, 높은 집안에서 태어난 사람은 오만하다.」

▶ 驕者必愚 愚者更驕 (교자필우 우자경교)

「교만한 자는 틀림없이 어리석고, 어리석은 자가 더 교만하다.」

▶ 驕奢卽危亡至 (교사즉위망지)

「교만하고 사치하다면 곧 위기와 망조가 찾아온다.」 121)

---

120) 衙 마을 아.
121) 驕 교만할 교, 잘난 체하다. 諂 아첨할 첨. 傲 거만할 오.

※ 張冠李戴 (장관이대 zhāng guān lǐ dài)
「장張씨의 모자를 이李씨가 쓰다.」(甲을 乙로 착각하다. 사실을 잘못 알다.)

→ 指鹿不能爲馬 張冠不可李戴 (지록불능위마 장관불가이대 zhǐ lù bù néng wéi mǎ, Zhāng guān bùkě Lǐ dài)
「사슴을 가리켜 말이라고 할 수 없고, 장씨의 관을 이씨가 쓸 수 없다.」

▶ 張和尙的帽子 抓給李和尙戴 (장화상적모자 조급이화상대)
「장 화상의 모자를 이 화상에게 쓰라고 집어 주다.」(대상을 잘못 찾다.)

▶ 靠張靠李 不如靠自己 (고장고이 불여고자기)
「장씨나 이씨에게 의지하는 것은 자신에게 의지하는 것만 못하다.」122)

※ 赤脚的不怕穿鞋的 (적각적불파천혜적 chìjiǎode bù pà chuān xiéde)
「맨발(가난한 사람)은 신발을 신은 사람(부자)을 두려워하지 않는다.」

→ 赤脚的攆兎 穿鞋的吃肉 (적각적련토 천혜적흘육 chìjiǎode nián tù, chuānxiéde chī ròu)
「신발도 없는 사람이 토끼를 쫓아 잡으면, 신발 신은 사람이 고기를 먹는다.」

▶ 八月打雷遍地是賊 (팔월타뢰편지시적 bāyuè dǎléi biàndì shìzéi)
「8월에 천둥치면 (흉년이 들어) 천지에 도적이 들끓는다.」123)

---

122) 抓 잡을 조, 집다. 給 줄 급. 戴 머리에 쓸 대, 머리에 이다. 指 손가락 지, 손가락으로 가리키다.
123) 鞋 신발 혜. 攆 쫓을 연(련), 쫓아가다. 雷 우레 뇌(뢰). 打雷 천둥치다.

※ 賊偸一更 防賊一夜 (적투일경 방적일야 zéi tōu yīgēng, fáng zéi yī yè)

「도적은 잠깐 왔다 가지만, 도적을 지키려면 밤을 새워야 한다.」

→ 偸書不爲賊 (투서불위적 tōu shū bù wéi zéi)

「책 도둑은 도둑이 아니다.」

▶ 有書借人爲痴 借人書送還爲痴 (유서차인위치 차인서송환위치)

「책이 있다고 다른 사람에게 빌려주면 바보이고, 빌려온 책을 돌려주는 사람도 바보다.」

▶ 賊不打貧人家 (적불타빈인가)

「도적도 가난한 사람 집은 털지 않는다.」

▶ 賊無贓 硬似鋼 (적무장 경사강)

「도적은 증거물(드러난 장물)이 없다면 완강하기가 강철과 같다.」[124]

※ 錢多好辦事 (전다호판사 qián duō hǎo bànshì)

「돈이 많으면 일을 잘 처리한다.」

→ 錢到公事辦 火到猪頭爛 (전도공사판 화도저두란 qiándào gōngshì bàn, huǒdào zhūtóu làn)

「돈이 들어가면 관청 일이 해결되고, 불이 닿으면 돼지머리도 삶아진다.」 (조건이 갖추어지면 일은 저절로 된다.)

▶ 錢要正道來 莫貪無義財 (전요정도래 막탐무의재)

「돈은 바른 방법으로 벌어야 한다. 의롭지 못한 재물을 탐하지 말라.」

▶ 謀大事者 不惜小費 (모대사자 불석소비)

遍 두루 편. 賊 도적 적.
124) 偸 훔칠 투. 贓 숨길 장, 장물. 痴 바보 치. 硬 굳을 경, 완강함.

「큰일을 하는 사람은 작은 돈을 아끼지 않는다.」 125)

※ 做一天和尚撞一天鐘 (주일천화상당일천종 zuò yītiān héshang zhuàng yītiān zhōng)

「중노릇 하루면 그 날의 종을 친다.」 (소극적으로 일하다.)

→ 做了和尚不撞鐘 (주료화상부당종 zuòle héshang bù zhuàng zhōng)

「중이 되었는데도 종을 치지 않는다.」 (자기 할 일을 하지 않다.)

▶ 打現鐘 不打鑄鐘 (타현종 불타주종 dǎ xiànzhōng, bùdǎ zhùzhōng)

「매달아 놓은 종을 치지, 만들고 있는 종을 칠 수는 없다.」 (있는 대로 살아가야지, 아직 성패를 알 수 없는 결과를 기대하지 말라.)

▶ 和尚剛剃頭 就有了道行 (화상강체두 취유료도행)

「화상은 머리를 깎으면 곧 중노릇을 한다.」 (새로운 변화에 잘 적응하다.) 126)

※ 指佛穿衣 賴佛吃飯 (지불천의 뇌불흘반 zhǐ fó chuānyī, lài fó chīfàn)

「부처에 의지하여 옷을 입고 밥을 먹는다.」

→ 和尚吃八方 (화상흘팔방 héshang chī bāfāng)

「화상은 사방팔방에서 얻어먹는다.」

▶ 和尚靠佛力 爲人靠飯力 (화상고불력 위인고반력)

「화상은 부처의 힘을 믿고, 사람은 밥의 힘에 의지한다.」

▶ 一百個小和尚好認一個老和尚 一個老和尚難認一百個小和尚 (일백개소화상호인일개노화상 일개노화상난인일백개소화상)

---

125) 錢 돈 전. 辦 주관할 판. 猪 돼지 저. 爛 문드러질 난, 불에 데다. 謀 꾀할 모. 惜 아낄 석.

126) 撞 칠 당. 剛 ~就 ~하자마자. 現鐘 현재 사용 중인 종. 鑄 쇠를 부어 만들 주. 剃 머리 깎을 체

「백 명의 어린 중들은 늙은 스님 한 사람을 잘 알고 있지만, 늙은 스님 한 사람은 백 명의 어린 중들을 다 알기 어렵다.」[127]

※ 知惡不擧 與惡同罪 (지악불거 여악동죄 zhī è bù jǔ, yǔ è tóng zuì)
「악을 알고도 알리지 않으면 악을 행한 사람과 같은 죄다.」

→ 和尙打傘 - 無法(髮)無天 (화상타산 - 무법무천 héshang dǎsǎn-wú fǎ(fà) wú tiān)

「중이 우산을 썼다. - 법(머리카락)도 없고 하늘도 없다.」 (아무 거리낌 없이 악행을 하다.)

▶ 知法犯法 罪加一等 (지법범법 죄가일등)
「법을 알면서도 법을 어겼다면 죄를 한 등급 더 올려야 한다.」[128]

※ 蒼蠅還想蜇人 (창승환상철인 cāngyíng hái xiǎng zhē rén)
「파리는 사람을 쏘고 싶어 한다.」 (자신의 역량을 헤아리지 못하다.)

→ 蒼蠅不叮沒縫的蛋 (창승부정몰봉적단 cāngyíng bù dīng méifēngde dàn)

「깨지지 않은 알에는 파리가 모이지 않는다.」

▶ 蒼蠅愛臭蛋 烏鴉愛死尸 (창승애취단 오아애사시)
「파리는 썩은 달걀을 좋아하고, 까마귀는 죽은 시체를 좋아한다.」[129]

---

127) 指 손가락 지, 의지할지, 의지하다. 穿 뚫을 천, 옷을 입다. 賴 힘입을 뢰(뢰). 剛 굳셀 강. 靠 기댈 고.

128) 擧 들 거. 髮 터럭 발.

129) 蒼 푸를 창. 蠅 파리 승. 蒼蠅 파리. 蜇 쏠 철. 叮 깨물 정, 쇠붙이가 부딪치는 소리. 蛋 알 단. 尸 주검 시, 시체.

※ 千金買房 萬金買隣 (천금매방 만금매린 qiānjīn mǎi fáng, wànjīn mǎi lín)

「천금으로 집을 사지만, 이웃은 만금을 줘야 산다.」

→ 千貫治家 萬貫結隣 (천관치가 만관결린 qiānguàn zhìjiā wàng uàn jiélín)

「일천 꾸러미의 돈으로 집을 꾸미고, 만관의 돈으로는 이웃과 친교를 맺는다.」

▶ 爲人處世兩件寶 和爲貴來忍爲高 (위인처세양건보 화위귀래인위고)

「사람의 처세에 두 가지 보배가 있으니, 인화人和와 인내忍耐를 귀히 여겨야 한다.」

▶ 喜歡隣家生犢 不喜歡隣家中擧 (희환인가생독 불희환인가중거)

「이웃집에서 송아지를 낳았다면 기뻐하지만, 이웃사람이 과거에 합격한 것은 기쁘지 않다.」 [130]

※ 千金易得 知音難求 (천금이득 지음난구 qiānjīn yì dé zhīyīn nán qiú)

「천금은 쉽게 얻을 수 있지만, 마음을 알아주는 친구는 얻기 어렵다.」

→ 朋友有責善之道 (붕우유책선지도 péngyou yǒu zé shàn zhī dào)

「친구는 서로 좋은 일을 권장해야 하는 의무가 있다.」

▶ 萬兩黃金容易得 一個知心也難求 (만양황금용이득 일개지심야난구)

「만 냥의 황금이야 쉽게 얻을 수 있으나, 마음을 알아줄 한 사람은 구하기 어려워라!」

---

130). 房 집 방, 방 방. 隣 이웃 린. 貫 꿸 관(엽전 1,000개를 꿴 꾸러미를 貫이라 함).

▶ 黃金有價人無價 (황금유가인무가)

「황금은 값을 따질 수 있지만, 사람은 값이 없다.」 (사람이 귀하다.) 131)

※ 千人所指 無病而死 (천인소지 무병이사 qiānrén suǒ zhǐ, wú bìng ér sǐ)

「천 명한테서 손가락질을 받는다면 병이 없어도 죽는다.」

→ 千人咒 萬人罵 (천인주 만인매 qiān rén zhòu, wàn rén mà)

「천 사람이 저주하고 만 사람이 욕을 한다.」 (극악무도한 사람.)

▶ 過街老鼠 (과가노서 guòjiē lǎoshǔ)

「거리를 지나가는 쥐.」 (남에게 손가락질을 받는 사람.)

▶ 千人唾罵萬人厭 (천인타매만인염)

「천 사람이 침을 뱉고 만 사람이 싫어한다.」

▶ 走一處熏一處 (주일처훈일처)

「가는 곳마다 냄새를 피우다.」 (미움을 받다.)

▶ 一人一口唾沫 也能淹死人 (일인일구타말 야능엄사인)

「한 사람이 한 번씩 침을 뱉어도 사람을 빠뜨려 죽일 수 있다.」

▶ 人叫人死人不死 天叫人死人才死 (인규인사인불사 천규인사인재사)

「사람들이 죽으라고 외쳐도 죽지 않지만, 하늘이 죽으라면 곧 죽는다.」 132)

※ 天下興亡 匹夫有責 (천하흥망 필부유책 tiānxià xīngwáng, pǐfū yǒu zé)
「천하의 흥망은 필부에게도 책임이 있다.」

---

131) 責善 좋은 일을 서로 권장하고 같이 실천하도록 노력함(相責以善).

132) 指 손가락으로 가리키다. 咒 빌 주, 저주하다, 주문을 외다(呪와 同字). 唾 침 타, 침을 뱉다, 멸시하다. 沫 거품 말. 唾沫 침, 타액. 罵 욕할 매. 厭 싫어할 염. 叫 부르짖을 규, ~하라고 시키다(사역의 의미).

→ **寧作太平犬 不作亂離民** (영작태평견 부작난리민 nìngzuò tàipíng quǎn, bùzuò luànlí mín)

「차라리 태평시대의 개로 태어날지언정, 난리 세상에 사람이 되지 않겠다.」

▶ **天下泰平 夜雨日晴** (천하태평 야우일청)

「천하가 태평하면 밤에는 비가 오고 낮이면 갠다.」

▶ **天下之患 在於土崩 不在於瓦解** (천하지환 재어토붕 부재어와해)

「천하의 걱정거리는 산이 무너지는 것이지(나라가 망함), 진흙이 풀어지는 데(사회기강의 해이) 있지 않다.」 133)

※ **晴天留人情 雨天好借傘** (청천유인정 우천호차산 qíngtiān liú rén qíng, yǔtiān hǎo jiè sǎn)

「맑은 날에 인정을 베풀어야 비 오는 날에 우산을 빌릴 수 있다.」

→ **晴天要備陰天傘** (청천요비음천산 qíngtiān yào bèi yīntiān sǎn)

「맑은 날에 비 오는 날의 우산을 준비해야 한다.」

▶ **人情就是債** (인정취시채)

「인정은 곧 빚이다.」 (남의 베푼 인정을 받았으면 갚아야 한다.)

▶ **飽時要備飢時糧** (포시요비기시량)

「배부를 때에 굶주릴 날의 양식을 준비해야 한다.」

▶ **飽漢要知餓漢飢** (포한요지아한기)

「배부른 사람은 굶은 사람의 배고픔을 알아야 한다.」 134)

※ **出了井底又入海底** (출료정저우입해저 chūle jǐngdǐ yòu rù hǎidǐ)

「우물에서 나와 바다 속으로 들어가다.」

---

133) 天下~有責 ; 淸 顧炎武의 《日知錄》
134) 晴 맑을 청, 비가 개다. 借 빌릴 차. 傘 우산 산. 陰天 비가 오는 날.

→ 出了龍潭 又入虎穴 (출료용담 우입호혈 chūle lóngtán yòu rù hūxué)

「용의 연못에서 나와 호랑이굴에 들어가다.」

▶ 出頭鴿子先遭難 (출두합자선조난)

「먼저 나서는 비둘기가 먼저 곤경에 빠진다.」

▶ 出了籠的鳥 自己又進籠 (출료농적조 자기우진농)

「새장에서 나온 새가 스스로 다시 새장에 들어가다.」 135)

※ 臭猪頭, 自有爛鼻子來聞 (취저두, 자유난비자래문 chòu zhūtou, zì yǒu làn bízi wén)

「썩은 돼지머리에, 문드러진 코가 와서 냄새를 맡는다.」 (세상에 못쓸 물건은 없다.)

→ 狗肚子裏沒有葷油 (구두자리몰유훈유 gǒu dùzili méi yǒu hūnyóu)

「개의 뱃속에는 돼지기름이 없다.」 (아무 쓸모가 없다.)

▶ 狗肚子裏能盛幾兩黃油 (구두자리능성기량황유)

「개 뱃속에도 몇 냥어치 버터를 담을 수 있다.」 (사람의 역량이 별 것 아니다.) 136)

※ 治世用文 亂世用武 (치세용문 난세용무 zhìshì yòng wén, luànshì yòng wǔ)

「치세에는 숭문崇文정책을, 난세에는 숭무崇武정책을 쓴다.」

→ 治亂世用重刑 (치란세용중형 zhì luànshì yòng zhòngxíng)

「난세를 다스리려면 형벌을 무겁게 해야 한다.」

▶ 文武之道 一張一弛 (문무지도 일장일이)

---

135) 潭 못 담. 又 또 우. 鴿 비둘기 합. 籠 대그릇 농, 새장.
136) 葷 비린내 훈, 고기 훈. 葷油 돼지기름(요리용). 黃油 버터(butter).

「(국가 통치에서) 당겼다(통제) 늦추었다(관용) 하는 것이 문무의 이
치다.」

▶ 治國常富 亂國常貧 (치국상부 난국상빈)

「안정된 나라는 언제나 부유하지만, 혼란한 나라는 늘 빈곤하다.」

▶ 亂世見忠臣 (난세견충신)

「난세에 충신을 알 수 있다.」

▶ 窮家出孝子 國破見忠臣 (궁가출효자 국파견충신)

「가난한 집에 효자 나고, 나라가 망할 때 충신을 볼 수 있다.」

▶ 亂王年年改號 窮士日日更名 (난왕년년개호 궁사일일갱명)

「난세의 왕은 해마다 연호를 바꾸고, 궁색한 선비는 날마다 이름을
바꾼다.」 137)

※ 親不親 故鄉人 (친불친 고향인 qīn bù qīn, gùxiāngrén)
「친하건 안 친하건 고향 사람이다.」

→ 美不美 故鄉水 (미불미 고향수 měi bù měi gùxiāngshuǐ)

「좋건 안 좋건 내 고향의 물.」 (내 고향이 제일.)

▶ 美不美 故鄉酒 (미불미 고향주)

「맛있건 없건 내 고향의 술.」

▶ 十個公章 不如一個老鄉 (십개공장 불여일개노향)

「열 개의 관청도장은 고향 사람 하나만 못하다.」 (어떤 일을 하는
데는 고향사람 힘이 제일 세다.)

▶ 人是舊的好 東西是新的好 (인시구적호 동서시신적호)

「사람은 옛 사람이, 물건은 새 것이 좋다.」

▶ 莫道故鄉生處好 恩愛深處便爲家 (막도고향생처호 은애심처편위
가)

---

137) 張 펼 장, 당기다, 긴장(緊張). 弛 늦출 이, 이완(弛緩). 常 항상 상, 늘.

「태어난 곳이 좋다고 말하지 말라. 은혜와 사랑을 많이 받은 곳이 바로 집이며 고향이다.」 [138]

※ 打狗看主人 (타구간주인 dǎgǒu kàn zhǔrén)

「개를 때리면서도 (개) 주인을 본다.」

→ 打狗傷主人 (타구상주인 dǎgǒu shāng zhǔrén)

「개를 때려 주인의 체면을 깎다.」

▶ 打狗不看主人面子 (타구불간주인면자)

「개를 패줄 때는 주인의 체면을 따지지 않는다.」 (악은 철저히 징벌해야 한다.)

▶ 打狗要用擒虎力 (타구요용금호력)

「개를 때려 줄 때도 호랑이 잡는 힘을 써야 한다.」 (느슨하게 할 수는 없다.) [139]

※ 打到了虎豹 還有豺狼 (타도료호표 환유시랑 dǎdàole hūbào, hái yǒu cháiláng)

「호랑이를 때려 눕혔지만, 이리는 여전히 남았다.」

→ 打落水狗 (타낙수구 dǎ luòshuǐgǒu)

「우물에 빠진 개를 때리다.」 (궁지로 몰아넣다. 궁지에 처한 사람을 등쳐먹다.)

▶ 打得一拳去 免得百拳來 (타득일권거 면득백권래 dǎde yīquán qù, miǎnde bǎiquán lái)

「한 주먹을 때려눕혀, 백 개의 주먹을 미리 막다.」 (먼저 제압하여 피해를 예방하다. - 선즉제인先則制人)

---

138) 公章 공무에 쓰는 인장(印章). 東西 dōngxi 물건.
139) 面子 체면, 情分. 擒 사로잡을 금.

▶ 打狗不怕狗咬 殺猪不怕猪叫 (타구불파구교 살저불파저규)

「개를 때리면서 무는 것을 두려워하지 않고, 돼지를 잡으면서 돼지 비명을 걱정하지 않는다.」140)

※ 撐的雨傘濕不了身 (탱적우산습불료신 chēngde yǔsǎn shībùliǎo shēn)

「우산을 가진 사람은 몸이 비에 젖지 않는다.」 (믿을 만한 후원자 (배경)가 있다.)

→ 權重腰硬 力大欺人 (권중요경 역대기인 quán zhòng yāo yìng, lì dà qīrén)

「권한이 중하면 허리가 뻣뻣하고, 힘이 강하면 사람을 깔본다.」

▶ 門前結起高頭馬 不是親來也是親 (문전결기고두마 불시친래야시친)

「대문 앞에 대관의 말이 매이면, 가깝지 않던 사람도 찾아와 친척이라 한다.」 (한번 권세를 잡으면 많은 사람들이 아부한다.)

▶ 權勢豈在家豪富 風流不用着衣多 (권세기재가호부 풍류불용착의다)

「권세가 어찌 집안이 번창하고 부자이기 때문이겠는가? 풍류 멋쟁이라고 옷을 많이 입지는 않는다.」141)

※ 把張三當李四 (파장삼당이사 bǎ Zhāngsān dàng Lǐsì)
「장씨 집 셋째를 이씨 집 넷째 아들이라고 생각하다.」

---

140) 豹 표범 표. 豺 승냥이 시. 狼 이리 낭(랑). 落水狗 물에 빠진 개, 세력을 빼앗긴 나쁜 사람.

141) 撐 버틸 탱, 손에 잡다. 濕 축축할 습, 젖다. 腰 허리 요. 硬 굳을 경, 단단하다. 結 맺을 결. 起 일어날 기. 豈 어찌 기, 어찌 ~하겠는가? 風流 풍치 있고 멋있다.

→ 不管大哥二哥麻子哥 (부관대가이가마마자가 bùguǎn dàgē èrgē mázigē)

「큰형이건 둘째형이건 곰보 형이건 상관없다.」

▶ 張三李四王二麻子 (장삼이사왕이마자)

「장씨 집 셋째와 이씨 집 넷째, 곰보인 왕씨 집 둘째.」 (별 볼일 없는 사람들.)

▶ 張三有馬不會騎 李四會騎沒有馬 (장삼유마불회기 이사회기몰유마)

「장씨 집 셋째는 말이 있으나 탈 줄 모르고, 이씨 집 넷째는 말을 탈 줄 알지만 말이 없다.」 [142]

※ 避獐逢虎 (피장봉호 bí zhāng féng hǔ)
「노루를 피했더니 호랑이를 만나다.」

→ 前門拒虎 後門進狼 (전문거호 후문진랑 qiánmén jù hū, hòumén jìn láng)

「앞문에서 호랑이를 막았더니 후문으로 이리가 들어온다.」 (재앙이 계속 들이닥치다. 앞뒤로 위험이 가로놓여 있다.)

▶ 黃鼠狼單咬病鴨子 - 該倒霉 (황서랑단교병압자 - 해도매)

「족제비가 병든 오리 하나만 물었다 - 정말 재수가 없다.」 (병든 것도 서러운데 족제비에게 잡혔으니 정말 운이 나쁘다.)

▶ 方離狼窩 又逢虎口 (방리낭와 우봉호구)

「이리 굴에서 나오자마자 호랑이를 만나다.」

▶ 前怕狼 後怕虎 一生一世白辛苦 (전파랑 후파호 일생일세백신고)

「앞에 늑대가 있는가? 뒤에 호랑이가 있을까? 한 평생 공연한 근심

---

142) 張三李四, 王二 ; 장씨 집안의 셋째 아들, 이씨 집안의 넷째. 왕씨네 둘째. 곧 평범한 사람들. 麻子 곰보자국, 얼굴이 얽은 사람.

걱정뿐이다.」[143]

※ 虎落平原被犬欺 (호락평원피견기 hǔluò píngyuán bèi quǎn qī)
「호랑이가 평지에 나오면 개들에게 당한다.」

→ 去時鳳凰不如鷄 (거시봉황불여계 qù shí fènghuáng bùrú jī)
「때를 잃은 봉황은 닭만도 못하다.」

▶ 强龍難壓地頭蛇 (강룡난압지두사)
「힘센 용도 그 땅의 뱀들을 진압하기 어렵다.」 (본거지를 떠나서는 약자들에게 당할 수 있다. 어디든 텃세는 있다.)

▶ 龍逢淺水遭蝦戲 鳳入深林被雀欺 (용봉천수조하희 봉입심림피작기)

「용도 얕은 물에서는 새우에게 놀림을 당하고, 봉황이 덤불 속에 들어가면 참새에게 무시당한다.」[144]

※ 好人不香 壞人不臭 (호인불향 괴인불취 hǎorén bùxiāng, huàirén bùchòu)
「착한 사람이라고 향기 없고, 나쁜 사람이라도 악취 없다.」

→ 天下的好人心連心 (천하적호인심련심 tiānxià de hǎorén xīn lián xīn)
「세상 착한 사람들의 마음은 다 같다.」

▶ 壞蛋不死 好人難活 (괴단불사 호인난활)
「나쁜 놈은 죽지도 않고, 착한 사람은 힘들게 산다.」

---

143) 獐 노루 장. 窩 움집 와. 逢 만날 봉. 鼠 쥐 서. 鴨 오리 압. 該 당연하다, ~해야 한다, 아마 ~하다. 霉 곰팡이 매, 불운. 倒霉 재수 없다.

144) 虎落平原 불리한 지경에 처하다. 被 당하다. 欺 속일 기, 무시당하다. 拔 뽑을 발. 鷄 닭 계. 拔 뽑을 발. 地頭蛇 그 땅에서 낳고 자란 뱀. 頭 여기 서는 머리가 있는 물건을 세는 단위(量詞).

▶ 天下的海水 到處一樣鹹 (천하적해수 도처일양함)

「이 세상 바닷물은 어디든 다 마찬가지로 짜다.」

▶ 天下烏鴉一般黑 (천하오아일반흑)

「이 세상의 까마귀는 모두 검다.」 (나쁜 놈은 다 마찬가지다.)

▶ 二十一日不出鷄的壞蛋 (이십일일불출계적괴단)

「21일이 되어도 병아리가 나오지 않는 썩은 달걀.」 (나쁜 놈. 욕설.)
145)

※ 好人做到底 (호인주도저 hǎorén zuò dàodǐ)

「착한 사람이 되려면 끝까지 착해라.」

→ 爲人爲到底 送人送到家 (위인위도저 송인송도가 wéirén wéi dào dǐ, sòngrén sòngdào jiā)

「남을 도와주려면 끝까지 밀어 주라. 바래다주려면 집까지 바래다 주어라.」

▶ 撑船撑到岸 助人助到底 (탱선탱도안 조인조도저)

「배를 저어주려면 물가에 닿을 때까지 해주고, 사람을 도와주려면 끝까지 도와줘라.」

▶ 從狼嘴裏掏出來喂狗 (종낭취리도출래외구)

「이리의 입에서 꺼내 개에게 넣어주다.」 (도와주는 것이 철저하지 못함.) 146)

※ 好花也得綠葉扶 (호화야득녹엽부 hǎohuā yě děi lǜyèfú)

---

145) 壞 무너질 괴. 臭 냄새 취(惡臭). 蛋 새알 단, 새끼, 놈. 鹹 짤 함. 烏 검은 로, 까마귀. 鴉 갈가마귀 아. 烏鴉 까마귀. 二十一日 암탉이 알을 품고 21일이면 병아리가 깬다. 壞蛋 나쁜 놈.

146) 做 지을 주, ~을 하다 到底 바닥에 닿을 때까지. 撑 받칠 탱, 상앗대로 젓다, 당기다. 撑船 상앗대질로 배를 젓다. 掏 끄집어낼 도 喂 먹일 외.

「좋은 꽃이라도 푸른 잎이 받쳐 주어야 한다.」 (영재英才도 대중의 지지가 있어야 한다.)

→ 爲有源源活水來 (위유원원활수래 wéi yǒu yuán yuán huó shuǐ lái)
「근원(샘물)이 있기에 샘에서 살아있는 물이 나온다.」 (대중 속에 뿌리를 내려야 힘을 받을 수 있다.)

▶ 好景時不長 好人命不長 (호경시불장 호인명불장)
「좋은 구경거리는 언제나 있는 것이 아니고, 선한 사람은 명이 길지 않다.」

▶ 一事當前先替群衆打算 (일사당전선체군중타산)
「모든 일은 먼저 대중을 생각해서 해야 한다.」 147)

※ 畵龍畵虎難畵骨 (화룡화호난화골 huàlóng huàhǔ nán huàgǔ)
「용과 호랑이를 그려도 뼈는 그리지 못한다.」

→ 交友容易交心難 (교우용이교심난 jiāoyǒu róngyì jiāo xīn nán)
「벗으로 사귀기는 쉬워도 마음을 주고받기는 어렵다.」

▶ 黃金不多交不深 (황금부다교불심 huángjīn bùduō jiāo bùshēn)
「황금이 많지 않으면 깊이 교제할 수 없다.」 (교우관계 유지에는 어차피 돈이 필요하다.)

▶ 海枯終見底 人死不知心 (해고종견저 인사부지심)
「바다가 마르면 결국 바닥이 보이지만, 사람은 죽어도 그 마음은 모른다.」

▶ 世間海水知深淺 惟有人心難忖量 (세간해수지심천 유유인심난촌량)
「세상의 바닷물도 깊이를 알 수 있지만, 오직 사람 마음속은 헤아

---

147) 源 근원 원, 물이 계속 흐르는 모양, 샘. 替 대신하다, ~을 위하여, 쇠퇴하다.

릴 수 없다.」

▶ 天邊鷹 水底魚, 高可射 底可釣, 唯人心不可料 (천변응 수저어, 고가사 저가조, 유인심불가료)

「하늘의 매, 물밑의 고기, 높이 날면 쏘고 낮게 숨어도 낚을 수 있으나, 오직 사람 마음만은 헤아릴 수 없다.」[148]

※ 花木瓜 空好看 (화목과 공호간 huā mùguā kōng hǎokàn)
「모과나무꽃, 보기는 좋지만 쓸모가 없다.」(實際無用)

→ 空心蘿卜 - 中看不中用 (공심라복 - 중간부중용 kōng xīn luóbo-zhōngkàn bù zhōngyòng)

「속에 바람이 든 무 - 겉보기는 좋아도 쓸모가 없다.」

▶ 空心大樹不成材 (공심대수불성재)

「속이 빈 큰 나무는 재목이 되지 않는다.」

▶ 梁山的軍師 - 無用 (양산적군사 - 무용)

「양산박 군대의 지휘자軍師 - 쓸모가 없다.」

▶ 金漆的馬桶 - 外面好看內面臭 (금칠적마통 - 외면호간내면취)

「금칠을 한 말구유 - 겉보기는 괜찮지만, 안에서는 냄새가 난다」

▶ 金盆裏裝泔水 - 可惜了材料 (금분리장감수 - 가석료재료)

「황금동이에 구정물을 담아 놓다. - 재료가 아깝다.」[149]

※ 吃硬不吃軟 (흘경부흘연 chī yìng bù chī ruǎn)
「세게 나오면 먹혀들고, 좋게 말하면 안 듣는다.」(부드럽게 좋은

---

148) 畵 그림 화. 難 어려울 난. 忖 헤아릴 촌. 鷹 매 응. 射 쏠 사. 唯 오직 유. 釣 낚을 조.

149) 梁山的軍師 ; 양산박의 군대를 지휘하는 참모장(軍師)은 吳用인데 吳用 Wú yòng의 발음이 無用 wúyòng과 같음. 桶 물건 담는 그릇 통. 盆 동이 분. 泔 쌀뜨물 감.

말하면 무서운 줄 모른다. 소인의 생각이나 행동.)

→ 吃軟不吃硬 (흘연불흘경 chī ruǎn bù chī yìng)

「부드럽게 대하면 먹히지만, 강압적으로 나오면 반발한다.」(군자의 생각)

▶ 正用着你拉硬屎的時候, 你却拉稀了 (정용착니납경시적시후, 니각납희료)

「된똥을 눠야 할 바로 그때에 너는 설사를 했다.」(정말 중요한 시기에 나약하게 물러서다.) 150)

※ 吃耳光 陪笑臉 (흘이광 배소검 chī ěrguāng péi xiàoliǎn)
「뺨을 맞으면서도 웃는 얼굴로 모시다.」(굴욕을 참으며 아부하다.)

→ 陪太子讀書 (배태자독서 péi tàizǐ dúshū)

「태자를 모시고 독서하다.」(상관이 좋아하는 일을 같이 따라하며 비위를 맞추다.)

▶ 望塵而拜 (망진이배)

「(높은 사람이 타고 지나간 수레의) 먼지를 바라보면서 절을 하다.」(아첨으로 상관을 섬기다.)

▶ 吃了張家苦 挨了李家辣 (흘료장가고 애료이가랄)

「장씨한테 고생하고, 이씨에게서 혼나다.」(이쪽저쪽에서 치이다.)

▶ 把人大牙笑掉下來 (파인대아소도하래)

「웃다가 사람의 어금니를 빠지게 하다.」(다른 사람의 웃음거리가 되다.)

▶ 黃泥掉進褲襠裏 不是屎也是屎 (황니도진고당리 부시시야시시)

「누런 진흙덩어리가 바짓가랑이에 있으니 똥이거나, 아니거나 둘

---

150) 吃 먹을 흘, 먹히다. 硬 굳을 경, 강경(强硬)하다. 軟 부드러울 연, 유연(柔軟). 拉 당길 납(랍). 拉屎 똥을 누다. 時候 때, 시점. 稀 드물 희, 묽다.

중 하나다.」(굴욕을 참아야만 한다.) 151)

→ 吃人家的嘴軟 拿人家的手短 (흘인가적취연 나인가적수단 chī rénjia de zuǐ ruǎn ná rénjiade shǒu duǎn)

「남의 신세를 진 사람은 바른 말을 못하고, 남의 물건을 얻고서는 바른대로 처리 못한다.」(얻어먹은 게 있으면 원칙을 지키기 어렵다.)

▶ 吃人一碗 聽人使喚 (흘인일완 청인사환)

「남의 밥 한 그릇 먹었으면 그 사람에게 부림을 당한다.」

▶ 喝了人家的酒 跟着人家走 (갈료인가적주 근착인가주 hēlė rénjiā dė jiǔ, gēnzhe rénjiā zǒu)

「남의 술을 얻어먹으면 그 사람을 따라가게 된다.」(세상에 공술은 없다.) 152)

→ 戲子無義 婊子無情 (희자무의 표자무정 xìzi wú yì biǎozi wú qíng)
「놀이패에 의리 없고, 창기는 정이 없다.」

▶ 婊子從良餓死狗 (표자종량아사구)

---

151) 牙 어금니 아. 笑 웃을 소. 掉 흔들 도, 떨어뜨리다, 버리다. 吃 당하다. 耳光 뺨, 따귀. 陪 모실 배, 곁에서 도와주다. 臉 뺨 검. 褲 바지 고(絝와 同字). 襠 잠방이 당.

152) 稀 드물 희, 묽다, 멀건 것, 여기서는 죽(稀飯). 乾 마를 건, 보통의 밥 (乾飯). 人家 여기서는 「남, 타인」의 뜻. 軟 연할 연, 부드러울 연. 拿 잡을 나, 손에 넣다.

「창녀가 결혼해보았자, 굶어 죽은 개와 같다.」 (개과천선은 그만큼 어렵다.)

▶ **席上不可無 家中不可有** (석상불가무 가중불가유)

「술자리에서는 없을 수 없지만, 가정에 있어서는 안 될 사람.」 (妓女) 153)

---

153) 戱 놀이 희. 戱法 마술. 婊 화냥년 표. 婊子 기생, 창녀. 從良 기녀가 기적(妓籍)에서 벗어나 결혼하다. 餓 굶주릴 아.

第8部 財物·職業 관련 속담

有錢先還無利債(유전선환무리채)
「돈이 있으면 이자 없는 빚부터 먼저 갚는다.」
哪裏跌倒哪裏爬 (나리질도나리파)
「넘어진 그 자리에서 일어나야 한다.」

※ **各走各的路 各投各的店** (각주각적로 각투각적점 gè zǒu gè de lù, gè tóu gè de diàn)

「각자 다른 길을 가서 각자 점포에 들어가다.」(자기 일만 하지 남의 일에 상관하지 않는다.)

→ **各人做事各人當** (각인주사각인당 gè rén zuòshì gè rén dāng)

「자기 일은 자기가 책임진다.」

▶ **各人看着各人的灶火門** (각인간착각인적조화문)

「모든 사람이 자기 부엌 아궁이를 챙겨 본다.」(자기 집 일에만 관심을 갖는다.)

▶ **道路各別 養家一般** (도로각별 양가일반)

「벌이하는 방법이야 각자 다르지만, 가족부양은 마찬가지다.」[1]

※ **幹一行 愛一行** (간일행 애일행 gàn yī háng, ài yī háng)

「한 가지 장사를 하면 그 장사를 사랑하라!」

→ **幹一行 專一行** (간일행 전일행 gàn yī háng, zhuān yī háng)

「자신이 하는 장사에 정통해야 한다.」(전문가가 되어야 한다.)

▶ **利不十者不易業 功不百者不變常** (이불십자불역업 공불백자불변상)

「이득이 열 배가 아니라면 장사를 바꾸지 말고, 효과가 백 배가 아니라면 평상시와 다르게 하지 말라.」

▶ **幹活不隨東 累死也無功** (간활불수동 누사야무공 gànhuó bù suí dōng, lèisǐ yě wú gōng)

「일을 하면서 주인의 말을 듣지 않으면 지쳐 죽을 지경이라도 공이 없다.」[2]

---

1) 灶(竈) 부뚜막 조.
2) 幹活 일을 하다(구체적인 노동, 동작). 隨 다를 수. 東 주인. 房東 집주인.

※ 開店不離櫃頭 種田不離田頭 (개점불리궤두 종전불리전두 kāi diàn bù lí guìtou, zhǒngtián bù lí tiántóu)

「상점을 열면 계산대를 떠날 수 없고, 농부는 밭두둑을 떠날 수 없다.」

→ 開店爲賺錢 住店拿現錢 (개점위잠전 주점나현전 kāi diàn wéi zhuànqián, zhù diàn ná xiànqián)

「돈을 벌려고 점포를 여는 것이고, 점포에 머물러야 현금을 잡을 수 있다.」

▶ 開店要開獨行店 (개점요개독행점)

「장사를 하려면 혼자 하는 점포를 열어야 한다.」 (경쟁자가 없는 영업을 택하다.)

▶ 開得飯店起 勿怕大肚皮 (개득반점기 물파대두피)

「음식점을 차렸다면 손님 배가 크다고 걱정하지 말라.」

▶ 開飯店的 喜歡大肚皮 (개반점적 희환대두피)

「음식점을 시작한 사람은 배가 큰 손님을 좋아한다.」 (좋은 소문이 빨리 퍼진다.) 3)

※ 開店容易守店難 (개점용이수점난 kāidiàn róngyì shǒudiàn nán)
「영업을 시작하기는 쉽고, 꾸려나가기는 어렵다.」

→ 高·大·精·尖 (고·대·정·첨 gāo·dà·jīng·jiān)

「고급화·대량화·정품화·첨단화.」 (생산 기업의 일반적 구호.)

▶ 金字招牌 - 有名無實 (금자초패 - 유명무실)

「황금글자 간판 - 유명무실하다.」 (장사실적이 좋아야 한다.)

▶ 做生意不懂行 好比瞎子撞南墙 (주생의부동행 호비할자당남장)

累 지칠 루. 累死 몹시 피곤하다.
3) 種田 농사를 짓다, 농부. 賺 물건 팔 잠, 돈을 벌다. 肚 배 두.

「장사를 하면서 그 길에 정통하지 못하면 마치 장님이 남쪽 담에 머리를 부딪치는 것과 같다.」

▶ 船艙肚裏開歇店 招牌不挂無人知 (선창두리개헐점 초패불괘무인지)

「배의 선창 안에 휴게소를 열었어도 간판이 없으면 아무도 모른다.」[4]

※ 隔行如隔山 (격행여격산 *gé háng rú gé shān*)
「다른 장사는 산 너머 일과 같다.」

→ 隔山買老牛 (격산매노우 *géshān mǎi lǎo niú*)

「산 너머에서 소를 사들이다.」(저쪽의 사정도 모르면서 거래를 하다.)

▶ 隔山如隔天 (격산여격천)

「산을 사이에 두고 있으면 하늘이 다르다.」

▶ 東山不識西山貨 錯把靈芝當蘑菇 (동산불식서산화 착파영지당마고)

「동산에서는 서산의 물건을 모르니, 영지를 보통 버섯으로 잘못 안다.」[5]

※ 見財不取非君子 (견재불취비군자 *jiàn cái bùqǔ fēi jūnzǐ*)
「재물을 보고서도 취하지 않는다면 군자가 아니다.」(취할 만한 것은 당연히 취해야 한다.)

→ 見物不取 失之千里 (견물불취 실지천리 *jiànwù bùqǔ, shī zhī qiānlǐ*)

---

4) 尖 뾰족할 첨. 招 부를 초. 招牌 간판. 生意 장사, 상업. 懂 이해할 동. 瞎 장님 할. 撞 부딪칠 당. 艙 선실 창. 歇 쉴 헐. 挂 걸 괘.
5) 隔 사이 뜰 격. 蘑 버섯 마. 菇 버섯 고.

「물건을 보고서도 갖지 않으면 천리를 잃을 수 있다.」(절호의 기회를 놓치지 말라.)

▶ 當取不取 過後莫悔 (당취불취 과후막회)

「취할 물건을 취하지 않고서 지난 다음에 후회하지 말라.」(물건이나 일이나 다 때가 있다.)

▶ 貪得他人牛 失去自家馬 (탐득타인우 실거자가마)

「욕심으로 다른 사람의 소를 빼앗으면 자기 집에 있는 말이 도망간다.」

▶ 貪得者雖富亦貧 知足者雖貧亦富 (탐득자수부역빈 지족자수빈역부)

「탐욕으로 얻고자 하면 부유하더라도 가난한 것이고, 만족을 알면 비록 가난하더라도 부유한 것이다.」[6]

※ 顧客就是皇帝 (고객취시황제 gùkè jiù shì huángdì)

「손님은 황제다.」

→ 百貨中百客 (백화중백객 bǎi huò zhòng bǎi kè)

「다양한 상품으로 여러 고객의 수요를 맞추다.」

▶ 百貨百態 百客百意 (백화백태 백객백의)

「백 개의 상품은 백 개의 모양, 백 명의 손님은 백 가지 생각.」

▶ 能叫人等客 不叫客等人 (능규인등객 불규객등인)

「주인으로서 손님을 기다리게 해야지, 손님이 주인을 기다리게 할 수 없다.」[7]

※ 過了這個村, 就沒這個店了 (과료저개촌, 취몰저개점료 guòle zhège cūn, jiù méi zhège diànle)

---

6) 莫 말 막. 悔 뉘우칠 회.
7) 顧 돌아볼 고. 就是 바로 ～이다. 叫 부를 규, ～에게 시키다.

「이 마을을 지나면, 이런 점포가 없다.」 (다른 곳에는 없는 마지막 기회다.)

→ **只此一家 別無分店** (지차일가 별무분점 zhǐ cǐ yī jiā, bié wú fēndiàn)

「오직 이 상점뿐이고, 다른 분점은 없다.」 (이 상품을 취급하는 곳은 우리 집뿐이다.)

▶ **錯過此村無好店** (착과차촌무호점)

「이 마을 그냥 지나가면 다음에는 좋은 집이 없다.」 (마지막 기회다.)

▶ **錯過此渡無好舟** (착과차도무호주)

「이 나루를 지나면 더 좋은 배는 없다.」

▶ **過了這村有那店** (과료저촌유나점)

「이 마을을 지나도 다른 객점(주막)이 있다.」 [8]

※ **狗來富 猫來開當鋪** (구래부 묘래개당포 gǒulái fù, māo lái kāi dàngpu)

「개가 모여들면 부자가 되고, 고양이가 모여들면 전당포를 연다.」 (더 큰 부자가 된다)」

▶ **肥駱駝拱門** (비낙타공문 féi luòtuó gǒng mén)

「살찐 낙타가 문을 열고 들어오다.」

▶ **肥猪拱門時運旺** (비저공문시운왕)

「살찐 돼지가 문을 밀고 들어오면 시운이 왕성하다.」

▶ **肥不到鷄脚 富不到長工** (비부도계각 부부도장공)

---

8) 這 이 저. 個 하나의, 한 개, 양사(量詞)라 하여 우리말에는 잘 사용하지 않음. 굳이 번역 않는 것이 더 자연스러울 경우가 많음. 只 다만 지. 此 이 차. 那 어찌 나, 저것(話者로부터 멀리 떨어져 있는 것), 어디? 다른.

「닭다리는 살이 붙지 않고, 머슴살이를 오래 한다고 부자 되지 않는다.」[9]

※ **勤能致富 儉能養廉** (근능치부 검능양렴 qín néng zhì fù, jiǎn néng yǎng lián)
「근면하면 부자가 될 수 있고, 검소한 생활은 청렴한 마음을 기른다.」

→ **勤是財外財** (근시재외재 qín shì cái wài cái)
「근면은 재산 이외의 또 다른 재산이다.」

▶ **勤是金 儉是銀** (근시금 검시은)
「근면은 황금이고, 검약은 은이다.」

▶ **勤是百業之寶 愼是護身之本** (근시백업지보 신시호신지본)
「근면은 모든 사업의 보배이고, 신중함은 자신을 지킬 수 있는 근본이다.」

▶ **勤是生財道 和爲化氣丹** (근시생재도 화위화기단)
「근면은 재산을 일으키는 바른 길이고, 온화함은 기질을 순화할 수 있는 약이다.」[10]

※ **近水樓臺先得月** (근수누대선득월 jìn shuǐ lóu tái xiān dé yuè)
「물가에 있는 누각에 제일 먼저 달빛이 비친다.」

→ **近廚房有得吃** (근주방 유득흘 jìn chúfáng yǒu déi chī)
「부엌이 가까우면 먹을 걸 얻을 수 있다.」

▶ **近處好安身 遠處好賺錢** (근처호안신 원처호잠전)
「가까운 곳에서는 편히 살기에 좋고, 먼 곳은 돈을 벌기에 좋다.」

---

9) 猫 고양이 묘. 當鋪 전당포. 駱 낙타 낙. 拱 두 손 맞잡을 공. 長工 머슴살이.

10) 致 이를 치. 실현하다. 丹 붉은 단, 선단(仙丹), 약의 총칭.

(다른 지방에서는 이득을 많이 남길 수 있다.)

▶ 近廚得食·近民得力 (근주득식 근민득력)

「부엌이 가까우면 먹을 것을 얻고, 백성들과 친하면 힘을 얻을 수 있다.」[11]

※ 金錢能使鬼推磨 (금전능사귀추마 jīnqián néng shǐguǐ tuīmò)
「돈이면 귀신에게 맷돌을 돌리게 할 수도 있다.」

→ 錢能够通神 (전능구통신 qián nénggòu tōng shén)
「돈이면 귀신과도 통할 수 있다.」

▶ 沒請來財神 却請來太歲 (몰청래재신 각청래태세 méi qǐnglái cái shén, què qǐnglái tàisuì)

「재물의 신을 청하지 않고, 도리어 태세太歲 신을 청했다.」 (좋은 일은 없고 악운을 만나 어려운 일만 당하다.)

▶ 財神到 財就到 (재신도 재취도)
「재신財神이 들어와야 재물이 모인다.」

▶ 可以使鬼者 錢也, 可以使人者 權也. (가이사귀자 전야, 가이사인자 권야)

「귀신을 부릴 수 있는 것은 돈이고, 사람을 부릴 수 있는 것은 권력이다.」[12]

※ 金錢分上無父子 (금전분상무부자 jīnqián fēnshang wú fùzǐ)
「금전을 나누는 데는 아버지와 아들도 없다.」

→ 利害面前無兄弟 (이해면전무형제 lìhài miànqián wú xiōngdì)

---

11) 廚 부엌 주. 賺 되팔 잠, 이익을 보다. 賺錢 이윤을 얻다.
12) 錢 돈 전. 使 시킬 사. 推 밀 추. 磨 갈 마, 맷돌. 够 많을 구, 넉넉하다 (夠와 같음). 可以 ~할 수 있다. 却 물리칠 각, 도리어. 太歲 악신(惡神), 잘못 건드리면 화를 당함. 지방의 토호(土豪).

「이해가 걸린 문제라면 형제도 없다.」

▶ 生意場上無父子 (생의장상무부자)

「장사 마당에서는 아버지와 아들도 없다.」

▶ 錢盡情意絶 (전진정의절)

「돈이 떨어지면 사랑도 끝난다.」 13)

※ 哪兒有魚 就在哪兒下網 (나아유어 취재나아하망 nǎr yǒu yú, jiù zài nǎr xiàwǎng)

「물고기가 있는 곳이라면 어디든 그물을 던진다.」

→ 無狐不成村 (무호불성촌 wú hú bù chéng cūn)

「여우가 없으면 마을이 아니다.」 (어느 마을인들 여우가 없는가?)

▶ 走一步看一步 (주일보간일보)

「한 발 가서 한 발을 내다보다.」 (일을 추진하면서도 심사숙고하다.) 14)

※ 拿五馬倒六羊 (나오마도육양 ná wǔmǎ dǎo liùyáng)

「말 다섯 마리로 양 여섯 마리와 바꾸다.」

→ 拿着猪頭 不怕找不着廟門 (나착저두 불파조부착묘문 názhe zhū tóu bù pà zhǎobùzhǎo miàomén)

「돼지머리를 갖고서는 사당의 문을 못 찾을까 걱정하지 않는다.」 (좋은 물건만 있다면 매출 걱정은 하지 않는다.)

▶ 黃金當生銅 珍珠當綠豆 (황금당생동 진주당녹두 huángjīn dàng shēngtóng, zhēnzhū dàng lǜdòu)

---

13) 生意 장사. 盡 다할 진.

14) 哪兒 어디, 어느 곳. 就 곧, 바로. 下 던지다, 내리다. 網 그물 망. 狐 여우 호.

「황금을 구리라고 말하고, 진주를 녹두라고 한다.」(물건을 볼 줄 모르다. 자신의 장점을 제대로 모르다.)

▶ 猪八戒吃人蔘菓 不知其味 (저팔계흘인삼과 부지기미)

「저팔계는 인삼과를 먹어도 그 맛을 모른다.」(물건 가치를 모르다.) 15)

※ 拿着金碗銀筷子 就是吃不成飯 (나착금완은쾌자 취시흘부성반 názhe jīnwǎn yínkuàizi, jiù shì chī bùchéngfàn)

「황금 그릇과 은수저로 밥을 먹으려 하지만, (아직) 밥이 안 되었다.」(좋은 조건을 이용 못하다.)

→ 拿猪頭送錯了廟門 (나저두송착료묘문 ná zhūtóu sòng cuòle miàomén)

「돼지머리를 엉뚱한 사당에 보내다.」(능력을 가지고서도 사람을 잘못 찾아가다. 주인을 잘못 만나 고생하다.)

▶ 捧着金碗討飯吃 (봉착금완토반흘)

「황금 밥그릇을 들고 밥을 빌어먹다.」(좋은 조건을 못 살리고 궁색하게 살다. 물건 가치를 몰라 엉뚱한 데 사용하다.)

▶ 拿斧的得柴禾 拿網的得魚蝦 (나부적득시화 나망적득어하)

「도끼를 든 사람은 땔감을 얻고, 그물을 쥔 사람은 물고기나 새우를 얻는다.」 16)

※ 寧捨命 不捨錢 (영사명 불사전 nìng shě mìng, bù shě qián)
「차라리 목숨을 버릴지언정 돈을 놓치지 말라.」

---

15) 拿 잡을 나. 倒 넘어질 도, 바꾸다, 넘기다. 錯 섞일 착, 잘못되다. 廟 사당 묘. 珍 보배 진. 珠 구슬 주. 菓 과자 과.

16) 拿 잡을 나. 拿着 갖고 있다. 碗 그릇 완. 筷 젓가락 쾌. 筷子 젓가락. 討飯 밥을 얻어먹다. 討飯的 밥을 얻어먹는 사람(거지). 柴 땔나무 시.

→ 棺材裏伸手 - 死要錢 (관재리신수 - 사요전 guāncái lǐ shēnshǒu-sǐ yào qián)

「관속에서 손을 내밀다. - 죽으면서도 돈을 달라고 한다.」(돈에 대한 욕심이 끝이 없다.)

▶ 小器易盈 窮坑難塡 (소기이영 궁갱난전)

「작은 그릇은 쉽게 차지만, 큰 구덩이는 메우기 어렵다.」

▶ 揪心錢 (추심전 jiūxīnqián)

「아깝지만 할 수 없이 쓰는 돈.」 17)

※ 寧吃過頭飯 莫說過頭話 (영흘과두반 막설과두화 nìng chī guò tóufàn, mò shuō guòtóu huà)

「차라리 밥을 좀 많이 먹더라도, 지나친 말은 하지 마라.」

→ 寧捨十畝地 不吃啞巴虧 (영사십무지 부흘아파휴 nìng shě shí mǔdì, bù chī yābakuī)

「열 마지기 땅을 잃을지언정 말 못할 손해는 당하지 마라.」

▶ 寧捨人 不捨錢 (영사인 불사전 nìng shě rén, bù shě qián)

「차라리 사람을 잃더라도 돈은 놓치지 마라.」

▶ 寧可餐餐少 不可一日無 (영가찬찬소 불가일일무)

「차라리 매끼 조금씩 먹더라도 하루라도 굶을 수는 없다.」

▶ 寧打金鐘一下 不打破鼓千聲 (영타금종일하 불타파고천성)

「차라리 황금종 한 번을 칠지언정 찢어진 북을 천 번 치지 마라.」

▶ 寧捨千金獻眞佛 不拔一毛插猪身 (영사천금헌진불 불발일모삽저신)

「차라리 천금을 내어 부처에게 헌납할지언정 터럭 하나를 뽑아 돼

---

17) 捨 버릴 사. 錢 돈 전. 盈 찰 영. 坑 구덩이 갱. 塡 메울 전. 揪 잡을 추, 모을 추(揫). 揪心 ; 고민하다.

지 몸에 붙여주지 않겠다.」 [18]

→ 多求不如省費 (다구불여생비 duō qiú bùrú shěngfèi)
「많이 버는 것은 비용을 줄이는 것만 못하다.」

▶ 多多貯草 不怕嚴冬風暴 (다다저초 불파엄동풍폭)
「볏짚을 많이 마련하면 엄동에 차가운 바람도 두렵지 않다.」

▶ 多在有日思無日 別在無日思有日 (다재유일사무일 별재무일사유일)
「많이 있는 날에는 없을 때를 생각하고, 없을 때는 있던 때를 생각하지 말라.」 [19]

→ 給錢找出路 (급전조출로 gěi qián zhǎo chūlù)
「돈이 나갈 길을 찾아주다.」 (돈을 마구 쓰다. 재물을 허비하다.)

▶ 今日三 明日四 (금일삼 명일사)

---

18) 寧 차라리 ~하다. 過頭飯 정량보다 많은 밥, 과식. 莫 말 막. 過頭話 지나친 말. 捨 버릴 사, 희사하다, 기부하다. 畝 이랑 무, 면적 단위. 啞 벙어리 아. 巴 꼬리 파, 달라붙다. 啞巴 벙어리. 虧 일그러질 휴, 손해. 啞巴虧 말 못할 손실. 插 꽂을 삽.
19) 省 덜 생, 아끼다, 줄이다. 草 연료나 사료로 쓸 볏짚.

「오늘은 셋, 내일은 넷.」(재물을 함부로 낭비하다.)

▶ 多費爲治家第一病 (다비위치가제일병)

「지출이 많은 것이 살림을 하는 데 제일 큰 병폐다.」

▶ 多做多錯 少做少錯 不做不錯 (다주다착 소주소착 부주불착)

「많이 하면 실패도 많고, 적게 하면 실패도 적으며, 아예 하지 않으면 실패도 없다.」 [20]

※ 大處着眼 小處着手 (대처착안 소처착수 dàchù zhuóyǎn xiǎochù zhuóshǒu)

「큰 문제에 착안하여 작은 일부터 손을 대다.」(전체를 본 뒤, 작고 가까운 일부터 시작한다.)

→ 小道理服從大道理 (소도리복종대도리 xiǎo dàolǐ fúcóng dà dàolǐ)

「작은 이치는 큰 이치에 복종해야 한다.」(개인보다 전체의 이익을 우선하다.)

▶ 大處落墨 (대처낙묵)

「큰 곳부터 먹칠하다.」(큰일부터 시작하다.) [21]

※ 大河裏沒魚 小河裏沒蝦 (대하리몰어 소하리몰하 dàhé lǐ méiyú, xiǎohé lǐ méixiā)

「큰물에 고기가 없다면 작은 내에는 새우도 없다.」

→ 小河漲水大河滿 小河沒水大河乾 (소하창수대하만 소하몰수대하간 xiǎohé zhǎng shuǐ dàhé mǎn, xiǎohé méishuǐ dàhé gān)

「작은 강에 물이 넘치면 큰 강도 가득 차고, 작은 시내가 마르면

---

20) 飄 회오리바람 표. 倉 곳집 창, 창고. 粟 조 속, 곡식·알갱이. 給 줄 급. 錢 돈 전. 找 찾을 조, 방문하다, 자초하다.

21) 從 다를 종. 墨 먹 묵.

큰 강도 마른다.」

▶ 河裏無魚市上看 (하리무어시상간 hélǐ wúyú shìshang kàn)
「강에는 물고기가 없어도 시장에서는 볼 수 있다.」(이쪽에 없는 물건은 저쪽에 있을 수 있다.) 22)

※ 東家掌櫃 (동가장궤 dōngjiā zhǎngguì)
「장사 밑천을 댄 사람이면서 실제로 점포를 운영하는 사람.」(자영업자.)

→ 同行是冤家 (동행시원가 tónghǎng shì yuān jiā)
「동업자가 바로 원수.」(불편한 경쟁자.)

▶ 同行不揭短 揭短砸人碗 (동행불게단 게단잡인완)
「동업자의 단점은 들추지 않는다. 단점을 들춰내는 것은 남의 밥그릇을 깨는 것이다.」

▶ 搬起石頭 打自己脚 (반기석두 타자기각 bān qǐ shítóu, dǎ zìjǐ jiǎo)
「돌을 집어 제 발등을 찍다.」

▶ 搬磚砸脚 (반전잡각)
「벽돌로 다리를 치다.」(제 발등을 제가 찍다.) 23)

※ 得價不擇主 (득가불택주 dé jià bù zé zhǔ)
「값만 맞으면 손님을 고르지 않는다.」(물건값만 맞는다면 누가 사든 다 좋다.)

→ 朝晩時價不同 (조만시가부동 zhāowǎn shíjià bù tóng)

---

22) 漲 물 넘칠 창, 물이 불다. 乾 마를 간, 하늘 건.
23) 東家 주인, 주인은 동편에 손님은 서편에 자리했음. 掌 손바닥 장, 장악하다. 櫃 함 궤, 돈 궤짝. 掌櫃 현금 궤를 쥐고 있는 사람(점포주인). 揭 들 게, 들춰내다, 캐내다. 砸 칠 잡, 깨뜨리다. 박살내다. 搬 옮길 반. 石頭 돌(여기서 頭는 머리란 뜻이 없음). 脚 다리 각. 磚 벽돌 전.

「아침저녁으로 가격이 같지 않다.」

▶ 買賣看行情 早晩價不同 (매매간행정 조만가부동)

「장사는 돌아가는 정황을 잘 봐야 한다. 아침저녁으로 값이 달라진다.」

▶ 買賣比三家 就像老行家 (매매비삼가 취상노행가)

「사고 팔 때는 세 집을 비교해 봐야 전문가와 비슷해진다.」

▶ 買賣不掙三分利 誰還出門做生意 (매매부쟁삼분리 수환출문주생의)

「장사에서 3할의 이익을 보지 못한다면 누가 집을 나서서 장사를 하겠는가?」 24)

※ 得便宜處失便宜 (득편의처실편의 dé piányi chù shī piányi)
「이익을 본 곳에서 손해를 보다.」

→ 得意不可再往 (득의불가재왕 déyì bù kě zài wǎng)

「내 뜻대로 되는 일은 두 번은 없다.」 (큰 횡재를 두 번 바라지 말라.)

▶ 得之易 失之易 得之難 失之難 (득지이 실지이 득지난 실지난)

「쉽게 얻으면 쉽게 잃고, 힘들게 얻은 것은 쉽게 나가지 않는다.」 25)

※ 良好的開端 成功的一半 (양호적개단 성공적일반 liánghǎo de kāiduān, chénggōng de yībàn)
「좋은 시작은 절반의 성공·」

---

24) 擇 고를 택. 晩 늦을 만, 저녁 때. 行家 전문가, 숙련된 사람. 掙 찌를 쟁, 힘써 버티다. 誰 누구 수. 生意 shēngyi 장사.
25) 易 쉬울 이, 바꿀 역.

→ 良賈深藏若虛 (양고심장약허 liánggǔ shēncáng ruòxū)

「수완 좋은 상인은 (좋은 상품을) 없는 듯 깊이 보관한다.」

▶ 買賣心不同 互讓生意成 (매매심부동 호양생의성)

「사고파는 마음은 같지 않으니, 서로 양보해야 장사가 된다.」

▶ 賣買賺的好人錢 (매매잠적호인전)

「장사는 착한 사람의 돈을 따먹는 것이다.」 26)

※ 來得容易去得易 (내득용이거득이 láide róngyì qùde yì)

「쉽게 들어온 돈은 쉽게 나간다.」 (노름판에서 딴 돈은 재산이 되지 않는다.)

→ 容易不值錢 值錢不容易 (용이불치전 치전불용이 róngyi bù zhíqián, zhíqián bù róngyi)

「쉬운 일은 돈이 되지 않고, 돈이 되는 일은 쉽지 않다.」

▶ 來之不善 去之亦易 (내지불선 거지역이)

「옳지 않게 벌었다면 쉽게 없어진다.」

▶ 來得清 去得明 (내득청 거득명)

「깨끗하게 번 돈은 쓴 곳도 명확하다.」

▶ 苦的錢 萬萬年 騙的錢 湯泡雪 (고적전 만만년 편적전 탕포설)

「고생해서 번 돈은 오래오래 가지만, 남을 속여 얻은 돈은 끓는 물에 떨어지는 눈雪이다.」 27)

※ 賣狗皮膏藥 (매구피고약 mài gǒupí gāoyào)

「개가죽으로 만든 고약을 팔다.」 (가짜로 사람을 속이다.)

---

26) 開 열 개. 端 끝 단. 開端 시작하다, 발단. 賈 상인 고. 藏 감출 장. 若 같을 약. 虛 빌 허.

27) 得 de 동사 뒤에 쓰여 가능을 나타냄. 「얻을 득」 이라는 뜻으로 해석하지 않음. 容易 쉽다, 쉬운. 值 값 치. 騙 속일 편. 湯 끓는 물 탕.

→ **說眞方賣仮藥** (설진방매가약 shuō zhēnfāng, mài jiǎyào)

「진짜 약이라고 말하면서 가짜 약을 팔다.」

▶ **表裏不同** (표리부동)

「겉과 속이 같지 않다.」

▶ **臭不臭 羊羔肉** (취불취 양고육)

「썩었든 안 썩었든 양고기다.」 (썩어도 준치.)

▶ **鴨子再打扮也 賣不了鵝價錢** (압자재타분야 매불료아가전)

「오리를 어떻게 꾸미더라도 거위 값으로 팔 수는 없다.」[28]

※ **賣瓜的誰說瓜苦** (매과적수설과고 màiguāde shéi shuō guā kǔ)

「오이를 팔면서 누가 오이가 쓰다고 말하는가?」

→ **老王賣瓜 自賣自誇** (노왕매과 자매자과 Lǎo Wáng màiguā zì mài zì kuā)

「왕씨는 오이를 팔면서 제 물건 제가 자랑한다.」

▶ **賣茶說茶香 賣花說花紅** (매다설다향 매화설화홍)

「차를 파는 사람은 차가 향기롭다고 말하고, 꽃을 파는 사람은 꽃이 곱다고 한다.」

▶ **人家誇 一朵花 自己誇 人笑話** (인가과 일타화 자기과 인소화)

「남이 칭찬해주면 한 송이 꽃이지만, 자기가 자신을 칭찬한다면 웃음거리가 된다.」

▶ **幹什麼 操什麼家伙 賣什麼 吆喝什麼** (간십마 조십마가화 매십마 요갈십마)

「어떤 일을 하려면 어떤 일에 맞는 연장을 잡아야 하고, 무슨 물건을 팔려면 물건이름을 외쳐야 한다.」[29]

---

28) 掛 걸 괘(挂 同). 賣 팔 매. 狗 개 구. 臭 냄새 취. 羔 새끼양 고. 鵝 거위 아.

※ 賣梨不賣筐 (매리불매광 màilí bùmài kuāng)
「배梨를 팔지만 광주리는 팔지 않는다.」

→ 賣馬不賣繮 (매마불매강 màimǎ bù mài jiāng)
「말馬은 팔았지만 고삐는 팔지 않았다.」 (지금은 형편이 좋지 않아 팔았지만, 언젠가는 다시 사들인다. 곧 복구하겠다는 의지를 표현.)

▶ 賣藥不賣方 賣酒不賣娘 (매약불매방 매주불매낭)
「약을 팔지만 처방은 팔지 않으며, 술을 팔지만 아가씨(작부)를 팔지는 않는다.」

▶ 門門有路 路路有門 (문문유로 노로유문)
「문과 문에 다 길이 있고, 모든 길에 문이 있다.」 (무슨 일을 하든, 어떤 장사를 하던 다 성공할 길이나, 열고 들어갈 성공의 문이 있다.) 30)

※ 買賣靠計算 種田靠早起 (매매고계산 종전고조기 mǎimai kào jì suàn, zhǒngtián kào zǎoqǐ)
「장사는 계산을 잘 해야 하고, 농사는 일찍 일어나야 한다.」

→ 買理賣理不說理 (매리매리불설리 mǎilǐ màilǐ bùshuōlǐ)
「산다고 판다고 하면서 도리에 맞는 말은 없다.」 (제멋대로 억지를 부리다.)

▶ 要的般般有 才是買賣 (요적반반유 재시매매)
「(손님이) 요구하는 것은 가지가지 다 있어야 비로소 점포라고 할 수 있다.」

---

29) 瓜 오이 과. 誰 누구 수. 什麼 어떤. 操 잡을 조. 吆 크게 부를 요. 喝 마실 갈, 소리칠 갈. 吆喝 크게 소리지르다, 고함치다.
30) 筐 광주리 광. 繮 고삐 강.

▶ 賣買不賺熟人錢 (매매부잠숙인전)

「장사에서는 단골손님에게 이득을 남기지 않는다.」

▶ 放着大桌酒席不吃 去撿鷄骨頭啃 (방착대탁주석불흘 거검계골두삽)

「큰 식탁에 잘 차려놓은 음식은 먹지 않고, 나가서 닭뼈를 골라 씹다.」 (어떤 것이 큰 이익인지를 모르다.) 31)

※ 買賣不成仁義在 (매매불성인의재 mǎimai bùchéng rényì zài)
「매매가 깨지더라도 좋은 이야기만 해야 한다.」

→ 賣買成交一句話 (매매성교일구화 mǎimai chéngjiāo yījùhuà)

「매매가 성사되면 가격을 바꾸지 말아야 한다.」 (신용을 지켜야 한다.)

▶ 買賣買賣 和氣生財 (매매매매 화기생재)

「장사에는 뭐니 뭐니 해도 온화한 얼굴이 돈을 번다.」

▶ 本錢易尋 伙計難討 (본전이심 화계난토)

「본전은 쉽게 얻을 수 있지만, 좋은 점원을 찾기가 어렵다.」 (좋은 동업자를 만나기가 어렵다.)

▶ 賣買人有三分納性 (매매인유삼분납성)

「장사하는 사람은 자기 성질의 30%는 죽여야 한다.」 (잘 참을 줄 알아야 한다는 뜻.)

▶ 賣買爭分文 (매매쟁분문)

「장사는 한두 푼을 두고도 경쟁해야 한다.」 32)

---

31) 般般 여러 가지의. 買賣 장사, 상점, 매매. 撿 살필 검, 줍다, 고르다. 啃 입소리 삽, 갉아먹다, 먹다.

32) 買 살 매. 賣 팔 매, 중국어사전에는 「買賣(사고팔고)」 우리말사전에는 「賣買(팔고사고)」 의 차이가 있음. 做 지을 주. 伙 무리 화, 떼 화, 점원 화. 伙計 옛날 가게의 점원, 동업자, 형, 친구, 정부(情婦). 納 들일 납 納

※ **賣出去的貨 潑出去的水** (매출거적화 발출거적수 mài chūqùde huò, pō chūqùde shuǐ)

「팔아버린 물건은 땅에 뿌려버린 물이다.」

→ **賣貨要賣於識者** (매화요매어식자 màihuò yào mài yú shízhě)

「물건 파는 사람은 물건을 아는 사람에게 팔려고 한다.」

▶ **不愁嫁的皇帝女兒** (불수가적황제여아 bù chóu jià de huángdì nǚér)

「시집갈 걱정이 없는 황제의 딸.」(잘 팔리는 좋은 상품.)

▶ **賣出的田 嫁出的女** (매출적전 가출적여)

「팔아버린 땅, 시집보낸 딸.」

▶ **賣孩子 哭瞎眼** (매해자 곡할안)

「아이를 팔고서는 울어 눈이 멀다.」[33]

※ **賣鞋的赤脚跑** (매혜적적각포 màixiéde chìjiǎo pǎo)

「신발장수가 맨발로 다닌다.」

→ **賣油的娘子水梳頭** (매유적낭자수소두 màiyóude niángzǐ shuǐ shūtóu)

「머릿기름 파는 처녀가 맹물로 머리를 빗다.」

▶ **賣扇老婆手遮日** (매선노파수차일)

「부채를 파는 노파가 손으로 해를 가린다.」

▶ **賣猪的誇富 賣牛的哭窮** (매저적과부 매우적곡궁)

「돼지를 판 사람은 돈 자랑을 하고, 소를 판 사람은 가난에 운다.」[34]

性 인내하다.

33) 潑 뿌릴 발. 識 알 식.

34) 鞋 신 혜. 的「~하는 사람」赤脚 맨발. 跑 달릴 포, 걸어차다. 娘子 아가

※ 毛毛細雨濕衣裳 (모모세우습의상 máomáoyǔ dǎshī yīshang)

「보슬비에 옷이 젖는다.」(소소한 지출이 계속되면 만석꾼도 결단난다.)

→ 杯杯酒吃垮家産 (배배주흘과가산 bēibēijiǔ chīkuǎ jiāchǎn)

「한 잔 한 잔 마시는 술이 가산을 절단 낸다.」

▶ 寧缺三天糧 不捨一頓酒 (영결삼천량 불사일돈주)

「차라리 사흘 양식이 없더라도 술 한자리를 그만둘 수 없다.」

▶ 酒荒色荒 有一必亡 (주황색황 유일필망)

「술에 빠지든 여색에 미치든 둘 중에 하나만 있어도 틀림없이 망한다.」[35]

※ 沒本錢買賣 賺起賠不起 (몰본전매매 잠기배불기 méi běnqián mǎimai zhuànqǐ péi bùqǐ)

「본전이 없는 장사는 벌면 일어나지만, 밑지면 망한다.」

→ 賠了米又砸鍋 (배료미우잡과 péile mǐ yòu záguō)

「쌀도 잃고, 솥도 깨졌다.」(큰 손해를 보았다.)

▶ 有賺無賠 (유잠무배)

「이익만 있고 손해는 없다.」

▶ 有本不愁利 (유본불수리)

「밑천만 있다면 이익을 내는 것은 걱정하지 않는다.」

▶ 賠賺是買賣的常情 (배잠시매매적상정)

「손해 보든 돈을 벌든 장사에서 늘 있는 일이다.」[36]

씨, 아주머니. 梳 빗 소, 머리 빗다.

35) 垮 무너질 과. 濕 젖을 습. 裳 치마 상. 飮 마실 음. 困 괴로울 곤. 因 말미암을 인. 過 지나칠 과. 魔 마귀 마. 缺 빠질 결. 三天 삼일. 糧 양식 량. 捨 버릴 사. 頓 그칠 돈, 밥 한차례 돈.

36) 賺 되팔 잠, 돈 벌 잠. 賠 물어줄 배, 손해를 보다. 砸 칠 잡. 깨뜨리다.

※ 沒有三分利 誰起早五更 (몰유삼분리 수기조오경 méiyǒu sānfēn lì, shuí qǐ zǎo wǔgēng)
「3분(3할)의 이익이 없다면 누가 이른 새벽(五更 ; 3~5시)에 일어나겠는가?」(예상되는 이익이 있어야 일한다.)

→ 早起五更 夜睡三更 (조기오경 야수삼경 zǎoqǐ wǔgēng, yè shuì sān gēng)

「아침에는 5경에 일어나고, 밤에는 3경에 잠이 든다.」

▶ 人不爲利 誰肯早起 (인불위리 수긍조기)

「얻을 만한 이득이 없다면 누가 일찍 일어나겠는가?」

▶ 要飯的起五更 (요반적기오경)

「거지가 새벽에 일어난다.」(가난한 사람이 일찍 일어난다.) 37)

※ 物以稀爲貴 (물이희위귀 wù yǐ xī wéi guì)
「물건은 희소성이 있어야 귀하다.」

→ 物有不同物 人有不同人 (물유부동물 인유부동인 wù yǒu bù tóng wù, rén yǒu bù tóng rén)

「물건은 물건마다 다르고, 사람은 사람마다 다르다.」

▶ 人離鄕賤 物離鄕貴 (인리향천 물리향귀)

「사람이 본 고향을 떠나면 천대를 받고, 물자는 그 산지를 떠나면 비싸진다.」

▶ 物以類聚 人以群分 (물이류취 인이군분)

鍋 솥 과.

37) 沒有 ~이 없다. 三分 열 중에서 3개, 곧 3할. 誰 누구 수. 起 일어날 기. 早 새벽 조, 일찍. 更 바꿀 경, 시간 경(일몰 이후를 2시간씩 다섯으로 나누어 부르는 시간. 初更~五更. 「六更」이란 말은 없음). 睡 잠잘 수. 鍋 솥 과. 鍋巴 누룽지. 吃 먹을 흘. 邊 가장자리 변. 轉 구를 전, 굴러다니다, 알짱거리다. 誰 누구 수. 要飯的 밥을 얻어먹는 사람, 거지.

「물건이란 종류별로 모이게 마련이고, 사람은 무리끼리 나뉜다.」
(흔히 악한들이 한데 모여 흉계를 꾸미는 것을 일컫는다.)

▶ **物各有性 物各有主** (물각유성 물각유주)

「물건마다 물성物性이 있고, 물건마다 그 주인이 따로 있다.」[38]

→ **會說會笑 金錢來到** (회설회소 금전내도 huìshuō huìxiào, jīnqián láidào)

「말 잘하고 잘 웃으면 돈이 들어온다.」

▶ **唉聲嘆氣財運倒** (애성탄기재운도)

「(장사 안 된다고) 슬픔과 탄식소리에 재물 운수는 사라진다.」

▶ **生意貴耐** (생의귀내)

「장사에는 인내를 귀히 여긴다.」(참고 웃어라!) [39]

→ **薄利招客 暴利逐客** (박리초객 폭리축객 bólì zhāo kè, bàolì zhú kè)

「박리로 손님을 모으지만, 폭리는 손님을 쫓는다.」

---

38) 稀 드물 희. 聚 모을 취.
39) 眉開眼笑 싱글벙글 웃다. 三分 3할. 寶 보배 보. 會 ~할 줄 알다. 唉 탄식 애, 대답하는 소리 애. 嘆 탄식할 탄. 唉聲嘆氣 슬픔, 고통으로 탄식하다. 倒 넘어질 도, 엎어지다. 生意 장사, 영업.

▶ 薄利多銷生意好 暴利逐客冷蕭條 (박리다소생의호 폭리축객냉소조)

「박리로 대량판매에 장사가 잘 되고, 폭리로 손님을 쫓으니 춥고도 썰렁하다.」 40)

※ 半路出家的和尙 (반로출가적화상, bànlù chūjiā de héshang)
「중년이 되어 출가한 중.」 (해 오던 일을 그만두고 전업하다.)

→ 經是好經 叫歪嘴和尙念壞了 (경시호경 규왜취화상염괴료 jīng shì hǎojīng, jiào wāizuǐ héshàng niànhuàile)

「불경은 좋은데 입이 비뚤어진 화상을 시켰더니 틀리게 읽는다.」 (좋은 일도 사람을 잘못 쓰면 실패한다.)

▶ 賣貨先開口 顧客不願走 (매화선개구 고객불원주)

「물건을 파는 사람이 먼저 입을 열고, 고객은 원하지 않으면 다른 데로 간다.」

▶ 賣貨要賣於識者 (매화요매어식자)

「물건을 파는 사람은 물건을 볼 줄 아는 사람에게 팔려고 한다.」 41)

※ 發財致富 (발재치부 fācái zhìfù)
「돈을 벌어 부를 이루다.」

→ 不貪財 禍不來 (부탐재 화불래 bù tān cái, huò bù lái)
「재물을 탐하지 않으면 재앙은 없다.」

▶ 人不得外號不發家 (인부득외호불발가)
「부수입이 없으면 집안이 부자가 되지 않는다.」

▶ 致富需三年 變窮只一年 (치부수삼년 변궁지일년)

---

40) 薄 엷을 박. 銷 녹일 소, 逐 쫓을 축. 蕭 맑은 대쑥 소. 蕭條 분위기가 몹시 쓸쓸하다.

41) 經 여기서는 불경, 是 ~이다. 叫 시키다. 歪 비뚤 왜. 嘴 부리 취. 念 읽다. 壞 무너질 괴, 나쁘다, 나쁘게 하다, 망치다.

「부자가 되려면 3년 걸리지만, 가난해지는 데는 1년이면 족하다.」

▶ 發財不得勿怨祖公 討食不得勿怨竹桶 (발재부득물원조공 토식부득물원죽통)

「돈을 벌지 못했다 하여 조상을 원망하지 말라. 밥을 얻어먹지 못했다고 죽통을 원망하지 말라.」

▶ 賣了田地富三年 買了田地窮三年 (매료전지부삼년 매료전지궁삼년)

「땅을 팔면 3년간 넉넉하고, 땅을 사들이면 3년간 궁색하다.」 42)

※ 發展中不忘穩健 (발전중불망온건 fāzhǎn zhōng bù wàng wěn jiàn)

「발전할 때 온건(穩健 ; 안정)을 잊지 않는다.」 (기업이 성장 발전 못지않게 내부 안정도 중요하다.)

→ 穩健中不忘發展 (온건중불망발전 wěnjiàn zhōng bùwàng fāzhǎn)

「안정 속에서도 발전해야 한다는 것을 잊지 않다.」

▶ 不貪意外財 不飲過量酒 (불탐의외재 불음과량주)

「뜻하지 않은 재물을 탐하지 말고, 지나치게 술을 마시지 말라.」

▶ 發財人頓頓吃肉 背時人處處吃虧 (발재인돈돈흘육 배시인처처흘휴)

「돈을 버는 사람은 끼니마다 고기를 먹지만, 시운이 어긋난 사람은 가는 곳마다 손해만 본다.」 43)

※ 放閻王帳是缺德事 (방염왕장시결덕사 fàng yánwangzhàng shì quē

---

42) 發財 돈을 벌다. 致 이룰 치, 보낼 치. 需 구할 수, 기다릴 수.
43) 穩 평온할 온. 健 튼튼할 건. 虧 일그러질 휴, 손해보다, 줄다, 기울다. ※ "發展中~不忘發展."은 아시아 최고 부자인 홍콩의 리키싱(李嘉成) 청쿵(長江) 그룹 회장의 비즈니스 모토의 하나이다.

dé shì)

「고리채를 놓는 것은 사람이 할 짓이 아니다.」

　→ 無債一身輕 有子萬事福 (무채일신경 유자만사복 wú zhài yīshē n qīng, yǒu zǐ wànshì fú)

「남에게 빚진 일이 없으니 한 몸이 편안하고, 자식도 있으니 모든 일이 복이다.」

　▶ 舊帳不過新歲 (구장불과신세)

「묵은 빚을 새해로 넘길 수 없다.」 (그래서 섣달은 힘든 달.)

　▶ 累債不如疏親 (누채불여소친)

「빚이 쌓이면 소원한 친척보다 더 멀어진다.」 (빚 주고 사촌 잃는다.)

　▶ 債主上了門 三魂丟二魂 (채주상료문 삼혼주이혼)

「빚쟁이가 대문에 들어서면 세 개의 혼三魂 중 두 개는 달아나 버린다.」 (빚쟁이는 그만큼 무섭다.) 44)

　※ 放一支箭 射三隻鳥 (방일지전 사삼척조 fàng yī zhī jiàn, shè sān zhī niǎo)

「화살 하나로 세 마리 새를 쏘아 잡다.」 (일 하나로 몇 개의 목표를 성취함. - 一石三鳥.)

　▶ 走道拾元寶 只花彎腰的工夫 (주도습원보 지화만요적공부)

「길을 가다가 큰 말굽 은돈을 주었는데, 다만 허리를 한번 구부렸을 뿐이다.」 (조그만 노력으로 큰 이익을 얻다.)

　▶ 捨不得破口袋 漏了大元寶 (사부득파구대 누료대원보)

「구멍 난 주머니를 아까워하다가는 큰돈을 잃어버린다.」 45)

---

44) 閻王帳 고리채. 債 빚 채. 三魂 도교에서는 인간의 몸에 세 개의 혼(魂)이 있다고 말한다.

45) 箭 화살 전. 拾 주울 습. 花 쓰다, 돈이 들어가다. 彎 굽을 만. 腰 허리

※ 本滾利 利滾本 (본곤리 이곤본 běn gǔn lì, lì gǔn běn)

「본전이 이자를 새끼치고, 이자가 본전을 키운다.」

→ 無本難求利 (무본난구리 wú běn nán qiú lì)

「본전이 없으면 이익을 얻기 어렵다.」

▶ 本東本伙 (본동본화)

「주인이 종업원이다.」

▶ 賣買好做 伙計難搭 (매매호주 화계난탑)

「장사는 어렵지 않으나, 점원 다루기가 쉽지 않다.」

▶ 本錢大了開面鋪 本錢小了磨豆腐 (본전대료개면포 본전소료마두부)

「본전이 많으면 점포를 열고, 본전이 적으면 두부를 간다.」 46)

※ 本大利寬 (본대이관 běn dà lì kuān)

「본전이 많아야 이익도 많다.」

→ 長袖善舞 多財善賈 (장수선무 다재선고 chángxiù shàn wǔ, duō cái shàn gǔ)

「옷소매가 길어야 춤이 좋고, 돈이 많으면 장사가 잘 된다.」

▶ 本不去 利不來 (본불거 이불래)

「투자한 밑천이 없다면 이익이 들어오지 않는다.」

▶ 本錢易出 伙伴難求 (본전이출 화반난구)

「본전은 쉽게 날아가고, 동료는 구하기 어렵다.」

▶ 本富爲上 末富次之 奸富最下 (본부위상 말부차지 간부최하)

「농업에 의한 부富가 최상이고, 상공업에 의한 부가 다음이고, 간

요. 破 깨뜨릴 파. 袋 자루 대. 口袋 주머니. 漏 샐 누(루). 大元寶 큰 돈, 말굽모양 은(銀).

46) 滾 흐를 곤, 구르다, 굴리다. 東 가게주인(東 주인자리. 西 손님자리). 伙 무리 화, 옛날의 점원. 搭 탈 탑, 보탤 탑, 알맞게 하다. 開面 점포를 열다. 鋪 점포, 가게, 펴다, 깔다.

악하게 모은 부가 최하이다.」 [47]

※ **富貴之家無才子** (부귀지가무재자 fùguì zhī jiā wú cáizǐ)
「부귀한 집에 재주 있는 아들 없다.」

→ **富無良妻 貧無良駒** (부무양처 빈무양구 fù wú liángqī, pín wú liángjū)

「부자에게 어진 아내 없고, 빈자에게 살찐 망아지 없다.」

▶ **富人靠讀書 窮人靠養猪** (부인고독서 궁인고양저)

「부자는 독서에 의지하고(독서를 통해 관직에 나아가고), 가난한 사람은 돼지를 길러야 한다.」 (가난에서 벗어날 수 있다.)」

▶ **富了口袋却窮了腦袋** (부료구대각궁료뇌대)

「주머니는 부자지만, 머릿속은 가난하다.」

▶ **富在深山有遠親** (부재심산유원친)

「부자는 깊은 산 속에 살아도 먼 데서 찾아오는 친척이 있다.」 [48]

※ **不圖鍋巴吃 不在鍋邊轉** (부도과파흘 부재과변전 bù tú guōbā chī, bùzài guōbiān zhuàn)

「누룽지라도 먹을 수 없다면 솥 근처에 얼씬거리지 않는다.」

→ **無利不向前** (무리불향전 wú lì bù xiàng qián)

「이득이 없다면 앞으로 나아가지 않는다.」

▶ **無利不入 無利不出** (무리불입 무리불출)

「이득이 없다면 들어가지도 나가지도 않는다.」

▶ **鍋裏有什麽 勺裏就盛什麽** (과리유십마 작리취성십마)

「솥에 들어 있는 그 무엇은 국자에 그대로 담겨진다.」 [49]

---

47) 袖 소매 수. 賈 장사 고(坐商).
48) 駒 망아지 구. 靠 기댈 고. 猪 돼지 저. 嫁 시집보낼 가.

※ **富無三代享** (부무삼대향 fù wúó sān dài xiǎng)

「3대에 걸친 부자 없다.」

→ **富了貧 還穿三年綾** (부료빈 환천삼년능 fùle pín hái chuān sānnián líng)

「부자가 망해도 3년은 비단옷을 입는다.」

▶ **貧也三代 富也三代** (빈야삼대 부야삼대)

「가난해도 3대요, 부자라도 3대다.」

▶ **富貴不歸故鄕 好似衣錦夜行** (부귀불귀고향 호사의금야행)

「부귀해진 다음에 고향에 돌아가지 않는다면 비단옷을 입고 밤길을 가는 것과 똑 같다.」 50)

※ **富不嫁貧** (부불가빈 fù bù jià pín)

「부자가 가난한 집으로 시집보낼 수 없다.」

▶ **富向富 貧向貧 善心的可憐落難人** (부향부 빈향빈 선심적가련낙난인)

「부자는 부자와, 빈자는 빈자와 통한다. 마음 착한 사람은 곤란에 처한 사람을 안쓰럽게 생각한다.」

▶ **富在知足 貴在知退** (부재지족 귀재지퇴)

「만족할 줄 알아야 부유하고, 물러날 줄을 알아야 고귀하다.」

▶ **富不露財 富不易妻** (부불로재 부불역처)

「부자라도 재산을 드러내지 않고, 부자가 되었어도 아내를 바꾸지 않는다.」

---

49) 圖 그림 도, 꾀하다. 鍋 솥 과. 勺 국자 작. 什麼 무엇, 어떤, 무슨, 의문을 표시함.

50) 享 누릴 향, 제사 향. 穿 뚫을 천, 옷을 입다. 也 어조사 야, ~이라도. 綾 무늬 있는 비단 능(릉). 好似 매우 비슷하다. 錦 비단 금.

▶ 富人家日子好過 窮人家孩子好養 (부인가일자호과 궁인가해자호양)

「부잣집에서는 세월이 잘 가고, 가난한 집에서는 아이들이 저절로 잘 큰다.」[51]

※ 富有富打算 窮有窮打算 (부유부타산 궁유궁타산 fù yǒu fù dǎsuàn, qióng yǒu qióng dǎsuàn)

「부자는 부자의 계산이 있고, 가난뱅이는 가난한 대로 계산속이 있다.」

→ 富則盛 貧則病 (부즉성 빈즉병 fù zé shèng, pín zé bìng)

「부자는 몸이 성하고, 빈자는 병이 많다.」

▶ 富日子好過 窮家難當 (부일자호과 궁가난당)

「부자는 즐거운 나날이지만, 가난한 집은 힘들게 보낸다.」

▶ 富人過年 窮人過關 (부인과년 궁인과관)

「부자의 연말은 즐겁지만, 가난뱅이의 연말은 난관을 지나는 것이다.」 (빚 독촉을 감당하기 힘들다는 뜻.)

▶ 窮漢赶上閏月年 (궁한간상윤월년)

「가난뱅이가 윤달을 만나다.」 (돈 쓸 일만 많아진다.) [52]

※ 不知鹿死誰手 (부지녹사수수 bùzhī lù sǐ shuí shǒu)

「사슴이 누구의 손에 죽을지 모른다.」

→ 船多不碍江 (선다불애강 chuán duō bù ài jiāng)

「배가 많다고 하여 강이 막히는 것은 아니다.」 (경쟁자가 많아야

---

51) 可憐 불쌍히 여기다.
52) 打算 계산을 하다. 盛 담을 성, 번성할 성. 孩 어린아이 해. 孩子 어린아이. 過關 난관을 통과하다.

좋다).

▶ **不以成敗論英雄** (불이성패논영웅 bù yǐ chéngbài lùn yīng xióng)

「일의 성패에 따라 영웅을 평가하지 않는다.」

▶ **利一害百 人去城郭** (이일해백 인거성곽)

「이득은 하나이고 손해가 일백 개라면 누구든 성곽을 떠나간다.」[53]

※ **不見眞佛不念眞經** (불견진불부념진경)

「진짜 부처를 보기 전에는 불경을 외지 않는다.」(꼭 요긴한 사람을 만나기 전에는 사실을 말하지 않는다.)

→ **不見高處站 不懂問老漢** (불견고처참 부동문노한 bù jiàn gāo chù zhàn, bù dǒng wèn lǎohàn)

「보이지 않는다면 높은 곳에 올라서야 하고, 이해할 수 없다면 노인한테 물어야 한다.」

▶ **不見眞佛不下跪** (불견진불부하궤)

「진짜 부처를 뵙기 전에는 무릎을 꿇지 않는다.」(잘 알지 못하는 사람은 쉽게 믿지 않는다.)

▶ **無事不登三寶殿** (무사부등삼보전)

「일이 없다면 삼보전에 올라오지 않는다.」[54]

※ **不見兎子不撒鷹** (불견토자불살응 bù jiàn tùzi bù sā yīng)

「토끼를 보기 전에는 사냥매를 풀어놓지 않는다.」(확실한 이익이 있어야 착수한다.)

→ **不見魚出水 不下釣魚竿** (불견어출수 불하조어간 bù jiàn yú chū

---

53) 鹿 사슴 록(천하를 다스리는 패권을 상징). 誰 누구 수. 碍(礙) 막을 애.
54) 跪 꿇어앉을 궤. 三寶殿 법당.

shuǐ, bù xià diàoyúgān)

「고기 노는 것이 보이지 않으면 낚싯대를 담그지 않는다.」

▶ 山鷄飛起來好打 兎子跑起來好打 (산계비기래호타 토자포기래호타)

「꿩은 날아오를 때 잡기 쉽고, 토끼는 달아날 때 잡기 좋다.」[55]

▶ 舍了臥兎兒追跑兎兒 (사료와토아추포토아)

「누워 있는 토끼를 버리고, 달아나는 토끼를 쫓아가다.」 (눈앞의 이익을 버리고 엉뚱한 고생을 하다.)

※ 不殺窮人不富 (불살궁인불부 bù shā qióng rén bù fù)

「가난한 사람을 죽이지 않으면 부자가 되지 않는다.」 (인정사정 다 봐주고 언제 부자가 되나?)

→ 窮村有富戶 富村有窮人 (궁촌유부호 부촌유궁인 qióngcūn yǒu fùhù, fùcūn yǒu qióngrén)

「가난한 동네에도 부잣집은 있고, 부촌에도 가난뱅이가 있다.」

▶ 爲富不仁 爲仁不富 (위부불인 위인불부)

「부자가 되려면 인자할 수 없고, 인자하면 부자가 될 수 없다.」

▶ 不吃窮人血和肉 自己千年也難肥 (불흘궁인혈화육 자기천년야난비)

「가난한 사람의 피와 살점을 먹지 않는다면 스스로는 천년이라도 살찔 수가 없다.」

▶ 窮人飯 拿命換 (궁인반 나명환)

「가난한 사람의 밥은 목숨 걸고 얻은 것이다.」 (죽음을 무릅쓰고 일을 하다.)[56]

---

55) 撒 뿌릴 살, 풀어놓다. 鷹 매 응. 釣 낚을 조. 竿 장대 간. 跑 달릴 포.
56) 窮 가난할 궁, 다할 궁(窮地). 和 ~와, 窮漢 가난뱅이. 赶 뒤쫓을 간(趕과

※ 不義富貴如浮雲 (불의부귀여부운 bùyì fùguì rú fúyún)

「의롭지 못한 부귀는 뜬구름과 같다.」(정당한 방법으로 얻어지지 않은 부귀는 한갓 덧없는 인생이나 세상과 같다.) (「不義而富且貴, 於我如浮雲」《論語》述而)

→ 富貴生淫慾 (부귀생음욕 fùguì shēng yínyù)

「부귀는 음욕을 낳는다.」

▶ 富貴在天 死生有命 (부귀재천 사생유명)

「부귀는 하늘의 뜻이고, 죽고 사는 것은 타고난 운명이다.」

▶ 富貴本無根 盡從勤裏得 (부귀본무근 진종근리득)

「부귀는 본래 뿌리가 없다. 끝까지 근면하면 얻을 수 있다.」[57]

※ 飛來橫財 非福是禍 (비래횡재 비복시화)

「굴러온 횡재는 복이 아니라 재앙이다.」

▶ 橫財不富命窮人 (횡재불부명궁인 hèngcái bù fù mìng qióng rén)

「팔자가 가난한 사람은 횡재를 해도 부자가 되지 못한다.」

▶ 財富與風同來 財富與水俱去 (재부여풍동래 재부여수구거)

「재물은 바람과 같이 왔다가 물과 같이 흘러가 버린다.」

▶ 彩雲容易散 寶物難久留 (채운용이산 보물난구류)

「꽃구름은 쉽게 흩어지고, 보물은 오래 갖고 있기 어렵다.」

▶ 爆發戶 (폭발호 bàofāhù)

「벼락부자.」[58]

※ 比上不足 比下有餘 (비상부족 비하유어 bǐshàng bùzú, bǐxià yǒuyú)

같음), 때를 만나다. 拿 잡을 나. 命 목숨 명. 換 바꿀 환.

57) 浮 뜰 부. 淫 방탕할 음, 넘칠 음. 盡 다할 진.

58) 俱 갖출 구, 함께. 彩 무늬 채.

「위를 보면 부족하고, 아래를 보면 여유가 있다.」 (어중간한 정도)

→ 穿草鞋游西湖 (천초혜유서호 chuān cǎoxié yóu XīHú)

「짚신을 신고 서호를 유람하다.」 (자기 신분을 잊어버림.)

▶ 坐下不比人家矮 站起不比人家高 (좌하부비인가왜 참기불비인가고)

「앉았을 때 다른 사람에 비하여 작지 않고, 일어섰을 때 다른 사람보다 크지 않다.」 (형편이 그저 비슷하다.)

▶ 穿上龍袍不像太子 (천상용포불상태자)

「용포를 입었지만, 태자 같지 않다.」 59)

※ 殺頭的生意有人做 賠本的生意沒人做(살두적생의유인주 배본적생의몰인주 shātóude shēngyi yǒurén zuò, péiběnde shēngyi méi rén zuò)
「목숨을 건 장사를 하는 사람은 있어도, 본전을 까먹는 장사는 아무도 하려 하지 않는다.」

→ 秤平斗滿 顧客心暖 (칭평두만 고객심난 chèng píng dǒu mǎn, gùkè xīn nuǎn)

「저울눈이 정확하고 말斗의 용량이 가득하면 고객 마음이 즐겁다.」 (도량형을 속이지 않으면 손님이 많다.)

▶ 生意三件寶;人和,貨好,信譽高 (생의삼건보;인화,화호,신예고)

「장사에서 중요한 세 가지는 사람과 잘 어울리기, 좋은 물건, 높은 신용과 명성이다.」

▶ 寧可折本 不可餓損 (영가절본 불가아손)

「본전을 까먹더라도 굶으며 몸을 상할 수는 없다.」 (어떻든 굶을 수야 없다.) 60)

---

59) 鞋 신발 혜. 矮 키 작을 왜. 站 일어설 참. 人家 타인.
60) 生意 장사. 賠 물어줄 배. 做 지을 주. 秤 저울 칭(稱의 俗字). 顧 돌아볼

※ 三年不發市 發市吃三年 (삼년불발시 발시흘삼년 sānnián bù fāshì, fāshì chī sānnián)

「개점 3년에 개시도 못하다가, 개시하면 3년 먹을 것을 번다.」

→ 半年不開張 開張吃半年 (반년부개장 개장흘반년 bànnián bù kāizhāng, kāizhāng chī bànnián)

「반 년 동안 거래를 못하다가, 거래가 터지면 반 년을 먹고 산다.」 (진기한 상품이 매주買主만 만나면 많은 돈을 번다.)

▶ 重打鑼鼓另開張 (중타라고령개장 chóng dǎ luógǔ lìng kāizhāng)

「징과 북을 거듭 치면서 새로 시작하다.」

▶ 三年熬出好買賣人 (삼년오출호매매인)

「3년만 참고 배우면 유능한 판매 점원이 된다.」[61]

※ 三百六十行 行行出狀元 (삼백육십행 행행출장원 sānbǎi liùshí háng, hángháng chū zhuàngyuán)

「360점포 어느 점포에서든 성공한 사람은 나온다.」

→ 三百六十行 各爲各人忙 (삼백육십행 각위각인망 sānbǎi liùshí háng, gè wèi gèrén máng)

「모든 점포가 각각 나름대로 다 바쁘다.」

▶ 三十六行都有規矩 (삼백육십육행도유규구)

「서른여섯 점포마다 모두 지켜야 할 법도가 있다.」

▶ 三百六十行 行行吃飯着衣裳 (삼백육십행 행행흘반착의상)

「이 세상의 360여 모든 직업, 여러 직업마다 밥을 먹고 옷을 입는

고.

61) 發市 첫 거래, 마수걸이, 번창하다. 熬 볶을 오, 참고 견디다. 重 거듭 중. 鑼 징 나(라). 鼓 북 고. 另 다를 영(령) 또 다른, 달리, 별도로. 開張 개업 하다, 시작하다.

다.」 62)

※ 上無片瓦 下無寸土 (상무편와 하무촌토 shàng wú piàn wǎ, xià wú cùn tǔ)
「위로는 기와 한 장, 아래로는 한 치의 땅도 없다.」

→ 上無一片瓦 家無隔夜糧 (상무일편와 가무격야량 shàng wú yīpiàn wǎ, jiā wú gé yè liáng)
「위로는 기와 한 장 없고, 집에는 다음날 양식이 없다.」 (집도 양식도 없는 절대빈곤.)

▶ 要想賺錢 誤了秋收過年 (요상잠전 오료추수과년)
「더 많은 돈을 벌려면 (자기) 추수와 설 준비는 제 때에 못한다.」 (추수와 연말에는 다른 집 품팔이로 돈을 번다.)

▶ 惜衣有衣 惜食有食 (석의유의 석식유식)
「옷을 아끼면 옷이 있고, 식량을 아끼면 식량이 있다.」 (절약과 저축을 강조함.) 63)

※ 常將有日思無日 (상장유일사무일 cháng jiāng yǒurì sī wúrì)
「언제나, 있는 날에는 없는 날을 생각하라.」

→ 莫待無時思有時 (막대무시사유시, mò dài wúshí sī yǒushí)
「없을 때는 있을 때를 기대하지 말라.」

▶ 左手進來 右手出去 (좌수진래 우수출거)
「왼손으로 벌어 오른손으로 쓰다.」 (버는 대로 써버리고 저축이 없

---

62) 行 상점 점포(예 ; 洋行 洋品을 파는 상점). 規 법규 규, 그림쇠 규. 矩 곱자 구(直角을 쉽게 그릴 수 있는 자, 직각자). 規矩 일정한 법도, 규칙을 의미함.
63) 片 조각 편. 隔 사이 뜰 격. 夜 밤 야. 糧 양식 량. 賺 되팔 잠, 돈을 벌다. 誤 그르칠 오, 약속을 어기다, 때에 늦다.

다.)

▶ 一日打柴 一日燒 (일일타시 일일소)

「하루 나무를 해서 하루를 땐다.」 (하루 벌어 하루 살다.) [64]

※ 生意無大小 信譽是個寶 (생의무대소 신예시개보 shēngyi wú dàxiǎo, xìnyù shì gè bǎo)

「장사에는 크고 작고가 없다. 신용과 영예가 보배다.」

→ 生意在後 仁義在先 (생의재후 인의재선 shēngyi zài hòu, rényì zài xiān)

「장사보다 인의仁義가 먼저다.」

▶ 生意興隆通四海 財源茂盛達三江 (생의흥륭통사해 재원무성달삼강)

「장사가 크게 융성하여 사해四海에 두루 통하고, 재원이 무성하여 삼강三江에 도달하다.」

▶ 做着不避 避着不做 (주착불피 피착부주)

「시작했으면 피하지 말고, 피할 사람 같으면 시작을 말라.」 [65]

※ 惜脂失掌 (석지실장 xī zhī shī zhǎng)

「손가락을 아끼려다 손바닥을 잃다.」 (지나친 절약은 자칫 화를 부를 수 있다.)

→ 財從細起 富從儉來 (재종세기 부종검래 cái cóng xì qǐ, fù cóng jiǎn lái)

「재물은 작은 것(한두 푼)에서 나오고, 부富는 검소한 생활에서 시작된다.」

---

64) 莫 말 막, ~하지 말라. 惜 아낄 석. 燒 태울 소.
65) 譽 기릴 예, 칭찬하다. 興 일어날 흥. 隆 클 융(륭).

▶ 省了一把鹽 酸了一缸醬 (생료일파염 산료일항장)

「소금 한줌을 아끼려다 간장 한 독 다 버린다.」 (지나친 절약은 오히려 큰 손해다.)

▶ 慳吝守財 必生敗家之子 (간인수재 필생패가지자)

「지독하게 재물을 아끼면 틀림없이 집안을 망칠 자식을 낳는다.」[66]

※ 船工多打爛船 (선공다타난선 chuángōng duō dǎlàn chuán)

「뱃사공이 많으면 배를 때려 부수게 된다.」 (사공이 많으면 배가 산으로 간다.)

→ 木匠多盖歪房 (목장다개왜방 mù jiàng duō gaì wāi fáng)

「목수가 많으면 집을 삐딱하게 짓는다.」

▶ 媳婦多了婆婆作飯 (식부다료파파작반)

「며느리가 많으면 시어머니가 밥을 짓는다.」

▶ 船上人多打飜船 田裏人多踩死禾 (선상인다타번선 전리인다채사화)

「배에 사람이 많으면 배가 뒤집히고, 밭에 사람이 많으면 모종을 밟아 죽인다.」[67]

※ 先君子 後小人 (선군자후소인 xiān jūnzǐ hòu xiǎorén)

「처음에는 군자(도리를 말하고), 나중에는 소인(안 되면 소인처럼 억지라도 쓴다).」

---

66) 掌 손바닥 장. 把 잡을 파, 한줌. 鹽 소금 염. 酸 실 산, 식초 산. 缸 항아리 항. 醬 간장 장. 慳 아낄 간. 吝 아낄 인.

67) 船工 뱃사공. 打 때릴 타. 爛 문드러질 난. 盖 덮을 개, 집을 짓다(盖의 俗字). 歪 비뚤 왜. 婆 할미 파. 飜 뒤집을 번. 禾 벼 화, 모종.

→ 先小人 後君子 (선소인 후군자 xiān xiǎorén, hòu jūnzǐ)

「처음엔 소인, 나중에는 군자.」〔먼저 (거래) 조건을 제시하고, (거래가 성사된) 다음에 꼭 지킨다.〕

▶ 先說斷 後不亂 (선설단 후불란 xiān shuō duàn, hòu bù luàn)

「먼저 (조건을) 확실하게 말해야 뒤에 말썽이 없다.」

▶ 大道理好講 小盤算難打 (대도리호강 소반산난타)

「큰 도리야 좋게 말하지만, 작은 이익 계산은 쉽지 않다.」(손해 될 일은 계산하며 돌려 말한다.) 68)

※ 鮮的不吃 吃醃的 (선적불흘 흘엄적 xiān de bù chī, chī yān de)
「신선한 것은 안 먹고, 절인 것을 먹다.」(좋은 것과 나쁜 것을 구분 못하다.)

→ 鮮魚水菜 良心買賣 (선어수채 양심매매 xiānyú shuǐcài, liángxīn mǎimài)

「생선과 미나리는 양심으로 사고판다.」

▶ 鮮桃好吃樹難栽 (선도호흘수난재)

「신선한 복숭아는 먹기 좋으나, 나무를 키우기 어렵다.」

▶ 鮮貨不惜售 早是黃金晚時土 (선화불석수 조시황금만시토)

「생물을 팔기를 아까워하지 말라. 이른 새벽에는 황금이지만, 저녁에는 흙이 된다.」 69)

※ 小本經營 朝貨夕賣 (소본경영 조화석매 xiǎoběn jīngyíng zhāo huò xī mài)

---

68) 斷 끊을 단, 단호하다.
69) 醃 절인 채소 엄. 鮮 고을 선, 신선하다. 水菜=水芹 미나리. 芹 미나리 근. 鮮貨 생선이나 채소같이 신선도를 유지해야 하는 상품. 售 팔 수.

「작은 자본의 장사는 아침에 사서 저녁에 팔아야 한다.」

→ 貨賣識家 (화매식가 huò mài shíjiā)

「물건은 가치를 아는 사람에게 팔린다.」

▶ 小生意怕吃 大生意怕賠 (소생의파흘 대생의파배)

「작은 장사는 손해 보는 것이 두렵고, 큰 장사에서는 배상하는 것이 두렵다.」

▶ 貨腰女郞 (화요여랑)

「허리를 파는 여자.」 (무희舞姬, 댄서의 별칭) 70)

※ 小財不出 大財不入 (소재불출 대재불입 xiǎo cái bùchū, dàcái bù rù)

「작은 돈을 쓰지 않으면 큰 돈이 들어오지 않는다.」

→ 小錢去 大錢來 (소전거 대전래 xiǎoqián qù, dàqián lái)

「작은 돈이 나가야 큰 돈이 들어온다.」

▶ 小錢不去 大錢不來 (소전불거 대전불래)

「작은 돈이 나가지 않으면 큰 돈이 들어오지 않는다.」

▶ 本地不興本地貨 (본지불흥본지화)

「산지에서는 산지 물건이 귀하지 않다.」 71)

※ 手裏沒網看魚跳 (수리몰망간어도 shǒuli méi wǎng kàn yú tiào)

「손에 그물이 없다면 뛰는 물고기를 바라보기만 한다.」

→ 手上無錢財 枉自骨頭硬 (수상무전재 왕자골두경 shǒushang wú qiáncái wǎngzì gǔtou yìng)

「손에 돈 한 푼 없으면서 공연히 큰소리만 친다.」

---

70) 貨 물건 화, 팔다, 놈, 자식(욕).
71) 錢 돈 전.

▶ 手頭有了錢 戈壁灘上擺酒宴 (수두유료전 과벽탄상파주연)

「손에 돈만 있다면 고비사막에서도 술판을 벌일 수 있다.」

▶ 臺中有戲有人看 脚下無錢無處行 (대중유희유인간 각하무전무처행)

「무대에서 연극을 하면 보는 사람이 있지만, 몸에 돈이 없으면 갈 곳이 없다.」 72)

※ 睡在磨盤上 - 想轉了 (수재마반상 - 상전료 shuì zài mópán shang -xiǎng zhuǎnle)

「맷돌 위에서 잠을 자다. - 생각을 바꾸다.」 (맷돌은 돌리는 것, 생각을 돌리다.)

→ 孫猴子的臉 - 說變就變 (손후자적검 - 설변취변)

「손오공의 얼굴. - 변한다고 하면 곧 변한다.」 (수시로 변하는 상황, 예측할 수 없다.)

▶ 閉門思過 (폐문사과)

「문을 걸어 닫고 과오를 반성하다.」 (두문불출하며 근신하다.) 73)

※ 十年富 栽林木 (십년부 재림목 shínián fù, zāi línmù)
「10년 안에 부자가 되려면 나무를 심어라!」

→ 十年樹木 百年樹人 (십년수목 백년수인 shínián shùmù, bǎinián shùrén)

「10년을 내다보며 나무를 심고, 백 년을 본다면 인재를 길러라!」

---

72) 網 그물 망. 枉 굽힐 왕. 枉自 공연히, 헛되이. 骨頭 뼈. 硬 굳을 경. 骨頭硬 뻣뻣한 사람. 戈壁 몽고 「고비」의 음역. 灘 여울 탄, 사막 탄. 擺 벌일 파.

73) 睡 잠잘 수. 磨盤 맷돌, 곡식을 잘게 부수는 생활도구. 猴 원숭이 후. 臉 뺨 검.

▶ 十年前 人養樹, 十年後 樹養人 (십년전 인양수 십년후 수양인)

「10년 전에는 사람이 나무를 가꾸었지만, 10년 뒤 나무가 사람을 먹여 살린다.」

▶ 少年種樹自己蓋房 老年種樹子孫乘凉 (소년종수자기개방 노년종수자손승량)

「소년이 나무를 심으면 자기 집을 짓고, 노인이 나무를 심으면 자손들이 그늘에서 더위를 식힌다.」 74)

※ 十商九奸 (십상구간 shí shāng jiǔ jiān)
「상인 열 명 중 아홉은 교활하다.」

→ 十年難發庄家漢 一朝致富經商人 (십년난발장가한 일조치부경상인 shínián nánfā zhuāng jiāhàn, yīzhāo zhìfù jīngshāngrén)

「농사꾼은 10년 내에 부자 되기 어렵지만, 상인은 하루에도 큰돈을 벌 수 있다.」

▶ 大官不如大商 (대관불여대상)

「큰 벼슬은 큰 상인만 못하다.」

▶ 以貧求富 農不如工 工不如商 (이빈구부 농불여공 공불여상)

「가난한 사람이 부자가 되기로는 농사는 공장工匠만 못하고, 공장은 장사만 못하다.」

▶ 發財的人 走道看地, 作詩的人 走路看天 (발재적인 주도간지, 작시적인 주로간천)

「돈을 벌 사람은 길을 가면서 땅을 바라보고, 시를 짓는 사람은 길을 가면서 하늘을 본다.」 75)

---

74) 栽 심을 재. 樹 나무 수, 나무를 심다. 蓋 덮을 개. 蓋房 집을 짓다. 凉 서늘할 량. 乘凉 더위를 식히다. 杏 살구 행. 棗 대추 조.

75) 奸 간사할 간, 교활할 간.

※ 老魚不上鉤 (노어불상구 lǎoyú bù shànggōu)
「경험 많은 물고기는 미끼에 걸려들지 않는다.」

→ 貪食的魚易上鉤 (탐식적어이상구 tānshíde yú yì shànggōu)
「미끼를 탐하는 고기가 쉽게 낚시에 걸린다.」

▶ 人見利而不見害 魚見食而不見鉤 (인견리이불견해 어견식이불견구)
「사람은 이득만 생각하지 손실을 보지 못하고, 물고기는 먹이만 볼 뿐 낚싯바늘을 보지 못한다.」

▶ 屎棋貪食卒 (시기탐식졸)
「풋내기 장기는 상대의 졸卒을 탐낸다.」 76)

※ 愛打魚人不撈鰕 (애타어적불로하 ài dǎyú rén bùlāoxiā)
「물고기 잡기를 좋아하는 사람은 새우를 건지지 않는다.」

→ 種菜如綉花 (종채여수화 zhòngcài rú xiùhuā)
「채소 농사는 꽃수를 놓는 것 같다.」 (손품이 많이 들어간다.)

▶ 愛養蠶人不種麻 (애양잠인부종마)
「누에치기를 좋아하는 사람은 삼大麻을 심지 않는다.」 (각자 좋아하는 일을 하면서 돈을 번다.) 77)

※ 野猫借鷄公 有借無還 (야묘차계공 유차무환 yěmāo jiè jīgōng, yǒu jiè wúhuán)
「부엉이가 닭에게 빌려가기만 하지 돌려주지는 않는다.」 (강자는 약자의 빚을 갚지 않는다.)

---

76) 鉤 갈고리 구, 올가미, 낚시. 屎 똥 시. 屎棋 초보자의 장기
77) 打魚 고기를 잡다. 撈 건질 노(로). 鰕 새우 하. 蠶 누에 잠. 種 심을 종. 菜 나물 채, 채소. 綉 수놓을 수. 麻 삼 마.

→ **寧給飢人一口 不送富人一斗** (영급기인일구 불송부인일두 nìng gěi jīrén yīkǒu, bùsòng fùrén yī dǒu)

「차라리 굶은 사람에게 한술을 줄지언정, 부자에게 한 말을 보내지 말라.」

▶ **夜猫子拉小鷄 有去無回** (야묘자납소계 유거무회)

「부엉이가 병아리를 잡아가면 돌아오지 않는다.」 (빌려간 물건을 돌려주지 않는다.)

▶ **夜猫子進宅 - 無事不來** (야묘자진택 - 무사불래)

「부엉이가 집에 들어오다. - 일 없으면 안 들어온다.」 (심상치 않은 일이 있다.) [78]

※ **用錢如用水** (용전여용수 yòngqián rú yòng shuǐ)
「돈을 물 쓰듯 하다.」

→ **寅吃卯糧** (인흘묘량 yín chī mǎo liáng)

「寅年(범의 해)에 다음 卯年(토끼의 해) 양식을 먹다.」 (당장 궁핍하여 내일을 생각 못하다.)

▶ **銀錢到手非容易 用盡方知來處難** (은전도수비용이 용진방지내처난)

「은전을 손에 쥐는 일은 쉽지 않다. 써서 다 없어진 다음에야 벌기 어렵다는 것을 안다.」

▶ **用一分鐘的時間去賺錢 得花五分鐘的時間來理財** (용일분종적시간거잠전 득화오분종적시간래이재)

「1분의 시간이 있다면 나가 돈을 벌고, 5분의 시간이 있다면 재산을 관리하라.」 (돈을 버는 시간보다 이재理財에 더 많은 시간을 써라.) [79]

---

78) 猫 고양이 묘. 夜猫子 부엉이.
79) 一分鐘 1분. 賺 되팔 잠, 이익을 남기다. 花 돈(시간)을 쓰다.

※ **腰間有貨不愁窮** (요간유화불수궁 yāojiān yǒu huò bù chóu qióng)
「허리춤에 돈이 있다면 궁한 걱정은 안 한다.」

→ **腰有錢糧 氣粗膽壯** (요유전량 기조담장 yāo yǒu qiánliáng qì cū dǎn zhuàng)
「허리춤에 돈과 양식이 있다면 기운도 나고 담도 커진다.」

▶ **有錢就有權** (유전취유권)
「돈이 있다면 권력을 가진 것이다.」

▶ **一技旁身 勝過腰纏萬貫** (일기방신 승과요전만관)
「몸에 한 가지 기술이 있다면 허리춤에 만 관의 돈을 차고 있는 것보다 낫다.」[80]

※ **要發財 做買賣** (요발재 주매매 yào fācái, zuò mǎimai)
「부자가 되려면 장사를 하라.」

→ **若要富 修公路** (약요부 수공로 ruò yào fù, xiū gōnglù)
「(한 지역이) 부자가 되려면 도로를 만들어라.」

▶ **要發家 種綿花** (요발가 종면화)
「집안을 일으키고 싶다면 목화를 심어라.」

▶ **東南西北中 發財到廣東** (동남서북중 발재도광동)
「동서남북 중에서 돈을 벌려면 광동성廣東省으로 가라.」 (광동성은 경제특구임.)[81]

※ **搖錢樹** (요전수 yáo qián shù)
「흔들면 돈이 쏟아진다는 나무.」 (섣달그믐 경에 종이에 「財」

---

80) 腰 허리 요. 愁 근심 수. 旁 두루 방, 가까이 있다. 纏 얽힐 전, 두르다. 貫 돈 꾸러미 관.
81) 種 심을 종. 綿 이어질 면, 목화 면.

「福」자를 써서 매다는 나무.) 「돈줄.」(여자아이를 낮추어 지칭하는 말. 팔면 돈이 된다는 뜻.)

→ 搖錢樹是手 聚寶盆是田 (요전수시수 취보분시전 yáo qián shù shì shǒu, jù bǎo pén shì tián)

「흔들면 돈이 쏟아지는 나무搖錢樹는 바로 네 손이고, 화수분은 바로 (농사짓는) 밭이다.」

▶ 搖錢樹 哪裏有, 就是你的一双手 (요전수 나리유, 취시니적일쌍수)

「흔들면 돈이 쏟아지는 나무가 어디에 있는가? 그것은 바로 네 두 손이다.」(부지런하면 돈은 벌게 되어 있다.)

▶ 人生兩件寶 雙手與大腦 (인생양건보 쌍수여대뇌)
「인생에서 두 가지 보물은 두 손과 머리다」 82)

※ 爲得一根柱 拆去別人一座房 (위득일근주 탁거별인일좌방 wéi dé yīgēn zhù. chāiqù biérén yī zuò fáng)
「기둥 하나 얻으려고 남의 집 한 채를 헐어버리다.」

→ 爲個虱子 燒個襖 (위개슬자 소개오 wèi gè shīzi shāo gè ǎo)
「이 한 마리를 잡으려고 저고리 하나를 태우다.」

▶ 爲了人情好待客 (위료인정호대객)
「인정(체면) 때문에 손님 접대를 잘하다.」 83)

※ 有錢買馬 沒錢置鞍 (유전매마 몰전치안 yǒu qián mǎimǎ, méi qián zhì ān)

---

82) 搖 흔들 요. 聚 모을 취. 寶 보배 보. 盆 동이 분. 聚寶盆(취보분) 화수분, 보물단지. 哪裏 어디, 어떤 곳.
83) 拆 터질 탁, 부수다. 根·座 ; 물건이나 건물을 세는 단위. 房 방 방, 집. 襖 저고리 오.

「돈이 있으면 말을 사고, 돈이 없으면 안장을 얹는다.」 (마부가 된다.)

→ **有錢不買便宜貨** (유전불매편의화 yǒu qián bù mǎi piányi huò)

「돈이 있다면 싸구려 물건을 사지 않는다.」

▶ **有錢不買半年閑** (유전불매반년한)

「돈이 있어도 반 년 동안 쓰지 않을 물건은 안 산다.」

▶ **有錢先還無利債 得時先報有恩人** (유전선환무리채 득시선보유은인)

「돈이 있으면 이자를 물지 않아도 되는 빚부터 먼저 갚고, 운이 트이면 은혜를 입은 사람에게 먼저 보답한다.」 [84]

※ **有千年產 沒千年主** (유천년산 몰천년주 yǒu qiānnián chǎn, méi qiānnián zhǔ)

「천 년을 내려갈 재산은 있지만, 천 년간 주인은 없다.」 (점유주는 언제나 바뀐다.)

→ **百年田地轉三家** (백년전지전삼가 bǎinián tiándì zhuǎn sān jiā)

「백년 된 땅에 주인은 세 번 바뀌었다.」

▶ **田是主人人是客** (전시주인인시객)

「땅은 주인이고, (소유하는) 사람은 손님이다.」 (땅은 그대로 있지만 주인은 자주 바뀐다.) [85]

※ **有土有財** (유토유재 yǒu tǔ yǒu cái)

「땅이 있으면 돈이 있다.」

---

84) 鞍 안장 안. 宜 마땅할 의. 便宜 물건이 싸다. 閑 한가로울 한. 得時 때를 만나다, 운이 트이다.

85) 轉 구를 전.

→ 寸土寸金 節約爲本 (촌토촌금 절약위본 cùntǔ cùnjīn, jiéyuē wéi běn)

「한 치의 땅 한 푼의 돈이라도 절약하여 밑천으로 만들자.」

▶ 致富先治愚 治愚辦敎育 (치부선치우 치우판교육)

「부자가 되려면 먼저 어리석음을 깨우쳐야 한다. 어리석음을 깨우치는 일이 교육이다.」

▶ 寸金失了有尋處 失却光陰無處尋 (촌금실료유심처 실각광음무처심)

「금 한 조각을 잃어버렸다면 찾을 곳이 있지만, 시간을 놓쳐버렸다면 아무데서도 못 찾는다.」 86)

※ 銀錢如糞土 臉面値千金 (은전여분토 검면치천금 yínqián rú fèntǔ, liǎn miàn zhí qiānjīn)

「은전은 썩은 흙과 같고, 얼굴(체면)은 천금과 같다.」

→ 英雄不愛財 愛財不英雄 (영웅불애재 애재불영웅 yīngxióng bù ài cái, ài cái bù yīngxióng)

「영웅은 재물을 아까워하지 않는다. 재물을 아낀다면 영웅이 아니다.」

▶ 銀錢是鴨背上水 隨來隨去 (은전시압배상수 수래수거)

「은전은 오리 등 위의 물방울과 같이 왔다 갔다 한다.」

▶ 瞎子見錢眼也開 (할자견전안야개)

「소경도 돈이 앞에 있으면 눈이 번쩍 뜨인다.」 87)

---

86) 寸 마디 촌, 작은 것. 辦 힘쓸 판, 처리하다, 다루다. 尋 찾을 심. 却 물리칠 각. 光陰 시간, 세월.

87) 臉 뺨 검, 얼굴. 愛 아낄 애. 隨 따를 수.

※ **義不主財 慈不主兵** (의불주재 자불주병)

「의리義는 재물을 주관하지 못하고, 자비慈는 전쟁을 맡아 수행할 수 없다.」(의로우면 돈을 벌지 못하고, 자비를 생각하면 전쟁을 못한다.)

→ **一塊肥肉送到嘴邊** (일괴비육송도취변 yīkuài féiròu sòngdào zuǐbiān)

「한 점 살코기를 입에 가져가다.」(돈을 벌 만한 곳에 재빨리 손을 쓰다.)

▶ **君子愛財 取之有道** (군자애재 취지유도. jūnzǐ ài cái, qǔ zhī yǒudào)

「군자는 재물을 좋아하지만 정도正道에 맞게 취한다.」

▶ **出家人不愛財 越多越好** (출가인불애재 월다월호)

「출가인(승려)은 재물을 좋아하지는 않지만, 많으면 많을수록 좋다.」(욕심 없는 사람 없다.) 88)

※ **利動人心** (이동인심 lì dòng rén xīn)

「이득이 있다면 사람 마음은 움직인다.」

→ **見機而作 及時而動** (견기이작 급시이동 jiàn jī ér zuò, jí shí ér dòng)

「기회를 보아 일을 벌이고, 때에 맞춰 움직이다.」

▶ **見大頭不捉三分罪** (견대두불착삼분죄 jiàn dàtóu bùzhuō sān fēnzuì)

「마구 뿌리는 돈을 보고도 안 잡는다면 3할쯤 죄를 짓는 것이다.」(함부로 써대는 돈이라면 뺏어 먹어도 좋다.)

---

88) 主 주인이 되다. 塊 흙덩이 괴. 嘴 부리(입) 취, 주둥이. 邊 가장자리 변.
越~越~ ~할수록~하다.

▶ 潭深聚魚 樹高招風 (담심취어 수고초풍)

「못이 깊으면 고기가 모이고, 나무가 높으면 바람이 많다.」[89]

※ 利之所在 無所不趨 (이지소재 무소불추 lì zhī suǒ zài wú suǒ bù qū)

「이득이 있는 곳이라면 어디든 달려간다.」

→ 百里不販樵 千里不販糴 (백리불판초 천리불판적 bǎilǐ bùfàn qiáo, qiānlǐ bù fàn dí)

「백 리 떨어진 곳에 가서 땔나무를 팔지 말고, 천 리 떨어진 곳에 가서 곡식을 팔지 말라.」 (수송비 부담을 언급함.)

▶ 利心專卽背道 私意確卽滅公 (이심전즉배도 사의확즉멸공)

「이익을 추구하는 마음뿐이면 인간의 도리를 버리게 되고, 개인을 생각하는 마음이 확실하면 공공은 없어진다.」[90]

※ 人無喜色休開店 和氣能招萬里財 (인무희색휴개점 화기능초만리재 rén wú xǐsè xiū kāidiàn, héqì néng zhāo wànlǐ cái)

「얼굴에 희색이 없다면 개점하지 말라. 화기는 만 리 밖의 재물도 불러온다.」

→ 和氣致祥 和氣生財 (화기치상 화기생재 héqì zhì xiáng, héqì shēngcái)

「웃는 얼굴이 복을 부르고, 웃는 얼굴에 재물이 붙는다.」

▶ 笑門開 福自來 (소문개 복자래)

「웃음 문을 열면 복은 제 발로 들어온다.」

▶ 黃金得從佛口出 (황금득종불구출)

---

89) 大頭 돈을 마구 낭비하는 사람. 捉 잡을 착. 潭 연못 담. 聚 모일 취.
90) 販 팔 판. 樵 땔나무 초. 糴 쌀 사들일 적. 趨 달릴 추.

「황금은 부처님 입에서 나온다.」

▶ 笑口常開 和氣生財 (소구상개 화기생재)

「웃는 입을 늘 열고 있으면 화기和氣 속에 재물이 생긴다.」[91]

※ 人要走運 肥猪拱門 (인요주운 비저공문 rén yào zǒuyùn, féizhū gǒngmén)

「운이 트이려면 살찐 돼지가 대문을 밀고 들어온다.」(생각지도 않은 행운.)

→ 拉屎拉出金子來 (납시납출금자래 lā shǐ lā chū jīnzi lái)

「똥 속에서 금덩이를 줍다.」(뜻밖의 횡재를 하다.)

▶ 半夜裏拾金寶 (반야리습금보 bànyèli shí jīnbǎo)

「한밤에 황금 보물을 줍다.」(아무도 본 사람이 없다.)

▶ 猪八戒掉在泔水桶裏 又得吃 又得喝 (저팔계도재감수통리 우득흘 우득갈)

「저팔계가 개수통에 빠졌으니 먹을 것도 마실 것도 있다.」(황금방석 위에 굴러 떨어지다.)

▶ 捉麻雀兒 還能逮住百靈鳥 (착마작아 환능체주백령조)

「참새도 잡고 공작새까지 잡았다.」(의외의 부수입이 더 많음.)[92]

※ 人有薄技不受欺 (인유박기불수기 rén yǒu bójì bù shòu qī)

「사람이 변변찮은 기술이라도 갖고 있으면 무시당하지 않는다.」(한 가지 기술이나 직업이 있어야 사람대접 받는다.)

→ 捧着鐵飯碗 不愁肚子餓 (봉착철반완 불수두자아 pěngzhe tiěfà

---

91) 致 이를 치. 祥 상서 상, 복(福). 常 늘 상.

92) 肥 살찔 비. 猪 돼지 저. 拱 두 손 잡을 공, 밀칠 공. 屎 똥 시. 駱 낙타 낙. 駝 낙타 타. 泔 뜨물 감. 雀 참새 작. 麻雀 참새. 百靈鳥 공작새.

nwǎn, bùchóu dùzi è)

「철 밥그릇을 들고 있으면 창자 주릴 걱정은 안 한다.」

▶ 人有一藝 終身可靠 (인유일예 종신가고)

「사람이 한 가지 재주를 갖고 있으면 평생 먹고 살 수 있다.」

▶ 人有一技之長 不愁家裏無米糧 (인유일기지장 불수가리무미량)

「사람이 한 가지 기능이라도 뛰어나다면 집에 양식이 없다는 걱정은 안한다.」[93]

※ 一個錢是買賣 (일개전시매매 yī gè qián shì mǎimai)

「동전 한 닢이라도 버는 것이 장사다.」

→ 一文錢逼倒英雄漢 (일문전핍도영웅한 yīwénqián bí dǎo yīngxióng hàn)

「동전 한 푼이 영웅도 쓰러뜨린다.」 (영웅도 돈이 없으면 힘을 못 쓴다.)

▶ 一個錢不使 兩個錢不用 (일개전불사 양개전불용)

「동전 하나를 쓰지 않으면 동전 두 개도 쓰지 않는다.」 (절약하여 함부로 쓰지 않음.)

▶ 床頭千貫 不如日進分文 (상두천관 불여일진분문)

「침상머리에 쌓아둔 천 꾸러미의 돈은 하루하루 버는 한 푼만 못하다.」 (한두 푼이라도 들어오는 돈이 있어야 한다.)

▶ 人情是人情 買賣是買賣 (인정시인정 매매시매매)

「인정은 인정이고, 장사는 장사다.」[94]

---

93) 薄 얇을 박. 欺 속일 기, 무시, 모욕. 捧 받들 봉 鐵 쇠 철. 飯 밥 반. 碗 그릇 완. 鐵飯碗 면직될 염려가 없는 확실한 직업을 비유함. 고정임금, 수입이 있는 국가 정식직원을 비유함. 愁 근심 수. 肚 배 두, 위장 두. 餓 굶 주릴 아.

94) 一文 한 푼. 錢 동전, 엽전, 금전, 돈, 화폐. 逼 닥칠 핍, 핍박하다. 倒 넘

※ 一物自有一主 (일물자유일주 yīwù zìyǒu yīzhǔ)
「물건마다 주인이 따로 있다.」

→ 有閨女不愁沒婆 (유규녀불수몰파 yǒu guī nǚ bù chóu méi pó)
「처녀만 있으면 매파 걱정은 안한다.」 (물건이 좋으니 판매 걱정은
안 해도 된다.)

▶ 店房也有個主人 (점방야유개주인)
「가게마다 다 주인이 있다.」

▶ 一分錢一分貨 (일분전일분화)
「돈 한 푼에 한 푼짜리 물건.」 (싼 게 비지떡.) 95)

※ 一百二十行 行外還有行 (일백이십행 행외환유행 yībǎièrshí há ng, háng wài hái yǒu háng)
「직업에는 별별 희귀한 직종도 있다.」

→ 一本萬利的買賣 (일본만리적매매 yīběn wànlì de mǎimai)
「이익이 크게 남는 장사.」

▶ 三百六十行 種田第一行 (삼백육십행 종전제일행)
「3백 6십 모든 직업 중 농사가 제일이다.」

▶ 吃哪行飯 說哪行話 (흘나행반 설나행화)
「어떤 밥을 먹었다면 그 가게 이야기를 한다.」 (누구든 자기 직업
에 대한 이야기를 하게 된다.) 96)

※ 一手交錢 一手交貨 (일수교전 일수교화 yīshǒu jiāoqián, yīshǒu jiā ohuò)

어갈 도, 쓰러트리다.
95) 閨 색시 규, 규방 규.
96) 行 점포(예 銀行, 洋行).

「한 손으로는 돈을 받고, 다른 한 손으로는 물건을 내주다.」(철저한 현금 장사에다 분명한 일처리.)

→ 一日一錢 千日千錢 (일일일전 천일천전 yī rì yī qián, qiān rì qiān qián)

「하루에 1전이면 천 일에 천 전이다.」(티끌 모아 태산.)

▶ 一天省一把 十年買馬匹 (일천성일파 십년매마필)

「하루에 한 줌을 아낀다면 10년에 말 한 마리를 살 수 있다.」

▶ 一天一根線 一年織匹緞 (일천일근선 일년직필단)

「하루에 한 줄 더 짠다면 1년에 비단 한 필을 더 짠다.」[97]

※ 一言堂 (일언당 yī yán táng)

「에누리 없는 집.」

→ 不二價 (불이가 bù èr jià)

「정찰가격.」(할인 불가.)

▶ 批發價 (비발가)

「도매가.」

▶ 零售價 (영수가)

「소매가.」

▶ 同行價 (동행가)

「동업자 가격.」

▶ 即期價 (즉기가)

「현금가.」

▶ 賒賣價 (사매가)

「외상판매 가격.」

---

97) 交 주고받다. 絲 실 사. 一絲 실 한 가닥, 하찮은 물건. 省 아끼다. 줄이다. 匹 말(馬)을 세는 단위. 緞 비단 단.

▶ 折扣價 (절구가)
「할인 가격.」 98)

※ 自己動手 豊衣足食 (자기동수 풍의족식 zìjǐ dòngshǒu fēngyī zúshí)
「자신이 수고를 하면 의식이 풍족하다.」

→ 各人心頭有個打米碗 (각인심두유개타미완 gèrén xīntóu yǒu gè dǎmǐwǎn)

「각자의 머리 속에는 쌀을 사는 그릇이 하나씩 있다.」 (각자 나름대로 벌어먹고 사는 길이 있다.)

▶ 各人端各人飯碗 枕自己的枕頭 (각인단각인반완 침자기적침두)

「각자 자기 밥그릇을 들고 자기 베개를 베고 잔다.」

▶ 各人有各人的緣法 (각인유각인적연법)
「모두는 자기 나름대로의 연분이 있다.」 99)

※ 自己跌倒自己爬 (자기질도자기파 zìjǐ diēdǎo zìjǐ pá)
「자기가 넘어졌으면 자기 스스로 일어나야 한다.」

→ 哪裏丟了哪裏找 (나리주료나리조 nǎli diūle, nǎli zhǎo)

「잃어버린 그곳에서 잃어버린 것을 찾아야 한다.」 (손해를 본 거기서 손해를 보충해야 한다.)

▶ 哪裏跌倒哪裏爬 (나리질도나리파)

「넘어진 그곳에서 (땅을 짚고) 일어나야 한다.」

---

98) 批 손으로 칠 비, 밀치다. 售 팔 수. 賒 외상 사. 扣 두드릴 구, 값을 깎다, 빼다, 공제하다.

99) 打米 쌀을 사다. 端 끝 단, 일의 시작. 두 손으로 가지런히 받들다. 碗 그릇 완. 枕 베개 침. 枕頭 베개. 緣 인연 연.

▶ 自己跌倒的孩子不哭 (자기질도적해자불곡)
「제 잘못으로 넘어진 아이는 울지 않는다.」[100]

※ 灾年餓不死大師傅 (재년아불사대사부 zāinián èbùsǐ dàshīfu)
「흉년에도 대사부(주방장)는 굶어죽지 않는다.」

→ 餓慌的兔兒都要咬人 (아황적토아도요교인 è huāngde tùr dōu yào yǎo rén)
「굶어 죽을 지경이라면 토끼도 사람을 문다.」

▶ 好男不吃油水飯 (호남불흘유수반 hǎonán bùchī yóushuǐfàn)
「잘난 사나이는 기름밥을 먹지 않는다.」 (똑똑한 사람은 주방廚房 일을 하지 않는다.)

▶ 荒旱三年 餓不死廚師 (황한삼년 아불사주사)
「3년 가뭄에도 요리사는 굶어죽지 않는다.」[101]

※ 財能通神 (재능통신 cái néng tōng shén)
「돈이면 귀신과도 통할 수 있다.」

→ 倉滿腰肥 (창만요비 cāng mǎn yāo féi)
「창고는 가득 찼고 허리(전대)는 두툼하다.」

▶ 錢可使神 (전가사신)
「돈이면 귀신도 부린다.」 (돈이면 안 되는 일 없다.)

▶ 天下道理千千萬 沒錢不能把事辦 (천하도리천천만 몰전불능파사판)
「천하에 수천만 개의 도리가 있지만, 돈이 없으면 아무 일도 할 수

---

100) 跌 넘어질 질. 倒 넘어질 도. 爬 기어오를 파. 일어나다. 哪裏 어디. 丟 잃어버릴 주, 아주 갈 주. 找 찾을 조, 채울 조.

101) 灾 재앙 재(災와 같음). 餓 굶주릴 아. 大師傅 요리사. 餓 굶주릴 아. 油水 음식점의 기름기. 飯 밥 반. 旱 가물 한. 廚 부엌 주. 廚師 주방장.

없다.」 102)

※ **財帛如糞土 人命値千金** (재백여분토 인명치천금 *cáibó rú fèntǔ, rénmìng zhí qiānjīn*)

「재물은 썩은 거름과 같고, 생명은 천금처럼 귀하다.」

→ **發財精神長** (발재정신장 *fācái jīngshén zhǎng*)

「돈을 벌면 정신도 좋아진다.」 (돈 벌면 아는 것도 많아진다.)

▶ **財可義取 不可力奪** (재가의취 불가역탈)

「재물은 의義로써 취할 수는 있지만, 힘으로 뺏을 수는 없다.」

▶ **財主有良心 河水向上流** (재주유양심 하수향상류)

「부자에게 양심이 있다면 황하가 거꾸로 흐를 것이다.」

▶ **財去身安樂** (재거신안락)

「(써야 할 곳에) 돈을 쓰고 나면 마음이 안락하다.」 103)

※ **財富遍地有 不到懶漢手** (재부편지유 부도나한수 *cáifù biàndì yǒu, bù dào lǎnhàn shǒu*)

「재물이야 온 세상에 다 있지만, 게으른 사내의 손에는 오지 않는다.」

→ **財盡不交 色盡不妻** (재진불교 색진불처 *cái jìn bù jiāo, sè jìn bù qī*)

「재물이 없어지면 교제도 끝나고, 미색도 늙으면 아내 삼지 않는다.」

▶ **財字無才寫不成** (재자무재사불성)

「재물財은 재주才가 없으면 글자가 되지 않는다.」 (재주가 있어야

---

102) 腰 허리 요, 肥 살찔 비. 辦 힘쓸 판, 처리하다.
103) 帛 비단 백. 財帛 금전. 義 옳을 의, 합당한 명분. 奪 뺏을 탈.

돈이 모인다. 理財.)

▶ 財主的金銀 窮人的性命 (재주적금은 궁인적성명)

「부자의 금과 은은 궁인의 목숨이다.」

▶ 財來慢慢來 禍來一時來 (재래만만래 화래일시래)

「재물은 천천히 오고, 화는 일시에 들어온다.」104)

※ 財旺生官 (재왕생관 cái wàng shēng guān)

「돈이 많으면 벼슬도 생긴다.」

→ 財,勢,力 三字全 (재,세,력 삼자전 cái, shì, lì, sānzì quán)

「재물·권세·힘 세 글자는 하나다.」

▶ 財,子,壽 難得求 (재,자,수 난득구)

「재물과 아들과 수명은 바란다고 얻는 것은 아니다.」

▶ 財主門前孝子多 (재주문전효자다)

「부잣집 대문 앞에는 효자가 많다.」 (문안을 드리러 오는 사람이 많다.)

▶ 當官的門前孝子多 (당관적문전효자다)

「권력가의 대문 앞에는 효자가 많다.」

▶ 財與命相連 (재여명상련)

「재물과 생명은 서로 이어져 있다.」105)

※ 錢多好辦事 (전다호판사 qián duō hǎo bàn shì)

「돈이 많으면 일을 잘 처리한다.」

→ 錢爲人之膽 衣是人之臉 (전위인지담 의시인지검 qián wéi rén zhī dǎn, yī shì rén zhī liǎn)

---

104) 遍 두루 편. 懶 게으를 나(뢰). 慢 느릴 만. 慢慢 천천히.
105) 旺 성할 왕. 與 더불어 여, ~와.

「돈은 사람의 담력이고, 옷은 사람의 얼굴(체면)이다.」

▶ 錢沒有好來 就沒有好花 (전몰유호래 취몰유호화)

「땀 흘려 번 돈이 아니라면 제대로 쓰이지 않는다.」

▶ 拏錢的不出力 出力的不拏錢 (나전적불출력 출력적부나전)

「돈을 가진 사람은 노동을 안 하고, 노동을 하는 사람은 (큰)돈을 벌지 못한다.」 106)

※ 錢到手 飯到口 (전도수 반도구 qián dào shǒu, fàn dào kǒu)

「돈은 손에 쥐었고, 밥은 입에 들어갔다.」 (확실하게 내 것이 되었다.)

→ 錢到手 樣樣有 (전도수 양양유 qián dào shǒu, yàngyàng yǒu)

「돈이 있으면 모든 것이 다 있다.」

▶ 手中有錢助腰眼 (수중유전조요안)

「수중에 돈이 있으면 등허리를 반듯하게 펼 수 있다.」

▶ 腰中有錢腰不軟 手中無錢手難鬆 (요중유전요불연 수중무전수난송)

「허리춤에 돈이 있으면 굽실거릴 필요가 없고, 수중에 돈이 없으면 손이 부드럽지 않다.」 (경제적 여유가 없다.) 107)

※ 錢買衆人和 (전매중인화 qián mǎi zhòngrén hé)

「돈은 여러 사람의 환심을 살 수 있다.」

→ 錢神有靈 (전신유령 qián shén yǒu líng)

「재물의 신은 아주 영험하다.」

---

106) 錢 돈 전. 膽 쓸개 담. 財 재물 재.

107) 飯 밥 반. 到 이를 도. 樣 모양 양. 腰 허리 요. 腰眼 등허리(腰穴). 軟 부드러울 연. 鬆 느슨할 송, 헐겁다, 부드럽다, 여유가 있다.

▶ **錢無耳 可暗使** (전무이 가암사)

「돈은 손잡이가 없지만, 보이지 않게 부릴 수 있다.」

▶ **錢有眼 穀有鼻 飛來飛去無定地** (전유안 곡유비 비래비거무정지)

「돈과 곡식에는 눈과 귀가 있어 날아왔다가는 사라지는데, 정해진 곳이 없다.」

▶ **錢是人之膽 財是富之苗** (전시인지담 재시부지묘)

「돈은 사람의 담력이고, 재물은 부자의 싹이다.」 (돈이 있으면 큰 소리치고, 재물이 많으면 부자이다.)

※ **錢財乃身外之物** (전재내신외지물 qiáncái nǎi shēn wài zhī wù)
「재물이란 본디 가치가 없는 것.」

→ **錢財能動人意** (전재능동인의 qián cái néng dòng rén yì)

「재물은 사람의 마음을 움직일 수 있다.」

▶ **錢財是倘來之物** (전재시당래지물)

「재물은 우연히 얻거나 잃는 것.」

▶ **生不帶來 死不帶去** (생부대래 사부대거)

「(재물은) 태어날 때 가지고 온 것도 아니며, 죽을 때 가지고 가는 것도 아니다.」

▶ **錢一物而具天地像 以其外圓而內方也** (전일물이구천지상 이기외원이내방야)

「돈은 물건이지만, 하늘과 땅을 본떴으니, 밖은 둥글고 안은 사각이다.」 [108]

---

108) 身外之物 몸 이외의 것, 하찮은 물건. 倘 혹시 당. 倘來之物 뜻밖에 얻는 재물, 본인의 의도와는 상관없이 얻거나 잃는다는 뜻. 方 모서리 방. 각, 방위, 사각형.

※ 店靠巧人開 (점고교인개 diàn kào qiǎorén kāi)
「점포는 머리 좋은 사람에게 맡겨 경영해라.」(정직하고, 수완 좋은 점원을 써라.)

→ 死店活人開 (사점활인개 sǐ diàn huórén kāi)
「문 닫은 상점도 산 사람은 열게 한다.」(무슨 일이든 사람이 하기에 달렸다.)

▶ 死生意要活人做 (사생의요활인주)
「안 되는 장사라도 사람 살리듯 해야 한다.」

▶ 有心開飯店 不怕大肚漢 (유심개반점 불파대두한)
「뜻이 있어 음식점을 차렸다면, 배가 큰 사내도 두렵지 않다.」

▶ 生意好不好 不在本大小 (생의호불호 부재본대소)
「장사가 잘 되고 못 되고는 자본의 대소에 있지 않다.」

▶ 破人生意如殺人父母 (파인생의여살인부모)
「남의 장사를 깨는 것은 남의 부모를 죽이는 것과 같다.」[109]

※ 店有店規 鋪有鋪規 (점유점규 포유포규 diàn yǒu diànguī, pū yǒu pūguī)
「객점(客店, 여관)에는 객점의 규칙이, 점포에는 점포의 규칙이 있다.」(어디든 정해진 규칙이 있다.)

→ 創業容易守業難 (창업용이수업난 chuàngyè róngyì, shǒuyè nán)
「창업은 쉽지만 지켜나가기는 어렵다.」(나라나 사업이나 처음 세우기는 쉬워도 그것을 지켜 나가는 일은 어렵다.)

→ 創業百年 敗家一天 (창업백년 패가일천 chuàngyè bǎinián, bài jiā yītiān)

---

109) 靠 기댈 고. 巧人 머리가 잘 돌아가는 사람, 요령 좋은 사람. 開 사업을 시작하다.

「창업한 지 백 년이라도 망하는 데는 하루면 족하다.」

▶ 創業維艱 守業不易 (창업유간 수업불이)

「창업도 어렵지만 경영도 쉽지 않다.」 110)

※ 早起三朝當一工 (조기삼조당일공 zhāoqǐ sānzhāo dàng yīgōng)

「3일을 일찍 일어나면 하루 일을 더 한 셈이다.」

→ 無利不起早 (무리불기조 wúlì bù qǐ zǎo)

「얻는 것이 없다면 일찍 일어나지 않는다.」

▶ 若要富 險中求 (약요부 험중구)

「부자가 되고 싶다면 위험한 일을 감수하라.」

▶ 若要富 全靠自己找門路 (약요부 전고자기조문로)

「부자가 되고 싶거든 자신이 찾은 길에 전적으로 매달려라!」(My way에 All in하기)

▶ 若要光景好 天天起得早 (약요광경호 천천기득조)

「만약 살림이 나아지기를 바란다면 매일 일찍 일어나야 한다.」 111)

※ 地富不分家 (지부불분가 dì fù bù fēnjiā)

「토지와 부자는 한집안이다.」 (토지가 많으면 부자다.)

→ 地無一壟 房無一間 (지무일농 방무일간 dì wú yī lǒng, fáng wú yījiān)

「땅 한 두둑 방 한 칸 없다.」 (아주 가난하다.)

▶ 有飯不嫌晚 有地不嫌遠 (유반불혐만 유지불혐원)

---

110) 鋪 점포 포, 펼 포. 創 비롯할 창, 만들다, 시작하다. 維 오직 유, 유지하다. 艱 어려울 간. 易 쉬울 이, 바꿀 역.

111) 若 만약 약.

「먹을 밥이 있다면 좀 늦는다고 탓하지 말고, 농사지을 땅이 있다면 멀다고 탓하지 말라.」

▶ **地是刮金板 有地就有臉** (지시괄금판 유지취유검)

「토지는 황금을 긁어내는 고무래이니, 땅이 있다면 곧 체면이 선다.」 (토지에서 양식과 돈을 얻어 체면이 선다.)

▶ **地頭文書鐵箍桶** (지두문서철고통)

「토지 문서는 쇠로 테두리를 한 통이다.」 (변경할 수 없다.) 112)

※ **指親不富 看嘴不飽** (지친불부 간취불포 zhǐ qīn bù fù, kàn zuǐ bù bǎo)

「친척에게 의지해서는 부자가 될 수 없고, (남의) 입만 바라보아서는 내 배가 부르지 않다.」

→ **外財不富命窮人** (외재불부명궁인 wàicái bùfù mìng qióngrén)

「잡수입이 있어도 부자가 안 된다면 가난뱅이 팔자다.」

▶ **馬不吃夜草不肥 人不得外財不富** (마불흘야초불비 인부득외재불부)

「말은 밤에 풀을 먹지 않으면 살이 안 찌고, 사람은 잡수입이 없으면 부자가 될 수 없다.」

▶ **指親戚 靠知己 不如自己立志氣** (지친척 고지기 불여자기입지기)

「친척에 의지하거나 지기知己에게 기대는 것은 자신이 뜻을 세우는 것만 못하다.」 113)

---

112) 刮 긁을 괄. 刮板 고무래, 곡식을 긁어모으는 농기구. 地頭 땅, 토지. 箍 테두리 고. 桶 물건 담는 그릇 통.

113) 指 손가락 지, 의지하다. 夜草 밤에 먹이는 馬草. 肥 살찔 비. 外財 부수입, 정당하지 않은 잡수입. 命 운명. 窮 가난 궁. 靠 기댈 고.

※ 創名牌容易 護名牌難 (창명패용이 호명패난 chuàng míngpái róng yì, hù míngpái nán)

「상표를 만들기는 쉽지만, 상표를 지켜 키워나가기는 어렵다.」

→ 千難萬難 莫過於創業難 (천난만난 막과어창업난 qiānnán wànnán, mò guò yú chuàng yè nán)

「천만 가지 다 어렵다지만 창업보다 어려운 것은 없다.」

▶ 創亦難, 守亦難, 知難不難 (창역난, 수역난, 지난부난)

「창업 역시 어렵고, 수성 역시 어렵지만, 어렵다는 것을 알면(알고 대처하면) 어렵지 않다.」

▶ 創業在於勤 守業在於儉 敗家在於懶 (창업재어근 수업재어검 패가재어나)

「근면으로 창업하고 검약으로 수성하다가 나태하면 패가한다.」

▶ 創業正像針挑土 浪費好比水淘沙 (창업정상침도토 낭비호비수도사)

「창업은 마치 바늘로 흙을 골라내는 것과 비슷하고, 낭비는 모래에 물을 쏟아버리는 것과 같다.」 114)

※ 千錢賒不如八百現 (천전사 불여팔백현 qiānqián shē bùrú bābǎixiàn)

「천 냥 외상이 팔백 냥 현금만 못하다.」 (손아귀에 쥔 현금이 더 좋다.)

→ 現錢買現貨 (현전매현화 xiànqián mǎi xiànhuò)

「현금으로 현물을 사다.」 (현금 장사는 밑지지 않는다.)

---

114) 牌 방 붙일 패, 명찰, 간판, 상표. 名牌 유명상표. 創 비롯할 창. 亦 또 역. 難 어려울 난. 莫 말 막. 懶 게으를 나. 像 형상 상, 닮다. 針 바늘 침. 挑 고를 도, 끄집어내다, 메다. 淘 물에 씻을 도, 소비하다.

▶ 千有萬有 不如自己有 (천유만유 불여자기유 qiānyǒu wànyǒu bùrú zìjǐ yǒu)

「남이 천 개 만 개 가지고 있는 것이 내가 가진 것만 못하다.」

▶ 寧減不賒 (영감불사)

「차라리 깎아 줄지언정 외상으로 팔지 않는다.」(현금제일주의.)

▶ 千羊在望 不如一兎在手 (천양재망 불여일토재수)

「건너다보이는 남의 양 일천 마리는 내 손안의 토끼 한 마리만 못하다.」[115]

※ 千做萬做 賠本生意不做 (천주만주 배본생의부주 qiānzuò wànzuò péiběn shēngyi bùzuò)

「천만 가지 온갖 짓 다하더라도 본전 까먹는 장사는 하지 마라.」

→ 千好萬好 賠本不搞 (천호만호 배본부고 qiānhǎo wànhǎo péiběn bùgǎo)

「천만 번 좋다 해도 가장 좋은 것은 본전을 까먹지 않는 것.」

▶ 百樣生意百樣做 (백양생의백양주)

「온갖 장사가 모두 제각각이다.」

▶ 寧買迎頭漲 不買迎頭落 (영매영두창 불매영두락)

「시세가 오르기 시작할 때는 사더라도, 떨어지는 시점에서는 사지 않는다.」

▶ 書呆子經商 老本兒賠光 (서태자경상 노본아배광)

「책벌레가 장사를 하면 본전만 깨끗이 까먹는다.」[116]

---

115) 賒 외상 사. 現 보일 현, 지금 현.

116) 做 지을 주, ~을 하다. 賠 물어줄 배, 까먹다. 生意 장사, 영업. 搞 옆으로 칠 고, ~을 하다. 漲 물 넘칠 창, 값이 오르다. 書呆子 책벌레, 글만 읽고 세상물정을 모르는 바보. 光 조금도 남지 않음, 깨끗이.

※ 聽兎子叫 就不種豆子了 (청토자규 취부종두자료 tīng tùzi jiào, jiù bù zhòng dòu zi le)

「토끼 찍찍거리는 소리를 듣고 콩 씨앗을 심지 않다.」(구더기 무서워 장 못 담그다.)

→ 不管天不管地 (불관천불관지 bù guǎn tiān bù guǎn dì)

「하늘도 땅도 상관하지 않다.」(아무것도 꺼리지 않는다.)

▶ 不管兎子怎麼叫, 該種豆子還得種豆子 (불관토자즘마규, 해종두자환득종두자)

「토끼가 어떻게 찍찍거리든 콩을 심어야 할 사람은 콩을 심는다.」

▶ 信螻螻蛄叫 就不敢糟芝麻了 (신루루고규 취불감강지마료)

「땅강아지 소리를 듣고 참깨 씨를 뿌리지 못하다.」117)

※ 村有一局賭 賽過一隻虎 (촌유일국도 새과일척호 cūn yǒu yī jú dǔ, sàiguò yīzhī hū)

「마을에 도박판이 벌어지면 호랑이 한 마리보다 더 무섭다.」

→ 久賭無勝家 (구도무승가 jiǔ dǔ wú shèng jiā)

「아무리 도박을 해도 돈 따는 사람 없다.」

▶ 喝酒喝厚了 賭錢賭薄了 (갈주갈후료 도전도박료)

「음주는 두터운 정을 마시지만, 도박은 우정을 잃는 내기다.」

▶ 越渴越吃鹽 越窮越賭錢 (월갈월흘염 월궁월도전)

「갈증에 자꾸 짠물을 마시듯, 가난할수록 자꾸 도박을 한다.」118)

---

117) 怎 어찌 즘. 麼 어조사 마. 怎麼 zěnme 왜? 어떻게, 어떤? 무슨?, 어! 螻 땅강아지 루(누). 螻蛄 땅강아지. 糟 김맬 강, 씨를 뿌리다. 芝麻 참깨.

118) 賽 겨룰 새, 필적하다. 賭 걸 도, 내기 도 喝 마실 갈. 渴 목마를 갈. 鹽 소금 염. 錢 돈 전.

※ **親是親 財帛分** (친시친 재백분 qīn shì qīn, cái bó fēn)
「아무리 친척일지라도 금전은 나누어야 한다.」 (친척간이라도 따질 건 따진다.)

→ **親別交財, 交財兩不來** (친별교재, 교재양불래 qīn bié jiāo cái, jiāo cái liǎng bù lái)
「친하면 돈거래를 하지 말라, 돈거래는 둘 다 잃는 일이다.」

▶ **財帛聚人心** (재백취인심)
「재물이 있어야 인심을 모은다.」

▶ **交友交義不交財 擇友擇智不擇貌** (교우교의불교재 택우택지불택모)
「벗과 사귐에 의리로 사귀는 것이지 재물로 교제하지 않으며, 벗을 고를 때 지혜를 고르지 외모를 고르지 않는다.」 [119]

※ **親是親 財是財** (친시친 재시재 qīn shì qīn, cái shì cái)
「부모는 부모이고, 돈은 돈이다.」

→ **親兄弟明算賬** (친형제명산장 qīnxiōngdì míng suànzhàng)
「친형제라도 계산은 분명해야 한다.」

▶ **財神爺認錢不認親** (재신야인전불인친)
「재물의 신은 돈은 알지만, 친척은 모른다.」

▶ **只認錢不認人** (지인전불인인)
「다만 돈만 알고 인정은 모른다.」 [120]

※ **七分家伙 三分手藝** (칠분가화 삼분수예 qīfēn jiāhuo sānfēn shǒuyì)

---

119) 帛 비단 백. 財帛 금전. 聚 모을 취, 한데 모으다.
120) 算 셈할 산. 賬 장부 장.

「7할은 도구, 3할은 손재주.」 (무슨 일이든 연장이 중요하다.)

→ 工欲善其事 必先利其器 (공욕선기사 필선리기기 gōng yù shàn qíshì, bì shàn lìqíqì)

「공인工人이 자기 일을 잘 하려면, 반드시 먼저 연장을 잘 갈아둔다.」

▶ 功到自然成 (공도자연성 gōng dào zìrán chéng)

「공이 많으면 모든 일이 절로 이루어진다.」 (지성이면 감천.)

▶ 工沒枉費 錢不白耗 (공몰왕비 전불백모)

「품(노동력)을 허비할 수 없고, 돈은 함부로 쓸 수 없다.」 121)

※ 打盆說盆 打罐說罐 (타분설분 타관설관 dǎ pén shuō pén, dǎ guàn shuō guàn)

「동이 만드는 사람은 동이에 대해 말하고, 항아리 만드는 사람은 항아리에 대해 말한다.」

▶ 打獵的不說魚網 賣驢馬不說猪羊 (타렵적불설어망 매려마불설저양)

「사냥꾼은 어망에 대해 말하지 않고, 말을 파는 사람은 돼지나 양에 대해 말하지 않는다.」 (누구나 자기 전문분야만 이야기한다.)

▶ 鐵匠賣大餅 - 不務正業 (철장매대병 - 불무정업)

「대장장이가 밀가루 떡을 팔다. - 자기 본업에 충실하지 않다.」

▶ 鐵匠門上沒關子 木匠門上少栓子 (철장문상몰관자 목장문상소전자)

「대장장이네 대문에 쇠 빗장이 없고, 목수 집 대문에 나무 빗장이

---

121) 伙 세간 화, 무리, 동료. 家伙 가구, 공구, 병기, 녀석, 자식, 놈. 幹 일을 하다. 欲 하고자 할 욕. 利 날카로울 리, 날을 세우다. 器 연모 기. 白耗 bái hào (돈 시간 물건을) 헛되이 쓰다. 낭비하다.

없다.」

▶ 打盆沒盆 打罐沒罐 (타분몰분 타관몰관)

「동이 만드는 집에 동이가 없고, 항아리 집에 항아리가 없다.」 122)

※ 貪小便宜吃大虧 (탐소편의흘대휴 tān xiǎo piányi chī dàkuī)

「공짜를 탐내다가 큰 손해를 보다.」

→ 吃小虧占大便宜 (흘소휴점대편의 chī xiǎo kuī zhān dà piányi)

「작은 손해를 보고 큰 이득을 얻다.」

▶ 愛小便宜 (애소편의 ài xiǎo piányi)

「눈앞의 작은 이익을 탐하다.」

▶ 小貪大失 (소탐대실 xiǎo tān dà shī)

「작은 이익을 탐하면 큰 것을 잃는다.」 123)

※ 把戲好耍 各有玩法 (파희호사 각유완법 bǎxì hǎoshuǎ, gèyǒu wánfǎ)

「곡예(잡기)의 좋은 구경거리도 각각 연기 수법이 있다.」

→ 名酒好飮 各有釀法 (명주호음 각유양법 míngjiǔ hǎoyǐn, gèyǒu niàngfǎ)

「좋은 술은 마시기 좋으니, 각각 빚는 법이 있다.」 (각 직업마다 비법이 있다.)

▶ 風雪是酒家天 (풍설시주가천)

「바람불고 눈 오는 날은 술집에 가는 날이다.」

---

122) 盆 동이 분, 대야·화분 등 위(입구)가 넓은 그릇. 罐 항아리 관, 깡통. 獵 사냥 렵(엽). 網 그물 망. 猪 돼지 저. 栓 나무못 전, 빗장, 마개. 大餠 밀가루를 반죽하여 크고 둥글게 구운 떡. 북방인의 주식.

123) 貪 탐할 탐. 便宜 공짜, 작은 이익. 虧 일그러질 휴, 줄다, 손해. 愛 아끼다.

▶ 與其說明年飮酒 不如立刻喝水 (여기설명년음주 불여입각갈수)

「내년에 만나 술 한 잔 하자고 말하는 것은 지금 당장 물 한 잔을 마시는 것만 못하다.」 124)

※ 便宜沒好貨 好貨不便宜 (편의몰호화 호화부편의 piányi méi hǎohuò, hǎohuò bù piányi)

「싸구려에 좋은 물건 없고, 좋은 물건은 싸지 않다.」

→ 好貨不怕看 怕看不是好貨 (호화불파간 파간불시호화 hǎohuò bù pà kàn, pà kàn bùshì hǎohuò)

「좋은 물건을 여러 사람이 보는 것을 두려워하지 않는다. 보여주는 것이 걱정이라면 좋은 물건이 아니다.」

▶ 片刻的便宜 得之於陰謀 (편각적편의 득지어음모)

「잠깐 동안의 공짜는 음모로 얻어진다.」 (나쁜 방법으로 얻는 공짜는 잠깐뿐이다.)

▶ 得了便宜不鬆口 (득료편의불송구)

「이익을 물었으면 꽉 물어야 한다.」 (느슨하게 물어 뺏겨서는 안 된다.) 125)

※ 遍地開花 (편지개화 biàn dì kāi huā)

「두루두루 온 땅에 꽃이 피다.」

→ 吹燈散伙 (취등산화 chuī dēng sǎn huǒ)

「등불을 끄고 무리들은 흩어지다.」 (공동사업을 그만두다.)

▶ 多卽多花 小卽小花 (다즉다화 소즉소화)

---

124) 把戲 곡예(雜技 광대놀이). 耍 놀 사, 장난 사. 玩 희롱할 완. 飮 마실 음. 釀 술빚을 양. 立刻 즉시, 지금.
125) 便宜 값이 싸다, 공짜, 값을 깎다. 鬆 느슨할 송, 풀다, 놓다.

「많이 있으면 많이 쓰고, 조금 갖고 있으면 조금 쓴다.」

▶ 多大的雲下多大的雨 (다대적운하다대적우)

「구름이 많으면 비도 많다.」 126)

※ 跑了的是大魚 (포료적시대어 pǎolede shì dàyú)

「놓친 것은 대어다.」 (놓친 물고기가 크다.)

→ 跑了一條大魚 撈了一網蝦 (포료일조대어 노료일망하 pǎole yītiáo dàyú, lāole yīwǎng xiā)

「대어 하나는 놓쳤지만, 한 그물 가득 새우를 건졌다.」 (본 목적은 달성하지 못했지만, 그만한 성과를 거두었다.)

▶ 大魚跑了攄蝦 (대어포료노하 dàyú pǎole lǔ xiā)

「큰 고기는 도망갔고, 새우만 건졌다.」 (큰 이득을 놓치고 작은 것을 얻었다. 큰 손해를 본 뒤 작은 이익을 냈다. 불탄 집터에서 대못 세 개 주었다.) 127)

※ 匹夫無故獲千金 必有非常之禍 (필부무고획천금 필유비상지화 pǐfū wúgù huòqiānjīn, bìyǒu fēicháng zhī huò)

「필부가 아무 까닭도 없이 천금을 얻는다면 반드시 예사롭지 않은 재앙이 생긴다.」

→ 萬事自有分定 (만사자유분정 wànshì zìyǒu fēndìng)

「세상만사가 정해진 분수가 있다.」

▶ 萬事分已定 浮生空自忙 (만사분이정 부생공자망)

---

126) 遍 두루 편. 吹 불 취. 燈 등불 등. 散 흩어질 산. 伙 무리 화, 연합하다. 花 돈을 쓰다.

127) 跑 달아날 포. 條 가지 조, 여기서는 길쭉한 물건을 세는 단위(量詞). 撈 건질 로(노). 網 그물 망. 蝦 새우 하. 攄 사로잡을 노

「만사는 이미 다 결정되었는데, 부평초 같은 인간이 공연히 바쁘기
만 하다.」

▶ 守分心常樂 (수분심상락)
「분수를 지키면 마음은 늘 편하다.」128)

※ 合偸一條牛 不如獨偸狗 (합투일조우 불여독투구)
「여럿이 소 한 마리를 훔치는 것은 혼자 개 한 마리를 훔치는 것만
못하다.」(동업보다 혼자서 하는 장사가 낫다.)

→ 三討不如一偸 (삼토불여일투 sān tǎo bùrú yī tōu)
「달라고 세 번 구걸하느니, 한 번 훔치는 것이 낫다.」

▶ 寧可一人吃隻狗 不可十人吃隻牛 (영가일인흘척구 불가십인흘척
우)

「차라리 혼자 개 한 마리를 먹는 것이 낫지, 열 명이 소 한 마리를
먹는 짓은 할 수 없다.」(이익의 크고 작음보다 실현 가능성을 따지는
것임.)

▶ 討得有 討不得沒有 (토득유 토부득몰유)
「얻었으면 소유하지만, 못 얻으면 없는 것이다.」129)

※ 行家看門道 力巴看熱鬧 (행가간문도 역파간열료 hángjiā kàn mé
ndao, lìbā kàn rènào)
「전문가는 일의 요체를 보지만, 힘으로 일하는 사람은 외형만을 본
다.」

→ 外行領導內行 (외행영도내행 wàiháng lǐngdǎo nèiháng)
「돌팔이가 전문가를 가르친다.」

---

128) 匹夫 평민남자 獲 얻을 획. 禍 재앙 화.
129) 偸 훔칠 투.

▶ **不懂的看熱鬧 懂的看門道** (부동적간열료 동적간문도)

「잘 모르는 사람은 외형 변화한 것만 보고, 아는 사람은 그 요령을 본다.」

▶ **行家也有打了眼的時候兒** (행가야유타료안적시후아)

「전문가도 자기 눈을 때릴 때가 있다.」 (전문가도 실수할 때가 있다.) 130)

※ **好言好語不蝕本** (호언호어부식본 hǎoyán hǎoyǔ bù shíběn)
「좋은 말은 밑천을 까먹지 않는다.」

→ **黃金得從佛口出** (황금득종불구출 huángjīn dé cóng fókǒu chū)

「황금은 부처님 입으로부터 나온다.」

▶ **好言好語事事通** (호언호어사사통)

「좋은 말은 무슨 일이든 다 잘 통한다.」

▶ **和氣不蝕本** (화기불식본)

「좋은 말 웃는 얼굴에 돈 들어가지 않는다.」

▶ **和氣生財 忍讓是福** (화기생재 인양시복)

「온화한 마음은 재물을 불러오고, 인내와 양보가 바로 복이다.」

▶ **輕下兒惹重下兒** (경하아야중하아)

「가벼이 손을 대었다가 엄중한 대가를 치르다.」 (되로 주고 말로 받다.) 131)

※ **好酒不怕巷子深** (호주불파항자심 hǎojiǔ bùpà xiàngzi shēn)

---

130) 鬧 시끄러울 뇨. 熱鬧 번화한 것, 구경거리, 시끌벅적하다. 懂 이해할 동. 懂的 이해하는 사람, 아는 사람. 行家 전문가(內行人). 門道 일을 가장 쉽고 바르게 처리하는 길(門路). 力巴 풋내기, 문외한(門外漢), 옛날 상점의 견습 점원.

131) 蝕 좀먹을 식, (예 ; 日蝕). 讓 사양할 양. 惹 이끌 야, 불러일으키다.

「좋은 술은 골목이 아무리 깊어도 괜찮다.」(물건만 좋으면 장사 걱정 없다.)

→ 背鄕出好酒 (배항출호주 bèixiāng chū hǎo jiǔ)

「궁벽한 시골에서 좋은 술이 나온다.」

▶ 好酒也怕巷子深 (호주야파항자심)

「좋은 술이라도 골목이 너무 깊다면 걱정이 된다.」(사람이 찾기 힘들면 장사가 안 된다.)

▶ 好酒說不酸 酸酒說不甛 (호주설불산 산주설불첨)

「좋은 술에 대해서는 맛이 갔다고 말하지 않는다. 맛이 간 술은 좋다고 말하지 않는다.」(품평과 여론은 정확하다.) 132)

※ 好借好還 再借不難 (호차호환 재차부난 hǎojiè hǎohuán, zàijiè bùnán)

「빌렸으면 잘 갚아야 다음에 빌릴 때 어렵지 않다.」(신용이 없으면 장사 못한다.)

→ 借芝麻還黑豆 (차지마환흑두 jiè zhīma huán hēidòu)

「검은 참깨를 꾸어갔다가 검은콩으로 갚다.」(귀한 물건을 빌렸다가 싼 물건으로 갚다.)

▶ 劉備借荊州 - 有借無還 (유비차형주 - 유차무환 Liúbèi jiè Jīngzhōu-yǒu jiè wú huán)

「유비가 형주를 빌리다. - 빌려가고서는 갚지 않는다.」

▶ 愛借的人不愛還 (애차적인불애환)

「빌리기를 좋아하는 사람일수록 갚기를 좋아하지 않는다.」

▶ 將身投虎易 開口告人難 (장신투호이 개구고인난 jiāng shēn tóuhǔ

---

132) 怕 두려울 파. 巷 거리 항. 巷子 골목길. 深 깊을 심. 酸 신맛 산. 甛 달 첨.

yì, kāikǒu gàorén nán)

「몸을 호랑이에게 던지기는 쉽지만, 입을 벌려 말하기는 어렵다.」
(돈 빌려 달라 말 꺼내기가 죽기보다 어렵다.)

▶ 羅鍋兒上山 前短(錢短) (나과아상산 전단)

「꼽추가 산을 올라가는데, 앞이 짧다.」 (돈이 모자라다.)

▶ 借來的錢 算不得自家收入 (차래적전 산부득자가수입)

「빌린 돈은 나의 수입으로 계산할 수 없다.」 [133]

※ 貨有高低三等價 (화유고저삼등가 huò yǒu gāodī sānděng jià)
「물건의 좋고 나쁨에 따라 세 등급(上中下) 값이 있다.」

→ 貨眞價實 (화진가실 huò zhēn jià shí)

「물건 좋고 값도 싸다.」 (손님을 부르는 구호.)

▶ 獅子大開口 (사자대개구)

「사자가 입을 크게 벌리다.」 (물건값을 아주 높게 부르다.)

▶ 賤錢無好貨 (천전무호화)

「싼 게 비지떡.」

▶ 不怕不識貨 就怕貨比貨 (불파부식화 취파화비화)

「물건을 몰라보는 것은 두렵지 않으나, 물건을 비교하는 것이 두렵
다.」 [134]

※ 劃一不二 老少無欺 (획일부이 노소무기 huàyī bùèr, lǎoshào wúqī.)
「한 번 정한 가격 두 번 말하지 않고, 노인과 어린애를 속이지 않는
다.」 (정찰가격에, 거짓말하지 않는다.)

---

133) 借 빌릴 차(借用). 還 갚다, 반환. 難 어려울 난. 芝麻 참깨. 將 ~으로,
~을 가지고. 易 쉬울 이. 羅鍋 등이 굽다. 羅鍋兒 꼽추. 前短(앞이 짧다)
과 「돈이 모자란다」는 錢短 qiánduǎn과 동음.

134) 怕 두려울 파.

→ 客無遠近一般看 (객무원근일반간 kè wú yuǎnjìn yībān kàn, kān ?)

「손님은 원근을 따지지 않고 한가지로 접대한다.」

▶ 好客主人多 (호객주인다 hǎokè zhǔrén duō)

「돈 많은 손님에게는 팔려는 주인이 많다.」 (손님대접이 융숭하다.)

▶ 好看千里客 萬里去傳名 (호간천리객 만리거전명)

「천리 밖에서 온 손님 잘 대접하면 만 리 밖까지 소문난다.」

▶ 寧欺白鬚公 莫欺少年窮 (영기백수공 막기소년궁)

「차라리 흰 수염의 영감을 깔볼지언정 가난한 젊은이를 무시하지 말라!」 135)

※ 吃三年薄粥 買一頭黃牛 (흘삼년박죽 매일두황우 chī sānnián báo zhōu, mǎi yītóu huángniú)

「3년간 묽은 죽만 먹으면 황소 한 마리를 산다.」

→ 吃三年硬飯賣條牛 (흘삼년경반매조우 chī sānnián yìngfàn mài tiáo niú)

「3년 동안 밥만 먹으면(쌀을 아끼지 않음) 소를 팔아야 한다.」

▶ 一年稀 買頭牛 一年乾 賣個牛 (일년희 매두우 일년건 매개우)

「1년 간 죽을 먹으면 소를 한 마리 사지만, 1년 간 밥을 먹으면 소를 팔아야 한다.」 (양식을 아껴야 한다.)

▶ 外頭有個掙錢手 家裏有個聚錢頭 (외두유개쟁전수 가리유개취전두)

「밖에서는 죽자 사자 돈을 벌어오는 이 있고(남편), 안에서는 돈을 모으는 아내 있다.」 136)

---

135) 劃 그을 획(간체자=划). 欺 속일 기, 깔보다, 무시하다. 鬚 수염 수.

136) 薄 엷을 박. 粥 죽 죽. 硬 굳을 경. 飯 밥 반. 條 가지 조, 여기서는 소를 세는 단위(一條牛 ; 한 마리의 소). 稀 드물 희, 묽다, 죽(稀飯粥). 乾 마

※ 吃小虧占大便宜 (흘소휴점대편의 chī xiǎokuī zhàn dà piányi)

「작은 손해를 보았지만 큰 이익을 얻다.」(처음 작은 손해가 나중에 큰 이익을 안겨주다.)

→ 吃了沒鼻子的虧 (흘료몰비자적휴)

「코가 잘려나가는 손해를 보았다.」(상황을 잘못 파악하여 체면을 깎이는 손해를 보았다.)

▶ 牛屎還有熱的時候 (우시환유열적시후)

「소똥도 따뜻했던 때가 있었다.」(소의 똥도 처음에는 김이 모락모락 난다.)

▶ 虧衆不虧一 (휴중불휴일 kuī zhòng bù kuī yī)

「여러 사람에게 손해를 끼칠지라도 한 사람에게 손해를 끼칠 수 없다.」[137]

※ 吃虧是福 (흘휴시복 chīkuī shì fú)

「손해 좀 보는 것이 복이다.」(때로는 손해 보는 것이 더 나을 수 있다.)

→ 吃虧人常在 (흘휴인상재 chī kuī rén cháng zài)

「손해 보는 사람은 언제든 있다.」

▶ 吃虧長見識 (흘휴장견식)

「손해는 견식을 키워준다.」

▶ 吃虧不過三 過三甭翻天 (흘휴불과삼 과삼용번천)

「손해를 세 번씩이야 볼 수 없다. 세 번 이상이라면 아예 손을 떼야 한다.」

를 건, 밥(乾飯). 塵 티끌 진. 掙 찌를 쟁, 힘들여 다투다. 聚 모을 취.
137) 虧 이지러질 휴, 손해. 便宜 공짜, 이익, 싸다. 鬆 느슨할 송, 무르다, 느슨하다.

▶ **有一惱還有一好** (유일뇌환유일호)

「한 가지 골치 아픈 일이 있으면 그래도 한 가지 좋은 일이 있다.」138)

---

138) 吃 먹을 흘(喫과 같음). 虧 손해 볼 휴, 일그러지다. 甭 béng 쓰지 않을 용(不用). (甮 féng 그만둘 용. 勿用 ; 新造文字). 翻 뒤집을 번. 翻天 큰 소란을 피우다. 惱 괴로워할 뇌, 번뇌(煩惱).

중국인의 속담

☆

초판 발행일 / 2008년 1월 10일

초판 2쇄 발행일 / 2008년 2월 15일

☆

편저자 / 진기환

펴낸이 / 김동구

펴낸데 / 明文堂

창립 1923. 10. 1

서울특별시 종로구 안국동 17-8

우체국 010579-01-000682

☎ (영업) 733-3039, 734-4798

(편집) 733-4748   FAX. 734-9209

H.P. : www.myungmundang.net

e-mail : mmdbook1@kornet.net

등록 1977. 11. 19. 제 1-148호

☆

ISBN 978-89-7270-869-8   03820

낙장이나 파본은 구입하신 서점에서 교환해 드립니다.

☆

값 **25,000**원

저자와의 협의 하에 인지를 생략함